Nina Blazon

Die verbotene Pforte

Nina Blazon

Die verbotene Pforte

Ravensburger Buchverlag

Bibliografische Information der Deutschen Nationalbibliothek

Die Deutsche Nationalbibliothek verzeichnet diese Publikation in der Deutschen Nationalbibliografie; detaillierte bibliografische Daten sind im Internet über *http://dnb.d-nb.de* abrufbar.

Das für dieses Buch verwendete FSC®-zertifizierte Papier liefert Arctic Paper Mochenwangen GmbH

1 2 3 4 5 17 16 15 14 13

Dieser Sammelband enthält die drei Einzelbände
»Reise nach Yndalamor« (erstmals erschienen 2007)
»Im Land der Tajumeeren« (erstmals erschienen 2007)
»Das Königreich der Kitsune« (erstmals erschienen 2008)

Umschlaggestaltung: Anne Seele
unter Verwendung einer Illustration von Helge Vogt

Printed in Germany

ISBN 978-3-473-40086-7

www.ravensburger.de

Inhalt

Teil I: Die Reise nach Yndalamor

Teil II: Im Land der Tajumeeren

Teil III: Das Königreich der Kitsune

Teil 1
Die Reise nach Yndalamor

Das Gesetz der Taverne

Niemand bringt eigenes Essen mit. Schon gar nicht Essen, das sagen kann, wo es wohnt.

Keine magischen Duelle, keine Verfluchungen. Falls doch: Wanja zeigt euch gerne eure Tür.

Im Interesse der eigenen Sicherheit: Keine Witze über den Stammtisch der Schicksalsfrauen, Vegetarier oder unsere Katze. Wer über Wanja Witze macht, hat es nicht anders gewollt.

Gegen Witze über Elfen kann ich nichts machen. Wer solche Ohren hat, braucht sich nicht zu beschweren.

Achtung, Dämonen und Hexen: Es werden hier keine Kinder geopfert. Es werden keine Erwachsenen geopfert. Es wird gar nichts geopfert, außer vielleicht der letzte Dalar, um die Schankschulden zu bezahlen. (Wir verstehen uns, Baba Jaga?)

Banshees und Sirenen sind von den Karaoke-Wettbewerben ausgeschlossen.

Draußen bleiben: Tiere, die beißen, spucken, stechen. Tiere mit magischen Fähigkeiten. Alle anderen Tiere. Leute, die sich in Tiere verwandeln können, betreten die Taverne gefälligst in ihrer zivilisierten Gestalt. Es sei denn, das Tier IST ihre zivilisierte Gestalt.

Wer die Katze quält, den wird Wanja quälen.

Seit der Sache mit Fairy-Sam gibt es neue Türen-Regeln: Eine kaputte Tür kostet 18 Dupeten, ein kaputtes Schloss 4 Dupeten. Zu zahlen an Wanja. Persönlich.

Hausverbot haben: alle Elfen. Welche Überraschung!

Costas H. Dopoulos

Hinter der Mauer

Die Dämonen hatten eine Torte bestellt. Sie hatte nicht viel mit den rosa eingefärbten Marzipan- und Sahne-Kolossen zu tun, wie die Schicksalsfrauen sie gerne für ihre Patenkinder in Auftrag gaben. Das Ungetüm, dem Dopoulos gerade den letzten Schliff gab, erinnerte eher an einen verkohlten Berg. Die Sahne darauf war mit Pfeffer und getrockneter Oktopustinte dunkel eingefärbt.

»Gib mir eine Zierschnur, Tobbs!«, brummte Dopoulos. »Eine müsste noch im Karton sein.« Tobbs ließ sich auf den Knien neben der großen Kiste nieder, die unter dem Tisch stand. Alles Mögliche fand sich darin: Marzipankugeln, Zuckerperlen und »Spinnenschleier« aus Salzwurzelsirup, die man malerisch über Gebäck und Kuchen breiten konnte. Und natürlich auch jede Menge Kerzen. In Dopoulos' Taverne wurde oft Geburtstag gefeiert, auch wenn die meisten Geburtstagskinder nach den ersten hundert Jahren die Lust daran verloren. Manche der Kerzen sahen aus wie Eiszapfen, andere waren unscheinbare Bündel gelblicher Stangen. Tobbs beugte sich tief über die Kiste und suchte nach den auffälligen glutroten Kerzen, die der Wirt erst vor einigen Tagen unter den Sirupnetzen versteckt hatte. Sein Herz machte einen freudigen Satz, als er sah, dass die Kerzen verschwunden waren.

»Schlägst du da unten Wurzeln?«, rief Dopoulos.

Tobbs griff sich die Zierschnur und schoss mit hochrotem Kopf nach oben. Dopoulos sah ihn scharf an.

»Was grinst du denn wie ein betrunkener Schnapsgeist?«

»Hier ist sie!«, rief Tobbs statt einer Antwort und hielt dem Wirt die Schnur hin. »Aber sie ist rot-weiß geringelt – sieht aus wie eine Zündschnur, oder?«

Dopoulos zuckte mit den Schultern. »Das ist die einzige, die wir noch haben. Na, für heute lass uns hoffen, dass die Dämonen nicht etwas Ähnliches denken und ein paar Tricks damit versuchen.« Er seufzte und legte seine Stirn in Falten. »Ich weiß ja nicht, wie es dir geht, aber ich schlage drei Kreuze, wenn diese Veranstaltung vorbei ist.« Seine Halbglatze glänzte im Licht der Öllampen und seine dicken Finger zitterten, während er versuchte, die Schnur möglichst dekorativ an der Torte anzubringen.

»Das wird bestimmt aufregend!«, erwiderte Tobbs gut gelaunt. »Wanja hat erzählt, dass die Dämonenfrauen sehr gut tanzen können.«

»Ja, und dabei beißen sie dir den Kopf ab«, brummte der Wirt. »Also, sei höflich und halte dich fern von der Braut. Ich habe keine Lust, mir einen neuen Schankjungen zu suchen. Und sag Wanja, sie soll dir endlich mal das Haar schneiden – so ein magerer, schlaksiger Kerl und so viele Haare! Du siehst aus wie ein Pony. Ein Wunder, dass du überhaupt noch etwas siehst.«

Tobbs strich sich die schwarzen glatten Strähnen aus der Stirn. Die nächste Frage lag ihm bereits auf der Zunge, aber er befolgte Wanjas Rat und zählte, statt zu fragen, langsam bis zwanzig. Es gab Tage, da konnte man Dopoulos fast alles sagen, und Tage, da brodelte unter der scheinbar so ruhigen Oberfläche ein Vulkan, der jederzeit ausbrechen konnte. Wenn Dopoulos' Augenringe so dunkel waren wie heute und seine Augen so verschwollen von der durchwachten Nacht, dann war Vulkantag, und es war besser, ihm nicht zu widersprechen. Siebzehn ... achtzehn ... neunzehn ..., zählte Tobbs in Gedanken, doch die Frage, die wichtigste Frage von allen, ließ sich nicht mit Zählspielchen einschläfern. Schließlich konnte Tobbs nicht länger widerstehen.

»Und nach der Hochzeit ...«, platzte er heraus, »also morgen, meine ich, dann feiern wir ...«

»... deinen Geburtstag, jaja«, knurrte Dopoulos.

»Und dann erzählst du mir alles, was du herausgefunden hast über …«

»… die Leute, die dich damals hier vergessen haben, jaja.«

»Wanja und du, ihr wart deswegen letzte Woche so lange in der Stadt, nicht wahr? Ihr habt nachgeforscht!«

Dopoulos gab keine Antwort. Vielleicht hatte er die Frage tatsächlich nicht gehört, viel wahrscheinlicher war jedoch, dass er sich wieder einmal taub stellte.

»Den dreizehnten, stimmt's?«, bohrte Tobbs weiter. »Ich werde dreizehn. Oder nicht?«

Dopoulos drückte die Zündschnur tiefer in die Sahne. »Wenn es dir wichtig ist – ja. Wahrscheinlich. Vermutlich. Wer weiß das schon so genau. Jedenfalls siehst du aus wie jemand, der dreizehn Jahre alt ist. Bisschen mickrig vielleicht, aber trotzdem.«

»Aber du hast doch gesagt …«

»Jaja. Aber du weißt ja, wie es hier in unserer Taverne ist. Eine Nacht kann ein Jahr sein und ein Jahr ein Tag. Hier verläuft die Zeit nicht immer so wie an anderen Orten. Erinnerst du dich noch an Muttke Pillepie?«

Tobbs nickte eifrig. »Sie kam am Sonntag in die Taverne und war zwanzig Jahre alt – und am Montag kam sie wieder – und da war sie plötzlich eine alte Frau. Sie sagte, sie sei fünfzig Jahre nicht in der Taverne gewesen, und fragte mich, ob ich Tobbs' Enkel sei.«

»Siehst du, genau das meine ich.«

»Aber Muttke kam durch eine der magischen Türen. Hier in unserem Land und in der Taverne ist immer dieselbe Zeit und …«

»Hör mal, Schankjunge«, unterbrach ihn Dopoulos ungeduldig. »Geh doch mal raus und sieh nach, wie weit Wanja mit dem Gaul ist. Geburtstag ist Geburtstag und Hochzeit Hochzeit. Und jetzt kommt erst einmal die Hochzeit. Wir müssen anfangen, den Gastraum herzurichten. Tische rücken, Stühle aus dem Keller holen, Lampions aufhängen und so weiter. Na los, geh, geh, geh!« Er fuchtelte mit seiner riesigen Hand in der Luft herum. Ein Sahneklecks landete auf Tobbs' Handrücken. Tobbs leckte ihn ab. Beißender Pfeffergeschmack trieb ihm die Tränen in die Augen.

»Ach, und stell im Nebenraum das Warnschild für die Todesfeen auf«, fügte Dopoulos hinzu. »Sie sollten wissen, dass es heute Abend vielleicht knallen wird. Schließlich wollen wir nicht, dass am Montag die Leute tot von den Stühlen fallen, nur weil die Todesfeen in meiner Taverne am Sonntag aus dem Kreischen nicht mehr rausgekommen sind.«

Tobbs schluckte seine Enttäuschung mit der Pfeffersahne hinunter, nickte und machte sich auf den Weg. Er musste sich beeilen, denn von der Konditorküche bis zum großen Wirtsraum war es eine ordentliche Strecke, genauer gesagt vier Gänge, drei schmale Flure und der erste kleine Wirtsraum, der meistens für den Stammtisch der Schicksalsfrauen reserviert war. Tobbs hatte sich schon oft gefragt, was sich der Erbauer des Wirtshauses wohl dabei gedacht hatte, mehr Gänge als Räume anzulegen. Und jedes Jahr schienen noch mehr Gänge dazuzukommen, aber Tobbs wusste natürlich, dass es eine Täuschung war. Tatsächlich wurden es nur mehr Türen – alleine zwanzig befanden sich im ersten Flur. Von innen sahen sie unscheinbar aus. Nur die Türglocken klangen unterschiedlich und verrieten, wer an der Tür war. Götter aus dem Land Yndalamor kündigten sich durch das Klingeln von Opferglöckchen an. Standen die Dämonen aus dem Olitai-Gebirge vor der Tür, erklang Donnergrollen. Für die Sylvanier hatte Dopoulos eine Klingel mit einem Fledermausschrei angebracht und für die Leute aus Wanjas Heimat Kasatschok-Musik. Es gab Abende, da hörte sich der Lärm im Gang an wie das ohrenbetäubende Konzert einer verrückten Band, begleitet von Heulen, Schreien, Kreischen und Wolfsgeheul. Doch die Bewohner der

Länder vor den Türen konnten klingeln, so viel sie wollten – solange Dopoulos sie nicht in seine Taverne ließ, blieben sie, wo sie waren.

Die Tür, durch die in wenigen Stunden die Dämonen des Olitai-Gebirges eintreten würden, befand sich am Ende des Flurs. Die Türzarge trug die Spuren von Feuer und Ruß. Tobbs schauderte, als er daran vorbeirannte. Eine Dämonenhochzeit! Noch nie hatte es so etwas in der Taverne gegeben. Tobbs stürmte in den nächsten Flur und durch den kleinen Wirtsraum, bis er endlich den Hintereingang der Taverne erreichte, der in den Hof führte. Als er das blonde Mädchen sah, das dort stand, war es bereits zu spät, noch umzukehren.

»Hallo, Tobbs!«

Tobbs blieb stehen und räusperte sich. »Guten Tag, Anguana. Ich hab's eilig. Ich muss zu Wanja …«

Er machte Anstalten, an ihr vorbeizueilen, doch Anguana trat wie beiläufig einen Schritt zur Seite und schnitt ihm den Weg ab. Jetzt erst bemerkte er, dass sie etwas in den Händen hielt, so behutsam, als würde sie im Käfig ihrer hohlen Hände einen Schmetterling bergen. Ihre Augen strahlten so hell wie blaue Eiskerzen.

»Ich … wollte dir gratulieren«, flüsterte sie. »Du hast heute Geburtstag. Wanja hat es mir erzählt. Herzlichen Glückwunsch.« Tobbs seufzte und rang sich ein Lächeln ab.

»Danke. Das ist … wirklich nett von dir. Und jetzt muss ich aber …«

Er verstummte, als sie die Hände ausstreckte und einen Schritt auf ihn zutrat. Ihr langer blauer Rock schleifte über den Boden. Auch heute konnte Tobbs es sich nicht verkneifen, einen verstohlenen Blick auf den Saum zu werfen, über den Anguana so oft stolperte. Jeder in der Taverne wusste, was sich darunter verbarg – aber jeder, dem sein Glück lieb war, würde sich davor hüten,

Anguana zu verspotten. Warum auch? Im Grunde war sie einfach nur ein nettes Mädchen – und, wenn man es genau nahm, sogar hübsch. Wenn sie nur nicht jedes Mal so große, ängstliche Augen bekäme, sobald Tobbs ihr über den Weg lief! Und das passierte nicht gerade selten. Seit einigen Tagen hatte Tobbs das Gefühl, dass er kaum einen Schritt machen konnte, ohne dass Anguana wie durch Zauberei neben oder hinter ihm auftauchte und versuchte, ein Gespräch mit ihm anzufangen. Dabei lief sie jedes Mal rot an und begann zu stottern. Tobbs wusste, dass Anguana aus keinem der Türenländer stammte, sondern aus den Bergen südlich der Stadt kam. Und er wusste auch, dass die Menschen dort Wesen wie sie entweder sehr liebten oder sehr hassten. Tobbs liebte sie nicht und hasste sie nicht – sie ging ihm nur auf die Nerven.

»Du weißt, dass es Glück bringt, wenn … jemand wie ich einen Glückwunsch ausspricht?«, fragte sie leise.

Tobbs fuhr sich nervös durch das Haar. »Ja … danke. Glück kann ich immer gebrauchen.«

»Du hast es nun«, sagte Anguana ernst. »Verschwende es nicht. Das hier ist Anguanas besonderes Geschenk.« Vorsichtig klappte sie die Hände auseinander. Tobbs blickte Hilfe suchend über ihre Schulter.

Auf dem Hof stand Wanja in ihrer ledernen Schmiedeschürze und beschlug ein Pferd. Doch sie machte keine Anstalten, Tobbs beizustehen, stattdessen zuckte sie nur die Schultern und beugte sich wieder über den Huf, den sie gerade für das Eisen zurechtschnitt.

Tobbs seufzte und sah sich endlich das weiße Ding in Anguanas Händen an.

»Oh … danke«, sagte er und versuchte, erfreut auszusehen. »Das ist ein schöner … äh … Spinnenkokon?«

Anguana lächelte geheimnisvoll. »Schau doch hinein!« Vorsichtig ließ sie das seltsame Geschenk auf Tobbs' Handfläche rollen.

Tobbs hielt sich den Kokon vor die Nase und drehte ihn hin und her. »Da ist ein blauer Faden drin.«

»Garn!«, rief Anguana. »Garn, das niemals ausgeht! Ich habe es selbst gesponnen. Da, wo ich herkomme, ist es das Schönste, was ein Mensch bekommen kann. Freust du dich?«

Tobbs gab sich geschlagen und schenkte ihr das Lächeln, auf das sie so lange gewartet hatte.

»Ja, sicher«, sagte er. »Es ist sehr … äh … nützlich. Danke!«

Endlich richtete sich Wanja auf und winkte ihn zu sich heran.

»He, Tobbs! Komm mal her, ich brauche deine Hilfe. Entschuldige, Anguana. Wir haben es heute eilig.«

Anguana zuckte zusammen. »Natürlich«, murmelte sie. »Wir sehen uns bestimmt später noch.« Und mit einem Mut, den Tobbs ihr nie zugetraut hätte, umarmte sie ihn zum Abschied und rannte durch die Hintertür ins Wirtshaus. Verdutzt sah Tobbs ihr nach. Auf dem schlammigen Boden, der von den Regenfällen der letzten Tage durchweicht war, zeichneten sich Anguanas Fußspuren ab: ein Menschenfuß und – daneben, ganz klein und irgendwie verschämt – der Abdruck eines Ziegenhufs.

Wanjas Lachen riss Tobbs aus seinen Gedanken. »Nun mach doch nicht so ein Gesicht, nur weil ein Mädchen dir etwas geschenkt hat. Nicht jedem wünscht Anguana Glück! Komm her, du kannst mir die Feile reichen.«

Tobbs schob den kleinen Kokon in seine Jackentasche und ging in respektvollem Abstand um das Pferd herum. Das Tier war rot wie dunkles Blut und hatte eine Mähne, die golden glänzte. Und gemeine Augen. Tobbs fühlte sich in der Gegenwart von Pferden nie besonders wohl, aber dieses hier schien nicht nur viel zu groß, sondern auch niederträchtig zu sein. Es beobachtete ihn aus kleinen, funkelnden Drachenaugen. Tobbs war sich ziemlich sicher, dass es insgeheim boshaft in sich hineingrinste. Langsam beugte er sich zu der Feile hinunter, die auf einem Holzbrett lag. Und ebenso langsam, wie er sich dann wieder aufrichtete, legte das Pferd die Ohren an und zeigte ihm mit einem launischen Grinsen sein gelbes Gebiss.

»Wo bleibt die Feile, Tobbs!«, kam Wanjas ungeduldige Stimme aus der Schweifgegend. Tobbs umrundete das Tier ein zweites Mal, diesmal in der anderen Richtung in einem noch größeren Bogen. Das Pferd schielte ihm hinterher und schätzte offenbar die Entfernung zwischen seinem Hinterhuf und Tobbs' Knie genau ab. Anscheinend wusste es sehr genau, dass Tobbs ihm nahe kommen musste, um Wanja das Werkzeug zu reichen.

Tobbs blieb stehen. »Weißt du was, Wanja?«, rief er. »Ich bleib hier. Fang auf!«

Jeder andere hätte sich mit einem Entsetzensschrei vor der heransausenden Feile in Sicherheit gebracht, aber Wanja fischte das Werkzeug so ruhig aus der Luft, als wäre es ein Spielball.

»Na vielen Dank«, murrte sie. »Hast du etwa Angst vor Rubin? Du solltest dich mit ihm vertragen, er bleibt bei uns. Je eher ihr euch aneinander gewöhnt, desto besser.«

Das Pferd schenkte ihm ein zähnefletschendes Gähnen. Tobbs schluckte. Vielleicht hieß das Fletschen so viel wie: »Ich kann warten«?

Wanja stützte sich auf den Pferderücken auf wie auf ein Fensterbrett und lächelte Tobbs voller Besitzerstolz zu.

»Guter Kauf, was? So hübsch, als wäre er direkt von einem der Lackdöschen gesprungen, die mit Pferden bemalt sind. Und er ist so stark, dass er eine Ladung Weinfässer ohne Mühe vom Taldorf zur Taverne tragen kann!«

Sie strahlte über das ganze sommersprossige Gesicht. Braune

Locken fielen ihr über die muskulösen Schultern. Wanja sah so aus, wie Tobbs sich die Dämonenfrauen aus dem Süden des kargen Olitai-Gebirges vorstellte – stark und schrecklich und auf seltsame Weise schön.

»Bisher haben wir doch auch kein Pferd gebraucht«, wandte er lahm ein. Die Vorstellung, diesem Ungetüm jeden Tag begegnen zu müssen, war ungefähr so verlockend wie die Aussicht auf Pfeffersahne zum Frühstück.

Wanjas Augen blitzten auf.

»Etwas zu brauchen ist die eine Sache«, antwortete sie verschmitzt. »Aber etwas zu wollen eine ganz andere. Und darum geht es letztendlich. Alles geschieht, weil wir etwas wollen – und nur selten dann, wenn wir etwas nur brauchen.«

Sie lachte und bückte sich wieder nach dem Huf.

Tobbs seufzte tief. Das Gefühl der Leere war wieder da – und die Unruhe, die ihn seit Wochen immer wieder ohne Vorwarnung überfiel. Oh ja, er verstand Wanjas Worte, sie waren wie für ihn gemacht. Denn Tobbs wollte etwas, er wollte etwas so sehr, dass er manchmal glaubte, verrückt zu werden, so sehr drehten sich all seine Gedanken darum. Er sehnte sich danach zu wissen, woher er kam. Und gleichzeitig fürchtete er sich davor – jetzt, da dieses Ziel nur noch einige Stunden entfernt war.

»Freust du dich schon auf die Feier?«, kam Wanjas Stimme hinter dem Pferd hervor.

»Und wie!«, rief Tobbs. »Natürlich! Dopoulos hat schon die Kerzen für meine Geburtstagstorte …«

»Nicht der Geburtstag!«, gab Wanja ungeduldig zurück. »Die Hochzeit meine ich!«

Tobbs seufzte wieder. Wollte denn heute niemand außer Anguana über seinen Geburtstag sprechen?

»Früher bin ich oft mit den Dämonen tanzen gegangen«, sagte

Wanja. »Als ich jünger war. Richtig schöne Feste waren das! Mitten im Winter, auf der Spitze eines vereisten Berges. Oh, gute Pferde brauchte man, um dort hinaufzugelangen. Mit geschärften Hufeisen aus den Kronen gefallener Könige …«

»Dopoulos sagt, wir sollen die Tische aufbauen«, unterbrach Tobbs sie grob. Wenn Wanja nicht über seinen Geburtstag reden wollte, hatte er auch keine Lust, sich ihre Geschichten über Dämonenfeste anzuhören. Wanjas verträumtes Lächeln verschwand schlagartig.

»Dopoulos, Dopoulos!«, rief sie ärgerlich. »Meine Güte, immer das gleiche Theater, weil er denkt, wir werden nicht rechtzeitig fertig. Dabei haben wir doch noch Stunden Zeit!« Sie kam auf Tobbs zu, beugte sich zu ihm hinunter und legte ihm die Hand auf die Schulter. »Und für dich haben wir heute sogar eine besondere Aufgabe«, sagte sie mit einem schelmischen Grinsen. »Du kümmerst dich um den Kindertisch.«

»Was?«

»Hat Dopoulos es dir noch nicht gesagt? Die Dämonen haben einen kleinen Zusatztisch bestellt.« Sie lächelte ihm aufmunternd zu. »Aber du brauchst dir keine Sorgen zu machen. Dämonenkinder sehen ihren Eltern überhaupt nicht ähnlich. Das kommt erst viel später. Am Anfang sind sie alle hübsche kleine Engel. Allerdings sind sie hübsche kleine Engel, die nur Unsinn im Kopf haben. Du solltest ein Auge auf sie haben.«

Tobbs verzog den Mund. Na wunderbar! Er würde also seinen dreizehnten Geburtstag damit verbringen, auf die Gören der dämonischen Gäste aufzupassen.

»Kopf hoch, Junge!«, sagte Wanja und nahm endlich die Hand von seiner Schulter. »Das wird die Hochzeit des Jahrhunderts!«

Der Saal konnte sich sehen lassen. Die Tische und Stühle waren mit Flechtwerk verziert – Steinranken und Wüstenröschen. Lampions aus hauchfeinen Salzkristallschalen verströmten heimeliges Licht.

»So«, sagte Dopoulos und blickte sich zufrieden um. »Das hätten wir geschafft, nun ist alles bereit. Und wir können uns sogar noch ein wenig ausruhen, bevor der Trubel beginnt.«

»Fast alles«, bemerkte Wanja. »Tobbs und du, ihr müsst noch die Schilder an die Türen hängen.«

Dopoulos klatschte sich mit der Hand an die Stirn. »Natürlich. Gut, dass du mich daran erinnerst.«

Wenig später stand Tobbs mit ihm in einem der vielen Flure. Unzählige Schlüssel klapperten an einem schweren Eisenring, den Dopoulos stets bei sich trug. Tobbs bewunderte den Wirt dafür, wie schnell er, ohne hinzusehen, den passenden Schlüssel für die jeweilige Tür herausfischen konnte. Die Schlüssel sahen nur auf den ersten Blick alle gleich aus, denn Dopoulos hatte jeden einzelnen mit Kerben und Kratzern markiert und erfühlte so geschickt wie ein Blinder den richtigen.

Tür für Tür schloss er nun auf und öffnete sie. Dann reichte Tobbs ihm ein Schild mit der Aufschrift »Heute geschlossene Gesellschaft«, das der Wirt an Haken, Nägel oder Äste an die Außenseiten der Türen hängte, bevor er sorgfältig wieder abschloss und noch einmal, um sicherzugehen, an den Türklinken rüttelte. Bei jeder Tür reckte Tobbs den Hals und warf einen Blick in eines der Länder. Immer noch lief ihm dabei ein Schauder über den Rücken.

Noch nie hatte er allein eine der Türen durchschritten, aber er wusste von seinen kurzen Ausflügen mit Wanja, dass das Wirtshaus in jedem Land anders aussah. Und durch jede Tür blickte er nun in ein anderes Land: Hinter der Tür zu Sylvanien führte ein mondbeschienener Weg zu den schwarzen Silhouetten spitzer Berge. Die Tür zum Land der Tajumeeren öffnete sich zu einem in der Sonne gleißenden Sandstrand. Wenn Tobbs sich vorbeugte, konnte er erkennen, dass die Tür von außen über und über mit Muscheln bewachsen war. Dopoulos hängte das Schild an den Arm eines Seesterns. Und so ging es weiter – von Land zu Land und von Tür zu Tür.

An der Tür zu Yndalamor ging Dopoulos jedoch vorbei.

»Warum hängst du hier kein Schild auf?«, rief Tobbs dem Wirt hinterher.

Dopoulos winkte ab. »Was ist, wenn Kali ihren Tee trinken möchte?«, knurrte er. »Soll ich sie etwa aussperren?«

Es dauerte eine ganze Weile, bis sie alle Türen abgegangen waren – nur die Tür zu Gwinnydell blieb verschlossen, obwohl jemand auf der anderen Seite beharrlich gegen das Holz hämmerte und wüst lamentierend Vermutungen über den zweifelhaften Lebenswandel von Dopoulos' Mutter anstellte.

»Gib es endlich auf, Sam!«, rief Dopoulos im Vorübergehen. Einen Augenblick war Stille, dann prasselte ein ganzer Hagel von Schimpfworten gegen die Tür. Dopoulos schüttelte nur den Kopf und brummte etwas von »Elfengesocks«.

Schließlich gelangten sie zu dem Gang, der zu den Schlafräumen führte. Tobbs schlief im alten Gesindezimmer auf der Ofenbank, direkt unter dem knarrenden Dach. Dopoulos' Bett stand in dem größeren Raum daneben, aber jeder wusste, dass er es nicht benutzte. Dopoulos schlief nie. Er nickte höchstens im Sitzen ein, um nach einigen Augenblicken wieder aufzuschrecken und zu lauschen, als würde er etwas Schlimmes erwarten.

Wenn Tobbs nachts wach lag, hörte er, wie der Wirt durch die Gänge streifte. Nacht für Nacht drehte Dopoulos seine Runde mit dem großen Schlüsselbund, rüttelte an den Schlössern und prüfte, ob sein Wirtshaus gut verschlossen war. Er wusste nicht, dass Tobbs ihm seit einiger Zeit nachschlich. Und er wusste auch nicht, dass Tobbs wusste, dass der Wirt immer an einer bestimmten Stelle des Flurs stehen blieb.

Tobbs vermutete, dass sich dort früher einmal eine Tür befunden hatte. Die Stelle lag an der Kellertreppe und sah aus, als wäre hier vor langer Zeit ein Durchgang einfach in die Mauer gebrochen und später wieder zugemauert worden. Oft schlich Dopoulos auch tagsüber dorthin. Dann legte er sein großes Ohr an den Stein und lauschte besorgt. Nach einer Weile seufzte er und schlurfte davon.

Manchmal wagte sich auch Tobbs zu dieser zugemauerten Tür vor und legte dort ebenfalls sein Ohr an den kalten Stein. Das Geräusch, das er dann hörte, jagte ihm jedes Mal einen Schauer über den Rücken. Es hörte sich an wie Krallen und Klauen. Sie kratzten mit einer Beharrlichkeit, die an Mordlust grenzte, als wollten sie sich ins Wirtshaus durchgraben.

Kein Zweifel: Jemand wollte herein. Und es war sicher niemand, dem Tobbs im Dunkeln begegnen wollte.

Dämonenhochzeit

Tobbs musste eingenickt sein. Sein Gesicht lag in das Lammfell auf seiner Bettstatt geschmiegt – und jetzt spürte er Schnurrhaare über seine Wange streichen.

Er blinzelte und schlug die Augen auf. Im Mondlicht, das durch die schmale Fensterluke des Gesinderaums drang, leuchteten Nekis Augen. Die Wirtshauskatze maunzte und gähnte herzhaft. Ihr langer Schwanz strich über Tobbs' Hand.

»Oh nein, habe ich etwa verschlafen?«, murmelte Tobbs. Neki maunzte wieder und sprang von der Ofenbank. Es gab ein dumpfes Geräusch, als wäre ein schwerer Kartoffelsack auf den Boden gefallen. Tobbs hörte stampfende Pfoten. Neki war tatsächlich die einzige Katze, die stampfte. Mit ihrem Gewicht blieb ihr auch nichts anderes übrig.

Tobbs schoss hoch und fuhr sich durch die Haare. Im Dunkeln sprang er von der Ofenbank und rannte zu dem Stuhl, auf dem seine graue Wolljacke lag. Die Umrisse seiner Holzfiguren zeichneten sich vor der Wand ab. Tobbs wusste genau, welche Figur an welcher Stelle stand. Es waren immer zwei Figuren – Paare. An den Abenden, an denen Tobbs darüber nachgrübelte, wo seine Eltern sein könnten, schnitzte er sie. Mal waren es Tajumeeren, mal Sylvanier, Rusaner, Tobiten oder Menschen aus ganz anderen Ländern. Wann immer Wanja in einem der Türenländer auf Reisen war, brachte sie ihm ein kleines Souvenir mit: ein kleines Stück Stoff für die Kleider, eine Muschel für den Kopfschmuck des Tajumeeren-Mannes oder eine kleine Harpunenspitze für dessen Frau. Zweiundvierzig Figuren waren im Laufe seines Lebens entstanden und Tobbs liebte sie so sehr, als seien sie lebendige Menschen. In gewisser Weise waren sie das auch: seine hölzerne Familie. Umso aufgeregter war er bei dem Gedanken, dass er morgen endlich erfahren würde, welche zwei Figuren ganz und gar zu ihm gehörten. Im Hinausgehen streckte er die Hand aus, strich kurz über die beiden in schwarzen Filz gehüllten Holzfiguren aus Tinadin und huschte aus seinem Zimmer.

In der Küche herrschte bereits Betrieb, die dröhnenden Stimmen der Köche hallten in den Fluren. Im großen Festsaal standen drei Mädchen, die Dopoulos als Aushilfen aus der Stadt geholt hatte, und hörten sich die letzten Anweisungen des Wirtes an.

»Den Dämonen auf gar keinen Fall in die Augen schauen«, sagte er mit Nachdruck. »Keine Diskussionen mit den Dämonenfrauen zum Thema Leben, Tod und Liebe. Und bitte: keine Wetten! Die richtige Anrede für die Herrschaften Dämonen lautet: ›Ihro Olitai‹, am besten verbunden mit einem sehr höflichen ›Sehr wohl‹ oder ›Natürlich sofort‹. Und vergesst nicht: Keinesfalls zum Tanz auffordern lassen. Verstanden?«

Die Mädchen kicherten und nickten. Dopoulos seufzte und sah sich nach Tobbs um. Tobbs konnte sich keinen Reim darauf machen, woher der Wirt immer genau wusste, ob sein Schankjunge in der Nähe war.

»Ah! Da bist du ja! Da drüben steht dein Tisch. Auch für dich gilt: keine Wetten, kein Tanz und weg von der Braut! Ansonsten pass einfach gut auf, dass sich niemand aus dem Raum schleicht und irgendwelche Dummheiten anstellt.«

Tobbs warf einen wenig begeisterten Blick zum Kindertisch. »Ich habe schon verstanden!«, entgegnete er. Neki war herangeschnurrt und strich an seinen Beinen entlang. Ihr herzförmiges Gesicht grinste zu ihm herauf. Das Fell der großen Katze war dreifarbig – rot und weiß und schwarz – und über Augen und Nase hatte sie einen Fleck, der wie eine schwarze Maske wirkte. Gerade wollte Tobbs sich zu ihr hinunterbeugen, als ein Donnerschlag den Raum erschütterte. Dopoulos klatschte nervös in die Hände und griff nach seinem Schlüsselbund. »Die Dämonen sind hier!«, rief er. »Es geht los!«

Tobbs stand hinter einem der Stühle am Kindertisch und hielt sich an der Lehne fest. Er hatte schon den einen oder anderen Dämon gesehen, aber der Anblick, der sich ihm nun bot, machte ihn schwindlig.

Die Braut trug ein Gewand aus grünem Schlangenleder, das an manchen Stellen mit ihrer Haut verwachsen schien. Gefahr umhüllte sie wie ein schimmernder Schleier.

Ihr Kopf war kahl und ihre grünen Augen hatten keine Pupillen, dennoch war sie schöner als alle Frauen, die Tobbs je gesehen hatte. Der Bräutigam hatte einen Wolfskopf und trug an seinem Gürtel ein schrecklich anzusehendes Richtschwert.

Das Rauschen von Schwingen erfüllte den Saal, als sich einige geflügelte Dämonenfrauen ganz am Ende des Tisches niederließen. Mehrere Hunde sprangen auf die Stühle und verwandelten sich dort in finster dreinblickende Kreaturen, halb Mensch, halb Tier.

Dopoulos verbeugte sich tief vor einem Ritter, der eine Schlange in der rechten Hand hielt. Plötzlich verformte sich das Reptil, bekam Beine und Arme und wurde zu einer schuppenhäutigen Dame.

Der mürrische Dopoulos verwandelte sich auch – und zwar in einen gut gelaunten, lächelnden Gastgeber.

Mehr und mehr Gäste strömten in den Raum – längst hätte es in der Taverne viel zu eng sein müssen, aber mit jedem Gast schien der Saal sich weiter auszudehnen.

»He, schläfst du?«

Ein Junge, der Tobbs nicht mal bis zur Schulter reichte, grinste ihn an. Hellblonde Locken umrahmten ein sanftes Gesicht. Nur die grünen Augen ohne Pupillen erinnerten daran, dass der Junge ganz bestimmt kein Engel war.

»Nein, sehe ich so aus, als ob ich im Stehen schlafe?«, gab Tobbs zurück.

Der Junge kicherte. »Woher soll ich wissen, wie du schläfst? Agasch kann sogar schlafen, wenn sie kopfüber von einem Baum herunterhängt.«

»Wer ist Agasch?«

»Na, die Braut – meine Schwester!« Mit einer anmutigen Geste deutete der Junge auf die Schlangenbraut, die eben in ihrem mit Disteln geschmückten Sessel Platz nahm, und fügte geheimnisvoll hinzu: »Sie bringt Krankheiten und hat den bösen Blick, die Gebirgsleute nennen sie das lebendige Verderben. Außerdem frisst sie Kinder.«

»Aha«, erwiderte Tobbs. Er hoffte, der Junge würde nicht bemerken, wie seine Knie weich wurden. »Nette Verwandtschaft hast du.«

Das engelsgleiche Dämonenkind nickte. »Der Bräutigam heißt Alastor. Er ist der Henker der höllischen Monarchien. Und der Mann dahinten, der eben noch ein Hund war, ist mein Onkel Jestan. Er verursacht Hungersnöte und Kriege … Du siehst komisch aus.«

»Was?«

»Na, deine Haare. Sind das deine oder hast du mit einem schwarzen Pferd getauscht? Und deine Augen sind auch so komisch, sie sehen aus, als ob …«

»He, jetzt reicht es!«, unterbrach ihn Tobbs. Dann fiel ihm nichts mehr ein – was sollte er auch erwidern? Dass die Haare des kleinen Dämons auch komisch aussahen? Das wäre eine glatte Lüge gewesen. Sie waren perfekt, wie alles an ihm.

»Sei doch nicht gleich beleidigt«, meinte der Junge versöhnlich. »Ist ja keine Schande, hässlich zu sein.«

Tobbs blieb die Luft weg. »Das bin ich ganz bestimmt nicht!«

Der Dämon zog zweifelnd eine Braue hoch. »Natürlich nicht«, sagte er mit einem schelmischen Lächeln. »'tschuldigung. Wusste ja nicht, dass du so empfindlich bist.«

Tobbs kämpfte gegen den Drang an, dieser kleinen Pest ordentlich die Meinung zu sagen. Aber das ging auf keinen Fall. Der Junge gehörte schließlich zu den Gästen.

»Und wie heißt du?«, fragte er.

Der Junge verzog den Mund und streckte sich. »Sid.«

»Sid?«

»Ja, wieso bist du so erstaunt?«

»Na ja, das ist ein etwas ... schlichter Name für einen Dämon.«

»Ja, nicht wahr?«, meinte Sid bedauernd. »Wir bekommen unseren richtigen Namen erst, wenn wir erwachsen sind. Aber trotzdem hätte sich mein Vater einen imposanteren Namen ausdenken können. ›Mordon‹ vielleicht oder ›Kobran‹. Wie heißt du denn?«

»Tobbs.«

Sid prustete los und verlor dabei fast das Gleichgewicht. Tränen schossen ihm in die Augen, während er vor Lachen wieherte. »Also dann heiße ich doch lieber Sid«, japste er, sobald er wieder Luft bekam.

Tobbs schloss für einen sehr besonnenen Moment die Augen und stellte sich vor, wie er Sid am Kragen packte und ihn mit dem Kopf in die Schüssel mit Marindensirup tauchte.

»Ach wirklich?«, fragte er dann so ruhig wie möglich. »Was ist denn so schrecklich lustig an meinem Namen?«

Sid hielt sich glucksend die Seite. »Tobbs – das ist doch ein Witzname! Das klingt ... nach hüpfenden Flöhen. Wie ›Tobbs Hopps‹ oder ›Tiddy Tassenfresser‹ oder ›Tabbie Trötenmaul‹ ...«

»He!«, rief Tobbs. »Jetzt reicht es! Halt die Klappe, ja?« Einige der Dämonen verstummten und warfen ihm einen drohenden Blick zu. Sids Onkel hatte offenbar vergessen, dass er seine menschliche Gestalt angenommen hatte, und knurrte mit gefletschten Zähnen.

»Na, Angst bekommen?« Sid grinste und wischte sich die Lachtränen von den Wangen.

»Ganz bestimmt nicht«, gab Tobbs mit rotem Kopf und sehr viel leiserer Stimme zurück. Am liebsten hätte er den Festsaal verlassen.

Die Dämonen hatten inzwischen alle Platz genommen. Die Dorfmädchen huschten von Tisch zu Tisch und schenkten aus großen Krügen den Willkommenstrunk ein. Irgendwo in der Ecke stimmten drei Dämonen einige Instrumente, die nur aus spitzen Knochen und Stacheln zu bestehen schienen. Wimmernde und jaulende Töne erfüllten den Raum. Sids Onkel konnte nicht widerstehen und stieß ein lang gezogenes Heulen aus, in das der Bräutigam mit dem Wolfskopf sofort einfiel.

»Sollten nicht noch mehr Kinder zum Fest kommen?«, fragte Tobbs missmutig. Sid ließ sich auf einen der vier Kinderstühle fallen und lehnte sich lässig zurück. »Mein Cousin und noch irgendwelche Zwillinge aus dem Nordteil des Gebirges. Verwandtschaft vierten Grades. Aber die kommen erst später. Wer hat dir den Namen gegeben? Deine Mutter oder dein Vater?«

Tobbs zuckte zusammen. »Das geht dich gar nichts an.«

Sid wollte etwas sagen, als im Flur das Gebimmel von Glöckchen ertönte. Dopoulos flüsterte einem der Schankmädchen etwas zu und eilte hinaus.

»Was war das für ein Bimmeln?«, wollte Sid wissen.

»Nur die Türglocke aus Yndalamor«, knurrte Tobbs. »Willst du auch was trinken?«

»Yndalamor? Ihr habt ... eine Tür nach Yndalamor?« Sid begann aufgeregt auf seinem Stuhl hin und her zu rutschen. »Kennst du Kali, die Zerstörerin? Sie kommt aus diesem Land!«

Endlich hatte Tobbs etwas, um den Quälgeist auf seinen Platz zu verweisen. »Klar kenne ich Kali«, sagte er betont lässig. »Sie ist unser Stammgast. Wahrscheinlich war sie es, die eben geklingelt hat. Sie kommt oft hierher und trinkt ihren Tee im roten Zimmer.«

»Kali ist hier?«, rief Sid und sprang auf. Seine Stimme überschlug sich vor Begeisterung. »Kali ist meine Lieblingsgöttin! Sie hat die silberne Stadt Ghan mit einem einzigen Schwertschwung dem Erdboden gleichgemacht! Und sie hat neuerdings diese wahnsinnig gefährliche Kutsche – einen Streitwagen, und gezogen wird er von einem leibhaftigen Mancor! Kann ich sie sehen? Nur mal sehen! Bitte!«

»Setz dich wieder hin«, sagte Tobbs streng. »Nein, Kali darf auf keinen Fall gestört werden. Von niemandem.«

»Ach wirklich? Der dicke glatzköpfige Kerl ist aber sofort zu ihr rausgerannt.«

Tobbs holte tief Luft. »Der ›dicke, glatzköpfige Kerl‹ ist unser Wirt. Er macht ihr die Tür auf.«

Langsam ließ Sid sich wieder auf den Stuhl sinken. »Verstehe. Deshalb hat er einen so großen Schlüsselbund am Gürtel.« Er zog die Stirn kraus und schielte wieder zur Tür. Es war ein Blick, der Tobbs gar nicht gefiel. »Gut«, meinte Sid schließlich. »Ich bleibe ganz brav hier sitzen. Und ich hätte gern etwas zu trinken, Tobbs Hopps. Einen Schlangensaft, bitte. Mit ausgequetschter Fledermaus.«

Tobbs juckte es in den Fingern, diese Göre einfach am Kragen zu packen und kräftig zu schütteln. Ruhig bleiben, ermahnte er sich. Er ist ein Gast. Nur ein frecher Gast, in Menschenjahre umgerechnet kaum älter als zehn. Ohne dem Dämonenkind eine Antwort zu geben, ging er zu dem Servierwagen hinüber, den eines der Mädchen gerade am Tisch entlangschob, und hangelte nach einem mit Marindensirup gefüllten Glas.

In diesem Augenblick explodierte die Torte. Die brennende Zierschnur zischte an Tobbs vorbei wie ein Kometenschweif und wickelte sich, als sei sie lebendig, um den Knöchel eines Schankmädchens. Es sprang mit einem wütenden Schrei zur Seite, löschte die Schnur jedoch geistesgegenwärtig, indem es einen Krug voll Orangensaft darüber ausleerte. Der herrenlose Servierwagen, den das Mädchen von sich gestoßen hatte, flitzte über die Tanzfläche und rempelte Tobbs an.

Tobbs rutschte das Glas aus der Hand. Der Marindensirup verteilte sich als glitzernde Fontäne über den Boden und vermischte sich mit den Scherben des Glases.

Ein Feuerdämon sprang auf den Tisch, auf dem eben noch die Torte gestanden hatte, und verbeugte sich in der Säule aus beißendem Rauch, die aus den Trümmern der verkohlten Torte aufstieg.

Die Dämonen applaudierten, johlten und kreischten. Einige leckten sich die schwarze Sahne von den Händen.

Tobbs, der noch taub von der Explosion war, sah nur schemenhaft, wie die Hochzeitsgesellschaft auf die Tanzfläche stürzte. Erst einige Sekunden später ließ das Klingeln in seinem Ohr nach und er nahm die Musik wahr, die nun eingesetzt hatte – ein Stampfen und Trillern, durch das sich eine Melodie wand. Sie floss heiß durch seine Fingerspitzen in seine Arme, zuckte hinauf in seinen Kopf und hinunter in die Beine, das Stampfen wurde zum Takt seines Herzens – und schon sprang er mitten auf die Tanzfläche. Unter seinen Schuhsohlen knirschten Glassplitter. »Na, Schankjunge?«, raunte ihm eine tiefe Frauenstimme zu. Er konnte nichts dagegen tun, dass er ihren Bewegungen folgte, seine Arme und

Beine zuckten im Rhythmus des Beats. Die Dämonenbraut lachte ihn mit einem Mund voller Schlangenzähne an, dann packte sie ihn an den Handgelenken und wirbelte ihn herum. Dort, wo ihre Finger ihn berührten, fühlte seine Haut sich an, als wäre sie vereist. Nicht in die Augen schauen, befahl ihm der letzte Rest seines Verstandes. Der Geruch von Hundefell und Stieratem vermischte sich mit dem süßen Duft der zerstampften Marinden. Hörner, Vogelklauen und Schlangenhaut streiften seine Haut. Und obwohl er wusste, dass er nicht mit Dämonen tanzten durfte, geschah etwas Seltsames: Alle Angst verflog, er drehte sich und sprang mit den Dämonen, er fasste nach schuppigen Händen und fellbedeckten Pfoten und stampfte im Takt der fremden Musik, die ihn nun ganz erfüllte. Er lachte noch, als er spürte, wie der eisige Griff der Schlangenfinger an seinem Handgelenk fester wurde und spitze Zähne über seine Haut strichen.

»Tobbs?«, brüllte ihm jemand ins Ohr. Die Zähne verschwanden. Eine riesige Hand packte ihn grob und schüttelte ihn nun kräftig durch. »He, Tobbs!«, rief Wanja noch einmal und schnippte mit den Fingern direkt vor seiner Nase. Das brachte ihn zur Besinnung. Verwundert nahm er wahr, dass Wanja ihn von der Tanzfläche trug und ihn neben die Tür stellte. Der Dämonentango verwandelte sich in eine ohrenbetäubende Kakofonie, der Boden bebte unter Tobbs' Füßen. Wanja grinste. »Tolles Fest, was?«, brüllte sie ihm durch den Lärm zu. »Aber du sollst doch nicht mit der Braut tanzen!«

Tobbs nickte verwirrt. Der Schreck kehrte zurück, als er auf seinen rechten Arm blickte und die Einstiche von scharfen Zähnen sah. Kleine Blutstropfen quollen hervor und bildeten einen Halbkreis, der wie ein rotes Lächeln wirkte. Wanja kümmerte sich nicht um seine Verletzung, sondern deutete auf den leeren Kindertisch.

»Na los, Tobbi!«, sagte sie und gab ihm einen Schubs zwischen die Schulterblätter. »Fang ihn wieder ein!«

Sid! Natürlich – die kleine Kröte hatte sich aus dem Staub gemacht. Und Tobbs konnte sich nur zu gut vorstellen, wohin er gegangen war!

Im ersten Flur hallte die Dämonenmusik so laut, dass die Türen bei jedem Stampfgeräusch knarrten, doch im zweiten Flur wurde es ruhiger. Im dritten war nur noch ein fernes Wummern zu hören.

Sid war nirgends zu sehen. Um ganz sicherzugehen, sah Tobbs in jedem Winkel und in jeder Nische nach, dann rannte er weiter zu den kleineren Wirtsräumen. Im ersten saßen zwei in Leichentücher gehüllte Todesfeen und spielten Schach. Sie blickten kaum auf, als Tobbs sie hastig grüßte und zum roten Zimmer weitereilte. Einige Schritte vor der Tür blieb er schwer atmend stehen.

Die Tür war nur angelehnt, der Duft von saurem Säuselblütentee strich durch den Türspalt und hüllte Tobbs ein. Vorsichtig streckte er die Hand aus und tippte die Tür mit den Fingerspitzen an. Lautlos schwang sie auf und gab den Blick frei auf rot gestrichene Wände und goldene Lackmöbel. Wie so oft saß Kali an dem kleinen Tisch am Fenster und blickte in die Nacht hinaus. Tobbs fragte sich immer, was es dort zu sehen gab, denn die Göttin betrachtete den schattenschwarzen Waldrand so andächtig, als studierte sie das Bild eines genialen Malers.

Ihre Hände waren so dunkelblau wie ihr Gesicht, und ihre langen, gebogenen Fingernägel so schwarz wie ihre Lippen. Blutrot leuchteten ihre Augäpfel. Dopoulos war nicht im Raum, aber seine Tasse stand neben Kalis aufgestütztem Ellbogen auf dem Tisch und sein Stuhl war nach hinten geschoben. Vielleicht holte er gerade Zucker aus der Küche.

Tobbs machte einen Schritt zur Seite, bis er im Türschatten

stand. Kali zu begegnen, wenn sich Dopoulos in der Nähe befand, war in Ordnung, aber mit der Göttin allein im Raum zu sein, war etwas ganz anderes. Fröstelnd betrachtete Tobbs Kalis Ohrschmuck. Es war ein toter Mann, der wie ein Erhängter an einer goldenen Schlinge baumelte. Wenn Kali den Kopf wandte, berührten seine willenlos schlenkernden Füße ihre Schulter. Der tote Mann war nur so lang wie Kalis spitzer kleiner Finger, aber Tobbs wusste, dass dieser Eindruck täuschte. Hier in der Taverne war Kali so groß wie Dopoulos – in ihrem eigenen Reich aber konnte sie so riesig werden, dass der tote Mann Tobbs sicher um drei Kopflängen überragte. Und mit ihrem kleinen Finger zertrümmerte die Göttin Berge aus Granit, als wären sie aus Streichholzschachteln gemacht.

»Er ist nicht hier«, sagte der tote Mann. Seine Stimme erinnerte an das Rascheln von trockenem Laub. Kali blickte immer noch unverwandt zum Fenster hinaus, nur ihr makabrer Ohrschmuck bewegte sich leicht und schlenkerte mit seinen welken Armen.

Tobbs räusperte sich. »Das heißt aber, er war hier?«, flüsterte er. »Der kleine Dämon, meine ich. Blond und etwa so groß?« Er hob die Hand bis zur Höhe seines Schlüsselbeins. Ob die verdorrten Augäpfel die Bewegung wirklich wahrnahmen?

Der tote Mann grinste nicht, dazu waren seine Lippen wohl zu vertrocknet, aber er gab ein spöttisches Schnalzen von sich. »Kali ist sehr ungehalten, dass sie nicht einmal hier ihre Ruhe hat.«

»Das … das tut mir leid«, stammelte Tobbs.

»Du siehst ja, was sie mit mir gemacht hat«, sagte der tote Mann. »Und dabei bin ich ihr nicht einmal auf die Nerven gegangen, sondern kam nur ganz zufällig vorbei, als sie einmal schlechte Laune hatte. Am besten du verschwindest – und zwar ziemlich schnell.«

Das ließ Tobbs sich nicht zweimal sagen. Hastig verbeugte er sich vor der Göttin, sprang aus dem Zimmer und schloss die Tür. Erst draußen wagte er wieder durchzuatmen. Doch mit der Erleichterung stellte sich zugleich auch die Wut ein. Dieser Sid hatte es also tatsächlich gewagt, hier herumzuschnüffeln! Tobbs machte auf dem Absatz kehrt und rannte zurück auf den Flur.

»Sid!«, rief er. »Ich weiß, dass du hier irgendwo bist! Komm her oder du kannst was erleben!«

Ein Poltern antwortete ihm. Die Tür zu seiner Rechten erzitterte in der Türzarge, so heftig hämmerte jemand von außen dagegen.

»Ihr arrogantes Pack!«, brüllte eine betrunkene Stimme. »Ich hau euer Witzhaus kurs und klein! Und dann brenne ich das ganse Elend nieder. Betrüger! Halsabschneider!«

»Meint der euch?«, ertönte Sids Stimme hinter Tobbs. Tobbs fuhr herum und packte ihn am Kragen.

»Du kleine Schlange!«, zischte er ihm zu.

Sid begann zu strahlen. »Oh, danke!« Dann wurde er wieder ernst. »Oje, du bist wirklich wütend, was? Aber ich habe doch nur durch den Türspalt geschaut, ehrlich! Nur ganz kurz! Ich schwöre es – ich wollte Kali nur einmal sehen.«

Bei den letzten Worten sank seine Stimme zu einem heiseren Flüstern. Mit einem Kieksen verstummte er plötzlich und deutete auf seinen Hals: »Au, lass los, du erwürgst mich«, krächzte er.

Tobbs atmete tief durch. Er musste sich zusammenreißen. Zögernd lockerte er seinen Griff. »Darüber reden wir noch«, knurrte er. »Aber jetzt erst einmal zurück in den Festraum mit dir. Und zwar zackig!«

»Sagst du mir noch, wer das da hinter der Tür ist?«

»Das ist nur Fairy Sam. Er hat Spielschulden und muss noch eine Tür bezahlen.«

»Was hat er denn getan?«

»Nach dem letzten Kartenspiel eine Schlägerei angezettelt und das halbe Wirtshaus demoliert. Das passiert oft, wenn er, so wie jetzt, völlig betrunken ist.«

»Dasiss eine verdammpe Lüge!«, grölte es hinter der Tür. »Ich wurde bestohlen, von diesen Bastarden!«

Sid war mit einem Satz bei der Tür und hämmerte mit beiden Fäusten ebenfalls dagegen. »Halt die Klappe, Fairy Sam, du Verlierer!«, brüllte er. Tobbs schnappte nach Luft, als er seine eigene Stimme aus dem Mund des Dämons vernahm.

»Wer spricht da?«, donnerte Fairy Sam.

»Tobbs, du Quadratkopf! Und wenn ich dich erwische, stecke ich deinen versoffenen Schädel in die Traubenpresse und gmpf…«

Tobbs presste seine Hand auf Sids Mund. »Bist du wahnsinnig!«

Der Junge wand sich in seinen Armen wie eine Schlange, entglitt ihm und – entwischte!

»Ich mach dich fertig, Tobbs!«, brüllte Fairy Sam. »Wenn ich dich erwische, zieh ich dir die Unterlippe übern Kopf! Ich dreh dir jeden Zahn einseln raus unstopf ihn dir unter die Augenlider, ich …«

Tobbs rappelte sich auf und jagte hinter Sid her. Der Kleine war nicht nur wendig wie eine Eidechse, sondern auch so schnell, dass er ihn schon im zweiten Gang aus den Augen verlor. Oh ja, Wanja hatte Recht gehabt, es war wirklich ein Hochzeitsfest, das er nie wieder vergessen würde!

Mit einem Mal war Tobbs zum Heulen zumute. Beim Gedanken daran, dass am selben Abend noch drei weitere Dämonenkinder eintreffen würden, erfüllte ihn tiefe Verzweiflung. Niedergeschlagen ging er den Gang entlang. Es half nichts, er musste weiter nach Sid suchen. Die Musik wurde lauter. Einem berstenden Knall nach zu urteilen hatte der Feuerdämon beschlossen, noch eine weitere Vorstellung seines Könnens zu geben. Einige Atemzüge lang verstummten die Musik, das Stampfen und das Klirren, bevor der Applaus losbrach. Doch dieser Moment der Stille genügte Tobbs, um das leise Klicken zu hören – das Geräusch, das Dopoulos' Schlüssel machten, wenn er sie behutsam in den Schlössern drehte. Das Klicken war von rechts gekommen – vom Ende des Flurs. Um nach Dopoulos zu rufen, war es zu laut, also nahm Tobbs die Beine in die Hand und rannte los. Schon von Weitem erkannte er, dass es Kalis Tür war. Sie stand offen. Sonnenschein fiel in den Flur, doch Dopoulos war nirgends zu sehen.

Kalis Kutsche

Warm und verlockend schien die Sonne auf sein Gesicht. Beinahe von selbst machte Tobbs einen Schritt auf die Tür zu, bis er den Duft von heißem Sandstein wahrnahm. Und da war noch ein Geruch. Was war das? Es roch wie von der Sonne erwärmter Lack.

Tobbs' Schulter stieß gegen den hölzernen Türrahmen. Verdutzt machte er die Augen wieder auf. Etwas stimmte hier nicht. Richtig: Dopoulos wäre nie durch die Tür gegangen, ohne sie hinter sich sofort wieder zu verschließen. Natürlich wusste Tobbs, was er jetzt tun sollte: Er sollte die Tür schließen und wenigstens einen Stuhl unter die Klinke klemmen. Er sollte wieder in die Taverne gehen und Wanja Bescheid sagen. Er sollte …

Die Brise trug ihm einen neuen, viel süßeren Geruch zu. Tobbs entdeckte nicht weit entfernt einen kargen Baum, an dem rosafarbene, runde Blüten wuchsen. Es war ein seltsamer Baum. Seine Blätter und Blüten zitterten, als würde jemand die Äste schütteln. Und über ihm jagten mit unglaublicher Geschwindigkeit die Wolken über den Himmel.

Tobbs überlegte nicht, seine Beine entschieden für ihn: Sie überschritten gerade die Schwelle!

Sofort wurde ihm schwindelig. Alle Spannung wich aus seinem Körper, sein Herz fühlte sich an, als hätte es jemand in Schwingung versetzt, und nun konnte es gar nicht so schnell schlagen, wie von ihm verlangt wurde. In Panik schnappte Tobbs nach Atem, doch dann fiel ihm wieder ein, was Dopoulos über Kalis Reich erzählt hatte: Die Zeit in ihrer Welt verging schnell. Viel schneller als in der Taverne. Deshalb hatten die Blätter gezittert und die Wolken sich so schnell bewegt. Aber mit dem Überschreiten der Schwelle war Tobbs ein Teil von Kalis Welt und Zeit geworden – die Wolken standen beinahe still, die Blätter bewegten sich ruhig und sanft im Wind. Sein Herzschlag beruhigte sich nach und nach, der Schwindel verschwand.

Nebel kroch über den Boden und hüllte Tobbs' Beine ein, während er mit zögernden Schritten auf den Baum zuging. Er streckte die Hand nach einem herabhängenden Zweig aus und strich behutsam über ein Blütenblatt. Unter seiner Berührung wurde die Blüte schwarz und zerfiel zu duftendem Räucherwerk. Tobbs lächelte. Vertrocknetes Gras knisterte unter seinen Füßen, Wirbel drehten sich im Wind.

Er stand auf einer Ebene – und wenn er den Blick auf den Horizont richtete, erkannte er in der Ferne schneebedeckte runde Berge. Kalis Reich. Die Taverne musste sehr hoch in den Bergen stehen, denn das, was Tobbs für Nebel gehalten hatte, waren in Wirklichkeit Wolken, die dicht über dem Boden schwebten.

Tobbs sog noch einmal den Duft der Blumen tief in seine Lunge und ging dann weiter. Das Ende der Ebene war ein Halbrund aus Bäumen. Tobbs warf einen Blick zurück. Die Taverne war noch da, allerdings hätte er sie kaum wiedererkannt. In Kalis Welt glich sie einem bunt bemalten, würfelförmigen Tempel mit goldenem Dach. Der Lack an den Wänden wirkte noch ganz frisch und leuchtete so rot wie Kalis Augäpfel.

Tobbs wurde mutiger und ging um die Taverne herum. Wie klein sie in diesem Land war! Die Seitenwand des Gebäudes war höchstens zehn Schritte breit. Kaum größer als das Teezimmer, in dem die Göttin in diesem Augenblick saß. Ob sie ihn durch das Fenster sehen konnte? Aber nein, sie befand sich ja in Dopoulos' Welt und bewunderte den Waldrand. Tobbs erreichte das Ende der Wand, spähte vorsichtig um die Ecke – und hielt die Luft an. Am liebsten hätte er einen anerkennenden Pfiff ausgestoßen, aber das traute er sich doch nicht. Das Geräusch hätte das Ungeheuer womöglich aufschrecken können. Hier stand nämlich ein echter Mancor – eingespannt wie ein Kutschpony vor Kalis Streitwagen. Er war so groß, dass seine Schulter fast an das Dach stieß. Von vorne glich ein Mancor einem Tiger mit Löwenmähne – aber Tobbs konnte das Gesicht des Untiers nicht sehen, da es von ihm abgewandt stand und sich die linke Pfote leckte. Nur der Gestank des Raubtierrachens wehte zu ihm herüber. Der hintere Teil des Mancors erinnerte an ein sandfarbenes Pferd – die Hufe allerdings waren gespalten und so groß und scharf wie Sicheln. Ein Löwenschweif peitschte hin und her.

Tobbs schlich näher heran. In diesem Augenblick setzte der Mancor seine linke Pfote wieder geschmeidig auf den Boden auf und schüttelte die Mähne. Tobbs zog sich hastig zurück und huschte zur Vorderseite des Gebäudes. Sein Herz pochte. Er hatte einen leibhaftigen Mancor gesehen! Leider nicht sein Gesicht – aber von der anderen Seite würde er sicher einen besseren Blick auf Kalis Kutsche haben. So schnell er konnte, rannte er an der offenen Tür vorbei und fegte um die Ecke.

Dort stand Sid.

»Was machst du denn hier!«, zischte Tobbs. Der Dämon sah sich um, doch sonderlich erschrocken war er nicht. Er legte nur den Zeigefinger an die Lippen und winkte Tobbs heran. Tobbs war viel zu verdutzt, um der Aufforderung nicht zu folgen. Zögernd trat er neben Sid. Die Luft blieb ihm weg, als er den Mancor in voller Pracht sah.

Das Raubtiergesicht war so schön, dass jeder Tiger neben ihm wie eine räudige, hohlwangige Straßenkatze gewirkt hätte. Die orangefarbene Mähne leuchtete wie ein Kranz aus Feuerzungen. Die Augen waren wasserblau und die Zunge, die nun gelangweilt über die Lefzen leckte, ebenfalls – blauer als alle Lagunen im Land der Tajumeeren.

»Ist der nicht – Wahnsinn?«, flüsterte Sid. »So einen will ich später auch!«

Tobbs konnte sich kaum von dem Anblick losreißen, aber dann besann er sich endlich wieder auf seine Aufgabe und packte Sid am Genick.

»Mitkommen!«, befahl er. Der junge Dämon zog den Kopf ein und ließ sich gehorsam ein Stück mitziehen. Doch kurz vor der Tür stemmte er sich gegen Tobbs' Griff.

»He, warte doch mal! Nur einen Augenblick! Ich muss dir was sagen …«

»Das kannst du auch drinnen«, knurrte Tobbs. »Wie bist du überhaupt hierhergekommen?«

Sids ertappter Gesichtsausdruck sprach Bände.

»Du hast doch nicht etwa die Schlüssel gestohlen?«, fragte Tobbs fassungslos.

Sid grinste entschuldigend. »Ich gebe sie ihm wieder zurück! Ehrenwort!«

»Du kommst als Gast in unsere Taverne und stiehlst Dopoulos die Schlüssel! Gib sie auf der Stelle wieder her!«

Das Dämonenkind seufzte und streckte die Hand aus. Auf seiner Handfläche lag nur ein einziger Schlüssel. Darin eingeritzt war Kalis Zeichen – ein Galgenmännchen, das den toten Mann darstellte. Wie hatte der Knirps es bloß geschafft, den Schlüssel von Dopoulos' Bund zu entfernen?

»Ich hab ihn mir nur geliehen – weil ich den Mancor sehen wollte. Hast du noch nie Schlüssel geklaut?«

»Ganz bestimmt nicht!«

»Wirklich? Aber warum denn nicht? Damit kannst du einfach so jedes Land betreten! Ohne wochenlange Reisen und gefährliche Überfahrten! Aber für dich ist das wahrscheinlich gar nichts Besonderes mehr. Du darfst ja ohnehin jeden Tag durch die Türen ein und aus spazieren, stimmt's? Warst du schon mal bei den Tajumeeren?«

Tobbs schüttelte den Kopf. »Es ist nicht ungefährlich, einfach so zwischen den Ländern herumzuspringen. Du siehst ja, dass die Zeit in manchen von ihnen ganz anders läuft. Hier scheint die Sonne – bei uns ist es Nacht. In der Taverne steht die Zeit beinahe still, während wir in Kalis Welt sind – und sind wir in der Taverne, fliegt hier die Zeit vorbei. In manchen Ländern ist ein Tag ein Jahr oder nur eine Stunde. Ehe man sichs versieht, hat man in der Taverne eine Woche oder einen Monat verloren.«

»Wieso verloren? Was verpasst du denn schon in der Taverne?«

Tobbs schwieg. Wie sollte er diesem kleinen Dieb erklären, warum es für ihn wichtig war, in der Taverne zu bleiben? Solange er dort war, wussten seine … Eltern? … wo sie ihn fanden. Jeden Morgen, wenn er aufwachte und Nekis flaumweiches Katzenfell seine Nase kitzelte, wünschte er sich, dass sie heute durch eine der Türen kommen würden, überglücklich, ihn wiedergefunden zu haben. Jeden Tag stellte er sich eine andere Tür vor – und ein anderes Land, aus dem er stammte. Jeden Tag nahm er dafür eine andere Holzfigur aus seiner Sammlung in die Hand, betrachtete sie und malte sich aus, wie seine richtigen Eltern sich freuen würden, wenn er ihnen die beiden Figuren schenkte, die ihnen glichen. Nur dafür hatte er sie gebastelt. Tobbs hatte nicht viel, was er verschenken konnte, aber in diesen Figuren steckte unendlich viel Sorgfalt, Bangen, Sehnsucht und Hoffnung, kurz: sein ganzes Leben. Die hölzerne Familie war sein kostbarster Schatz. Aber was, wenn seine richtige Familie endlich käme und er würde gerade im Jumasa-Meer schwimmen oder bei den Sylvaniern durch die Wälder streifen?

»Eines Tages werde ich mir alle Länder ansehen«, murmelte er. »Aber nicht jetzt. Und nun komm endlich, lass uns reingehen.«

Sid lächelte verschmitzt. »Warum so eilig? Solange wir hier sind, verlieren wir in der Taverne doch kaum Zeit. Dir gefällt die Kutsche doch auch, stimmt's?«

Tobbs seufzte sehnsüchtig. »Klar doch«, gab er zu. »Das ist der beste, schnellste und wendigste Wagen, den es gibt. Dopoulos sagt, Kali kann damit sogar fliegen. Das Gefährt ist aus dem Holz einer sehr seltenen Schweb-Eiche gemacht.«

Sid pfiff durch die Zähne. »Mein Onkel hat auch fliegende Kutschen, aber die werden nur von menschenfressenden Mauleseln gezogen.« Eifrig streifte er seinen Ärmel zurück und deutete auf eine rote Narbe. »Da, siehst du? Als ich ganz klein war, habe ich versucht, auf einem von ihnen zu reiten.«

»Und seitdem traust du dich wohl nicht mehr an sie heran?«

Sid wurde ernst und richtete sich so gerade auf, dass er Tobbs' Schulter sogar ein wenig überragte. »Im Gegenteil«, sagte er. »Ich bin jetzt schon Herr über dreißig Legionen.«

»Aha. Du kannst also mit einem Wagen umgehen?«

»Willst du es sehen?«

»Du meinst … mit dem Mancor?« Jetzt war es an Tobbs, den kleinen Dämon auszulachen. Doch statt beleidigt zu sein, schritt Sid geradewegs zurück zum Mancor. Tobbs blickte ihm mit einem flauen Gefühl in der Magengrube nach.

»Sid!«, rief er leise. »Ist gut, ich glaube dir ja! Und jetzt lass den Unfug!«

Doch das Dämonenkind war schon um die Ecke verschwunden. Ein Poltern erklang, gefolgt von stampfenden Schritten. Kutschräder rollten über den Boden – dann erschien Sid mit dem Mancor im Schlepptau. Neben dem Untier wirkte Sid so winzig wie der tote Mann an Kalis Ohr. Lammfromm folgte der Mancor ihm am langen Zügel. Seine Vordertatzen machten keinen Laut auf dem Boden, nur die Hinterhufe klapperten über den steinigen

Grund und hinterließen eine Spur aus aufgewühltem Boden, als würde der Mancor zwei Ackerfurchen ziehen.

»Siehst du?«, sagte der Dämon und strahlte über das ganze Gesicht. »Mit Geschöpfen der Finsternis kenne ich mich aus. Wollen wir eine Runde drehen?«

Tobbs leckte sich nervös über die Lippen und sah sich um. Die Sonne ließ die Berge leuchten. Irgendetwas flatterte in seinem Bauch und bettelte darum, dass er einfach Ja sagte und auf den Wagen sprang.

»Ich weiß nicht«, murmelte er. »Wenn Kali das erfährt, zieht sie uns als Schmuck durch ihre Nase.«

Sid lachte und kraulte den Mancor über dem Knie – schon dazu musste er sich auf die Zehenspitzen stellen. Das Untier schloss die Augen und begann so laut zu schnurren, dass Tobbs die Vibrationen wie ein Kitzeln in seiner Magengrube fühlen konnte.

»Sie erfährt es nicht«, beteuerte Sid. »Der Mancor wird wohl kaum petzen – und ich bin schließlich ein Dämon! Schon mal von einem Dämon gehört, der nicht mit einem Ungeheuer fertig wird? Die Maultiere meines Vaters sind viel gefährlicher – sie speien Feuer und hinterlassen mit ihren glühenden Hufen Lavaspuren im härtesten Gestein. Ach komm schon, Tobbi Tobbs, nur eine klitzeklitzekleine Runde ums Haus!«

Tobbs überlegte. Sollte er feiger sein als ein Dämonenkind? Nachdenklich warf er einen Blick auf seinen Unterarm, auf dem die Bissmale der Dämonenbraut inzwischen mit getrocknetem Blut verschlossen waren. Nun, gefährlicher als eine Dämonenhochzeit konnte eine Runde in einem Streitwagen auch nicht werden. Und schließlich, flüsterte ihm eine leise Stimme zu, war er jetzt dreizehn Jahre alt. War es da nicht Zeit, Dopoulos' Schürzenzipfel loszulassen und auch mal etwas auf eigene Faust zu unternehmen?

Der Mancor wandte den Kopf und verfolgte, wie Sid und Tobbs auf den Streitwagen kletterten. Tobbs versuchte in diesen ozeanblauen Raubtieraugen zu lesen, aber das Tier wirkte nach wie vor friedlich und geduldig. Der Streitwagen federte bei jeder Bewegung sanft unter ihren Füßen auf und ab. Sid hatte bereits die Zügel in die Hand genommen und wartete darauf, dass Tobbs seinen Platz fand.

»Halt dich hier vorne an der Querstange fest«, ermahnte er ihn. »Am Anfang gibt es einen ziemlichen Ruck. Und nie nach hinten schauen! Dabei wird es einem nur schwindlig.«

Der Mancor fauchte, sein Löwenschweif peitschte erwartungsvoll hin und her. Tobbs spürte den Luftzug und fröstelte.

»He – jaa!«, rief Sid und lockerte die Zügel. Der Ruck warf Tobbs nach hinten. Mit aller Kraft klammerte er sich an die Holzstange. Nach zwei schnellen Schritten setzte der Mancor zum Galopp an – federnd glitt der Wagen über den holprigen Boden und beschleunigte die Fahrt.

Tobbs musste blinzeln, als der Gegenwind seine Lider niederdrückte und ihm fast die Luft nahm. Die Landschaft flog an ihm vorbei.

»Toll, was?«, schrie Sid ihm durch das Dröhnen des Windes zu. Tobbs konnte nur völlig überwältigt nicken, während das Kribbeln in seinem Magen fast unerträglich wurde. Seltsamerweise machte es ihm nicht einmal Sorgen, dass die Bäume am Plateaurand näher und näher kamen. So schnell, als hätte er mit einem Blinzeln einen Zeitsprung ausgelöst, waren die buckligen Bäume direkt vor ihnen!

»Ducken!«, brüllte Sid. Tobbs konnte gerade noch den Kopf einziehen, als ihm schon abgerissene Zweige um die Ohren flogen. Der Mancor hatte zwei der Bäume einfach niedergewalzt. Auf das berstende Krachen folgte schwebende Stille.

Tobbs spuckte ein Stück bitterer Rinde aus und sah sich staunend um. Sie flogen! Sid lenkte den Wagen in eine steile Kurve. So klein wie ein Gewürzdöschen zog unter ihnen der Tempel vorbei. Das goldene Dach blitzte in der Sonne. Eine schwarze Furche schnitt das Plateau in zwei Hälften – die Hufe des riesigen Tieres waren zerstörerischer als ein Hexenpflug! Nun aber trat der Mancor lautlos auf, gewaltige Muskeln arbeiteten unter seinem Fell. Das Ungeheuer schnaufte schwer, während es den Wagen in einem weiten Bogen höher und höher zog – direkt auf die Berge zu! Tobbs war seltsam zumute – er hatte Lust, unbändig zu lachen. Sid grinste ihm triumphierend zu – seine Wangen glühten vor Eifer.

Unter ihnen trieben wolkengefüllte Täler dahin und Wälder voll rosa blühender Bäume. Die Mähne des Mancors flatterte. Als sie über den ersten verschneiten Berg hinwegflogen, zog das Tier nach unten, setzte auf dem Gipfel auf und galoppierte fünf, sechs Sprünge lang durch den Schnee. Eine glitzernde Schneefontäne ergoss sich über den Wagen. Sid kreischte vor Vergnügen. Mühelos stieß der Mancor sich wieder in die Luft ab und gehorchte willig Sids Zügelzug. Das Gefährt drehte ab und schraubte sich in einer raumgreifenden Spirale in den Himmel.

»Noch ’ne Runde?«, rief Sid.

Tobbs schüttelte atemlos den Kopf und deutete nach vorn. »Über den Berg!«

Sid verzog keine Miene, aber seine Augen leuchteten. Die Zügel lagen sicher in seinen Händen. Doch plötzlich ließ er das Leder durch seine Finger gleiten.

»Lass sie nicht los!«, rief Tobbs.

»I wo!«, schrie der Dämon. »Ich lasse sie nur locker, der scheint genau zu wissen, wo er hinwill!«

»Findest du denn wieder zurück?«

»Hat meine Schwester Schlangenzähne?«

Mit einem mulmigen Gefühl in der Magengegend beobachtete Tobbs, wie der Mancor sein Haupt schüttelte und abrupt über die Bergkuppe jagte. Eine Schar glänzend weißer Vögel stob kreischend auseinander.

Die Berge lagen nun hinter ihnen, stattdessen flogen sie über Geröll und endlose Ebenen. Erst weit am Horizont erhob sich eine neue Hügelkette. Seltsam zackige, regelmäßige Strukturen ragten in den Himmel. Ab und zu blitzte etwas auf. Der Mancor schnaubte aufgeregt und beschleunigte. Das Blitzen schien ihn zu interessieren.

»Das sind keine Berge, oder?«, brüllte Tobbs gegen den Wind an. »Das da vorne ist … eine Stadt oder so was!«

Sid blies die Backen auf und überlegte. Tobbs spähte angestrengt zum Horizont. Wieder glitzerte es in dem zackigen Gebilde – vielleicht waren es Glasscheiben, in denen sich die Sonne spiegelte?

»Na ja«, meinte der Dämon zögernd. »Könnte schon sein, ja, du könntest Recht haben. Ich schätze, es ist eine Stadt.«

Seltsamerweise empfand Tobbs keinerlei Angst – viel zu faszinierend war das Gebilde, das näher und näher kam. Bald konnte er weitere Einzelheiten ausmachen: Türme und spitz zulaufende Giebel erhoben sich über flachen Dächern. Noch nie hatte Tobbs solche Häuser gesehen – mit glatten Wänden und hohen, schmalen Mauern. Lack in den verschiedensten Rottönen glänzte in der Sonne. Die Häuser hatten nicht nur zwei Fensterreihen übereinander, sondern … Tobbs zählte … vier, oder fünf oder … mehr? Genau konnte er es nicht erkennen. Fensterscheiben gab es nicht, nur bunte Tücher, mit denen alle Öffnungen verhängt waren. Das, was er für Fensterglas gehalten hatte, waren Spiegel. Sie steckten alle an langen Stangen auf den Hausdächern – und bewegten sich! Schnüre strafften sich und dirigierten die Spiegel in bestimmte Richtungen, sie wanden sich wie Schneckenaugen, kippten hin und her. Manche schlugen gegeneinander, als würden sie einander in ihrer Hast, ein Bild einzufangen, im Weg stehen. Aber so unterschiedlich sie sich auch verhielten, alle kannten offenbar nur ein Ziel – sich Kalis Kutsche zuzuwenden.

Als der Mancor langsamer wurde und in einem eleganten Bogen direkt über der Stadtmauer aus schwarzem Stein entlanggaloppierte, erblickte Tobbs ein hundertfaches Bild – den gewaltigen Streitwagen, der von einem Dämon geführt wurde. Im Spiegel hatte Sid grüne Schlangenhaut und sah gar nicht mehr engelhaft lieblich aus. Spitze Zähne verwandelten sein Grinsen in ein bedrohliches Fletschen, auch das blonde Haar war verschwunden. Zeigte der Spiegel die Zukunft? Tobbs schluckte und schielte zu der Stelle, an der er selbst im Streitwagen stand. Und sah ... nichts! Nur ein wolkiges Etwas schwebte dort. Vorsichtig lehnte er sich weiter aus dem Wagen und spähte in die vorbeihuschenden Spiegel. Nein, kein Zweifel – er besaß kein Spiegelbild! Und da war noch etwas Seltsames – wehendes Haar und wilde blaue Augen.

Aber bevor Tobbs begriff, was er in den huschenden Spiegelbildern sah, zog der Wagen schon direkt über der Stadt dahin. Unendlich weit unten erstreckte sich ein Gewirr aus sonnenlosen Gassen und Häuserschluchten, helle Straßen breiteten sich wie ein Adernetz am Boden aus. Es duftete nach Gewürzen und Blumen.

Der Mancor brüllte wütend gegen die Spiegel an. Glas klirrte und zerbrach. Tobbs schoss die Angst in die Kehle – ein würgender, heißer Druck, der ihm die Luft abschnürte. Scherben regneten auf die Stadt herab. Nur wenige Spiegel waren noch unversehrt, aber sie zeigten nun nicht mehr Kalis Streitwagen, sondern kippten nach unten, als würden sie in die Gassen der Stadt hinunterschauen.

»Weg hier!«, krächzte Tobbs. Das ließ sich Sid nicht zweimal sagen. Mit aller Kraft legte er sich in die Zügel. Der Mancor machte einen unwilligen Sprung in der Luft, der den Wagen hüpfen ließ, doch zu Tobbs' Erleichterung gehorchte er und drehte ab. In diesem Moment zischte etwas Langes an Tobbs' Ohr vorbei. Instinktiv duckte er sich in den Schutz des Wagens und sah sich um. Ihm wurde schwindlig.

»Sid!«, brachte er heraus. »Sie ... greifen uns an!«

Auf der Stadtmauer, die eben noch leer gewesen war, standen Krieger. Sie trugen glänzende Rüstungen und hielten Waffen in den Händen. Sid stieß einen wüsten, kehligen Fluch aus, den vermutlich nur Dämonen verstanden, und trieb den Mancor an. Kalis Kutschtier schüttelte wieder unwillig die Mähne. Sein Brüllen vermischte sich mit einem anderen Geräusch – ein Sausen wie von starkem Wind. Dann pfiffen schon Dutzende von Speeren und Steinkugeln durch die Luft, direkt auf den Wagen zu. Ein gewaltiger Schlag schleuderte das Gefährt aus seiner Spur. Triumphgeschrei hallte von den Dächern wider.

»Halt dich fest!«, kreischte Sid. »Wir weichen nach oben aus!«

Abrupt stieg der Wagen in die Höhe und Tobbs klammerte sich mit aller Kraft an den Holzbügel. Plötzlich baumelten seine Füße in der Luft. Sid schaukelte neben ihm, die Zügel um die Handgelenke gewunden. Wieder hörte Tobbs ein heranzischendes Pfeifen. Spürte einen mörderischen Ruck in den Fingern.

Der Holzbügel, an den er sich klammerte, brach.

Und Tobbs fiel.

Seine Jacke flatterte ihm um die Ohren und der Wind ließ seine Hosenbeine knattern. Im Fallen drehte er sich um seine eigene Achse, sodass er mal den Himmel und mal ein Häusermeer sah. Die Häuser! Er fiel mitten in die Stadt! Sein Magen schien Purzelbäume zu schlagen und presste hart gegen seine Kehle, aber Tobbs konnte nur noch einem Gedanken folgen: Nie würden seine Eltern ihn finden. Jetzt nicht mehr. Ein Pfeil streifte ihn, und dann witschte eine Kugel direkt vor seiner Nase vorbei. Er würde also sterben. Zerschmettert durch eine Kugel, durchbohrt von einem Pfeil – oder zu Tode gestürzt in einer fremden Gasse. Würde es wehtun?

Es tat weh. Viel zu weh, um zu schreien. Alle Luft wurde aus Tobbs Lunge gesogen, seine Schultern durchzuckte ein gewaltiger Schmerz. Etwas langsamer fiel er weiter. Die Herrschaft über seine Arme und Finger hatte er offenbar verloren – sie klammerten sich ganz ohne sein Zutun an einen dicken, glatten Ast, der offenbar mitten aus der Luft gekommen war. Fenster mit bunten Vorhängen huschten an ihm vorbei. Mit dem Ast in den Armen sauste er zwischen zwei Häusern in die Tiefe. Ein weiteres Geschoss verfehlte ihn und zerstörte ein Fensterbrett. Tobbs prallte gegen eine Hauswand, trudelte, bis er sich mit dem Fuß in einem Vorhang verhedderte. Stoff schlug ihm gegen die Wange und wickelte sich um seinen Kopf. Flatternd und trudelnd fiel er blind weiter – knallte gegen harte Dinge, hörte Stoffe reißen. Als der Wind endlich den Vorhang vor seinen Augen zur Seite schob, erkannte er direkt unter sich ein mit Spiegelscherben übersätes gelbes … Sonnendach?

Tobbs krachte hindurch wie ein Stein durch ein Mehlsieb – und versank in einem Haufen Blütenblätter. Fest an den Ast geklammert blieb er liegen.

»Vom Dach gefallen!«, sagte eine Männerstimme. Die Aussprache war seltsam verwaschen, es klang beinahe wie »Vomtachefallen«.

»Vom Dach!«, bestätigte eine Frau.

»Warum ist er nicht tot?«

»Er umarmt einen Schweb-Eichenast«, sagte der Mann. »Der

hat seinen Fall etwas abgebremst. Und dann ist er direkt auf den Wagen mit den Blüten für das Opferfest gefallen. Einmal alle zehn Jahre fährt dieser Wagen durch die Wandelgasse – und er fällt direkt rein.«

»Unglaubliches Glück. Unglaublich! Kein Mensch hätte den Sturz überlebt.«

»Und wenn er kein Mensch ist?«

Tobbs versuchte, tief einzuatmen. Es stach zwar, aber allmählich war er geneigt zu glauben, die Sache lebend überstanden zu haben. Vorsichtig blinzelte er.

Über ihm wehte das zerfetzte Sonnendach im Wind. Und über den Wagenrand starrten ihn aus übergroßen, spiegelglatten Augen Insekten an. Ihre runden Köpfe glichen glänzenden Lackkappen und wie bei Käfern bedeckten Panzerplatten die Schultern. Tobbs stöhnte und richtete sich auf. Viel Kraft brauchte er dazu nicht, der Schweb-Eichenast, den er tatsächlich immer noch umklammert hielt, zog ihn hoch.

Sofort kam Bewegung in die Käfer. »Ein vom Himmel Gefallener!«, flüsterte die Frau. »Wie lange ist es her, seit die Götter uns einen geschickt haben?«

»Gebt ihm eine Kappe!«, befahl der Mann. »Und dann bringt ihn in den Tempel!«

Bevor Tobbs etwas erwidern konnte, stülpte ihm jemand eine holzharte Halbkugel über den Kopf. Dann schob man ihm noch ein seltsames Gestell über die Augen – zwei mit einem Bügel verbundene Insektenaugen an Holzstielen, die über seine Ohren und die Nase gelegt wurden. Tobbs staunte – durch die Insektenaugen sah er alles in einem hübschen Blauton!

Und dann sah er gar nichts mehr.

Die Stadt der Spiegel

Es roch nach den rosafarbenen Blüten, die zu Räucherwerk zerfielen, ein süßer, leichter Duft, der sich mit dem starken Geruch von schwelenden Dochten und rußigen Rauchschwaden mischte. Trappeln und leises Fiepen erklang, Platschen und auch das zarte Läuten von Zimbelglöckchen. Die beruhigenden Klänge folgten keinem Rhythmus, sondern waren so zufällig, als würde der Wind mit den Glöckchen spielen. Das Schönste aber war die Stille, die die Pausen zwischen den Geräuschen füllte. Nichts bewegte sich. Der Boden unter Tobbs war fest und weich zugleich – möglicherweise lag er auf einer Matratze oder dicken Decke. Seine Finger ertasteten Stoff und Stickereien.

Seltsamerweise tat ihm nichts weh – nur in seinem Kopf befand sich ein diffuser Klumpen, der an pulsierende Watte erinnerte. Behutsam öffnete Tobbs die Augen und blickte sich um.

Er lag in einem Tempelraum. Rosafarbene, fleischige Blüten bedeckten den Boden vor einem lackierten Schrein. Unzählige Spiegel brachen das Licht von Kerzen und ließen die Farben im Raum flirren. Die Figur, die auf dem rot lackierten Holz stand, stellte eindeutig Kali dar. Sogar der tote Mann am Ohr fehlte nicht. Die Göttin schien Tobbs grimmig anzusehen. Schuldbewusst schoss er hoch. Wie lange mochte er geschlafen haben? Er musste sofort hier raus – und zurück zur Taverne. Gehetzt blickte er sich um. Doch der Raum hatte kein Fenster. Nicht einmal eine Tür entdeckte Tobbs. Das einzige Element, das die strenge Symmetrie des Raumes störte, war der Schweb-Eichenast. Mit einer dünnen Eisenkette war er in der rechten Ecke neben dem Schrein an einem Metallring in der Wand befestigt und schwebte in der Luft. Einige hellblau und schwarz gefleckte Mäuse machten sich einen Spaß daraus, an der Wand hochzuklettern und mit einem Satz auf dem Ast zu landen. Manche nutzten den Ast als Sprungbrett in eine Milchschüssel, die am Boden stand. Das war also das Platschen, das Tobbs eben gehört hatte. Er blinzelte noch einmal.

Er war in einer fremden Stadt, irgendwo in Yndalamor. Und die Bewohner hatten ihn in den Tempel gebracht, weil sie ihn – wie hatten sie es genannt? – für einen vom Himmel Gefallenen hielten. Nun saß er in einer Art türenlosem Tempelkerker und die Stille deutete möglicherweise darauf hin, dass es Nacht war.

Aber selbst wenn er Stunden geschlafen hatte, waren in der Taverne kaum mehr als einige Minuten vergangen. Noch trank Kali also in aller Ruhe mit Dopoulos Tee. Weitaus dringlicher war das Problem namens Sid. Hatte der Dämon den Wagen und den Mancor in Sicherheit gebracht? Möglicherweise war Sid schnurstracks zur Taverne zurückgekehrt und hatte Dopoulos Bescheid gesagt. Dann würde es Ärger geben. Noch mehr Ärger als jetzt, um genau zu sein.

Tobbs bewegte sich und schrak zusammen, als er ein lautes Klappern hörte. Erst nach einigen Sekunden begriff er, dass das Klappern von ihm selbst ausging. Immer noch trug er die Kappe und das Gestell über seinen Augen. Außerdem hatte ihm jemand diese Schulterkappen angelegt. Tobbs nahm das Gestell von der Nase herunter. Sofort wurde es im Raum so hell, dass er blinzeln musste. Die himmelblau-schwarzen Mäuse hatten sich in schwarzweiße Mäuse verwandelt. Neugierig betrachtete Tobbs seine »Rüstung«. Die Schulterkappen und der Helm waren aus Holz. An einigen Stellen war der Lack zerkratzt, so als sei ein scharfes Messer daran abgerutscht. Tobbs fuhr mit dem Finger über eine Scharte und zuckte zurück. Im Helm steckte ein winziger Spiegelsplitter. Ob die Bewohner der Stadt die Helme trugen, um sich vor den herabfallenden Scherben zu schützen? Das würde auch das Gestell vor den Augen erklären – wenn sie zum Himmel schauten, konnten so auch keine Splitter ihre Augen verletzen.

»Du bist also der vom Himmel Gefallene?«, raunte eine Frauenstimme. Sie war dunkel und warm und schien aus dem ganzen Raum zu kommen.

Tobbs glaubte etwas aus seinem Augenwinkel davonhuschen zu sehen – einen flimmernden orangefarbenen Streifen, aber als er sich auf dem Absatz umdrehte, war er weg. Stattdessen ertönte ein Lachen. Da, im Spiegel gegenüber dem Schrein! Etwas Farbiges leuchtete darin auf und verschwand. Tobbs blickte sich um.

»Wo … wo bist du? Komm heraus!«

»Komm du doch herein«, forderte ihn die Stimme auf.

Tobbs ging näher an den Spiegel heran. »Bist du … noch da?«

»Schau genau hin. Und betrachte dich selbst! Vielleicht siehst du mich dann auch im Spiegel.«

Tobbs beugte sich noch ein Stück vor. Er stand nun genau vor dem Spiegel, doch seltsamerweise sah er sich gar nicht. Nur eine verschwommene, wolkig dunkle Fläche schwebte vor ihm.

»Erstaunlich«, bemerkte die Frauenstimme. »Du hast kein Spiegelbild.«

»Das bist du, oder?«, fragte Tobbs. »Du stiehlst mir das Spiegelbild – bist du ein Spiegelgeist?«

»Nichts weniger als das«, erwiderte die Stimme leicht eingeschnappt. »Das, was du vor dir siehst – oder auch nicht siehst –, bist immer noch du selbst.«

Tobbs runzelte die Stirn und hob die Hand. Das wolkige Ding im Spiegel waberte auf und ab. Er nahm schräge Augen wahr – gefährlich wirkten sie, als würden sie auf Beute lauern. Nein, das konnte nicht sein Spiegelbild sein!

»Dann stimmt etwas mit dem Spiegel nicht«, sagte er.

Die Stimme kicherte. »Etwas stimmt mit dir nicht, mein Junge. Der Spiegel zeigt dir nur deine wirkliche Gestalt.«

»Das da bin ich aber ganz bestimmt nicht!«

»Ach wirklich?«, spottete die Stimme. »Na, was bist du dann?«

»Na, ein Mensch. Ich habe schwarze Haare und …«

Lachen erklang. Und als hätte jemand das Licht in einem dunklen Raum angemacht, erschien direkt vor ihm eine Frau im Spiegel. Sie war alt und ihre Haut war dunkel wie schwarze Erde. Als Kleid trug sie ein orangefarbenes Tuch, das sie sich um den Körper geschlungen hatte. Es musste ein großes Tuch sein, denn die Frau war gewaltig. Zumindest, wenn man annahm, dass der Spiegel kein Zerrspiegel war. Dopoulos hätte sie sicher als Türwächter eingestellt. Die Frau musterte Tobbs aus beunruhigenden Augen – eines war hellgrün, das andere aber leuchtete dunkelbraun.

»Schwarze Haare würde ich das da nun wirklich nicht nennen«, bemerkte sie. »Wie kommst ausgerechnet du bitte schön darauf, ein Mensch zu sein?«

Tobbs schluckte und trat einen Schritt zurück.

»Ich bin doch einer! Glaube ich jedenfalls. Oder … siehst du wirklich etwas anderes?«

Die Frau schnalzte mit der Zunge und nickte. »Darauf kannst du wetten.«

Die folgende Frage zu stellen, kostete Tobbs unendlich viel Mut. »Und … was siehst du?«

»Wenn du es selbst nicht weißt, ist es nicht meine Aufgabe, es dir zu sagen. Außerdem kann sogar ich mich irren. Aber im Augenblick kommt es auch gar nicht darauf an, wer oder was du bist, sondern nur darauf, für wen dich die anderen halten. Den, der mit der Göttin der Zerstörung spricht, den vom Himmel Gefallenen. Ach, da hast du ja einen weiteren Beweis: Kein Mensch hätte diesen Sturz überlebt.«

»Das war nur Glück. Zufällig war da der Schweb-Eichenast in der Luft – und die Pfeile haben mich verfehlt.«

»Die Mauerschützen sind keine Blinden. Und ein Schweb-Eichenast in dieser Gegend? Nein, so viele glückliche Zufälle sind keinem Menschen gegeben.«

Plötzlich hatte Tobbs es noch viel eiliger, diese Stadt zu verlassen.

»Wie heißt du?«, fragte die Frau nun.

»Tobbs«, murmelte er. »Gibt es hier einen Ausweg? Ich muss hier raus, sofort!«

Die Frau zupfte an ihrem weißen Haar und zuckte bedauernd die Schultern. »Ist nicht so einfach – nur die Priester kennen den Weg durch die Spiegel. Und da wir wohl eine Weile hier miteinander verbringen werden ...«

»Das werden wir ganz sicher nicht!« Tobbs schritt den Raum ab, spähte hinter den Schrein, ging an den Spiegeln vorbei und hielt Ausschau nach einer Tür, einem Spalt, irgendeinem Ausgang. Doch das Einzige, was er sah, waren die wolkigen Schatten seines Spiegelbildes in den anderen Spiegeln. Und hier und da ein fremdes Augenpaar, das ihn erstaunt musterte.

»Auch wenn wir nur kurze Zeit hier sein sollten«, fuhr die Frau ungerührt fort, »möchte ich doch, dass du meinen Namen kennst. Ich bin Mamsie Matata.«

»Das ist aber kein Name aus Yndalamor, oder?«, sagte Tobbs, während er mit der Hand suchend an einer Dielenkante auf dem Boden entlangfuhr.

»Nein, ich komme nicht von hier. Ich war eine Reisende und Gast in Yndalamor. Als ich noch lebte.«

Tobbs hielt inne und drehte sich zu dem Spiegel um. »Tot? Du bist also doch ein Geist?«

Mamsie Matata schüttelte den Kopf, legte den dicken Zeigefinger über ihre Lippen und winkte ihn heran. Erst als seine Nasenspitze fast an das Spiegelglas stieß, nahm Matata den Finger von den Lippen und beugte sich blitzschnell nach vorne. Bevor Tobbs reagieren konnte, spürte er zwei kräftige Hände, die ihn packten und ihm mit einem Ruck etwas aus dem Körper rissen, das sich wie geballter Wind anfühlte. Und dann glitt und schwebte er selbst – mitten durch den Spiegel. Die Oberfläche, die er durchstieß, war kühl wie eine Wand aus Eisluft. Matatas Welt dahinter jedoch war warm und duftete nach Gewürzen. Es war das Spiegelbild des Tempelraums, natürlich, aber dennoch waren einige Kleinigkeiten darin anders. Zum Beispiel fehlte die Statue der Göttin Kali.

»Siehst du?«, sagte Mamsie Matata. »Noch ein Beweis: Einen Menschen hätte ich nie hinter den Spiegel ziehen können.«

Tobbs hob die Hand und betrachtete sie – ein wolkiger, schlanker Schatten, viel dünner, als sein Arm gewesen war. Er brachte kein Wort heraus, aus seiner Kehle kam nur ein jämmerlicher Laut, ein fiepsendes Fauchen, das tatsächlich nicht sehr menschenähnlich klang.

Matata lächelte. »Keine Sorge, Junge. Hier bist du sicher. Ich wollte nur nicht, dass die anderen Spiegel uns belauschen. Sieh hier!«

Sie nahm Tobbs bei den Schultern und drehte ihn um. Wie durch ein Fenster blickte er nun in den Raum. Und direkt vor ihm, mit einem angespannten, konzentrierten Gesichtsausdruck, stand er selbst und starrte immer noch in den Spiegel. Das Haar hing ihm wirr in die Stirn und auf dem Kinn prangte ein Bluterguss. Tobbs griff sich reflexartig ans Kinn, fühlte jedoch nur etwas Haariges. Seine Hand zuckte zurück. Noch mehr als sein eigener, erstarrter Körper erschreckte ihn der Anblick der anderen Spiegel. In jedem davon war ein Gesicht, das zu ihm herübersah.

»Die reden nicht mit mir«, flüsterte Matata hinter ihm. »Weil ich eine Fremde bin. Aber um mich in den Spiegel zu sperren, dafür war ich den Herrschaften offenbar nicht fremd genug.«

»Die Yndalamorier halten dich in dem Spiegel gefangen?« Endlich hatte Tobbs seine Stimme wiedergefunden. Doch sie klang leiser und etwas tiefer, als würde der Raum um ihn herum sie erst formen.

Mamsie Matata trat neben ihn und blickte aus dem Spiegel. Ihre Stimme klang warm und freundlich, als sie weitersprach.

»Das ist die Stadt der Spiegel, mein Junge. Wir in den Spiegeln sind alle Gefangene. Alle, die am falschen Ort starben oder zur falschen Zeit, alle, die auf der Reise zu ihrem nächsten Körper trödelten – nun, sie fristen ihr Dasein als Spionspiegel.«

»Spionspiegel?«

Mamsie Matata tippte ihm mit der Fingerspitze an die Brust. Es fühlte sich wie ein kalter Windhauch an und ihre Hand versank in dem schwarzen Nebel, der nun Tobbs' Körper war. »Nur beseelte Spiegel zeigen die wahre Gestalt ihres Gegenübers. Das Äußere lässt sich so leicht verändern – eine Prise Magie oder eine Maske genügen. Doch die Spionspiegel kann man nicht belügen.«

»Wurden deshalb Spiegel auf den Dächern der Stadt angebracht?«

Mamsie Matata nickte. »Kluger Junge. Die Feinde der Stadt kommen aus der Luft und sie beherrschen viele Tricks der Verwandlung. Mal nähern sie sich als liebliche fliegende Frauen, mal geben sie vor, einfach nur große Vögel zu sein. Doch die Spionspiegel zeigen ihre wahre Gestalt und schicken das Bild über weitere Spiegel hinunter in die Gassen und Häuser. Dann wissen die Menschen, dass sie sich in Sicherheit bringen müssen. ›Spiegelwender‹ ist in dieser Stadt ein angesehener Beruf.«

Tobbs starrte sein eigenes, eingefrorenes Gesicht in der wirklichen Welt an. Über den Dächern der Stadt hatte er sich selbst im

Spiegel nicht gesehen, aber Sid hatte er in der dämonischen Gestalt erblickt, die ihm wirklich entsprach. Und der Mancor … irgendetwas an seinem Spiegelbild war ebenfalls anders gewesen.

»Du hast traurige Augen«, sagte Mamsie Matata. »Ich sehe einen sehr alten Kummer darin.«

Das Mitgefühl in ihrer Stimme brachte Tobbs noch mehr aus der Fassung, er musste schlucken, damit ihm nicht die Tränen in die Augen stiegen. Sein ganzes Elend brach über ihn herein. Er würde seinen Geburtstag verpassen! Und nicht nur das: Er war viel zu weit weg von dem einzigen Ort, an dem seine Eltern ihn finden konnten.

»Ich muss hier weg«, brachte er mühsam heraus. »Ich muss zurück – in die Taverne, in der ich lebe. Es ist nur ein blöder Zufall, dass ich hierhergekommen bin.«

»Das ist es immer«, sagte Mamsie Matata. »Der Tod kommt immer ungerufen, glaube mir, ich weiß, wovon ich rede.«

Beim Wort »Tod« zuckte Tobbs zusammen. »Für eine Tote wirkst du aber sehr lebendig.«

»Das kann nur ein Lebender sagen!« Matatas Lächeln war verschwunden, sehnsuchtsvoll sah sie in den Tempelraum. Tobbs folgte ihrem Blick und betrachtete die Gesichter in all den anderen Spiegeln. Das mulmige Gefühl wurde zu einer grässlichen Gewissheit.

»Sie wollen mich auch in einen solchen Spiegel sperren, nicht wahr?«

Mamsie Matata seufzte.

»Verstehst du es immer noch nicht? Sie werden dich töten, mein Junge. Und deine Seele wird in keinen Spiegel flüchten, sie wird geopfert, um von den Feinden der Stadt verschlungen zu werden. Du bist nicht nur tot, du wirst aufhören zu existieren. Aus. Ende. Von der Welt radiert für immer.«

Tobbs musste sich setzen.

»Wer sind denn … diese Feinde?«, stammelte er.

Mamsie Matata sah ihn erstaunt an. »Du bist wirklich nicht aus dieser Gegend. Die Schwärme natürlich! Die Helferinnen der Göttin dort.« Mit ihrem Kinn deutete sie in Richtung von Kalis Statue. »Oft sieht man sie in der Gestalt von Frauen. Aber die Stadt der Spiegel greifen sie meist als Vögel an.«

Tobbs blinzelte und versuchte sich daran zu erinnern, ob Dopoulos ihm jemals von den Helferinnen erzählt hatte. Er hatte nicht.

»Sie fressen Menschenfleisch und verschlingen Seelen«, half Matata seinem Gedächtnis auf die Sprünge.

Er schloss die Augen und vergrub den Kopf in den Armen. In einem fremden Land ausgelöscht – von Kalis Helferinnen. Das durfte einfach nicht wahr sein!

»Das wird … Kali niemals zulassen«, flüsterte er. »Sie kennt mich und …«

»Scht! Niemals spricht man hier ihren Namen aus, hast du verstanden? Wenn man ihren Namen nennt, riskiert man, dass sie die Stadt angreift und zerstört. Hast du denn nicht gehört, was sie mit der silbernen Stadt Ghan gemacht hat? Sie reitet auf einer großen Feuerwolke und schwingt ein Schwert, das Berge vom Erdboden fegen kann.«

»Im Augenblick sitzt sie bei mir zu Hause und trinkt Tee«, erwiderte Tobbs. Beinahe hätte er gelacht. »Außerdem reitet sie keine Feuerwolke, sondern fährt seit Neuestem einen fliegenden Streitwagen. Und wenn sie in nächster Zeit etwas zerstören wird, dann höchstens mich – falls die Schwärme nicht schneller sind.«

»Was redest du da? Bist du auf den Kopf gefallen? Die Göttin und Tee trinken – pah! Wenn sie etwas trinkt, dann ist es Blut aus den Schädeln ihrer Opfer!« Erstaunlich behände nahm Mamsie Matata neben Tobbs auf dem Boden Platz und legte ihm eine

Hand auf den schattigen Arm. Die Wärme ihrer Finger tat gut. »Es ist schade um dich, weißt du? Irgendwie mag ich dich. Die anderen vom Himmel Gefallenen waren allesamt entweder eingebildet, verrückt oder fingen vor Angst an zu schreien und zu heulen. Dabei bringt das gar nichts. Nur, dass die Priester sie dann knebeln und fesseln, bis sie dran sind.«

Tobbs schluckte schwer und blickte in Mamsie Matatas verwirrende Augen. »Wann ... bin ich denn dran?«

»Beim Opferblütenfest in zwei Tagen.«

»Fällt jedes Mal, wenn ein Fest stattfindet, ein Menschenopfer vom Himmel?«

Mamsie Matata schüttelte geduldig den Kopf. »Kein Mensch weiß, wann die guten Götter der Stadt ein Opfer schenken. Mit denen, die außerhalb der Festzeit herunterfallen, wird kein langes Brimborium gemacht. Du weißt – sobald die Schwärme wieder mal Futter bekommen, ist einige Zeit Ruhe. Manchmal einen ganzen Mondlauf lang. Dann ist die Stadt wirklich ein sehr netter, ruhiger Ort. Das dachte ich auch, als ich hier ankam. Gute Musik, flippige Leute, interessante Geschichten. Na ja. Hätte ich damals gewusst, wo man hier enden kann, hätte ich zugesehen, dass ich so schnell wie möglich weiterkomme.« Sie erhob sich und lächelte ihm aufmunternd zu. »Na komm, steh auf, Kleiner!« Tobbs ließ es zu, dass sie ihn an der Hand fasste – zumindest spürte er, wie sie in das Wolkengebilde am Ende seines Arms griff – und ihn sanft auf die Beine zog. »Ich gebe dir einen guten Rat: Wenn sie kommen, dann sag ihnen, was sie hören wollen. So hast du zumindest noch zwei Tage, die du komfortabel und ohne einen Knebel im Mund verbringen kannst.«

Sie packte ihn bei den Schultern und schubste ihn gegen den Spiegel.

Das Zurückgleiten in seinen starren Körper war unangenehm –

es war, als hätte er viel zu lange Zeit bewegungslos und angespannt dagestanden. Seine Knie gaben einfach nach und er sank zu Boden. Nie hatte er sich schutzloser gefühlt. Mamsie Matata war erloschen. Stattdessen glotzten ihn nun alle Spiegel an.

Tobbs kroch unter Mamsie Matatas Spiegel, lehnte sich an die lackierte Wand und zog die Knie bis unters Kinn. Seine Kehle war trocken, aber er war heilfroh, wieder Finger und Arme und ein Kinn zu haben – auch wenn dort schmerzhaft eine Prellung pochte. Das alles hier musste ein schrecklicher Traum sein! Wanja hätte ihm doch gesagt, wenn er kein Mensch wäre! Die Spiegel verschwammen vor seinen Augen und plötzlich heulte und schniefte er vor Wut und vor Selbstmitleid. Natürlich konnte er Sid die Schuld geben, aber der Punkt war, dass er, Tobbs, der Ältere war. Er hatte die Verantwortung für das Dämonenkind gehabt – und er war es gewesen, der sich hatte überreden lassen, auf Kalis Streitwagen zu steigen. Trotzdem – wenn er Sid noch einmal in die Finger bekäme, würde er ihn weichprügeln, bis er keiner Schlange, sondern einem Plattwurm glich.

Aus dem Spiegel, der ihm genau gegenüberstand, starrte ihn ein Greisengesicht an.

»Was glotzt du so?«, fuhr Tobbs den Alten an. »Kümmere dich um deinen eigenen Kram, verstanden?« Das Gesicht verschwand so schnell, als hätte jemand eine Kerzenflamme ausgepustet.

Die Mäuse fiepten leise – wahrscheinlich war das ihre Art zu kichern. Inzwischen saßen sie alle auf dem schwebenden Eichenast und genossen die Aussicht.

Tobbs vergrub die Finger in seinem Haar. Er war allein. Und nicht nur das – zu allem Überfluss war er offenbar irgendetwas Wolkiges mit schrägen, orange-goldenen Augen und ohne Finger. Möglicherweise waren seine Eltern ja Dämonen? Im Augenblick wäre ihm das mehr als recht gewesen, denn die Schwärme gierten ja ausschließlich nach Menschenfleisch, oder etwa nicht? Fieberhaft überschlug er seine Möglichkeiten. Er hatte sein Schnitzmesser, gut verstaut in der zugeknöpften Innentasche seiner Jacke. Ob es noch da war?

Rasch ließ er die Hand unter seine Jacke gleiten. Seine Finger blieben in etwas Weichem hängen. Erschrocken zog er die Hand heraus – und sah, dass seine Finger sich in einer Schlaufe aus blauem Garn verfangen hatten. Anguanas Glücksfaden! Natürlich, das erklärte alles. Der Eichenast, die Geschosse, die ihn knapp verfehlten, der Wagen, der genau zur richtigen Zeit am richtigen Ort war, um ihn sicher aufzufangen – all das hatte er Anguanas Geburtstagsgeschenk zu verdanken! Plötzlich schämte er sich dafür, die Gabe des Mädchens so herablassend angenommen zu haben. Doch nun machte ihm ihr Geschenk wieder Mut. Vielleicht war noch etwas Glück übrig?

Das Opfer

Ein dumpfes Geräusch ließ Tobbs aufblicken. Es kam von außerhalb und hörte sich an wie .... Getrampel. Die Mäuse hatten aufgehört, auf dem Eichenast herumzuturnen, und schnupperten in Richtung eines mannsgroßen Spiegels, der an der gegenüberliegenden Wand hing. Tobbs steckte Anguanas Faden hastig ein und kam auf die Beine.

Es begann damit, dass der Spiegel trüb wurde, als wäre er plötzlich von Raureif überzogen. Dann durchstieß ein bloßer Fuß, der mit roten Ranken bemalt war, die frostige Fläche. Schon folgten Knie und Schulter. Im nächsten Augenblick betrat mitten durch den Spiegel ein Mann mit kahl geschorenem Kopf den Tempelraum.

Er sah streng aus, was vermutlich an seinen über der Nase zusammengewachsenen, kohlschwarzen Augenbrauen lag. Seine Stirn zierte die Zeichnung eines Dolches. Wie Mamsie Matata trug auch er ein Tuch um den Körper geschlungen, allerdings war es ein grünes. Eine zweite Gestalt durchstieß den Spiegel – eine junge Frau mit kupferrotem Haar, das kurz geschnitten und an den Spitzen blau eingefärbt war.

»Das ist er?«, fragte der Mann.

»Das ist er«, antwortete die Rothaarige.

»Hallo«, sagte Tobbs. Die beiden hoben konsterniert die Brauen, als hätte er sich eine ungeheure Unhöflichkeit geleistet, setzten dann aber ihre Unterhaltung fort.

»Kein Spiegelbild, interessant«, bemerkte der Mann. »Sieht aber aus wie ein Mensch.«

»Mit übermenschlichem Glück. Die letzten vom Himmel Gefallenen mussten wir vom Dach aufsammeln.«

»Ist doch gut, dass die Schwärme zur Abwechslung einmal etwas Lebendes vorgesetzt bekommen.«

Tobbs rutschte das Herz in die Hose.

»Trotzdem, übermenschlich«, sagte die Frau. »Glaube mir, er ist kein Mensch. Verpass ihm einen Spiegel – jetzt gleich. Und dann lass uns nach jemandem suchen, den die Schwärme lieber fressen.«

In diesen Sekunden lernte Tobbs einiges über sich selbst – und darüber, wie schnell er denken konnte, wenn er in einer Notlage war.

»Aber ich bin doch ein Mensch«, sagte er. »Das mit dem Spiegelbild hat nichts zu bedeuten. Das ist nur … eine Art Fluch. Im Spiegel würde ich euch gar nichts nützen, denn in meinem Spiegel würde sich niemand sehen. Meine einzige Chance, diesen Fluch wieder aufzuheben, ist, als Opfer für die Schwärme zu dienen. Nur aus diesem Grund wurde ich hergeschickt.«

Der Mann und die Frau wechselten einen zweifelnden Blick.

»Ach?«, meinte der Mann sarkastisch. »Und wie soll das gehen?«

Tobbs schwitzte, aber er bemühte sich, ein einigermaßen teilnahmsloses Gesicht zu machen. Fünf Jahre Übung im Pokerspiel mit den Todesfeen zahlten sich nun aus.

»Na, ich opfere mich. Und dann ist meine Seele endlich frei und von jedem Fluch erlöst. So wurde es mir gesagt.«

»Deine Seele«, bemerkte die Frau trocken. »Frei?«

Tobbs nickte eifrig. »Ja, in meinem Dorf weiß das jedes Kind: Wer die Ehre hat, in der Stadt der Spiegel den Schwärmen geopfert zu werden, bekommt ein neues Leben geschenkt. Ein besseres als das vorherige, versteht sich. Deshalb habe ich mich freiwillig als Opfer gemeldet. Ein ganzes Jahr habe ich mich auf diese Aufgabe vorbereitet. Und die … äh … guten Götter haben mich gerade noch rechtzeitig vor dem Opferblütenfest erhört und mich vom Himmel in diese Stadt geworfen.«

Die Mundwinkel des Mannes zuckten, als müsste er ein Lachen unterdrücken. »Er weiß es nicht«, sagte er zu der Frau.

»Er weiß es nicht«, bestätigte sie. Tobbs fragte sich, ob sie immer als wechselseitiges Echo unterwegs waren. Und als seien sie auch noch Spiegelbilder, grinsten sie nun beide plötzlich. Dann wandte die Frau sich wieder Tobbs zu.

»Du freust dich also darauf, unser Opfer zu sein?«

Tobbs strahlte sie an. »Deshalb wollte ich auch lebend herkommen. Es war gar nicht so einfach, in dieser Gegend einen Schweb-Eichenast zu finden, das könnt ihr mir glauben.«

»Und du bist wirklich kein Dämon?«, fragte der Mann.

»Ist er ein Dämon?«, wandte sich die Frau an den Spiegel, der ihr am nächsten war. Schweigen. »He, hallo! Ist er ein Dämon?«, raunzte die Frau und klopfte unsanft gegen die Spiegeloberfläche. Das mürrische Gesicht eines Greises erschien. »Nein«, sagte er mit großer Bestimmtheit und verlosch wieder.

»Die Spionspiegel auf dem Dach haben aber einen Dämon in einem Streitwagen gezeigt«, bohrte die Frau weiter.

»Ach der«, antwortete Tobbs lässig. »Das war nur Sid. Er war mein … mein Fahrer. Die Kutsche habe ich gemietet, um mir meine Absprunghöhe selbst aussuchen zu können. Ich wollte ja schließlich nicht in Stücken unten ankommen. Aber …« – er versuchte es nun mit einem leicht vorwurfsvollen Ton – »… eure Wachen haben uns angegriffen!«

Die beiden starrten ihn fassungslos an.

»Wenn du mit einem Dämon an der Seite und ohne Spiegelbild über der Stadt kreist, musst du dich nicht wundern, wenn die Dachwache dich herunterschießt«, belehrte ihn der Mann.

Die Frau senkte ein Augenlid. »Er freut sich darauf, geopfert zu werden«, wandte sie sich feixend an ihren Begleiter. »Weil er ein neues Leben bekommt. Das würde dem Opferblütenfest einen ganz besonderen Glanz geben, nicht wahr? Das letzte freiwillige Opfer liegt schon dreihundert Jahre zurück, wenn ich nicht irre.«

Beide musterten Tobbs so konzentriert, als würden sie in Gedanken einen Hochzeitsbaum schmücken.

»Vielleicht eine Blütengirlande?«, fragte die Frau mit einem seltsamen Lächeln. »Rosa dürfte ihm stehen. Und ein Ehrenplatz im Karren der goldenen Ochsen?«

Tobbs versuchte erfreut auszusehen.

Der Priester schien dagegen noch nicht restlos überzeugt zu sein. »Hm, ja, aber komische Haare hat er. Für den Festumzug muss er geschoren werden.«

Tobbs schluckte. »Festumzug klingt ... toll!«

Die Frau nickte. »Schön, schön. Wie heißt du?«

Tobbs überschlug seine Möglichkeiten und kam zu dem Schluss, dass es sinnlos war, einen falschen Namen anzugeben. »Tobbs. Und ihr?«

»Das tut nichts zur Sache«, erwiderte der Priester grob und wandte sich zum Gehen. Seine Begleiterin war bereits beim Spiegel und tauchte in die Oberfläche ein. Schon war sie weg.

»Halt, wartet!«, rief Tobbs. »Ihr müsst mir noch sagen, wann ...«

Doch das blanke Glas hatte auch den Mann bereits verschluckt. Tobbs stürzte zum Spiegel und tastete ihn ab. Nichts deutete darauf hin, dass er eben ein Tor gewesen war, und auch als Tobbs ihn vorsichtig von der Wand abhob, fand er dahinter keinen Durchgang. Wenn nur Wanja hier wäre! Sie kannte sich mit jeder Art von magischen Türen aus.

Die anderen Spiegel waren erloschen, kein Gesicht zeigte sich. »Mamsie!«, flüsterte er. »Kannst du mich hören? Wann werden sie wiederkommen?«

»Wenn du Pech hast, erst kurz vor dem Opferfest. Unsere Priester sind unberechenbar«, klang die Stimme dumpf aus weiter Ferne.

Tobbs leckte sich über die Lippen. Verstohlen schaute er zu dem Schweb-Eichenast, achtete aber darauf, sich nicht durch ein allzu großes Interesse zu verraten. Aus irgendeinem Grund hatten die Spiegel den beiden Priestern nicht gesagt, dass Tobbs bereits nach einem Ausgang gesucht hatte, aber deshalb verschlossen sie noch lange nicht Ohren und Augen. Und wenn er hier rauskommen wollte, musste er heimlich Vorbereitungen treffen. Der Eichenast, sein Messer, Anguanas Faden. Das Opferfest. Und der einzig mögliche Ausweg aus diesem Tempel – gemeinsam mit den Priestern durch den Spiegel zu gehen. Er hatte keine andere Wahl. Er musste das Spiel noch weiterspielen.

»Ich werde mich jetzt vorbereiten«, sagte er laut und nahm einen schmalen Spiegel von der Wand.

»Das ist also der Dank dafür, dass wir dich nicht verraten haben?«, keifte ein empörtes Gesicht darin. Es gehörte einer Frau, die mehr Zahnlücken als Zähne hatte. »Du drehst mich nicht zur Wand, verstanden? Wir haben mit dir zu reden, weil ...«

»Ich hänge euch wieder auf, keine Sorge«, gab Tobbs zurück. Aber Zeugen brauche ich nicht, setzte er in Gedanken hinzu. Er lehnte den Spiegel mit dem Gesicht zur Wand und griff sich den nächsten. Nur Mamsie Matata und die magische Tür ließ er an ihrem Platz. Die Spiegel zeterten und fluchten, aber schließlich verstummten sie. Tobbs ging zum Schweb-Eichenast. Die Mäuse starrten ihn an, dann stoben sie auseinander, plumpsten in die Milchschüssel, flitzten über den Boden und brachten sich hinter den Spiegeln in Sicherheit. Der Eichenast war nicht besonders sorgfältig aufgehängt worden. Jemand hatte die dünne Kette ein paarmal um die Rinde geschlungen und dann mit etwas befestigt, was Wanja sicher als »Hausfrauenverzweiflungsknoten« bezeichnet hätte. Tobbs langte nach der Kette und zog den Ast zu sich heran. Mit einigen Handgriffen löste er ihn ab und lehnte sich mit vollem Gewicht darauf. Es funktionierte! Probehalber hopste er ein paar Schritte durch den Raum. Tatsächlich: Er beschrieb einen sanften Bogen in der Luft und schwebte federweich und langsam wieder dem Boden entgegen.

»Was zum Wüstenteufel treibst du da?«, flüsterte ihm Mamsie Matata zu.

Tobbs legte den Finger an die Lippen, dann schwebhüpfte er wieder zu der Stelle, an der die Kette war, und zurrte den Ast fest. Allerdings in Bodennähe, sodass er sich bequem danebensetzen konnte. Sorgfältig suchte er alles zusammen, was er hatte: sein Messer, Anguanas Faden und die Nadel, die ebenfalls in einem versteckten Fach im Messergriff darauf wartete, benutzt zu werden.

Tobbs war stolz auf sein Messer. Es war ein geradezu magisches Messer aus Wanjas Holz- und Schmiedewerkstatt. Niemand würde vermuten, dass es sich überhaupt um ein Messer handelte. Es sah einfach aus wie ein knotiges Stück Holz, aber mit einem bestimmten Handgriff ließ sich die schärfste und beste Klinge hervorziehen, die jemals in Wanjas Schmiede gefertigt worden war. Selbst das härteste Holz schnitt sich damit wie weiche Erle.

Mamsie legte die Hände an die Innenseite des Spiegelglases und drückte sich die Nase daran platt. Tobbs zwinkerte ihr zu und begann zu schnitzen.

Es war eine Höllenarbeit. Tobbs schwitzte und fluchte. Nach einer Weile bekam er solchen Hunger, dass er von Kalis Schrein einige Opferkuchen stahl.

Mamsie Matata unterstützte ihn nach Kräften, indem sie Lieder in einer fremden, holprigen Sprache sang und sie ihm dann übersetzte. Diese Lieder handelten von weiten Wüstenlandschaften und rot bemalten Kriegern, die Ziegenfleisch opferten. Inzwischen hatte Tobbs schon eine lebhafte Vorstellung davon, warum Matata sich aufgemacht hatte, um andere Länder zu sehen: Ausnahmslos alle Gesänge handelten von Kriegern. Kein Liebeslied, kein Scherz- oder Trinklied, immer nur ernste, Ziegen opfernde Krieger und Wüste. Tobbs hatte längst jedes Zeitgefühl verloren, aber es mussten sicherlich schon zehn Lieder über hundert Krieger gewesen sein, die entweder ehrenvoll siegten oder ehrenvoll starben. Die Ziegen starben in jedem Fall.

Stück für Stück hatte Tobbs den Eichenast ausgehöhlt und jeden Splitter sorgfältig zwischen Fußsohle und Boden gesteckt, während er den Faden einfädelte. Anguanas Faden war leicht und dünn und doch stark wie ein Seil. Es kostete mehr Mühe, ihn mit dem Messer zu durchtrennen, als die Holzstücke vom Ast zu sägen. Plättchen für Plättchen nähte Tobbs sie an das Innenfutter der Jackenärmel. Dann kam sein Hosenbund an die Reihe. Wohlweislich befestigte er keine Holzstücke an den Hosenbeinen. Es würde einigermaßen seltsam aussehen, wenn die Priester ihn in Hosen sahen, die von selbst an seinen Beinen nach oben schwebten.

Endlich machte er auch noch das letzte Stückchen Holz unter seinem Gürtel fest. Geschafft! Neben ihm lag seine Jacke – beschwert mit Marmorschalen von Kalis Opferschrein. Tobbs legte die Schalen beiseite und die Jacke erhob sich sofort wie ein Gespenst in die Luft. Rasch schlüpfte er in die Ärmel und lehnte sich mit seinem ganzen Gewicht gegen den Auftrieb.

Es war, als würden ihn unsichtbare Arme nach oben ziehen. Sein Körper war so leicht, dass er sich mit den Zehenspitzen abstoßen konnte und mit einem schwebenden Sprung in Richtung Decke segelte.

Mamsie Matata pfiff anerkennend durch die Zähne. Tobbs hätte am liebsten gejubelt. Es funktionierte! Nun musste er nur noch die Rinde befestigen und sich seine Hose noch einmal vornehmen. Vom Schweb-Eichenast war inzwischen nicht mehr als die Borkenhülle übrig, und das entsprach genau Tobbs' Plan. Wenigstens für kurze Zeit sollte der Eindruck entstehen, als befände sich der Ast noch an Ort und Stelle. Und da die Borkenhülle selbst nicht schwebte, musste er sie aufhängen.

Federleicht setzte Tobbs auf dem Boden auf, schnappte sich die Rinde des Astes und stieß sich wieder ab. An einem der Lämpchen, die von der Decke hingen, hielt er sich fest und schlang die Beine um die Kette, an der die Lampe hing. Es war nicht schwer, die Borke mit Anguanas Faden daran zu befestigen. Nach wenigen Handgriffen hing sie an zwei fast unsichtbaren Fäden mit der ausgehöhlten Seite zur Wand. Tobbs stieß sich mit beiden Beinen von der Zimmerdecke ab und schwebte langsam wieder zu Boden. Unten angekommen, wickelte er auch die Metallkette um den vermeintlichen Ast und betrachtete zufrieden sein Werk. Wenn man nicht genau hinsah, konnte man annehmen, der Eichenast schwebe immer noch an seinem ursprünglichen Platz. Nun kam der zweite Teil an die Reihe: Tobbs nahm sich zwei Opferschalen von Kalis Altar und schob sie in die weiten Taschen seiner Jacke. So beschwert, setzte er sich auf den Boden und suchte Münzen und winzige Skulpturen zusammen, die im Opferkasten lagen. Er steckte alles, was er finden konnte, in seinen Hosensaum und seine Hosentaschen und stand auf.

Schwer war er immer noch nicht, aber die Schalen und Münzen hielten ihn so weit am Boden, dass er zumindest den Eindruck erwecken konnte, normal zu laufen. Nur zu fest abstoßen durfte er nicht. Schlurfen funktionierte dagegen ganz gut. Mamsie Matata nickte zufrieden. »Nicht schlecht«, meinte sie. »Und jetzt?«

Tobbs schlurfte zu Matatas Spiegel und streckte auffordernd die Hand nach ihr aus. Wenige Augenblicke später fand er sich hinter dem Glas wieder. Auf der anderen Seite blieb Tobbs' Körper, reglos, mit leicht verdattertem Gesichtsausdruck zurück. Er schwankte wie ein Grashalm in einer Sommerbrise.

Tobbs wurde mulmig, als er seinen Körper sah, aber er stellte auch fest, dass ihm der Schwebanzug ganz gut stand. Seltsam gebeult an einigen Stellen, aber durchaus passabel.

»Willst du ihnen etwa davonfliegen oder was?«, flüsterte Mamsie Matata ihm zu.

Tobbs nickte. »Es ist meine einzige Chance. Der Raum kann nur durch den magischen Spiegel betreten werden, richtig?«

»Richtig.«

»Und die Priester werden mich holen. So komme ich raus. Ich darf ihnen keinen Grund geben, mich zu fesseln, sonst habe ich keine Chance mehr. Aber so ... werden sie mich auf das Dach bringen, richtig?«

Mamsie Matata nickte.

»Wenn ich Glück habe, springe ich dann von der Stadtmauer und komme unten an. Lebendig, wie ich hoffe.«

»Weil die Schwärme dir nichts tun?«, fragte Matata spöttisch. »Du behauptest doch steif und fest, ein Mensch zu sein?«

Tobbs schluckte. »Ich bin noch bei Plan A. Aufs Dach zu kommen. Dann muss ich weitersehen.«

Matata lachte schallend.

»Du gefällst mir wirklich. Schlauer, als ich dachte! Du denkst nicht mal wie ein Mensch, fällt dir das eigentlich auf?«

Tobbs winkte unwillig ab. Mamsie Matatas Lachen verschwand.

»Du meinst es ernst«, stellte sie mit sachter Verwunderung fest. »Du bist nicht verrückt, stimmt's? Nur verzweifelt. Was wartet auf dich da draußen, das so wichtig ist?«

Tobbs seufzte. »Ich weiß nicht, wer ich bin. Und heute ist mein Geburtstag, da sollte ich es erfahren. Kannst du mir nicht sagen, was du siehst?«

Mamsie schüttelte den Kopf. »Jeder hat seinen Platz in der Ordnung. Es steht mir nicht zu, sie durcheinanderzubringen. Und was, wenn meine Augen sich täuschen?«

Tobbs biss enttäuscht die Zähne zusammen und schluckte seinen Ärger hinunter.

»Hilfst du mir dann wenigstens bei der Flucht, Mamsie Matata? Du kennst die Stadt. Erzähl mir, was du über das Opferfest und die Wege weißt.«

»Das tue ich – wenn du auch etwas für mich tust. Zerstöre die Spiegel!«

»Was?«

»Erst wenn ein Spiegel zerbricht, sind die Toten frei. Lass sie frei, Tobbs. Darauf hoffen sie. Frag sie selbst, wenn du willst.«

»Warum haben die anderen vom Himmel Gefallenen euch nicht befreit?«

»Hm, lass mich nachdenken«, gab Mamsie trocken zurück. »Ach ja, richtig! Weil sie entweder schon tot, verrückt oder gefesselt waren.«

»Aber was passiert dann?«, fragte er leise. »Ich meine, wenn die Spiegel zerstört werden?«

»Dann suchen die Seelen sich einen neuen Körper. Hier in Yndalamor finden sie immer wieder eine neue Gestalt. Und je nachdem, wie sie zuvor gelebt haben, ist es ein besseres oder schlechteres Schicksal, das sie im nächsten Leben erwartet. Tja, jedes Land hat so seine eigenen Traditionen – selbst das Totsein hat überall seine ganz eigenen Gesetze.«

Tobbs fröstelte. Die Vorstellung gefiel ihm nicht – noch viel weniger, wenn er seinen leeren Körper vor dem Spiegel betrachtete.

War es so zu sterben? Aber nein, sein Körper lebte, gerade blinzelte er.

»Soll ich etwa auch dich …?«, fragte Tobbs.

Mamsie Matatas Augen funkelten abenteuerlustig.

»Um Himmels willen, nein! Diese Seelenwanderei ist nichts für mich. Mich nimmst du mit! Aber hüte dich davor, mich zu zerbrechen, bevor wir dieses unglückselige Yndalamor verlassen haben!«

Sorgfältig zerschlug Tobbs mit dem Opfergefäß jeden Spiegel. Die Gesichter in den Spiegeln blickten ihn stumm an, doch als sie zersplitterten, hörte Tobbs erleichtertes Seufzen und spürte einen Hauch, der an seiner Wange entlangstrich und ihm die Haare zu Berge stehen ließ. Nach und nach fand er heraus, wie er die Spiegel zerschlagen musste, ohne dass Teile davon aus den Rahmen fielen. Die Scherben, die dennoch auf dem Boden landeten, versteckte er unter Kalis Altar und drehte die leeren Spiegel mit den zerstörten Spiegelflächen zur Wand.

Zuletzt band er sich Mamsie Matata unter der Jacke auf den Rücken. Das zusätzliche Gewicht tat ihm nur gut. Er hoffte, niemand würde den seltsam eckigen Schnitt seiner Jacke bemerken.

Plötzlich erklangen Schritte hinter der Spiegeltür. Gleich darauf traten die beiden Priester durch den Spiegel.

»Wieso stehen die Spiegel an der Wand?«, rief der in grünes Tuch gehüllte Mann.

Die Frau richtete ihren Blick sofort auf den Schweb-Eichenast. Tobbs begann zu schwitzen, aber die Täuschung funktionierte. Die Priesterin schien sich sowieso mehr für die Mäuse als für den Ast zu interessieren. Die Tiere kauerten völlig verstört neben der Milchschüssel.

»Ich habe mich vorbereitet«, sagte Tobbs. »Dafür musste ich beten. Und dabei kann ich es nicht ertragen, vor einem Spiegel zu stehen. Das erinnert mich immer an meinen Fluch, ihr versteht?«

Die Frau runzelte misstrauisch die Stirn. »Und zu deiner Vorbereitung gehört auch, dass du die heiligen Mäuse erschreckst?«

»Ich hatte Hunger und habe sie nur ein bisschen ... gejagt. Aber sie waren schneller.« Beim Anblick der entsetzten Priesterin lächelte er entschuldigend. »Ist bei uns Sitte. Schmeckt gut – Mäuse in Milch gestippt, hmmm!«

Der Mann seufzte und schüttelte den Kopf. »Leute vom Land«, murrte er. »Keinen Respekt. Keinen Respekt.«

Mit einer mürrischen Geste winkte er Tobbs zu sich heran. Tobbs bemühte sich, weder auffällig zu schlurfen noch zu hüpfen, und meisterte den Weg zum Spiegel, ohne weiter Verdacht zu erregen.

»Jetzt die Augen schließen. Und dann einen großen Schritt!«, befahl ihm die Frau. Tobbs machte einen großen Schritt, aber natürlich blinzelte er. Helligkeit blendete ihn, dann stand er bereits außerhalb des Tempelraums. Lichtpünktchen tanzten vor seinen Augen. Vor ihm lag ein langer Gang ohne eine einzige Tür.

»Wo gehen wir hin?«, fragte Tobbs zaghaft.

»Ins fünfte Stockwerk«, sagte die Frau knapp.

Das Gebäude, in dem sie sich befanden, schien unendlich hoch. Fasziniert bemerkte Tobbs, dass alle Räume um eine schachtartige Mitte herum gebaut waren. Um nach oben zu gelangen, mussten sie einer Wendeltreppe folgen, die sich um den Schacht herumwand. Überall hingen Spiegel. Tobbs hielt sie erst für Fenster, denn er sah Wolken vorbeiziehen und einen blauen Himmel. Dann verstand er, wie die Bilder zustande kamen: Die Spiegel waren schräg aufgehängt und fingen ein Bild ein, welches andere Spiegel, die höher im Schacht hingen, ihnen zuwarfen. Irgendwo auf dem Dach, schloss Tobbs, musste der Spiegel sein, der das Bild des Himmels einfing. Vor lauter Staunen vergaß er beinahe, was ihn dort oben eigentlich erwartete.

Die beiden Priester keuchten, während sie sich Stufe für Stufe der zweiten Ebene näherten. Tobbs hingegen hätte beinahe schwerelos die Treppe hinaufspringen können, doch er besann sich und gab vor, ebenfalls müde zu werden. Im dritten Stock blieben seine Begleiter plötzlich stehen und winkten. Eine hölzerne Plattform senkte sich schaukelnd durch den Schacht zu ihnen herunter. »Da rauf!«, befahl der Priester. »Das ist der Aufzug.«

Tobbs näherte sich dem Schacht und erstarrte. Seine Knie wurden weich und die Hände kalt und feucht. Die Erinnerung an den Absturz kam wieder – und mit ihr die Angst. Unter ihm klaffte der Abgrund. Ein Mosaik, das eine sternförmige Blüte darstellte, schmückte den Boden. Winzige Gestalten bewegten sich darauf hin und her. Stadtbewohner mit Käferaugen.

»Na wird's bald?«, drängte die Frau. Sie machte Anstalten, ihn zu schubsen. Tobbs zuckte zurück – wenn die Priesterin ihn berührte, würde sie den glatten Spiegel unter seiner Jacke spüren. Er wich aus und stolperte mehr schlecht als recht auf die Plattform. Zitternd klammerte er sich an das Geländer und sackte auf die Knie. Die Priester gaben ein Zeichen und die Plattform wurde nach oben gezogen.

Die höheren Stockwerke waren belebter. Frauen und Männer drängten zum Rand des Schachts, flüsterten und deuteten auf Tobbs. Er bemühte sich, ein Lächeln und ein grüßendes Nicken zustande zu bringen, was bei seinen Zuschauern wahre Begeisterungsstürme auslöste. Lachend applaudierten sie ihm.

Noch schlimmer als das Einsteigen war es, von der Plattform wieder herunterzukommen. Tobbs' Knie schlotterten, als er über den Spalt zwischen Aufzug und Fußboden schritt. Er war nass geschwitzt, das Holz der Spiegelrückseite klebte an seinem Rücken. Nur die Tatsache, dass er einen Schwebanzug trug, beruhigte seine flatternden Nerven ein wenig. Der Priester nickte ihm zum Abschied zu. »Bis morgen, Junge. Der Prunkwagen wird bereitstehen.«

»Sind wir da?«, fragte Tobbs leise.

»Noch lange nicht, Mäusefresser«, zischte ihm die Priesterin zu. »Du wirst jetzt erst einmal hübsch gemacht.«

Wenig später fand sich Tobbs in einem bunten Raum voller leuchtender Stoffe wieder. Gegenüber dem Fenster, das von pinkfarben und gelb gemusterten Gardinen gesäumt war, hing ein riesiger Panoramaspiegel an der Wand. Vereinzelte Wolken wanderten über einen strahlend blauen Himmel. Und im Hintergrund erhoben sich verschneite Berge.

Irgendwo dort ist die Taverne, dachte Tobbs entmutigt. Und im Moment erschien sie ihm weiter entfernt als der Mond. Selbst wenn er es mit Anguanas Glück schaffen sollte, der Stadt der Spiegel zu entfliehen – wenn er Sid und den Mancor nicht mehr fand, würde er Jahre brauchen, um zur Taverne zu gelangen. Die Vorstellung, als grauhaariger alter Mann in den Gastraum zu humpeln und dort festzustellen, dass Wanja und Dopoulos nur ein Jahr älter geworden waren, erfüllte ihn mit Schrecken. Zum ersten Mal verstand er, was Dopoulos gemeint hatte, als er sagte, man könne sein ganzes Leben verlieren, wenn man durch die falsche Tür ging.

»Rosa hatten wir gesagt«, holte ihn die strenge Stimme der Frau in die Gegenwart zurück. Sie griff in einen Ständer, an dem lange Mäntel hingen, und zog ein leuchtend rosafarbenes Gewand heraus.

»Komm her«, forderte sie ihn auf. »Zieh deine Sachen aus und stell dich vor den Spiegel. Na wird's bald?«

Tobbs glaubte zu spüren, wie Mamsie Matata zusammenzuckte. Es kostete ihn alle Beherrschung, äußerlich ruhig zu bleiben.

»Würde ich ja gerne«, sagte er. »Aber du … bist eine Frau. In meinem Dorf ziehen sich die Männer nie vor einer fremden Frau aus.«

Die Priesterin lachte trocken. »Ach, so schüchtern und verschämt in Kleiderfragen, aber unschuldige Mäuse jagen, was?« Sie funkelte ihn wütend an und Tobbs erkannte jetzt erst, was die verschlungene Zeichnung auf ihrer Stirn bedeutete. Wenn Kali die Gottversion eines Menschen darstellte, dann zeigte dieses Bild wohl die Gottesvorstellung der Mäuse. Zumindest war Tobbs sicher, dass Mäuse sich gerne so gesehen hätten: Dieses Exemplar hier hatte insgesamt acht Pfoten und in jeder davon balancierte es einen Katzenschädel. Ihren schlanken Hals schmückte eine erwürgte Schlange.

»Komm schon, Mäusemörder!«, knurrte die Frau. Tobbs wollte gerade etwas erwidern, als die Priesterin plötzlich erschauerte. Ihre Nase begann nervös zu zucken und ihre Augen wurden so groß und rund, dass sie selbst einer überdimensionalen Maus glich. Sie starrte an Tobbs vorbei an die Wand. Tobbs wirbelte herum.

Eine Frau mit Flügeln schoss genau auf ihn zu! Ihr Mund war aufgerissen, spitze Zähne blitzten im Sonnenlicht. Sie hatte Haar, das durch die Luft wallte wie ein Bündel blauer Schlangen. Und: Sie sprang Tobbs genau an!

Seine erste Reaktion war ein Schrei. Instinktiv wollte er sich ducken, aber der Anzug bremste ihn. So taumelte er nur zur Seite. Der Angriff geschah so lautlos wie in einem Traum. Und plötzlich zerstob das Bild. Es zerplatzte in Splitter, Fetzen zeigten Häuserwände, den Himmel, einen Wächter, dann verschwanden auch sie. Tobbs musste die Augen schließen. Wenn sein Schwebanzug ihn nicht aufrecht gehalten hätte, wäre er in sich zusammengesackt.

»Verdammt«, zischte die Priesterin. »Das ist schon der dritte Angriff heute! Seit gestern sind sie wie verrückt.«

Tobbs atmete tief durch. Es war nur ein Spiegelbild gewesen – das Bild kam vom Dach des Gebäudes und wurde über zahllose Spiegel weitergegeben – bis in die Räume der Stadt.

»Waren das ... die Schwärme?«, fragte er mit schwacher Stimme.

Die Frau nickte. »Allerdings. Noch nie sind sie so tief geflogen.«

Ohne Tobbs einen weiteren Blick zu gönnen, schob sie sich an ihm vorbei in Richtung Tür. »Zieh dich um!«, befahl sie. »Und beeil dich. Ich bin bald zurück.« Dann klappte die Tür hinter ihm zu. Ein Schlüssel drehte sich im Schloss. Und er war allein.

Der Panoramaspiegel glänzte schwarz, erst nach einer Weile schob sich ein neues Bild über die Dunkelheit. Vermutlich hatte ein Spiegelwender den Verlust des zerbrochenen Spiegels auf dem Dach ausgeglichen. Der Himmel war wieder blau, nur in der Ferne kreiste etwas, was beinahe wie ein Schwarm großer Vögel wirkte. Beinahe. Tobbs zerrte das rosafarbene Gewand aus dem Ständer und hängte es über den Spiegel. Man konnte nie wissen, ob er es hier mit einem Spionspiegel zu tun hatte.

»He!«, nuschelte Mamsie Matata dumpf in sein Jackenfutter. »Was ist da draußen los? Wo sind wir?« Tobbs hob seinen Jackensaum und drehte sich um die eigene Achse, damit Matata den Raum betrachten konnte.

»Im fünften Stock«, sagte er ohne viel Hoffnung.

Mamsie Matata hüstelte. »Ist denn hier irgendwo vielleicht ein Fenster?«

Tobbs nickte, dann fiel ihm ein, dass sie es nicht sehen konnte, und holte den Spiegel unter der Jacke hervor. Mamsie Matata lächelte zufrieden.

»Ein Fenster, sehr gut. Schau hinaus.«

Unter ihm tat sich eine Schlucht auf. Ganz unten auf den Straßen glitzerte etwas und emsige Käfer eilten mit Besen in den Händen herum und kehrten es zusammen. Spiegelscherben.

»Die Stadt bietet von oben eine möglichst kleine Angriffsfläche«, erklärte Mamsie Matata. »Die Schluchten zwischen den Häusern sind so schmal, dass die Schwärme Mühe hätten, sich darin zu bewegen. Welche Gestalt sie auch annehmen – Vögel, Drachen oder Geparden –, immer haben sie große Flügel. Und die brauchen Platz. Bisher ist es jedenfalls noch keinem dieser Geschöpfe gelungen, sich bis zu den Tempeln hinunterzukämpfen. Der Großteil der Bevölkerung lebt unten.« Sie grinste. »In den oberen Stockwerken wohnen fast nur die Spiegelwender, die Wachen – und die Abenteurer. Manche kommen aus den entferntesten Provinzen hierher, um die Gefahr zu spüren.«

»Wozu?«

Matata hob gleichgültig die Schultern.

»Weil das Leben ihnen sonst zu langweilig ist. Weil sie mutig sein wollen. Aber die meisten tun es, um zu Hause ihre Liebsten zu beeindrucken. Nun, wie auch immer, jetzt ist es unser Glück, dass das Haus gegenüber so nah dran ist.«

Tobbs betrachtete die Hauswand. Sie war nicht mehr als zwei große Sprünge entfernt. Aber für seinen Geschmack zwei Sprünge zu viel.

»Ich soll springen?«, flüsterte er. »Über den Abgrund …«

»Deine einzige Chance. Wenn du Glück hast, ist die Wohnung da drüben gerade leer.«

Tobbs schüttelte den Kopf. »Ich kann nicht.«

»Springen wirst du so oder so – entweder du springst freiwillig oder sie werfen dich runter.«

Mamsie Matata hatte recht. Tobbs blieb keine Wahl. Er nahm die schwere Opferschale aus seiner linken Jackentasche. Sofort wurde er leichter.

»Du machst mir nur Probleme«, knurrte er.

Mamsie Matata lachte. »Probleme lautet mein zweiter Vorname. Ohne Probleme ist ein Leben doch nur eine schleimige, langweilige Schneckenspur. Und jetzt wirf Ballast ab, nimm meinen Spiegel und spring!«

Tobbs konnte nicht glauben, dass er es wirklich tat. Er hockte auf dem Fensterbrett wie ein Vogel, die Hände an der Kante festgekrallt. Der Spiegel auf seinem Rücken hielt ihn in der Balance. Vorsichtig federte er in den Knien und konzentrierte sich nur auf das gegenüberliegende Fenster. Dann stieß er sich ab und – segelte durch die Luft wie ein langsamer Ball! Mit einem Ruck stieß er gegen das Fensterbrett und klammerte sich daran fest. Mamsies Spiegel schlug schmerzhaft gegen seine Schulterblätter. Nicht nach unten schauen!, befahl er sich. Trotzdem genügte schon das Wissen, dass seine Füße über dem Abgrund schwebten, damit ihm auf der Stelle übel wurde.

Hastig kletterte er über das Fensterbrett ins Innere des Zimmers und wollte sich auf den Boden werfen. Doch stattdessen prallte er vom Boden ab und wurde schwebend zu einem Tisch getragen. Kleidungsstücke lagen unordentlich verstreut auf dem Boden herum. Schmutzige Teller stapelten sich auf dem Tisch.

»Was siehst du?«, nuschelte Mamsie Matata unter seiner Jacke. Mit einer unwilligen Bewegung seines Schulterblatts gab Tobbs ihr zu verstehen, dass sie schweigen sollte. Zum Glück verstummte sie tatsächlich. Nun konnte er ganz deutlich das Schnarchen vernehmen – es kam von der anderen Seite des Kleiderbergs. Vorsichtig schwebhüpfte er über den Haufen. Dahinter lag ein junger Mann und schlief. In diesem Raum hing kein Panoramaspiegel, dafür stand neben der Bastmatte, die dem Mann als Bett diente, ein hübscher kleiner Altar aus grünem Stein. Tobbs hielt sich am Altar fest und besah sich den schlafenden Bewohner dieses Trümmerzimmers. Sein kurz geschnittenes Haar war leuchtend blau gefärbt und seine Kleidung war kreischend bunt. Die silbern und pink gestreiften Hosenbeine waren ihm über die Knie hochgerutscht. Tiefe Ringe unter seinen Augen und der Geruch nach Schnaps ließen vermuten, dass er gerade seinen Rausch ausschlief. Tobbs betrachtete den Fremden eine Weile aufmerksam, dann zückte er sein Messer.

DZHS

Hunderte von Menschen drängten sich in den Hallen, auf weiten Korridoren und kleinen, zum Flur offenen Wirtsräumen. Alle paar Schritte wechselte die Musik, wenn eine neue Kneipe in Sicht kam. Menschen kamen Tobbs entgegen – schrill gekleidete Leute mit kurz geschnittenem Haar, das meist papageienbunt gefärbt war. Manche trugen Käferaugen in unterschiedlichen Farben, andere hatten kurze Röcke an, die den Blick auf schimmernde, mit Bronzestaub eingeriebene Beine freigaben. Je nach Takt und Beat liefen sie schnell oder noch schneller. Denn eilig hatten sie es alle.

Tobbs musste zusehen, dass er im Laufschritt einen Blick in die schmalen Läden, Stehtempel und Imbissbuden erhaschte.

In manchen Räumen wurde getanzt – diese Tanzecken waren komplett verspiegelt, doch magische Spionspiegel waren es offenbar nicht, denn Tobbs sah sich selbst hundertfach: eine gespenstisch blasse Gestalt mit kurzem Haar. Mit dem Messer hatte er sich die langen Haare abgeschnitten. Blau und silbern leuchtete das seltsame Gewand, das er aus dem Schrank des schlafenden Mannes gestohlen hatte. So war Tobbs ganz gut getarnt – der lange, schmale Mantel verbarg seine Jacke und seine Hose. Der kleine Altar, den er in den Armen hielt, war dank des Schwebanzugs erstaunlich leicht, aber dennoch schwer genug, um Tobbs sicher am Boden zu halten. Außerdem erfüllte er noch einen weiteren Zweck: Mit dem Altar in den Armen war er noch besser getarnt als mit seinen kurzen Haaren. Mamsie Matata hatte ihm erklärt, dass die Leute aus den entferntesten Dörfern sich hier einen Altar mieten konnten – die Plätze waren begehrt, denn die Stadt lag ganz nah an den Bergen der Götter. Gegen ein monatliches Entgelt hielten die Mietpriester die Gebete am Laufen. Ein Passant, der einen Altar zu seinem Bestimmungsort trug, fiel also überhaupt nicht auf.

Dennoch hob Tobbs, als er einige Priester sah, die sich durch das Gedränge schoben, den steinernen Kasten so hoch, dass sein Gesicht dahinter fast verschwand, und ging etwas schneller. Nur noch wenige Schritte bis zum Ende des Flurs und er würde die Treppe zum nächsten Stockwerk erreichen! Wie viele Stockwerke dieses Gebäude wohl haben mochte? Und: War es nahe genug an der Stadtmauer?

Ein Stoß nahm ihm die Luft und eine steinerne Kante drückte sich in seinen Magen. Mamsie Matata ließ einen unwilligen Laut hören, der irgendwo in Höhe seines sechsten Rückenwirbels verhallte. Tobbs spähte vorsichtig über den Rand des Altars. Das Mädchen, das er angerempelt hatte, funkelte ihn wütend an und rieb sich die Seite. »Kannst du nicht aufpassen, wo du hinrennst?«, rief sie.

Ihr Haar war knallrot und stand in zu Spitzen geformten Stacheln von ihrem Kopf ab. Auch ihr Kleid war rot. Ihre aggressive Aufmachung lenkte beinahe von ihren zarten Gesichtszügen ab, die Tobbs sofort an Anguana denken ließen – und das Heimweh gab ihm wieder einen tiefen Stich. Er schluckte schwer.

»'tschuldigung«, murmelte er und setzte sich eilig wieder in Bewegung. Die Priester waren gefährlich nahe herangekommen.

»He du!«, rief das rote Mädchen ihm hinterher. »Warte doch mal – du willst den Altar verkaufen?«

Tobbs blieb stehen und wandte sich nach ihr um. Sollte er mit ihr sprechen? Nun, abgesehen von ein bisschen viel Rot sah sie doch eigentlich ganz sympathisch aus. Zögernd machte er einen Schritt auf sie zu. Das Mädchen grinste. »Ich sehe sofort, wenn jemand Geld braucht.«

»Wieso?«

»Du siehst so verzweifelt aus und kannst dir nicht mal einen ordentlichen Haarschnitt leisten. Neu hier?«

Tobbs nickte zögernd und schielte nach den Priestern, die sich suchend umschauten.

»Willst du den Altar kaufen?«, fragte er.

Statt einer Antwort packte ihn das Mädchen am Ärmel und zerrte ihn durch eine von Glitzergirlanden umrankte Tür. Gemeinsam betraten sie einen schmalen Lagerraum. Beinahe bis zur Decke stapelten sich hier Kisten voller Räucherwerk, Girlanden aus Papierblumen und allerlei Möbel.

»Willkommen«, sagte das Mädchen und strahlte ihn an. »Bei mir bist du genau richtig. Ich bin Ambar.« Mit fachmännischem Blick schätzte sie den kleinen Steinaltar ab.

»Lindgrüner Onyx. Ziemlich selten. Aber die Ecken sind schon beschädigt. Ich gebe dir sechzehn.«

»Vierundzwanzig«, entgegnete Tobbs prompt. Dann besann er sich und überschlug blitzartig, was ihm wirklich nützlich sein könnte. Er konnte den Altar schlecht aus der Hand geben, ohne seine Bodenhaftung zu verlieren. »Oder du gibst mir noch ein paar Opferschalen dazu«, setzte er hinzu. »Aus Stein. Je schwerer, desto besser.«

Ambar runzelte die Stirn. »Wofür brauchst du Opferschalen, wenn du keinen Altar mehr hast?«

»Für … Räucherwerk … ich muss unbedingt noch ein Gebet sprechen.«

»Welche Gottheit?«

»Na, Kali!«, platzte Tobbs heraus. Mamsie Matata hätte sich das Zischen in seinem Rücken sparen können. Tobbs wusste auch so, dass er einen Fehler gemacht hatte. »Ich … ich meine natürlich … die Göttin der Zerstörung«, stammelte er. Doch Ambar schien weniger schockiert zu sein, als er erwartet hatte.

»Habe ich es mir doch gedacht«, flüsterte sie und deutete auf seine Stirn. »Du suchst die DZHS. Du willst ganz nach oben. Habe ich Recht?«

Tobbs drückte den Altar fester gegen seine Brust. »Ich interessiere mich schon für ... ganz oben«, sagte er zögernd. »Gewissermaßen.«

Ambar nickte ernst. »Sollte der Altar eine Bezahlung für die Eintrittskarte sein? Na, wertvoll ist er ja. Wenn du willst, gebe ich dir siebzehn und zwei Opferschalen dazu. Wobei ich dich warnen muss: Wenn du zu den DZHS stößt, kannst du Kali so viele Opfer bringen, wie du willst – aber es muss dir klar sein, dass du trotzdem nicht auf ihren Schutz hoffen kannst.«

»Oh ja, das weiß ich«, sagte Tobbs aus vollem Herzen. Ambar lächelte ihm zu. »Du hast Glück, heute ist der Tag«, sagte sie. »Der nächste Termin findet erst wieder in vierzig Tagen statt. Deinen Namen muss ich nicht wissen, das erleichtert uns anderen im Ernstfall auszusagen, dass wir dich nicht kannten. Aber ich hoffe, du hast noch wenigstens eine Münze dabei? Die siebzehn werden nicht ganz reichen, die Wachen wollen neuerdings für jeden von uns achtzehn haben.«

Tobbs erinnerte sich an die Münzen, die er sich als Gewichte in den Hosensaum eingenäht hatte, und nickte. »Aber bevor ich bezahle, möchte ich wissen, wie sich das Ganze abspielt und ... wie du mich erkannt hast. Dass ich zu den DZHS will, meine ich.«

Ambar verschränkte die Arme. Sie sah sehr lieblich aus – hübsch und ... unschuldig, wenn man einmal von den wilden Haaren und dem berechnenden Funkeln in ihren Augen absah.

»Zu Frage eins: Party auf dem Dach, wie üblich. Feiglinge sind nicht gern gesehen. Ich weiß, es gibt Gerüchte, dass wir seltsame Rituale zelebrieren, aber das stimmt nicht. Wir haben genug damit zu tun, den Himmel im Auge zu behalten. Zwei Wächter haben wir bestochen, damit sie uns aufs Dach lassen. Und die Spiegelwender drehen für eine Stunde die Spiegel ab. Das heißt aber auch: Keine Hilfe, wenn es hart auf hart kommt, sondern nur das Risiko. Das volle Risiko. Und das trägt jeder selbst.« Sie lächelte ihm noch etwas süßer zu. »Aber das Risiko ist ja schließlich der Grund, warum wir überhaupt aufs Dach gehen, nicht wahr?« Ihre Augen funkelten.

»Und nun kommen wir zu Frage zwei: Du hast Kalis Namen laut ausgesprochen, um das Schicksal herauszufordern. Und dann ist da noch deine Stirn. Du trägst kein Zeichen darauf – deine Stirn ist leer wie der klare Himmel. Und das ist wiederum unser Zeichen.«

Tobbs atmete auf. Anguanas Glück. Es war immer noch bei ihm!

»Aber natürlich bekommst du heute Nacht trotzdem ein Zeichen auf die Stirn, um keinen weiteren Verdacht zu erregen«, fuhr Ambar fort. »Denn nun hast du mich ja gefunden.« Nachdenklich betrachtete sie sein Haar. »Nur deine Frisur … das geht gar nicht. So, wie du jetzt aussiehst, kannst du auf gar keinen Fall ein richtiger DZHS werden!«

Die zwei Opferschalen waren in seinen Jackentaschen unter dem Mantel verstaut. Außerdem war es ihm gelungen, noch ein Käferaugengestell und zwei Säcke mit Bleisand herauszuhandeln, die an seinen Gürtel gebunden einen brauchbaren Ballast abgaben. Und um bequem sitzen zu können, hatte er sich eine Kiste mit Kerzen auf den Schoß gestellt.

Seine Kopfhaut brannte von den Essenzen, die Ambar ihm über das Haar geschüttet hatte. Wenn er schielte, konnte er eine blau und silbern eingefärbte Haarsträhne sehen. Nun, damit würden ihn die Priester sicher nicht wiedererkennen. Behutsam tastete er nach Mamsie Matatas Spiegel und zog ihn hervor. Mamsie schnappte nach Luft und sah sich um.

»Puh«, meinte sie. »Wurde auch Zeit.« Beim Anblick von Tobbs' neuer Frisur musste sie kichern. »Oje. Wenn ich dich so ansehe, weiß ich nicht, ob es ein Glück oder Pech ist, dass du den DZHS in die Arme gelaufen bist.«

»Ich musste mich verstecken. Die Priester suchen nach mir. Und hast du gehört, was Ambar gesagt hat? Sie wollen aufs Dach. Noch heute Nacht.«

Mamsie lachte schallend. »Klar wollen sie das. Verrückte Kinder sind das! Sie fordern das Schicksal heraus, wo sie nur können. Nun, ich kann es sogar verstehen. Als ich noch jung war, war ich genauso. Wer so geschützt lebt, sehnt sich nach Gefahr.«

»Warum?«

»Warum? Sieh sie dir doch an! Sie leben inmitten von Tempelrauch und Glitzerblumen, sie tanzen in den großen Tempeln, bis sie umfallen, und leben mit ihren Spiegelbildern, die sie dazu zwingen, sich ständig selbst zu betrachten. Natürlich sehnen sie sich nach echter Weite, nach Abenteuern. Warum bist du nicht dort geblieben, wo du herkommst?«

Tobbs senkte ertappt den Kopf. »Weil es immer eine Tür gibt, die in ein interessanteres Land führt«, murmelte er.

Plötzlich wirkte Mamsie Matata traurig. Eine bedrückende Stille senkte sich über Ambars Lagerraum. Tobbs wollte höflich sein und nicht in Mamsies Wunden stochern, aber seine Neugier war stärker.

»Wer sind die DZHS? Hast du auch zu ihnen gehört? Bist du auf die Dächer gegangen und dort ... gestorben?«

»Ich hatte in meiner Heimat mehr Himmel, als ein Menschenleben verkraften kann«, antwortete Matata schroff. »Nein, ich war hier wochenlang in den Tanztempeln unterwegs. Und gestorben bin ich, als mir eine hölzerne Ananas auf den Kopf fiel, die zufällig von einem Regal rollte. So banal ist der Tod manchmal. Aber, um deine Frage zu beantworten: Die DZHS sind einfach nur das Gegenteil der Vom-Himmel-Gefallenen.«

Tobbs ließ sich ihre Worte durch den Kopf gehen und hätte beinahe laut losgelacht. »DZHS – Die-Zum-Himmel-Streben?«

Mamsie Matata deutete eine respektvolle Verbeugung an und zwinkerte ihm zu. »Schlaues Kerlchen. Hast du dich eigentlich schon selbst gesehen?«

Tobbs schüttelte den Kopf und streckte ihr die Hände entgegen. Einen Augenblick spürte er das kalte Glas an seinen Fingerspitzen, dann durchstieß er schon die Oberfläche und löste sich auf.

Nie im Leben hätte er sich selbst erkannt. Der Junge in der Kammer hatte schreiend blaues Haar, das in silberne Spitzen auslief. Eine Igelfrisur, passend zu dem weiten Gewand, das er trug. Die Zeichnung eines Gottes, der mit Totenschädeln jonglierte, zierte seine Stirn und seine Augen waren schwarz umrandet. Unglaublich alt sah er aus – bestimmt wie achtzehn.

»Erzähl mal«, forderte ihn Mamsie Matata auf. »Warum ist es dir zu Hause zu langweilig geworden?«

Tobbs holte tief Luft und erzählte. Und Mamsie Matatas Augen wurden größer und größer. Als er Kali erwähnte, schlug sie erschrocken die Hände vor das Gesicht. Doch nachdem er geendet hatte, rückte sie ganz nah an ihn heran und legte ihm einen Arm um die Schultern. Die Berührung tat gut, auch wenn Tobbs im Moment nur ein wolkiges Etwas war. Mamsie Matata zwinkerte ihm mit ihrem dunkelbraunen Auge zu.

»Ich weiß beim besten Willen nicht, was ich von dir halten soll, Tobbs«, sagte sie leise. »Wenn das alles stimmt, dann bist du das ungewöhnlichste Wesen, das ich je getroffen habe. Wenn nicht, bist du der größte Geschichtenerzähler aller Zeiten. Eine Taverne, die in mehr als vierzig Länder führt! Pah! Aber an einer Stelle weiß ich ganz sicher, dass du geschwindelt hast, um das Ganze ein wenig dramatischer zu machen.« Sie beugte sich vor und flüsterte ihm ins Ohr. »Deine Eltern haben dich nicht zufällig bei Dopoulos vergessen. Niemand, absolut niemand vergisst sein eigenes Kind in einer Kneipe.«

Der Tanztempel im siebten Stock, den Tobbs zusammen mit Ambar betrat, war bestimmt achtzigmal größer als der größte Festsaal in der Taverne und fasste auch achtzigmal so viel Leute. Und obwohl der Saal bereits brechend voll war, drängten sich immer neue Menschenmassen hinein. Tobbs war froh, Mamsie Matata dick in Polsterwolle gewickelt zu haben. Wie überall in dieser Stadt hingen auch hier unzählige Spiegel an rot lackierten Wänden. Eine pulsierende Menge tanzte zu einem eintönigen, aber rasend schnellen Beat aus Zimbeldrums und Kreischflöten. Hier hätte Sid seinen Spaß! Selbst Tobbs ließ sich anstecken und begann unwillkürlich, im Takt zu laufen und mit dem Kopf zu wippen.

Spionspiegel gab es in diesem Saal offenbar nicht, denn Tobbs konnte sich in jedem Spiegel selbst sehen. Er sah einfach unglaublich aus – lässig und sogar ein wenig gefährlich. Selbstbewusst schob er sich am Rand der Tanzfläche entlang, immer bemüht, Ambars Stachelfrisur nicht aus den Augen zu verlieren. Durch die Käferaugen, die er sich aufgesetzt hatte, wirkten ihre roten Strähnen violett. Die meisten Tänzer trugen ebenfalls Gestelle über den Augen, manche in seltsamen Formen, andere grell eingefärbt. Es war nicht sinnvoll, die Schutzaugen zu tragen, da hier drinnen sicher keine Scherben vom Himmel regnen würden – aber es sah gut aus.

Ambar drehte sich zu Tobbs um und lächelte geheimnisvoll. Sie trug ein enges rotes Kleid, das so kurz war, dass Tobbs ihre Beine gesehen hätte – wenn nicht alle hier Körper an Körper stehen würden. Zielstrebig drängte sie sich zu einer Tür, die mit einem Vorhang aus Perlenschnur verhängt war. Zwei junge Männer und drei Mädchen fanden sich ebenfalls bei der Tür ein und nickten Tobbs mit einem Grinsen zu.

»DZHS«, sagte der eine und machte ein verstohlenes Zeichen mit vier Fingern, das einem Fächer glich.

Tobbs grüßte zurück. Das waren sie also – die Abenteurer, die sich den Ausflug aufs Dach so viel kosten ließen. Sie sahen eigentlich ganz normal aus – in der Masse der Tanzenden wären sie ihm jedenfalls nicht aufgefallen.

Der Weg führte durch einen langen Gang und weitere Türen. Fast so wie in der Taverne. Vor einem schmalen Schacht, in dem ein eiserner Käfig baumelte, blieb Ambar stehen und wandte sich zu der Gruppe um.

»Das hier ist der Sicherheitskäfig. Drei von euch kennen die Regeln bereits. Für unsere zwei Neuen erkläre ich es noch einmal: Solche Käfige haben die Wächter, wenn sie ihre Posten auf dem Dach beziehen. Seid ihr bereit, den nächsten Schritt zu gehen, um den Himmel kennenzulernen?« Die zwei Mädchen und ein Junge nickten eifrig. Der Junge neben Tobbs aber wurde blass. »Aber ich warne euch.« Ambars Stimme sank zu einem Flüstern. »Die Schwärme sind schnell, aber wenigstens werdet ihr sie gut erkennen. Sie leuchten im Dunkeln.« Tobbs fröstelte. Ambar redete weiter. »Dann zu den Regeln. Erstens: Jeder passt auf sich selbst auf. Klar?« Alle nickten. »Zweitens: Niemand ist dafür da, den anderen zu retten. Ich will keine Helden sehen. Wenn eine aus dem Schwarm einen von euch erwischt, dann bringt der Rest sich in Sicherheit. Die Schwärme würden ein solches Verhalten nur ausnutzen, um sich aus dem Hinterhalt noch auf die anderen zu stürzen. Also: Zu den kleinen Türmen flüchten und sich nicht umschauen, klar? Die Kreidemarkierungen geben euch die Entfernungen vor. Ein Strich gibt einen Punkt, zwei Striche zwei Punkte und so weiter.«

Alle außer Tobbs nickten. Ambar funkelte ihn ungeduldig an.

»Was ist?«

»Wir sollen zuschauen, wenn … wenn jemand … getötet wird?«, stammelte er.

Eines der Mädchen rollte genervt die Augen. Ambar nickte ernst. »So lautet die Regel. Jeder für sich. Das ist kein Ballspiel und wir sind kein Team.«

Tobbs war mulmig zumute. Eben hatte er sich noch zugehörig gefühlt, aber nun erschien ihm diese seltsame Stadt fremder als alles, was er je gesehen hatte. »Aber eine Warnung ist doch wenigstens erlaubt, oder?«, fragte er leise.

Ambar zog die Brauen hoch.

»Tu, was du nicht lassen kannst«, meinte sie. »Und da wir gerade bei Warnungen sind: Zieht die langen Mäntel und die Brillen aus. Beides wird euch bloß im Weg sein. Besonders die Mäntel – über die werdet ihr nur stolpern, falls ihr rennen müsst.«

Alle legten gehorsam die Mäntel ab, nur Tobbs behielt seinen an. Ambar zuckte nur bedauernd mit den Schultern. Dann öffnete sie die Käfigtür und deutete nach oben. »Zu den Sternen also«, sagte sie feierlich. »Denn heute gehören sie uns allein – und vielleicht wird es das Letzte sein, das wir sehen. Willkommen im Kreise derer, die zum Himmel streben!«

Die Winde, über die der Käfig an einer Eisenkette nach oben gezogen wurde, wimmerte und quietschte. Tobbs saß in der Mitte des Käfigs am Boden. Im Schacht war es stockdunkel, er konnte nur die angespannten Atemzüge der anderen hören. Er atmete tief ein und langsam wieder aus und versuchte so, seine flatternden

Nerven zu beruhigen. Das Dach. Gleich würde er dort sein. Doch mit jedem Quietschen der Eisenkette erschien ihm sein Plan unsinniger und lächerlicher. Nie würde er Sid finden. Im unwahrscheinlichen besten Fall würde er schutzlos außerhalb der Stadt auf dem Boden landen – und dann?

»Hast du Angst?«, flüsterte ihm Ambar zu. Sie hatte sich neben ihn gesetzt. »Möchtest du nicht doch den Mantel ablegen?«

»Nein«, flüsterte Tobbs zurück.

»Schade.« Ambar seufzte. »Die Schwärme können dich besser packen, wenn du einen Mantel trägst.«

»Du bist oft hier oben, oder?«

»Sooft ich kann. Es bringt gutes Geld, aber das allein ist es nicht. Manchmal lassen die Schwärme die Stadt wochenlang unbehelligt und dann kann man einfach in den Himmel schauen.«

»Aber ganz ohne Schwärme fändest du es langweilig, nicht wahr? Du magst es lieber, wenn es gefährlich ist.«

»Du nicht?«, fragte sie erstaunt.

Tobbs schüttelte verständnislos den Kopf. Die Gefahr suchen – vielleicht dachten Krieger so. Oder Verrückte.

»Warum machst du das?«, flüsterte er.

Sie lachte, doch eine Antwort gab sie ihm nicht.

Der Himmel über Yndalamor war selbst ohne die Käferaugen so blau, dass der Anblick beinahe schmerzte. Ein kupferfarbener Halbmond schwebte über dem Horizont und der Nachtwind duftete nach frischen Blättern und sonnenheißem Sand. Ambar öffnete die Käfigtür und sprang auf das Dach.

»Willkommen in der Arena!« Sie lachte und drehte sich um sich selbst, sie schloss die Augen und sog die Luft tief in ihre Lunge.

Die Spionspiegel, die auf den Dachrändern aufgestellt waren, begannen zu surren und zu klappern und kippten weg wie Menschen, die bewusst den Blick abwenden. Nur ein einziger blieb auf die Gruppe gerichtet. Tobbs hoffte, die anderen würden nicht bemerken, dass sein Spiegelbild nur ein dunkler Schatten war. Vier Wächter, die die Jugendlichen mit düsteren Mienen musterten, verabschiedeten sich mit einem Nicken und verschwanden in einer Art Schutzhaus, das wie ein eiserner Kamin aus dem flachen Dach ragte. Wie Ambar gesagt hatte, befanden sich überall zwischen den einzelnen Schutzhäusern Kreidemarkierungen.

Tobbs sprang auf das Dach, glücklich, den schaukelnden Käfig verlassen zu können. Der Rest der Gruppe folgte.

»Viel Glück!«, rief Ambar und rannte los.

Die anderen begannen zu johlen, trunken vom Himmel. Immer wieder drehten sie sich taumelnd um ihre eigene Achse und staunten über die endlose Weite. Tobbs konzentrierte sich dagegen auf die Stadtmauer. Zwei Häuserdächer weiter zeichnete sie sich schwarz gegen das helle Grau der Baumkronen ab. Keine Schwärme in Sicht. Die anderen wurden immer mutiger. Eines der Mädchen erntete respektvolle Blicke, als es so leise, dass die Wächter es nicht hören konnten, aber laut genug für die Götter, in den Himmel flüsterte: »Kali! Zeig dich, Kali!«

Tobbs fingerte gerade nach den Opferschalen in seinen Manteltaschen, als Ambar neben ihm auftauchte. Mit erhitzten Wangen, schön wie eine dämonische Wolkenreiterin. »Was stehst du hier denn herum?«, keuchte sie. »Komm mit und sieh dir das an!« Sie ergriff seine Hand und zog ihn einfach mit sich. Gemeinsam rannten sie zum Rand des Daches. »Sieh nur!«, sagte sie andächtig und deutete auf die Gebirgskette am Horizont.

Dort, wo bald die Sonne aufgehen würde, zeichnete ein schmaler rosa Streif die Zacken der Gipfel nach. Tobbs schluckte. Seine Taverne – irgendwo da draußen.

»Eines Tages gehe ich dorthin«, sagte Ambar leise. »Ich werde fliegen – wie die Schwärme.« Im Mondschein wurde ihr Gesicht weich und sehnsüchtig.

»Warum gehst du nicht einfach so in die Berge?«, fragte Tobbs.

Ambar sah ihn erstaunt an. »Weißt du das denn nicht? Das sind die heiligen Berge. Die Schwärme hausen dort und auf dem Boden ringeln sich Pflanzen, die jedes lebende Wesen verschlingen.«

Tobbs wurde auf der Stelle mulmig zumute. Er konnte nur hoffen, dass dies ein Schauermärchen war, das man Stadtkindern wie Ambar erzählte.

»Warum willst du dann dorthin?«, fragte er zaghaft.

»Ich will auf die andere Seite der Berge. Und eines Tages wird es mir gelingen – wenn schon nicht in diesem, dann im nächsten Leben. Ich werde ein Raubvogel sein oder eine Libelle.«

Tobbs schüttelte den Kopf. »Und warum setzt du dich dann dem Risiko aus, von den Schwärmen verschlungen zu werden? So läufst du doch Gefahr, auch deine Seele zu verlieren.«

Nun war es an Ambar, ihn spöttisch anzulächeln. »Dazu müssen sie mich erst einmal kriegen. Alles im Leben braucht eine gute Geschichte. Eine besondere. Wir müssen etwas riskieren.« Ihr Mund verzog sich zu einem Lächeln. »Du gefällst mir«, sagte sie und legte ihm die Arme um den Hals. »Wir werden heute vielleicht sterben – sollten wir uns da nicht vorher küssen?«

Tobbs war verwirrt. Ihr Gesicht, das so sehr an Anguanas zarte Züge erinnerte, ihr Mund …

Ein Schatten huschte plötzlich über Ambars Stirn. Ein Flügelschatten. Das Geräusch von schlagenden Schwingen erfüllte die Luft. »Sie kommen«, sagte Ambar mit bebender Stimme.

Sie flogen in Gestalt von weißen Pfauen und leuchteten vor dem Nachthimmel wie der Mond. Es waren ungefähr zehn und sie stürzten sich Blitzen gleich auf die Stadt. Tobbs wartete auf Kampfschreie, aber die Stille war viel schlimmer. Der Großteil der Schwarmfrauen drehte ab und flog in Richtung der bewachten Türme, doch zwei von ihnen hielten auf das Dach zu, auf dem die Gruppe der DZHS wartete.

Tobbs sah hungrige Augen, spitze Schnäbel und Adlerkrallen. Auf den anderen Dächern erhob sich Geschrei. Pfeile sausten in den Himmel, ein Pfau verlor ein ganzes Bündel Federn und drehte sich torkelnd in der Luft. Ambar rannte los. »Zu den Sternen!«, brüllte sie. Einer der Spionspiegel klappte wie ein großes Auge um und verfolgte ihren Weg.

Tobbs hatte keine Chance. Die zweite Vogelfrau entdeckte ihn genau im selben Moment, in dem die erste Ambars Verfolgung aufnahm. Keine Zeit, die Opferschalen aus den Taschen zu holen. Tobbs rannte los.

Ambar hatte Recht gehabt. Der Mantel störte nur, aber ohne ihn wäre Mamsie Matata auf seinem Rücken fast ungeschützt. Seine Sohlen hämmerten auf das glatte Dach, während hinter ihm das Schwunggeräusch riesiger Flügel heranrauschte. Jeden Augenblick erwartete er, dass sich scharfe Krallen in seinen Nacken bohrten und ein Pfauenschnabel ihm in die Schultern hackte. Seine ganze Haut kribbelte, als würde er in einem Hagel von spitzen Kieselsteinen stehen. Federn streiften seinen Nacken. Tobbs schlug Haken und duckte sich blitzartig, wenn die Klauen ihm zu nahe kamen. Mit letzter Kraft lief er über eine Kreidemarkierung, die mit der Zahl 3 versehen war, und rettete sich mit einem Hechtsprung in eine Nische im Schutzturm. Hart schlug Mamsies Spiegelrahmen gegen die Wand. Mamsie Matata gab einen gedämpften Empörungsschrei von sich. Weiße Pfauenschwingen rauschten in voller Fahrt am Türspalt vorbei, dann sah man nur noch den Nachthimmel.

Die anderen applaudierten. Tobbs zuckte zusammen, als er sah, dass die zwei Jungen bereits in der Nische saßen. Der größere von beiden nickte ihm anerkennend zu.

»Drei Punkte«, sagte er. »Hoffentlich hat der Spiegel das gut erwischt, sonst kann es sein, dass die Punkte nicht gezählt werden.«

Tobbs klappte die Kinnlade nach unten. Mit einem Mal verstand er – der eine Spionspiegel fing die Jagd auf dem Dach ein und leitete die Bilder irgendwohin. Es war ein Spiel! Allerdings eines um Leben und Tod. Und irgendwo da unten, in der Sicherheit lackierter Wände, saßen Menschen und beobachteten in einem Panoramaspiegel, was hier oben passierte.

»Spinnt ihr alle?«, zischte Tobbs die zwei an. »Das ist kein Spiel! Das ist lebensgefährlich!«

Ein Junge hob die Hand. »Da!«, flüsterte er.

Tobbs fuhr herum. Durch den schmalen Spalt konnte man ein Stück der glatten Dachkante sehen. Ambar lief. Nein, sie lief nicht, sie tänzelte. Im Gegensatz zu ihr wirkte der fliegende Pfau, der ihr folgte, schwerfällig und ungelenk. Mühelos tauchte sie unter dem zuschnappenden Schnabel nach links und rechts – konzentriert wie ein Boxer, der den Gegner ins Leere laufen lässt.

Ambar musste wahnsinnig sein, aber Tobbs musste widerstrebend zugeben, dass sie ihre Sache gut machte. Der Pfau fauchte unwillig und schüttelte sich in der Luft. Die Flügel fielen in sich zusammen, der Körper streckte und wand sich in der Luft. Wo eben noch Federn gewesen waren, wallte nun blaues Schlangenhaar, das sich um das wahre Gesicht der Schwarmfrau wand. Viel längere, dunkle Flügel schlugen nun in der Luft.

Tobbs prallte zurück und hätte beinahe den Jungen neben sich umgestoßen. Eine lange rote Zunge schoss aus dem grausamen Mund, doch Ambar war schneller. Bevor die Schwarmfrau ihr die Zunge wie eine Peitsche um den Hals schlingen konnte, machte sie einen Sprung nach hinten. Ambar drehte sich in der Luft, fing sich mit den Armen ab und rannte weiter – aus Tobbs' Sichtfeld. Er stürzte zu dem Spalt und spähte hindurch. Dort war sie – weit rechts. Und viel zu weit entfernt vom nächsten Schutzturm, bei einer Kreidemarkierung, die mit der Zahl 5 gekennzeichnet war. Es war ein Spiel – für Ambar. Doch die Schwarmfrau wurde jetzt richtig wütend. Wie ein Rachedämon raste sie hinter dem Mädchen her. Tobbs fragte sich, warum sie nicht mit den Füßen auf dem Dach aufkam. Und vor allem: Wo war die zweite Schwarmfrau abgeblieben?

»Na los!«, rief Ambar in Richtung Turm. »Raus aus der Deckung, ihr Feiglinge!« Ihr Lachen hallte durch das Schutzhaus.

»Geh aus dem Weg!«, zischte ihm der größere Junge zu, dann schubste er Tobbs einfach beiseite und rannte auf das Dach. Die zwei Mädchen tauchten links von ihm auf, völlig außer Atem, aber mit leuchtenden Augen.

Für einen Moment erhaschte Tobbs einen Blick in den Spionspiegel. Die Mädchen lachten ihrem Spiegelbild zu. Tobbs kniff wütend die Lippen zusammen. Wie konnte man bloß so dumm und sensationslüstern sein? Beinahe noch wütender war er auf die Leute, die irgendwo die Szene verfolgten, vielleicht sogar die Punkte zählten und Wetten abschlossen, wer von den DZHS auf dem Dach lebendig wieder in den Schacht steigen würde. Nun, dachte er mit grimmigem Trotz, zumindest von ihm würden sie nicht viel mehr sehen als ein dunkles, wolkiges Etwas. Immer noch konnte er sich keinen Reim darauf machen, warum die Schwarmfrauen nicht einfach auf dem Dach landeten, aber es schien eine magische Grenze zu geben, die sie nicht überschreiten konnten. Machte den dämonischen Wesen dieses verrückte Spiel etwa auch Spaß?

Ein Schrei ließ Tobbs zusammenzucken. Eines der Mädchen taumelte und stürzte. Blut färbte den Kreidestrich. Die Schwarmfrau schraubte sich in einer spiralförmigen Kurve in die Luft und stieß einen schrillen, triumphierenden Raubvogelruf aus. Das Mädchen stöhnte und rappelte sich wieder auf. An ihrem Oberschenkel klaffte eine hellrote Wunde. Humpelnd torkelte sie auf das Schutzhaus zu. Die Schwarmfrau lachte lautlos und legte die Flügel an.

Tobbs dachte nicht nach. Mit einem Satz war er aus der Schutzhütte und rannte. Im Rennen löste er den Beutel mit Bleisand von seinem Gürtel. Aus dem Augenwinkel nahm er wahr, wie sich Ambar im letzten Moment mit einem eleganten Sprung in einen Schutzturm flüchtete.

»He, Spatzenhirn!«, schleuderte er der Schwarmfrau entgegen. Das Gesicht mit den leeren Augen und der schimmernden Echsenhaut wandte sich ihm zu. Tobbs holte mit aller Kraft Schwung – und ließ den Bleisandbeutel los. Er hatte gut gezielt. Mit einem hässlichen Klatschen landete der Beutel genau auf der Stirn der Schwarmfrau. Sie kippte in der Luft, wirbelte und drehte sich um sich selbst – ein heilloses Durcheinander aus fuchtelnden Händen, Haaren und Federn.

»Idiot!«, zischte das Mädchen. »Jetzt sind meine Punkte futsch!«

Tobbs warf ihr einen verständnislosen Blick zu. Pfeile und Steinkugeln hagelten auf das Dach – auf den Nebendächern bemühten sich die Wächter immer noch, die anderen Schwarmfrauen in die Flucht zu schlagen. Ein erstickter Schrei brach mit einem Mal ab, als sich eine der Schwarmfrauen mit einem Wächter in den Klauen durch die Luft entfernte.

»Lauf!«, brüllte Ambar. »Die zweite ist hinter dir!«

Tobbs nahm sie beim Wort. Im ersten Augenblick wäre er fast gestolpert, denn der Verlust des einen Beutels hatte sein Gleichgewicht vollkommen verändert. Ein Fauchen erklang, dann rissen zwei scharfe Krallen seinen Mantel der Länge nach durch. Tobbs duckte sich und stürmte los. Vier große Sprünge bis zur Stadtmauer, schätzte er. Und Anguanas Glück, dass ihn keine der herunterregnenden Kugeln treffen würde. Im Rennen zog er seinen Mantel aus und schleuderte ihn seiner Verfolgerin ins Gesicht. Tatsächlich war sie für einen Augenblick blind und taumelte durch die Luft. Zeit genug für Tobbs, den zweiten Beutel vom Gürtel zu lösen und ihn ebenfalls von sich zu werfen. Nun wurde es schwierig, auch wenn sein Körper sich angenehm leicht anfühlte. Keine hastigen Bewegungen mehr, sonst würde er gefährlich ins Trudeln geraten! Die Schwarmfrau riss mit Klauen und Zähnen an seinem Mantel. Dann warf sie plötzlich den Kopf zurück und verschlang das ganze Bündel mit einem Happs. Ihr Kiefer war ausgehängt wie bei einer Schlange.

»Renn zum Schutzhaus!«, schrie Ambar. »Nicht zur Dachkante!« Ihre Stimme überschlug sich. Ein metallischer Gong ließ Tobbs ahnen, dass die zweite Schwarmfrau nun den Schutzturm angriff. Hinter sich hörte er das Rauschen von Schwingen. Er biss die Zähne zusammen und tastete nach den Opferschalen. Seitenstechen nahm ihm die Luft und seine Lunge brannten. Er stieß sich mit einer Drehung ab und wirbelte herum. Wie ein Diskuswerfer ließ er erst die eine Schale los und bei der nächsten Drehung die zweite. Die erste verfehlte seine Verfolgerin um fast einen Meter und landete mit einem scheppernden Geräusch in einem Schutzhaus. Die zweite aber flog genau auf das Gesicht zu. In der Sekunde, in der Tobbs sich noch drehte, sah er, wie die Frau in der Luft nach der Schale schnappte – und sie ebenfalls verschlang, als wäre es nur ein Brotstück. Ihr Hals beulte sich an der Stelle, an der der schwere Stein hindurchglitt. Nun kam die nackte Angst. Sie wird mich fressen!, schrie eine Stimme in Tobbs' Kopf. Mit einem schwebenden Satz landete er auf dem Dach und kämpfte sich weiter.

Dann hörte er ein Heulen. Die Schwärme, die die anderen Dächer angriffen, hielten inne und starrten zu ihm herüber. Seine beiden Verfolgerinnen hatten die Köpfe in den Nacken gelegt und heulten wie die Wölfe. Tobbs schwitzte. Mamsie Matata schrie irgendetwas in seinem Rücken. Mit einem gewaltigen Satz erreichte Tobbs die Stadtmauer, landete zwischen zwei überraschten Wächtern – und stieß sich ein letztes Mal ab. Durch den Schwung drehte er sich in der Luft und sah gerade noch, wie in der Ferne Ambars verblüfftes Gesicht aus seinem Blickfeld verschwand. Alles andere hätte er lieber gar nicht gesehen: Eine der Schwarmfrauen deutete auf ihn, stieß einen hohen Warnton aus, der in seinen Ohren schmerzhaft knackte – und alle – ALLE – anderen Frauen fletschten die Zähne und stürzten ihm hinterher.

Schreie fuhren ihm durch Mark und Bein, dann tat sich unter ihm der Abgrund auf. Tobbs machte sich schmal, um schneller zu fallen, aber der Schwebanzug hielt sich stur an seine eigenen Regeln der Schwerkraft und trug ihn in gemäßigtem Tempo dem Boden entgegen. Tobbs war noch dabei, im Fallen verzweifelt nach seinem Messer zu suchen, als schon klauenbewehrte Hände ihn ergriffen und seinen Fall mit einem brutalen Ruck stoppten. Der Sog großer Schwingen nahm ihm fast die Luft. Hände krallten sich in seine Arme und Beine, rissen an seiner Jacke und seinem Haar. Eine Schwarmfrau schnupperte an ihm und leckte ihm mit einer langen, rauen Zunge über die Wange. Tobbs glaubte ohnmächtig zu werden. Er schloss die Augen. Es war aus und vorbei. Er würde sterben, ganz und gar.

Alte Bekannte

Der Ruck fuhr ihm in die Kniescheiben. Vor Schreck schrie er auf. Doch im nächsten Moment ließen ihn alle Schwarmfrauen los und er stand federleicht, wenn auch mit zitternden Knien, auf hartem Grund. Vorsichtig öffnete er einen Spaltbreit die Augen.

Er brauchte eine ganze Weile, um zu begreifen, was er da sah. Er war nicht tot, auch wenn seine Arme und Beine schlimm zerkratzt waren und schmerzten. Stattdessen stand er mitten im Wald. Der Mond leuchtete durch die Kronen der niedrigeren Bäume, während sich am Himmel bereits die erste Helligkeit des frühen Morgens abzeichnete. Die Schwarmfrauen hingen kopfüber in den Bäumen wie riesige Fledermäuse und betrachteten Tobbs interessiert. Jetzt erst konnte er sie sich genau ansehen.

Die Bewegungen ihrer Köpfe waren ruckartig wie bei Vögeln. An ihren Hälsen fältelte sich die Haut eidechsenartig.

Tobbs gegenüber, lässig an einen der dicken Bäume gelehnt, stand ein blonder Junge mit einem dunklen Käferaugengestell auf der Nase und grinste wie eine Kakerlake. Als er das Gestell herunternahm, sah Tobbs pupillenlose Augen.

Sid pfiff durch die Zähne und musterte ihn anerkennend. »Wow! Dreizehn Stunden in der Stadt und Tobbi Tobbs wandelt sich von einer langweiligen, knusigen Raupe zu einem richtigen Nachtfalter. Sei froh, dass die Schönen hier eine bessere Nase haben als ich. Ich hätte dich in hundert kalten Wintern nicht erkannt.« Er winkte den Frauen im Baum zu. »Danke, Mädels!«

Die Schwarmfrauen schnupperten in seine Richtung und niesten. Einige zischten Sid an.

»Wie … wie hast du …«, stammelte Tobbs. »Warum hören sie auf dich?«

»Schon vergessen? Ich bin ein Dämon, ich und die Hübschen hier sind also sozusagen verwandt. Aber es hat eine Weile gedauert, bis sie das herausgefunden haben. Siehst du?«

Er hob den Arm und präsentierte Tobbs eine bereits verkrustete Bisswunde an seinem Unterarm. »Schlimmer als meine Cousins. Eine hat mich gebissen. Die hat jetzt ein verbranntes Maul – tscha, selber schuld!«

Tobbs hatte das Gefühl, als bestünde seine Zunge aus Watte.

»Du hast ... sie auf die Suche nach mir geschickt? Deshalb haben sie die Stadt so tief überflogen?«

Sid trat zu ihm und senkte die Stimme. »Sie sollten mal nach dir schauen. Komm, lass uns ein Stück gehen. Dahinten lang – siehst du den bewachsenen Stein?«

Die Schwarmfrauen tuschelten miteinander. Knackend brach Geäst, als sie ihr Gewicht verlagerten. Tobbs sträubten sich sogleich die Nackenhaare. Vorsichtig machte er einen schwebenden Schritt.

»Ich habe dich gesucht«, sagte Sid. »Mann, ich bin ganz schön erleichtert, dass du so ein cleverer Junge bist.« Er versetzte Tobbs einen freundschaftlichen Schubs in die Seite, der ihn von den Füßen riss und direkt ins Dickicht beförderte.

»He, pass gefälligst auf!«, fuhr Tobbs ihn an. »Das ist Schweb-Eiche – und ich habe was Zerbrechliches unter der Jacke.«

Sid riss die Augen auf. »Mann, da hab ich ja Glück gehabt, dass du ausgerechnet heute vom Dach gesprungen bist. Ich dachte schon, ich muss dich noch auf dem unterirdischen Friedhof der Stadt suchen.«

Tobbs hüpfte wieder zu Sid. Im Geäst leuchteten die Augen der Schwarmfrauen. Die Dämonendamen kletterten ihnen hinterher. Obwohl Tobbs immer noch unendlich wütend auf Sid war, war er dennoch froh, ihn wiederzusehen. Und die Tatsache, dass das Dämonenkind sich mit den Schwarmfrauen verbündet hatte, um ihn zu finden, freute ihn irgendwie doch. Wenn er ehrlich war, sogar ziemlich!

»Wo ist der Wagen?«

Sid deutete mit einer unauffälligen Geste auf einen großen, moosbewachsenen Stein, der sich bei genauerem Hinsehen als riesenhafte Platte entpuppte. Unter dem Dickicht aus Pflanzenranken erkannte Tobbs auch verwitterte Säulen.

»In irgend so einer alten Tempelruine«, flüsterte Sid. »Ein bisschen demoliert ist der Karren, aber er fährt. Komm mit!«

Schon war er hinter einer Säule verschwunden. Tobbs sah sich nach den Schwarmfrauen um, aber sie machten keine Anstalten, ihm zu folgen.

»Na los …os …os …!«, echote Sids Stimme. Tobbs wagte einen Sprung in die Höhle und fand sich in einer zerfallenen Halle wieder. Im Halbdunkel leuchteten die Augen des Mancors auf – wasserblaue Scheiben, die das spärliche Licht reflektierten. Sid machte sich bereits an dem Wagen zu schaffen. Das Gefährt sah allerdings alles andere als vertrauenerweckend aus. Als der Mancor einen halben Schritt zurücktrat, entdeckte Tobbs, dass zu allem Übel auch noch ein Rad beschädigt war und eierte. Flink zog Tobbs Anguanas Faden aus der Tasche hervor und hakte seine Beine in die Speichen. Dann umwickelte er eine lose Strebe mit dem festen Faden, zog seine Jacke aus und knotete sie auch noch um die gesplitterte Strebe. Ein wenig Schwebunterstützung würde sicher nicht schaden. Tobbs fühlte, wie die Schwere in seine Arme und Schultern zurückkehrte. Das Gewicht von Mamsie Matatas Spiegel zog an seinem Rücken.

»Glaubst du, das hält?«, meinte Sid zweifelnd.

»Tu mir einen Gefallen und nerv jetzt nicht«, knurrte Tobbs. Er drehte sich zu Sid um und sah ihm direkt in die Augen. »Hör zu, ich danke dir, dass du mit den Schwarmfrauen dieses Abkommen getroffen hast. Aber sobald wir wieder in der Taverne sind, setzt du dich an deinen Kindertisch und rührst dich keinen Zentimeter vom Fleck, es sei denn, ich fordere dich ausdrücklich dazu auf. Haben wir uns verstanden?«

Sid starrte ihn mit offenem Mund an. Dann erlebte Tobbs etwas Seltsames. Der Dämon lief knallrot an und senkte beschämt den Kopf.

»Ja«, sagte er kleinlaut. »Versprochen. Ich bringe dich nicht mehr in Schwierigkeiten.«

»Meinst du, du schaffst es, den Mancor zur Taverne zurückzulenken?«

Sid nahm regelrecht Haltung an. »Jawohl, Sir! Ich hab ihn im Griff. Dämonenehrenwort!«

Tobbs sah ihn noch einmal scharf an und nickte dann. Er wusste nicht, was sich verändert hatte, aber er fühlte sich ein ganzes Stück älter – und stärker. Vielleicht war das so, wenn man sich von einer Stadtmauer gestürzt hatte, den sicheren Tod durch das Verschlingen der Seele und des Körpers vor Augen. Auch wenn er wusste, dass die Probleme mit seiner Rückkehr zu Kali erst richtig anfangen würden.

»Also gut«, sagte er. »Dann nichts wie weg hier.«

Sid salutierte und kletterte auf den Wagen.

Das Holz knarrte bedenklich unter ihrem Gewicht und der Mancor drehte sich sogleich nach ihnen um. Wenn jemals ein Ungeheuer besorgt ausgesehen hatte, dann war es dieses hier.

Sid räusperte sich. »Also … äh, wir sollten dann mal fahren. Und zwar … ziemlich schnell.« Draußen erklang wieder ein Knacken.

»Meinst du, der Schwarm klettert uns in die Tempelhöhle hinterher?«

»Nun, das können diese Biester nicht. Sie sind unfähig, den Boden zu berühren. Aber da ist etwas …«

Tobbs fuhr zu Sid herum.

»Was?«, zischte er ihm zu. Sid schluckte wieder.

»Na ja, den Gefallen, dich zu retten, haben sie mir natürlich nicht ganz umsonst getan.«

»Und was schuldest du ihnen?« Tobbs erkannte die Umrisse hängender Gestalten in den Bäumen vor dem Eingang. Die Schwarmfrauen wanden sich um die Äste, zischten und tuschelten miteinander. Tobbs schloss die Augen. »Was, Sid?«

»Nur eine Seele«, flüsterte Sid. »Und … äh … Menschenfleisch. Wobei die Seele wichtiger ist.«

»Und wo nimmst du eine Seele her?«

Sid lächelte entschuldigend. »Eben das ist mein Problem. Ich hatte es so dahingesagt. Ich meine, die Mädchen sind ein wenig einfallslos. Beschränkt, um genau zu sein. Es geht immer nur um Seelen hin, Seelen her. Und um Fleisch, Fleisch, Fleisch. Das ist das Einzige, was gezogen hat.«

Tobbs stöhnte. »Na wunderbar. Dann bleibt uns ja nur eins, stimmt's?«

Der Mancor schüttelte die Mähne und warf ihm wieder diesen besorgten Blick zu. »Tut mir leid«, sagte Tobbs zu dem Ungeheuer. »Es wird gefährlich werden. Und wir müssen schnell sein – bitte!«

Der Mancor wandte sein großes Raubkatzengesicht dem Eingang zu. Dann spannte er die Muskeln und stürmte los.

Sie brachen durch das Gestrüpp und hoben ab. Eine Sekunde lang blickte Tobbs in die überrumpelten Gesichter der Schwarmfrauen. Dann erhob sich Kalis Streitwagen schon über die Wipfel.

Das Gebirge am Horizont lag inzwischen wie mit Gold übergossen da. Die Sonne ging auf und ließ die verschneiten Berghänge leuchten. Und links von ihnen erhob sich riesig und uneinnehmbar die Stadt der Spiegel.

Von der Höhe wurde Tobbs auf der Stelle wieder übel. Mamsie Matata lag immer noch sicher verschnürt an seinem Rücken. Nur ab und zu hörte er einen leisen Ächzlaut durch den Stoff. Aus dem Augenwinkel sah er, wie die Schwarmfrauen die Nasen hoben und witterten.

»Auweia, jetzt haben sie es gemerkt!«, schrie Sid gegen den Wind. Im selben Augenblick kreischte der ganze Schwarm. Es hörte sich an wie ein einziger Schrei aus dem Schlund einer Höllenkreatur. Tobbs war ganz und gar Gänsehaut und der Mancor preschte jetzt richtig los. Kalis Kutsche ächzte und bog sich an allen Ecken. Hinter ihnen ballte sich der wütende Schwarm in der Luft zusammen, schoss nach oben und nahm die Gestalt von geflügelten Geparden an.

Der Mancor rannte um ihr Leben und Tobbs liebte das Ungeheuer dafür, dass es so sehr kämpfte. Schließlich hatte der Schwarm es nicht auf Kalis Kutschtier abgesehen, sondern auf Tobbs – oder war es Mamsie Matata, deren Seele sie spürten und verschlingen wollten?

Die Berge schossen auf sie zu, das Kreischen des Schwarms wurde allmählich leiser. Die geflügelten Frauen blieben zurück, bis sie nur noch ferne Punkte am Horizont waren. Sie hatten es geschafft! Erleichtert atmete Tobbs aus und legte dem Dämonenjungen den Arm um die Schultern. Sid strahlte ihn an, während der Mancor mit unverminderter Geschwindigkeit weiterraste. Allerdings holperte das Gefährt nicht mehr, sondern schien nun auf den Wolkenfetzen und den Luftströmungen zu gleiten wie ein Schlitten über Eis. Die erste schneebedeckte Kuppe kam in Sicht, dann weitere Berge und schließlich die baumbewachsenen Täler – und ganz weit in der Ferne leuchtete wie eine winzige rote Schachtel – die Taverne! Tobbs ballte die Hand zur Faust und stieß einen lang gezogenen Triumphschrei aus.

In wenigen Minuten würden sie zu Hause sein. Endlich zu Hause! Der Mancor jagte abwärts und stieß ein Gebrüll aus, das von den Talwänden widerhallte. Innerhalb weniger Sekunden verloren die blühenden Bäume im Tal all ihr Laub und ihre Blüten. Als gewaltige rosa-grüne Wolke wirbelten sie im Luftzug des Streitwagens hoch. Im nächsten Moment waren sie überall – Blütenblätter in Tobbs' Nase, in seinem Mund, in den Ärmeln und im Kragen. Neben ihm hustete und würgte Sid. Dann zerfielen die Blütenblätter und der ganze Wagen duftete von einer Sekunde auf die andere betäubend nach Räucherwerk. Asche verwehte.

Tobbs sog den Duft tief in die Lunge und musste mit einem Mal grinsen. Es war ihm gelungen, aus einer Gefängniszelle zu fliehen – in einer fremden Stadt in einem fremden Land! Und er hatte Mamsie Matata und die anderen gefangenen Seelen im Spiegel gerettet. Vielleicht war Sid mit seiner Art, den Ärger zu suchen, doch nicht nur ein nerviger Dämon, sondern wusste etwas, was Tobbs gerade dabei war, für sich zu entdecken?

Hart setzte die Kutsche wieder auf dem Boden auf. Der Stoß kam so unerwartet, dass Tobbs das Gleichgewicht verlor und gegen die Seitenwand geschleudert wurde. Ein loser Zügel klatschte an seine Stirn. »Halt!«, schrie Sid. »Hej-jaaaarrrrrr!« Verzweifelt klammerte er sich an die lädierte Seitenwand.

Mit einem Schreckschauer erkannte Tobbs, dass der Dämon die Zügel verloren hatte.

»Er ... will ... nicht ... an... hal... ten ...«, ratterte Sid.

Tobbs hangelte nach dem flatternden Zügel und bekam ihn zu fassen. »Stopp!«, brüllte er dem Mancor zu und zog mit aller Kraft am Zügel. Der Mancor warf nur einen spöttischen, blau glühenden Blick über die Schulter, machte einen Bocksprung – und keilte mit den Hinterbeinen aus! Der Zügel ruckte schmerzhaft in Tobbs' Hand.

Panik erfasste ihn: Mamsie Matata! Auf gar keinen Fall durfte er zulassen, dass ihr Spiegel jetzt zerbrach! Sid klammerte sich an ihn. »Nicht loslassen!«, brüllte er. Holz barst unter den Tritten des Mancors. Der Wagen brach und kippte auf die Seite. Aus dem Augenwinkel sah Tobbs, wie das heile Rad davonschlingerte und wie ein betrunkener Wanderer über den Plateaurand in die Schlucht kippte.

»Lass ihn nicht los!«, piepste Sid. »Jetzt bloß nicht loslassen!«

Eine Sekunde war Stille – dann zog ein schmerzhafter Ruck an seinem Handgelenk. Der Zügel zurrte sich um seine Finger fest und riss ihn aus den Trümmern des Streitwagens. Mit aller Kraft versuchte er auf dem Bauch zu bleiben, um Mamsie Matata zu schützen. Mit Sid wurde er über den Boden geschleift – direkt auf die Tavernentür zu!

Bei jedem Sprung schien der Mancor kleiner zu werden, bis er die Größe eines normalen Tigers erreicht hatte. Seine Kraft schien sich indessen zu verdoppeln – er peitschte mit dem Löwenschwanz und stürmte geradewegs durch die Tür!

Tobbs senkte im letzten Moment den Kopf und kniff die Augen zu. Es fühlte sich an, als würde er gegen eine Gummiwand aus zähen Minuten prallen. Sein Herz bremste herunter, das Blut sackte in seinen Bauch, ihm wurde schwindlig und der Atem kam nicht in seine Lunge. In diesem unwirklichen Moment endlos gedehnter Zeit sah er ganz am Ende des Flurs eine Gestalt – sie hatte eine Zuckerdose in der Hand und trug eine Schürze. Dopoulos! Der Wirt drehte in Zeitlupe den Kopf und blieb regungslos stehen. Unendlich langsam klappte sein Mund auf. Ungläubig starrte er auf das Bild, das sich ihm bot. Dann hatte sich Tobbs' Körper endgültig auf die langsamere Tavernenzeit eingetaktet und ließ sein Herz im gewohnten Rhythmus schlagen.

Jemand musste die Tür zum Festsaal geöffnet haben, denn die Dämonenmusik schallte nun auch durch diesen Flur. Sie traf Tobbs mit voller Wucht, schüttelte ihn durch und wummerte gegen seine Schläfen – im selben Takt donnerten die Hufschläge des Mancors über den gebohnerten Boden, der nur so unter ihnen dahinzischte. Schwach nahm Tobbs den Honiggeruch von Dopoulos' selbst gemachtem Bohnerwachs wahr, dann erklang ein Splittern. Tausend Spreißel bohrten sich wie kleine Pfeile in Tobbs' Arme. Fliegender Schlamm ohrfeigte ihn bei jedem Galoppsprung des Mancors. Irgendwo unter seiner rechten untersten Rippe wimmerte Sid. Unendlich weit wurden sie durch nasses Gras geschleift. Tobbs tastete mit seiner freien Hand nach dem verhedderten Zügel und zog mit aller Kraft daran. Rechts und links von ihm erklangen Schreie, etwas klirrte wie zerbrechendes Porzellan und etwas viel Größeres barst mit einem Geräusch wie Steinschlag. Endlich, als Tobbs das Reißen von Stoff hörte, glitt der Zügel von seiner Hand ab. Die Wucht des letzten Sprungs schleuderte ihn und Sid aus der Kurve. Tobbs schlitterte auf einen Graben zu und landete bäuchlings in einem Haufen Gestrüpp. Die donnernden Hufschläge des Mancors entfernten sich.

Tobbs spuckte eine Handvoll faulig schmeckender Erde aus. Sein Körper konnte sich offenbar nicht entscheiden, welche Stelle am meisten wehtat, und verteilte den Schmerz einfach großzügig über alle Gliedmaßen. Mühsam öffnete er die Augen, hob den Kopf – und blickte in einen orange-blauen Frühabendhimmel, an dem schon die ersten Sterne blinzelten. Das war mit Sicherheit nicht Yndalamor. Erschrocken tastete er nach dem Spiegel auf seinem Rücken. Er war fort! Er hatte Mamsie Matata verloren! Und wo war Sid?

Direkt vor seiner Nase lag ein zerbrochener Holzlöffel. Der stammte ganz eindeutig nicht aus Dopoulos' Küche. Nicht weit davon entdeckte er einen verbeulten Topf und die Trümmer mehrerer Weinfässer.

»Sid?«, flüsterte Tobbs. »Sid, lebst du noch?«

Am Grabenrand über ihm stöhnte ein geplatztes Kissen und richtete sich schwankend auf. »Mehr oder weniger!«, krächzte das federbeklebte Gespenst und zog sich die zerfetzte Kissenhülle vom Kopf. Tobbs atmete erleichtert auf und kroch die Grabenwand hoch. Sid sah sich benommen um und erstarrte.

»Wow!«, stieß er hervor. Tobbs erreichte den Grabenrand und folgte dem Blick des Dämons. Für das, was er nun sah, würde Kali ihn in winzige Stücke zerfetzen und diese in alle Winde zerstreuen!

Der Mancor hatte mit seinen mörderischen Hufen eine Schneise gezogen – fein säuberlich mitten durch ein Dorf hindurch. Und auch mitten durch drei Häuser. Auf den Apfelbäumen in den Vorgärten schaukelten einige der Dorfbewohner in verschiedenen Stadien des Bekleidetseins wie schwere Vögel auf und ab – andere hatten sich auf die mitten entzweigeborstenen Dächer geflüchtet und starrten fassungslos dem Mancor hinterher, der eben am glutroten Horizont verschwand. Eine gewaltige Furche der Zerstörung, angefüllt mit zerbrochenen Möbeln, verbeulten Badezubern, Matratzen und Bettlaken markierte den Weg, den Kalis Ungeheuer eingeschlagen hatte.

Ein untersetzter Mann mit einer geblümten Nachtmütze auf dem Kopf machte seinen Mund wieder zu, rutschte vorsichtig von einem der Dächer und blickte sich irritiert um. Er entdeckte Tobbs und Sid und stutzte. Hier musste die Zeit langsamer voranschreiten als in Dopoulos' Taverne, denn Tobbs konnte die Gedanken des Mannes geradezu sehen: alte Weiblein mit Krückstöcken, die nun grimmig auf ihn zuwackelten.

»Aufstehen, Sid!«, wisperte er. »Mach schon!«

Blasse Gesichter wandten sich ihnen zu. Doch niemand rührte sich oder sagte ein Wort. Tobbs packte Sid am Arm und zog ihn hoch. Hand in Hand taumelten sie vom Graben weg, während die Dorfbewohner ihnen nachschauten.

»Wir müssen verschwinden, bevor sie anfangen zu denken«, zischte Tobbs dem Dämon zu. »Am besten in den Wald. Geh ganz langsam, als würden wir nur einen Spaziergang machen.«

Fünf oder zehn Schritte folgten sie der Furche, die der Mancor in den Boden gerissen hatte, ohne dass einer der Dorfbewohner sie daran hinderte.

»Wenn wir da vorne bei der zerbrochenen Schnapsflasche sind, rennen wir los!«, befahl Tobbs. Sid nickte nur. Beim letzten Schritt vor der Flasche zog er plötzlich an Tobbs' Hand und blieb stehen.

Direkt vor ihnen, im aufgeworfenen schlammigen Erdreich, lag eine Gestalt. Mit einem Ruck setzte sie sich auf, wischte sich den Schmutz vom Gesicht und schüttelte den Kopf wie ein Hund nach dem Bad. Glasige grüne Augen glänzten auf, die sich beim Blick auf Tobbs allerdings zu Schlitzen verengten.

»Du warsashier also, Tobbs!«, lallte Fairy Sam. Offenbar hatte er seit ihrem Gespräch an der Tür eine weitere wichtige Unterredung mit der Schnapsflasche geführt.

Schwere Schritte stampften durch den Morast. Mit einem mulmigen Gefühl in der Magengrube blickte Tobbs sich um.

Hinter ihm stand eine Front aus töricht faszinierten, schlammverschmierten Gesichtern und zerrissenen Hemden, die im Wind wie Banner wehten. Eine Frau ließ ein verbogenes Küchenmesser fallen und streckte ihre Hände nach Fairy Sam aus.

»Ein Elf!«, flüsterte sie mit einem verklärten Lächeln. »Wie schön er ist!« Andächtiges Raunen ging durch die Gruppe. Frauen seufzten, ein Mädchen begann zu weinen.

Fairy Sam nickte huldvoll und rappelte sich hoch. Schwankend blieb er stehen und deutete mit großer Geste auf seine Brust.

»Gansrecht, ich bineinelf!«, rief er. Dann schwenkte er den Arm in Tobbs' Richtung. »Aber diejadrüben nich – dassis nämmich die Brutes Teufels!«

Alle Dorfbewohner – das heißt die, die sich von Sams Anblick losreißen konnten – sahen zu dem Mann mit der Nachtmütze. Er kniff die Augen zusammen und addierte offenbar sorgfältig die Fakten:

Ein Ungeheuer, das sein Dorf in den Boden stampfte,
plus
zwei dubiose Gestalten, die es begleiteten,
plus
ein Elf, der die beiden als Gäste aus der Hölle identifizierte,
minus
gute Laune.

»Oje«, sagte Sid.

»Auf siiiiie!«, brüllte Nachtmütze. Er hob eine Mistgabel auf und stürmte mit Wutgebrüll los.

»Lauf!«, flüsterte Tobbs. »Zum Wald!«

Der Fuchs und die Fee

Das Geschrei, das sie verfolgte, war fürchterlich. Tobbs' Beine waren fast taub von der Anstrengung, dennoch kam er erstaunlich schnell voran – zwar hatte er die Jacke mit den Schweb-Eichenstücken verloren, aber unter dem Gürtel waren noch einige Hölzer eingenäht, die das Laufen zumindest ein wenig erleichterten. Hand in Hand mit Sid hetzte er an der Schneise entlang, dann weiter querfeldein, während verbeulte Löffel und zerbrochenes Geschirr an ihren Ohren vorbeipfiffen. Eine Mistgabel verfehlte seine rechte Schulter nur knapp und bohrte sich in einen Wacholderbusch.

»Los!«, rief er Sid zu. »Dahinten lang!«

»Du ... reißt ... mir ... den ... Arm ... raus!«, keuchte der Dämon.

»Besser ohne Arm als ohne Kopf!«, gab Tobbs zurück. Zweige peitschten ihm über die Stirn, als er in den Wald eintauchte. Unter seinen Füßen knackte trockenes Geäst. Eine Bewegung vor ihm ließ Tobbs zusammenzucken. Ein Gesicht? Nein, das war kein menschliches Gesicht – es war das Gesicht eines Fuchses. Das Tier war rauchgrau und schlank – fast unsichtbar im Laub und verborgen zwischen Zweigen. Tobbs wunderte sich, dass er ihn überhaupt entdeckt hatte. Noch mehr aber wunderte er sich über den Ausdruck im Fuchsgesicht. Noch nie war er von einem Tier angestarrt worden, aber diesem hier schien vor Staunen regelrecht die Kinnlade herunterzuklappen. Dann leckte das Tier sich über die Lefzen, als schien es sich etwas zu überlegen. Nach einem kurzen Blick auf die Meute, die nun ebenfalls als eine Woge aus Waffen und stampfenden Füßen in den Wald brach, drehte der Fuchs sich um und rannte davon.

»Ihm nach!«, keuchte Tobbs.

»Was?«

»Halt die Klappe und lauf! Behalte den Fuchs im Auge! Wo ein Fuchs ist, ist auch irgendwo ein Bau und ein Versteck.«

Während er das sagte, klang es nach einem wunderbaren Plan, einem klugen, durchdachten Plan, aber eine Minute später musste Tobbs feststellen, dass er die Dorfbewohner unterschätzt hatte. Sie blieben ihnen auf den Fersen, auch wenn der Abstand sich vergrößert hatte.

Farne peitschten über Tobbs' Schienbeine, Waldgetier ergriff mit raschelnden Schritten die Flucht. Und immer wieder leuchtete irgendwo vor ihm das Fuchsgesicht auf. Immer wieder blieb das Tier stehen und blickte zurück – als würde es auf die beiden Fliehenden warten.

Plötzlich lichtete sich der Wald, und das Rascheln, das sie schon seit einiger Zeit begleitete, wurde zu – Wasserrauschen und Wellenschlag! Eine salzige Brise fegte durch Tobbs' Haar.

»Toller Fuchsbau«, japste Sid. »Und jetzt? Ins Meer hüpfen?«

Wolkenschatten jagten sich auf der Wiese, die sich vor ihnen erstreckte und an steilen Klippen endete. Mitten auf der Wiese stand der Fuchs und wartete, eine Vorderpfote in der Luft.

»Ihm nach!«, befahl Tobbs. Sie rannten weiter – links das Meer und rechts den Waldrand –, bis es plötzlich steil bergauf ging. Vor ihnen tauchte eine Mauer auf. Efeu rankte sich über die verwitterten Steine. Der Fuchs nahm Anlauf und sprang. Tobbs zögerte keine Sekunde. Er riss Sid hoch und schubste ihn über die Mauer. Dann sprang er selbst.

In seinem Magen kribbelte es, als würde er unendlich tief fallen. Und das Problem war: Er fiel tatsächlich! Die Mauer, die auf der anderen Seite nur hüfthoch war – fiel nun viel zu tief ab. Sids entsetzter Schrei gellte in Tobbs' Ohren, während der Boden ihm entgegenraste. Er konnte nur hoffen, dass das unter ihm wirklich ein Holunderstrauch war. Aber was war das Weiße rechts davon? Nebel? Kurz bevor er selbst wie ein Komet in den Strauch einschlug, hörte er einen dumpfen Aufprall. Sids Schrei verstummte abrupt – aber dafür erklang ein anderer Laut. Zweige kratzten über Tobbs' Arme und bremsten endlich seinen Fall. Der Sturz war nicht so schlimm, das, was ihm das Leben aus jeder einzelnen Faser seines Körpers zu zerren schien, war etwas anderes. Ein Ton – ein schriller, unmenschlicher Ton. Die dreizehn Jahre seines Lebens zogen an ihm vorbei wie eine Reihe aufblitzender Lichter. Selbst fühlen konnte Tobbs diesen Schrei – als Gänsehaut auf seiner Seele. Er schüttelte ihn durch und ließ ihn erschöpft in den Zweigen zurück. Erst nach einer Ewigkeit begriff Tobbs, dass der schauerliche Ton verstummt war und dass er nur noch einem grässlichen, letzten Echo hinterherlauschte.

Vorsichtig richtete er sich auf und spähte durch das dichte Blattwerk. Neben dem Strauch kniete Sid und hielt sich immer noch die Ohren zu. Und neben Sid hüpfte eine Todesfee auf einem Bein. Ihr Gesicht war vor Schmerz verzerrt, ihr Mund, aus dem der schreckliche Todesschrei gekommen war, weit aufgerissen. Mit beiden Händen umklammerte sie ihren bloßen Fuß. Eine hässliche Schramme zeichnete sich an der Stelle ab, auf die Sid offenbar gesprungen war.

»Die Todesfee!«, kreischte die Stimme eines Verfolgers über Tobbs' Kopf. »Die Todesfee hat geschrien! Weg hier! Sonst werden wir alle sterben!«

Tobbs erhaschte gerade noch einen Blick auf einige Dorfbewohner, die über den Rand der Mauer starrten – und dann die Flucht ergriffen.

Nun kam auch Sid auf die Beine und klopfte sich Gras und Erde von den Hosenbeinen. Als er das Knacken des Geästs hörte, drehte er sich um und entdeckte Tobbs. Ein erleichtertes Lächeln erschien auf seinem engelsgleichen Gesicht.

»He, Tobbi! Gute Idee mit der Mauer. Die Meute sehen wir so schnell nicht wieder!«

Die Banshee ließ ihren geprellten Fuß los und schlug sich beide Hände vor den Mund.

»Entschuldige«, meinte Sid aufrichtig. »Ich wollte dir noch ausweichen … aber da warst du schon genau unter mir … und da …«

Die Todesfee sackte in sich zusammen und krümmte sich, ein weißes Häuflein Elend, dem perlmuttweiße Tränen über die Finger rannen. »Oh nein«, flüsterte sie. »Nein, das war ich nicht. Das war doch nicht ich, die geschrien hat?«

Tobbs wälzte sich aus dem Busch und sprang auf den Boden. Seine Knie wackelten wie lose Scharniere. Er rannte zu der zusammengekauerten Banshee hinüber und ließ sich vor ihr nieder. Behutsam berührte er ihre Handgelenke – sie fühlten sich an wie Fleisch gewordener Nebel.

»Alles in Ordnung?«, fragte er leise. »Tut es … sehr weh? Dein Fuß?«

Die Todesfee zuckte überrascht zurück und blickte ihn aus Augen an, die so traurig waren wie der dunkelste See tief. Tobbs hatte schon viele Todesfeen gesehen, aber diese hier war etwas ganz Besonderes. Zu ihren Lebzeiten musste sie eine Schönheit gewesen sein. Vielleicht hatte sie dunkles Haar gehabt, nun aber fiel es ihr in silberweißen Wellen über die Schultern und umrahmte ein elfenbeinfarbenes sanftes Gesicht. Selbst ihre Augen waren weiß, und auch ihre Wimpern und Brauen.

»Du kannst mich … immer noch sehen?«, wisperte sie ungläubig. Ihr Blick glitt fassungslos zu Sid. »Und du?«

»Klar«, sagte Sid. »Du bist ganz weiß, nur dein Fuß ist – äh … dunkelgrau? Ist das bei dir so was wie ein blauer Fleck?«

Die Banshee betrachtete verdutzt ihre Hände. »Aber … Menschen können mich doch gar nicht sehen.«

»Ich bin ja auch kein Mensch«, gab Sid zurück. »Ich bin ein Dämon. Der Mensch ist der da!«

Tobbs schluckte. Das mulmige Gefühl kroch wieder seinen Nacken hoch. Er war ein Mensch, ganz bestimmt! Oder doch nicht?

»In unserem Wirtshaus kann ich alle Todesfeen sehen. Können die Leute dich hier nur wahrnehmen, wenn du … schreist?«, fragte er.

Die Fee ballte die Hände zu Fäusten. »Der Schrei!«, zischte sie und sprang auf die Füße. Ihr Gewand, das einem Hochzeitskleid sehr ähnlich war, flatterte im Wind. »Ich habe geschrien! Ich darf nicht schreien! Alles darf passieren, nur das nicht.«

Es war seltsam zu sehen, wie sie vor Wut und Verzweiflung die Hände rang und sich dabei bemühte, leise zu sprechen. »Er ist verloren!«, jammerte sie im Flüsterton. »Alles ist verloren, nur weil ein trampeliger … Dämon mir auf den Fuß springt!«

»Ich habe doch gesagt, es war keine Absicht«, murmelte Sid und kickte verlegen einen kleinen Stein weg. Tobbs blickte sich ratlos um. Enttäuscht stellte er fest, dass der Fuchs verschwunden war. Hinter seinem Rücken und weit nach links und nach rechts erstreckte sich die Mauer und rahmte in einem sanften Bogen ein Grundstück ein, das wie ein Möwennest direkt an den Klippen erbaut worden war. Ein Stückchen weiter oben konnte man ein Schieferdach erkennen. Ein kupferner Windfänger in Form eines Reiters drehte sich knarrend auf dem Giebel.

Neugierig kletterte Tobbs ein Stückchen bergauf und betrachtete das Haus. Es war ein verwinkelter Backsteinbau, ein verwittertes Herrenhaus. Von dem dunkelblauen Meer hob sich das Gebäude ab wie ein Juwel.

»Das da oben ist sein Zimmer.« Die weiße Frau war neben ihn

getreten und deutete auf ein Fenster direkt unter einem Dachgiebel. Dort zeichnete sich die Silhouette eines hochgewachsenen Mannes ab. Die Anspannung in der Haltung verriet, dass der Mann aufmerksam den Park beobachtete.

»Er sieht dich an«, flüsterte Tobbs.

Die Banshee verschränkte die Arme und schüttelte traurig den Kopf. »Gehört hat er mich, nun bin ich wieder unsichtbar für ihn. Oh, das hätte nicht passieren dürfen!«

Sid war ebenfalls herangetreten. »Wieso, was passiert denn, wenn du schreist?«

Tobbs stieß ihn an. »Weißt du das denn nicht?«

»Woher denn, ich bin doch nicht von hier.«

Tobbs rollte die Augen und senkte seine Stimme noch etwas mehr.

»In Gwinnydell gibt es diese Tradition. Eine verstorbene Ahnin spukt als weiße Frau. Sobald sie schreit, stirbt ein Nachfahre von ihr – oder jemand, der im Haus ihrer Nachfahren wohnt.«

Sid blickte die Banshee mit ganz neuem Respekt an. »Echt – du bist eine Todesfee?«

»Ich bin sein Schicksal«, sagte sie ernst. »Und das ist nun besiegelt – durch meine Dummheit.«

»Du bist ganz schön jung gestorben«, bemerkte Sid.

»Nun, wenn man noch vor der Hochzeitsnacht eine Treppe hinuntergeschubst wird, kann das schon mal passieren«, erwiderte die Banshee bissig.

»Und jedes Mal, wenn du stolperst oder dir den Ellenbogen anhaust, springt einer über die Klinge?«

»Sei still, Sid!«, mahnte Tobbs.

»Ich will nur wissen, was Ursache und Wirkung ist«, beharrte Sid. »Stirbt der Mann am Fenster, weil sie schreit, oder schreit sie, weil er ohnehin sterben muss, da seine Uhr abgelaufen ist?«

Die Fee blinzelte ratlos. »Ich … weiß nur, dass es immer höchstens zwei Tage dauert.« Sie blickte zu dem Mann hinüber, dann schlug sie die Hände vors Gesicht und schluchzte. »Zwei Tage!«, jammerte sie. »Nur noch zwei kurze Tage!«

»Ursache und Wirkung, ja?«, blaffte Tobbs Sid an. »Darüber solltest du dir auch mal Gedanken machen. Warst du unfähig, den Mancor zu halten oder war der Mancor nur zu blöd, um deinen Befehlen zu gehorchen?«

Sid zog den Kopf ein. »Ich … sonst hat es immer geklappt«, meinte er kleinlaut.

Tobbs sank auf das feuchte Gras und stützte den Kopf in die Hände. Wenn er nur daran dachte, dass Mamsie Matata irgendwo lag – allein und verloren –, krampfte sich ihm der Magen zusammen.

»Wir müssen zurück«, murmelte er. »Wir müssen so schnell wie möglich zurück in die Taverne!«

»Warum ist es so schlimm, wenn er stirbt?«, wandte sich Sid wieder an die Todesfee. »Er wird zum Geist und ihr zwei könnt bis in alle Ewigkeit Händchen haltend durch den Park schweben.«

Ein giftiger Blick traf ihn. »Schon mal etwas von ›weißen Männern‹ gehört, Dämon? Spuken können nur gewaltsam zu Tode gekommene Frauen. Oder Verfluchte, die selbst einen Mord begangen haben. Menschen wie er … gute, anständige Menschen … sterben einfach. Und verschwinden.«

»Wohin?«

Die Fee kaute auf ihrer Unterlippe herum und zuckte nach einer Weile mit den Schultern. »Keine Ahnung«, gab sie zögernd zu. »Sie sind einfach nicht mehr da. Nicht in meiner Welt und nicht in ihrer. Und das heißt, ich werde ihn nie wieder sehen. Nie!«

»Das ist gar nicht gesagt! Bei uns laufen sehr viele Tote herum, die im Leben nichts Schlimmes getan haben«, ereiferte sich Sid.

»Manche bewachen Gräber … und in anderen Ländern hängen sie sogar an Ohren.«

Die Todesfee sah ihn so verständnislos an, dass er verstummte.

»Woher weißt du, dass er es sein wird, der stirbt?«, fragte Tobbs leise.

»Weil er der Letzte der Familie Kavanian ist und weil ich an ihn gedacht habe«, fauchte die Fee. »Ich denke immer an ihn!«

Mit diesen Worten raffte sie ihr Kleid und stampfte über das Gras davon.

Es wurde schnell dunkel in Gwinnydell. Und gemein kalt war es inzwischen auch. Ein feiner Frühlingsregen hatte eingesetzt, der Tobbs frösteln ließ. Hinter den Klippen rauschte das Meer.

»Und was machen wir jetzt?«, fragte Sid. »Sollen wir schauen, ob im Herrenhaus ein Platz für uns frei ist?«

Tobbs überlegte eine Weile, dann schüttelte er den Kopf. »Wir müssen zuerst Mamsie Matata finden – ein Spiegel, den ich aus Yndalamor mitgebracht habe.«

Sid sah zum Haus hinüber. »In der Nacht im Wald herumzustolpern bringt doch nichts. Wir sollten erst nach einem Unterschlupf Ausschau halten. Und sobald es hell wird, machen wir uns auf die Suche nach der Taverne und nach deinem Spiegel.«

»Nein, wir gehen sofort los!«, brauste Tobbs auf. Am liebsten hätte er das Dämonenkind erwürgt. Das Schlimmste war, dass jede Minute, die er hier an Zeit verlor, genau einer Minute in der Zeitrechnung der Taverne entsprach. Was, wenn er nicht rechtzeitig zurückkam? Aber ohne Mamsie Matata konnte er nicht zurückkehren. Vom Mancor mal ganz abgesehen.

»Kein Grund, mich gleich anzuschreien!«, schnaubte Sid beleidigt.

»Dann hör endlich auf, Chaos zu verbreiten!«, brüllte Tobbs.

Fluchend drehte er sich um und stapfte auf das Herrenhaus zu. Er hatte genug von diesem Dämon, genug davon, Schwierigkeiten zu haben. Was er jetzt brauchte, waren ein paar Minuten für sich allein, um einen klaren Kopf zu bekommen.

Das Haus war von mehreren knorrigen Bäumen umgeben. Und auf einem der niedrigeren Äste hing ein Nebelschweif.

Tobbs zog sich sein durchnässtes Hemd enger um den Körper und ging auf den Baum zu. Wie er vermutet hatte, war es die Todesfee. Sie hing im Baum und starrte traurig in ein hell erleuchtetes Fenster im Erdgeschoss. Das Licht schien durch sie hindurch und brachte den nassen Ast, auf dem sie saß, zum Glänzen. Tobbs schlich sich näher heran, doch die Banshee beachtete ihn ohnehin nicht. Nicht einmal, als er den untersten Ast ergriff und auf den Baum kletterte, drehte sie sich nach ihm um. Tobbs ließ sich neben ihr nieder und spähte durch das Fenster.

Vor ihm tat sich eine Art Küche auf – Glasgefäße und Metallkästen standen überall herum. Auf einer Holzplatte hatte jemand Steinstücke aufgehäuft. Und hinter einem alten Tisch saß ein blasser, junger Mann mit umschatteten Augen. Er trug ein schwarzes Hemd, schwarze Lederbänder um die Handgelenke, eine schwarze Kette mit einem schwarzen Stein um den Hals und hatte langes Haar, so schwarz, wie es kein Mensch haben konnte – es sei denn, jemand hätte kräftig mit Farbe nachgeholfen. Es rahmte ein blasses, hageres Gesicht ein. Schön konnte man den jungen Mann nicht nennen, aber seine Augen wirkten durch ein wenig schwarze Schminke groß und beinahe dämonisch ausdrucksvoll. Die Banshee schniefte und wischte sich ganz unfeenhaft mit dem Ärmel über die Nase.

»Ist er das?«, flüsterte Tobbs.

Das tote Mädchen nickte. »Er heißt Jamie«, sagte sie mit erstickter Stimme.

»Und wie heißt du?«

»Megan. Die Gemeuchelte Megan. Dabei wurde ich gar nicht mit dem Dolch gemeuchelt, sondern nur von der obersten Stufe der Treppe runtergeschubst. Manche nennen mich auch nur die Weinende Lady. Dabei habe ich nur wegen meiner Hochzeit geweint – jeder hätte geheult, wenn er mit Lord Sedrick dem Zahnlosen verheiratet worden wäre. Er war nicht nur hässlich, sondern auch noch gierig. Wollte nur an mein Geld. Steht alles in der Chronik, die dort auf dem Tisch liegt, siehst du?«

»Was macht Jamie da eigentlich?«

Megan seufzte. »Ist das wichtig? Wichtig ist nur, dass er dank deines kleinen Freundes sterben wird.«

Gerade eben hatte Jamie sich einen Augenschutz aufgesetzt, der den Käferaugen aus der Spiegelstadt sehr ähnlich war, und starrte konzentriert durch eine Art Fernrohr in eine Kiste. Was er sah, gefiel ihm offensichtlich gar nicht, denn er fluchte und gestikulierte wütend mit den Armen. Tobbs hatte eine Idee – nicht die beste Idee, aber besser als nichts.

»Ich könnte ihn doch warnen. Mich kann er ja sehen. Vielleicht wird er dann aufpassen und das Unglück umgehen.«

Die Todesfee sah ihn verächtlich an und schüttelte den Kopf.

»Du hast wirklich keine Ahnung, Blaukopf. Geh von meinem Baum und stiehl mir nicht die wenigen Stunden, die ich noch mit Jamie verbringen darf.«

Tobbs musste widerwillig zugeben, dass Sid Recht gehabt hatte. Es war sinnlos, im nächtlichen Wald nach etwas zu suchen. Seit Stunden stolperten sie nun schon herum, stapften durch die aufgeworfene Erde, fanden zerbrochene Truhen und Geschirr, Mamsie Matata aber blieb verschwunden. Dicke, schwere Regentropfen klatschten auf Tobbs' Stirn. Sid zupfte an seinem Ärmel.

»Schau mal da drüben. Sieht aus wie eine Scheune.«

Es war eine Scheune. Gartengeräte standen darin, Kisten mit Äpfeln, außerdem ein Haufen von Decken. Es roch nach verstaubten Spinnennetzen und feuchtem Holz, aber Tobbs trat trotzdem ein und prüfte mit der Hand, ob der Deckenhaufen trocken war.

»Wir ruhen uns aus, bis der Regen vorbei ist«, flüsterte er.

»Gut«, gähnte Sid. Ohne ein weiteres Wort kletterte er blitzschnell an einem Regal hoch und rollte sich in einem Fach ein wie eine Katze. Wenige Augenblicke später war er bereits eingeschlafen. Tobbs schüttelte den Kopf und ließ sich auf dem Stoffhaufen nieder. Viel zu laut prasselte der Regen auf das morsche Dach. Und viel zu sehr drückte ihn die Sorge, wie es weitergehen sollte. Nun, zumindest wusste Dopoulos, in welchem Land sich sein Schankjunge und Kalis Kutschtier befanden. Doch die Aussicht, dass Dopoulos ihm hier zu Hilfe kommen würde, hatte nicht viel Tröstliches. Tobbs würde nicht darum herumkommen, Kali die ganze Katastrophe zu beichten und für seinen Fehler einzustehen. Beim Gedanken an die blutroten Augäpfel der Göttin musste er schlucken. Doch es half nichts. Die ganze Sache war seine Schuld. Tobbs tastete nach einer Decke und fand einen alten Gärtnerkittel. Es war grober Stoff, der über seine nackten Arme kratzte, aber wenigstens wurde ihm wärmer. Seufzend stand er auf und trat zur Tür. Der prasselnde Regen hatte sich in einen Nieselschleier verwandelt. Die Nachtluft duftete frisch und salzig.

Im Unterholz leuchteten die Augen des Fuchses auf. Tobbs winkte ihm müde zu und kehrte zu seinem Lager zurück. Er lauschte und vergewisserte sich, ob Sid immer noch schlief. Dann erst fing er an zu weinen. Wie heiße Bäche rannen ihm die Tränen über die Wangen. Und mit der Wärme schmolz der eisige Klumpen Angst und wurde zu Verzweiflung. Noch nie in seinem Leben hatte er sich so einsam gefühlt. Er wollte nach Hause! Er sehnte sich nach seinen Holzfiguren, nach Wanja, sogar nach Anguana und den Schicksalsfrauen. Am schlimmsten aber war der Gedanke, dass auch in der Taverne Stunden vergangen waren – und er immer noch nicht wusste, wer er war.

Geisel und Garn

Etwas Feuchtes fuhr ihm über die Augen – eine kleine Zunge. Neki, die Wirtshauskatze? Tobbs schreckte hoch und sah sich einem Fuchs gegenüber. Der Fuchs gab einen hohen, bellenden Laut von sich und gähnte herzhaft. Dann flitzte er zur Tür hinaus. Hastig sprang Tobbs auf und schüttelte Sid.

»Sid, wach auf! Wir haben verschlafen!«

Der Dämon blinzelte einen Sonnenstrahl an, der sich durch ein Loch im Dach fingerte, und lächelte dann wie ein Engel.

»Alles klar, Tobbi! Heute finden wir deine Mamsie Matata!«

Der Fuchs begleitete sie – immer am Rand des Blickfeldes, wie ein huschender Schatten.

Die Schneise, die der Mancor in den Boden getrampelt hatte, war breit wie eine Straße. Selbst die zerbrochene Flasche von Fairy Sam lag noch im Graben. In respektvoller Entfernung umrundeten sie das Dorf und folgten den Spuren des Mancors in Richtung Taverne. Bald schon sanken Tobbs' Füße im morastigen Boden ein.

»Das ist ein Sumpf«, stellte Sid fest. »Hier kommen wir nicht weiter.«

»Ganz recht«, sagte eine hämische Stimme. Fairy Sam lehnte an einem kahlen Baumstumpf und grinste. Seine Augen waren blutunterlaufen und das Haar zerzaust. Ein Ohr war abgeknickt, als hätte er die Nacht über darauf geschlafen. Aber sein Hemd und die grünen Hosen waren wieder makellos sauber – ebenso wie seine goldbraunen Lederschuhe, denn natürlich sank er nicht im Schlamm ein. Wenn sie nicht gerade von einem Mancor in den Boden gestampft wurden, konnten Elfen sich selbst im sumpfigsten Gelände leichtfüßig bewegen, ohne auch nur einen Fußabdruck zu hinterlassen.

»Na? Gut geschlafen?« Sams Grinsen verschwand und machte einer geschäftsmäßigen Miene Platz. »Sucht ihr möglicherweise das hier?«

Mit dem flinken Griff eines Taschenspielers zog er den Spiegel hinter seinem Rücken hervor. Tobbs wurde ganz heiß. Im Spiegel sah er eine sehr wütende Mamsie Matata. Ihre verwirrend unterschiedlichen Augen glitzerten gefährlich.

»Die ganze Zeit heult sie mir die Ohren voll, dass sie zu dir will«, meinte Fairy Sam. »Und da dachte ich, Sam, sei nett und tu dem Schankjungen einen Gefallen. Sicher zahlt er gerne einen angemessenen Preis dafür, sein Täubchen hier wiederzubekommen.«

Tobbs bedeutete Sid, ruhig zu sein, und trat vor. »Ach, du bist also nett, ja? Was willst du für sie?«

»Nicht viel. Zugang zu den Spieltischen in der Taverne für alle Gwinnydell-Elfen. Außerdem hätte ich gerne die 50 Dupeten wieder, um die ich betrogen wurde.«

»Niemand hat dich betrogen«, fuhr Tobbs ihn an. »Du schuldest Wanja sogar noch eine Tür! Und Dopoulos wird dich in hundert heißen Sommern nicht mehr reinlassen, das weißt du genau. Alle Elfen haben Hausverbot.«

Fairy Sam zog bedauernd die Braue hoch. »Schade. Ich dachte, deine Freundin wäre dir genug wert, damit du bei Dopoulos deinen Einfluss geltend machst.« Flink zauberte er einen kantigen Stein hervor und hob Mamsie Matatas Spiegel höher. »Dann werde ich dieses Stück Granit wohl leider doch benutzen müssen.«

»Nur zu!«, giftete Mamsie Matata ihn an.

Tobbs stockte der Atem. Das war ein Fehler gewesen. Fairy Sam mochte ein Trinker sein, aber dumm war er nicht. Nach einem Augenblick des Nachdenkens senkte er den Arm und ließ den Stein gleichgültig in den Schlamm fallen.

»Ach so ist das! Ich soll ihn also zerbrechen? Hm, was könnte das bedeuten? Vielleicht Folgendes: Die Dicke sitzt im Spiegel fest und will raus, ja? In diesem Fall habe ich natürlich ein anderes Geschenk für sie.«

»Lass sie in Ruhe!«, brüllte Tobbs. Er wollte losstürzen, doch seine Füße waren zu tief in den Morast eingesunken. Er stolperte und klatschte der Länge nach hin. Fairy Sam legte seine Hand auf Mamsie Matatas Gesicht. Mit einem empörten Schrei erlosch sie.

Tobbs rappelte sich hoch, packte eine Handvoll Schlamm und schleuderte sie auf Fairy Sam. »Lass sie!«, japste er. Der Elf nahm den Spiegel und schleuderte ihn mit voller Wucht in Richtung Tobbs.

Der Spiegel verfehlte ihn, prallte an einem Stein ab und blieb mit dem Gesicht im Schlamm liegen. Tobbs war mit drei schmatzenden Schritten bei ihm und hob ihn vorsichtig auf. Als er ihn umdrehte, sah Mamsie Matata ihn vorwurfsvoll mit einem Bart aus Schlamm an. Dann hob sie beide Fäuste und trommelte von innen energisch gegen das Glas.

»Versiegelt«, jammerte sie. »Ich bin unzerbrechlich.«

Ein Elfenzauber – das hatte noch gefehlt!

»Tja«, meinte Sam bedauernd. »Als Strafe für diesen sehr unfeinen tätlichen Angriff werdet ihr jetzt wohl leider auf meine großzügige Hilfe verzichten müssen.«

»Ich werde dafür sorgen, dass deine verdammte Tür zugemauert wird!«, schrie Tobbs. »Sobald ich in der Taverne bin, werde ich …«

»Ts, ts, ts«, unterbrach ihn der Elf pikiert und betrachtete seine Fingernägel. »Dazu müsst ihr die Taverne aber erst einmal finden, nicht? Tja, sobald ihr nach Gwinnydell eintretet, ist die Taverne nur noch für Elfenaugen sichtbar. Zu dumm, was?«

»Sag uns, wo die Tür ist!«, mischte sich nun Sid ein. »Wenn nicht, wird mein Onkel Jestan dich bis in die Hölle schleifen!«

Fairy Sam lachte. Jedes Dorfmädchen wäre bei diesem Anblick

vor Entzücken in Ohnmacht gefallen, Tobbs dagegen hatte nur Lust, ihm Mamsie Matatas Spiegel über den Kopf zu hauen.

»Oh, ich schlottere, ich zittere vor Angst, Giftzwerg«, sagte der Elf gnädig. »Aber bis es so weit ist, wünsche ich euch noch viel Spaß beim Suchen. Ach übrigens – ihr solltet euch beeilen. Wenn ich mich nicht irre, hat euer Schoßtierchen eine Herde Schafe verspeist. Und bei Schafen verstehen die Leute hier leider gar keinen Spaß.«

Tobbs packte eine Handvoll Schlamm und schleuderte sie mit aller Kraft. Noch ein und noch ein Schlammbatzen sausten auf den Elf zu. Dieser riss empört die Arme hoch, gerade noch rechtzeitig, bevor ihn eine Ladung ins Gesicht treffen konnte.

Sid starrte ihn mit ungläubigem Staunen an, dann huschte ein Lächeln über sein Gesicht. Im nächsten Moment sprang er mit Schwung in die nächste Schlammpfütze und beteiligte sich an der Schlacht. Er zielte besser als Tobbs. Fairy Sam fluchte und brachte sich hinter dem Baum in Sicherheit. »Ja, mach, dass du wegkommst!«, tobte Tobbs. Dann sah er sie – Elfengesichter.

»Tag, Sam«, sagte eine Elfe mit knielangem, purpurrotem Haar. »Probleme?«

»Sam hat angefangen!«, ereiferte sich Sid. »Er hat uns den Spiegel gestohlen, als ….« Er verstummte, als Tobbs ihm seine schlammbeschmierte Hand auf den Mund drückte.

Die Elfen lachten.

»Wurde auch Zeit!«, rief Sam und kam hinter dem Baum hervor. »Nehmt den Spiegel mit und lasst uns abhauen.«

Tobbs und Sid sprangen gleichzeitig zu Mamsie Matata, doch die Elfen waren schneller. Eine ganz und gar nicht zarte Elfenfaust boxte Tobbs in den Magen, dass ihm schwarz vor Augen wurde – und schon rannten sie davon. Nach Elfenart sah es elegant und flink aus, sie glitten über Pfützen, zwischen Sumpfdotterblumen und Torfballen hindurch und verschwanden mit Mamsie Matata in den Morgennebeln.

»Langsam verstehe ich, wieso die Hausverbot haben«, meinte Sid ungerührt. »Was machen wir jetzt?«

Tobbs schüttelte den Schlamm aus seinen Haaren und kam mühsam auf die Beine. Tränen der Wut stiegen ihm in die Augen. Dort, wo die Elfen die Büsche und Halme gestreift hatten, waren Blumen erblüht. Die Menschen würden beim Anblick dieses Ortes sicher glauben, einen Elfentanzplatz gefunden zu haben. Tanzplatz. Pah! »Wenn die Elfen den Eingang zur Taverne vor Menschenaugen verstecken, können wir suchen, bis der Mancor auch noch das letzte Schaf gefressen hat. Wir müssen ihn finden. Stell dir vor, was passiert, wenn die Leute Jagd auf ihn machen.«

»Große Party«, sagte Sid leise. »Feuerwerk. Keine Überlebenden.«

Schon von Weitem sahen sie Tobbs' Jacke wie ein Banner über dem Dorf wehen. Sie war ziemlich ramponiert, der rechte Ärmel hing wie ein gebrochener Flügel herunter, aber sie schwebte immer noch. Jemand hatte sie an einem Seil befestigt und am Kirchturm angebunden. Die Kirche lag in Trümmern, das Kirchenschiff bestand nur noch aus einem Haufen von Geröll.

Tobbs zog sich die Kappe, die er ebenfalls im Schuppen gefunden hatte, tiefer in die Stirn und winkte Sid, sich mit ihm in die Büsche zu schlagen. Unbemerkt pirschten die beiden sich an das Dorf heran. Durch die Zweige beobachteten sie eine Ansammlung von Dorfbewohnern. Sie standen um den Mann herum, der am Abend zuvor die Nachtmütze getragen hatte. Heute hatte er seine graue Mähne straff nach hinten gekämmt und trug ein schwarzes Gewand. Seine Stimme donnerte über den Platz.

»Dreiundfünfzig Schafe! Von Mellys Kutschpferd, das vor Schreck tot umfiel, wollen wir gar nicht reden. Drei zerstörte Dörfer und vierzig niedergepflügte Felder. Darauf kann es nur eine Antwort geben!«

»Tod!«, brüllten die Leute. Mit einem Schaudern sah Tobbs, wie die Dörfler mit Gewehren und rostige Musketen herumfuchtelten und mit Küchenmessern und Mistgabeln klapperten.

Nachtmütze nickte gewichtig. »Tod der höllischen Kreatur. Und Tod ihren dämonischen Helfern.« Er deutete auf ein großes Blatt Papier, das an eine Tür genagelt war. Es musste ein Steckbrief sein. Der Mancor sah aus wie eine Mischung aus fetter Hauskatze und Feuer speiender Kuh, die beiden Gestalten daneben hatten bestenfalls Ähnlichkeit mit zerzausten Zombies.

Sid grinste und stieß Tobbs an. »Das bist du!«, flüsterte er. »Eindeutig!«

»Der Teufel persönlich hat uns diese Kreaturen geschickt«, fuhr Nachtmütze fort. »Also werden wir sie auch austreiben, als wären sie der Teufel persönlich. Sucht euer Silber zusammen! Besteck, Kaffeekannen, Münzen, Ketten, Ringe – wir werden Gewehrkugeln daraus gießen. Und ich werde sie weihen. Und wenn die Ungeheuer uns noch einmal zu nahe kommen, werden wir sie würdig empfangen. Colm! Aidan! Margaret! Ihr werdet die erste Wache halten!«

Drei Gestalten traten vor und nickten düster und entschlossen.

»Warum warten wir, bis sie wieder angreifen?«, meldete sich eine alte Frau zu Wort. »Du bist der Pfarrer, Leary, du musst sie suchen und austreiben, bevor sie auch noch unsere Weiden zerstören.«

Nachtmütze schluckte.

»Ich weiß, wer die Kreaturen gerufen hat!«, meldete sich nun auch ein zahnloser Mann zu Wort. Er deutete in Richtung Wald.

»James Kavanian war's!«

»Wie kommst du darauf, dass der Einsiedler etwas damit zu tun hat?«

»Du hast es gerade selbst gesagt, Leary. Er ist ein Einsiedler. Lebt im alten Herrenhaus allein wie ein Geist und macht seltsame Experimente. Könnten doch Beschwörungen sein. Und er schmiert sich schwarze Farbe ins Haar.«

»Schwarz ist die Farbe des Teufels«, bemerkte die Alte.

Tobbs schüttelte den Kopf. »Nachtmütze trägt doch selbst Schwarz«, flüsterte er Sid zu. »Wie können sie solchen Unsinn reden?«

»Das ist kein Beweis«, meinte Nachtmütze nun auch prompt. »Und wir können nicht einfach auf gut Glück James Kavanian mit der Waffe bedrohen!«

»Er schläft am Tag und treibt in der Nacht weiß Gott was«, ereiferte sich der Mann. »Überlegt doch: James wird nachts erst munter. Und wann haben die Ungeheuer unser Dorf zerstört?«

»Bei Anbruch der Nacht«, kam die gemurmelte Bestätigung von allen Seiten. Der Wortführer nickte.

»Und die Dämonen rannten dann schnurstracks zu ihrem Herrn auf das Anwesen am Meer. Ich bin sicher, wir werden sie dort finden, wenn wir nur gründlich suchen.«

Die Dorfbewohner sahen sich unsicher an, dann begannen sie zu tuscheln. Nachtmütze begann zu schwitzen.

»Und dann«, setzte der Zahnlose hinzu, »wäre da natürlich noch die Tatsache, dass die Gemeuchelte Megan geschrien hat. Wir haben es alle gehört, stimmt's? Ich sage euch: Kavanians Tage sind gezählt!«

»Komm«, zischte Tobbs. »Wir müssen Jamie warnen.«

Sid starrte ihn verständnislos an. »Wozu das denn? Megan hat doch gesagt, es ist vorbei mit ihm.«

»Und wer ist schuld daran?«, fuhr Tobbs ihn an. Grob schubste er den Dämon vor sich her. Ein Rascheln im Laub versetzte ihm einen Schreck, aber es war nur der Fuchs. Zu dritt rannten sie durch den Wald.

Die Vormittagssonne tauchte das Meer in silbernes Licht. Die Schaumkronen auf den Wellen erinnerten an Sahnehäubchen, doch Jamie hatte für die Schönheit des Tages offenbar nicht viel übrig. Die Fensterläden des Herrenhauses waren geschlossen.

»Megan!«, brüllte Tobbs. »Megan, komm raus! Wir müssen Jamie retten. Es geht um Leben und Tod!«

Ein blasses Mädchengesicht erschien hinter dem Holunderstrauch. Im Rennen wunderte Tobbs sich, wieso sie blaue Augen hatte statt perlmuttfarbener. In seinem Kopf stolperten die Gedanken und fielen der Länge nach hin. Schlitternd kam er zum Stehen. Sid prallte gegen ihn. Die Kappe rutschte Tobbs über die Nase und er riss sie sich vom Kopf.

»Anguana!«, flüsterte er fassungslos. Dann erst sah er die zweite Gestalt.

»Onkel Jestan!«, kreischte Sid, flitzte zu dem hundeköpfigen Dämon, der eben hinter den Hecken hervortrat, und sprang ihm in die Arme. Anguana strahlte. »Tobbs! Dem Glück sei Dank, du lebst noch! Aber du siehst – ganz anders aus.«

Hinter Anguana traten zwei weitere Dämonen neben den Busch. Wie Sids Onkel hatten auch sie Hundeköpfe. Tobbs machte unwillkürlich einen Schritt zur Seite und zog Anguana mit sich.

»Ist Dopoulos auch hier?«, flüsterte er.

Anguana schüttelte den Kopf. »Er hat nur Jestan, seine Leute und mich geschickt. Aber keine Sorge, die Dämonen haben versprochen, nur das Nötige zu tun. Dopoulos musste in der Taverne bleiben und wird mit Kali plaudern, bis die Dämonen wenigstens ihr Kutschtier wieder eingefangen haben. Wenn ihr schon den Streitwagen zerstört habt …« Besorgt sah sie sich nach dem Wald um, über dem die Sonne immer höher stieg. »Viel Zeit haben wir nicht.«

»Aber warum schickt Dopoulos ausgerechnet dich hierher? Er predigt doch immer, wie gefährlich die Türenländer sind.«

Ein feines Lächeln ließ Anguanas Gesicht aufleuchten. »Ich bin die Einzige, die dich so schnell finden konnte.« Sie streckte ihm die Hand entgegen. Darauf lag sein Spinnenkokon – diesmal sehr zerdrückt. Aber immer noch quoll der blaue Faden daraus hervor. Tobbs folgte dem Faden mit dem Blick und stellte überrascht fest, dass er an seiner Gürtelschnalle in einem kleinen Knoten von verwirrten Schnüren und Schlaufen endete. »Den hast du vor der Tavernentür verloren, als der Mancor euch nach Gwinnydell geschleift hat. Aber das Ende des Fadens hat sich zum Glück an deinem Gürtel verhakt. Ich musste also nur dem Faden folgen.« Anguana legte behutsam die Hand um den Kokon. »Und nun habe ich dich gefunden.«

»Den ganzen Weg bist du mir gefolgt? Im Zickzack durch den Wald? Wie geht das, ohne dass alle über den Faden stolpern?«

»Niemand außer dir selbst kann den Faden zerreißen. Und niemand sonst wird ihn sehen, spüren oder darüber stolpern. Für andere existiert er nicht.« Sie räusperte sich. »Deine Schnur ist nur für mich und dich sichtbar«, fuhr sie noch leiser fort und wurde rot.

Eine Weile schwiegen sie. Plötzlich schämte Tobbs sich dafür, Anguana immer so gleichgültig behandelt zu haben. Sie war keine Nervensäge. Sie mochte ihn einfach. Er tat etwas, was er sonst nie getan hätte: Er trat vor und umarmte Anguana. »Danke«, sagte er aus tiefster Seele. »Für das viele Glück.«

»Tobbs!«, ertönte Sids aufgeregte Stimme. »Komm her! Onkel Jestan und ich werden den Mancor einfangen. Euer fetter Wirt sagt, wir sollen uns beeilen.«

Tobbs und Anguana fuhren auseinander. Das Gesicht des Mädchens glühte. Jestan fletschte sein Hundegebiss und blickte Tobbs düster an, dann begann er, sich zu verformen. Seine Schultern verbeulten sich und zogen sich in die Länge, die Finger wuchsen zusammen und wurden zu Pfoten, Haare sprossen. Allerdings schien Jestan nichts davon zu halten, die Verwandlung gleichmäßig auszuführen, denn die unterschiedlichen Körperteile veränderten sich nicht alle zur gleichen Zeit. Tobbs musste wegsehen. Als er wieder hinschaute, hatte der Dämon sich in einen riesigen schwarzen Hund verwandelt, seine beiden Begleiter glichen grauen Windhunden. Jestan knurrte.

»Onkel Jestan sagt, du sollst genau das tun, was er dir befiehlt. Eine einzige Dummheit und er beißt dir den Kopf ab«, übersetzte Sid.

Der Blick aus den gelben Augen ließ Tobbs erschauern. Irgendetwas in ihm wollte Jestan höflich darauf hinweisen, dass der Ausflug mit dem Streitwagen nicht seine Idee gewesen war, aber die funkelnden Zähne waren ein gutes Argument dafür, diese Behauptung nicht gerade jetzt vorzubringen. Er wagte sich nicht zu rühren, lediglich ein kurzes Nicken gelang ihm. Der Hund ließ ein grollendes Bellen hören, dann drehten die drei Ungeheuer sich zum Glück um und trabten in Richtung Meer.

»Wir müssen los«, drängte Sid. »Onkel Jestan wird dafür sorgen, dass du und Anguana in die Taverne zurückkehren könnt.«

Tobbs räusperte sich. »Und Jamie?«, fragte er. »Wenn wir ihn nicht warnen, wird die Meute ihn holen und ihm etwas antun.«

Sid zuckte mit den Schultern. »Dann beeil dich!«, rief er und rannte über die Wiese dem Hund hinterher. Anguana nestelte verlegen an dem Seil und sah Tobbs mit einem Lächeln an.

»Ich komme mit dir«, sagte sie entschlossen. »Wohin müssen wir gehen, um diesen Jamie zu finden?«

Pferdchen, lauf Galopp

Der Türklopfer hatte die Form eines Schafkopfes. Donnernde Schläge hallten durch die Flure, doch nichts rührte sich. »Jamie schläft bestimmt«, meinte Tobbs. »Dann müssen wir eben Steine gegen die Fensterläden werfen.«

Megan tauchte so plötzlich aus dem Nichts auf, dass Tobbs einen erschrockenen Satz von der Tür weg machte und beinahe in der verwilderten Ligusterhecke gelandet wäre, die den Weg zum Haus säumte.

»Was machst du denn für einen Lärm!«, zischte sie. »Du weckst ihn auf.«

»Genau das habe ich vor! Die Leute aus dem Dorf sind auf dem Weg hierher. Vermutlich mit Forken und Fackeln, wenn du verstehst, was ich meine.«

Wenn sie nicht ohnehin schon eine weiße Hautfarbe gehabt hätte, wäre Megan nun sicher blass geworden. »Das dürfen sie nicht!«, hauchte sie.

»Dann sag uns, wie wir ins Haus kommen.«

Megan deutete auf die Hecke. »Unter dem gelben Stein dort versteckt er einen Schlüssel.«

Von innen sah das Haus aus wie eine Tanzhalle für Geister. Die Möbel waren an die Wand gerückt und mit Laken abgedeckt. Offensichtlich hatte Jamie sich nur vorübergehend in dem verlassenen Gebäude einquartiert.

Die Tür zu Jamies Zimmer war nur angelehnt. Als Tobbs sie aufstieß, fiel der schwache Lichtschein aus dem Flur auf ein blasses, schlafendes Gesicht. Kleidungsstücke – allesamt schwarz – lagen überall im Zimmer verstreut.

»Jamie! Aufwachen!«, rief Tobbs und schüttelte ihn. Der junge

Mann murmelte verschlafen etwas vor sich hin. Tobbs war mit zwei Schritten beim Fenster und stieß die Fensterläden auf.

Jamie blinzelte wie ein Maulwurf, den man in der prallen Sonne ausgesetzt hatte. Dann musterte er verblüfft Tobbs' blaue Haare. »Wer …«

»Aufstehen«, kommandierte Tobbs. »Du musst hier verschwinden.«

Megan schwebte heran und legte schützend ihre wolkigen Arme um seine Brust.

»Schrei ihn nicht an«, sagte sie vorwurfsvoll.

»Ich schreie nicht, er soll nur mitkommen!«

»Mit … wem redest du?«, fragte Jamie und sah sich um. Einen Moment starrte er direkt in Megans Gesicht, natürlich ohne sie wahrzunehmen.

»Mit mir spricht er«, sagte Anguana schnell. »Und jetzt komm mit, Jamie. Bitte!«

»Wohin?«

»Nach draußen. Schnell!«

Tobbs warf einen besorgten Blick aus dem Fenster. Jamie musste an seiner Miene gesehen haben, dass draußen etwas vor sich ging, denn er blinzelte noch angestrengter aus dem Fenster. Dann weiteten sich seine Augen vor Erstaunen. »Was ist das?«

Es war Tobbs' Jacke. Entschlossen marschierte sie direkt auf das Fenster zu. Bei jedem Schritt wippte sie in der Luft. Der Ärmel schlenkerte vor und zurück. Jamie wurde noch blasser. »Das … gibt es doch nicht«, stammelte er. »Oder ist das etwa … Oh Gott … doch nicht etwa die Gemeuchelte Megan?«

Anguana und Tobbs packten in stummem Einverständnis jeder eine Hand von Jamie und zerrten ihn aus dem Raum. »Halt, mein Mantel!«, schrie Jamie. »Und meine Schuhe …«

»Keine Zeit«, gab Anguana zurück. Zu dritt stolperten sie die lange Treppe hinunter zum Ausgang. Jamie verzog das Gesicht, als er die spitzen Steine auf dem Kiesweg unter seinen bloßen Füßen spürte.

»Zu spät!«, flüsterte Anguana. Tobbs spähte zum Waldrand. Eine Gruppe von Dorfbewohnern hatte sich auf der Wiese versammelt. Sie steckten die Köpfe zusammen und diskutierten, fuchtelten mit den Händen und schienen sich nicht einig zu werden. Nachtmütze hielt die Jacke am Seil.

»Schnell! In die Hecken und dann zum Meer«, befahl Anguana. »Sie schauen gerade nicht her.«

Mehr stolpernd als rennend umrundeten sie das rote Herrenhaus.

»Was ... wollen die?«, fragte Jamie. Tobbs antwortete nicht, sondern schubste ihn weiter. Doch als das Meer in Sicht kam, blieb Tobbs wie erstarrt stehen.

Auf Jestans Rücken saß Sid und klammerte sich am Nackenfell seines Onkels fest. Im Hintergrund glitzerte das endlose Meer. Es war in der Tat ein atemberaubender Anblick: der Engel und das Ungeheuer. Doch das, was Tobbs einen richtig gemeinen Stich in die Brust versetzte, war etwas ganz anderes: die Vertrautheit, die zwischen Sid und seinem Onkel spürbar war. So unterschiedlich sie auch aussahen, jeder Blinde erkannte, dass sie eine Familie waren. Verbunden, nicht zu trennen, sie gehörten zueinander, wie Tobbs noch nie zu jemandem gehört hatte. Sogar Dämonen haben eine Familie, dachte er bitter.

Jestan bellte und das Meer kam in Bewegung. Der Schaum auf den Wellenbergen wurde erst dunkelgrün, dann schwarz. Das Wasser stieg so hoch, als würde ein Sturm toben. Von einer Sekunde auf die andere trübte Schlamm die See, bleiche Gegenstände durchbrachen die Oberfläche und Tang peitschte wie ein Bündel Schlangen. Der Dämon legte den riesigen Kopf in den

Nacken und heulte. Der Ton begann leise und schwoll an, sträubte Tobbs die Haare. Im nächsten Augenblick kroch eine dunkle Masse über den Klippenrand. Sie wälzte sich heran wie eine Schlammwoge und breitete sich über die Wiese aus. Jetzt erkannte Tobbs, was die weißen, blanken Gegenstände waren: Knochen. Ein Menschenschädel, ein Fuß, aber das meiste waren Gräten gewaltiger Fische. Zerfaserte Stricke gesunkener Schiffe, mit Tang behangen, schlängelten sich auf die Wiese. Sie wanden sich, wimmelten und krochen übereinander wie bizarre Seewürmer.

Jamie sah erst den Schädel an und dann Jestan, der gerade eben seine halb menschliche Gestalt zurückerlangte. Dann kippte er um.

»Wunderbar!«, zeterte Megan. »Erschreckt ihn nur zu Tode und stehlt mir noch die letzten Stunden mit ihm!«

Der zerbrochene Rumpf eines vor langer Zeit gesunkenen Ruderbootes rollte über die Wiese, überschlug sich immer wieder und blieb schließlich direkt vor Jestan liegen.

Sid wandte sich zu Tobbs und Anguana um und winkte ihnen mit einem begeisterten Lachen zu.

»Geht!«, flüsterte Megan. »Die Kerle, die den Pfarrer begleiten, haben Gewehre dabei.«

Der Dämonenjunge war inzwischen von Jestans Rücken gesprungen und kam atemlos bei dem bewusstlosen Jamie an. »Habt ihr gesehen, was mein Onkel macht?« Seine Wangen glühten vor Aufregung. »Kannst du reiten, Tobbi?«

Tobbs rutschte das Herz in die Hose, als er sah, was mit den Gegenständen geschah. Sie krochen zusammen, türmten sich zu einem Haufen. Schlick glitt zwischen Knochenstücke und Muschelschalen, füllte den Schädel und das zerbrochene Boot aus und erhob sich zu einer Form. Beine wuchsen wie vier Säulen in die Höhe, große Herzmuscheln dienten als Hufe, Seetang und das

Fischernetz erweckten den Eindruck von Mähnen. Aus noch pulsierenden Quallen entstanden bleiche Augen.

Als das erste der fünf Pferde die Tangmähne schüttelte, regnete eine salzige Fontäne auf Tobbs herunter. Der Gestank nach Schlick und fauligem Seegras nahm ihm den Atem.

»Aufsteigen«, grollte Jestan. Mit einem geschmeidigen Satz sprang er auf das Pferd, dem der menschliche Schädel als Stirn diente. Sid deutete auf das Pferd, dessen Rücken der Bootsrumpf war.

»Nimm den da«, riet er Tobbs. »Da kannst du dich am besten festhalten.«

Tobbs brach der Angstschweiß aus. »Ich kann nicht«, flüsterte er. »Ich kann Pferde … nicht leiden. Und reiten schon gar nicht.«

»Oh mein Gott, was ist das?«, flüsterte Jamie. Er lag auf dem Rücken und betrachtete Tobbs. »Blaue Haare! Du bist ein Dämon, nicht wahr?«

»Nein, die Dämonen sind die da drüben«, erwiderte Anguana freundlich. Jamie wandte den Kopf – gerade rechtzeitig, um zu sehen, wie Jestans Pferd bockte und dabei einige Knochen verlor. Jamies Augenlider flatterten, dann fiel er wieder in Ohnmacht.

Ein Schuss fiel. Nicht weit von Tobbs entfernt spritzte eine Fontäne aus Grasbüscheln und Erdklumpen in die Luft. Nachtmütze und seine Helfer starrten zu ihnen hinüber. Der Pfarrer ließ vor Schreck die Jacke los und sie entschwand in den Himmel wie ein bizarrer Ballon.

Anguana nahm Tobbs' Hand und zog ihn zu dem Pferd. »Komm. Ich reite mit dir.«

»Du kannst reiten?«

»Natürlich. Auf Gämsen. Ober hast du gedacht, ich sitze zu Hause nur in den Bergen herum und spinne Garn?« Als wäre es die normalste Sache der Welt, ging sie auf das Pferd zu und ergriff einen Walknochen. Dann schwang sie sich auf das umgedrehte

Boot. Unter ihrem Rocksaum blitzte ihr Ziegenfuß hervor, aber im Augenblick schien Anguana nicht daran zu denken, ihn zu verstecken. Eine zweite Gewehrkugel schoss Jestans Pferd einen Vorderfuß weg, der jedoch gleich wieder zusammenfloss.

»Dieses müde Land hat lange keinen guten Krieg gesehen«, knurrte Jestan und seine Augen funkelten unheilvoll. »Aber die Leute hier haben Talent, wie ich sehe. Viel Talent. Nur der richtige Lehrmeister fehlt, was?« Die beiden anderen Dämonen lachten.

»Ich steige nicht auf!«, rief Tobbs. »Nicht ohne Jamie! Wir können ihn hier nicht bewusstlos liegen lassen!«

»Onkel Jestan?«, rief Sid dem Dämon zu und deutete auf den Ohnmächtigen.

Der Hundedämon rollte genervt mit den Augen, aber er gab seinem Pferd die Sporen und preschte auf Jamie zu. Im Galopp beugte er hinunter und packte Jamie am Kragen. Mit einem routinierten Schwung warf er ihn bäuchlings vor sich auf den glitschigen Pferderücken.

»Komm endlich, Tobbs!« Anguana streckte ihm die Hand hin. Und als eine weitere Kugel an ihm vorbeipfiff, ergriff er sie und stieg mit schlotternden Knien auf das Pferd. Es fühlte sich ekelhaft glitschig an, aber immerhin fanden seine Füße in den Löchern im Schiffsrumpf Halt.

Die Dämonen bellten und preschten los – direkt auf die Gruppe der Dorfbewohner zu! Jestan warf den Kopf in den Nacken und stieß wieder sein schauriges Geheul aus. Die Männer, die immer noch die Gewehre in den zitternden Händen hielten, warfen die Waffen weg und begannen zu schreien wie die Kinder. Muschelhufe wühlten den Boden auf, als die wilde Jagdgesellschaft die fliehenden Dorfleute überholte und weit hinter sich ließ.

Spiegelbild

Brieftauben schienen in Gwinnydell die häufigste Vogelart zu sein. Ganze Schwärme von ihnen überflogen die Ebenen und verteilten sich in alle Himmelsrichtungen. Tobbs hatte ein mulmiges Gefühl, wenn er ihnen nachblickte. Vermutlich überbrachte jede von ihnen eine Nachricht wie: »Dämonen-Invasion an der Küste. Kommt alle und bringt Waffen mit.«

In der Mittagssonne stanken die dämonischen Pferde noch schlimmer, an einigen Stellen warf der Schlick faulige Blasen.

Jamie saß stöhnend neben einer Weidemauer und hielt sich den Kopf. Getrockneter Schlamm klebte an seinem Pyjama und an seinem Kinn, und er wiegte den Oberkörper vor und zurück, als wäre er verrückt geworden. »Ihr seid nicht real«, wiederholte er immer wieder. »Das Ganze hier gibt es gar nicht. Ich bin Wissenschaftler. Ich glaube nicht an so einen Humbug.«

Jestan lief als Hund herum, die Nase am Boden, und untersuchte jede Hufspur, jedes umgeknickte Blatt und schließlich auch den Schafskadaver, der neben der Mauer lag. Der Mancor hatte auf der Weide ganze Arbeit geleistet, doch darüber, wohin seine Spur danach führte, waren sich die Hunde noch nicht einig.

Anguana legte Jamie tröstend die Hand auf die Schulter. »Du bist in Sicherheit«, sagte sie leise.

Jamie warf einen Blick auf Jestan und die toten Schafe und begann hysterisch zu lachen. »Ich hätte die Chronik nicht lesen sollen«, stöhnte er. »Dabei glaube ich nicht an so etwas. Es war Langeweile – ich musste den Kopf freibekommen. Experiment 14/189 hat nicht geklappt. Und dann war da dieser seltsame Schrei …«

»Ach, das war nur Megan«, sagte Sid. »Eure Todesfee. Sie hat aus Versehen geschrien, aber wir wollten dich trotzdem warnen.

Wenn du nicht aufpasst, hast du noch etwa einen Tag zu leben, vielleicht auch weniger.«

Tobbs kniff den Dämonenjungen in den Arm, so fest er konnte. Jamie sah ihn müde an. Tobbs war nicht sicher, ob die Tragweite dieser Nachricht wirklich das Gehirn des jungen Mannes erreicht hatte.

»Ach«, meinte Jamie nur. »Megan, soso, der Hausgeist. Ja, über sie stand auch etwas in der Chronik. Unschöne Sache, der Mord in der Hochzeitsnacht. Und Megan bist nicht zufällig du?«

Anguana schüttelte den Kopf.

»Die meisten Todesfeen bleiben immer in der Nähe des Hauses«, erklärte Tobbs. »Aber sie liebt dich und will nicht, dass du stirbst.«

Der junge Mann lächelte ironisch. »Es muss ja eine Todesfee sein, die Jamie Kavanian liebt.« Er seufzte. »Als ich das Anwesen erbte, dachte ich, ich würde wenigstens auf dem Land die Ruhe für meine Forschungen finden. Aber in diesem Haus geht es zu wie in einer Geisterbahn – und die Dorfleute sind durchgedrehter und misstrauischer als alle Spießbürger in der Stadt zusammen. Sie halten mich für einen Alchimisten, mit dem Teufel im Bund. Mittelalter ist das!« Mühsam kam er auf die Beine und betrachtete seine schmutzigen Hände.

»Was für Forschungen sind das?«, fragte Anguana.

»Na, Isotop C 14«, sagte Jamie mit grimmigem Stolz. »Ich arbeite an einer Methode, mithilfe von Kohlenstoff-Isotopen das Alter von Böden genau datieren zu können. Geologische Schichtanalysen, Knochenfunde, all das. Aber noch klappt es nicht.«

»Wozu soll das gut sein?«

»Das ist Wissenschaft«, antwortete Jamie gekränkt. »Nicht dieser windige, unzuverlässige Magiekram. Sondern Fakten! Alles Fakten!«

»Und nachdem dein Experiment fehlgeschlagen ist, hast du in der Familienchronik der Kavanians gelesen?«, fragte Sid.

Jamie nickte. »Um mich abzulenken, ja. Meine Vorfahren waren schrecklich abergläubisch. Einer von ihnen hat sogar einige Beschwörungen aufgeschrieben. Und Kochrezepte, aber die sollte man besser nicht ausprobieren. Ich habe versucht, den berühmten Hammel-Ananas-Eintopf meiner Urgroßcousine zweiten Grades nachzukochen. Nun, das Zeug hätte sogar Isotop C 14 spurlos eliminiert.« Er lächelte unsicher und strich sich die schwarze Pyjamajacke glatt. »Tja, war nett euch kennenzulernen. Aber ich denke, ich habe jetzt endgültig genug von der Gegend.«

»Heißt das, du gehst jetzt zurück in die Stadt?«, fragte Anguana.

Jamie nickte und blickte zur Weide, wo Jestan mit einem Dämon diskutierte. »Ja«, meinte er entschlossen. »Tolle Idee, danke! Schönen Tag noch.«

»Pass auf dich auf!«, rief Sid ihm hinterher. »Lass dich nicht umbringen, stolpre in keine Schlucht und so weiter. Du weißt, Megan macht sich Sorgen um dich!«

»Können wir ihn einfach so gehen lassen?« fragte Anguana besorgt.

»Klar«, sagte Sid. »Wir haben ihn doch gewarnt.«

»Nein!« Tobbs sprang auf. »Seht ihr nicht, dass er unter Schock steht? Der Kerl denkt wirklich, er träumt.«

»Und was willst du mit ihm machen?«

»Wir bringen ihn bei Dopoulos in Sicherheit und warten ein paar Tage ab. Vielleicht erledigt sich der Fluch dann von selbst!«

Sid schüttelte nur verständnislos den Kopf und auch Anguana hob zweifelnd die Brauen.

»Haut bloß ab!«, schimpfte Jamie irgendwo im Unterholz. »Euch gibt es nicht! Keinen von euch, verstanden?«

Im selben Augenblick legte sich eine kalte Dämonenklaue auf

Tobbs' Schulter. Er wurde hochgerissen und zappelte in der Luft wie eine Fliege.

»Lass mich los! Was soll das?«

»Zeit für euch, nach Hause zu gehen«, raunzte einer von Jestans Helfern ihn an. »Und zwar schnell.«

»Sid!«, grollte Jestan. »Her zu mir! Auf das Pferd!«

Der Dämonenjunge warf Tobbs einen begeisterten Blick zu und rannte zu seinem Onkel hinüber, der schon auf dem Pferd saß. Tobbs wurde durch die Luft geschwenkt wie ein Lappen und landete unsanft auf dem anderen Pferd, auf dem bereits Anguana saß. Sie rieb sich ihren Arm, als hätte der dritte Dämon sie ebenso unsanft wie Tobbs in den Holzsattel befördert.

»Was ist mit Jamie?«, begehrte Tobbs auf. »Und dem Mancor?«

Die Dämonen sahen sich an und grinsten. »Wir holen den Mancor, ihr reitet nach Hause, so lautet die Vereinbarung.«

»Das stimmt«, flüsterte ihm Anguana zu. »Das ist mit Dopoulos so ausgemacht. Ich sollte dich nur finden, den Rest erledigen die Dämonen und kommen dann mit dem Mancor nach.«

Jestan fletschte sein Maul zu einem schadenfrohen Lächeln. »Dopoulos kann es kaum erwarten, dich in die Finger zu bekommen.«

Tobbs biss sich auf die Unterlippe, als das Pferd unter ihm zu tänzeln begann. Er sollte tatsächlich heimgeschickt werden wie ein unartiges Kind. »Nein, ich bleibe hier!«, bestimmte er. »Der Mancor hat schon einmal auf mich gehört.«

Jestan lachte bellend. »Wir haben unsere eigene Methode«, sagte er und zog eine lange Peitsche vom Gürtel. »Aber Reden gehört ganz bestimmt nicht dazu. Diesem Vieh wird es noch leidtun, jemals die gleiche Luft geatmet zu haben wie wir.«

Sein Blick glitt an Tobbs vorbei und seine Augen begannen zu funkeln.

»Oh nein«, flüsterte Anguana.

Tobbs wandte den Kopf und wusste auf einmal, wen Jamie angeschrien hatte. Der eiskalte Schreck fuhr ihm durch den Körper bis in die Fingerspitzen.

Auf der Weidemauer stand die versammelte Elfenfront. Es mussten mindestens fünfzig sein – und sie sahen sehr wütend aus. Ein Flirren und Schimmern umgab sie und ließ ihre Gesichter noch leuchtender und ebenmäßiger aussehen. Glänzendes Haar wehte im Wind, grüne Augen verzogen sich zu Schlitzen, frisch geschliffene Pfeilspitzen blitzten in der Mittagssonne.

Fairy Sam trat vor. »Runter von den Pferden, Olitai-Pack«, wandte er sich mit Grabesstimme an die Dämonen. »So etwas könnt ihr in euren Bergen machen, aber nicht bei uns!«

Jestan schwang seine Peitsche und ließ sie mit voller Wucht auf dic Kruppe von Tobbs' und Anguanas Pferd niedersausen. Muschelschalen und Schlammspritzer flogen durch die Luft.

»Ab nach Hause!«, donnerte er. »Und wir mischen hier erst einmal die Spitzohren ein bisschen auf.«

Das Pferd lief wie ein Uhrwerk. Mit den Reitern auf dem Rücken überquerte es noch eine Schafsweide und stürmte dann durch den Wald.

Sosehr Tobbs auch an der Tangmähne zerrte, das dämonische Wesen hielt nicht an. »Tobbs, beruhige dich!«, rief Anguana ihm ins Ohr.

»Ich will mich nicht beruhigen! Ich kann noch nicht zurückkehren – nicht ohne Mamsie Matata und Jamie und ohne zu wissen, was sie mit dem Mancor machen. Sie werden ihm etwas antun, ich weiß es. Wir müssen anhal…«

Der Seitwärtsschwung riss ihn vom Pferderücken. Eine Muschel ritzte seine Wange, dann prallte er schon auf dem Boden auf. Fest aneinandergeklammert rollten Anguana und er über Farne und Gras, überschlugen sich und flogen schließlich auseinander wie zwei Bälle, die in der Luft zusammengeprallt waren. In der Ferne verhallte der Galoppschlag des Pferdes, das unbeirrt seinen Weg fortsetzte.

»Was war das denn?«, stöhnte Tobbs. »Du … hast mich vom Pferd gezogen.«

Anguana sprang auf und klopfte sich Laub und Halme vom Rock.

»Du wolltest doch nicht zur Taverne zurück. Das Pferd hätte nicht angehalten, also mussten wir absteigen.«

Tobbs setzte sich auf und betrachtete sie völlig verblüfft. Dieses schüchterne Mädchen, das ihn nun so sanft wie immer anlächelte, stieß ihn einfach so kaltblütig vom Pferd – er hätte sich das Genick brechen können!

Seelenruhig löste Anguana den Gürtel ihres blauen Kleides und Tobbs erkannte, dass es ein aufgerolltes Seil war. Gedreht war es aus Anguanas Garn. Sie knotete es zu einer Lassoschlinge und wog es prüfend in der Hand. »Wenn die Dämonen den Mancor nicht fangen sollen, müssen wir schneller sein als sie – und noch schneller als die Elfen.«

Tobbs schauderte.

Zum ersten Mal, seit er Anguana kannte, verstand er, warum manche Leute sich vor ihr fürchteten.

»Alles in Ordnung, Tobbs?«, fragte sie freundlich und lächelte ihr unschuldiges Anguana-Lächeln. Tobbs' Kehle fühlte sich plötzlich ausgedörrt an, und als er zu sprechen begann, klang seine Stimme belegt.

»Wie finden Jestan und die anderen ohne dich zur Taverne zurück?«

»Hunger, Krieg und Krankheit finden immer ihren Weg«, erwiderte sie ernst. »Wen willst du zuerst suchen: Jamie oder den Mancor?«

Irgendwo in der Ferne zischte ein Elfenpfeil blitzend der Sonne entgegen.

Anguana suchte konzentriert nach den Spuren. Eine leichte Falte zeichnete sich zwischen ihren Augenbrauen ab. Den Rock hatte sie sich über ihren Ziegenfuß gezogen und achtete wieder peinlich genau darauf, ihn nicht sichtbar werden zu lassen. Was für ein Leben mochte Anguana in ihren Bergen führen? Noch nie zuvor hatte Tobbs sich darüber Gedanken gemacht. Lebte sie in einem Haus, einer Höhle, in einem Baum oder bei den Gämsen? Noch rätselhafter erschien es ihm nun, dass er noch nie auf die Idee gekommen war, das Mädchen danach zu fragen.

So selbstverständlich, als wären sie nie getrennt gewesen, tauchte der Fuchs an Tobbs' Seite auf und trabte neben ihnen durch den Wald. Nach und nach gesellten sich weitere Füchse dazu.

Der Weg führte sie im Bogen durch den Wald. Von Zeit zu Zeit entdeckten sie einige sandfarbene Haare an den Ästen, die der Mancor vermutlich mit seiner Mähne gestreift hatte. Der Boden war aufgewühlt, entwurzelte Bäume lehnten sich wie Betrunkene an ihre Nebenmänner. Manchmal knackte es bedrohlich im Holz. Tobbs zuckte immer wieder zusammen, wenn er aus der Ferne ein Elfenhorn oder ein grässliches Heulen hörte. Sein Mut sank. Die Chancen, Jamie zu finden, standen schlecht. Die, zufällig auf den Mancor zu stoßen, noch schlechter. Zumindest um Sid brauchte er sich keine Sorgen zu machen. Er hatte seine Familie, die ihn beschützte. Plötzlich war Tobbs zum Heulen zumute.

»Was ist los?«, wollte Anguana wissen.

Tobbs schluckte schwer. »Ich bin nur traurig«, gab er zu. »Ich bin … ganz allein.«

»Wie kommst du denn darauf?«

»Na, Sid hat Jestan und seine Schwester. Und wahrscheinlich noch eine ganze Familie von hundertzwanzig Dämonen. Wanja hat viele Verwandte im Land der Rusaner, Dopoulos erzählt ständig von seinen Vettern. Jeder hat jemanden. Nur ich muss immer allein sein.« Anguana antwortete nicht, sondern beschleunigte nur ihre Schritte.

Der kleine See tauchte so plötzlich vor ihnen auf, dass Tobbs beinahe in das feuchte Ufergras gelaufen wäre. Obwohl der Frühling längst vorbei war, blühten an diesem See die Bäume. Reife Äpfel hingen neben Apfelblüten.

»Fairy Sam und die anderen müssen hier gewesen sein«, stellte Tobbs fest.

Anguana lauschte. »Hörst du das auch? Da singt jemand!«

Tobbs spitzte die Ohren, doch außer den Insekten, die die Blüten umschwirrten, hörte er nichts. »Da ist nichts.«

»Doch, ganz sicher – es muss hier gleich in der Nähe sein. Jemand … blubbert, aber es hört sich an wie ein Lied.« Anguana ging näher an das Ufer des Sees heran und spähte ins Wasser. Ein heller Fleck spiegelte sich auf ihrem Gesicht und ließ die Lichtreflexe von Wellen über ihre Wangen huschen. »Halt mal«, sagte sie und drückte Tobbs das Lasso in die Hand. Es war weich und viel biegsamer als ein Seil. Anguana stellte sich auf einen hohen Uferstein – und stieß sich mit aller Kraft ab!

Einen Moment lang sah Tobbs, wie der Mädchenkörper in einem geschmeidigen Bogen durch die Luft schnellte, dann erwischte ihn schon eine Wasserfontäne und durchnässte ihn vom Kopf bis zu den Füßen. Anguana war verschwunden, nur unter Wasser erahnte er die wallenden Bewegungen ihres blauen Kleides. Himmel, wie konnte jemand bloß freiwillig ins Wasser springen! Tobbs konnte nicht einmal schwimmen.

Wellen kräuselten die Wasseroberfläche, dann tauchte Anguana wieder auf. Sie trug etwas im Arm, schwamm mit sicheren Zügen ans Ufer und warf einen flachen Gegenstand ins Gras. Eine tiefe Stimme schmetterte ein Kampflied. Tobbs' Herz machte einen freudigen Satz. »Mamsie Matata!«

Das Lied brach mitten in der Strophe ab. »Tobbs?«

Er rannte zu dem Spiegel und hob ihn auf.

»Puh«, sagte Mamsie Matata erleichtert. »Willkommen in meinem Club – DISD – Die Im Schlamm Dümpelnden. Dieses spitzohrige Gesindel hat mich einfach hier reingeworfen.«

Tobbs musste grinsen. »Lass mich raten: Du hast ihnen vorgesungen?«

»Nur die ersten fünfzehn Lieder über den Helden Mtomekela Ziegenverschlinger.« Sie zwinkerte ihm zu. »Ich hoffte, sie würden mich einfach im Wald zurücklassen. Aber dass sie mich gleich versenken …«

»Ziegenverschlinger?« Anguana zog sich mit einem schnellen Schwung am Ufer hoch. Das Kleid klebte an ihrem Körper und für einen Augenblick zeichnete sich ein Ziegenbein unter dem Stoff ab. Wütend stapfte sie zum Spiegel und blickte entrüstet hinein. »Das ist also Mamsie Matata«, meinte sie spitz. »Und sie findet es lustig, Lieder über sogenannte Helden zu singen, die Ziegen verschlingen. Aus welchem Barbarenland kommst du?«

»Was geht dich das an, Kleine?«, gab Mamsie ebenso giftig zurück. »Ziegen stinken, nur als Mahlzeit können sie wenigstens einen gewissen Nutzen haben.«

Tobbs schnappte nach Anguanas Hand, aber es war zu spät. Das Mädchen hatte bereits einen Stein vom Boden aufgehoben und schmetterte ihn mit voller Wucht gegen den Spiegel. Er prallte ab, ohne einen Kratzer zu hinterlassen.

»Pech gehabt«, zischte Mamsie Matata beleidigt und verlosch.

»He, langsam«, sagte Tobbs sanft. »Sie wollte dich nicht beleidigen. Ihr kennt euch doch noch gar nicht.«

Anguana schluckte und blinzelte, Tränen der Wut standen in ihren Augen. Gekränkt kniff sie die Lippen zusammen. Nie hätte Tobbs ihr solchen Jähzorn zugetraut. Aber verstehen konnte er sie gut – und wie gut sogar! Er fühlte sich oft genauso elend, wenn sich jemand über ihn lustig machte. Verzweifelt suchte er nach Worten – und hatte plötzlich eine Idee. »Ich mag Ziegen«, sagte er. »Ich finde sie sehr hübsch. Und klug sind sie auch. Sie klettern sehr anmutig.«

»Wirklich?«, fragte Anguana misstrauisch. »Keiner mag Ziegen.«

»Ich schon!«

Ganz langsam stahl sich ein Lächeln auf ihre Lippen und Tobbs hatte zum ersten Mal an diesem vertrackten Tag das Gefühl, sich wenigstens ein bisschen freuen zu können. Andererseits fragte er sich im selben Moment, ob er nicht etwas zu dick aufgetragen hatte, denn Anguana sah ihn nun an wie eine Nixe die Quelle.

»Ich wusste gar nicht, dass du schwimmen kannst«, versuchte er das peinliche, bedeutungsvolle Schweigen zu überbrücken.

Anguana lachte schüchtern. »Du rennst ja immer gleich weg, wenn ich mit dir sprechen will.« Verlegen räusperte sie sich und fuhr fort: »Ich wohne am Wasser. Wasser ist toll! Und dich mögen offensichtlich die Füchse hier ziemlich gern.«

Das stimmte. Vier von ihnen saßen am anderen Ufer des Sees und beobachteten sie aufmerksam. Nur Tobbs' grauer Fuchs lauschte angestrengt in den Wald. Im nächsten Moment ertönten ein Knall und ein lang gezogenes Gebrüll. Ein Raubtier musste ganz in der Nähe sein, aber auch Elfenrufe hallten durch den Wald. Die Füchse duckten sich, legten die Ohren an und schossen ins Unterholz davon. Tobbs klemmte sich den Spiegel unter den Arm. »Komm«, sagte er zu Anguana. »Immer dem Fuchs nach!«

Mit klopfendem Herzen saßen sie wenig später gut versteckt unter einer Eibe. Tobbs fluchte im Stillen. Er wusste weder, wo sie sich inzwischen befanden, noch was im Wald tatsächlich vor sich ging.

Im Geiste sah er Jamie, erschossen von einem Elfenpfeil. Nein, so etwas konnte nicht geschehen. Fairy Sam würde doch keinen Menschen töten. Oder doch?

Tobbs blickte an der Eibe hoch. Sie war hoch – zu hoch, um bis ganz in die Baumspitze hinaufzuklettern und Ausschau zu halten. Die obersten Äste sahen zudem verdächtig dünn aus. Wenn er nur seine Schwebjacke noch hätte! Entmutigt klammerte er sich an den Spiegelrahmen und dachte nach. Der Spiegel – seine Hose … das war es!

»Anguana!«, flüsterte er. »Leihst du mir das Lasso?«

Das Ziegenmädchen sah verlegen weg, als Tobbs seine Hose auszog. Auch ihm war es peinlich, aber zum Glück reichte ihm sein Hemd bis fast zu den Knien.

Ohne das Kleidungsstück mit den Schweb-Eichenstücken fühlten sich seine Beine plötzlich tonnenschwer an. Mamsie Matata murmelte etwas Unverständliches, als er die Hosenbeine um den Spiegel knotete. »Siehst du was?«, fragte er.

Mamsie spähte über den Stoff und nickte. »Es kann losgehen, Junge!« Ihre Stimme klang heiser. »Und lass auf gar keinen Fall das Seil los, hörst du?«

Tobbs ließ Anguanas blaues Seil behutsam durch die Finger gleiten. Wie ein Ballon stieg der Spiegel in die Höhe und wurde immer kleiner, bis er schließlich über den Baumspitzen schwebte und im Wind leicht hin und her schwankte. Was sich darin spiegelte, konnte Tobbs von unten aus nicht erkennen. Im Wind drehte Mamsies Spiegel sich langsam um seine eigene Achse. Die Sonne fing sich darin und ließ ihn blitzen. Tobbs fuhr der Schreck durch die Glieder. Warum hatte er nicht daran gedacht? Ein auffälligeres Zeichen hätte er den Elfen nicht geben können!

»Hol den Spiegel wieder runter«, raunte ihm nun auch Anguana aufgeregt zu. So schnell er konnte, wickelte er das Lasso ein, zog Hand über Hand daran, bis Mamsie Matata direkt vor ihm schwebte. Sie seufzte erleichtert auf, als er sie von dem Stoff befreite und an den Baum lehnte.

»Oje«, sagte sie nur. »Viel los. Jede Menge Leute sind unterwegs zu einem zerstörten Dorf – kommen aus verschiedenen Richtungen, sind aber alle bewaffnet. An der Küste, rechts von mir, plündern ein paar Kerle gerade ein Herrenhaus. Sehr subtil gehen sie dabei nicht vor – zerschlagen Fensterscheiben und werfen Metallteile aus den Fenstern in den Garten. Ein schwarz gekleideter Kerl rennt wie besessen auf das Haus zu und fuchtelt mit den Armen. Dann gibt es links von mir noch eine Horde Menschen – und weitere Menschen hinter mir, die auf Pferden zu ihnen unterwegs sind. Südlich von hier liefern sich Elfen und drei Dämonen eine Schlacht. Sieht nicht gut aus für die Elfen. Sie ziehen sich zurück. Aber wenn sie so weitermachen, stoßen sie in weniger als drei Minuten auf den Menschentross.

»Und der Mancor?«, drängte Anguana.

»Den habe ich nicht gesehen. Nur einen blonden Mann auf einer Schafsweide, der zu mir hochgeschaut hat. Er fing sofort an zu rennen, er müsste aber verdammt schnell sein, um uns zu erreichen.«

Der Fuchs keckerte warnend und schoss davon. Tobbs sprang regelrecht in seine Hose. Dann schnappte er Mamsie Matata, winkte Anguana zu, ihm zu folgen, und lief.

Zweige knackten, etwas wälzte sich hinter ihnen durch den Wald. Es musste gewaltig sein. Stampfende Schritte kamen näher. Der Fuchs jaulte voller Angst auf.

»Schneller!«, schrie Mamsie Matata. »Dieses Ding holt auf!«

Ein Brüllen föhnte ihn fast von den Beinen, Tannennadeln rieselten auf ihn herunter. Angewidert spuckte er einige davon aus und erreichte im selben Moment eine Lichtung. Eine Handvoll Schafe glotzte verständnislos zu ihnen hinüber und ergriffen laut blökend die Flucht. Tobbs sah sich im Rennen um und wäre beinahe gestolpert.

Der Mancor brach aus dem Wald. Das war das Ende. Was für eine Idee, das Ungeheuer zu fangen, um es vor Jestan zu verschonen! In diesem Augenblick hätte Tobbs alles dafür gegeben, wenn die Dämonen ihn gerettet hätten. »Nach links über die Weide!«, keuchte Anguana neben ihm. Tobbs wollte ihr gerade folgen, aber ein Ruck bremste ihn. Sein Knie traf etwas Weiches, Fluffiges, dann fiel er bereits der Länge nach über ein Schaf und biss sich schmerzhaft auf die Zunge. Mamsie Matata segelte mit einem Schrei durch die Luft und knallte gegen einen Stein. Das Schaf blökte und strampelte, kam ächzend auf die Beine und lief, wie noch nie ein Schaf gelaufen war. Tobbs rappelte sich auf. Wie konnte er nur ein Schaf rammen! Benommen drehte er sich um. Plötzlich war es gespenstisch still, kein Trampeln und Schnauben mehr, und auch kein einziger Vogel sang. Selbst der Fuchs stand nur da und starrte fasziniert zu dem Untier.

Endlich war der Mancor stehen geblieben. Seine gewaltigen Flanken hoben und senkten sich bei jedem Atemzug. Dann setzte er sich langsam wieder in Bewegung.

»Oh!«, flüsterte Anguana. Tobbs dachte im ersten Moment, der Mancor würde auf Anguana zutrotten, aber dann bemerkte er, dass die blauen Augen des Ungeheuers nur auf Mamsie Matata gerichtet waren. Der Mancor blieb vor ihr stehen und seufzte abgrundtief. Dann ließ er sich vor dem Spiegel nieder, kreuzte die mächtigen Vorderpfoten und legte den Kopf darauf. Nachdenklich starrte er sein Spiegelbild an – oder zumindest den Ausschnitt, den er sehen konnte, denn der Spiegel wirkte im Verhältnis zu seiner Größe so winzig wie ein Handspiegel.

Tobbs setzte sich vorsichtig in Bewegung und umrundete das Raubtier in einem großen Bogen, dicht gefolgt von Anguana. Beide sahen sie gleichzeitig das Spiegelbild. Tobbs fiel die Kinnlade herunter. Es war so einfach!

»Der Spiegel hat ihn angelockt«, flüsterte er. »Er wollte gar nichts von uns.« Und nun fiel ihm ein, was er für den Bruchteil einer Sekunde in den Spionspiegeln der Stadt erblickt hatte.

Der Mann im Spiegel hatte langes blondes Haar und blaue Augen. Gegen diesen überirdisch schönen Mann war der engelhafte Sid bestenfalls ein ganz nett aussehender Junge.

»Du hast ein schlimmes Geschick erfahren«, sagte Mamsie Matata voller Mitgefühl.

Der Mancor nickte und knurrte leise.

»Das kannst du laut sagen«, antwortete gleichzeitig der schöne Mann im Spiegel.

»Deshalb bist du zu der Stadt der Spiegel geflogen«, sagte Tobbs zu dem menschlichen Bild des Ungeheuers. »Du wolltest dich in deiner wirklichen Gestalt sehen. Weil du gar kein Mancor bist. Und die Seele, die die Schwarmfrauen wollten – das warst vermutlich auch du, nicht wahr?«

»Ich bin ein Mancor und bin es nicht«, antwortete der Mann traurig. »Solange Kalis Fluch mich bindet, bin ich ein Ungeheuer, das kann wohl niemand übersehen.« Er seufzte tief, während das Untier ein tiefes Knurren von sich gab.

»Nein, das übersieht man tatsächlich nicht«, bemerkte Mamsie Matata. »Am allerwenigsten, wenn du das halbe Land dem Erdboden gleichmachst und jedes Schaf frisst, das du finden kannst.«

Der Mancor fletschte die Zähne und der junge Mann im Spiegel lächelte. »Solange ich in diesem Körper stecke, bin ich ein Tier«, sagte er entschuldigend. »Zum größten Teil zumindest. Und ich hatte seit einem Jahr nicht gegessen. Kali ist der Meinung, ein Verfluchter muss Hunger leiden.«

»Und deshalb schleppst du uns aus der Taverne weg in irgendein anderes Land?«, rief Tobbs. »Wegen ein paar Schafen?«

Der Mann schlug die Augen nieder. »Ihr ahnt ja nicht, wie es ist, Kalis Sklave zu sein. Ich … ich konnte nicht anders. Als ich die Tür sah, bin ich einfach losgelaufen. Obwohl ich weiß, dass ein Mancor sich nicht vor Kali verstecken kann.«

Erstaunlich furchtlos trat Anguana an das Untier heran, stellte sich auf die Zehenspitzen und legte eine Hand auf das getigerte Fell. »Wie heißt du? Und warum hat dich Kali verwandelt?«

Ein Jagdhorn und Gebrüll ertönten. Schüsse hallten durch den Wald.

»Wir haben jetzt wohl kaum Zeit, Lebensgeschichten auszutauschen, Ziegenmädchen«, meldete sich Mamsie Matata zu Wort. »Wenn wir hier bleiben, landen wir gleich im schönsten Getümmel. Und dahinten, wo das Herrenhaus liegt, brennt es!«

Tatsächlich: Über den Baumspitzen kräuselte sich in einiger Entfernung dunkler Rauch.

»Der Mancor wird uns hinbringen«, sagte Anguana zu dem Mann im Spiegel. »Nicht wahr?«

Im Gegensatz zu dem harten Pferd aus Holz, Schlick und Knochen war der Mancor ein geschmeidiger Berg aus Muskeln und katzenweichem Fell. Stechender Raubtiergeruch stieg Tobbs in die Nase, während er sich krampfhaft an das Lasso klammerte, das Anguana dem Untier um die Brust geschlungen hatte. Mamsie Matata hielt er mit einer Hand fest an seine Brust gedrückt. Und er war heilfroh, als Anguana, die hinter ihm saß, seine Hüfte mit den Armen umschlang und ihn festhielt. »Keine Angst«, flüsterte sie ihm zu. »Ich lasse dich nicht los, versprochen! Stell dir einfach vor, du sitzt auf einer großen Gämse.«

»Das geht nicht gut«, orakelte Mamsie Matata.

»Sei endlich still, Ziegenquälerin!«, zischte Anguana ihr von hinten zu. »Von dir habe ich bisher noch kein einziges vernünftiges Wort gehört.«

»Ach, dann war es also gar nicht ich, die in die Luft hochgejagt wurde, um euch zu sagen, wo Jamie ist?«, giftete Mamsie Matata zurück.

Der Mancor setzte sich mit einem gewaltigen Ruck in Bewegung. Der Trab der Raubkatze war federnd und leicht, nur am Kratzen und Scharren konnte Tobbs spüren, wie sie mit den sichelscharfen Hinterhufen die Erde aufriss. Ein Baum krachte zur Seite, und noch einer. Wolken schimpfender Vögel flogen aus den

Büschen empor. Dann wurde der Wald zu einem grünen Flackern, unterbrochen vom kurzen Schimmern heller Lichtungen. Jeden Augenblick rechnete Tobbs damit, irgendwo eine Schar Elfen auftauchen zu sehen. Doch der Mancor nahm Pfade und Abkürzungen, sprang über Felsen, kam aber immer wieder auf den richtigen Weg. Tobbs war so damit beschäftigt, den Spiegel festzuhalten und das Gleichgewicht zu halten, dass er den Tanggeruch und das Glitzern des Meeres zunächst gar nicht wahrnahm. Es war auch nur ein kurzer Eindruck, der gleich darauf von einem ganzen Schwall Rauch erstickt wurde.

Anguana begann zu husten. Verbranntes Holz und ein anderer, stechender Geruch hüllten sie ein, während der Mancor immer langsamer wurde. Irgendwo in der Nähe splitterte Glas, dann erhaschte Tobbs durch verwehte Rauchschwaden hindurch einen Blick auf das Herrenhaus. Es brannte lichterloh. Scheibe für Scheibe zerbrach in der Hitze.

»Ihr müsst ihm helfen!« Ein scharfes Flüstern direkt neben seinem Ohr ließ ihn zusammenzucken. Natürlich: Megan würde nicht schreien, selbst jetzt nicht. Zwei von Nachtmützes Männern standen vor der Hecke und wichen angsterfüllt zurück. Die Hände in die Luft gestreckt wie Leute, die sich ergaben, stolperten sie rückwärts, fielen hin, rappelten sich wieder auf.

»Ruhig Blut, Kavanian!«, rief einer von ihnen. »Wir wollten dir nichts tun, ehrlich! Es ging nur um die Höllengeräte!«

»Nimm die Waffe runter!«, schrie der zweite Mann. »Du weißt nicht, was du tust!«

Ein humorloses Lachen jenseits der Hecke war die Antwort. »Ich weiß nicht, was ich tue? Ihr wisst es nicht! Ihr habt mein Isotop C 14 zerstört! Meinen Isotop-C-14-Detektor!«

»Aber … aber das … das war das Höllengerät, mit dem du die Kreaturen geschaffen hast«, verteidigte sich der erste Mann. »Du hast das Monster damit gerufen … Wir wollten dir doch nichts tun, James! Ehrenwort!«

»Er hat ihnen die Waffe abgenommen!«, flüsterte Megan aufgeregt. Sie schwebte neben Tobbs. »Den Größeren hat er sogar mit einem Stuhl verprügelt. So habe ich Jamie noch nie erlebt! Er muss völlig verrückt geworden sein.«

Der junge Wissenschaftler kam hinter der Hecke hervor. Sein Gesicht war von Ruß geschwärzt, die Haare halb versengt. Er fuchtelte mit einem Gewehr herum.

»Wir müssen ihn aufhalten«, flüsterte Megan.

In diesem Moment erblickten Nachtmützes Männer den Mancor. Jamies Gewehr war vergessen. Sie begannen zu kreischen, drehten sich einfach um und flohen mit großen Sprüngen über die Wiese, als sei der Teufel hinter ihnen her. Jamie fuhr herum. Seine Augen wurden groß wie Unterteller, als er den Mancor sah. »Jamie, nicht!«, schrie Tobbs. »Wir sind es!« Doch Megans Geliebter hatte schon das Gewehr hochgerissen und feuerte.

Tobbs überkam ein Gefühl, das er schon einmal empfunden hatte, als er aus Yndalamor kommend wieder in die verlangsamte Zeit der Taverne eingetaucht war. Er nahm wahr, wie Jamie abdrückte, er hörte den Schuss und spürte, wie der Mancor unter ihnen zusammenzuckte. Das Ungetüm stürzte. Anguanas Finger krallten sich in Tobbs' Hemd. Während sie mit dem Mancor fielen, erhaschte Tobbs einen Blick auf Jamie. Er hatte den Kopf weggedreht, aber das Gewehr hielt er immer noch in ihre Richtung!

Tobbs reagierte nur noch: Noch bevor er den zweiten Schuss hörte, riss er reflexartig Mamsie Matata hoch. Im nächsten Augenblick knallte es. Ein Schlag und ein stechender Schmerz zuckten durch seine Finger und seine Arme bis hoch zu den Schultern. Das metallische »Ping!« hallte noch in Tobbs' Ohren nach, als Mamsie aufschrie. Und dann schrie auch Megan.

Tobbs gelang es im letzten Moment abzuspringen, bevor der fallende Körper des Mancors sich über ihn wälzte. Er bekam Anguanas Hand zu fassen und zog das Mädchen einfach mit. Eine Sekunde später kauerten sie zitternd und eng umschlungen auf der Wiese, während Megan schrie und schluchzte, dass ihnen heiß und kalt wurde. Mamsie Matata lag nicht weit von ihnen entfernt und hielt sich die Ohren zu.

»Ihr habt ihn ermordet!«, heulte Megan. »Seht, was ihr gemacht habt!«

Jamie lag ausgestreckt auf dem Rücken im Gras, die Waffe neben sich. Blut war auf seinem schwarzen Pyjamahemd nicht zu sehen, aber eine Stelle an seiner Brust glänzte verdächtig nass. Tobbs musste nicht näher herangehen, um zu wissen, was passiert war.

»Du hast ihn umgebracht!«, klagte Megan. »Er war der letzte der Kavanians und ich werde ihn nie wiedersehen! Was soll ich denn jetzt machen? Was soll ich denn jetzt nur machen?«

Anguanas Griff um Tobbs' Arm verstärkte sich. Im Augenblick war er ihr unendlich dankbar, dass sie ihn festhielt.

»Es war ein Unfall«, sagte sie sanft, aber bestimmt. »Megan, du hast es doch selbst gesehen! Die Kugel ist am Spiegel abgeprallt und hat Jamie getroffen. Tobbs kann nichts dafür! Wenn er den Spiegel nicht als Schild benutzt hätte, wäre er jetzt tot.«

Jamies Lider flatterten, bevor er die Augen aufmachte. »Isotop C 14«, flüsterte er und betrachtete interessiert eine weiße Wolke am Himmel. Megan beugte sich über ihn und rang hilflos die Hände. Tränen liefen ihr über das Gesicht. Plötzlich sah Jamie sie an und seine Augen weiteten sich vor Erstaunen. »Oh«, hauchte er und lächelte versonnen. »Du bist das, Megan! Ich hätte nie gedacht, dass du so …« Er lächelte noch breiter, dann schloss er die Augen wieder und atmete tief aus. Tobbs biss sich auf die Unterlippe. Tränen stiegen ihm in die Augen.

Megan schluchzte. Sie kniete neben Jamies Körper und strich ihm mit ihren Nebelfingern immer wieder über das Gesicht. »Jamie!«, weinte sie. »Du hast mich gesehen!« Tobbs musste blinzeln. Das Licht spielte ihm einen Streich, denn Megans Finger sahen nicht mehr ganz so durchsichtig aus. Und dann sah es auch Anguana. »Ihr Haar!«, flüsterte sie. »Ihre Augen!«

Nach und nach traten Megans Züge deutlicher hervor, die perlmuttfarbenen Augen verfärbten sich in ein dunkles Grün, das Haar wehte schwarz vor dem Meereshimmel.

Megan verstummte und sah staunend ihre Finger an, die nicht länger durchscheinend waren. »Tobbs!«, flüsterte sie völlig fasziniert. »Schau mal, meine Hän…« Tobbs sah nur noch, wie ihr wehendes Haar wieder verblasste und mit den fliehenden Wolken verschmolz, dann hatte die Gemeuchelte Megan sich aufgelöst.

Lange starrten Anguana und er auf Jamies einsamen Körper. »Der Letzte der Kavanians«, sagte Anguana schließlich. »Damit hat Megan wohl ihre Aufgabe als Todesfee erfüllt.« Dann zuckte sie zusammen und sprang so schnell auf, dass Tobbs das Gleichgewicht verlor. »Der Mancor!«, schrie sie und ihre klagende Stimme klang in Tobbs' Ohren wie ein Echo von Megan.

Das Raubtier lag auf der Seite. Seine Flanken hoben und senkten sich nicht mehr. Tobbs war viel zu betäubt, um sich auszumalen, was der Tod von Kalis Kutschtier bedeutete. Selbst Mamsie Matata schwieg betreten.

Anguana ging zu dem toten Ungeheuer hinüber und beugte sich über seinen Kopf. Behutsam strich sie das Löwenhaar glatt. Tobbs stutzte – doch seine Gedanken mussten erst einige Male im Kreis herumwandern, bis er wusste, was an dem Bild verkehrt war: Der Mancor war viel kleiner geworden – fast nur noch so groß wie ein halbes Pferd oder ein Löwe. Anguana schrie vor Schreck auf, als der Kadaver sich an einer Stelle beulte. Eine Pfote fiel leblos zur

Seite, dennoch bewegte sich das Fell – allerdings auf eine Art, auf die sich kein Fell bewegen sollte.

»Oh, oh«, meldete sich Mamsie Matata zu Wort. »Ich weiß nicht, was das wird, aber ein Mancor ist das Ding da mit Sicherheit nicht mehr.«

Tobbs schauderte und wich einige Schritte zurück. Erst als er Fuchsfell unter seinen Fingern spürte, fühlte er sich wieder etwas sicherer.

Der Mancor schien schäbiger zu werden, das Haar verlor jeden Glanz. Leere Augenhöhlen wurden sichtbar, dort, wo eben noch wasserblaue Tigeraugen gewesen waren. Nähte spannten sich und rissen gleich darauf mit einem hässlichen Ratschen. Dann wälzte sich ein blonder Mann ächzend aus dem Fell und kam benommen auf die Beine. Er taumelte einige Schritte von seiner seltsamen Hülle weg, verzog den Mund und spuckte etwas in seine Hand. Es war eine silberne Gewehrkugel. Der Mann betrachtete sie eine Weile, dann ging ein Strahlen über sein Gesicht. Er hielt die Kugel Anguana hin wie eine Kostbarkeit.

»Die hat mich umgebracht«, sagte er mit einer Stimme, die jede Elfe neidisch gemacht hätte. »Ich wusste, dass mich Silber töten muss, um Kalis Bann zu brechen, aber bisher war es mir noch nie gelungen, die richtige Kugel dafür zu finden. Und wie oft habe ich es versucht, aber keine einzige Waffe im ganzen großen Reich Yndalamor vermochte mich zu töten.«

»Das … ist geweihtes Silber«, sagte Tobbs. »Der Dorfpfarrer wollte damit gegen höllische Mächte vorgehen.«

»Das Silber fremder Götter also!« Der Mann lachte. »Damit hätte Kali nie im Leben gerechnet.«

Anguana beugte sich zu dem Fell und hob es auf. »Zusammengeflickt aus Tigerfell, Pferd und Löwe. Das war alles?«

»Das war alles«, bestätigte der ehemalige Mancor. Er befühlte mit den Händen sein Gesicht. »Und jetzt würde mich sogar Indrakshi wiedererkennen!«

Mamsie Matata stieß einen begeisterten Pfiff aus. »Indrakshi! Nun wird mir einiges klar, Pritam, du Prinz der Herzen!« Hingerissen strahlte sie den schönen Jüngling an.

Pritam senkte in einer Geste anmutiger Verlegenheit den Kopf. »Ja, die Geschichte kennt wohl jeder in Yndalamor.«

»Kennen?«, rief Mamsie Matata spöttisch. »Es gibt wohl kein Mädchenzimmer, in dem kein Bild von euch beiden hängt!« Sie wandte sich an Tobbs. »Indrakshi ist nämlich die Tochter von König Chandra, der in der silbernen Stadt Ghan residierte. Seit ihrer Geburt war Indrakshi der Göttin der Zerstörung versprochen. Sie sollte ihr bis an ihr Lebensende im Tempel dienen. Doch dann begegnete Indrakshi eines Tages Pritam im Tempel – sie fegte gerade die Blütenblätter vor dem Schrein weg, um neue zu streuen, und Pritam sah sie dabei und sprach sie an. Na ja, den Rest kannst du dir denken – wie das eben so ist bei jungen Leuten: Sie verliebten sich, schmiedeten einen todsicheren Plan und flohen.«

Anguana hatte große Augen bekommen. »Und Kali hat euch gefunden und als Strafe in Ungeheuer verwandelt?«

»Für wie fantasielos hältst du die Göttin?«, fuhr Mamsie Matata sie ungnädig an. »Als Allererstes vernichtete sie natürlich die silberne Stadt Ghan von König Chandra und tötete jeden einzelnen Bewohner, König Chandra eingeschlossen, außerdem die Verwandten der Königsfamilie, Pritams Verwandte, alle Freunde beider Familien und deren Dienstpersonal und dann die Freunde des Dienstpersonals, deren Au-pair-Mädchen und …«

»Also alle.«

Mamsie nickte gewichtig. »Dann erst verwandelte sie Pritam in das Ungeheuer, damit nie wieder eine Frau ihm einen freundlichen Blick zuwerfen sollte. Und Indrakshi – nun, die brachte sie über die Grenzen dreier Länder in die Unterwelt von Kandara. Dort schmachtet das Mädchen heute zwischen den Schatten Verstorbener, einsam und unglücklich, nicht einmal fähig, die Sprache dort zu verstehen.«

Tobbs setzte sich, beugte sich über den Fuchs und vergrub das Gesicht in dem rauchgrauen Fell. Er schloss die Augen und wünschte sich, einfach verschwinden zu können. Es war zu viel. Die Trauer um Jamie überwältigte ihn. Und jetzt sah er auch noch ein Mädchen vor sich, das in die Unterwelt verbannt war und schrecklich litt. Sie hatte ihre ganze Familie verloren und war nun völlig allein. So wie er, nur viel schlimmer. Tobbs schniefte und hob den Kopf, holte den Spinnenkokon hervor und ging zu Pritam.

»Wir gehen nach Hause, jetzt sofort. Aber erst tausche ich deine Silberkugel gegen Anguanas Garn. Es wird dir auf deiner Suche in der Unterwelt sicher weiterhelfen.« Acht Augen – die des Fuchses eingeschlossen – starrten ihn ungläubig an.

»Ich soll gehen?«, fragte Pritam. »Du meinst, nicht zu Kali zurück, sondern auf die Suche nach Indrakshi? Du lässt mich frei?«

Tobbs nickte. »In deiner jetzigen Gestalt kannst du dich gut vor ihr verstecken.«

Mamsie Matata schüttelte bekümmert den Kopf. »Sehr großmütig von dir, aber vergiss nicht, dass du nicht unzerbrechlich bist, Junge«, murmelte sie skeptisch. Doch Anguana begann zu strahlen.

Der Fuchs führte sie durch Hohlwege und über Wildpfade, die so versteckt waren, dass Tobbs sich fragte, ob sie unversehens in einem verzauberten, völlig unbewohnten Land angekommen waren. Doch die Stille tat gut, und nach einer Weile stellte Tobbs fest, dass sogar seine Gedanken allmählich zur Ruhe kamen. Die Angst begleitete ihn, aber da war noch ein anderes Gefühl: das Gefühl, klarer zu sehen, das Gefühl, überlebt zu haben und stark zu sein, obwohl ihm beim Gedanken, vor Kali treten zu müssen, ganz schlecht wurde. Aber es gab kein Zurück. Er hatte zu verantworten, was geschehen war. Und wenigstens Pritam gegenüber hatte er nicht nur das Gefühl, dass er die richtige Entscheidung getroffen hatte, sondern empfand auch einen grimmigen Stolz.

»Da drüben!«, sagte Anguana leise und deutete auf den Fuchs, der vorausgelaufen war. »In diesem Baum haben die Elfen die Tür versteckt.«

Fairy Sam und die anderen hatten sich alle Mühe gegeben, den Eingang zur Taverne zu tarnen. Erst als der Fuchs die morsche Eiche berührte, wurde das Bild undeutlich. Schatten verschoben sich, die Rinde bekam an einer scharf umrissenen Stelle eine dunklere Färbung – und schließlich zeichnete sich im Stamm ein Durchgang ab.

»Danke«, sagte Tobbs zu dem Fuchs.

»Bràthair sionnach«, antwortete das Tier laut und deutlich – und mit einem elegant rollenden r. Es klang wie »Gern geschehen!«. Tobbs hätte schwören können, dass der Fuchs ihm auch noch zuzwinkerte, dann legte das Tier die Ohren an, bellte ein letztes Mal und flitzte davon, während Tobbs wie vom Donner gerührt dastand und ihm mit offenem Mund nachblickte.

Trautes Heim

Kaum hatten sie den Durchgang hinter sich gelassen, sah er sie auch schon: Mit einem Fächer von Nägeln im Mund stand Wanja neben einer neuen Türzarge und hämmerte ein Scharnier in das Holz. Tobbs war kurz davor, das Mancorfell fallen zu lassen und zu ihr zu stürzen, doch Wanja warf ihm nur einen abschätzenden Blick zu.

»Ganz toll, Tobbs«, murrte sie. »Als hätte ich noch nicht genug mit den Türen zu tun, muss ich heute wegen dir gleich zwei Durchgänge reparieren. Dopoulos erwartet dich im roten Zimmer.« Und zu Anguana gewandt fügte sie hinzu: »Allein.«

Anguana nickte. »Viel Glück, Tobbs!«

Tobbs warf nur einen kurzen Seitenblick in den Gastraum, als er mit gesenktem Kopf über den Flur schlich. Die Dämonenhochzeit hatte das Stadium weinseliger Sentimentalität erreicht. Alastor stand auf dem Tisch und sang ein wehmütiges Lied und die Wolfsdämonen heulten inbrünstig mit.

Die Schicksalsfrauen im Nebenraum blickten von ihrem Kartenspiel auf und feixten. »Na, Tobbs?«, fragte die Norne des Nordens. »Spaß gehabt?«

»Interessante Frisur!«, fügte die Zorya des Südens hinzu. Dann prusteten sie los, stießen sich an und klopften auf den Tisch, als hätten sie gerade den großartigsten Witz aller Zeiten gemacht.

Tobbs bekam einen roten Kopf und ging wütend weiter. So hatte er sich seine Rückkehr nicht vorgestellt. Ihm war, als sei er Jahre auf Reisen gewesen, aber in der Taverne hatte sich nichts geändert. Überhaupt nichts. Selbst die Tür zu Kalis rotem Teezimmer war immer noch angelehnt, einige Zuckerkrümel auf dem Boden zeigten, wo Dopoulos vor Schreck beinahe die Zuckerdose aus der Hand gefallen war. Tobbs ließ das Fell des Mancors behutsam auf den Boden gleiten. Dann stieß er vorsichtig die Tür zum roten Zimmer auf.

Dopoulos saß allein am Tisch und brütete über seiner Teetasse.

»Hallo«, sagte Tobbs leise. Insgeheim hatte er gehofft, wenigstens der Wirt würde aufspringen und ihn umarmen, ihm vielleicht sagen, dass er sich Sorgen gemacht hatte, aber Dopoulos winkte ihn nur mit einer müden Handbewegung zu sich ins Zimmer.

»Aha, an deinem Haar sehe ich, du warst auch in der Stadt der Spiegel.« Er seufzte abgrundtief und schob Tobbs mit dem Fuß einen Stuhl hin. »Setz dich, Junge. Ich hoffe, du weißt, was dich erwartet?«

»Ich … werde zu Kali gehen.«

Dopoulos nickte düster. »Aber zunächst muss ich mit dir sprechen.«

»Kommt jetzt die Standpauke? Ja, ich hätte nicht durch die Tür gehen sollen.«

Dopoulos' Augen funkelten ärgerlich. »Und ich hoffe, dass du aus dieser Geschichte zumindest gelernt hast, warum man nicht einfach von einem Land ins andere springt. Weil sonst alles in heillosem Chaos versinkt! Menschen könnten sterben! Genau aus diesem Grund müssen wir verhindern, dass jeder durch die Türen ein und aus spaziert, wie es ihm passt. Geht das wenigstens jetzt in deinen Dickschädel?« Tobbs schluckte bei der Erinnerung an Jamie und nickte niedergeschlagen. Dopoulos fuhr fort: »Soweit ich informiert bin, liefern sich die Elfen gerade eine Schlacht mit Dämonen aus dem Olitai-Gebirge und verwüsten dabei die Weiden und den halben Wald. Völker, die sich nie begegnen sollen – jedenfalls nicht auf diese Weise –, begegnen sich …«

»Die Länder sind doch nicht von Mauern umgeben! Wenn Dämonen und Elfen sich prügeln wollen, können sie auch ganz ohne die Taverne in die anderen Länder reisen.«

Dopoulos' linker Zeigefinger schoss in die Höhe. »Eben, Tobbs! Reisen! Das ist das Zauberwort! Die Reise aus dem Olitai nach Gwinnydell dauert mindestens neunzig Tage. Und jeder Schritt verändert den Reisenden, öffnet ihm Stück für Stück die Augen für das Fremde, macht ihn empfänglich für die Besonderheiten anderer Völker. Und wenn du dann am Ziel deiner Reise ankommst, verstehst du besser, was dich dort erwartet, du siehst die Bewohner der Länder und nicht nur deine Vorstellung von ihnen und hast nicht den Wunsch, sofort den Holzprügel herauszuziehen.«

Tobbs schwieg betreten. So hatte er es noch nie gesehen. Aber es stimmte wohl. Auch er hatte sich auf seiner Reise verändert. Zumindest fühlte er sich nicht mehr wie der Tobbs, der vor einem Tag die Taverne verlassen hatte.

»Na gut«, meinte Dopoulos nach einer Weile. »Dann geh jetzt in dein Zimmer. Du hast Besuch.«

Tobbs gab es einen Stich in die Brust. »Kali ist doch nicht etwa in … meinem Zimmer?«

»Wo sonst?« Jetzt war Tobbs wirklich zum Heulen zumute. Allein der Gedanke, dass jemand seiner Schatzkammer zu nahe kam, versetzte ihn in Panik.

»Wird sie … mich töten?«

Dopoulos sah ihn ernst an. »Ich glaube nicht. Aber du darfst nicht vergessen, sie ist eine Göttin und du hast ihren Streitwagen auf dem Gewissen. Nun, jeder steht für sich selbst ein. Ich wünschte, ich könnte dir jetzt helfen, Junge.«

»Dann sag mir, wer meine Eltern sind!«

Dopoulos runzelte die Stirn.

»Mein Geburtstagsgeschenk, Dopoulos. Wenn ich die nächsten

zehn Minuten vielleicht nicht überlebe, will ich wenigstens wissen, was du herausgefunden hast!«

Der Wirt versuchte zu verbergen, wie überrumpelt er war, aber schließlich seufzte er und verschränkte die Hände auf dem Tisch.

»Sie stammten aus ... einem Land, in das keine Tür führt«, sagte er nach einer Weile.

»Wie konnten sie mich dann hier vergessen?«

»Sie waren auf der Durchreise. Eine der Schicksalsfrauen erinnert sich, dass sie rot gekleidet waren, in einen Stoff, den man in keinem unserer Türenländer kennt.«

»Aus welchem Land kamen sie dann?«

Dopoulos hob hilflos die Schultern. »Sie waren, wie gesagt, auf der Durchreise. Aber sie wollten eines Tages zurückkommen.«

»Zu wem haben sie das gesagt? Zu dir?«

»Nein, natürlich nicht ... Der Schuster hat es gehört, als sie sich auf der Straße unterhielten.«

»Und wann kommen sie zurück?«

»Wenn du älter bist.«

Tobbs lachte bitter. »Und in welcher Gestalt werden sie hier auftauchen? Auf zwei Beinen? Auf vier? Oder fliegen sie wie die Schwarmfrauen?«

Zufrieden sah er, wie Dopoulos überrascht die Augen aufriss. »Ich bin kein Mensch, Dopoulos. Ich höre sogar Füchse sprechen, stell dir vor! Aber was bin ich? Ein Dämon?«

Der Wirt lehnte sich zurück. »Ein Dämon sicher nicht. Sonst hätten die Olitai-Gäste dich als einen der ihren erkannt. Und du hast sehr viel Menschliches an dir, der größte Teil von dir ist menschlich. Aber was du sonst noch bist, kann ich dir leider auch nicht sagen.« Nun schwang echtes Bedauern in seiner Stimme mit. »Es tut mir leid, Tobbs, mehr haben wir nicht erfahren. Aber du wirst es eines Tages herausfinden.«

»Ja, wenn ich bis dahin noch lebe«, erwiderte Tobbs grob. Wütend stampfte er aus dem Zimmer und griff nach dem Fell des Mancors.

»Tobbs!« Anguana löste sich aus einem Türschatten. »Was hat sie gesagt?«

»Nichts! Lass mich in Ruhe, Anguana. Geh zu deiner Familie und deinen Gämsen!« Mit diesen Worten ließ er das fassungslose Mädchen stehen und machte sich auf den Weg zu seiner Kammer.

Kali saß auf der Ofenbank, das Schwert aufgestützt vor sich. Die Spitze hatte sich tief in die Dielen gebohrt. Reglos standen die Figuren – Tobbs hölzerne Familien – auf den Regalen und der Fensterbank und schienen ihn bang zu erwarten. Ihr vertrauter Anblick gab Tobbs ein wenig Mut. Mit klopfendem Herzen trat er ein und ertrug es, dass die Göttin ihren Blick aus blutroten Augen auf ihn richtete. Ein schmerzhaftes Prickeln breitete sich auf seiner Haut aus, als würde ihr Blick ihn versengen. Der tote Mann an Kalis Ohr war noch fahler als sonst. »Auweia«, wisperte er. »Der Mancor der Herrin ist tot. Oje, oje, ich wünschte, meine Augen wären nicht eingetrocknet, dann könnte ich sie jetzt zumachen.«

Tobbs ließ das Fell zu Boden fallen. Ein Huf polterte auf den Dielen und lag dann still. Mit zitternden Händen holte Tobbs die Silberkugel aus der Hosentasche. In der Stille seines Zimmers hörte sich seine eigene Stimme fiepsig und verzagt an.

»Ja, der Mancor wurde erschossen«, sagte er zu der Göttin. »Von einem Bewohner Gwinnydells. Es war ein Unfall. Wir fanden nur noch das Fell im Gebüsch.«

Zum ersten Mal in seinem Leben log Tobbs jemanden an – und das musste ausgerechnet Kali sein, die Zerstörerin. Aber vielleicht war das so, wenn man dreizehn war und gerade noch einmal mit dem Leben davongekommen war. Man entschied selbst, was man sagte und was nicht. Man entschied sich zum Beispiel, alles dafür zu tun, um jemanden wie Pritam zu retten.

Kali erhob sich, oder vielleicht sah es nur so aus, auf jeden Fall dehnte sich die Dunkelheit um sie aus und wuchs zu einer Säule aus Zorn und kaum gebändigter Kraft.

»Es tut mir leid«, flüsterte Tobbs. »Auch das mit deinem Streitwagen. Ich werde arbeiten, um ihn zu ersetzen und …«

Die flache Seite von Kalis Schwert traf ihn mit voller Wucht. Eis und Feuer wurden zu einem unglaublichen Schmerz, der durch seinen Arm zuckte, und schon flog Tobbs gegen die Wand. Ein Regal brach herunter. Es war mörderisches Glück, dass es ihn nicht erschlug.

Und dann wurde Tobbs Zeuge der vollständigen Vernichtung seines bisherigen Lebens. Kalis Schwert blitzte, während sie mit grausamer Präzision alles kurz und klein schlug, was Tobbs je etwas bedeutet hatte.

Die Holzfiguren barsten unter dem Schwert. Kali wusste offenbar, wie sie mitten ins Herz traf. Durch einen Tränenschleier sah Tobbs das Werk von vielen Jahren sterben. Putz und Steinbrocken regneten auf ihn herunter, Dachschindeln zerplatzten neben und vor ihm und der Qualm im Raum erstickte ihn beinahe. Es war das Ende. Ein Schlag traf ihn am Kopf und Tobbs war beinahe froh, endlich das Bewusstsein zu verlieren.

Als er nach einer Sekunde oder vielleicht nach einem Jahr vorsichtig blinzelte, blendete ihn die Sonne. Dort, wo das Dach gewesen war, sah er nun den Himmel. Rauchende Trümmer ließen bestenfalls vermuten, wo sich bis vor einer Minute noch seine Ofenbank und das Zimmer befunden hatte. Sein Zuhause war fort. Sein Lammfell, auf dem er schlief, seine hölzerne Familie, sein ganzes Leben! Die Taverne erzitterte unter wütenden Schritten. Tobbs hörte sie wie Donnerhall auf der Treppe und dann auf dem Flur. Als Letztes fiel mit einem krachenden Knall eine Tür ins Schloss. Kali war fort. Tobbs krümmte sich auf dem heißen Aschehaufen zusammen, der sein Leben gewesen war, und dachte nach.

Erst langsam begriff er, dass er davongekommen war. Er hatte Kali etwas gestohlen, das ihr gefiel. Und sie hatte ihm dafür alles genommen, woran sein Herz hing. Für eine Göttin war das ein ausgesprochen fairer Kompromiss.

Von der Tür her erklang ein besorgtes Maunzen. Neki saß dort und begutachtete die Trümmer. Gäste drängten sich nach und nach in den Türrahmen, begafften das Chaos, schüttelten die Köpfe und machten bedauernd »ts, ts«. Selbst die Dämonen waren angelockt worden und applaudierten nun anerkennend. Wanja stürmte ins Zimmer und zuckte zusammen. »Autsch«, sagte sie beim Anblick der Zerstörung. Dann bahnte sie sich einen Weg durch die Trümmer zu Tobbs und endlich – endlich! – umarmte sie ihn. »Macht nichts, Tobbi«, brummte sie und wischte ihm die Tränen von der Wange. »Wir reparieren es. Drei neue Wände und ein Dach und es sieht aus wie neu.«

Auf Wanja gestützt humpelte Tobbs auf den Flur, vorbei an der verbotenen Tür, hinter der das Scharren und Kratzen erstaunlicherweise verstummt war. Bereitwillig machten ihm die Dämonen, die Schicksalsfrauen und die Banshees Platz. Gerade wollte er fragen, wo Anguana war, als er sie entdeckte. Sie saß zusammengekauert mitten auf dem Flur, mit dem Rücken an eine Tür gelehnt. Ihr Gesicht war totenblass und sie hatte tiefe Ringe unter den Augen.

»Ich habe das Glück verbraucht, Tobbs«, flüsterte sie. »All das Glück, das ich für dich hatte. In Zukunft wirst du ohne auskommen müssen.« Ihre Augen funkelten. »Und sag gefälligst nie wieder, du bist allein!«

Happy Birthday

Die Geburtstagstorte würde Tavernengeschichte schreiben. Dopoulos hatte sich mächtig ins Zeug gelegt und vier Stockwerke aus Marzipanteig und Sahne aufgetürmt. Und inmitten des Kreises aus glutroten Kerzen prangte die mit Zuckerperlen kunstvoll drapierte Zahl »13«. Alle waren gekommen: Wanja natürlich, einige der Todesfeen, drei Schicksalsfrauen, die Werwölfe aus Kandara, zwei Amazonen aus dem Dorf, die Furien vom Donnerstagsstammtisch und Anguana. Zum Glück Anguana! Er konnte sich beim besten Willen nicht mehr vorstellen, warum er jemals vor ihr geflohen war. Als er ihr Lächeln sah, dachte er sich, dass er vielleicht gar nicht so viel verloren hatte, solange er Freunde wie Anguana hatte.

Sid strahlte den ganzen Abend über und erzählte immer wieder von der Schlägerei mit den Elfen. Selbst die Zahnlücke entstellte ihn nicht, und das blaue Auge, das er davongetragen hatte, wirkte in seinem Engelsgesicht eher wie ein Schmuck. Am meisten vom Fest begeistert aber war Mamsie Matata gewesen, es tröstete sie sogar darüber hinweg, dass der Elfenzauber über ihrem Spiegel lag und in absehbarer Zeit wohl auch nicht aufgelöst werden würde. »Macht nichts«, sagte sie tapfer. »Solange ich in diesem durchgedrehten Wirtshaus hängen kann, halte ich es noch eine Weile als Spionspiegel aus.«

Stroh stach Tobbs in die Schulter, als er sich auf seinem vorübergehenden Lager auf dem Heuboden umdrehte und nach dem neuen Messer tastete, das Wanja ihm geschenkt hatte. Am meisten hatte er sich über Dopoulos' Geschenk gefreut. Es war ein nagelneuer Schlüssel zur Yndalamor-Tür. »Du kennst das Land inzwischen und weißt um die Gefahren«, hatte der Wirt gebrummt.

»Und jetzt bist du alt genug, um selbst zu entscheiden, wann du hinausgehen willst oder nicht.«

Oh ja, er war alt genug. Und gerade eben hatte er eine wichtige Entscheidung getroffen. Vorsichtig setzte er sich auf und tastete nach der Leiter.

Wenig später betrat er den nachtdunklen Wirtshausflur und schlich an den Türen entlang. Er trat zu der Mauer, hinter der sich die verbotene Tür befand. Vorsichtig betastete er die Mauersteine und löste ein Bröckchen Mörtel heraus. Der Krümel fiel auf den Boden.

»Rote Kleidung«, murmelte Tobbs. »Und in eure Welt führt keine Tür der Taverne.« Er atmete noch einmal tief durch, dann holte er sein neues Messer hervor und begann die Steine vom Mörtel zu befreien.

Teil II
Im Land der Tajumeeren

Das Gesetz der Taverne

Wenn der Spionspiegel sagt: »Du kommst hier nicht rein!«, dann kommst du hier nicht rein.

Niemand bringt eigenes Essen mit. Schon gar nicht Essen, das sagen kann, wo es wohnt.

Keine Lieder über Ziegen. Keine magischen Duelle, keine Verfluchungen. Falls doch: Wanja zeigt euch gerne eure Tür.

Im Interesse der eigenen Sicherheit: Keine Witze über den Stammtisch der Schicksalsfrauen, Vegetarier oder unsere Katze. Wer über Wanja Witze macht, hat es nicht anders gewollt.

Dämonen haften für ihre Kinder!

Apropos: Es werden hier keine Kinder geopfert. Es werden keine Erwachsenen geopfert. Es wird gar nichts geopfert, außer dem letzten Dalar, um die Schankschulden zu bezahlen. (Falls du das liest, Baba Jaga: Es sind immer noch 32 Dupeten!)

Banshees und Sirenen sind von den Karaoke-Wettbewerben ausgeschlossen.

Draußen bleiben: Tiere, die beißen, spucken, stechen. Tiere mit magischen Fähigkeiten. Alle anderen Tiere. Leute, die sich in Tiere verwandeln können, betreten die Taverne gefälligst in ihrer zivilisierten Gestalt. Es sei denn, das Tier IST ihre zivilisierte Gestalt.

Wer die Katze quält, den wird Wanja quälen.

Seit der Sache mit Kali und Tobbs gibt es neue Tarife: Eine kaputte Tür kostet 24 Dupeten, ein kaputtes Schloss 8 Dupeten. Zu zahlen an Wanja. Persönlich.

Hausverbot haben: immer noch alle Elfen.

Costas H. Dopoulos

PS: Wir bitten den Lärm durch Aufräumarbeiten zu entschuldigen. Seit einem kleinen Zwischenfall, der sich vor zwei Wochen ereignete, ist der Südflügel unseres Domizils ~~ein wenig renovierungsbedürftig~~. vollkommen in Schutt und Asche gelegt!

Die Mauer

Sosehr Tobbs auch Nacht für Nacht heimlich an der Mauer herumkratzte, er kam kaum weiter. Dopoulos hatte wirklich ganze Arbeit geleistet. Erschöpft lehnte sich Tobbs zurück und strich sich mit dem Ärmel über die heiße Stirn. Sein Nacken schmerzte vom stundenlangen Sitzen, die Finger hatte er sich am Mörtel aufgerieben, während er mit dem Messer Bröckchen um Bröckchen zwischen den Spalten herauskratzte. Skeptisch betrachtete er das Ergebnis seiner bisherigen Arbeit. Vier lange Gräben zwischen den größten Steinen hatte er freigelegt, doch die Mauer war weitaus dicker, als er gedacht hatte.

Tobbs seufzte und blickte auf den langen Flur. In der Taverne war es schon weit nach Mitternacht. Die winzige Kerze, die er auf den Boden gestellt hatte, gab nicht viel Licht. Nur schemenhaft erkannte er die Türen auf dem Gang. Durch das Schlüsselloch einer Tür in der Mitte des Flurs fiel ein dünner Lichtfinger und zeigte genau auf einen Fleck auf dem gebohnerten Flur. Die Tür führte nach Tobadil, das Land der unendlichen Steppen voller gelangweilter Rammkopfrinder. Im Moment war es dort später Vormittag.

Nachdenklich wendete er sein neues Messer in den Händen. Wanja hatte die Klinge geschmiedet. Ihre Messer schnitten sogar härtestes Leder, als wäre es dünner Stoff, und wurden nie stumpf. Doch gegen die Steine hier konnte auch ein magisch gehärtetes Messer nicht viel ausrichten.

Tobbs fluchte vor Enttäuschung und unterdrückte nur mühsam ein Gähnen. Ein Geräusch ließ ihn aufhorchen. Gemurmel aus dem Keller und gemächliche Schritte. Tobbs hielt den Atem an und lauschte:

Zu den Schritten gesellte sich das Stampfen dicker Pfoten. Kein Zweifel: Neki. Und wo die Katze war, befand sich in aller Regel auch Dopoulos.

Tobbs begann in fieberhafter Eile aufzuräumen. Hastig griff er nach einem der feuchten Stoffstreifen, die er vorbereitet hatte, rollte ihn zusammen und wälzte die Schlange in den Mörtelkrümeln auf dem Boden. Dann stopfte er den panierten Wulst zwischen die Mauerritzen. Na bitte! Sah aus, als wäre der Mörtel unberührt. Tobbs pustete noch die Flamme der Kerze aus und huschte über den Flur zum nächsten Durchgang. Keinen Augenblick zu früh.

Lautlos betrat Dopoulos den Flur. Im Licht der kleinen Öllampe, die er bei sich trug, glänzte seine Halbglatze wie eine lackierte Eierschale. Tobbs beobachtete aus dem Schatten heraus, wie er auf Zehenspitzen zu der zugemauerten Tür schlich, wobei er seinen riesigen Schlüsselbund sorgsam festhielt. Nicht das leiseste Klirren war zu hören, als Dopoulos zur Tür trat und das Ohr an das Mauerwerk legte. Eine Weile lauschte er angestrengt, dann riss er erstaunt die Augen auf. Sogar im Halbdunkel des Flurs konnte Tobbs erkennen, dass Dopoulos blass geworden war.

»Unglaublich!«, flüsterte der Wirt in Richtung Kellertür. »Hör dir das an!« Das letzte Doppelstampfen erklang, dann betrat Neki den Flur. »Sonst kratzen sie auf der anderen Seite doch immer am Holz der Tür. Aber heute ist es still. Warum kratzen sie nicht mehr?«

Neki gab ein knarrendes Maunzen von sich. Dopoulos' Schultern sackten nach unten. Er brummelte etwas, was sich anhörte wie: »Na, ich hoffe, du hast Recht«, drehte sich um und schlurfte den Gang entlang. Im Vorübergehen prüfte er die Türen, rüttelte an der einen oder anderen Klinke und verschwand schließlich aus Tobbs' Sichtfeld in der Dunkelheit.

Tobbs atmete auf und trat aus dem Schatten. Nun, für ihn war die Expedition zur verbotenen Tür wieder einmal vorbei. In zwei Stunden würde die Sonne aufgehen, dann begann sein Dienst als Schankjunge. Es war Donnerstag – jeden Donnerstag trafen sich die Furien aus Kandara zu ihrem Stammtischabend.

»Pst! Bist du das, Tobbs?«

Die Stimme kam aus dem großen Schankraum. Tobbs horchte sicherheitshalber noch einmal, ob Dopoulos und Neki wirklich weitergegangen waren, dann betrat er den Raum.

Hier drin war es deutlich heller. Eine kleine Petroleumlampe brannte die ganze Nacht, denn Mamsie Matata konnte im Dunkeln nicht schlafen. Tobbs ließ den Blick über die verwaisten Tische und Stühle schweifen. Wie Wachposten standen unzählige Flaschen auf den Wandregalen hinter der Theke. Dopoulos hielt nichts davon, die Getränke alphabetisch zu ordnen. »Klöppelsheimer Nixenblut« stand hier neben »Säuselblütensirup« und der »Brennberger Schlangenspucke«.

In dem eckigen Spiegel zwischen Tür und Theke flackerte etwas Helles auf, dann erschien Mamsie Matata.

»Tatsächlich, Tobbs, der Treppenschleicher!«, sagte die alte Frau. Sie grinste, als sie sah, wie Tobbs eilig einen schleichenden Sprint hinlegte und die Tür zum Flur schloss.

»Sag es noch lauter, damit auch jeder weiß, dass ich hier bin«, zischte er. Mamsie lächelte verschmitzt. »Keine Sorge, ich verrate dich nicht. Auch wenn ich beim besten Willen nicht weiß, was du nachts in den Fluren suchst.«

Die Wahrheit, dachte Tobbs.

»Ich würde es ja verstehen, wenn du dich nachts rausschleichen würdest, um in die Berge zu gehen«, fuhr Mamsie Matata fort.

Tobbs zog fragend die Brauen hoch. »Was sollte ich nachts in den Bergen?«

»Na, zum Beispiel könntest du dich mit diesem Ziegenmädchen unterhalten. Ihr gebt ein hübsches Paar ab.«

Tobbs schoss die Röte ins Gesicht.

Mamsie Matata kicherte. »Och, so schüchtern, Tobbs? Ich dachte, du kannst nicht schlafen, weil du verliebt bist. Na gut, ich sage nichts mehr. Aber einen guten Rat gebe ich dir trotzdem: Schlaf wenigstens du mal eine Nacht wieder durch. Es reicht, wenn dieser verrückte Wirt und sein maunzender Fettkloß ständig auf Achse sind.«

»Schlafen kann ich, wenn ich tot bin«, knurrte Tobbs.

Mamsie lachte. »Ich verstehe dich gut, glaube ich. Du bist jung, und die blauen Flecken und Prellungen von deinem letzten Ausflug sind einigermaßen verheilt. Höchste Zeit, sich vom nächsten Dach ins Abenteuer zu stürzen, was?« Sie zwinkerte ihm freundlich zu. »Kopf hoch, Tobbs, du wirst schon noch herausfinden, wer dich vor dreizehn Jahren hier vergessen hat.«

Tobbs schluckte schwer.

Mamsie Matata verblasste. Im Spiegel blieb nur Tobbs Spiegelbild zurück. Eine dunkle Fläche mit zwei schrägen gelben Augen. Missmutig kehrte er auf dem Absatz um und ging zur Tür. Mit Schwung riss er sie auf …

… und stand mitten in einer Explosion. Mit einem berstenden Krachen flog ihm Holz um den Kopf. Ein schrilles Wiehern hallte in seinen Ohren wie ein verrücktes Echo, dann mähte ihn eine ganze Woge von Holzsplittern einfach nieder. Ein gummiartiger Rammbock traf ihn mit voller Wucht und vereistes Fell schabte über seine Wange. Der Flur entfernte sich blitzschnell, während Tobbs zurück in den Tavernenraum katapultiert wurde. Irgendjemand trat ihm verdammt hart gegen die Schienbeine. Nasser Stoff klatschte gegen seine Wange. Und bevor ihm bewusst wurde, was er tat, klammerte er sich bereits an eine … Mähne?

Tatsächlich, er hing am Hals eines Ponys. Und das Pony rannte! Hufschläge ließen den Boden beben, Dielen krachten und zersplitterten. Sägemehl und Schnee verstopften Tobbs den Mund.

Noch während sein Gehirn diese Tatsache analysierte, rutschte er schon ab und landete hart auf dem Boden. Hufe wirbelten über ihn hinweg. Tobbs krümmte sich instinktiv zusammen. Mit großem Gepolter fiel einer der schweren Gästetische um. Stühle zerstreuten sich wie eine Kaskade fliehender Insekten in alle Richtungen und krachten gegen die Wände und die Theke.

Als Tobbs blinzelnd einen Blick zwischen seinen Ellbogen hindurch wagte, sah er gerade noch, wie direkt neben der Schanktheke ein in einen dicken Pelzmantel gehüllter Reiter ein weißes Pony zum Stehen brachte. Es tänzelte noch einmal auf der Stelle und kam endlich schnaubend zum Stehen.

Der Reiter schwankte im Sattel. Die Pelzmütze war ihm fast bis über die Augen gerutscht; Wimpern und Bart bildeten einen Kranz von Eiszapfen. Ein gequälter Blick aus müden Augen fand Tobbs.

»Iwan!«, krächzte der Reiter.

Tobbs rappelte sich auf und spähte mit klopfendem Herzen auf den Flur: die Tür zum Land der Rusaner! Sie war gesplittert und aus den Angeln herausgebrochen. Und nun wehte aus dem winterlichen Land ein mittelschweres Schneetreiben in den Wirtsraum.

»Iwan!«, keuchte der Fremde noch einmal. Dann entglitten die Zügel seinen eisverkrusteten Fäustlingen. Langsam wie ein kippendes Denkmal rutschte er zur Seite und stürzte mit dem Gesicht voran auf die Dielen. Dort blieb er reglos liegen – ein Haufen aus Pelzen und dickem Wollstoff. Und mitten aus diesem Haufen ragte wie ein Mahnmal … ein Pfeil! Ein roter Pfeil, verziert mit fremdartigen Zeichen aus Silber.

»Ach du Schande!«, rief Mamsie Matata. »Dopoulooooos!«

Tobbs stürzte zu dem Verletzten.

Auf den Rücken drehen konnte er ihn wegen des Pfeils natürlich nicht, also kniete er sich neben den Mann und lockerte wenigstens den festgezurrten Schal. Dem Himmel sei Dank – der Reiter lebte noch. Aber er war in tiefe Bewusstlosigkeit gesunken. Seine Lippen waren dunkelblau.

Schon ertönten polternde Schritte auf dem Flur. Dopoulos stürzte in den Raum. Auf seinen gebellten Befehl hin flammten alle Kerzen und Öllampen im Raum gleichzeitig auf. Das jähe Licht ließ Tobbs blinzeln und auch Mamsie Matata schirmte ihre Augen mit der Hand ab.

Der Wirt erfasste die Situation mit einem einzigen Blick. »Tobbs! Hol Wanja! Beeil dich! Macht die Tür zu Rusanien wieder dicht!«

Doch Tobbs war längst hochgeschossen und raste aus dem Raum. Beinahe wäre er über Neki gefallen. Im letzten Moment sprang er über die fauchende Katze auf den Flur … und schlitterte mit den Armen fuchtelnd auf Eis!

Durch die Trümmer der Tür wehte ein eiskalter Wind. Schneeflocken schmolzen auf dem Dielenboden und froren augenblicklich zu einer spiegelnden Fläche. Jenseits der Tür erkannte Tobbs verschneite Hügel im Mondlicht, die in dichten Tannenwald übergingen, aber zum Glück war kein Verfolger zu sehen. Zumindest noch nicht.

Tobbs gab Fersengeld. Wie ein Besessener rannte er durch das ganze Wirtshaus bis zur Hintertür.

Wanja schlief nicht in der Taverne, sondern in einer Kammer unter dem Dach ihrer Schmiedewerkstatt. Tobbs fetzte über den Hof und hämmerte gegen das Tor der Schmiede. »He, Wanja!«, brüllte er. »Wanja! Tür-Alarm!«

Erleichtert hörte er gleich darauf das Knarren der Leiter. Wanjas verschlafenes Gesicht erschien.

»Welche Tür?«, fragte sie.

»Rusanien«, sprudelte Tobbs hervor. »Ein verwundeter Reiter ist durch die Tür gebrochen – vielleicht wird er verfolgt.«

Wanja fluchte derber als eine Elfe und stürmte an ihm vorbei zu einem Lagerschuppen neben der Werkstatt. »Die Tür! Ganz kaputt oder halb?«

»Ganz!«, rief Tobbs. »Zertrümmert! Zu Sägemehl verarbeitet! Ein Loch in der Wand!«

Gepolter erklang, dann kam Wanja auch schon im Laufschritt aus dem Schuppen – unter den rechten Arm hatte sie sich eine komplette Ersatztür geklemmt. Die Tür bestand aus stabiler Eiche, zwei Männer wären unter ihrem Gewicht zusammengesackt, aber Wanja war so stark, dass sogar Odins achtbeiniger Hengst es sich zweimal überlegte, ob er sich beim Beschlagen der Hufe mit ihr auf ein Kräftemessen einlassen sollte. In der linken Hand hielt Wanja ihren schweren Werkzeugkasten. Darin klapperten und rasselten Nägel, so lang wie Tobbs' Unterarm.

Gemeinsam rannten sie über den Hof zurück in die Taverne.

»Wie kam er durch die Tür?«, rief Wanja, schon auf dem Flur. Dopoulos' Stimme antwortete ihr aus dem Wirtsraum: »Das musst du mir sagen, Wanja. Du hast die Tür gezimmert.«

Die Schmiedin verzichtete auf eine Erklärung und begann mit einem Hammer und einer kleinen Axt die Trümmer aus dem Rahmen der zerstörten Tür zu schlagen. In Windeseile bog sie mit einer Zange ein ramponiertes Scharnier wieder in Form und hängte die Ersatztür ein. Schließlich verrammelte sie die neue Tür mit einem zusätzlichen Spezialriegel aus gehärtetem Holz.

Dopoulos hatte den Verletzten inzwischen so gut es ging in stabiler Seitenlage auf den Boden gebettet und ihm ein Kissen unter die Wange geschoben. »Wir müssen einen Arzt rufen«, bestimmte er. »Und ich frage dich besser nicht, was du mitten in der Nacht auf dem Flur zu suchen hattest, Tobbs.«

Tobbs lief ein kleiner, heißer Schauer über den Rücken. Eine Ausrede würde ihm nichts nützen, aber ablenken konnte er Dopoulos vielleicht. »Hast du nicht gestern erzählt, dass Dr. Dian gerade deinen Vetter in den Buckligen Bergen besucht?«

Der Wirt zog die Brauen hoch. »Gut mitgedacht, mein Junge!«, brummte er. »Das hätte ich völlig vergessen. Ich schicke gleich jemanden nach Kandara los, um den Doktor zu holen. Fach du inzwischen das Feuer im Ofen an und besorge Handtücher und Verbandszeug.«

Der Bote

Zwar lag die Taverne eine Wegstunde vom Taldorf entfernt, aber das Echo der Explosion hatte sich in den Schluchten und an den glatten Felswänden gebrochen und mehrere Dorfbewohner aus dem Schlaf geschreckt. Und auch in einigen Ländern hinter den Türen hatte man das Krachen vernommen. Noch bevor die Taverne im Morgengrauen für die ersten Gäste öffnete, ertönten schon die Klingeln aus Tobadil, Transtatanien und Lumenai. Bald darauf drängten sich einige Fenisleute, ein Werwolf in der Gestalt eines alten Mannes und Henni die Haselhexe an der Frühstückstheke. Und auch die Küchenhilfen, die jeden Morgen aus dem Dorf zur Arbeit kamen, waren an diesem Tag aus Neugier besonders früh in der Taverne aufgetaucht. Nun drückten sie sich so oft wie möglich an dem Nebenraum vorbei, der provisorisch zu einer Krankenstation umgebaut worden war. Schließlich schlug Wanja den Schaulustigen mit einem entschiedenen Ruck die Tür vor der Nase zu.

Der Reiter war immer noch bewusstlos. Sorgfältig hatte ihm Wanja seinen Pelzmantel und zehn Schichten Wollstoff vom Leib geschnitten, ohne dabei Druck auf die Wunde auszuüben, in der immer noch der Pfeil steckte. Tobbs hatte noch nie erlebt, dass Wanja die Fassung verlor, doch als sie auf der Schulter des Verletzten ein kleines Brandzeichen entdeckte, wurde sie blass und begann zu zittern. »Der einbeinige Hahn!«, flüsterte sie. »Also doch! Dieser Mann ist ein Bote und deshalb konnte er auch die verriegelte Tür sprengen. Seht ihr das Zeichen? Meine Tante Baba Jaga hat ihn geschickt. Alle Mitarbeiter meiner Tante tragen das Zeichen, damit man sie erkennt, falls sie tot aufgefunden werden. Bestimmt ist ihr etwas zugestoßen!« Dopoulos und Tobbs hätten ihr gern widersprochen, aber Wanjas Vermutung klang leider sehr plausibel.

Mittlerweile war die Wunde gereinigt, der Bote lag auf die Seite gebettet. Unheilvoll rot glänzte die Farbschicht des Pfeils, den Dopoulos nicht aus der Wunde gezogen hatte. Beunruhigt betrachtete Tobbs die geheimnisvollen Zeichen, die in den Schaft geritzt und mit Silber gefüllt worden waren. Noch nie hatte er solche Zeichen gesehen – sie sahen aus, als hätte irgendein Verrückter versucht, Galgenmännchen zu zeichnen.

Wanja tigerte durch den Raum und trommelte pausenlos mit den Fingern auf Tische und Stuhllehnen. Sobald der Bote seufzte oder auch nur tiefer atmete, schoss sie zu seinem Lager, beugte sich über ihn und flüsterte ihm etwas zu. Doch eine Antwort auf ihre vielen Fragen bekam sie nicht. Als ein Harfensolo erklang – die Türklingel zum Land Kandara –, fuhr sie hoch.

»Der Arzt, na endlich!«

Tobbs erreichte die Tür nach Kandara zeitgleich mit Dopoulos, der bereits in seinem Schlüsselbund wühlte. Mit geübtem Griff fischte er den passenden Schlüssel heraus und schloss die Tür auf.

Vor Tobbs öffnete sich eine Welt, in der gerade eine glühende Sommersonne hinter flachen, pinienbewachsenen Hügeln unterging. Im Gegenlicht sah er zwei majestätisch große Gestalten, die sich wie Scherenschnittfiguren vom orangeroten Himmel abhoben. Die linke Gestalt trug ein gewaltiges Hirschgeweih.

»Dian! Willkommen!«, rief Dopoulos. »Schön, dass meine Cousine dich doch noch gefunden hat.«

Die gehörnte Gestalt nickte würdevoll und trat über die Schwelle. Das Geweih stieß gegen den Türrahmen und brachte die Fellmütze des Doktors zum Rutschen. Im blassen Flurlicht verlor er die Aura von Würde und Größe und übrig blieb ein Mann mit sonnenverbranntem Gesicht, der aussah, als wäre er selbst beim

Waschen eingegangen, während seine Kleidung die ursprüngliche Größe behalten hatte. Das grasgrüne Gewand, das streng nach Hirschfett roch, schleifte auf dem Boden und seine Hände waren beinahe zur Gänze von den Ärmeln verdeckt.

Bei Tobbs' Anblick runzelte er die Stirn und musterte dessen blau und silbern gefärbtes, stachlig geschnittenes Haar.

»Simple Blausucht«, murmelte er. »Und deshalb ruft ihr mich?«

»Das ist nicht der Patient«, beeilte sich Dopoulos zu entgegnen. »Wir haben einen Verwundeten im Hinterzimmer!«

»Ich habe lange gebraucht, um Dr. Dian zu finden«, sagte die große Dame, die nun hinter dem Arzt den Wirtshausflur betrat. Tobbs kannte sie. Es war Dopoulos' Cousine Melpomene, eine überkandidelte Person, die Wanja gerne als »Drama-Queen« bezeichnete. Sie arbeitete als Muse in dem größten Theater von Kandara – Fachbereich »Tränenreiche Tragödien«. Weinlaub zierte ihr geflochtenes schwarzes Haar, das vortrefflich zu ihren dunklen Augenringen passte. »Er war auf einer Party auf Likonos«, fuhr sie fort. »Es war gar nicht so einfach, ihn vom Büfett loszueisen.«

»Danke, Mel! Hauptsache, er ist jetzt überhaupt da«, sagte Dopoulos und eilte mit klirrenden Schlüsseln voraus. Die Cousine schenkte Tobbs ein Lächeln, das er höflich erwiderte. »Mir gefällt deine Frisur«, meinte sie. »Blau und silbern – hübsch! Vielleicht ein bisschen zu fröhlich, aber sonst steht sie dir ganz gut.«

Tobbs strich sich verlegen über sein Haar.

»Ist der Verwundete inzwischen nicht schon längst gestorben?«, fragte die Muse. Seltsamerweise klang sie alles andere als besorgt, und als Tobbs den Kopf schüttelte, zuckte sie tatsächlich enttäuscht mit den Schultern. »Na ja«, seufzte sie dann. »Was noch nicht ist …«

Sie lächelte Tobbs verschwörerisch zu und folgte mit energischen Schritten dem Arzt, der schon vorauseilte. Mit einer Hand stützte er sein Hirschgeweih, das sich immer wieder in den Fliegenfängern verhedderte, die von der Decke hingen.

Tobbs lehnte sich gegen die Wand und atmete tief durch. Seine Knie waren immer noch ganz zittrig. All die kaum verblassten blauen Flecken machten nun nachdrücklich auf sich aufmerksam und begannen zu schmerzen. Und die neuen Prellungen leisteten ihnen eifrig Gesellschaft.

Einen Augenblick lang wünschte er sich sehnlichst, Dr. Dian hätte seine geschundene Stirn und die Prellungen an Armen und Schienbeinen bemerkt. Es hätte einfach gutgetan, wenn irgendjemand danach gefragt hätte, wie er sich nach dem Zusammenstoß mit einer Eichentür und einem Pony fühlte. Aber niemand schien auf die Idee zu kommen, dass auch er eine schlimme Nacht hinter sich hatte.

»Tobbs?« Der leise Ruf kam aus der offenen Kellertür. Anguana! Endlich ein nettes Gesicht!

Das Mädchen trat auf den Flur. Und es war … tropfnass! Wasser floss aus Anguanas langen blonden Haaren, das blaue Kleid klebte ihr am Körper. Ihre Wangen glühten rot, als wäre sie den ganzen Weg aus den Bergen zur Taverne gerannt.

Vor lauter Aufregung vergaß sie sogar, sich den Rock zurechtzuzupfen, und Tobbs konnte für einen Augenblick den kleinen Ziegenhuf sehen.

»Dem Glück sei Dank, Tobbs, du bist es nicht!«, rief Anguana aus tiefster Seele und begann zu strahlen. »Ich habe es von einer der Quellnymphen gehört. Es hieß, jemand sei heute Nacht schlimm verletzt worden.«

»Ja, ein Bote aus Wanjas Heimat. Ich bin von seinem Pony umgerannt worden.«

»Von einem Pony? Oje – das hat bestimmt wehgetan. Geht es dir gut?«

Tobbs lächelte und ihm wurde warm. »Klar«, sagte er lässig. »War halb so schlimm. Warum kommst du nicht durch die Tür?«

Anguana wrang ihr Haar aus. Eine Wassermenge, die ausgereicht hätte, einen mittelgroßen Gartenteich zu füllen, verwandelte die Kellertreppe in einen plätschernden Wasserfall. »Durch euren Kellerbrunnen ging es schneller. Ist eine Abkürzung über die Dalamit-Quelle bei mir zu Hause. Jetzt erzähl, warum ist der Bote zu euch in die Taverne geflohen? Gibt es Krieg im Land der Rusaner?«

»Nein, er hat eine Nachricht – für einen gewissen Iwan.«

Anguana runzelte die Stirn. »Iwan? Wer soll das sein?«

»Das werden wir erfahren, sobald Dr. Dian den Boten wieder zu Bewusstsein gebracht hat. Komm mit!«

Die schwarzhaarige Muse hatte die Tür zum Krankenzimmer halb geöffnet und lehnte im Türrahmen. Als sie Tobbs und Anguana bemerkte, grinste sie konspirativ und winkte sie heran.

»Er ist sehr schwer verletzt«, sagte sie und ihre Augen leuchteten. »Bestimmt wird er sterben! Welch tragisches Geschick! Irgendjemand sollte ein Lied darüber schreiben.«

»Klappe, Melpomene!«, kam Wanjas Stimme aus dem Raum. »Mach dich endlich vom Acker oder du wirst deine ganz persönliche Tragödie erleben – und zwar mit mir!«

Die Muse lachte rau, verbeugte sich theatralisch und zog sich zurück. Ihre Absätze klapperten auf dem Flur, dann wurde sie mit großem Hallo im Wirtsraum begrüßt.

»Ah, Anguana!«, knurrte Dopoulos. »Du kommst ja wie gerufen – unser Bote hier kann eine Glücksbringerin gut brauchen!«

Dr. Dian hatte den Pfeil entfernt. Nun stand die Waffe in der Ecke, die mit Widerhaken versehene Spitze noch feucht vom Blut des Boten. Tobbs schauderte beim Anblick der Widerhaken.

»Kommt er zu sich?«, fragte Wanja hoffnungsvoll. Tatsächlich regte sich der Fremde, blinzelte und murmelte etwas Unverständliches. Dr. Dian beugte sich über den Verletzten und lauschte angestrengt, während er sein Geweih festhielt. Dann nickte er Wanja zu.

»Arbeitest du für Jaga?«, fragte sie den Verwundeten. »Hat sie dich geschickt? Was ist passiert?«

Der Bote lächelte. »Jaga?«, wiederholte er. Dann begann er zu kichern. »Jagajagajaga«, sang er.

Wanjas gewaltige Pranken schlossen sich zu Fäusten. Tobbs sah ihr an, dass sie den Mann nur zu gerne durchgeschüttelt hätte.

»Genau. Baba Jaga. Meine Tante. Was lässt sie mir ausrichten?«, fragte sie betont langsam.

Der Bote machte ein ratloses Gesicht. »Ich verstehe nicht. Ich kenne keine Jaga.«

»Aber du trägst ihr Zeichen. Auf der Schulter! Den einbeinigen Hahn.«

Das erstaunte den Reiter noch mehr. »Ich habe einen Hahn?« Er lächelte glücklich, als hätte er soeben etwas sehr Hübsches gehört, und schlief ein.

»Sehr verdächtig«, brummte Dr. Dian. Er griff in seinen viel zu weiten Ärmel und zog einen Salzstreuer hervor. Diesen brachte er direkt über dem Brustbein des Boten in Position. Sandfeine Körnchen fielen auf die Haut. Ein Zischen erklang, dann verpufften die Körner in einem rosa rauchenden Blitz. Der Bote schreckte hoch und nieste.

»Gesundheit«, sagte Dr. Dian.

»Wirklich?«, fragte der Bote erstaunt. »Hört sich lustig an! Was ist das?«

Dr. Dian nickte und zog bedauernd die Brauen hoch. »Magimnesie«, stellte er fest. »Dachte ich es mir doch.«

Bedeutungsvoll verschränkte er die Arme und richtete sich auf.

»Tja, da war jemand schlau genug, seine Spuren zu verwischen. Pech für den Verfolger, falls er den Boten erwischt hätte. Aber auch Pech für euch, denn von ihm werdet ihr nicht erfahren, was er euch sagen sollte.«

»Was heißt das?«, brauste Wanja auf.

»Magimnesie-Granulat«, erklärte Dr. Dian geduldig. »Reagiert auf Grottensalz – so kann man es nachweisen. Ganz neu auf dem Markt, kenne keinen, der es schon bei Menschen verwendet. Die Versuche an transtatanischen Affen lassen noch keine eindeutigen Rückschlüsse zu, ob Menschen es vertragen.«

»Und was bewirkt es?«, fragte Dopoulos.

»Bei den Affen? Sie fangen erst an zu kichern, vergessen, was sie sind, und verpuffen dann meistens zu rosa Rauchwolken …«

»Bei dem Boten! Was hat es bei dem Boten bewirkt?«

»Ach so. Nun, wenn es funktioniert, ist es eine sehr praktische Angelegenheit. Man zerstößt dieses Granulat in einem Mörser zu Pulver, das man mit Gänsefett verarbeitet. Diese magisch aufgeladene Substanz streicht man auf die Haut. Ganz ungefährlich ist das nicht, aber für Boten ein guter Schutz. Besser gesagt, für die Auftraggeber der Boten. Die Salbenschicht kann nach dem Botengang gefahrlos wieder abgewaschen werden – aber sobald die Haut verletzt wird, etwa durch einen Pfeil, dringt die Salbe ins Blut ein und bewirkt eine magische Amnesie. Gedächtnisverlust.«

»Das bedeutet also, ein Bote erinnert sich nicht mehr an seinen Auftrag und kann nichts ausplaudern«, sagte Wanja düster. »Und es ist die allerneueste Magie-Technologie. Das hört sich absolut nach meiner Tante an! Geht dieser Gedächtnisverlust vorbei? Wann weiß er wieder, weshalb sie ihn zu mir geschickt hat?«

Dr. Dian schnalzte mit der Zunge. »Hm, in einem Monat? Einem Jahr? Nun, es gibt noch keine Langzeitstudien zur Wirkung des Granulats.«

»Schon eine Woche wäre zu viel!«, donnerte Wanja. »Meine Tante ist ganz offensichtlich in großer Gefahr!«

»Bedaure«, sagte Dr. Dian kühl. »Gegen die Amnesie kann ich nichts machen. Die Wunde dagegen wird schnell heilen – ich habe sie mit Echsenschwanzsalbe behandelt und dem Reiter eine nagelneue silberne Rippe eingesetzt. Eigenes Patent. Nehmt den Verband aber erst dann ab, wenn er den rechten Arm wieder mühelos anheben kann.«

Wanja schluckte schwer. Ihre Augen glänzten verdächtig. Noch nie hatte Tobbs die starke Schmiedin so ratlos und verstört erlebt. Es verunsicherte ihn mehr, als er je zugegeben hätte.

Der Wirt seufzte tief und strich sich über die Glatze – eine Geste, die er immer dann machte, wenn er Sorgen hatte. Große Sorgen.

»Äh ... Tobbs, sei doch bitte so gut und sieh an der Frühstückstheke nach dem Rechten. Ich und Wanja, wir haben ... etwas zu besprechen.«

»Warum kann ich nicht erfahren, was ihr zu besprechen habt? Schließlich bin ich es, der von dem Pony fast umgerannt wurde. Und außerdem habe ich langsam genug davon, dass ihr ständig irgendwelche Geheimnisse vor mir habt ...«

Anguana zupfte ihn am Ärmel. »Komm mit«, sagte sie leise, aber nachdrücklich.

»Nein, komme ich nicht! Ich ...«

»Da wir gerade beim Thema Geheimnisse sind«, unterbrach ihn Dopoulos. »Du verrätst mir sicher gerne, was du neuerdings nachts auf den Fluren zu suchen hast.«

Einen Augenblick sahen sie sich scharf an. Dann gab Tobbs sich geschlagen – fürs Erste – und ließ sich von Anguana aus dem Zimmer ziehen.

Aus dem großen Wirtsraum ertönten Melpomenes Stimme und

begeisterter Applaus. Viel konnte Tobbs nicht verstehen, aber er hörte heraus, dass es um eine reichlich frisierte Fassung ihrer Suche nach dem Arzt ging. Glaubte man ihren Worten, hatte Melpomene unter Einsatz ihres Lebens gegen Sirenen, rasende Feuerreiter und tollwütige Adler gekämpft, um Dr. Dian hierherbringen zu können. Anguana drehte sich zu Tobbs um und rollte genervt die Augen.

»Die gibt vielleicht an!« Sie winkte Tobbs, ihr zur Tür am Ende des Flurs zu folgen. Sie führte in den Keller. Was wollte sie denn da? Aber Tobbs folgte ihr, ohne zu fragen. Eins hatte er in Yndalamor gelernt: Das Mädchen mit dem Ziegenfuß tat nichts ohne Sinn. Sie dachte eher wie eine Nixe: sehr direkt und ohne Umschweife. Und wenn sie ihn in den Keller lotste, hatte sie etwas ganz Bestimmtes vor.

Das Gewölbe des Kellers war einer kleinen Kirche nachempfunden. Und vielleicht hatte es früher auch als Kirche gedient. Die Taverne am Rand der Welten war ein erstaunliches Sammelsurium interessanter Räume und kleiner Schatzkammern aus den verschiedensten Ländern. Die Wasserrohre, die Dopoulos vor vielen Jahren aus Kandara geholt und hier verlegt hatte, waren inzwischen mit Kristallstaub überzogen. In einigen Ecken wuchsen Tropfsteine von der Decke und der kleine Raum, den Tobbs nun betrat, roch schwach nach süßem Wein und stark nach herbem Kräuterlikör. Zwanzig Fässer standen hier wie Sarkophage an der Wand aufgereiht. Leuchtalgen an den Wänden tauchten das gruftartige Gewölbe in grünes Licht. Anguana schimmerte wie eine Nixe aus einem Märchen. Hier wirkten ihre blauen Augen stechend türkis und ihr hellblondes Haar bekam einen Smaragdschimmer. Gerade tauchte sie ihre Hand in den gemauerten Hausbrunnen. Ringe breiteten sich dort aus, wo ihre Finger den Wasserspiegel berührten. Tobbs fröstelte und verschränkte die Arme.

»Und nun?«, flüsterte er.

Anguana grinste wie eine Diebin.

»Komm her! Oder willst du nicht wissen, was im Krankenzimmer gesprochen wird?«

Jetzt war Tobbs wirklich verblüfft. Dieses schüchterne Mädchen sah aus, als könnte es kein Wässerchen trüben, aber hinter der unschuldigen Stirn tickte ein Verstand, der einem Panzerknacker alle Ehre gemacht hätte.

Anguana deutete auf ein Metallrohr, das dicht über dem Brunnen verlief. »Durch dieses Rohr fließt das Wasser aus der Dalamit-Quelle zur Spirituosen-Brennkammer. Das Quellwasser hat ganz spezielle Eigenschaften – es leitet Schall besser als Luft. Allerdings immer nur in eine Richtung.« Sie lächelte geheimnisvoll. »Das ist Nixenzauber. Die Quellnymphen aus meinen Bergen müssen ihre Nachrichten über große Entfernungen schicken.«

Flink kletterte sie auf den schmalen Brunnenrand und stellte sich auf die Zehenspitzen. Tobbs kam zögernd näher, während Anguana ein Ohr an das Metallrohr legte und angespannt lauschte.

Verstohlen warf er einen Blick in das unendlich tiefe Wasser des Brunnens. Sein Nacken kribbelte unbehaglich bei der Vorstellung, auf dem Brunnenrand auszurutschen und ins Wasser zu fallen. Schließlich konnte er nicht schwimmen.

»Hab ich mir doch gleich gedacht«, triumphierte Anguana. »Sie reden über dich.«

Hatte Tobbs bisher noch Bedenken gehabt, ob er wirklich so hinterhältig sein und lauschen sollte, siegte nun seine Neugier. Vorsichtig kletterte er auf den Brunnenrand und legte ebenfalls ein Ohr an das Rohr. Anguanas warmer Atem streifte seine Wange.

»Hörst du?«, wisperte sie.

Erst war da nur Rauschen und Knacken, doch nach einer Weile vernahm er tatsächlich Wanjas Stimme.

»… wenn meine Tante entdeckt wurde? Dann ist sein Leben in Gefahr.«

Tobbs hielt die Luft an.

»Nein, Wanja«, echote Dopoulos' tiefe Stimme im Rohr. »Selbst wenn sie nun wissen, wo sie den Schatz suchen müssen, heißt es noch lange nicht, dass sie wissen, was wir damit vorhatten. Am besten, wir bringen Tobbs für eine Weile aus der Taverne. Vielleicht nimmt Melpomene ihn mit.«

»Das wird nicht nötig sein, Dopoulos. Es ist zu früh, um in Panik zu geraten. Ich werde erst zu meiner Tante reiten und dort nach dem Rechten sehen. Wenn alles in Ordnung ist, bin ich bis morgen Nachmittag wieder zurück.«

»Und wenn die Verfolger dich finden?«

Wanjas Lachen brachte das Wasser in rauschende Bewegung. »Sie können vielleicht einen einfachen Boten jagen, Dopoulos. Aber mit mir legt sich so schnell keiner an. Außerdem müssten sie dafür erst einmal wissen, wessen Spur sie überhaupt aufnehmen sollen. Und Iwan existiert in der Taverne ja schließlich nicht, schon vergessen?«

Dopoulos schien zu überlegen. »Aber wenn du weg bist, sind wir hier ohne Schutz, was die Türen betrifft«, meinte er.

»Wir werden Kali bitten, für die Dauer meiner Reise die Türen zu bewachen.«

»Also gut«, meinte Dopoulos schließlich. »Bitten wir Kali, bis morgen bei uns Wache zu halten. Aber ich lasse dich trotzdem ungern gehen.«

»Keine Sorge, Costas. Pass mir nur gut auf Tobbs auf.«

Dopoulos stöhnte auf. »Leichter gesagt als getan. Er ist schlimmer als ein Knäuel junger Katzen. Nichts ist sicher vor ihm. Ich habe sogar den Verdacht, dass er nachts in den Fluren herumschleicht.«

Wanja lachte. »Was hast du erwartet, Dopoulos? Tobbi ist ein mutiger Kerl – und er hat einen Kopf zum Denken auf den Schultern. Glaubst du, du kannst ihn ewig mit Schankjungendiensten ablenken? Eines Tages wird er sich nicht mehr mit Ausreden von Ländern, in die keine Türen führen, abspeisen lassen. Du wusstest, dass es nicht ewig so weitergehen kann.«

Tobbs merkte, dass er den Atem schon viel zu lange anhielt. Ihm war schwindelig und sein Rücken schmerzte vom gekrümmten Stehen. Als er Stühlerücken hörte, nahm er das Ohr vom kalten Metall und sprang auf den Kellerboden.

»Hast du das gehört?«, zischte er Anguana zu. »Das, was sie mir bisher über meine Eltern erzählt hatten, waren also nur Ausreden! Ich wusste, sie verheimlichen mir immer noch etwas.« Seine Gedanken überschlugen sich – was, wenn dieser seltsame »Schatz« etwas mit ihm und seiner verschollenen Familie zu tun hatte? Jetzt hielt ihn nichts mehr. Er sprang vom Brunnenrand und rannte zur Treppe.

»Tobbs, warte!« Anguana holte ihn am Ende der Treppe ein. »Wo willst du hin?«

»Zu Wanja natürlich. Sie muss mich mitnehmen.«

»Oh, natürlich. Da ist es sicher die beste Idee, mit der Tür ins Zimmer zu poltern.«

»Das hatte ich nicht vor.«

»Doch, das hattest du vor. Ich sehe es dir doch an.«

»Und wenn schon.«

»Was willst du mit Wanja in Rusanien? Du kannst doch nicht einmal reiten!«

Tobbs blieb stehen. Daran hatte er noch gar nicht gedacht!

»Oh, ist der Streit schon zu Ende?«, erklang Melpomenes kehlige Stimme. Lässig lehnte die Muse an der Tür des Wirtsraumes, was den hübschen Schwung ihrer Hüfte gut zur Geltung brachte.

»Wir streiten nicht!«, zischte Anguana sie an. »Wir haben nur etwas zu besprechen – und zwar ohne Zuhörer.« Melpomene nickte gewichtig. »Wie schicksalhaft!«, spottete sie. »Und ich dachte, ihr sucht die muskelbepackte Holzfällerin, die eben wieder zurück in die Schmiede gestampft ist.« Ihr Lächeln wurde noch breiter. »Wenn mich nicht alles täuscht, sah sie sehr unglücklich aus.«

Als Tobbs und Anguana wenig später die Schmiede betraten, sahen sie sofort, dass die Hälfte der Hämmer und Zangen fehlte. Im Werkraum roch es nach verloschenem Eisen, kalter Asche und Leder und aus der Schlafkammer unter dem Dach ertönte Geklapper.

»Bist du sicher, dass du mit nach Rusanien willst?«, flüsterte Anguana. »Es ist gefährlich und ...« – sie schluckte – »... wer weiß, ob du wiederkommst.«

»Natürlich komme ich wieder. Ich habe bereits Kämpfe in zwei Ländern überlebt, schon vergessen? Warte hier, ich bin gleich wieder da!«

Entschlossen griff er nach den Sprossen der Leiter und kletterte in die Kammer unter dem Dach.

Auf Wanjas schmalem Holzbett unter der Dachschräge lag ein Pelzmantel aus Zobelfell. Neki hatte es sich darauf bequem gemacht und schnurrte. Neben einem Koffer aus Echsenleder türmten sich Decken, ein Proviantpaket, Ersatzhufeisen mit Spikes und ein Haufen Holzleisten. Und Wanja stand vor ihrem Bett und schnitt sich mit einer Schere Locke um Locke ihres langen braunen Haars auf Schulterhöhe ab.

»Komm ruhig rein, Tobbi«, sagte sie, ohne sich zu ihm umzudrehen. Tobbs schnaubte. Es war einfach unmöglich, sich unbemerkt an Wanja heranzuschleichen.

»Warum … schneidest du deine schönen Haare ab?«

»Wächst wieder nach«, meinte Wanja trocken. »Ich reite zu meiner Tante.«

»Ich weiß.«

Die Schere erstarrte in der Luft, dann wandte sich Wanja zu Tobbs um. »Aha. Ich hatte mich schon gefragt, wann du zu mir kommen würdest. Die Antwort ist Nein. Ich nehme dich nicht mit.«

Tobbs ballte die Hände zu Fäusten. Am liebsten hätte er Wanja angeschrien, aber er kannte die Schmiedin viel zu gut. Bei ihr kam man nur weiter, wenn man noch ruhiger und vernünftiger war als sie. »Ihr verheimlicht mir etwas, ihr wisst viel mehr über mich, als ihr zugeben wollt. Ich habe ein Recht darauf, es zu erfahren: Was hat der Verfolger mit dem roten Pfeil mit mir zu tun?«

Wanja ließ die Schere sinken und warf sie aufs Bett. Mit den halb abgeschnittenen Haaren sah sie wild und fremd aus wie eine Amazone. Lange betrachtete sie Tobbs, dann kam sie auf einmal auf ihn zu – und umarmte ihn. Tobbs war viel zu verblüfft, um zu reagieren. Einige Sekunden lang bekam er keine Luft, dann spürte er Wanjas Hand, die ihm über den Kopf strich, und sah in ihre warmen braunen Augen. Das war wieder seine Wanja – die einzige Familie, die er hatte.

»Ach, Tobbi!«, sagte sie sanft. »Ich würde dich so gerne mitnehmen. Ich kann mir keinen mutigeren Begleiter vorstellen, aber glaube mir, es geht wirklich nicht! Morgen bin ich wieder da und dann erzähle ich dir alles, was ich herausgefunden habe, haarklein in allen Einzelheiten. Versprochen.« Sie hob bedauernd die Schultern. »Versteh mich doch, Tobbs, ich kann auf keinen Fall auf noch jemanden aufpassen. Nein, die Gefahr, dass dich jemand in aller Ruhe vom Pferd schießt, während ich dich nicht schützen kann, ist einfach zu groß.« Nun erschien doch ein Grinsen auf ihrem

Gesicht. »Außerdem kannst du mein Pferd doch ohnehin nicht leiden, stimmt's?«

Tobbs antwortete nicht. Wanja hatte ihren Entschluss gefasst. Gut. Er konnte aufbegehren und zu Dopoulos gehen. Aber das wäre unklug. Fieberhaft dachte er nach:

– Er musste mitkommen.

– Er konnte nicht reiten.

– Er hatte kein Pferd.

Kein Pferd?

Die Idee zündete in seinem Kopf und löste ein Feuerwerk an neuen Überlegungen aus: Anguana konnte sogar auf Gämsen reiten. Und das Pony des Boten stand seit heute Nacht im Stall und schlug sich seinen runden Wanst in aller Ruhe mit Hafer voll!

»Na, Neki?«, fragte Wanja mit zuckersüßer Stimme. »Dich könnte ich eher brauchen. Kommst du mit?«

Die Katze legte die Ohren an und fauchte.

Wanja lachte. »Feigling!«

Und während Neki beleidigt davonstampfte, gab sie noch alle möglichen anderen Maunzer, Faucher und Knurrgeräusche von sich. Wenn jemals eine Katze geschimpft hatte, dann diese.

Stallgeflüster

»Du willst *was?*«, rief Anguana. Beim Klang ihrer Stimme hob Wanjas Pferd in der Box den Kopf und schielte in den Gang. Tobbs fand, dass Rubin heute gemeiner denn je aussah. Als hätte es seine Gedanken gelesen, fletschte das blutrote Pferd die Zähne zu einem fiesen Grinsen. Das Pony des Boten war in einer verwaisten Box hinter einem Wall von Strohballen und Geräten untergebracht, aber sein zufriedenes Schnauben und Kauen waren nicht zu überhören.

»Ich bin ganz und gar nicht verrückt«, antwortete er. »Nur logisch. Überleg doch mal selbst: Heute Mittag kommen die Furien zum Stammtisch. In den ersten zwanzig Minuten herrscht heilloser Begrüßungslärm. Da fällt ein bisschen Hufgeklapper auf den Dielen nicht auf. Und wenn du mir hilfst, wird Dopoulos bis zum Spätnachmittag nicht merken, dass nicht ich es bin, der die Gäste im Nebenraum bedient.«

Anguana schnaubte verächtlich und zupfte nervös an ihrem Kleid. »Eine Anguane, die für die Furien aus Kandara die Kellnerin spielt, na prima«, meinte sie mürrisch. »Lass das nur nicht meine Verwandten aus den Bergen hören. Und die Tür?«

Tobbs zeigte auf die große Zange, die er sich aus einem der Kästen in der Schmiede »ausgeliehen« hatte.

»Sobald ich das Pony irgendwie durch die Tür bugsiert habe, schiebst du den Riegel wieder vor und schlägst mit der flachen Seite hier die lockeren Nägel ins Holz. Für Dopoulos wird es so aussehen, als wäre die Tür nie offen gewesen.«

Anguana betrachtete die Zange mit wenig Überzeugung. Im Halbdunkel des Stalls wirkten ihre blauen Augen dunkler, sogar ein wenig gefährlich.

»Ist es dir wirklich so wichtig, Tobbs?«, fragte sie leise. Tobbs musste sich räuspern. Da war wieder der Druck in seiner Kehle. Wie sollte er Anguana erklären, wie verraten er sich fühlte, seit er wusste, dass Dopoulos und Wanja ihm verheimlichten, was sie wirklich über seine Herkunft wussten?

»Du hast eine Familie«, sagte er mit belegter Stimme. »Die Quellnymphen und die Berggeister. Du weißt, wer du bist. Aber jetzt stell dir vor, man hätte dich als Kind von der Quelle weggebracht – aus den Bergen in ein anderes Land. Vielleicht nach Tobadil, wo es nur trockene Steppen gibt. Und niemand, niemand würde dir die Wahrheit sagen wollen. Würdest du nicht auch alles tun, um zu erfahren, woher du kommst?«

Anguana schwieg.

»Wenn ich in Mamsie Matatas Spiegel schaue, sehe ich nur Dunkelheit statt mich selbst. Ich bin ein Baum ohne Wurzeln, den man einfach hier in die Erde gesteckt hat. Ich sehe aus wie ein richtiger Baum, aber ich bin keiner.«

Nun senkte Anguana den Blick und scharrte nachdenklich mit ihrem menschlichen Fuß auf dem Boden. »Doch«, sagte sie nach einer Weile. »Doch, das verstehe ich gut, Tobbs. Aber ich mache mir eben Sorgen um dich.« Ein hübsches Lächeln erschien auf ihrem Gesicht und Tobbs wurde es wieder ganz warm. »Gerade das mag ich ja an dir. Du lässt dich nicht blenden. Und du bist mutig. Wenn du dir etwas in den Kopf gesetzt hast, dann lässt du dich nicht davon abbringen.«

Das Kompliment machte ihn verlegen. Wenn er ehrlich war, musste er zugeben, dass er nicht mutig war, sondern leichtsinnig. Und er ließ sich leider viel zu gut blenden – und schon viel zu lange.

Das Schweigen zwischen ihnen wurde wieder seltsam, wie so oft, und Tobbs überlegte sich, ob Anguana wohl erwartete, dass er ihre

Hand nahm oder sie umarmte. Gerne hätte er ihr gesagt, wie sehr er sich freute, dass sie ihn mochte, und dass sie das mutigste Mädchen war, das er kannte, aber plötzlich war er so schüchtern, dass er nur unsicher grinste.

»Bitte«, war alles, was er herausbrachte. »Du bist die einzige … richtige Freundin, die ich habe. Ich meine …«

Anguana errötete und räusperte sich. »Na gut. Ich helfe dir. Aber wie soll ich dir nur das Reiten so auf die Schnelle beibringen?«

»Ich muss nicht reiten können, nur oben bleiben. Auf den Dämonenpferden hat es doch neulich ganz gut geklappt.«

»Weil ich dich festgehalten habe.«

»Dann … binde ich mich eben am Sattel fest! Ich darf lediglich Wanjas Spur nicht verlieren. Und zu Jagas Hütte sind es nur wenige Stunden.«

Anguana stöhnte auf und rollte die Augen. »Tobbs, du bist wirklich verrückt.« Aber im Halbdunkel des Stalls bemerkte er, wie ein schnelles Lächeln über ihr Gesicht huschte. »Also schön. Wie du dich im Galopp auf dem Pferderücken hältst, werde ich dir zeigen. Aber wenn du nach dem Ritt nicht mehr sitzen kannst, beschwer dich nicht bei mir, hörst du?«

Entschlossen schritt sie an Rubins Box vorbei. Wanjas Goldrusse legte die Ohren noch dichter an den Kopf und quiekte warnend.

»Vorsicht!«, rief Tobbs erschrocken. Doch es war bereits zu spät.

Rubin stieß zu wie ein Raubvogel, gelbe Zähne glänzten auf, als das rote Pferd Anguanas Schulter aufs Korn nahm. Im selben Moment ertönte ein wüstes Klatschen. Das Pferd prallte erschrocken zurück.

»Angeber«, sagte Anguana und ging unbeirrt weiter. Tobbs traute seinen Augen nicht: Das Ziegenmädchen hatte dem Pferd ganz beiläufig einen Schlag mit der flachen Hand auf die Nase versetzt. Anguana war wirklich alles andere als ein hilfloses, schüchternes Schönchen. Ihre Feinde hatten nichts zu lachen.

Der kleine Schimmel des Boten spitzte die Ohren, als er die beiden Besucher zur Box kommen sah. Sein fellbezogener Sattel und das Zaumzeug lagen lieblos hingeworfen auf der Haferkiste. Heute Morgen war nicht viel Zeit geblieben, auch noch aufzuräumen.

Anguana nickte zufrieden. »Wenigstens wirst du auf diesem Sattel nicht so sehr rutschen wie auf glattem Leder.« Sie nahm das Zaumzeug und begann die Riemen zu entwirren. Einige Minuten später war das Pony gesattelt und aufgezäumt.

»Steig auf!«

»Jetzt?«

»Wann willst du es sonst lernen? Viel Zeit haben wir nicht. Wir drehen ein paar Runden im Apfelgarten hinter dem Stall. Der ist vom Wirtshaus und von der Schmiede aus nicht zu sehen.«

Zögernd gehorchte Tobbs und trat zu dem fremden Tier. Jetzt bekam er es doch mit der Angst zu tun. Mit Dämonen und Todesfeen konnte er umgehen, aber Pferde kamen bei ihm gleich nach Klapperschlangen: Je weiter sie von ihm entfernt waren, desto besser fühlte er sich. Das Pony klappte ein Ohr nach hinten, blieb aber brav stehen, während Tobbs ungeschickt mit dem Fuß nach dem Steigbügel hangelte.

»Zieh dich hoch!«, flüsterte Anguana. »Na los, auf geht's, Cowboy!«

Tobbs gehorchte, obwohl sein Herz raste und die Angst ihn würgte. Wieso nannte man das Tier Pony? Ein Riesenross war es, nein, schlimmer, ein Elefant. Der Boden schien ihm so weit entfernt, als würde er im ersten Stock aus dem Fenster schauen. Und noch stand das Tier – wie sollte er sich je im Galopp auf diesem wackligen Sattel halten? Vielleicht war es doch eine Schnapsidee, Wanja zu folgen.

Anguana nahm die Zügel und schnalzte mit der Zunge. Das Pony setzte sich gehorsam in Bewegung und folgte ihr den Gang entlang. Tobbs hatte das Gefühl, auf einem rollenden Baumstamm zu sitzen. Er duckte sich tief über die struppige Ponymähne und schielte zu Rubin, aber das Pferd stand schmollend in der Ecke und warf nur einen sehnsüchtigen Blick auf Tobbs' Knie, das in perfekter Beißhöhe an seiner Box vorbeischwebte. Sie passierten ungehindert die Tür und schon schlug ihnen der Geruch nach nassem Gras entgegen.

Anguana lächelte zu ihm hoch. »Füße aus den Steigbügeln«, befahl sie. Tobbs beobachtete, wie sie die Riemen festzurrte und den Sattelgurt nachzog. Ganz zum Schluss löste sie ihren Seilgürtel, den sie selbst aus blauem Garn geknüpft hatte, und schlang ihn um Tobbs' Hüfte. Mit wenigen Griffen war er am Sattelhorn und den Sattelblättern verzurrt und fühlte sich viel sicherer. »Der Gürtel wird dich halten«, erklärte Anguana. »Wenn du an dieser Schlaufe ziehst, öffnet er sich ganz leicht. Und jetzt zeige ich dir ein paar Gämsenreiter-Tricks.«

Rusanische Nächte

Wie immer, wenn die Furien an der Tür Sturm klingelten, nahmen die anderen Gäste kommentarlos ihre Gläser und Teller und brachten sich vorübergehend in einem der zahlreichen Nebenzimmer in Sicherheit. Dopoulos schloss die Tür hinter ihnen und trat auf den Flur, wo Tobbs ihn schon erwartete. Der Wirt runzelte die Stirn.

»Du bist so blass«, sagte er und legte Tobbs eine Hand auf die Schulter. »Mach dir keine Sorgen, Junge. Wanja weiß, was sie tut. Es wird ihr schon nichts passieren.«

Tobbs nickte nur und bemühte sich um einen neutralen Gesichtsausdruck. Er mochte Dopoulos, aber im Augenblick hätte er den Wirt am liebsten zur Rede gestellt. Für wie naiv hielt er ihn eigentlich? Er beobachtete, wie der Wirt den passenden Schlüssel heraussuchte und den Furien öffnete.

»Herein, meine Damen!«, sagte er in seinem munter-geschäftigen Gastgebertonfall. Eine Sekunde später war der Flur ein kochender Strudel aus Feuerzungen, Lichtblitzen und verwirrenden Farbspielen. Der Boden bebte und die Wände schienen sich zu dehnen und zu biegen, als wären sie aus Gummi. Es roch nach verkohlten Lavendelbüschen und Vulkanasche.

Tobbs blinzelte und drückte den Krug mit Brennbeerensaft an sich. Heute tat es richtig weh, die Erschütterungen des Bodens auszubalancieren, denn seine Muskeln schmerzten noch von den Reitübungen. Schon jetzt spürte er, dass ein grässlicher Muskelkater folgen würde. Und dabei hatte das Abenteuer noch gar nicht begonnen.

»Krötenwarzen und Schlangenasche, Feierabend für heute!«, rief die älteste der fünf Furien. »Auf unsere erfolgreiche Jagd!«

Im Gegensatz zu den anderen trug sie kein Gewand aus Flammen, sondern eine schwarze Robe, die um ihren hageren Körper flatterte. Sie verlieh ihr Ähnlichkeit mit einem zusammengeklappten Regenschirm, auf dessen Spitze ein dreieckiges Gesicht mit lodernden Augen und einem blutroten Maul steckte. Eine peitschenlange Zunge ringelte sich um einen schiefen Dolchzahn. Kein Wunder, dass die Furien so oft mit Vampiren verwechselt wurden.

»Willkommen!«, schrie Dopoulos gegen den Lärm an. »Ich hoffe, die Damen hatten einen erfolgreichen Tag.«

»Darauf kannst du wetten«, grollte eine rothaarige Furie, deren Fingernägel modisch mit kleinen Knochensplittern verziert waren. »Gehetzt haben wir den mörderischen König Kalvas über sieben Hügel, bis er wahnsinnig wurde. Im Augenblick sitzt er am Ufer des endlosen Sees, isst seine Schuhe auf und kichert irr. Hallo, Schankjunge!«

Tobbs rang sich ein Lächeln ab und nickte der Furie zu. Ihre Augen waren Feuerkreise. Er konnte sich sehr gut vorstellen, dass ein Opfer, dem die Furien hinterherjagten, den Verstand verlor. Vielleicht war das sogar besser, als das ganze restliche Leben Albträume zu haben und bei jedem Geräusch in Panik zu geraten.

»Soso«, zischelte die schwarz gewandete Furie und hob Tobbs' Kinn mit einem spitzen Finger. »Wütend ist er, auch wenn er es gut verbirgt. Na, wen sollen wir für dich jagen, damit du bessere Laune bekommst?«

Die Furien lachten kreischend. Tobbs schielte zur Hintertür und entdeckte zu seiner Erleichterung Anguanas Hand, die ihm das Zeichen gab. Genau im richtigen Augenblick ließ er den Krug mit dem Brennbeerensaft aus den Händen gleiten und schrie erschrocken auf. Der eitergelbe Saft ergoss sich auf den makellos gebohnerten Boden und begann zu dampfen. Dopoulos funkelte seinen

Schankjungen ungehalten an. »Tut mir leid!«, schrie Tobbs gegen das Furiengelächter an.

»Auch das noch«, seufzte der Wirt. »Hol neuen Saft, ich begleite derweil die Damen ausnahmsweise selbst in den Gastraum. Aber ich kann nicht auf dich warten, Kali kann jeden Augenblick klingeln und Wanja bricht in ein paar Minuten auf, also beeil dich bitte, zu lange sollten wir die Geduld der Furien nicht auf die Probe stellen. Die Scherben kannst du später beseitigen.«

»Mach ich, Dopoulos!«, sagte Tobbs.

Dopoulos hielt inne und legte ihm die Hand auf den Arm. Eine Geste, die er nur sehr selten machte. »Guter Mann«, sagte er. Um seine traurigen, vom Schlafmangel stets geröteten Augen bildete sich ein Fächer von Lachfältchen. »Auf dich kann ich mich verlassen! Und du weißt ja: Ich würde nicht jeden mit den Furien alleine lassen.« Tobbs nickte verdattert, völlig überrumpelt von dem seltenen Kompliment des Wirts. Dopoulos winkte den Furien zu und führte sie durch den großen Schankraum und einen schmalen Gang in das separate Zimmer, das für ihren Stammtisch reserviert war und mit Stahlstreben verstärkte Wände hatte.

Kaum hatte sich die wirbelnde Prozession aus seinem Blickfeld entfernt, sprintete Tobbs zur Hintertür und sprang auf den Hof.

Anguana wartete bereits, das Pony am Zügel.

»Endlich!«, zischte sie und sah sich nervös um. »Wanja ist gerade in den Stall gegangen und sattelt Rubin. Ich hoffe nur, sie kommt nicht auf die Idee, um die Ecke in die Ponybox zu schauen.«

Sie schnalzte auffordernd mit der Zunge und führte das Pony durch die schmale Tür. Mit seinem runden Bauch streifte es an den Zargen entlang und schnaubte unwillig, aber dann stand es im Flur und spitzte die Ohren. Einige Räume weiter tobten sich die Furien bei ihrem Begrüßungsritual aus.

Tobbs stürzte zur Treppennische und zerrte seinen Wintermantel und eine Pelzkappe hervor, die sein blaues Haar verbergen würde. Er hechtete in die Wintersachen, packte den bereits vorbereiteten neuen Krug mit Brennbeerensaft und die Zange und schlitterte zurück zu Anguana.

Wenn man den Trick raushatte, war es nicht besonders schwer, die Nägel, die er zuvor bereits gelockert hatte, aus dem Holz zu ziehen. Anguana blieb an seiner Seite und half ihm mit einer Hand den Riegel aufzustemmen.

Eine Explosion erschütterte das Wirtshaus; roter Rauch waberte um die Ecken, als die Furien ihren Schlachtgesang anstimmten. Das erschrockene Wiehern und Tänzeln des Ponys ging im Lärm unter. Das Trappeln der Hufe auf dem Dielenboden war nicht zu hören, doch die Erschütterungen konnte Tobbs durch seine Stiefel hindurch spüren.

»Schnell!«, drängte Anguana. »Wanja wird gleich hier sein! Denk daran, was ich dir gesagt habe: keine Angst zeigen, keine hektischen Bewegungen. Du bist der Boss, das muss das Pony spüren.«

Tobbs nickte wenig überzeugt. Er stolperte beinahe über seinen langen Mantel, doch er packte den Zügel, den Anguana ihm hinhielt, und zog das Pony hinter sich her. Jetzt gab es kein Zurück mehr. Er atmete tief durch und riss die Tür zu Rusanien auf. Eine eisige Bö warf ihn beinahe um.

Das Pony hob den Kopf und spitzte die Ohren, dann stampfte es erwartungsvoll mit dem linken Vorderhuf auf und blies Tobbs einen keuchenden, warmen Atemstoß in den Kragen. Anguanas Zähne klapperten vor Kälte, als sie neben ihn trat und ihn zum Abschied kurz umarmte.

»Viel Glück, Tobbs. Und pass auf dich auf!«

»Danke!«, sagte er aus tiefstem Herzen. »Und pass du auf dich auf. Nach dem fünften Glas werden die Furien streitsüchtig.«

»Sollen sie nur, wer mit mir streitet, bekommt es mit den Quellgeistern zu tun. Los, los!« Sie gab dem Pony einen Klaps und ehe Tobbs sichs versah, hatte es ihn bereits über die Schwelle mitgezogen.

Eine Sekunde später fand er sich auf rusanischem Boden wieder – das heißt: knietief im Schnee, unter einem sternenklaren Himmel, von dem ein satter orangeroter Vollmond schien. Hier musste es bereits Mitternacht sein. Die Taverne war nur noch ein dunkles Gebilde – die optische Täuschung einer Wand aus Schatten und helleren Birkenstämmen. Niemand, der durch den Wald irrte, würde jemals auf die Idee kommen, dass sich zwischen den Birkenstämmen eine Tür befand. Nur ein schmales Rechteck aus Licht verband Tobbs noch mit dem vertrauten Gasthaus.

Tobbs sah das Aufblitzen von Anguanas goldblondem Haar, das hinter der zuklappenden Tür verschwand, dann war er allein im dunklen Wald.

Tobbs schielte zu dem Pony und das Tier erwiderte seinen Blick ebenso misstrauisch. Und, was jetzt?, schien es zu fragen. Tobbs erinnerte sich an Anguanas Lektion und führte sein Reittier entschlossen von der Tür weg. Es setzte sich tatsächlich in Bewegung und folgte ihm brav zu einer breiten Kiefer mit tief hängenden Zweigen. Dort ließ Tobbs es anhalten, warf den Zügel über einen Ast und rannte zu der Tür zurück, um die Hufspuren im Schnee zu verwischen. Wieder im Versteck, konnte er die Taverne bereits nicht mehr sehen, aber er würde Wanja hören.

Weniger als eine Minute später saß Tobbs im Sattel, Anguanas Seil fest um die Taille verzurrt. In seinem Bauch hüpfte eine panische Kröte auf und ab, die sich nur langsam beruhigte. Er atmete die eisige Nachtluft und fasste wieder Mut. Bis jetzt lief alles glatt. Er konnte es selbst kaum glauben – er saß auf einem Reittier. Eisflocken froren an seinen Wimpern fest und in der Ferne heulte ein Wolf. Endlich, als das Pony schon ungeduldig scharrte und die Kälte durch die Nähte im Pelz zu kriechen begann, öffnete sich die Tür. Stimmen drangen in den nachtstillen Wald und wurden gleich darauf vom wattedichten Schnee verschluckt.

Hektisch zog er die Zügel an und lauschte. Das Pony spitzte die Ohren. Dopoulos brummelte etwas und Wanja antwortete. Gleich darauf hörte Tobbs dumpfen Galoppschlag. Er kam näher und näher, stampfte direkt hinter der dicken Kiefer vorbei und wurde wieder leiser. Das Pony warf ungeduldig den Kopf hoch und stemmte sich mit aller Kraft gegen den Zaum. Kein Zweifel – es wollte laufen. Tobbs wartete noch, bis die Tür wieder ins Schloss fiel, dann drückte er kräftig die Fersen in die Seiten des Ponys und gab die Zügel frei.

Der scharfe Ruck nahm ihm die Luft. Das Pony, durch zehn Kilo Hafer bestens aufgetankt, schoss so schnell los, dass er hart in den Sattel zurückgeworfen wurde. In dem schreckstarren Moment, in dem das Tier Tobbs mit einem hinterhältigen Ruck die Zügel aus den Händen riss und er sich verzweifelt an die Mähne klammerte, erkannte er, dass er eine Dummheit begangen hatte.

Dieses Pony war ganz offensichtlich kein gewöhnliches Pony. Es war ein Kurierpferd und es verstand sein Geschäft. Es hatte bestimmt hart gearbeitet, um so weit zu kommen. Früher hatten es die anderen Ponys wegen seiner kurzen Beine ausgelacht, und gerade deswegen war es von jeher fest entschlossen, das Unglaubliche zu schaffen. Wenn es schlief, träumte es davon, die schnellsten Rennpferde Rusaniens mit hämischem Wiehern zu überholen und ihre Rekorde voller Triumph in Grund und Boden zu stampfen. Im wachen Zustand lebte es diesen Traum. Es war besessen, es war fanatisch, es war zu allem bereit.

Unter seinen Hufen raste der Schneeboden dahin, ab und zu

nur blendete Tobbs das Aufblitzen eines Hufeisens. Mähnenhaar verfing sich in seinem Mund und er spuckte und keuchte, während ein gewaltiger Sog ihm die Lider zudrücken wollte. Der Schnee stach wie tausend Nadeln auf seinen Wangen. Und trotz des Seils schlug der Sattel schmerzhaft gegen sein Gesäß, als würde ihn jemand erbarmungslos verprügeln. Nur schemenhaft erkannte er, dass sie den Wald hinter sich ließen und auf eine Kette von runden Hügeln zusteuerten. Tobbs erinnerte sich vage, dass Wanja von den neun Hügeln hinter dem siebten Königreich erzählt hatte. Mühsam hob er den Kopf und sah, wie die Schmiedin – ein kleiner Punkt am Horizont – gerade über der Hügelkuppe verschwand.

Das Pony quiekte entrüstet und legte die Ohren an. Tobbs ahnte Schlimmes. Dieses ehrgeizige Bündel Fell und Hufe konnte es ganz eindeutig nicht leiden, der Zweite in der Reihe zu sein. Die Muskeln spannten sich und der mörderische Galopp verwandelte sich in den glatten Flug eines Pfeils. Wenn Tobbs nun hinunterblickte, sah er keine Beine mehr, nur noch ein weißliches Etwas wie einen Nebelschweif. Der herrenlose Zügel flatterte und klatschte ihm wie eine Peitsche über die Wange, aber er traute sich nicht, die Hände von der Mähne zu nehmen und ihn zu ergreifen. Wenn er jetzt das Gleichgewicht verlor und zur Seite kippte, würden die rasenden Hufe ihn schreddern und seine kläglichen Reste unter die Schneewehen baggern, ehe er »Fiep!« sagen konnte. Also duckte er sich noch tiefer über den Hals und betete zu Kali und allen anderen Göttern, dass das Pony zur Vernunft kommen würde.

Doch das Tier hatte andere Pläne.

Nachteulen flatterten lautlos auf, gelbe Fuchsaugen leuchteten im Mondlicht. Der erste Hügel raste vorbei, der zweite – und der dritte. Tobbs fühlte längst seine Hände nicht mehr und seine

Nase, das wusste er mit Sicherheit, würde ihm jeden Augenblick gefroren aus dem Gesicht fallen. Seine Knie zitterten bereits vor Erschöpfung. Irgendwann musste diesem Psychopathen auf vier Hufen doch die Puste ausgehen!

Als er das nächste Mal den Kopf hob und blinzelte, entdeckte er, dass Wanja nicht mehr weit entfernt war. Und nun blickte sie sich auch noch über die Schulter nach ihm um! Ihr grimmiges Gesicht schwebte wie das bleiche Antlitz einer sehr wütenden Göttin über dem Pelzkragen. Aus. Seine Tarnung war aufgeflogen.

Dann sah er, wie Wanja Schwung holte – und sich mit einer wendigen Bewegung auf dem Pferderücken umdrehte! Wie ein Zirkusreiter saß sie in halsbrecherischem Galopp verkehrt herum auf Rubin. Ebenso flink griff sie hinter sich und zog einen langen Gegenstand hervor.

Tobbs brauchte ganze fünf Galoppsprünge, um das Unbegreifliche zu begreifen: Das lange Ding in ihrer Hand war ein Jagdgewehr, mit dem sie nun auf ihn zielte. Sie hatte ihn gar nicht erkannt! Wie auch? Sie sah ja nur einen Reiter mit Pelzmütze, der sie in halsbrecherischem Tempo verfolgte. Wanja würde ihn erschießen. Er würde stürzen, die Hufe würden ihn in die Schneewehe stampfen. Und im Frühjahr würden die Bären seine kläglichen Reste aus den halb geschmolzenen Schneehaufen graben und mit seinem Schädel Fußball spielen.

»Wanja, nein!«, brüllte er.

Die Schmiedin stutzte. Ganz von selbst löste sich Tobbs' rechte Hand von der Mähne und riss die Fellmütze vom Kopf. Hoffentlich sah Wanja im Mondlicht das blaue Haar!

»Ich bin's! Tobbs! Nicht schießen!«

Wanja riss die Augen auf, ihr Kiefer klappte nach unten und der Gewehrlauf senkte sich – genau in dem Moment, als Tobbs an ihr vorbeischoss und das Pony ein hämisches Wiehern von sich gab, für das es sicher oft heimlich auf der Weide geübt hatte. Dann waren sie schon vorbei und das Pony raste weiter. Irgendwo auf der Welt gab es sicher noch weitere Pferde, die es überholen konnte.

»…obbs!«, hörte Tobbs noch Wanjas verwaschenen Ruf, dann war er allein. Und ohne Mütze. Verzweifelt blickte er nach links und rechts. Keine Rettung in Sicht. Bei einem kurzen, balancetechnisch sehr gewagten Blick über die Schulter entdeckte er, dass Wanja wieder richtig herum saß und die Verfolgung aufgenommen hatte, allerdings war dem Pony auch nicht entgangen, dass der Konkurrent ihm wieder auf den Fersen war.

Hügel Nummer vier.

Er hatte nur eine Chance: Er musste von diesem wahnsinnigen Tier runter. Und zwar bald.

Hügel Nummer fünf.

Verzweifelt hielt Tobbs nach einer besonders weichen Schneewehe Ausschau, aber die Aussichten waren mau. Immer dichter wurden die Bäume, manchmal streiften seine Knie schmerzhaft die dünnen Baumstämme, denn das Pony konnte zwar rennen, aber mit seinem Augenmaß war es weniger gut bestellt. Für Tobbs war es ein Rätsel, wie es mit der Nase überhaupt in einen Hafereimer treffen konnte. Und jetzt preschte es geradewegs auf eine ausladende Buche zu, deren tief hängende Äste sich ziemlich genau auf der Höhe von Tobbs' Magen befanden. Ducken oder draufgehen?

»Ducken!«, schrie Wanja von hinten.

Doch Tobbs hatte genug. Seine Hand glitt zu Anguanas Seil und löste es. Eigentlich hatte er vorgehabt, zu springen und sich festzuklammern, doch der Ast kam ihm zuvor und traf ihn mit voller Wucht. Tobbs wurde darumgewickelt wie ein Stück Spaghetti um eine Gabel. Eine Tonne Schnee löste sich aus der Baumkrone und prasselte auf ihn herab. Selbst wenn er gewollt hätte, hätte er den Ast nicht mehr loslassen können. Die Hufschläge des Ponys entfernten sich, stattdessen wurde Rubins Schnauben lauter.

»Tobbs?« Wanjas Stimme klang vor Schreck ganz hoch. »Lebst du noch?«

Tobbs versuchte zu nicken, was eine weitere Lawine in Gang setzte. Jetzt verlor er das Gleichgewicht. Vereiste Rinde schabte über sein Kinn, dann fiel er – und wurde von zwei starken, mit Pelz gepolsterten Armen sanft aufgefangen. Wanja sprang mit ihm von Rubins Rücken, ging vorsichtig in die Knie und setzte ihn in den Schnee unter dem Baum. Vor Schreck war sie so blass, dass sie im Mondlicht wie ein Gespenst wirkte. Tobbs lächelte schief. Wanja zog sich einen Fäustling von der Hand und fuhr ihm durch das vereiste Haar.

»Ich hätte es wissen müssen«, sagte sie. »Da halte ich Dopoulos eine Predigt über dich, aber ich selbst falle darauf herein, dass du lammfromm zu Hause bleiben willst, nur weil ich es dir sage. Meine Güte, unseren guten Dopoulos wird bestimmt der Schlag treffen, wenn er erfährt, wo du gerade bist!«

Tobbs spuckte ein bitter schmeckendes Ästchen aus und verzog den Mund. »Es ist mir egal, was Dopoulos dazu sagt. Wenn ihr mir die Wahrheit sagen würdet, müsste ich mich nicht selbst auf den Weg machen. Und denk nur nicht, dass ich in die Taverne zurückgehe. Du nimmst mich mit zu Baba Jaga oder ich werde dir notfalls zu Fuß folgen.«

Eigentlich hatte er erwartet, dass die Schmiedin nun wütend werden würde, aber Wanja wurde lediglich noch eine Spur blasser und ließ sich in den Schnee zurücksinken. Rubin schnaubte auf eine Art, die seine Verachtung deutlich zum Ausdruck brachte.

Wanja seufzte und nahm ihre Pelzkappe ab. Dampf stieg aus ihrem verschwitzten Haar auf. Es war ungewohnt, sie mit so kurzen Locken zu sehen. Auf den ersten Blick hätte man sie nun für einen Mann halten können. Allerdings für einen ausgesprochen hübschen Mann.

»Ach Tobbs«, murmelte sie. »Du würdest wirklich alles dafür tun, um zu erfahren, woher du kommst. Ich wusste nicht, dass es dir so wichtig ist. Du hast dich sogar freiwillig auf ein Pferd gesetzt!«

»Ich würde alles dafür tun, um mir keine Lügen und Ausflüchte mehr anhören zu müssen!«

Wanja senkte den Blick. »Ich belüge dich nicht. Aber du bist zu jung, um …«

»Ich komme mit zu deiner Tante. Mein Pony ist weg. Zu Fuß zurückgehen werde ich ganz sicher nicht, und wenn du mich zurückbringst, verlierst du nur Zeit. Also?«

»Es ist zu gefährlich, Tobbs.«

Tobbs war so wütend, dass ihm trotz der Kälte glühend heiß wurde.

»Such es dir aus«, sagte er, stand auf und klopfte sich den Schnee vom Mantel. »Bring mich zurück, aber ich verspreche dir, dass ich dir in einer Stunde wieder auf den Fersen bin. Und ich weiß nicht, was gefährlicher ist: wenn ich ohne Pferd allein durch den Wald laufe, während mit roten Pfeilen bewaffnete Irre hier herumstreifen, oder wenn du mich mitnimmst.«

»Ich staune«, sagte Wanja mit gefährlicher Ruhe. »Unser zuverlässiger Schankjunge. Er ist nett, zuvorkommend und der Sonnenschein der Furien und Todesfeen. Und dieser anständige junge Mann startet doch tatsächlich bei mir einen ganz miesen Erpressungsversuch!«

Tobbs bemühte sich um ein ausdrucksloses Gesicht.

»Tja, das wäre durchaus möglich. Hm – meinst du, die Rotpfeile sind schon bei deiner Tante und haben diesen geheimnisvollen

Schatz geraubt? Aber wenn du so viel Zeit hast, mich erst noch zur Taverne zurückzubringen …«

Das war gemein und Tobbs kam sich ziemlich schäbig vor. Wanja zuckte zusammen und fluchte.

»Das wird dir noch leidtun«, zischte sie. Dann packte sie ihn einfach am Mantelkragen und verfrachtete ihn unsanft auf Rubins Rücken. Beim Anblick des gemeinen Pferdes wurde Tobbs wieder flau im Magen. Wanja drückte ihm ihre Pelzmütze grob auf den Kopf und zog sie ihm bis über die Augen. Und ehe er sie wieder hochschieben konnte, saß die Schmiedin schon hinter ihm auf dem Pferd.

Die Jagd begann.

Lange bevor über den Baumspitzen eine blutleere Wintersonne aufging, bereute Tobbs seine Entscheidung bitter. Er wünschte sich nichts mehr, als wieder in der Taverne zu sein. Auf festem Boden, im Warmen.

Wanja hielt ihn so fest umklammert, dass er kaum Luft bekam, und die Luft, die dennoch in seine Lunge gelangte, verwandelte diese in eine Eishöhle, in der jeder Atemzug erst einmal Schlittschuh lief. Aber Wanja kannte kein Erbarmen und Rubin wurde wunderbarerweise nicht müde und raste in ungebremstem Galopp durch den Schnee.

Den neunten Hügel hatten sie schon vor Stunden hinter sich gelassen und der Wald, in den sie nun eintauchten, war noch dichter als auf den anderen Hügeln. Rubin sprang über umgestürzte Bäume und surfte auf allen vieren gekonnt über vereiste Tümpel. Tobbs, dem von all dem Geschlitter und Geschaukel längst speiübel geworden war, schwor sich, nach diesem Ausflug nie, nie, nie wieder auf ein Pferd zu steigen. Gleichzeitig hielt er besorgt nach Verfolgern Ausschau, doch alles, was er zu Gesicht bekam, waren die erstaunten Augen eines Schneefuchses, der die beiden Reiter aus dem Schutz einer knorrigen Wurzel heraus musterte.

Endlich ließ Wanja das Pferd in einen kantigen Trab fallen und hielt es an. Sie waren mitten im düstersten Wald. Nicht einmal der unberührte Schnee konnte ihn zu einem helleren Ort machen. Die Stille war so dicht, dass Tobbs ein kalter Schauer über den Rücken jagte. Ein Astloch blinzelte ihm zu, eine knorrige Eichenhand bewegte die Finger. Im Nebel konnte man geisterhafte Fratzen erahnen. Kein Zweifel – sie hatten das Reich der Baba Jaga betreten.

»Sind wir da?«, flüsterte Tobbs.

»Scht!«, zischte Wanja und ließ ihn los. Tobbs schwankte vor Schwäche und wäre um ein Haar vom Pferd gefallen, doch Wanja hatte ihn bereits grob am Arm gepackt und in den Schnee gestellt, bevor sie selbst von Rubins Rücken sprang. Sie ging schnurstracks auf eine verbogene Birke zu und wedelte mit der Hand. Der Nebel lichtete sich augenblicklich. Tobbs hob erstaunt die Augenbrauen. Wanja stand direkt vor einem Gartenzaun! Pfosten reihte sich an Pfosten. Und auf jedem von ihnen steckte ein Totenschädel!

Wanja trat zu dem dritten Schädel von links, der eine verrostete Krone trug, und sprach ihn direkt an.

»Guten Tag, Prinz Fjodor! Ein schöner Morgen, nicht wahr? Fremde Gäste im Haus?«

Der Schädel wackelte leicht. »Geing«, lallte er. »Geinge Gächge.«

Wanja atmete erleichtert auf und wandte sich zu Tobbs um. »Die Luft ist rein. Komm her, jetzt müssen wir nur noch sehen, ob Jaga zu Hause ist.«

Rubin gab ein gemeines Quieken von sich. Ehe Tobbs reagieren konnte, fällte ihn schon ein hinterhältiger Stoß zwischen die Schulterblätter und er landete mit dem Gesicht voran im Schnee. Hastig kroch er aus der Reichweite von Rubins Zähnen.

»Du miese Mähre!«, zischte er dem Pferd zu.

Wanja winkte ihn ungeduldig zu sich. »Du musst den Schädel um Einlass bitten.«

»Der Schädel ist ein Türwächter?«

»Natürlich! Er ist sozusagen die Mamsie Matata Rusaniens.«

Tobbs schluckte und trat widerwillig näher. Todesfeen mochte er, aber Tote waren ein ganz anderes Thema. Sie hatten zu viel Zeit, sich Unsinn auszudenken.

»Ha... hallo!«, sagte er zu den leeren Augenhöhlen.

»Oach ichg gu geng hüa einga?«, fragte der Schädel.

Tobbs runzelte die Stirn. »Äh, bitte?«

Der Schädel schnaubte. Hätte er noch Augäpfel gehabt, dann wäre das Schnauben sicher von einem genervten Augenrollen begleitet worden. Wanja trat an Tobbs heran und raunte ihm die Übersetzung ins Ohr. »Er fragt: ›Was bist du denn für einer?‹ Du musst dich ihm vorstellen. Und sei höflich, hörst du?«

»Warum spricht er nicht deutlich?«, flüsterte Tobbs zurück.

»Weil er sich zu Lebzeiten über Tante Jagas Kochkünste beschwert hat«, antwortete Wanja. Sie streckte ihre Zunge heraus und deutete mit Zeigefinger und Mittelfinger eine Schere an. Tobbs merkte, dass ihm immer noch übel war. Noch übler als vorhin, um genau zu sein.

»Ja, äh ... also«, wandte er sich an den Schädel. »Ich heiße Tobbs. Ich wohne in der Taverne, in der auch Wanja arbeitet, und bin Schankjunge. Und ich würde gerne ... also ich bitte darum, in Jagas Haus eingelassen zu werden.«

»Hükche!«, befahl der Schädel streng.

»Mütze!«, soufflierte Wanja. »Es ist unhöflich, sich mit einer Mütze auf dem Kopf vorzustellen.«

Tobbs gehorchte und riss sich Wanjas Pelzkappe vom Kopf. Der Schädel blickte aus leeren Augen sein leuchtend blaues Haar an – und begann zu lachen. Er wackelte so sehr auf dem Pfosten, dass der Schnee, der sich in seiner Krone gesammelt hatte, in großen Stücken herunterfiel. Tobbs wurde rot. Hier gab es nichts zu lachen. Er hatte große Lust, den Schädel vom Pfosten zu stoßen.

»Gachichgie geheuergchke Hrihur, gieich he gehehenghage«, krakeelte der Schädel.

Tobbs sah Wanja fragend an. Sie zuckte mit den Schultern. »Er lässt dich rein.«

Der Schädel giggelte immer noch und Tobbs war sich gar nicht sicher, ob das die richtige Übersetzung war – zumal die anderen Schädel nun auch zu kichern begannen. Doch ehe er nachfragen konnte, fing sich der gekrönte Schädel wieder, räusperte sich und sagte würdevoll wie ein Zeremonienmeister: »Aach gie Geinge!«

Etwas ächzte. Es ächzte so schwer und so tief, als würden tausendjährige Bäume ihre Wurzeln aus dem Boden ziehen und auf Wanderschaft gehen. Und tatsächlich: Hinter dem Gartenzaun bewegte sich etwas. Tobbs traute seinen Augen nicht. Das seltsame Gebilde hinter dem Zaun war gar kein halb verschütteter Felsen, es war ein Haus! Schnee fiel vom Dach und gab den Blick frei auf Schindeln aus Birkenrinde und schmale Fenster. Das Haus wuchs und wuchs – und erhob sich in die Luft. Doch es schwebte nicht, es stand auf zwei gewaltigen Hühnerbeinen. Nun hüpfte es zweimal auf und ab, als wollte es sich locker machen. Wanja lächelte.

»Schau, in diesem Haus habe ich immer meine Ferien verbracht«, sagte sie mit verklärtem Blick. »Das Fenster da oben unter dem Dach – dahinter war mein Zimmer.«

Mit schnellen Schritten ging sie zu einem anderen Schädel und klopfte energisch an die knöcherne Stirn. Der Schädel klappte die Kiefer auseinander und schrie: »Iwan! Iwan! Iwan!« Es klang fast wie: »Dingdong! Dingdong! Dingdong!«

Wanja schaute gespannt zu den Fenstern und auch Tobbs spitzte die Ohren. Er hatte Wanjas Tante schon eine Ewigkeit nicht mehr gesehen. Als er neun Jahre alt war, hatte sie die Taverne besucht. Tobbs erinnerte sich an eine resolute kleine Frau mit einer sichelscharfen Nase und weißem Haar, das wie ein Vogelnest auf ihrem Kopf saß. Sie hatte Poker gespielt wie der Teufel – aber selbst den Teufel hatte sie nach der vierten Runde geschlagen. Ob sie sich sehr verändert hatte?

Doch Baba Jaga erschien nicht. Niemand öffnete die Tür, nur am Fenster flackerte ein flüchtiger Schatten vorbei. Das Haus trat verlegen von einem Hühnerbein auf das andere.

Wanjas Miene verdüsterte sich. Sie ging in die Hocke und sah dem Totenschädel, der als Türglocke diente, direkt in die Augenhöhlen.

»Sie ist nicht da?«

»Ja«, sagte der Schädel. »Nicht da. Weg.«

»Und warum sagst du das nicht gleich?«

»Hast du gefragt?«

Wanja seufzte, als würde ihr langsam wieder einfallen, warum sie aus Rusanien weggegangen war.

»Richtig«, meinte sie sehr geduldig. »Dann jetzt meine Frage zum Mitschreiben: Wo! Ist! Meine! Tante!«

Der Schädel klapperte mit den Zähnen. »Das Wasser steht ihr bis zum Hals. Schlechtes Wetter hier. Viele Touristen. Da hat sie rotgesehen. Und Leschij besucht.«

»Leschij?«

»Rechts – zwei – drei, links – zwei – drei, ein Tänzchen in Ehren kann niemand verwehren.«

Wanja ballte ihre Hände zu Fäusten. Anstelle des Schädels hätte Tobbs sich jetzt Sorgen gemacht, gleich zu Knochenstaub zu werden. Aber die knöcherne Türglocke ließ sich nicht beirren. »Tscha, jedenfalls ist sie nicht da. Schöne Grüße. Tschaui-Maui. Und auf Wiedersehen.«

»Wer war das dann eben am Fenster?«, fragte Tobbs. »Da hat sich etwas bewegt.«

Der Schädel erstarrte und sah toter aus als jedes Stück Knochen, das Tobbs je gesehen hatte. Vielleicht hatte er sich nur eingebildet, ihn sprechen zu hören?

»Verdammt«, murmelte Wanja. »Der Kerl muss übergeschnappt sein. Aber Jaga ist offenbar tatsächlich ausgeflogen.«

»Bestimmt nicht! Gerade habe ich jemanden am Fenster gesehen.«

»Darauf kannst du wetten«, murrte Wanja. »Komm mit! Wir müssen ins Dorf reiten.«

»Ins Dorf? Warum?«

Die Vorstellung, noch einmal auf das Pferd steigen zu müssen, flößte Tobbs Entsetzen ein. Wanja erriet seine Gedanken und grinste. »Tja, Tobbi, du wolltest mitkommen, also hast du wohl kaum eine Wahl!«

Als weit jenseits des Waldes endlich das Dorf in Sicht kam, fühlten sich Tobbs' Knochen an wie Würfel in einem Becher. Im Grunde bestand das Dorf nur aus einem Dutzend Blockhäusern und einem großen, gemauerten Gebäude in der Mitte, auf dessen steilem Dach ein hölzerner Hahn thronte. Wanja zügelte Rubin und wandte sich zu Tobbs um.

»Wenn wir in das Dorf reiten, werden die Leute uns genauestens beobachten. Ich war lange nicht mehr hier und es ist besser, wenn man nicht viel über mich weiß. Und über dich schon gar nicht. Ich werde sagen, du bist der Sohn meiner Schwester Nata und heißt Lodor. Verstanden?«

Tobbs nickte. »Kein Problem.«

Wanja musterte ihn zweifelnd. »Es ist wichtig, dass du kein Wort sagst, kein einziges, verstanden? Schaffst du das?«

»Also hör mal!«, empörte sich Tobbs. Wanja seufzte und gab Rubin einen kleinen Schubs mit den Fersen. Das rote Pferd trabte los.

Kein Mensch war zu sehen, als Wanja über die verschneite Hauptstraße ritt und auf das steinerne Haus zuhielt. Nur der hölzerne Hahn knarrte im Wind.

Tobbs sah sich verstohlen um, aber es war tatsächlich wie in einer Geisterstadt. Nur hier und da bewegte sich ein Vorhang. Unsichtbare Blicke kribbelten in seinem Nacken. Mit weichen Knien glitt er vom Pferderücken und machte, dass er sofort aus der Reichweite der scharfkantigen Hufe kam.

Wanja war bereits vorausgegangen und stieß die Tür mit ihrem starken Arm auf. Das Holz ächzte und gab gehorsam nach.

Ein beißender Geruch nach Bier, rußigem Feuer und fettigen Schaffellen waberte Tobbs entgegen. Er beeilte sich, hinter Wanja über die Schwelle zu treten, und sah nach den endlosen leuchtenden Schnee-Ebenen erst einmal gar nichts. Ungläubiges Gemurmel und vereinzelte Rufe erklangen. Tobbs blinzelte und konnte etwa zwanzig Gestalten ausmachen, die an schmalen Holztischen saßen. Einige Frauen schälten Kartoffeln. Fünf graue Katzen lagen auf der Ofenbank und blickten mit glühenden Augen den unerwarteten Gästen entgegen.

»Iwan!«, rief eine weißhaarige Frau. »Da hol mich doch der Teufel – ich hätte schwören können, du hast uns längst vergessen!«

»Hallo, Lameta!«, gab Wanja mit einer erstaunlich tiefen Stimme zurück. »Und ich hätte schwören können, Baba Jaga hätte dich längst gefressen!«

Tobbs stutzte. Wanja wurde als Iwan angesprochen! Waren die Leute hier blind? Er blieb an der Tür stehen und beobachtete die Runde. Überraschte Gesichter verzogen sich zu zahnlosem Grinsen. Frauen sprangen auf und begrüßten Wanja wie einen alten Freund.

»Helka, sieh ihn dir an – du erinnerst dich doch noch an den kleinen Iwan? Ist vor fünfzehn Jahren in die Hauptstadt gegangen.«

»Und bei allen Geistern – feine Pelze und Stoffe trägt er. Hast dein Glück am Hof gemacht, nicht wahr, Iwan?«

Wanja lachte. »Zumindest reicht es, um euch einen Becher Engelstränen auszugeben!«, rief sie und nahm am Tisch Platz. Es gab ein großes Hallo, dann wurde ein Holzkrug gebracht, der randvoll mit einem nach Himbeeren duftenden Getränk gefüllt war. »Und ich habe euch sogar einen Gast aus der Hauptstadt mitgebracht«, meinte Wanja nun und deutete zur Tür. »Ihr kennt ja noch meine kleine Schwester – nun, das ist Lodor, ihr Sohn. Leider stumm, aber dafür ein anständiger Schmiedegeselle. Wirklich anständig.«

Zwanzig Augenpaare starrten Tobbs an. Er wurde rot und versuchte sich mehr schlecht als recht an einem Lächeln. Im nächsten Augenblick hatten die Leute ihn schon umringt. Die Frauen umarmten ihn überschwänglich und kniffen ihn in die Wange.

»Nein, sieh mal – er sieht genauso aus wie Nata! Das sind ihre braunen Augen.«

Diese Aussage verunsicherte Tobbs mehr, als er zugeben wollte. Kam er am Ende vielleicht aus Rusanien? War es das, was Wanja und Dopoulos vor ihm verheimlichten? Der Wirt hatte ihm vor einiger Zeit erzählt, seine Eltern hätten rote Kleidung getragen und stammten aus einem Land, aus dem keine Tür in die Taverne führte, aber wer sagte, dass das nicht auch nur eine Ausflucht gewesen war, um Tobbs abzulenken? Rote Kleidung trugen die Frauen hier auch!

»Gebt ihm was zu trinken! Er ist ja ganz blass!«

Jemand drückte ihm schwungvoll einen geschnitzten Holzbecher in die Hand und forderte ihn auf, damit anzustoßen. Wanja nickte ihm aufmunternd zu und er kippte den ganzen Inhalt des Bechers in einem Zug hinunter. Himbeerduft und Höllenschärfe löschten für einige Augenblicke alle Gedanken aus, Tränen schossen ihm in die Augen und der erste Atemzug schmeckte, als hätte er seinen Kopf in einen glühenden Ofen gesteckt und tief Luft geholt. Wohlwollende Hände sausten auf seine Schultern und den Rücken nieder, während er hustete, dann saß er schon auf der Ofenbank neben einer Katze und hatte den zweiten Becher in der Hand. Wanja zwinkerte ihm zu.

»Jetzt spann uns nicht länger auf die Folter, Iwan!«, forderte die Frau namens Lameta. »Wie ist es in der Stadt? Man sagt, da gibt es bunt bemalte Kutschen und die Weiber tragen Hosen wie die Männer.«

Wanja nickte gewichtig und begann zu erzählen.

Tobbs staunte nicht schlecht. Wanja – beziehungsweise Iwan – hatte eine interessante Karriere durchlaufen. Drei Jahre Arbeit am Hof eines Königs mit seltsamem Namen, danach Dienst bei einem Pferdezüchter und schließlich eine eigene Schmiede, die spezielle Hufeisen für Sport- und Kurierpferde herstellte. Und zwischen diesen Stationen malte Wanja mit Worten das Panorama einer Hauptstadt mit glänzenden Palästen, juwelengeschmückten Kutschen und einem Hafen, an dem Schiffe aus aller Welt anlegten. Tobbs ertappte sich dabei, wie er mit offenem Mund zuhörte, ebenso fasziniert wie die Dorfbewohner, die jedes Wort von Wanja aufsogen. Für einen Augenblick glaubte er sogar selbst, Iwan vor sich zu sehen – einen erfolgreichen Schmied, den es einfach mal wieder in die Heimat verschlagen hatte. Umso seltsamer war es, sich klarzumachen, dass dort immer noch Wanja saß. Wanja, die, solange Tobbs denken konnte, die Wirtshausschmiede betrieb und für die Türen zuständig war. Was für ein Spiel spielte sie hier?

Endlich, nach einigen weiteren Krügen des scharfen Getränks, wurde die Gesellschaft müde. Alte Geschichten machten nun die Runde und Wanja setzte sich neben den Ofen, zündete eine Pfeife an und hörte zu. Eine der Wirtshauskatzen gähnte und ließ dabei eine rosa Zungenspitze sehen. Wanja streckte die Hand aus.

»So ein hübsches Kätzchen«, schmeichelte sie. Ihre langen Finger kraulten den Fellkragen. Tobbs kam aus dem Staunen nicht heraus. Wanja war nicht gerade dafür bekannt, Katzen zu mögen. Sie streichelte nicht einmal Neki, doch nun zog sie die Katze näher zu sich heran, hob sie sogar auf den Schoß und warf einen schnellen, prüfenden Blick in die Runde. Als sie Tobbs' verwunderten Blick bemerkte, grinste sie verschwörerisch. Nun, eine kluge Katze hätte sofort gewittert, dass an Wanjas Freundlichkeit etwas faul war, aber dieses Exemplar war anscheinend nicht schlauer als das Schaffell auf der Ofenbank. Nur Tobbs sah, wie Wanja das Tier mit einem raschen Griff unter die Jacke stopfte. Ein protestierendes Maunzen brach abrupt ab, dann beulte sich nur noch die Jacke. Wanjas Taschenfalle mit Stummschaltung. Aber was wollte sie bloß mit dem Tier anfangen?

Wanja gähnte und stand langsam auf.

»Wird Zeit«, meinte sie in die Runde. »Iwan und Lodor machen sich auf den Weg. Wir wollen vor Mitternacht im nächsten Dorf sein.«

Lameta verzog das Gesicht zu einer sorgenvollen Miene. »Zu zweit wollt ihr durch Baba Jagas Wald reiten?«

Wanja lachte. »Glaubt ihr immer noch an das Märchen von der alten Hexe? Nun, ich bin noch nie abergläubisch gewesen.«

»Es ist kein Märchen«, wandte Lameta ein. »Du kannst hier jeden fragen – erst gestern hat der Knecht rote Teufel in den Wald reiten sehen. Die Hexe hat zum Tanz gerufen. Und einige Bäume brannten.«

»Das stimmt«, ereiferte sich ein Mädchen. »Heute Nacht hat uns ein Donner aus dem Schlaf gerissen. Und als ich morgens aus der Tür trat, roch es nach verbranntem Holz.«

Wanja lachte. »Keine Sorge, Lameta. Die Teufel, die Iwan dem Schmied Schwierigkeiten machen, müssen erst noch geboren werden.«

Tobbs' Wangen glühten immer noch von dem Branntwein, sodass der Wind, der ihm ins Gesicht blies, doppelt so kalt erschien. Wanja bedeutete Tobbs zu schweigen, bis sie aufgestiegen und zum Dorf hinausgeritten waren. Einige der Dörfler waren vor die Tür getreten und starrten ihnen besorgt nach.

»Mund zu und lächeln, Tobbs!«, sagte Wanja leise und winkte zum Abschied. Tobbs beherrschte sich mühsam, bis sie auf den Weg eingebogen waren und das letzte Haus im Dorf hinter ihnen verschwand, dann rückte er näher an Wanja heran.

»Du bist also dieser geheimnisvolle Iwan? Warum hast du einen falschen Namen angegeben?«

Wanjas leises Lachen spürte er mehr, als er es hörte. »Ich würde nie einen falschen Namen nennen.«

»Du heißt tatsächlich Iwan?«

Sie nickte.

»Aber warum …«

»Weil meine Eltern einen Sohn wollten. Ich bin die älteste von fünf Töchtern. Mein Vater war Schmied und hatte vier Brüder, verstehst du?«

»Nein.«

»Na, ein Mädchen kann keine Schmiede erben, jedenfalls nicht da, wo ich herkomme. Die Schmiede wäre nach dem Tod meines

Vaters an einen meiner Onkel oder deren Söhne gefallen. Und niemand wusste, ob meine Mutter noch einen Sohn bekommen würde. Also haben sie mich kurzerhand Iwan genannt. Meine Freunde nennen mich Wanja – hier in Rusanien ist das ein Jungenname. Das ist alles.«

»Du bist als Junge aufgewachsen? Aber du bist doch eine Frau!«

»Für meine Familie ja, für die Dorfbewohner aber war ich immer der Sohn des Schmieds. Als ich jünger war, sah ich eben eher aus wie ein Junge.« Sie seufzte. »Na ja, ich habe tatsächlich nur jüngere Schwestern und mein Vater … Ich glaube, er wünschte sich so sehr einen Sohn, dass er am liebsten vergessen hätte, dass ich keiner bin.« Bei diesen Worten klang ihre Stimme ein wenig traurig und Tobbs wurde bewusst, dass er Wanja in all den Jahren in der Taverne nie richtig gekannt hatte. Er brauchte eine Weile, um diese Neuigkeit zu verdauen. Welche Geheimnisse mochte erst Dopoulos haben?

»Deshalb hast du also dein Haar abgeschnitten«, meinte er schließlich. Wanja schüttelte den Kopf.

»Ach was. Das war bloß, damit der Totenkopf mich wiedererkennt und ins Haus lässt. Er kennt mich nur als Iwan. Und das Gedächtnis der Knochenmänner ist nicht mehr wert als eine verwitterte Grabinschrift. Ich trage sogar den Mantel, in dem er mich zuletzt gesehen hat. Sicher ist sicher.«

Wanja hatte an alles gedacht. Und sie wusste ihre Geheimnisse gut zu verbergen. Viel zu gut. Tobbs nahm seinen Mut zusammen und stellte die Frage, die ihm schon seit der Begrüßung im Wirtshaus so schwer im Magen lag.

»Die Frau vorhin … hat gesagt, ich hätte dieselben Augen wie deine Schwester. Komme ich … aus Rusanien?«

Wanja wandte sich im Sattel zu ihm um. Lachfältchen ließen sie wieder wie seine Wanja aussehen.

»Nein Tobbs. Das war nur eine Täuschung. Die Leute im Dorf wissen nicht, dass Baba Jaga zu meiner Familie gehört. Und sie wissen auch nicht, dass ich von ihr ein paar Tricks gelernt habe, die das Leben einfacher machen. Ich habe mit einer Prise Magie dafür gesorgt, dass du in ihren Augen meiner Schwester ähnlich siehst.«

Tobbs atmete erleichtert auf. Die Vorstellung, aus Rusanien zu stammen, hätte ihm gar nicht gefallen. Seine Stimme zitterte, als er sich noch weiter vorwagte.

»Dann beantworte mir bitte nur noch eine Frage. Ich will wissen, wer …«

»Nein«, unterbrach ihn Wanja grob. »Du denkst an nichts anderes als daran, wer deine Eltern sein könnten. Ich werde dir nichts weiter sagen. Glaub mir, ich weiß, was ich tue.«

Nun, immerhin war das eine klare Antwort. Und im Grunde hatte er von Wanja auch keine andere erwartet.

»Und wozu brauchst du die Katze?«, fügte er noch leiser hinzu.

»Nun, die Totenköpfe an der Pforte sind nicht die einzigen Bediensteten meiner Tante, die nicht mit Veränderungen umgehen können«, sagte Wanja geheimnisvoll und gab Rubin die Sporen.

Das Häuschen hatte es sich inzwischen bequem gemacht und stand auf den Befehl des Totenkopfs, der Prinz Fjodor hieß, nur widerwillig auf. Etwas schief blieb es stehen, das Dach nachdenklich nach links geneigt. »Iwan! Iwan! Iwan!«, kreischte die knöcherne Türglocke. Doch Baba Jaga war immer noch nicht im Haus.

»Also gut«, murmelte Wanja. »Dann gehen wir jetzt einfach ohne Erlaubnis und Einladung rein. Halte dich dicht hinter mir!«

Tobbs gehorchte. Seine Knie waren weich vom langen Ritt und der verkrustete Schnee an seiner Hose knirschte bei jedem Schritt.

Wanja näherte sich der Tür und stieß sie vorsichtig mit einem Finger auf. Sie war offen!

»Stopp!«, befahl Wanja. »Nicht über die Türschwelle treten.«

Sie beugte sich nach vorne und spähte in den finsteren Raum. Ein Griff unter ihre Jacke und schon kegelte die völlig überraschte Wirtshauskatze fauchend in die Dunkelheit. Es blitzte und funkte, ein trockenes »Fump« erklang und in der Hütte ging ein Feuerwerk los. Tobbs hörte einen empörten Katzenschrei, dann schoss ein stinkendes angesengtes Fellbündel an ihnen vorbei in den Schnee und verschwand blitzschnell zwischen den Bäumen. Wanja machte einen großen Schritt und zog Tobbs mit sich in das Innere der Hütte.

Das Licht blendete ihn. Eben noch war es hier stockfinster gewesen, nun aber war der Raum hell erleuchtet, Funkenschauer regneten herab und tauchten die kleine Kate in grünes und rosa Licht.

Tobbs erkannte einen Küchenraum mit einem imposanten Ofen aus glasierten grünen Kacheln und einen kunstvoll geschnitzten Sessel in Drachenform. Mehr Möbel gab es nicht, aber vor dem Ofen lag ein riesiger Haufen aus grob zurechtgehauenem Feuerholz, eine Menge, mit der man locker einen Ochsen hätte grillen können.

Endlich verloschen die letzten Funken und das matte Tageslicht gewann wieder die Oberhand.

»Was war das?«, flüsterte Tobbs. »Was ist mit der Katze passiert?«

Wanja kniff die Augen zusammen und sah sich um. Beim Blick auf den Drachenstuhl glitt ein zufriedenes Lächeln über ihr Gesicht. »Das war nur Domovoj, der gute Geist des Hauses, könnte man sagen. Na ja, eher eine Art Kobold. Sein Zorn trifft immer den, der als Erster unbefugt über die Schwelle geht. Am besten nimmt man eine Katze. Die hat danach noch acht Leben übrig und explodiert nicht in der Kammer. Das letzte Mal habe ich ein Huhn genommen. Die Reste hängen immer noch irgendwo in den Tapetenritzen.«

Die Drachenaugen des Sessels blinzelten. Tobbs sah nun genauer hin – und erkannte, dass ein winziger Mann hinter dem Stuhl kauerte. Er war bärtig und alt und sah sehr erleichtert aus.

»Puh«, sagte er mit heiserer Stimme. »Du bist es, Iwan! Dem Himmel sei Dank!« Er lächelte zerknirscht. »Du weißt ja, wie das ist – man weiß nie, wer durch die Tür kommt. Und …«, seine Stimme sank zu einem Flüstern, »du siehst ja selbst, was hier los war.«

Tobbs und Wanja blickten sich um. Und tatsächlich: Der Haufen Feuerholz vor dem Ofen entpuppte sich als Trümmerberg aus zerbrochenen Regalen und Tischen, in den Ecken lagen Scherben und ein Vorhang war zerfetzt, als hätte jemand ihn mit einem Schwert bearbeitet. Die Tür zum Nebenraum stand offen – besser gesagt, sie hing schräg in den Angeln.

Wanja fluchte und stürzte durch die Tür. Tobbs hörte einen empörten Schrei, dann kam sie wutschnaubend zurück. »Wer war das?«, donnerte sie den Domovoj an. »Und wo ist Jaga?«

Domovoj duckte sich unwillkürlich wieder hinter den Drachenstuhl. »Sie kamen mit Pferden. Jaga sah sie von Weitem und schickte den Boten los. Aber dann waren sie schon da.«

»Wer?«

»Die Reiter – es waren drei. Sie hatten rote Bogen und Pfeile und Schwerter, so scharf, dass sie sogar mich in zwei Nebelschwaden zerschneiden konnten. Sie haben das ganze Haus auf den Kopf gestellt.«

»Und Jaga? So rede doch endlich, du nutzloser Haufen Erinnerungen!«

Domovoj schluckte sichtlich und selbst Tobbs wich einen Schritt zurück. Mit einer so wütenden Wanja war wirklich nicht zu spaßen. Verstohlen schielte er zur Tür und erinnerte sich an den roten Pfeil. Beim Gedanken daran, dass die fremden Krieger Baba Jaga in ihrem Haus überfallen hatten, rieselte ein kalter Schauer über sein Genick.

»Jaga ist …«, begann der Hausgeist.

»Ja?«

»Sie sagte, ich solle die Stellung halten, und ist aus dem Dachfenster geklettert.«

»Und dann?«

Domovoj zuckte mit den Schultern. »Dann war sie weg.«

Wanja stöhnte und griff sich an die Stirn. »Das heißt also, sie ist geflohen?«

»Das weiß ich doch nicht«, maulte Domovoj. »Ich bin doch nicht der Gartengeist. Ich war nicht so wahnsinnig, ihr hinterherzuklettern, zumal diese Barbaren gerade die Schlafzimmereinrichtung auseinandernahmen. Die hatten Amulette, ich bin sicher, dass ich auch Magie gespürt habe. Wenn man da nicht aufpasst, ist man zack-zack in einer Flasche eingesperrt oder muss vor irgendwelchen Gräbern Wache schieben. Es gibt ganze Presspatrouillen, die Hausgeister und Kobolde kidnappen und sie …«

»Die Truhe!«, unterbrach ihn Wanja unwirsch. »Haben sie die Truhe?«

Domovoj biss sich auf die halb durchsichtige Unterlippe und blickte ratlos drein. Wanja stöhnte noch einmal auf und stürzte wieder durch die ausgehängte Tür. Eine Sekunde später hörte man, wie sie eine Treppe hinunterrannte. Domovojs große Augen wandten sich Tobbs zu.

»Hallo, Tobbs«, sagte er. »Jaga hat mir viel von dir erzählt. Ich dachte, du wärst ein bisschen kräftiger und nicht so mager und hochgeschossen. Bekommst du bei Dopoulos nichts zu essen?«

Tobbs verzichtete auf eine Antwort und rannte stattdessen Wanja hinterher. Die Treppe war staubig und schmal. Hustend polterte er hinunter – und landete in einem himmelblau gekachelten Badezimmer.

Baba Jaga war wirklich eine Hexe, denn auf den Kacheln spiegelte sich bewegte Meeresbrandung. Der Badezuber hatte die Form einer bauchigen Muschel.

Doch in der Mitte des Badezimmers waren die Kacheln gesplittert. Ein Loch gähnte im Boden. Wanja beugte sich gerade darüber.

»Die Truhe ist weg!«, donnerte sie. »Bannik, verdammt noch mal, was war hier los?«

Eine nasse blaue Hand erschien auf der Muschel, dann noch eine, schließlich schob sich ein überirdisch hübsches Jünglingsgesicht über den Badewannenrand.

»Ich habe es nicht gesehen«, rauschte er mit einer Stimme wie Welle und Gischt. »Jaga hat gesagt, ich solle verschwinden, da habe ich mich verflüssigt und im Abfluss verkrochen – es war schrecklich laut, viel Gepolter, die Hütte hüpfte.«

»Hast du etwas gesehen?«

»Nur gehört. Sie brüllten schrecklich in einer fremden Sprache. Es klang wie rückwärts gesprochen mit Halsentzündung. Sie waren sehr wütend. Und dann waren alle weg.«

»Weiß denn überhaupt jemand, was in diesem Haus vor sich gegangen ist?«, brüllte Wanja. »Wozu hat Jaga magische Geschöpfe im Haus, wenn ihr euch alle hinter Sesseln und in Rohren verkriecht?«

»Nun ja, ich bin nur für das Wasser zuständig«, entgegnete der Jüngling gekränkt. »Es muss immer exakt 46,8 Grad Celsius haben und …«

Wanja winkte müde ab. Der Geist des Bades machte ein beleidigtes Gesicht und zerfiel in einen Tropfenschauer. Das Letzte, was Tobbs von ihm hörte, war ein vorwurfsvolles Gurgeln.

Wanja rieb sich die Augen und stand so langsam auf, als wäre sie um hundert Jahre gealtert.

»Sollen wir suchen?«, fragte Tobbs. »Die Truhe war hier unter den Kacheln, richtig? Vielleicht war Baba Jaga ja schneller als die Einbrecher und hat sie mitgenommen!«

»Oder aber sie hatte sie schon vorher woanders versteckt und die Angreifer haben dieses Loch ganz umsonst in den Boden geschlagen. Das ist wahrscheinlicher, denn Jaga hat die Angewohnheit, ihre Wertsachen immer wieder umzulagern.«

»Dann müssen wir sie finden!«

Wanja seufzte und schlurfte wieder die Treppen hoch. Oben angekommen ließ sie sich auf den Drachenstuhl fallen. Von vorne betrachtet sah sie nun aus, als würden ihr zwei gewaltige hölzerne Flügel aus den Schultern wachsen. Und die – so fand Tobbs – standen ihr ausnehmend gut.

»Na wunderbar«, murmelte sie. Und dann sah sie Tobbs an, als hätte sie unendliches Mitleid mit ihm. Ihm wurde ganz flau im Magen.

»Was ist in der Truhe?«, fragte er. Wanja winkte ihn heran und nahm zu seiner Überraschung seine Hände.

»Etwas, was auch für dich wichtig sein kann. Etwas, was wir brauchen, für die Taverne – und für dich.«

»Es geht um den Schatz, nicht wahr? Warum wollen die Reiter ihn haben? Aus welchem Land kommen sie?«

»Wie es wirklich heißt, weiß ich nicht, man nennt es nur das Rote Land. Und wir haben aus gutem Grund keine Tür, die von dort aus in die Taverne führt. Sie suchen nach … magischen Gegenständen.«

»Und der Schatz in der Truhe, das ist ein magischer Gegenstand.«

»Ohne ihn keine Taverne«, sagte Wanja schlicht. Tobbs fröstelte. Das war ja noch viel schlimmer, als er angenommen hatte!

»Wir müssen Tante Jaga finden«, fuhr Wanja fort. »Vielleicht hat sie Glück gehabt und konnte tatsächlich in den Wald fliehen.«

Sie sah ihm direkt in die Augen – sie hatte schöne blaue Augen, fast so blau wie die von Anguana, mit langen Wimpern, und Tobbs wunderte sich einmal mehr darüber, dass jemand die dämonenschöne Wanja für einen Mann halten konnte. Rusanien war ein Land voller Rätsel.

»Tobbs, du hast leider keine Wahl. Ich kann nicht in die Taverne zurück, bevor ich Jaga nicht gefunden habe und weiß, was mit der Truhe geschehen ist.«

»Natürlich nicht!«

»Es kann gefährlich werden und mir ist gar nicht wohl dabei, dass du mich begleitest, aber vielleicht muss es so sein. Hast du Angst?«

»Natürlich habe ich Angst«, antwortete Tobbs heftig. »Was glaubst du denn? Wenn du es genau wissen willst, wird mir beim Gedanken, dass die Taverne in Gefahr ist, ganz schlecht. Schließlich ist sie das einzige Zuhause, das ich habe. Also muss ich mitkommen.«

Wanja lächelte. »Das ist mein Tobbi«, sagte sie und schlug ihm so auf die Schulter, dass er unwillkürlich ein wenig in die Knie ging.

Auf der Fuchsspur

Im Haus war nichts zu finden. Tobbs staunte nicht schlecht, wie groß und verwinkelt das Hexenhäuschen von innen war – bei Zimmer Nr. 31 hörte er auf zu zählen. Und wie viele Verstecke es darin gab! Aber in keinem davon fand sich eine Truhe. Domovoj war eine große Hilfe, denn immerhin gelang es ihm, mit seinem Funkenball jede noch so verkantete Tür aufzubrechen und die Trümmer wegzusprengen. Jedes Mal, wenn eine lautlose Explosion die Wände vibrieren ließ, trippelten die Hühnerbeine unbehaglich auf der Stelle oder drehten das Häuschen um sich selbst.

»Nichts zu machen«, sagte Wanja, nachdem sie das letzte Versteck geprüft hatten. »Also los – auf in den Wald!«

Rubin stand immer noch gesattelt neben Jagas Häuschen und wartete. Tobbs wich seinen schnappenden Zähnen aus und ließ sich von Wanja auf den Pferderücken ziehen. Jeder Muskel erinnerte sich an den schmerzhaften Ritt der vergangenen Nacht und protestierte. Doch Tobbs biss die Zähne zusammen.

Hinter dem Haus auf Hühnerbeinen hatten die Reiter eine Schneise der Verwüstung hinterlassen. Obwohl der Boden gefroren war, hatten sie auf der Suche nach dem Schatz alle Beete umgegraben. Neben einer alten, durchlöcherten Regentonne lagen ein paar schlaffe Hühner herum. Vermutlich waren sie vor Schreck tot umgefallen.

Rubin setzte sich in Bewegung und federte in leichtem Trab an den Schädelpfosten vorbei. Rechts – zwei – drei, links – zwei – drei, ein Tänzchen in Ehren kann niemand verwehren. Die rätselhaften Worte des Türglockenschädels gingen Tobbs immer wieder durch den Kopf.

»Tschaui-Maui!«, rief der Schädel. »Auf Wiedersehen!«

Tschaui-Maui, wiederholte Tobbs in Gedanken. Das hatte der Schädel vorhin auch schon gesagt. Tobbs klopfte Wanja auf die Schulter. »Sag mal, was hat der Schädel vorhin gemeint, als er sagte, dass Baba Jaga Leschij besucht?«

»Eigentlich ist das eine Redensart«, antwortete Wanja. »Leschij ist ein Waldgeist, aber er hat Orientierungsprobleme. Wenn man ihn trifft, kann man ziemlich sicher sein, dass man sich verlaufen wird. Wenn man Leschij besucht, verläuft man sich also im Wald.«

Tobbs runzelte die Stirn. Tschaui-Maui. Rechts – zwei – drei, links – zwei – drei. Irgendwo in seinem Hinterkopf tanzten die Gedanken Walzer. Und er war sich ziemlich sicher, dass es sich lohnte, die Runde zu Ende zu tanzen.

Die Spur der Reiter führte tief in den Wald hinein. Umgeknickte Äste und aus den Baumkronen gerutschte Schneehaufen wiesen Wanja den Weg. Tobbs hatte den Eindruck, dass Rubin besonders leise lief. Dennoch hallte jeder Schritt im Wald wider. In dieser absoluten Stille hätte man sogar den Flügelschlag einer Eule gehört. Kein Knacken, kein Vogelruf, kein Rascheln. Sogar der Wind hatte aufgehört zu wehen. Tobbs war unbehaglich zumute. Die Bäume schienen ihn zu beobachten, mehr als einmal kam es ihm vor, als würden die Äste sich herabsenken, um die beiden Reiter auf dem roten Ross unauffällig in eine bestimmte Richtung zu dirigieren. Nach einiger Zeit ließ Wanja dann auch die Zügel los und verließ sich darauf, dass Rubin den Weg selbst suchte.

Tobbs schielte über seine Schulter nach hinten. Da! Mitten im dunklen Geäst erkannte er zwei goldbraune Augen. Ein Fuchs. Doch statt wegzulaufen, trat das Tier aus dem Gebüsch und flitzte los. Rubin scheute, als der Fuchs ihn überholte.

»Folge dem Fuchs!«, flüsterte Tobbs Wanja zu. Sie zuckte zusammen, doch dann nickte sie und trieb Rubin an.

Die kleine Lichtung, die sie bald erreichten, hatte schon bessere Zeiten gesehen. Auch hier hatten die roten Reiter ihre Spuren hinterlassen. Äste waren säuberlich durchgehauen, ein Baum war verkohlt und rauchte sogar noch, der Schnee war zertrampelt, die halb gefrorene Erde darunter aufgewühlt. Und mitten in dem Chaos leuchtete etwas so rot, dass Tobbs sofort wieder übel wurde. Blut. Viel Blut!

Wanja schrie auf und sprang so schnell vom Pferd, dass sie Tobbs mitriss. Mit einem reflexartigen Satz schaffte er es, zumindest auf den Füßen zu landen.

Wanja rannte zu dem armseligen Bündel, das auf der Lichtung lag. »Jaga! Jaga!«, rief sie, dann fiel sie auf die Knie und schluchzte laut auf.

Das war schlimmer als alles, was Tobbs je gesehen hatte. Von einem Augenblick zum nächsten überschwemmte ihn das Entsetzen. Die Welt – die sichere, verlässliche Welt, die ihn bisher umgeben hatte – wurde brüchig. Ein Abgrund voller Gefahren, Leid und Tod tat sich auf. Erst jetzt begriff Tobbs wirklich, was vor sich ging: Die Taverne war tatsächlich in Gefahr und somit das Leben aller ihrer Bewohner. Und Jaga war tot.

Man erkannte sie nicht einmal mehr. Blutiger Stoff war in die Erde gestampft, ein zerrissenes Kopftuch hing einsam und verloren an einem Ast. Es war rot, mit lila und neongrünen Punkten.

»Sie haben sie – einfach niedergeritten und hingemetzelt!«, flüsterte Wanja fassungslos. »Wie konnte das passieren?«

Tobbs wusste keine Antwort. Entsetzen lähmte ihn und ließ jedes seiner Haare zu Berge stehen. Hilfe suchend sah er sich nach dem Fuchs um.

Das Tier hatte sich neben dem rauchenden Baum niedergelassen und sah – ja – ausgesprochen zufrieden aus. Und nun, als Tobbs ihm direkt in die goldbraunen Augen sah, schüttelte der

Fuchs ganz deutlich den Kopf und … zwinkerte Tobbs mit einem Auge zu. Tobbs stutzte.

»Wanja?«

Die Schmiedin schniefte und wischte sich mit dem Ärmel über die Augen. »Was?«

»Kann Jaga sich in ein Tier verwandeln?«

Das Schniefen hörte auf. Wanja blinzelte ihn ratlos an und stand auf. »Nein, kann sie nicht. Warum?«

Tobbs deutete auf den Fuchs, der nach einem herzhaften Gähnen demonstrativ angewidert das geschmacklose Kopftuch betrachtete, bevor er zu dem Bündel trabte und in aller Ruhe am blutigen Schnee leckte. Tobbs war entsetzt, aber Wanja packte ihn an der Schulter und atmete hörbar auf.

»Hühnerblut! Tobbs, wir sind Idioten!« Sie lachte, während ihr die Tränen noch über die Wangen liefen, und schritt entschlossen zu dem Bündel. Ohne zu zögern, griff sie nach einem Stofffetzen und hob ihn hoch.

»Ein roter Kittel mit lila und rosa Streifen!«, stellte sie fest. »Und dann dieses Kopftuch – Tante Jaga würde wirklich eher sterben, als so etwas zu tragen! Sie hasst Lila und Rot. Und Neongrün und Rosa sowieso.«

Sie hat Rot gesehen – Tobbs kamen die Worte der Türglocke in den Sinn. Langsam dämmerte ihm, dass die Türglocke vielleicht gar kein so schlechtes Gedächtnis hatte.

»Das Wasser steht ihr bis zum Hals«, murmelte er. »Schlechtes Wetter hier. Viele Touristen. Da hat sie Rot gesehen. Und Leschij besucht.« Der Fuchs stieß einen keckernden Laut aus, der wie ein Lachen klang, und verschwand im Unterholz. Tobbs grinste triumphierend. »Das ist Jagas geheime Botschaft!«

Wanja schlug sich an die Stirn.

»Ich bin ein Hornochse! Klar! Warum bin ich nicht selbst darauf gekommen! Das Wasser steht ihr bis zum Hals – Jaga liegt gern in der Badewanne und manchmal döst sie im heißen Wasser ein und sieht Dinge, die noch weit entfernt sind, wie in einem Spiegel. Sie muss von den Reitern geträumt haben: Sie hat Rot gesehen – viele Touristen, also rote Reiter – und dann – Leschij – ist sie in den Wald geflohen. Das heißt, ihr ist aller Wahrscheinlichkeit nach gar nichts passiert! Und was auch immer da liegt, Jaga ist es nicht. Aber die Reiter sollten in dem Glauben gelassen werden, sie hätten sie umgebracht.«

»Sie hat ihren Tod also nur vorgetäuscht«, spann Tobbs den Faden weiter. »Mit Hühnerblut und Kleidung, die sie nie getragen hätte – was die Reiter natürlich nicht wissen konnten. Aber als Zeichen an dich würde es funktionieren. Und vermutlich hat sie den Fuchs beauftragt, uns einen Hinweis zu geben.«

Wanja nickte. Ihre Wangen glühten. »Gut. Also ist es ihr gelungen zu fliehen. Aber wohin? Was hat der Knochenkopf noch gesagt?«

»Er hat einen Walzer gesummt.«

Wanja dachte angestrengt nach. »Ein Tanz, ein Tanzplatz – das könnte die Lichtung am verborgenen See sein.« Ein verklärtes Lächeln huschte über ihr Gesicht und ließ es weich erscheinen. Der Abglanz einer sehr angenehmen Erinnerung lag darauf. »Meine Tante war schon immer schlau – das ist ein Ort, den nur sie und ich kennen. Der Tanzplatz der Tümpelnixen! Als Mädchen wollte ich immer so hübsch und zierlich sein wie die Flossenmädchen. Einmal bin ich dorthin geschlichen und habe mit ihnen getanzt.« Sie seufzte. »Zum Glück hat mich Tante Jaga gefunden und mich aus dem Tümpel gefischt, bevor ich ertrank. Es ist nicht weit von hier. Allerdings müssen wir zu Fuß gehen, das Gehölz ist zu dicht für Rubin.«

Mit Schwung nahm sie die beiden riesigen Satteltaschen vom Pferderücken und gab Rubin einen Klaps auf den Hals. »Halt dich in der Nähe!«, befahl sie. »Aber falls du die Reiter siehst, lauf zu Jagas Haus zurück und lenke sie ab, verstanden?«

Rubin fletschte abenteuerlustig die Zähne und warf den Kopf hoch. Dann preschte er davon. Tobbs atmete auf. Ohne Pferd fühlte sich der Aufenthalt in Rusanien schon deutlich besser an.

»Hier«, sagte Wanja und lud Tobbs eine der beiden schweren Taschen auf. »Und jetzt folge mir!«

Tobbs hatte erwartet, einen verzauberten See vorzufinden. Und bei der Aussicht, gleich echte rusanische Nixen zu sehen, bekam er Herzklopfen. Aber als sie nach einer anstrengenden Stunde Fußmarsch eine winzige Lichtung erreichten, war da nichts außer einem eingeschneiten, schmucklosen Weiher und ein paar alten, schäbigen Bäumen.

»Leise, die Nixen schlafen im Winter«, befahl Wanja. »Also trample nicht zu laut auf dem Eis herum.«

Vorsichtig schlich sie über die verschneite Eisfläche. Von Baba Jaga keine Spur. Was, wenn sie doch Unrecht hatten? Tobbs sank der Mut und auch Wanja wurde zunehmend nervös. Mehrmals umrundete sie den Tümpel, blickte hinter jeden Baum und ließ einen trillernden Vogelpfiff hören, der jedoch nicht beantwortet wurde.

»Nichts!«, meinte sie dann flüsternd. »Lass uns Pause machen und noch mal Satz für Satz durchgehen.«

Tobbs hätte nie zugegeben, wie erleichtert er war, als Wanja in eine hohle Eiche kletterte und er sich endlich hinsetzen und etwas ausruhen konnte. Der Schlafmangel machte ihm immer mehr zu schaffen, aber auch Wanja schien vor Kälte zu schlottern.

»Komm, rutsch rüber«, sagte sie leise.

Sie kauerten sich aneinander und unterhielten sich nur noch flüsternd. Draußen wurde es dunkel, die Schatten verschmolzen mit der Nacht und die Nixen seufzten leise im Winterschlaf. Fuchsaugen leuchteten auf und verschwanden wieder.

Tobbs hatte nicht bemerkt, wie er vor Erschöpfung einfach eingeschlafen war. Ein Teil seines Bewusstseins nahm noch wahr, dass Wanjas Arm auf seinen Schultern lag und der Pelz des Ärmels seine Wange kitzelte, der andere Teil aber träumte von Sonnenschein: Er fror nicht mehr, heiße Luft umfächelte ihn und es duftete nach Rosen und Honigkraut.

Tschaui-Maui und auf Wiedersehen, sang der Schädel. In Tobbs' Traum stak er auf einer Harpune und Wasser floss zwischen seinen Zähnen hervor. Doch sooft ihn Tobbs auch fragte, wohin sie Baba Jaga folgen sollten, der Schädel wiederholte nur stur seine Sätze. Manchmal verhaspelte er sich dabei und Tobbs' Gedanken gerieten ins Stolpern. Tschaui-Maui. Maui-Tschaui – Maui – Mau … tschi …

Tobbs erwachte davon, dass seine Oberlippe stechend schmerzte, weil sich eine Hand darauf presste. Und Luft bekam er auch keine. Erschrocken wollte er hochfahren, doch eiserne, starke Arme hielten ihn gefangen. »Leise!«, wisperte ihm Wanja ins Ohr. Erst dann nahm sie ihre Hand von seinem Mund und er konnte den Kopf senken und durch das Loch im Baum nach draußen spähen.

Draußen war es Nacht, Fackellicht huschte über den Boden, ein Stampfen von scharfen Hufen erklang. Tobbs wagte nicht zu atmen. Was waren das für kehlige Laute, die ihm die Haare zu Berge stehen ließen? Dunkle, wenig menschenähnliche Stimmen, eher einem Tier ähnlich, das sich mit Rufen und mit Knurren verständigt. Drei verschiedene Stimmen konnte Tobbs ausmachen.

Einen Augenblick war es plötzlich still, dann galoppierte etwas direkt vor ihrem Unterschlupf vorbei. Wanja und Tobbs zuckten zusammen, als sie den von schwachem Feuerschein erleuchteten Huf sahen. Wenn dieser Huf zu einem Pferd gehörte, musste es ein gespenstisches Tier sein, denn statt eines Fellbüschels wimmelte ein Bündel kleiner roter Schlangen um den Huf. Das Licht huschte weiter und der Galoppschlag wurde zu einem leisen Klirren, als die Reiter ihre seltsamen Rosse über den gefrorenen See laufen ließen.

»Da sind sie!«, flüsterte Tobbs. »Und sie suchen uns.«

»Nicht uns«, erwiderte Wanja. »Wir sind nur Wanderer. Aber sie werden uns kaum am Leben lassen, wenn sie uns entdecken. Und früher oder später werden sie natürlich auf die Idee kommen, hier nachzusehen.«

Tobbs biss sich auf die Unterlippe und nickte. Seine Gedanken arbeiteten fieberhaft. Hilfe suchend sah er nach oben. »Der Baum ist bis zur Krone hohl!«

Wanja folgte seinem Blick, dann nickte sie und forderte ihn mit einer Geste auf vorauszuklettern.

Einfach war es nicht, die tauben Beine dazu zu bringen, sich zu bewegen, und die Angst machte es nicht besser. So leise wie möglich kroch Tobbs über schartige Ausbuchtungen nach oben, während seine Arme vor Anstrengung zitterten. Nur keine Geräusche machen! Draußen hallten gedämpfte Rufe durch den Wald. Noch waren die Reiter beschäftigt. Tobbs zog sich hoch und ertastete in der Dunkelheit einen Spalt. Der Baum war offen! Allerdings war der Spalt nur so breit, dass bestenfalls Tobbs hindurchpassen würde. Wanja zupfte an seinem Hosenbein. Sofort verharrte er. Jetzt fiel es ihm ebenfalls auf: die plötzliche, absolute Stille.

Das Nächste, was er hörte, war, dass Wanja ihr Gewehr entsicherte. Wie eine Gämse balancierte sie mit abgestützten Beinen in dem Baumstamm, gehalten nur durch die Kraft ihrer Beinmuskeln.

»Klettre weiter!«, zischte sie ihm zu, doch Tobbs warf einen Blick nach unten in die Höhlung, die sie eben hinter sich gelassen hatten. In diesem Augenblick steckte der rote Reiter seinen Kopf durch das Eingangsloch im hohlen Baum, blickte nach oben und sah Tobbs direkt ins Gesicht.

Durch eine schmale Öffnung in seinem Helm glitzerten Tieraugen mit geschlitzter Pupille. Tobbs erstarrte. Der Blick durchschauerte ihn wie eine kalte Dusche und ließ nur einen gefrorenen Gedanken zurück: War er erkannt worden?

Der Reiter fletschte blitzende Raubtierzähne. Dann zerriss ein Knall die Stille und Tobbs wäre beinahe gestürzt. »Klettre einfach weiter – ich komme nach!«, zischte Wanja ihm zu. Erst jetzt, als der Rauch von explodiertem Schießpulver ihm in die Nase stieg und ihn aus seiner Benommenheit holte, gehorchte er. Wanja hatte den Reiter mit dem Schuss in die Flucht geschlagen, doch draußen erhob sich nun aufgeregtes Geschrei. Wanja feuerte noch einmal in Richtung Eingang und sprang wieder auf den Boden.

Eine Sekunde später hörte Tobbs, wie sie schwere Nägel in den Stamm trieb, und atmete erleichtert auf: Wanja vernagelte den Eingang von innen mit dem Holz, das sie mitgebracht hatte. Und wenn Wanja eine Tür baute, bekam kein noch so magisches Wesen sie von außen wieder auf.

Mit neuem Mut zog Tobbs sich durch den Spalt nach draußen. Kalte Nachtluft umfing ihn, während er flink über die vereisten Äste kletterte, immer darauf bedacht, möglichst gut im Sichtschutz des dicken Stammes zu bleiben. Unten galoppierten die Reiter wie besessen vor dem verrammelten Eingang hin und her und schlugen mit langen Schwertern auf das Holz ein. Klingen und Lanzenspitzen blitzten im Fackelschein auf. Tobbs kletterte noch ein paar Meter höher und klammerte sich an den Stamm. Hoffentlich kam keiner der Verfolger auf die Idee, nach oben zu schauen!

Einige Meter unter ihm erklangen mehrere abgehackte Schläge, dann hatte Wanja den Spalt, durch den Tobbs hinausgeklettert war, so weit verbreitert, dass sie sich ebenfalls ins Freie ziehen konnte. Ihren Werkzeugpacken zog sie hinter sich hoch und schulterte ihn.

»Asoko!«, schrie ein Reiter und deutete mit einer Lanze auf Wanja. Und schon zischten drei Pfeile in ihre Richtung.

Tobbs hatte noch nie erlebt, wie es war, wenn sein Körper Entscheidungen traf, während sein Geist noch wie ein kleines Kind mit erhobenem Zeigefinger dastand und »aber … aber …« stammelte. Als er das nächste Mal bei sich selbst zu Besuch war, saß er ungefähr zehn Meter weiter oben neben Wanja, völlig außer Atem, mit aufgeschürften Händen und schmerzenden Muskeln. Die Pfeile steckten weit unter ihm an der Stelle, an der er sich gerade eben noch befunden hatte. Wanja lud ihr Gewehr nach und zielte auf die Reiter. Blitzartig brachten sich die roten Krieger in Sicherheit.

»Los, noch höher rauf!«, flüsterte Wanja.

»Gib mir das Werkzeug, dann hast du die Hände für das Gewehr frei!«, gab Tobbs zurück.

Trotz der Last, die an seinen Schultern zerrte, war er noch nie so schnell geklettert. Die Angst machte ihn leicht und ließ sein Blut prickeln, als wäre es Limonade. Ast für Ast zog er sich immer höher und zuckte nicht einmal zusammen, als er erneut Gewehrschüsse hörte. Dann wurde es verdächtig ruhig. Er wartete, bis Wanja wieder neben ihm ankam. Unter ihrem Gewicht bog sich ein dicker Ast.

»Keine tolle Idee, hier raufzuklettern«, knurrte sie. »Es ist nur eine Frage der Zeit, bis die Munition alle ist. Und ich wette, die wissen das. Wenn sie nicht ohnehin gerade dabei sind, auf der anderen Seite am Baum hochzuklettern.«

Tobbs leckte sich nervös über die Lippen, die in dem schneidenden Wind längst blau angelaufen waren. Wanjas Werkzeug drückte in seinen Rücken. Ein Axtgriff, der Hammerkopf und das Bündel mit Spezialnägeln, die Wanja eigenhändig geschmiedet hatte. Auf Wiedersehen, hallte es in seinem Kopf. Sonne, Strand und das Wasser stehen der Baba Jaga bis zum Hals. Und dann machte es irgendwo in seinen Gehirnwindungen magischerweise »Klick«.

»Mautschi-Iau«, sagte er leise. »Wanja! Dorthin hat sich Jaga geflüchtet! Sie hat es dem Totenschädel erzählt – als verborgene Botschaft an uns. Dreh die Buchstaben von Tschaui-Maui um und du bekommst ...«

»... eine der vier verfluchten Inseln im Land Tajumeer«, murmelte Wanja.

Tobbs nickte eifrig. »Ich habe gehört, dass sich nicht einmal die Bewohner von Tajumeer dorthin trauen. Angeblich spukt es dort. Und jeder, der auf Mautschi-Iau fährt, kehrt um Jahre gealtert zurück.«

Wanja schnaubte. »Das ist typisch Tante Jaga. Gut, wir müssen ohnehin eine Tür bauen. Dann versuchen wir es eben gleich auf Mautschi-Iau.«

»Du willst eine Tür mitten in der Baumkrone bauen?«

Wanja lächelte grimmig. Und dann erstarrte ihr Lächeln. Tobbs roch es ebenfalls. Rauch.

»Wanja? Wie lange brauchst du?«

Die Schmiedin drückte ihm das Gewehr in die Hand.

»Halte sie in Schach«, befahl sie barsch, zerrte ihren Rucksack von Tobbs' Schultern und hangelte sich zu einem großen Ast. Das war für die nächsten Minuten das Letzte, was Tobbs von Wanja sah, denn ein zischendes Geräusch wies ihn darauf hin, dass er sich lieber um die Reiter kümmern sollte. Von oben konnte er sie erkennen – lächerlich klein, aber unendlich bedrohlich. Ihre Augen glühten im Widerschein des Feuers, das sich zischend am vereisten Stamm hochfraß. Tobbs zielte und feuerte. Knurrend zogen sich die Gestalten zurück. Über ihm brach Holz, Axthiebe hallten im stillen Wald. Doch Tobbs konnte nicht sagen, ob sie von oben oder von unten kamen. Die roten Krieger verständigten sich durch hektische Rufe, die er nicht verstand. Rauch hüllte ihn ein und ließ ihn husten.

»Wanja!«, rief Tobbs leise. »Wie weit bist du?«

Er erhielt keine Antwort, aber soweit er es aus den Augenwinkeln sah, arbeitete die Schmiedin fieberhaft. Sie hackte Zweige ab und nagelte sie an den Stamm. Doch beim Hacken war sie nicht die Einzige. Tobbs erfühlte es, bevor er es hörte – ein berstendes Geräusch aus dem Inneren des Baums. Die alte Eiche schien ihr Gewicht zu verlagern. Dann sackte sie um mehrere Fußbreit nach unten und begann sich zu neigen!

Triumphgeschrei wallte am Fuß des Baumes auf.

»Wanja!«, brüllte Tobbs und kletterte nach oben. Wanjas bleiches Gesicht leuchtete ihm aus dem Rauch entgegen. Im ersten Augenblick sah sie aus wie eine Furie mit Nägeln statt Zähnen, doch dann spuckte sie die Nägel aus und ergriff Tobbs' ausgestreckte Hand.

»Schnell!«, flüsterte sie. »Der Baum kippt!«

Tobbs erkannte einen viel zu provisorischen Türrahmen am Stamm. Sie würden zerschmettert werden. Der Aufprall würde ihn auf das Holz schleudern – und dann würde er vom Baum fallen – direkt in die Spitzen der Lanzen. Tobbs, das Schaschlik. Ein trauriges Ende.

»Augen zu!«, befahl Wanja. Dann kam der Aufprall – und noch während Tobbs in quälender Langsamkeit wahrnahm, wie die harte Rinde ein Muster in seine Haut drückte, wurde das Holz plötzlich weich und zerstob gleich darauf in Millionen von Moleküle. Es löste sich auf, Tobbs aber blieb – und fiel.

Tschaui-Maui

Einige Sekunden blendete ihn helles Licht, dann blieb ihm die Luft weg. Es war, als würde ein Sog ihm den Atem aus der Lunge ziehen. Sein Herz begann zu rasen wie ein kaputtes Uhrwerk kurz vor dem Zerspringen. Gerade noch spürte er, wie er unsanft auf einem glücklicherweise weichen Untergrund aufprallte, dann knipste sich sein Bewusstsein aus.

Als es langsam und torkelnd wieder zurückkehrte wie ein Kneipengänger, der sich nur schwer von seinem Bierglas losreißen kann, fühlte Tobbs als Erstes Sand in seiner Nase und an seinem Gaumen. Offenbar war er mit offenem Mund in einen Sandhaufen gefallen. Er hustete und wälzte sich auf den Rücken, was sofort mit einem Schwindelanfall quittiert wurde. Erst nach endlosen weiteren Sekunden hatte sein Körper sich auf eine sehr viel schneller laufende Zeit eingestellt. Unglaublich: War er wirklich in Tajumeer? Immer noch saß ihm der Schreck in den Knochen – und die sichere Gewissheit, gleich zu sterben.

Es war unerträglich heiß und die Sonne schien ihm grell ins Gesicht. Er hob den Kopf – und blickte auf das endlose, tintenblaue Meer und einen Horizont, auf dem der Abglanz eines orange-roten Scheins lag. Die Spätnachmittage im Land der Tajumeeren waren legendär. Menschen zahlten ein Vermögen dafür, einmal im Leben dorthin zu reisen und sich von dem Farbenspiel des Lichts verzaubern zu lassen. Seit Jahrhunderten inspirierte die Exotik der Landschaft die Märchenerzähler, und auf jedem Jahrmarkt in jedem Land gab es mindestens einen Stand, an dem die leuchtend bunten Muscheln aus Tajumeer feilgeboten wurden – oder billige Imitationen, die die Farbenpracht und zarten Strukturen nur stümperhaft nachahmten.

Und nun lag Tobbs hier am Strand, die Finger im puderweichen Sand vergraben, und staunte. Neben ihm richtete sich Wanja stöhnend auf und klopfte den Sand aus ihrem Pelzmantel.

»Alles klar?«, krächzte sie und spuckte einige Sandkörner aus. »Das war ziemlich knapp.« Sie kniff die Augen zusammen und sah sich um.

Nicht weit von ihnen entfernt saß eine Frau in einem Klappstuhl. Sie trug einen schreiend gelben Bademantel, was die tiefe Bräune ihrer Haut betonte. Ihr Haar war schneeweiß und zu unzähligen Zöpfchen geflochten, die Augen hatte sie hinter einer schwarzen Brille verborgen. Nur die Nase – die leicht gebogene Hexennase – erkannte Tobbs sofort.

»Ich staune, Iwan!«, sagte die Frau mit tiefer Stimme. »Hätte nicht gedacht, dass du so schnell bist.«

»Tante Jaga!«, rief Wanja erleichtert und sprang auf die Füße. »Wie lange bist du schon hier?«

Jaga unterdrückte ein Gähnen und sah auf eine kleine Apparatur an ihrem Handgelenk. Wenn Armbanduhren auch aus Knochen und Mäusezähnen bestehen konnten, war dies vermutlich eine.

»Lass mich nachdenken. Vor genau vierzehn Stunden bin ich durch die Tür gegangen. Multipliziert mit dem Tajumeer-verfluchte-Insel-Faktor von 130,4 macht es genau … 76,06 Tage. Und ich kann dir sagen, den Urlaub habe ich mir verdient!«

Sie lüpfte ihre Brille und musterte Tobbs aus scharfen, kieselgrauen Augen. »Und das ist unser Tobbs. Groß geworden, seit ich ihn das letzte Mal gesehen habe. Was hat er hier zu suchen?«

»Lange Geschichte«, erwiderte Wanja knapp. »Viel interessanter ist, was du hier auf der verfluchten Insel machst. Wie bist du den Reitern entkommen? Wo ist der Schatz? Haben die Reiter ihn etwa doch …«

Baba Jaga hob beschwichtigend die Hand und erhob sich umständlich. »Langsam, Iwan. Die Zeit läuft uns hier nicht davon. Wenn ihr keinen Hitzschlag bekommen wollt, solltet ihr erst einmal eure Mäntel loswerden und euch etwas landestypischer kleiden.« Mit diesen Worten drehte sie sich um und schritt über den flimmernden Sand auf eine Gruppe von Felsen zu, die den Strandbogen säumten. Ihr gelber Bademantel schien in den glühenden Farben des Spätnachmittags zu flirren. Tobbs und Wanja tauschten einen ratlosen Blick.

»Da stimmt etwas nicht«, murmelte Wanja und wischte sich mit dem Zobelpelzärmel über die Stirn. »Aber sie hat Recht, wir müssen aus der Sonne.«

Eilig sammelten sie die verstreuten Hämmer und Zangen wieder ein – die kläglichen Überreste von Wanjas Werkzeug, die mit ihnen auf dieser Insel gelandet waren – und folgten Baba Jaga.

Tobbs' Wangen glühten, er schwitzte und keuchte, der Sand gab unter seinen schweren Winterstiefeln nach und machte das Vorwärtskommen noch beschwerlicher. Trotzdem konnte er den Blick kaum von der Umgebung losreißen.

Der Strand glitzerte vor Perlmutt. Schneckenhäuser und Muscheln, vom Sand auf Hochglanz poliert, funkelten in der Sonne. Nach und nach wurde der Untergrund fester, bekam Struktur und mündete zwischen den Felsen in einen Streifen mit trockenem Erdreich, auf dem wunderbarerweise das saftigste Gras wuchs, das Tobbs je gesehen hatte.

Gleich darauf staunte er noch mehr: Hinter dem Felswall begann eine ganz neue Welt. Schattiges, dunkles Grün und leuchtende Blumenfarben bestimmten hier das Bild. Ranken mit weißen, kelchartigen Blüten wanden sich um schlanke Sternblattbäume. Und mittendrin stand eine flache Hütte, nicht viel mehr als ein Zelt aus einem durchbrochenen Flechtwerk biegsamer Zweige.

Furchterregende Masken humorloser Götter schmückten das Blätterdach. Eine Reihe von Pflöcken stellte wohl einen Gartenzaun dar, und tatsächlich staken auch hier Schädel auf den Pfosten – allerdings waren es die flachen, länglichen Köpfe von Barrakuda-Raubfischen.

»Willkommen in meiner neuen Datscha«, sagte Baba Jaga, als sie das schattige Wohnzimmer betraten.

Die Hexe war ihrem Stil treu geblieben. Statt eines Drachensessels lud ein mittelgroßer Walschädel zum Sitzen ein und auch die Stühle daneben bestanden aus Knochen, aber ansonsten sah das Innere der Hütte wie die Tajumeer-Version des Hühnerbein-Häuschens aus. Sogar die Treppe befand sich an derselben Stelle.

»Setzt euch!«, befahl Baba Jaga. »Ich hole euch etwas Passenderes zum Anziehen.«

Tobbs war unendlich dankbar, als er auf dem mit Muscheln verzierten Tisch eine Karaffe mit Wasser entdeckte. Seine Zunge klebte am Gaumen, und der Sand zwischen den Zähnen machte den Durst nicht besser. Doch die Hitze war noch schlimmer.

Wanja war schon dabei, den Pelzmantel abzustreifen, und Tobbs tat es ihr nach, als müsste er ein Wettrennen gewinnen. Stiefel, Schals und zwei Pullover flogen in die Ecke. Schließlich standen sie sich nur noch mit ihren knielangen Unterhemden bekleidet gegenüber. Wanja schüttelte den letzten Sand aus den Haaren, dann stürzten sie sich auf das Wasser. Noch nie hatte Tobbs einfaches Wasser so köstlich geschmeckt. Der brennende Durst verschwand, den Rest der Karaffe leerte Wanja ihm einfach über den Kopf. Nasse Haare waren auch etwas Wunderbares.

Schritte erklangen auf der Treppe; schon erschien Baba Jaga wieder in der Tür und warf zwei zusammengefaltete Tücher auf den Tisch. Sehr farbige Tücher, die mit hellen Mustern bedruckt waren.

»Die Landestracht!«, verkündete sie. »Na ja, auffallen werdet ihr damit trotzdem, aber die Hitze ist auf diese Weise besser auszuhalten. Runter mit den Hemden und die Tücher einfach umbinden. Na los!«

Tobbs runzelte die Stirn und griff zu dem dunkleren Tuch. Auf dem leuchtend blauen Stoff waren silberne Fische abgebildet – Haie. Wanja nahm das goldene Tuch mit zartgrünen Blattmustern und schlang es sich ohne zu zögern um Brüste und Hüfte. Das Hemd fiel zu Boden. Und mit einem Mal war Wanja nicht mehr der Schmied Iwan, sondern eine erstaunlich weibliche Frau. Unter den weiten Hemden und der groben Schmiedeschürze hatten sich hübsche Beine und Kurven verborgen, von denen Tobbs bisher nichts geahnt hatte. Er senkte den Blick und knotete sich sein Tuch um die Hüfte. So, mit nacktem Oberkörper, war die Hitze einigermaßen zu ertragen. Dann nahm er am Tisch Platz, wo Baba Jaga bereits wartete. In ihrem gebräunten Gesicht wirkten die Falten noch tiefer.

»Wie geht es meinem Kurier?«, fragte sie besorgt.

»Wurde angeschossen und hat Magimnesie«, antwortete Wanja. »Aber er kommt wieder in Ordnung.«

Jaga seufzte. »Armer Konstantin. Ich hatte gedacht, ich hätte die Roten gut genug abgelenkt. Aber die sind wirklich schlimmer als Ausschlag. Euch haben sie auch verfolgt, was?«

»Allerdings. Um ein Haar wären wir von dem Baum erschlagen worden, auf dem wir saßen.«

Baba Jaga wurde unter ihrer Bräune etwas blasser. »Sie haben also die Spur aufgenommen.«

»Was für eine Spur?«, meldete sich Tobbs zu Wort. »Die Spur des Schatzes? Verrät mir jetzt endlich jemand, was es damit auf sich hat? Warum hängt die Existenz der Taverne davon ab?«

Baba Jaga und Wanja starrten ihn beide mit genau demselben

Gesichtsausdruck an: als hätten sie sich verplappert und würden ertappt darüber nachdenken, wie sie den Versprecher wieder vertuschen könnten.

»Nur ein Stück Leder«, meinte Baba Jaga schließlich. »Allerdings eins mit magischer Funktion. Gewissermaßen. Besser du weißt es nicht, falls die Roten dich …«

»Wie bist du hierhergekommen?«, wechselte Wanja das Thema.

»Ich bin geschwommen«, meinte Jaga trocken. »Durch den Nixentümpel. Es war gar nicht so einfach, so schnell das Loch ins Eis zu hacken und es hinter mir wieder zu verschließen.«

»Die Nixen haben einen Zugang nach Tajumeer?«

»Nun, offiziell nicht, nur für mich und nur als Ausnahme – die Königin schuldete mir einen Gefallen und den habe ich eingelöst. Wobei sie nicht sehr glücklich war, dass ich sie aus dem Winterschlaf geweckt habe.«

Wanjas Mundwinkel zuckten spöttisch. »Nun, ein Hinweis auf den Tümpel wäre nett gewesen. Dann hätte ich es mir sparen können, eine Tür zu öffnen. Du weißt, wie gefährlich es ist, die Welten zu verbinden. Wenn Dopoulos das hört, bringt er mich um, darauf kannst du Gift …«

»Und was für ein Stück Leder ist das?«, unterbrach sie Tobbs. »Eine Karte? Ein Beutel? Schuhsohlen? Was?«

»Nur Leder«, schnappte Baba Jaga. »Und wenn du jetzt keine Ruhe gibst, verwandle ich dich in eine der maullosen Kröten aus den Sümpfen von Lumenai und du wirst für die Dauer deines Aufenthalts nicht einmal mehr ›Quak‹ sagen.« In ihren Augen war ein gefährliches Funkeln und Tobbs machte den Mund sofort wieder zu. Jeder einzelne Totenschädel auf Jagas rusanischem Gartenzaun hatte einem Krieger gehört, der sich mit ihr angelegt hatte, da war es ratsam, die Hexe beim Wort zu nehmen. Innerlich kochte er vor Wut, aber auch Wanja kam ihm nicht zu Hilfe.

»Da wir gerade beim Schatz sind …« – Wanja beugte sich über den Tisch und senkte die Stimme – »… ist er in Sicherheit?«

Jaga seufzte und blinzelte nervös, ihre Sorgenfalten wurden noch tiefer.

»Oh ja. Sicher. Sehr sicher. Verdammt sicher, um genau zu sein.«

»Und er ist hier in Tajumeer?«

»Wäre ich sonst auf diese verfluchte Insel geflüchtet, Iwan? Benutze doch deinen Kopf!«

Wanja sprang auf. »Die Do… roten Reiter wissen also, dass der Schatz in Rusanien deponiert war. Bevor sie auf unsere Spur kommen, müssen wir ihn so schnell es geht von hier wegbringen – zunächst in die Taverne … und dann … ja, vielleicht wäre es am besten, wir bitten Kali, ihn nach Yndalamor mitzunehmen.«

»Kennen die Reiter die Taverne?«, rutschte es Tobbs heraus. Die darauffolgende Stille zeigte ihm, dass er mit seiner Vermutung mitten ins Schwarze getroffen hatte. Baba Jagas Gesicht verwandelte sich, wurde härter und bedrohlicher. Wanja legte ihre Hand auf Jagas Arm.

»Tobbs«, zischte sie.

Tobbs sprang so schnell auf, dass sein Stuhl umfiel. »Ich lebe schließlich auch in der Taverne. Und wenn jemand mein Zuhause bedroht, sollte ich es eigentlich wissen.«

Wanja schluckte sichtlich. Baba Jaga sah ihn mit ihrer düstersten Hexenmiene an, dann glätteten sich ihre Züge – zumindest ein wenig.

Sie wandte den Blick von Tobbs ab, als wäre er aus dem Raum verschwunden. Er wagte nicht, den Stuhl aufzuheben, und blieb einfach dort stehen, wo er war.

»Um Kali die Truhe zu geben, müssen wir sie erst einmal bergen«, fuhr Jaga an Wanja gewandt fort. »Du weißt, nach Tavernen-Zeitrechnung ist es über dreizehn Jahre her, seit ich sie hierhergebracht habe, um die Spur zu verwischen. Das Dumme ist nur, dass ich damals den falschen Ort gewählt habe.«

Sie rückte ihren Schädelsessel neben ihre Nichte, leckte sich über die Lippen und strich mit der Hand über die glatt gescheuerte Tischplatte aus Muschelkalk. Augenblicklich verwandelte sich der Tisch und wurde zu einem lebendigen Bild. Linien erschienen, außerdem Wellensymbole wie auf einer eingezeichneten Karte. Nach wenigen Sekunden schälten sich die Umrisse von Inseln heraus. Tobbs stellte sich auf die Zehenspitzen und prägte sich die Inselkarte ein.

»Der Archipel der verfluchten Inseln«, sagte Jaga leise. »Hier sind wir.« Sie deutete auf einen Fleck am Rand der Ansammlung kleiner Inseln. »Mautschi-Iau ist vom Tajumeer-Festland aus gesehen die zehnte Insel. Hier drüben beginnt die Küste des Festlands, das ist die Halbinsel, siehst du? Auf ihr hat der Verfluchte-Insel-Faktor keine Wirkung mehr.«

»Auf der Halbinsel befindet sich unser Zugang zur Taverne, ja«, warf Wanja ein.

Jaga nickte. »Durch eure Tür bin ich damals zur Küste gegangen. Und dann bin ich zu den verfluchten Inseln weitergereist. Schließlich bin ich selbst mit dem Schatz hinausgeschwommen, und zwar zu diesem Atoll.« Tobbs ging unauffällig einige Schritte näher heran. Das Atoll war eine Art heller Ring, die blaue Färbung, die ihn umgab, ließ darauf schließen, dass es sich dabei wohl um so etwas wie eine ringförmige Insel handelte.

»Hier, im Zentrum des Atolls, habe ich die Truhe versenkt – mitten in die Lagune, die durch einen abgesunkenen Vulkankegel entstanden ist. Für eine Lagune ist es sehr tief dort. Und … sehr gut bewacht.«

»Tante Jaga!«, rief Wanja, die allmählich die Geduld verlor. »Spann uns nicht auf die Folter. Wo ist das Problem?«

Jaga erhob sich abrupt. Mit Schwung klappte sie ihren Bademantel auf. Tobbs sah ein Stück eines geblümten Badeanzugs, dann hatte Baba Jaga schon mit einem Klacken ihr linkes Bein mitten auf den Tisch gelegt. Vom Knie abwärts war nur ein Skelettbein zu sehen. Nun, davon hatte Tobbs gehört, nicht umsonst nannte der Volksmund die Hexe auch »Baba Jaga Knochenbein«. Den Schienbeinknochen hatte Jaga mit einigen Edelsteinen verziert, die dezent funkelten.

»Das hier ist das Problem«, sagte sie. »Damals konnte ich ganz knapp entkommen, sie haben zum Glück nur mein Bein abgenagt.«

Wanja riss die Augen auf. »Dann war das mit deinem Bein also gar kein Unfall mit einem fressenden Besen?«

Baba Jaga wurde tatsächlich rot. »Was hätte ich denn erzählen sollen?«, knurrte sie und nahm das Bein wieder vom Tisch. »Dass die Haigötter Tajumeers nicht gut auf mich zu sprechen sind, weil ich in ihrem Atoll gewildert habe?«

Jetzt sprang Wanja auf. »Haigötter? Bist du noch zu retten? Du versenkst den Schatz ausgerechnet im Atoll der HAIGÖTTER? Spinnst du?«

Baba Jaga langte zu ihr hinüber und gab ihr eine Ohrfeige.

»Benimm dich, Iwan«, sagte sie streng. »Ich bin immer noch deine Tante!«

Wanja zuckte zusammen und rieb sich die rote Wange. Tobbs klappte die Kinnlade herunter. Jeden anderen hätte Wanja jetzt zu Sägespänen verarbeitet, aber vor ihrer Tante hatte die Schmiedin offenbar sehr rusanischen Respekt.

»Ich dachte eben, das wäre das Sicherste«, sagte Jaga ruhig und ließ sich wieder in ihren Schädelsessel zurückfallen. »Dopoulos wollte einen sicheren Ort. Den sichersten, den es gab. Und du hast ja selbst gesehen, dass sogar das Hühnerhäuschen gestürmt werden kann.«

Wanja kochte. Ihre Stimme zitterte vor mühsamer Beherrschung, als sie wieder zu sprechen begann.

»Und das Loch im Badezimmer?«

»Ach das …« Jaga winkte ab. »Eine ähnliche Truhe mit ähnlichem … äh … Leder darin. Die Reiter haben das Ding sicher gefunden. Ich bin gespannt, wann sie bemerken werden, dass es ein billiges Imitat ist.«

»Schön, Zeit genug haben sie ja. Denn wir werden den Schatz in tausend kalten Wintern nicht bekommen«, meinte Wanja sarkastisch.

Jaga schnalzte tadelnd mit der Zunge und wackelte mit dem Kopf.

»Na ja, ich war die letzten sechs Wochen auch nicht untätig.«

»Du hast einen Weg gefunden, wie wir unbehelligt in die Lagune des Atolls gelangen können?«

Tobbs fröstelte trotz der Hitze.

»Nicht ganz«, entgegnete Jaga. »Aber möglicherweise gibt es eine Chance zu verhandeln.«

»Verhandeln? Mit den Haigöttern?« Wanja lachte ein humorloses, spöttisches Lachen.

»Es gibt einen Spezialisten für Gespräche mit der Wasserwelt«, fuhr Jaga unbeirrt fort. »Er stammt von der Insel Tejara, ist sehr ausgebucht und nebenbei bemerkt auch ziemlich teuer, aber es ist mir gelungen, ihn zu engagieren. Er ist bereits zu den verfluchten Inseln unterwegs.« Sie blickte auf ihre Armbanduhr. »Nun, ich hatte erst in vier bis zehn Tagen mit dir gerechnet. Ein wenig Geduld werdet ihr also haben müssen, aber das macht ja nichts – wir haben ja jede Menge Verfluchte-Insel-Zeit.«

Tobbs hatte genug gehört. Leise zog er sich zurück und trat vor die Tür. Eine duftende, vom Meer kommende Brise hatte feinen Sand vor die Hütte geweht, den er nun unter seinen Sohlen spürte.

Der Himmel überwältigte ihn mit seinem atemberaubenden abendlichen Farbenspiel. Baba Jaga mochte kein Rosa, nun ja. Aber Tajumeer bestand in dieser Stunde ausschließlich aus einem Rosa, das Tobbs ganz und gar übergoss, durchbrochen von einem zarten Türkis. An jedem anderen Tag hätte er vor Glück getanzt, endlich in Tajumeer sein zu dürfen. Doch nun betrachtete er lediglich mit einem mulmigen Gefühl die Göttermasken neben der Eingangstür zur Hütte. Alle hatten aufgerissene Münder und waren mit geschwungenen Zeichnungen verziert. Eine Maske erschreckte ihn besonders: Sie sah aus, als wäre ein Raubfisch mit einem menschlichen Gesicht verschmolzen. Weiß bemalte, dreieckige Raubfischzähne stachen aus dem klaffenden Maul. Tobbs wandte den Blick ab und rannte mit klopfendem Herzen zwischen den Felsen hindurch. Er kam erst zum Stehen, als er zwischen seinen Zehen nassen Sand spürte. Der Anblick war überwältigend.

In der Abendsonne war der Strand mit Gold geflutet, das polierte Perlmutt der Muschelschalen erzeugte einen schwachen regenbogenfarbigen Lichtschein, der sich auch auf dem spiegelglatten Meer brach. Die Sonne tauchte gerade unter und bildete zusammen mit ihrer Spiegelung eine glühende Acht am Horizont. Irgendwo da draußen war das Atoll der Haigötter. Das Lied der Wellen umsäuselte Tobbs. Meerschaum umspülte seine Zehen.

Und Tobbs fragte sich wieder einmal, was wäre, wenn er aus Tajumeer stammen würde. Er war nicht ganz menschlich. Was wäre, wenn Dopoulos ihm verheimlichte, dass er von tajumeerischen Göttern abstammte? Vergeblich suchte er nach einem Gefühl von Heimat, doch er fühlte sich nur fremd. Nachdenklich steckte er einen Fuß in das lauwarme, seidenweiche Wasser und zog ihn gleich wieder zurück. Wie schön wäre es, wenn jetzt Anguana hier wäre. Sie hätte sich mit Begeisterung in dieses traumhafte Meer gestürzt. Er dagegen konnte nicht einmal schwimmen.

Das Fest

Verfluchte Insel hin oder her – das Leben in Tajumeer hatte etwas Traumhaftes und Unwirkliches. Während der drei Tage, die sie bereits auf den Verhandlungspartner warteten, hatte Tobbs nicht viel mehr getan, als lange ausgedehnte Strandwanderungen zu unternehmen und Wanja dabei zu beobachten, wie sie im Meer schwamm und mit einer tajumeerischen Harpune armlange Seidenfische für das Abendessen jagte. Sie schwamm erstaunlich gut, und ihre Haut nahm schnell eine bronzefarbene Tönung an, die sie bald schon wie eine echte Tajumeerin aussehen ließ.

Tobbs dagegen wurde nur krebsrot, seine Nase schälte sich und dem Wasser blieb er respektvoll fern. Stattdessen sammelte er Muscheln – erstaunlich filigrane Gebilde, die wie Kunstwerke eines sehr sensiblen Schmuckmachers wirkten. Wie sie wohl in Anguanas Haar aussehen würden?

»Woher kannst du so gut schwimmen?«, fragte er, als Wanja wieder einmal mit einem Bündel Fische beladen aus den azurblauen Fluten stieg.

»Man sagt, meine Großmutter väterlicherseits wäre eine Meerfrau gewesen«, gab Wanja zurück. »Aber in Rusanien erzählt man viel, wenn der Tag lang ist.«

Kein Zweifel: Wanjas düstere Laune hatte sich in den vergangenen Tagen um keinen Deut gebessert.

Baba Jaga hielt sich nun meistens in der Nähe der Hütte auf. Geschäftig sammelte sie Muscheln und Blütenschalen und hängte Trockenfisch an den Wäscheleinen auf. Und irgendwo in einem Keller, den es gar nicht geben dürfte, brodelte etwas, was scharf und süß zugleich roch.

Tobbs selbst lernte einiges über die Zeit: Obwohl er durch den

Verfluchte-Insel-Faktor kaum Zeit verlor – in der Taverne war seit ihrer Ankunft nur wenig davon vergangen – kam ihm die schneller laufende Zeit vor wie eine Ewigkeit. Auch der schönste Sonnenaufgang wurde zu etwas Selbstverständlichem, und Sandstrände waren – nun, eben Sandstrände. Noch nie hatte er sich einsamer und ratloser gefühlt. Seine Gedanken kreisten ununterbrochen um den Schatz, doch Wanja ließ kein einziges Wort darüber verlauten. Tobbs versuchte es sogar bei den Barrakuda-Schädeln, aber die machten sich einen Spaß daraus, ihn in die Irre zu führen. Vielleicht wussten sie es aber auch einfach nicht besser.

Nach einer Weile gewöhnte Tobbs es sich an, im Schatten unter einem der Sternblattbäume zu sitzen und das Meer zu betrachten. Ab und zu tauchte weit draußen eine Flosse oder die Finne eines großen Fisches auf. In den Minuten, in denen der Abendhimmel sich verdunkelte, wurde das Meer so transparent wie Glas, und Tobbs konnte die flachen schwarzen Wesen sehen, die über den Sandboden huschten. Wanja nannte sie Rochen und hatte Tobbs schon am Tag ihrer Ankunft vor ihrem Gift gewarnt. Tobbs fand, sie sahen aus wie große Decken, die im Wasser trieben.

Auch jetzt bewegten sie sich vor ihm, und wie jeden Abend begann Tobbs die seltsamen Meeresbewohner zu zählen. Bei vierundzwanzig hielt er inne. Einer der Rochen glitt genau auf den Strand zu. Genauer gesagt direkt auf Tobbs!

Tobbs stand auf und wich zurück. Der Rochen hielt immer noch Kurs auf ihn – jetzt war er schon im flachen Wasser! Schwarze, glatte Haut wurde sichtbar, als der platte Fisch mit einer sanften Welle auf den Sandstrand getragen wurde. Tobbs erwartete, dass der Rochen nun panisch um sich schlagen würde, doch stattdessen kroch das Ding auf ihn zu! Wie die Flügel einer gewaltigen Unterwasser-Fledermaus flappten die riesigen Flossen auf den Sand. Und Tobbs war sich ganz sicher, dass dieses Ding ächzte.

Er wollte zur Seite ausweichen, doch die Neugier nagelte ihn auf der Stelle fest.

»Mememamion«, ächzte das Wesen. Dann krümmte es sich plötzlich. Unter den Flossen erschienen sehnige Hände, das ganze Tier schien sich zu ballen und in die Höhe zu wachsen. Tobbs blinzelte ungläubig und erkannte einen Mann, der sich ganz selbstverständlich aus dem Rochen schälte. Es war ein sehniger Insulaner mit blauschwarzer Haut und Glatze. Er schnappte immer noch nach Luft wie ein Fisch. Vorsichtig streckte er sich und schüttelte den Sand vom Körper, bevor er auf Tobbs zuging.

»Delegation?«, fragte er anstelle einer Begrüßung. »Bist du das Empfangskomitee?«

»Kommt darauf an, wer dich schickt«, gab Tobbs zurück.

Der Mann lachte und ließ eine Reihe erstaunlich spitzer Zähne sehen. Zähne, wie kein Rochen sie hatte. Dann deutete er mit dem Daumen über die Schulter.

»Eure letzte Rettung«, meinte er trocken. »Und ich hoffe, ihr habt genug Betuma bereitgestellt. Maui wartet nicht gern auf sein Essen.«

Tobbs spähte auf das offene Meer. Vor der glutroten Sonnenscheibe hob sich ein winziger dunkler Punkt ab. Er kam rasch näher.

»Das ist euer Boot?«

Der Rochenmann nickte. »Also, wo ist diese Touristin, die zum Atoll der Haigötter will?«

Baba Jaga hatte das Boot längst entdeckt und war dabei, in Windeseile den Tisch zu decken.

Ein hübsches Muster aus türkisfarbenen Wellen zierte heute die Tischplatte im Empfangsraum ihrer Hütte. Jaga türmte Trockenfisch und Muscheln auf, dazu die Früchte des Sternblattbaumes – und jede Menge bauchiger Flaschen, die mit dem scharfen Betuma-Gebräu gefüllt waren. Tobbs nahm ihr ein Tablett ab und fand sich wieder mühelos in seine Schankjungenrolle ein. Die vertrauten Handgriffe taten ihm gut und gaben ihm Sicherheit.

»Wo nur Iwan bleibt!«, wetterte Jaga. »Mal ist sie zu früh dran und jetzt wieder zu spät. Jeden Augenblick werden sie da sein!«

Der Rochenmann lehnte neben der Tür und blickte aufs Meer. Das Boot steuerte auf den Strand zu. Es war ein für Tobbs' Geschmack viel zu schmales Boot, das tief im Wasser lag. Von vorne sah es aus, als stünde es auf Beinen, denn es hatte rechts und links Ausläufer aus biegsamem Holz, die in zwei bauchigen Kufen endeten. Das kleine Segel war so rot, wie nur ein Segel in Tajumeer es sein konnte. Soweit Tobbs es aus der Ferne beurteilen konnte, saß etwa ein Dutzend Leute im Boot. Und als der Wind sich drehte, hörte man auch die Stimmen. Echter Tajumeer-Gesang! Tobbs konnte nichts dagegen tun, der rhythmische Gesang ging ihm ins Blut, wie von selbst begann er die Becher im Takt auf den Tisch zu stellen und mit dem Kopf zu wippen. Die Musik war gut! Ganz entfernt erinnerte sie an eine sehr harmonische Variante der schmissigen Dämonenmusik.

Kurz darauf brach der Gesang ab, die Stimmen kamen näher. Schatten fielen in die Kammer. Dann betraten die Tajumeeren den Raum.

Tobbs staunte. Es waren fünf Mädchen dabei! Und sie waren alle so schön, dass ihm die Luft wegblieb. Muschelketten schmückten ihr langes Haar, das schwarz war – doch wenn die Sonne darauffiel, türkis und blau aufglänzte. Sie lächelten ihm zu und entblößten spitz zugeschliffene Zähne. Es folgten fünf Männer, deren Körper über und über mit dunkelgrauen Zeichnungen geschmückt waren.

»Willkommen!«, sagte Baba Jaga. »Nehmt Platz und esst. Ich habe eine Menge Betuma gebraut!«

Die Gäste lachten und folgten ihrer Einladung. Tobbs schenkte ihnen ein und fragte sich, wer von den Männern der Verhandler sein mochte. Vielleicht der Mann mit der verschlungenen Blumenzeichnung auf Stirn und Nase?

»Geh raus und hol den Trockenfisch von der Leine«, zischte ihm Baba Jaga zu. Tobbs gehorchte nur zu gern. Nach der Stille der vergangenen Tage war der Lärm so vieler Stimmen in der Hütte beinahe unangenehm. Er rannte zur Tür hinaus.

»Hoppla!«, sagte eine sanfte, sehr melodiöse Stimme. »Renn mich nicht gleich um. Ihr braucht mich noch.«

Tobbs blieb stehen und blickte genau auf die Zeichnung einer Sonne. Sie zierte das Schlüsselbein eines großen Tajumeeren. Und dieser Tajumeere hatte erstaunlich helle Haut, was die Sonne noch besser zur Geltung brachte, rotgoldenes langes Haar und ein Lächeln, das jeden Dämon in ein Kätzchen verwandelt hätte.

»Maui?«, fragte Tobbs.

»Ganz recht«, antwortete der Mann freundlich. »Und du bist Tobbs.«

Aus irgendeinem Grund hatte Tobbs plötzlich ein warmes Alles-wird-gut-Gefühl im Bauch. Die Sorgen der letzten Tage verschwanden und er lächelte Maui aus vollem Herzen an.

»Na endlich!«, ertönte eine wenig diplomatische Stimme von der Tür. Baba Jaga trat vor das Haus und streckte dem Vermittler ihre Hand hin, die er mit einer charmanten Geste ergriff. »Guten Tag, Maui. Ich hoffe, du hattest eine gemütliche Überfahrt. Wir warten schon seit Tagen! Und wieso hast du nicht gesagt, dass du so viele Assistenten mitbringst?«

»Das sind nicht meine Assistenten«, erwiderte Maui mit einem gewinnenden Lächeln. »Nenn sie von mir aus Musiker. Sie sind meine Begleitung. Tajumeeren schätzen die Einsamkeit nicht, und meine Aufträge verlangen von mir manchmal, dass ich mich lange in sehr abgelegenen Gegenden aufhalte.« Er runzelte die Stirn und sah sich um. »Auch die verfluchten Inseln können ein wenig Musik vertragen.«

Aus dem Inneren der Hütte klang rhythmisches Stampfen, eine Frau hatte begonnen, ein Lied zu singen. Und Tobbs begann ganz automatisch damit, im Takt mit dem Finger zu schnipsen.

»Schon besser«, sagte Maui und ließ sich mit einem wohligen Seufzer im Sand nieder. Baba Jaga zögerte, doch dann setzte sie sich neben ihn.

Tobbs schielte in die Hütte. Die Musiker amüsierten sich bestens, der Rochenmann schenkte ihnen gerade nach. Nun, dann konnte Tobbs auch genauso gut hier draußen bleiben. Unauffällig lehnte er sich an die Tür und wartete.

»Willst du nicht reinkommen, Maui?«, fragte Jaga den Vermittler.

»Und den Sonnenuntergang verpassen?«, entgegnete der sichtlich entgeistert.

Jaga rollte die Augen. »Ein Diplomat mit einem Hang zur Romantik«, bemerkte sie bissig und setzte ihre Sonnenbrille auf. »Also schön. Dann gehen wir eben hier den Plan durch.«

»Plan?«, fragte Maui. »Ich habe keinen Plan. Wir rudern zum Atoll – und sehen weiter.«

Baba Jaga schluckte sichtlich. »Aber wir müssen uns doch erst einmal darüber klar werden, was wir den Haigöttern anbieten wollen. Mindestgebot – Höchstgebot – Kleingedrucktes. Es ist schließlich ein Handel. Ich kenne mich mit Geistern und Göttern bestens aus! Ohne Gaben brauchst du gar nicht erst ans Korallenriff zu klopfen.«

Maui lächelte fasziniert. »Wow!«, meinte er nur. »Ist das nicht … wunderschön?«

Mit diesen Worten erhob er sich und ging einfach auf den Strand zu. Auf seinem breiten Rücken war ein Muster abgebildet, das ein wenig an einen Schildkrötenpanzer erinnerte.

Jaga und Tobbs wechselten einen ratlosen Blick. Tobbs hob die Schultern. »Vielleicht gibt es bei ihm zu Hause nicht so schöne Sonnenuntergänge.«

Baba Jaga schüttelte verständnislos den Kopf. »Nun, wir können nur hoffen, dass er hält, was andere Leute von ihm versprechen«, meinte sie missmutig und erhob sich. Ihr Knochenbein klackte. »Worauf wartest du, Tobbs? Hol einen Becher Betuma und folge ihm! Und wenn dieses zarte Pflänzchen seinen Sonnenuntergang lange genug bestaunt hat, bring ihn rein. Wir haben nicht den ganzen Sommer Zeit – und seine Zeit ist teuer.«

Tobbs stürmte in die Hütte, die inzwischen im Rhythmus des Gesangs zu vibrieren schien, und schnappte sich dort einen Becher.

Dann war er schon unterwegs – begleitet von der Musik, im Rosa des Sonnenuntergangs. Langsam begann das Dasein auf der verfluchten Insel doch noch Spaß zu machen!

»Ah, das ist aber nett«, sagte Maui und nahm den Becher an, ohne jedoch daran zu nippen. Genau genommen wandte er nicht einmal den Blick vom Horizont. Und endlich kam auch Tobbs auf die Idee nachzusehen, was Maui so sehr faszinierte. Aber außer Wanja, die gerade aus dem Meer kam, die Harpune geschultert und aufrecht, trotz der Last eines gewaltigen, regenbogenbunten Fisches, sah er nichts.

Maui blieb stehen und strich sich das Haar zurück. Seine Augen blitzten. Wanja ließ den Fisch in den Sand fallen und streckte sich. Der nasse Stoff klebte an ihrem Körper und ihr Haar war von der Sonne so ausgebleicht, dass es beinahe blond wirkte. Erstaunlich lang war es geworden, es reichte ihr bereits wieder auf die Schultern. Tobbs griff sich in das eigene Haar und stellte verdutzt fest, dass auch seine Strähnen in den vergangenen Tagen gewachsen waren. Hier in Tajumeer lief die Zeit wirklich anders.

Maui ging langsam auf Wanja zu. Tobbs hatte das sichere Gefühl, dass der Insulaner die Schritte ganz bewusst setzte, um seine Muskeln besser zur Geltung zu bringen. Und als er die verdutzte Wanja ansprach, klang seine Stimme so tief und schmeichelnd, dass er damit sogar die Furien um den Finger gewickelt hätte.

»Ein köstlicher Trunk für die Frau, die die Sonne erblassen lässt«, sagte er und hielt Wanja den Becher hin.

Wanja runzelte die Stirn und stützte sich auf ihrer Harpune auf. Den Becher ignorierte sie. »Tag«, meinte sie dann. »Du bist Maui, nicht wahr? Willkommen bei uns – wir haben schon auf dich gewartet.«

»Wie heißt du?«

»Wanja«, erwiderte sie knapp. »Bin gleich fertig.« Sie wandte sich wieder dem Fisch zu. Ihr Messer blitzte in der Abendsonne rot auf.

»Wenn ich dir einen Ratschlag geben darf«, unterbrach Maui sie mit sanfter Stimme. »Das würde ich an deiner Stelle nicht tun.«

Das Messer verharrte. »Ach, und warum nicht?«

Maui kniete sich neben den Fisch, stellte den Becher im Sand ab und legte seine Hand auf die Wunde des Fisches. »Nun, hier in Tajumeer ist nicht alles, was es zu sein scheint«, sagte er und lächelte einnehmend. »Und das hier ist kein Fisch, sondern eine der Töchter von Makapu, dem Riffkönig. Seine Rache wäre schmerzhaft und sehr … tödlich.«

»Tatsächlich?«, murmelte Wanja sichtlich beeindruckt. »Das … wusste ich nicht. Für mich war das einfach unser Abendessen.«

Der Fisch schlug schwach mit dem Schwanz auf den Sand. Seine Haut begann bereits einzutrocknen.

Maui sprach ein paar beruhigende Worte, dann rollte er den

Fisch kurzerhand ins Meer. Vor Tobbs' Augen verwandelte sich das Tier, wurde transparent und nahm eine Form an, die entfernt an ein menschliches Wesen erinnerte. Das glasklare Gesicht schwebte einen Augenblick unter den Wellen und wurde dann eins mit den Fluten.

»Jage niemals Fische, die wie Regenbogen schimmern«, sagte Maui.

Wanja steckte das Messer wieder ein. »Sie kann zu Wasser zerfließen und ihre Form wechseln. Warum hat sie sich nicht sofort verwandelt, als ich sie vorhin harpuniert habe?«, fragte sie.

»Weil sie zu verblüfft war«, erklärte Maui. »Seit der Entstehung der Riffe hat noch nie jemand gewagt, eine der Prinzessinnen anzugreifen.« Sein Lächeln leuchtete mit der Sonne um die Wette. »Aber seit der Entstehung der Riffe hat auch keine rusanische Jagdgöttin diesen Sand betreten. Bist du verheiratet?«

Tobbs musste grinsen. Wanja brauchte ein paar Augenblicke länger, bis der Groschen fiel. Dann sah sie sich Maui zum ersten Mal genauer an. Tobbs bemerkte, wie ihre linke Augenbraue ein Stückchen nach oben wanderte und ihre Augen verschmitzt zu funkeln begannen. Trotzdem lächelte sie nicht.

»Der Mann, den ich heirate, muss erst noch geboren werden«, entgegnete sie knapp.

So schnell gab Maui nicht auf. »Auch nicht verliebt?« Tobbs staunte nicht schlecht. Dieser Diplomat war mehr als direkt! Doch seltsamerweise schien er Wanja nicht weiter zu beeindrucken.

»Tja, ich muss mich wohl bedanken«, meinte sie nur trocken. »Sieht so aus, als hättest du mich vor dem Zorn des Riffkönigs gerettet. Ich bin sicher, bei den Haigöttern wirst du ebenso geschickt sein. Hat meine Tante dir schon gesagt, worum es geht?«

Maui nickte. »Sie sprach von Kleingedrucktem. Und langsam denke ich auch, dass es eine gute Idee wäre, sich darüber ein paar

Gedanken zu machen.« Seine Stimme sank zu einem Tonfall, der sogar Anguana weiche Knie beschert hätte. »Aber nicht mehr vor dem Fest!«

Tobbs horchte auf. »Ein Fest?«

»Natürlich! Wir haben die ganze Nacht vor uns, oder nicht?«, antwortete Maui, ohne den Blick von Wanja zu wenden.

Die Schmiedin schüttelte unwirsch den Kopf. »Keine gute Idee. Wir sind nicht zum Feiern hier.«

Nun funkelte doch so etwas wie Ärger in Mauis Augen auf. »Auch ich nicht«, sagte er leise. »Ich bin der Vermittler, aber die Haigötter haben ihre eigenen Regeln. Und glaube nicht, dass sie nicht in der Lage sind, mich zu verschlingen. Heute weiß nicht einmal der Himmelsstern, ob diese Nacht nicht unsere letzte ist. Und deshalb müssen wir sie feiern, als gäbe es keine weitere für uns.«

An den Sternblattbäumen neben der Hütte hingen Lampions aus Fischblasen. Der Perlmuttstrand leuchtete zwischen den Felsen im Schein eines elfenbeinweißen Vollmonds. Und die Musik – ein schneller, vibrierender Gesang mit vielen Rhythmuswechseln – ging in die Beine. Mauis Musiker tanzten im Sand, als würde der Gesang sie durchschütteln. Haare flogen, Tücher flatterten bei jeder Drehung und gaben den Blick frei auf muskulöse, mit fantastischen Zeichnungen geschmückte Beine. Tobbs wünschte sich einmal mehr, dass Anguana bei ihm wäre.

Maui tanzte mit einer seiner Musikerinnen und drehte sich in einem schwindelerregenden Tempo. Völlig hingegeben an die Musik stampfte er und schüttelte die Schultern. Sein langes Haar flog. Doch Tobbs entging nicht, dass er aus dem Augenwinkel sehr genau prüfte, ob Wanja ihn bemerkte. Und tatsächlich: Die Schmiedin stand lässig an einen Sternblattbaum gelehnt und beobachtete ihn, allerdings so unauffällig, dass selbst Tobbs sich zweimal vergewissern musste.

Baba Jaga saß im Liegestuhl und trommelte auf ihrem knöchernen Knie ungeduldig den Takt mit. »Ich hoffe, die Tanzstunden will er nicht bezahlt haben«, murrte sie und nahm einen tiefen Schluck Betuma.

Der Gesang hörte auf und die Tänzer gingen lachend zu dem Tisch mit den Erfrischungen. Maui ließ sich neben Jagas Stuhl in den Sand fallen. »Eine wunderbare Nacht!«, rief er. »Das liebe ich an den verfluchten Inseln: Man kann so laut feiern, wie man möchte.«

»Ja, das ist schön«, meinte Jaga trocken. »Noch schöner wäre allerdings, wenn wir ungestört an die versenkte Truhe kommen würden. Wann geht es denn los? Morgen? Heute Nacht? Nächste Woche? Es steht ziemlich viel auf dem Spiel, wie du weißt.«

Maui nickte gut gelaunt. »Morgen Früh, vor Sonnenaufgang.« Dann beugte er sich zu Tobbs und flüsterte ihm ins Ohr: »He, Junge, verrat mir mal etwas über die schöne Frau. Tanzt sie gerne? Hat sie einen Freund? Ist sie wirklich so stark, wie sie aussieht, und glaubst du, ich gefalle ihr?«

»Ja, nein, allerdings und versuch-das-gefälligst-selbst-herauszubekommen«, antwortete Tobbs flüsternd. »Und die Gegenfragen an dich: Gefällt sie dir besser als die Musikerinnen? Ziehst du dieses Fest nur durch, um ihr zu imponieren, und war die Geschichte mit dem Riffkönig nur Aufschneiderei, um dich interessant zu machen?«

Mauis Augen blitzten amüsiert auf. »Du bist clever, Tobbs«, raunte er. »Die Antwort ist ja, ja und schon möglich. Zufrieden?«

Sie lächelten sich verschwörerisch zu und Tobbs erlebte etwas völlig Neues: Mit dem mürrischen Dopoulos und Wanja in der Taverne zu leben, war eine Sache – aber das Gefühl, einen erwachsenen Verbündeten zu haben, jemanden, der nicht untot, ein Dämon oder verflucht war – das war etwas völlig Neues.

»Na gut«, murmelte Maui. »Dann versuch ich mich mal nicht zu blamieren.«

Mit diesen Worten erhob er sich und ging zu Wanja hinüber. Tobbs beobachtete, wie sie sich unterhielten. Wanja schenkte Maui ein sparsames, überlegenes Lächeln und sah dabei aus wie eine der schönen Dämoninnen, die von den Menschen so sehr bewundert wurden.

»Ich habe gar kein gutes Gefühl mit diesem Hallodri«, meinte Baba Jaga und genehmigte sich noch einen kräftigen Schluck. Im Licht der Fischblasenlampions grinsten die düsteren Masken noch um ein Vielfaches unheimlicher.

TATAU

Tobbs blinzelte. In Jagas Hütte war es noch dämmrig.

Wie bunte Lichter zogen die Bilder des vergangenen Abends an ihm vorbei. Vage erinnerte er sich, spätnachts mit einer der Musikerinnen getanzt zu haben. Der Tanz war immer wilder geworden, bis Tobbs schließlich Durst bekam. Der erste Schluck des Betuma-Gebräus hatte in seinem Hals gebrannt, aber dann war es immer leichter geworden, mehr und mehr davon zu trinken. Bei jedem Schluck wurden die Lichter bunter, seine Beine leichter, bis die Musik ihn ganz und gar umfangen hielt. In Gedanken sah er Mauis Lachen und die von Fackelflammen erleuchteten Barrakuda-Schädel auf Baba Jagas Gartenzaun. Schließlich hatten auch die Schädel begonnen zu singen. Und wenn man Tobbs gefragt hätte, er hätte geschworen, dass sie es immer noch taten. Allerdings erinnerte der Gesang nun eher an ein misstönendes Grölen, das sich nach »Nänänänänä« anhörte und seinen Schädel schmerzhaft pochen ließ. Trotzdem: Es war ein wahrhaft tolles Fest gewesen. Selbst Jaga hatte schließlich Mauis Drängen nachgegeben und mit ihm getanzt. Einzig und allein Wanja hatte keinen Tropfen getrunken, ganz entgegen ihrer Gewohnheit keinen einzigen Tanz getanzt und war früh schlafen gegangen, daran erinnerte Tobbs sich noch ganz deutlich. Wanja, das große rusanische Geheimnis.

Tobbs blinzelte wieder. Seine Augen waren verquollen und die Zunge klebte ihm am Gaumen. Die Brandung peitschte heute erstaunlich laut und pulste in Schmerzwellen mitten durch seinen Schädel. Der warme Morgenwind hatte puderfeinen Sand durch die Ritzen der Reisigwände geweht. Seine Schultern waren von einer warmen Schicht bedeckt, die von ihm abfiel, als er sich vorsichtig aufsetzte.

»Guten Morgen, Tobbs!« Wanja lachte und reichte ihm ein Glas mit Quellwasser. »Da hat aber jemand über die Stränge geschlagen. Ich wusste gar nicht, dass du so ein wilder Tänzer bist.«

»Ich auch nicht«, krächzte Tobbs.

Wanja sah unverschämt erholt aus. Und nicht nur das – sie war bereits reisefertig. An ihrem Gürtel hingen ein Wasserbeutel, getrockneter Fisch als Proviant, ihr Messer und ein zusammengerolltes Seil.

»Geht es schon los?«, fragte Tobbs und nahm einen Schluck Wasser. Es schmeckte bitter und fad.

Wanja nickte. »Jaga gibt Maui gerade noch die letzten Instruktionen.« Ein flüchtiges Lächeln huschte über ihr Gesicht. »Ein hartnäckiger Kerl, was?«

»Magst du ihn?«

Die Schmiedin lachte und knuffte ihn in die Schulter. »Das geht dich gar nichts an, Schankjunge. Aber denk doch selbst nach: Wo käme ich denn hin, wenn ich jedem darhergelaufenen Schönling sofort in die Arme springen würde? Einer Rusanerin muss man schon ein wenig mehr bieten als nette Worte und ein bisschen Tanz.«

Tobbs wollte gerade den Mund aufmachen und etwas entgegnen, da schnitt ihm Baba Jagas Empörungsschrei jedes Wort ab. Sogar Wanja zuckte zusammen.

»Du bist wohl nicht bei Sinnen!«, brüllte Jaga. »So war es nicht vereinbart!«

Wanja streckte Tobbs die Hand hin und zog ihn auf die Beine. Gemeinsam stürzten sie vor die Tür. Tobbs klammerte sich wie ein seekranker Matrose an Wanja. Ihm war ganz fürchterlich schwindelig. Der Strand hüpfte vor seinen Augen, dass ihm schlecht wurde.

Am Ufer machten vier der Musiker das Boot flott. Die Sonne

war noch nicht aufgegangen, der letzte Schleier der Nacht breitete sich noch über den Horizont. Das Meer war dunkelblau und der Himmel von einem dramatischen Goldgrau.

Baba Jaga stand in ihren gelben Bademantel gewickelt ein paar Schritte von der Hütte entfernt. In ihrem hageren Gesicht zeichnete sich der Abdruck eines Bastkissens ab und ihre Nase wirkte noch scharfkantiger als sonst.

»Damit bin ich nicht einverstanden!«, rief sie nun und stampfte mit ihrem Knochenbein auf. Ein Blitz zuckte über den klaren Himmel. Die Musiker erstarrten und blickten irritiert nach oben.

Maui blieb ungerührt. Er sah aus, als hätte er am Morgen schon ein Bad im Meer genommen, die Zeichnungen auf seiner Haut glänzten und als er sein Haar schüttelte, flog ein glitzernder Tropfenschleier durch die Luft.

»Tut mir leid«, sagte er sanft. »So sind die Regeln. Frauen dürfen das Atoll der Haigötter nicht betreten. Das ist verboten – tapu.«

»Tapu, tapu!«, keifte Jaga. »Eure Tapus interessieren mich nicht. Ich war schon einmal dort. Es ist mein Schatz, der in der Lagune liegt, und deshalb kommen Wanja und ich mit, basta.«

»Wie du meinst.« Maui gab seinen Leuten ein Zeichen. »Nur leider kann ich euch in diesem Fall nicht begleiten, denn …«

»Halt! Was ist mit Iwan?«, unterbrach ihn Baba Jaga drohend und zeigte auf Wanja. »Sie … er ist ein Mann! In unserem Heimatland ist Iwan der Sohn des Schmieds.«

Maui riss vor Verblüffung seine Augen so weit auf, dass sie wie große, blau glühende Kreise wirkten, dann brach er in sehr undiplomatisches Gelächter aus.

»Ich weiß nicht, was das für ein Land ist, aber in Tajumeer würde kein männliches Wesen mit zwei Augen im Kopf daran zweifeln, dass Wanja eine Frau ist.«

Jaga fluchte so laut, dass noch ein Blitz den Himmel teilte, drehte sich auf dem knöchernen Absatz um und stapfte auf die Hütte zu.

»Lagebesprechung«, zischte sie und zerrte Wanja am Arm hinter sich her. »Und du passt auf, dass unser Spezialist sich nicht davonmacht«, rief sie Tobbs über die Schulter zu.

Maui setzte sich in den Sand und wischte sich ein paar Lachtränen aus den Augen. Seine Männer fuhren damit fort, das Segel festzubinden und Proviant auf dem Boot festzuschnüren.

Tobbs ging zu Maui und ließ sich neben ihm auf dem Boden nieder. In seinem Kopf pochte es immer noch.

»Warum dürfen Frauen nicht mitkommen?«, fragte er.

»Tapu ist eben tapu. Das ist schon immer so gewesen und wird wohl immer so sein.«

»Aber Baba Jaga ist keine gewöhnliche Frau, sie ist eine Hexe.«

»In ihrem Land ja, aber hier ist ihre Magie so gut wie wirkungslos«, entgegnete Maui. »Sonst benötigte sie ja meine Hilfe nicht. So leid es mir wirklich tut, die Frauen müssen hierbleiben.« Er schüttelte bedauernd den Kopf, doch Tobbs entging nicht, dass dabei ein kurzes, zufriedenes Lächeln über sein Gesicht huschte. Er betrachtete den Diplomaten misstrauisch von der Seite.

»Du willst also allein zum Atoll?«

»Ich bin der Unterhändler. Und die Haigötter kennen mich. Also, wo ist das Problem?«

»Dass du Wanja nicht dabeihaben möchtest«, fragte Tobbs, »ist das gekränkte Eitelkeit?«

»Ich wäre kein guter Vermittler, wenn ich mich von meiner Eitelkeit lenken ließe«, erwiderte Maui. »Nein, die Sache ist sehr einfach: Ihr seid hier auf Tajumeer-Gebiet. Hier gelten die Gesetze unseres Landes.«

»Hat Baba Jaga dir gesagt, was für ein Schatz das ist, der im Atoll liegt?«

Maui blitzte ihm ein schlaues Lächeln zu. »Geschickter Versuch, mich auszuhorchen, Tobbs. Aber selbst wenn sie es mir verraten hätte, würde ich es nicht weitersagen.«

Er blickte aufs Meer hinaus und winkte seinen Männern, die ihm gerade signalisierten, dass das Boot startbereit war.

Tobbs wusste nicht, was er von Maui halten sollte. Er mochte ihn, aber gleichzeitig war er wachsam. Und plötzlich schoss ihm ein gemeiner, misstrauischer Gedanke durch den Kopf: Nur mal angenommen, es gab einen anderen Grund für dieses plötzliche Tapu. Was könnte dieser Grund sein? Vielleicht wollte Maui selbst wissen, was sich in der Truhe befand? Natürlich, so ergab es einen Sinn: Wenn Maui allein zum Atoll fuhr und die Truhe heraushandelte, würde er ungehindert einen Blick hineinwerfen können. Hier gelten die Gesetze unseres Landes, hatte er gesagt. Die Vorstellung, Maui könnte Baba Jaga und der Taverne ein Geheimnis entreißen, behagte Tobbs ganz und gar nicht. Und um das zu verhindern gab es nur eine Möglichkeit.

Er schluckte und betrachtete das unruhige Wasser. Das Boot hatte zwei hölzerne Ausleger und sah stabil aus. Gestern hatte es ein Dutzend Leute getragen. Er durfte nur nicht an die Haigötter denken. Angst zu haben war schlimm genug, Angst plus Kopfschmerz war eine tödliche Kombination. Er biss die Zähne zusammen und versuchte ruhig zu atmen. Langsam erhob er sich und schlenderte zurück zum Haus.

Wanja war tiefrot im Gesicht und diskutierte so erhitzt, dass ihre Nase zuckte.

»Ich kann eine Tür bauen«, ereiferte sie sich gerade. »Wir brauchen ihn nicht, wir holen die Nixen aus dem Teich zu Hilfe und brechen auf eigene Faust zum Atoll auf.«

Baba Jaga schüttelte den Kopf.

»Hast du vergessen, wo wir sind?«, zischte sie. »Wenn ich meine ganze Magie hier einsetzen könnte, würde ich mir noch morgen die Schädel der Haigötter als Girlande in den Vorgarten hängen. Aber im Augenblick sind wir nichts als ein Haufen dämlicher, machtloser Touristen. Wir können keinen Krieg riskieren – und schon gar nicht dürfen wir gegen Götter zu Felde ziehen.« Energisch klopfte sie an ihr knöchernes Bein.

»Das hast du dir ja früh überlegt«, murrte Wanja. »Es geht um unser Leben, schon vergessen? Um die Taverne! Um das Rote Land …«

Sie verstummte, als sie Tobbs an der Tür entdeckte.

»Was ist?«, fuhr Baba Jaga ihn an.

Tobbs straffte die Schultern, obwohl ihn die Angst beinahe umwarf.

»Ich fahre mit«, sagte er heiser.

Beide Frauen starrten ihn an, als hätte er verkündet, dass er fortan Gretchen heißen wolle.

»Du?«, sagten sie wie aus einem Mund.

»Ich bin keine Frau, also gibt es keinen Grund, warum ich nicht mitkommen sollte. So habe ich Maui im Blick und kann darauf achten, dass … alles korrekt läuft.«

»Du kannst nicht schwimmen«, gab Wanja zu bedenken.

Wunderbar, das war genau die Ermutigung, die er jetzt am allerbesten brauchen konnte! Langsam wurde er wütend, und das war gut so, denn zumindest überlagerte die Wut ein wenig seine Angst.

»Ich kann auch nicht reiten«, gab er frostig zurück. »Und trotzdem habe ich mich auf das Kurierpferd gesetzt …«

»… und hast einen Baum als Absteigehilfe gebraucht«, unterbrach ihn Wanja.

»Außerdem muss ich nicht schwimmen«, fuhr er fort, »sondern nur in einem Boot sitzen. Jedes Kind kann das!«

Wanja schüttelte entschieden den Kopf. Aber über Baba Jagas Gesicht huschte ein schlaues Lächeln.

»Kein Wort, Iwan«, befahl sie. »Der Kerl hat Recht. Er gehört zur Taverne, es geht um seine Zukunft. Für ihn steht viel mehr auf dem Spiel als für dich, also wird er umso entschlossener dafür kämpfen.«

Während das Boot in See stach, fragte Tobbs sich zum hundertzweiundzwanzigsten Mal, ob es nicht besser wäre, von Bord zu springen, solange das Wasser noch seicht genug dafür war. Am Strand stand Wanja und blickte ihm mit besorgtem Gesicht nach. Rochen glitten wie Schatten unter dem Boot hindurch. Mauis Männer paddelten mit großer Konzentration, niemand sagte ein Wort. Maui beobachtete, wie Tobbs sich so fest an die Sitzbank klammerte, dass seine Finger wie weiße Korallen aussahen.

»Du hast Mut«, sagte er und klopfte ihm beruhigend auf die Schulter. »Der Schatz muss sehr wichtig für dich sein.«

Tobbs nickte und hoffte, dass die Bewegung ihn nicht aus der Balance bringen würde.

»Keine Angst«, sagte Maui. »Keiner meiner Männer würde zulassen, dass jemand ins Wasser fällt.«

»Wenn die Haigötter mich im Wasser haben wollen, wird mir das kaum nützen.«

Maui lachte. »Entspann dich, Tobbs. Sogar die Haigötter lassen mit sich reden, siehst du?«

Er streckte seinen Arm aus und zeigte Tobbs die kunstvolle Zeichnung eines Ornaments, das aus sechzehn Haifischflossen bestand. »Ich bin ein Ehren-Hai«, sagte Maui stolz. »Vor vielen Jahren habe ich zwischen den Haigöttern und den zehn großen Kraken vermittelt. Seitdem herrscht Frieden zwischen den zwei Atollen.«

»Die Zeichnung erinnert dich daran?«

»Das ist keine Zeichnung, das ist ein Tatau. So ein Bild wird mit einer Farbe aus Asche und Wasser in die Haut gestochen und bleibt das ganze Leben lang sichtbar. Und es ist nicht nur eine Erinnerung, jedes Bild erzählt den Leuten, die mir begegnen, wer ich bin und woher ich komme.«

Tobbs schluckte schwer. »Woher du … kommst?«

Maui nickte und deutete auf ein weiteres Ornament – verschlungene Linien, die kreisrunde Elemente umschlossen. »Das bedeutet, ich stamme von der Insel Tejara, und diese Linien zeigen, dass ich von Makahuna, der Weisen, abstamme. Wenn du das Tatau von den Handgelenken bis zu den Schultern genau verfolgst, kannst du die Spuren von vierzehn Generationen ablesen. Bei uns gibt es keine Geheimnisse.« Er lächelte. »Einige meiner Vorfahren sind Schildkröten, erkennbar an den Zeichen auf meinem Rücken, das heißt, wir verfügen über viel Kraft, aber auch über List. Wir verstehen uns zu verbergen und uns unangreifbar zu machen.«

»Ist das gut, wenn deine Verhandlungspartner das wissen?«

»Es ist fair«, erwiderte Maui schlicht. »Sie wissen, mit wem sie es zu tun haben. Ich kann ihre Tataus ja ebenfalls lesen. Wie soll man mit einem Menschen verhandeln, von dem man nicht weiß, wer er ist?«

Tobbs' Augen fingen an zu brennen und plötzlich saß ein Kloß in seiner Kehle. Vierzehn Generationen! Keine Geheimnisse! Jeder wusste, wer er war! Krampfhaft blinzelte er und starrte in die wasserblaue Unendlichkeit. Die Angst war plötzlich völlig gleichgültig, viel schlimmer war das Gefühl, unsichtbar zu sein. Ein Niemand ohne Geschichte, ein Nichts, das aus dem Nichts kam.

»Aber … du weißt doch beispielsweise auch nicht, wer Wanja ist«, wandte er lahm ein.

»Das stimmt nicht ganz«, antwortete Maui. »Sie hat ein kleines Brandzeichen an der Schulter. Einen einbeinigen Hahn, der eine Krone im Schnabel hat – also stammt sie von einem der mächtigsten magischen Hexengeschlechter Rusaniens ab. Sie selbst allerdings verfügt nur über wenig Magie, denn sie hat viele verblasste Narben, das heißt, sie muss sich mit Menschenkraft zur Wehr setzen. Die Narben wiederum erzählen, dass sie eine Kriegerin ist. Und die Tatsache, dass sie nur am Schlüsselbein Narben hat und keine einzige auf dem Rücken, zeigt mir, dass sie mutig und direkt ist, bereit, für ihre Ziele einzustehen. Ihre Hände waren oft verbrannt, als würde sie in einer Schmiede arbeiten. Eine so schöne Frau, die in einer Schmiede arbeitet, statt einen König zu heiraten und sich bedienen zu lassen? Das sagt mir sehr viel darüber, wer sie ist, meinst du nicht?«

Tobbs war platt. Wanja erschien ihm in einem völlig neuen Licht.

»Und wer bin ich?«, fragte er zaghaft.

Maui sah ihn an. »Keine Ahnung«, antwortete er mit entwaffnender Ehrlichkeit. »Du bist wie das Bild eines Rochens unter Wasser – schemenhaft und nicht einschätzbar. Deshalb bleibst du auch auf einer der vorgelagerten, neutralen Inseln und ruderst nicht mit hinaus zum Atoll.«

»Was?« Tobbs sprang auf und achtete nicht einmal darauf, dass das Boot leicht zu schaukeln begann. »Kommt gar nicht infrage! Ich komme mit!«

Maui schüttelte entschieden den Kopf. »Das kann ich nicht verantworten. Wenn die Haigötter dich nicht einschätzen können, werden sie dich töten. Und ohne Tatau bist du für sie ohnehin keine Person, sondern nur ein menschenförmiges Stück Futterfleisch.«

Tobbs setzte sich mit weichen Knien wieder hin.

»Das bin ich wirklich«, sagte er bitter. »Ich habe keine Vergangenheit. Ich weiß nicht einmal, aus welchem Land ich komme. Meine Eltern haben mich als Baby in der Taverne am Rand der Welten vergessen. Toll, was?«

Maui sah ihn mitfühlend an. Dann rückte er zu Tobbs' Überraschung an ihn heran und legte den Arm um seine Schultern.

»Nun, aus Tajumeer kommst du mit Sicherheit nicht«, meinte er tröstend. »Dann hättest du nämlich im Genick ein kleines Tatau, das die Kinder hier direkt nach der Geburt bekommen. Außerdem fürchtet ein Tajumeer-Kind sich ebenso wenig vor Wasser wie ein Fisch. Eine solche Furcht widerspricht der tajumeerischen Natur.«

»Schön, dann bleiben ja nur noch einundvierzig andere Länder übrig.«

»Hast du gar keinen Anhaltspunkt?«

»Nein, und wenn ich den Schatz nicht zurückbekomme und die Roten Reiter die Taverne stürmen, verliere ich nicht nur mein Zuhause und alles, was ich habe, sondern auch die letzte mögliche Spur zu meinen Eltern.«

Maui sah ihn nachdenklich an. In seinen Augen spiegelte sich der türkisfarbene Himmel.

»Du setzt viel aufs Spiel, um die Truhe zu bekommen.«

»Alles!«, sagte Tobbs freimütig. »Ohne die Taverne bin ich … niemand!«

Ein Wind kam auf und trug den Duft nach Sonne und Salz über die glitzernde Wasseroberfläche. Das rote Segel blähte sich und die Musiker holten die Paddel ein, lehnten sich zurück und begannen ein schwermütiges Lied zu singen, das Mamsie Matata sicher gefallen hätte.

Maui dachte lange und angestrengt nach.

»Vielleicht gibt es es doch eine Möglichkeit, dich zum Atoll mitzunehmen«, murmelte er nach einer Weile. »Einen kleinen Trick. Aber das würde sehr viel Mut erfordern.«

»Und was?«

»Wir geben dir ein Tatau – hier auf dem Boot. Toras«, er deutete auf den größten Musiker, »sticht sehr gute Tataus und hat das Werkzeug dafür an seinem Gürtel.«

Tobbs wurde noch heißer, als ihm ohnehin schon war.

»In die Haut stechen?«, fragte er. »Mit Farbe? Und es geht nie wieder weg?«

»In die Haut«, bestätigte Maui ernst. »Und da bleibt es für immer.«

Tobbs schloss die Augen und stellte sich die Taverne vor: die düsteren Flure, die Türen, das Treiben im Wirtsraum. Sein Leben. Wenn die Taverne verschwand, würde er auch noch das letzte bisschen Tobbs verlieren, das er hatte. Und seltsamerweise kam ihm auch Anguana in den Sinn. Irgendwo, im hintersten Winkel seines Kopfes, sah er sich selbst, wie er ihr das Tatau zeigte – der Beweis dafür, dass er so mutig gewesen war, den Haigöttern zu begegnen.

»Einverstanden«, sagte er. Der Musiker namens Toras drehte sich um und musterte Tobbs wie ein kritischer Künstler die Leinwand.

Maui nickte. »Gut. Aber so ein Tatau ist eine wichtige Auszeichnung. Und es ist nur etwas wert, wenn es aus einem guten Handel entsteht.«

»Was willst du dafür?«

»Wanja«, antwortete Maui.

Tobbs lachte los. »Soll ich sie als Geschenk verpacken?«

»Du kennst sie«, sagte Maui. »Also erzähle mir etwas über sie. Warum wollte sie nicht mit mir tanzen? Was für Lieder mag sie? Wie lebt sie in der Taverne? Was liebt und was hasst sie? Wie kann ich ihr Herz gewinnen?«

Jetzt verstand Tobbs und grinste. »An Wanja haben sich schon viele die Zähne ausgebissen. Mach dir nicht zu große Hoffnungen. Mit Tanz und Worten allein lässt sich keine rusanische Frau beeindrucken. Und Wanja schon gar nicht. Kannst du reiten?«

»Du meinst auf Pferden? Nein, wozu soll das gut sein?«

»Schmieden?«

»Hier in Tajumeer haben wir kein Metall. Alles, was wir brauchen, lässt sich aus Knochen und Holz herstellen.«

»Hast du Dämonen besiegt?«

»Ich bin Diplomat, das ist nicht meine Aufgabe. Ich kann nur vermitteln.«

»Dann wird es schwierig«, meinte Tobbs. »Wanja … mag Mut. Und Stärke, weil sie selbst sehr stark ist. Sie braucht niemanden. Sogar als Schmiedin arbeitet sie in der Taverne ganz allein mit den wildesten Pferden. Und Holz bearbeitet sie, als wäre es Butter. Sie mag Dämonenmusik, aber sie tanzt immer nur allein. Nur dann hat sie die Hände frei, um sich im Notfall zu verteidigen.«

Maui nickte nachdenklich.

»Tja, ich sehe schon, kein einfacher Fall. Und eine kostbare Muschelkette wird sie sicher auch nicht sonderlich interessieren.«

»Es sei denn, es handelt sich um eine menschenfressende Mördermuschel, aus deren Fängen du Wanja rettest, bevor das Untier ihr die Finger abbeißen kann.«

»Nicht sehr wahrscheinlich«, stellte Maui zweifelnd fest.

Tobbs nickte, obwohl es ihm leidtat, dem verliebten Vermittler alle Hoffnung zu nehmen.

»Tja, schade, aber mehr kann ich dir nicht sagen.«

Maui zuckte mit den Schultern. »Ehrlichkeit ist auch ein guter Handel«, meinte er versöhnlich und winkte Toras zu.

Mit einem breiten Grinsen auf dem Gesicht langte der Musiker nach seiner Harpune.

»Keinen Schreck bekommen«, beruhigte Maui Tobbs. »Die Harpune braucht er nur für den Tintenfisch, den er fangen wird. Da wir hier keine Asche haben, wird er für das Tatau eben Fischtinte verwenden.«

»Aber was soll ich nur als Zeichen wählen? Ich habe nichts!«

Maui lächelte. »Hier in Tajumeer bestimmen wir unseren Wert nicht durch das, was wir besitzen, sondern durch das, was wir sind. Und du bist doch jemand. Denk nach: Was macht dich aus? Was liebst du und was hasst du?«

Tobbs überlegte angestrengt. »Ich mag kein Wasser«, sagte er nach einer Weile. »Ich kann Pferde nicht leiden. Aber Füchse. Füchse mag ich gern. Und sie mögen mich.«

»Was tust du zu Hause?«

»Ich bin Schankjunge. Ich bewirte die Gäste.«

»Was für Gäste?«

»Todesfeen, Werwölfe, Hexen, Vampire. Furien, Götter, Tote aller Art ...«

»Hast du Freunde?«

Ein Lächeln stahl sich auf Tobbs' Gesicht. »Ja.«

»Was schätzen sie an dir?«

Langsam wurde es wirklich peinlich. Tobbs hätte jederzeit aufzählen können, was Wanja und Dopoulos an ihm nicht mochten, aber sich selbst loben?

»Wanja sagt, ich sei klug ...«, begann er zögernd. »Die Furien würden sogar für mich jagen. Die Todesfeen loben mich dafür, dass ich sie so oft beim Schachspielen schlage. Und Dopoulos vertraut mir.«

»Was tust du für andere? Hast du ein gutes Herz?«

Tobbs räusperte sich. »Weiß nicht«, antwortete er wahrheitsgemäß. »Vielleicht – manchmal.«

»Wem hast du etwas Gutes getan?«

»Einmal habe ich … einem Verfluchten aus Yndalamor geholfen, seine Freiheit wiederzuerlangen, obwohl das sehr gefährlich war. Und Anguana hat mir ihr Glück geschenkt. Ich schätze, einige mögen mich, weil ich sie … nicht im Stich lasse.«

»Und du liebst Musik und bist ein guter Tänzer«, schloss Maui. »Das habe ich ja gestern gesehen.« Er lachte und drückte ihn kurz an sich, eine Geste, die Tobbs unendlich guttat. Selten hatte er sich so angenommen gefühlt. Er fragte sich, wie er dem Vermittler jemals hatte misstrauen können.

»Das ist doch eine ganze Menge«, sagte Maui. »Toras wird ein schönes Zeichen für dich finden. Es wird ein wenig schmerzen, aber danach bist du fast ein richtiger Tajumeere!«

Ein wenig schmerzen? Es tat so höllisch weh, dass Tobbs brüllte wie ein geschubstes Rammkopfrind. Die anderen Musiker hatten es sich gemütlich gemacht und beobachteten respektvoll schweigend die Prozedur. Trotzdem hasste Tobbs in diesem Augenblick jeden Einzelnen von ihnen.

»Willst du mich umbringen?«, schrie er Toras an.

»Noch nicht«, knurrte der Musiker halblaut und setzte ungerührt den kleinen Holzstift mit der in Tinte getunkten Hornspitze wieder auf Tobbs' geschundenen Oberarm auf. Flink ließ er ein kleines, hammerartiges Werkzeug auf den Stift niedersausen und trieb so die Spitze tief unter die Haut. Tobbs fluchte so heftig, dass selbst eine Elfe vor Scham errötet wäre. Es brannte und pochte, es riss und pikste, und außer ein paar Blutstropfen und dunklen Linien, die eine hellrot unterlegte Ich-werde-mich-böse-entzünden-Inschrift darzustellen schienen, erkannte er kein Bild.

»Halt durch«, sagte Maui. »Es dauert nicht lange.«

Es dauert nicht lange bedeutete, dass Toras ihn noch eine ganze Stunde lang mit Hämmerchen und Holznadel bearbeitete. Es bedeutete, dass sein ganzer Arm sich anfühlte wie ein zum Platzen gefüllter, pochender Schlauch und seine Haut wie ein brennendes Stück lebendiges Leder.

Und als Tobbs nach dieser Stunde, die sich länger angefühlt hatte als ein Menschenleben, mit tränenblinden Augen blinzelte und das fertige Werk bestaunen wollte, sah er nur Verwüstung.

»Das wird besser, sobald das Blut trocken ist und abfällt«, erklärte Toras. Maui beugte sich über den Oberarm und begutachtete das Bild fachmännisch. Schließlich nickte er anerkennend.

»Du bist ein Meister, Toras. Ich danke dir. Auf diese Bilder wäre ich nie gekommen.«

»Was für Bilder?«, krächzte Tobbs. »Ich sehe nur Ranken und Dreiecke.«

»Die Dreiecke stehen sowohl für Augen als auch für Häuserdächer in den Bergen. Das ist deine Heimat – die Taverne. Das heißt, du kommst vom Land und nicht von einer Insel oder aus dem Meer. Deine Augen sind wachsam, gleichzeitig stehen sie für die Augen eines Raubtiers. Du magst Füchse – der Schnörkel hier stellt einen Meerfuchs dar. Das ist eine kleine künstlerische Freiheit, denn andere Füchse kennen die Haigötter nicht. Dass du Wasser fürchtest, haben wir aus diplomatischen Gründen ganz weggelassen. Hier steht, dass du ein Mann bist, der mit den Toten sprechen kann und mit ihnen trinkt und feiert. Du hast mächtige Verbündete im Reich der Geister und bist mit Glück gesegnet. Du bist ein listiger Krieger, der seinen Verstand einsetzt, schlau, flink und musikalisch. Ein Stratege. Wenn auch ein sehr impulsiver. Und du hast ein großes Herz für deine Freunde.«

Tobbs war beeindruckt. Das klang gar nicht übel!

Einer der Musiker rief etwas und deutete auf den Horizont. Weit draußen, unter einer Perlenkette aus bauschigen Wolken, konnte man ein Band aus weißem Sand und dunkelgrünen Bäumen erkennen. Sollte diese Idylle etwa das sagenumwobene Atoll sein?

Tobbs ließ den Blick über das Wasser schweifen. Zwischen dem schmalen Inselstreifen und dem Boot war nur dunkelblaue Leere. Keine Haie in Sicht. Das Blut begann zu trocknen und spannte unangenehm auf seiner Haut.

Maui kniff die Augen zusammen und musterte angestrengt die Baumgruppe. Mit einem Mal hellte sich sein Gesicht auf. »Na bestens«, murmelte er. »Wir haben Glück. Sie sind vollzählig.«

Mit einem freundlichen Lächeln wandte er sich an Tobbs. »Wasch das Blut ab, Junge. Du siehst aus, als hättest du eine Schlacht geschlagen!«

»Das Blut abwaschen? Aber die Haie …«

Ehe Tobbs es sich versah, hatte Maui mit der Hand etwas Wasser geschöpft und ließ es über seinen Arm laufen. Tobbs sprang erschrocken hoch. Doch seltsamerweise brannte das Meerwasser überhaupt nicht, im Gegenteil, es fühlte sich sogar sehr angenehm an. Augenblicklich hörte die geschundene Haut auf zu pochen.

»Na los!«, forderte ihn Maui auf. »Runter mit dem restlichen Blut! Das Meerwasser wirkt heilend.«

Tobbs blickte zweifelnd auf den stillen blauen Spiegel, doch schließlich folgte er dem Rat des Vermittlers. Maui musste es ja schließlich wissen!

Ein schemenhafter Blutschleier verlor sich im klaren Wasser. Und endlich erkannte Tobbs voller Staunen die tintenschwarze Zeichnung auf seinem Arm in allen Details. Sie sah wirklich nicht schlecht aus. Schwarz auf Sonnenbrand stand dort, dass er jemand war! Jemand, der mit den Toten und den Geistern sprach!

Einer der Musiker schüttelte tadelnd den Kopf. »Das«, sagte er zu Maui, »hätte ich an deiner Stelle nicht getan.«

Das Atoll der Haigötter

Sie tauchten so schnell auf, dass Tobbs sich mit einem Schrei ins Boot zurückwarf. Ein dreieckiges Maul schoss aus dem Wasser. Scharfe, sägezackige Zähne blitzten im Sonnenlicht. Für einen Augenblick stand der riesige Hai in der Luft, ein gewaltiger glänzender Körper, bevor er wieder in Wasser zurückfiel und ein salziger Regen auf die Bootsinsassen niederprasselte. Die Haigötter! Schneeweiße, scharfe Flossen durchschnitten das Wasser, das Meer brodelte. Ein riesiger Fischleib rammte das Boot und es drehte sich um sich selbst wie ein Kreisel. Holz ächzte und brach, ein Hai verschwand mit einem der beiden Ausleger im Maul in der Tiefe. Tobbs kauerte sich auf den Boden. Gelähmt vor Angst spürte er, wie das Boot angehoben wurde und wieder auf das Wasser zurückklatschte. Was hatte sich Maui dabei gedacht? Wollte er sie alle umbringen? Wütend flitzten die gewaltigen Haie um das Boot herum, drängten sich gegenseitig zur Seite, schabten mit ihren rauen Rücken am Holz. Tobbs war ganz und gar Gänsehaut. Seine Wunde war vergessen, dafür kribbelte seine Haut in der Erwartung, gleich einen viel schlimmeren Schmerz zu erleiden – ein Haifischmaul, das ihn zermalmen würde. Hilfe suchend blickte er zu Maui, doch der Vermittler hielt sich am Mast fest und achtete gar nicht auf ihn. In einer fremden Sprache redete er auf die Raubtiere ein. Tatsächlich ließ sich zumindest ein Hai, der sich gerade anschickte, an Bord zu springen, wieder in das Meer zurückfallen, um sogleich in einem schnellen Zickzackkurs das Boot zu umrunden. Sie waren aufgeregt wie Hunde, die sich um ein Stück Fleisch balgten. Tobbs schalt sich für seine Dummheit. Jedes Kind wusste doch, dass man Raubtiere mit Blut anlockte! Was hatte sich Maui bloß gedacht?

Die Musiker begannen zu singen. Erst einer, dann immer mehr fielen in den Gesang ein. Ein lockender, leiser Rhythmus wie eine Ballade.

Ein Hai sprang über das Boot hinweg. Tobbs schrie auf, als der riesige Fischkörper seinen Schatten auf ihn warf. Ein gewaltiger Schwall Meerwasser folgte.

Der Gesang wurde lauter und lauter, nun hörte Tobbs auch Paddel ins Wasser tauchen. Vorsichtig wagte er einen Blick über den Bootsrand – und entdeckte, dass die Haie zwar immer noch das Boot umschwammen, sich aber offenbar nach und nach beruhigten. Kein einziger biss in ein Paddel.

»Maui!«, flüsterte Tobbs. »Was sollte das? Bist du wahnsinnig geworden?«

Der Vermittler zwinkerte ihm gelassen zu. »Nun, es gibt Situationen, da muss man sich erst einmal eine Verhandlungsposition schaffen. Ich habe die Haie dazu gebracht, uns zu bedrohen. Dadurch haben wir einen kleinen Vorsprung gewonnen, denn Fremde anzugreifen, widerspricht dem Gastrecht der Haigötter. Sie sind uns jetzt sozusagen etwas schuldig und werden vielleicht etwas freundlicher sein.«

Tobbs staunte. Auf diese Idee wäre er nie gekommen.

»Außerdem«, raunte Maui ihm zu, »sind deine Wunden nun durch das Atollwasser geschlossen.« Das stimmte. Das Wasser musste tatsächlich eine heilende Wirkung haben, denn die Zeichnung war nicht mehr rot, sondern sah aus, als hätte sie einige Tage Zeit gehabt zu heilen.

Die weißen Haie drängten sich immer noch an das Boot. Und da sich Tobbs nun etwas entspannter fühlte, konnte er sogar zugeben, dass es trotz allem schöne Tiere waren. Oder waren es womöglich gar keine Tiere?

»Sind das die Haigötter?«, fragte er leise.

»Die Haigötter?« Maui runzelte die Stirn. In diesem Augenblick knirschte das Boot über Korallen und kam zum Stehen. »Nein, nein, die Haie hier sind keine Götter.« Er schirmte die Augen mit der Hand ab und deutete auf eine Gruppe von Bäumen, die den schmalen Strand abgrenzte. »Die Götter sind dort drüben.«

Tobbs rappelte sich auf und spähte. Das war also das Atoll! Eigentlich nicht viel mehr als eine ringförmige Insel aus Sand, ein paar Bäumen und Korallengestein. Im Zentrum befand sich eine Lagune, die am Rand das hellste Türkis zeigte, das Tobbs je gesehen hatte, und zur Mitte hin zu einem dunkelblauen Auge wurde. In diesem Wasserrund waren keine Haie zu erkennen. Dafür erschienen zwischen den Bäumen fünf Männer. Sie sahen nicht viel anders aus als Maui, Insulaner mit hohen Wangenknochen und markanten Nasen. Ihre Tataus zeigten verschlungene Ornamente, sogar ihre Wangen, Nasen und Stirnen schmückten mit wasserblauer Farbe gestochene Zeichnungen.

»Das sind die Götter«, flüsterte Maui ihm zu. »Bleibe an Land immer drei Schritte hinter mir und sag am besten gar nichts. Ich werde mich jetzt vorsichtig darüber beschweren, dass wir angegriffen wurden. Versuche einfach möglichst erschrocken und gleichzeitig ehrfürchtig auszusehen.« Mit diesen Worten ging der Diplomat von Bord, hangelte sich über einige Korallenbänke, watete durch flaches Wasser und betrat schließlich sandigen Boden. Vier der Musiker folgten ihm mit Beuteln voller Proviant und Geschenke. Toras winkte Tobbs ungeduldig zu. Ihm blieb nichts anderes übrig: Er musste in das hüfthohe Wasser steigen. Das Boot war an einer Koralle festgemacht, die wie eine Tänzerin die Arme nach oben streckte. Tobbs stützte sich vorsichtig daran ab und glitt in das warme Nass. Halb hüpfend, halb watend folgte er den Musikern. Die Insel schien unter seinen Füßen zu schwanken wie ein Boot.

Der Gesang, den Mauis Leute anstimmten, war ein Lied, das bestimmt so alt war wie das Meer selbst. Die Götter standen nur stumm da und musterten ausgiebig jeden Sänger, Tatau für Tatau.

Tobbs' Herz begann schneller zu schlagen, als der jüngste der Götter ihn ins Visier nahm und sein brandneues Zeichen mit zusammengekniffenen Augen las. Tobbs prägte sich seinerseits das Bild auf den Armen des Gottes ein. Die Zeichen auf seiner Haut unterschieden sich auffällig von denen der anderen Götter. Sie erinnerten Tobbs an Wasserwirbel.

»Kavatahina«, sagte der größte Gott zu Maui. Der Vermittler nickte und ging auf ihn zu. Beide setzten sich in den Sand. Es begann eine lange Begrüßungszeremonie mit viel Singsang und unverständlichen Zischlauten, der sich die übrigen Götter und Sänger nach und nach anschlossen. Geschenke wurden ausgepackt. Keine Schätze, Perlen oder Muscheln, sondern getrocknete Muränen, Knochen, mumifizierte Fischköpfe und Dolchzähne. Nur der jüngste Gott interessierte sich nicht für das Ritual, sondern starrte immer noch Tobbs an. Um sich abzulenken, blickte Tobbs in das perfekte Rund der Lagune. Irgendwo da unten, am Grund dieses Kraters, lag der Schatz! Und irgendwie würde es ihnen gelingen, ihn zu heben.

»Manuti!«, bellte eine heisere Stimme. Tobbs schrak auf und wandte den Blick wieder zur Gruppe. Vor Schreck setzte sein Herz einen Schlag aus. Alle Haigötter starrten ihn an. Und erst jetzt, im grellen Sonnenlicht, fiel ihm auf, dass die Gestalten aus zwei Wesen zu bestehen schienen. Ihre zweite Gestalt schimmerte durch das menschliche Äußere. Tobbs sah Lippen und gleichzeitig gefährliche Reihen von Haifischzähnen. Menschenhaut und graue Fischhaut. Glatte Stirnen und Knochenfinnen. Doch viel beunruhigender als diese optische Täuschung war Mauis Miene. Er sah völlig überrumpelt aus.

»Natani!«, rief er und stand auf, ganz langsam und vorsichtig, als würde er sich in Gegenwart von gereizten Raubtieren bewegen. Beschwichtigend hob er die Hände. Seine Stimme zitterte ein wenig, als er Tobbs zuraunte: »Sie haben Zweifel. Komm einfach nach vorne und halte dein Tatau so, dass sie es gut sehen können. Hab keine Angst.«

Nein, dachte Tobbs, kein Problem, wer sollte denn Angst haben, wenn Haigötter an ihm zweifeln?

Die Musiker reagierten sofort und stimmten einen beschwichtigenden Gesang an. Tobbs machte einen vorsichtigen Schritt auf die Götter zu. Sein Arm kribbelte und pochte. Maui begann zu sprechen.

Der jüngste Haigott trat vor. Aus der Nähe sah Tobbs, dass er Augen hatte wie ein Hai. Die Pupille war nicht rund, sondern lief an zwei Enden spitz zu.

»Verbeuge dich«, flüsterte Maui ihm zu.

Tobbs gehorchte mechanisch, doch weit kam er nicht. Eine kalte Hand schnappte sich sein Handgelenk und sein Arm wurde grob hochgerissen. Mit starrem Blick betrachtete der Haigott erst Tobbs' Tatau und dann sein kreidebleiches Gesicht. Dabei schnupperte er, als würde er eine Witterung aufnehmen. Was er da roch, schien ihn nicht gerade versöhnlicher zu stimmen. Verächtlich ließ er den Arm los und zischte den anderen Göttern etwas zu. Mit zwei großen Sprüngen war er am Rand der Lagune – und sprang! Schon hatte das türkisfarbene Wasser im Inneren des Atollrings ihn verschluckt.

Maui runzelte besorgt die Stirn. »Das kann passieren, mach dir nichts daraus«, murmelte er Tobbs zu. »Aber geh besser zur Riffkante zurück und warte im Boot, bis ich dich hole.«

Tobbs ging zitternd an den schweigenden Göttern vorbei und watete durch das Wasser, bis er zu den Korallenriffen kam, wo das

Boot auf und ab schaukelte. Die schneeweißen Haie befanden sich ganz in der Nähe, Tobbs konnte ihre Dreiecksflossen im Wasser aufblitzen sehen. Aber immer noch besser, hier im Boot zu sitzen, als diesem Haigott ausgeliefert zu sein. Vorsichtig kletterte er auf die Korallen und nahm auf der Sitzbank des Bootes Platz.

Aus der Entfernung verfolgte er Mauis weiteres Gespräch. Offenbar verlief es jetzt deutlich entspannter. Eine bauchige Schale wurde herumgereicht, Räucherwerk verbrannt.

Bei jedem Wellenschlag schabte der schmale Bootsrumpf mit einem hässlichen Knirschen über die Korallen.

»Lelkanamo?«, sagte eine heisere Stimme rechts von Tobbs. Er erstarrte. Jetzt bloß nicht herumfahren und das Gleichgewicht verlieren!

Vorsichtig blickte er sich um. Und wäre am liebsten schreiend vom Boot gesprungen. Direkt neben seinem Ellenbogen befand sich ein Gesicht, halb Raubtier, halb Mensch. Blaue Haut, eine Stirnfinne und ein Haifischmaul. Nur die Nase, die Schultern und die Arme, die aus dem Wasser ragten, waren menschlich, sodass Tobbs die Wasserwirbeltataus gut erkennen konnte. Das war eindeutig der Haigott, der ihn nicht leiden konnte. Aber eben war er doch noch in der Lagune gewesen! War er unter der Insel hindurchgetaucht, um ins Meer zu gelangen? Gab es zwischen der Lagune und dem Atollbecken womöglich Durchgänge?

Mit der Ruhe des Überlegenen stützte der Haimensch sich mit den Armen auf dem Bootsrand auf und starrte ihn feindselig an. »Lelkanamo?«, wiederholte er ungeduldig.

»B... bitte?«, stotterte Tobbs. »Ich ... äh ... ich verstehe dich nicht.«

Tobbs hatte noch nie gesehen, wie ein Haifischmaul sich zu einem spöttischen Lachen verzog, und er legte auch keinen Wert darauf, es noch einmal zu sehen.

»Leltema!«, blaffte der Haigott ihn an. Tobbs' Kehle war mit einem Mal trocken geworden. Hilfe suchend sah er sich nach Maui um, aber der schien ihn vergessen zu haben.

Die Augen des Tiermenschen blitzten gefährlich. Mit einer trägen Bewegung seines Haileibs peitschte er einmal über das Wasser. Sofort drängten sich die weißen Haie um ihn wie verspielte Hunde. Der Haigott streichelte die Köpfe, griff in die Mäuler, die nach seiner menschlichen Hand schnappten, und – musterte Tobbs. Plötzlich peitschte sein Haischwanz das Wasser und riss das Boot herum. Ehe Tobbs sichs versah, drückte die Fliehkraft ihn gegen die Bootswand. Der Himmel über ihm und drehte sich. Und vor ihm gähnte das grinsende Maul.

In diesem Augenblick geschah etwas Unerhörtes: Tobbs verlor sich selbst. Für die Dauer einer flammenden Sekunde war er weniger Tobbs als je zuvor, er war ein Wesen, das einen drohenden Knurrlaut ausstieß. Seine Lippen zogen sich zurück, als würde er die Zähne fletschen. Alles in ihm war bereit, zu laufen und zu beißen. Und in diesem einen Moment war auch die menschliche Angst vor dem Hai verschwunden. Was blieb, war nur noch der Instinkt, sich zu wehren und zu entkommen. Aber wie?

Der Haimensch lachte heiser und ließ den Bootsrand los. Sein Körper fiel so schwer ins Wasser zurück, dass Tobbs von Kopf bis Fuß durchnässt wurde. Augenblicklich kam er wieder zu sich. Das Boot war ein Stück hinausgetrieben worden, nur das straff gespannte Seil hielt es am Korallenriff.

»So verstehen wir uns«, sagte der Haigott. Seine Stimme war nicht mehr als ein heiseres Zischen. »Warum lügt dein Tatau?«

Tobbs traute seinen Ohren nicht. Es war nicht die Sprache, die er sonst sprach, aber er verstand den Hai tatsächlich!

»Es lügt nicht«, flüsterte er, die Worte spürte er als Grollen in seiner Kehle.

»Du trägst das Zeichen eines Menschen«, gab der Hai zurück. »Aber du bist keiner. Du bist den Haien ähnlich und doch wieder nicht. Also, was willst du hier?«

»Etwas holen, was in unser Land gehört.«

»Liegt es in der Lagune?«

Tobbs nickte. »Eine Truhe. Sie ist sehr wichtig.«

Das Hailachen brachte ihn wieder aus der Fassung.

»Die Truhe gehört mir«, sagte der Haimensch drohend. »Und niemand bekommt sie, schon gar nicht so eine Kreatur wie du.«

»Sie lehnen ab«, fasste Maui die stundenlange Verhandlung in einem Satz zusammen. »Aber das ist ganz normal. Es wäre das erste Mal, dass die Götter einem Unterhändler ohne Weiteres nachgeben.«

Das Feuer war längst heruntergebrannt und die strahlende Nacht über ihnen erinnerte Tobbs an einen perlenbestickten Baldachin. Der Mond hing im Horizont wie in einer Hängematte aus schimmernden Reflexionen.

»Und wie gehen wir jetzt weiter vor?«, fragte Tobbs, während er sich bestimmt zum hundertsten Mal an diesem Abend umsah. Es war unheimlich, mitten auf dem Atoll der Haigötter zu übernachten! Ob auch Götter schliefen? Vielleicht lagen sie in der Lagune. Das Bild des Haimenschen, der die Truhe umklammert hielt wie ein hölzernes Kissen, drängte sich immer wieder vor Tobbs' Augen.

»Weitermachen«, sagte Maui schlicht. »Die richtige Verhandlung beginnt jetzt. In drei bis vier Tagen sieht es schon ganz anders aus.«

»Der Haimensch mit den Wirbeltataus ist da anderer Meinung.«

»Mako der Wächter? Nun, er ist jung und er hasst alles Fremde. Er ist der ehrgeizigste und zerstörerischste der Götter, ja.« Maui runzelte nachdenklich die Stirn. »Wir hatten Glück, dass die Alten auf dem Atoll waren, als wir ankamen. Wäre nur Mako hier gewesen, müssten wir mit zehn bis fünfzehn Tagen Verhandlungszeit rechnen. Mit weitaus ungewisserem Ausgang.«

Im Schein des Feuers leuchteten Mauis Zähne weiß auf. Doch Tobbs erwiderte das Lächeln nicht. Nachdenklich starrte er in die kleine Glut. Im Wasser konnte er die weißen Haie hören, die ruhelos das Atoll umschwammen.

»Was bedeutet Makos Tatau?«, fragte er Maui nach einer Weile.

»Dass er tiefer tauchen kann als alle anderen Götter. Seine Hilfe werden wir brauchen, denn er ist der Einzige, der ohne Mühe zum tiefsten Punkt des Atolls tauchen kann. Und ein Gott hilft nur dort, wo es ihm keine Mühe bereitet.«

Tobbs' Mut sank. Wenn sie auf Makos Hilfe angewiesen waren, konnten sie einpacken. Die Erinnerung an die nachmittägliche Begegnung mit dem jungen Gott ließ ihn immer noch erschauern. Was war dort jenseits des Riffs mit ihm geschehen? Wie war es möglich, dass er eine fremde Sprache verstand und sprach? Und dann dieser kleine tobbslose Moment, in dem er die Beherrschung verloren und sich in irgendetwas anderes verwandelt hatte – aber in was?

Rauchzeichen

Eine Ahnung weckte ihn. Für eine verwirrende Sekunde glaubte er, sich wieder auf dem Heuboden der Taverne zu befinden, aber der Sand, der zwischen seinen Fingern knirschte, holte Tobbs in die Wirklichkeit zurück. Erschrocken fuhr er hoch.

Stille.

Selbst das Meer war gespenstisch ruhig. Nur wenn er sich Mühe gab, viel Mühe, hörte Tobbs die gleichmäßigen Atemzüge von Maui und den Musikern. Aber dennoch war da etwas! Vielleicht hatte er ein Geräusch gehört? Nein, er hatte nur seltsam geträumt. In seinem Traum war er durch ein rot glühendes Land gelaufen. Und unter seinen Händen raschelte Laub, das vertraut und gut roch. Es machte ihm nicht einmal etwas aus, dass er auf allen vieren lief, auch wenn Ästchen und spitze Steine in seine Handflächen stachen. Das, was ihn im Traum viel mehr beunruhigt hatte, war der Hunger auf ein Eichhörnchen, das er quer über eine Wiese verfolgte.

Aber nun: nichts!

Der Mond sah kleiner aus, er stand nun hoch am Himmel. Das Meer glänzte wie eine Öllache. Die Haie waren verschwunden – und auch von den Haimenschen gab es weit und breit keine Spur.

Vorsichtig schlich Tobbs zur Wasserlinie und blickte auf die Lagune. Und da war wieder etwas. Seine Nase zuckte. Da war … eine Ahnung. Von … Rauch? Doch dieser Rauch roch anders als das Lagerfeuer. In Dopoulos' Keller hatte es einmal ähnlich gerochen, nachdem seine Brennkammer explodiert war.

Langsam drehte Tobbs sich um und schnupperte konzentriert. Auf der falschen Seite des Horizonts ging die Sonne auf. Zumindest leuchtete weit draußen ein rötlicher Schein. Und aus dem

Schein stieg eine schwarze Rauchsäule in den Himmel. Mautschi-Iau!, schoss es ihm durch den Kopf. Unsere Insel! Wanja und Baba Jaga!

Tobbs preschte aus dem Stand los, Sand wirbelte hoch, als er über den Strand fegte. »Maui!«, schrie er. »Wach au…«

Dann schlug eine unsichtbare Faust gegen seine Stirn und fällte ihn wie ein Axthieb eine Tulpe. Unsanft landete er auf dem Rücken. Sein Kopf verwandelte sich in ein pulsierendes Wellental von Schmerz. Verwirrt blinzelte er und sah … gar nichts. Vor ihm nur Luft – aber sein Schädel fühlte sich an, als wäre er gegen eine Wand gelaufen, und als er vorsichtig seine Stirn befühlte, spürte er außer der Beule, die bereits zu wachsen begann, ein Muster, das sich in seine Haut gedrückt hatte. Es fühlte sich verdächtig nach Holzfasern an.

»Tobbs?« Mauis Stimme.

Tobbs wollte sich gerade aufrappeln, als sich die Luft vor ihm öffnete. Goldener, schräger Herbstsonnenschein überflutete ihn. Er erhaschte einen flüchtigen Blick auf ein seltsam eckiges Haus mit einem Dach, das aussah, als wäre es verkehrt herum aufgesetzt, und auf mehrere Bäume, die in goldgelbem Laub leuchteten. Blätter, die der Wind fortgeweht hatte, standen seltsamerweise mitten in der Luft, als wäre die Zeit stehen geblieben. Gerade als er begriff, dass er durch eine Tür in ein anderes Land schaute, wurde das Bild milchig und begann zu wabern, Zeit und Raum wirbelten. Eine kalte Bö wehte ihm Regen und nasses Laub ins Gesicht. Ein gelbes Blatt klatschte gegen seine heiße Stirn, dann stürzte ein totenblasser Mann auf ihn zu. Wilde weiße Locken und ein weißer Bart umrahmten sein rundliches Gesicht. Er trug eine Art blütenweiße Kutte und passte nach Tajumeer wie eine kunstvoll verzierte Sahnetorte in die Steinzeit. Das Einzige, was den Eindruck von blasser Makellosigkeit störte, war das Klirren von Ketten, als er jetzt über Tobbs hinwegsprang. Das andere, was nicht ins Bild passte, war die Axt in seiner Hand. Der Mann stolperte japsend über seine eigenen Füße und keuchte nach Luft. Offenbar musste er sich an eine viel schneller laufende Zeit gewöhnen.

»Weg da, Junge!«, herrschte ihn der Mann an und versetzte ihm einfach einen Tritt in die Rippen. Tobbs schrie auf und warf sich zur Seite. Genau im richtigen Augenblick, denn beinahe zeitgleich löste sich der Wirbel und spuckte einen Pfeil aus, der sich direkt neben Tobbs in den Sand bohrte. Ein roter Pfeil. Mit silbernen Schriftzeichen.

Der weiße Mann schlug hastig die Tür zu. Kurz bevor der Herbstsonnenschein verschwand, erhaschte Tobbs noch einen Blick auf das Gesicht des Mannes. Das heißt auf die zwei Gesichter. Denn sein Kopf hatte tatsächlich eine Vorder- und eine Rückseite. Ein Gesicht blickte nach vorn, das andere nach hinten!

»Deckung, Junge!«, knurrte ihm der Doppelgesichtige zu. Seine Ketten rasselten, als er mit der Axt ausholte. Mit aller Kraft ließ er sie auf den Türstock niedersausen. Doch es war zu spät.

Mit einem Knall, der das Becken der Lagune in Schwingung versetzte, als wäre das Atoll ein großes Wasserglas, zerbarst die Tür unter dem Einschlag von Dutzenden von Bolzen.

»He, ihr Götter!«, kreischte der Doppelgesichtige. »Seht her! Einbrecher! Krieger! Mörder in eurem Revier!«

Er drehte sich um und rannte wie ein Besessener den Strand entlang. Tobbs erinnerte sich nicht, wann er aufgesprungen war, denn nun rannte er ebenfalls – und zwar zum Lager. Hinter sich hörte er Keuchen und gleich darauf wütende Schreie. »Ano yatsu o toriosaero!«, brüllte irgendjemand.

Tobbs sah sich im Laufen um. Mit Schwertern und Äxten bewaffnet brachen weitere Krieger durch die halb zerstörte Tür und wirbelten den Sand auf. Vor dem Herbstsonnenschein, der durch die zackige Öffnung der geborstenen Tür fiel, konnte Tobbs Schattenrisse erkennen und das Glänzen von Schwertklingen.

»Maui! Die Reiter aus dem Roten Land!«, rief er.

Die Krieger stolperten, als sie in die tajumeerische Nacht rannten. Wahrscheinlich mussten sie sich erst an die schnellere Zeit gewöhnen.

Maui stand ruhig da und betrachtete die wütenden Fremden, die sich nun umsahen und sich mit abgehackten, kehligen Rufen verständigten.

»Ist das ein Tor zu einem anderen Land?«, sagte er.

Tobbs nickte. »Wir müssen uns in Sicherheit bringen, die Krieger töten jeden, der …«

Ein Pfeil zischte durch die Luft und schlug ein – mit einem Geräusch, das Tobbs einen grässlichen Schauer über den Rücken jagte. Ein Körper war getroffen worden!

Im Mondlicht glänzte eine nasse Gestalt auf. Sie hatte ihre menschliche Form nicht ganz angenommen, noch teilte die Knochenfinne ihre Stirn. Und darunter funkelten wütende Augen. Mit einer langsamen Bewegung ergriff der Haigott den Pfeil, der aus seiner Hüfte ragte, und zog ihn heraus. Tobbs erinnerte sich mit einem Schaudern an die Widerhaken und zuckte zusammen. Die Krieger wichen zurück, dann erlosch das Herbstlicht, als ein anderer Haigott mit einem einzigen Schlag seiner Faust den Türstock zertrümmerte. Was ein Tor gewesen war, war nur noch ein Haufen nutzlosen Treibguts. Alle Haigötter zischten gleichzeitig wie Wasser, das auf heiße Kohlen tropft, und stürzten sich auf die Eindringlinge.

»Zum Boot!«, befahl Maui. Schreie und Schwerterklirren folgten ihnen, während sie geduckt zum Strand rannten. Pfeile pfiffen durch die Luft. Im Dunkeln spielte sich ein Krieg ab.

Tobbs spürte kaum, wie die Korallen, über die er stolperte, ihm in die Füße schnitten. Mit einem Satz war er im Boot. Doch Maui und die Musiker folgten ihm nicht. Stattdessen löste Maui blitzschnell das Seil und stieß das Boot mit aller Kraft von den Korallen weg. Er rief etwas und ein Fischschwanz klatschte auf dem Wasser. »Duck dich!«, befahl er Tobbs. »Sie bringen dich zu Wanja!«

»Aber Maui, du …«

Doch der Vermittler hatte sich bereits umgedreht und rannte zurück zum Lager. War er verrückt? Noch hätte Tobbs springen können, aber in dem Augenblick, in dem er eine helle Flosse im Wasser schimmern sah, überlegte er es sich anders. In der Dunkelheit ertrinken und als Fischfutter zu enden war kein guter Plan, um die Taverne zu retten.

Das Wasser kochte vor Haien. Schreie zerschnitten die Luft. Und Tobbs begriff, dass die Roten Reiter keine Chance hatten. Im Gegenteil: Diese Krieger hatten den größten Fehler ihres Lebens begangen, als sie dem weißen Mann durch die Tür gefolgt waren. Genau genommen war es auch der letzte Fehler ihres Lebens.

Tobbs kauerte sich auf den Boden des Bootes und lauschte dem unheimlichen Glucksen des Wassers unter sich. Etwas strudelte und bewegte sich am Boot entlang. Ab und zu konnte er die Spitze einer Haifischflosse über den Bootsrand lugen sehen, aber sie war seltsam transparent, als würde sie aus Wasser bestehen. Fuhr er wirklich wieder auf Mautschi-Iau zu? Vorsichtig spähte er über den Bootsrand. Die Rauchsäule war schmal geworden und er betete zu allen ihm bekannten Göttern, dass es nicht seine Insel war, die da brannte. Vielleicht war es ja auch nichts Schlimmes – vielleicht veranstalteten Mauis Musikerinnen, die auf Mautschi-Iau zurückgeblieben waren, lediglich ein Fest mit einem großen Feuer?

Nach und nach wurde der Lärm leiser, Wellenrauschen übertönte die Schreie auf dem Atoll. Tobbs streckte vorsichtig die Beine aus. Sein Zeh strich über hellen Stoff. Seltsam – unter dem Stoff bewegte sich etwas! Neben den Proviantsäcken, die im Boot zurückgeblieben waren, kauerte eine helle Gestalt!

»He!«, sagte Tobbs. »Ich sehe dich!«

»Ach?«, antwortete ihm eine müde Stimme. »Wie erfreulich für dich. Ich sehe gar nichts. Und das ist mir auch ganz recht so.«

»Wer bist du?«

»Nur ein Schreiner. Du wirst kaum von mir gehört haben. Ich heiße Janus.«

»Du warst im Roten Land. Und bist geflohen, oder? Haben sie dich gefangen gehalten?«

»Rotes Land? Kenne ich nicht«, entgegnete der Alte mürrisch. »Ich war in Doman, und ja, gefangen gehalten wurde ich, das kannst du laut sagen. Barbaren sind das! Aber ich bin selbst schuld. Warum baue ich eine Tür ausgerechnet nach Doman, um ein neues Scharnier auszuprobieren? Und lasse mich dann auch noch niederschlagen. Natürlich erkennen diese Bestien einen magischen Türbauer sofort, wenn sie ihn sehen! Elende Sklaventreiber.«

Tobbs brauchte einige Sekunden, um die eigentliche Bedeutung dieser Worte zu begreifen. Außer Wanja gab es also noch andere Menschen, die magische Türen zusammenzimmern konnten!

»Du baust Türen in andere Länder! Und das haben die Krieger sich zunutze gemacht?«

Janus nickte missmutig.

»Und dann hast du dir selbst eine Tür gebaut, um ihnen zu entfliehen? Nach Tajumeer?«, fragte er den alten Mann.

Janus lachte leise und, wie Tobbs schien, ein wenig schadenfroh. »Der einzige Vorteil, wenn man über Götter so gut Bescheid weiß wie ich«, meinte er. »Hab lange im Olymp von Kandara gearbeitet. Deshalb weiß ich, wie sie ticken. Ja, ich habe mir für meine Flucht das Atoll der Haigötter ausgesucht. Erstens, weil die Domaner mich ohnehin schon mal gezwungen hatten, eine Tür nach Tajumeer zu schreinern, und zweitens, weil die Haigötter besonders wütend werden, wenn man ihr schönes Atoll mit Waffen entweiht.«

Er seufzte erleichtert auf, während Tobbs vor Schreck die Luft anhielt. Unwillkürlich sah er Wanja und Jaga vor sich – durchbohrt von roten Pfeilen. »Die Domaner haben dich schon mal eine Tür nach Tajumeer bauen lassen?«, flüsterte er. »Auf eine Insel vielleicht? Erst vor Kurzem?«

»Jepp«, kam die gleichgültige Antwort.

»Und was … wollten sie dort?«

»Na was wohl! Krieg führen, plündern, was weiß ich. Ich habe die Chance genutzt und habe in einem unbeobachteten Moment diese zweite Tür zum Atoll gebaut, um mich selbst zu retten. Solange die Krieger damit beschäftigt wären, die Insel einzunehmen, würden nicht mehr ganz so viele da sein, um einen entflohenen Sklaven zu verfolgen. Und die Rechnung ist ja auch aufgegangen.«

Tobbs richtete sich auf und spähte zum Horizont. Die Rauchsäule war dabei, endgültig zu verwehen, doch die glimmenden Überreste heruntergebrannter Bäume blinkten als greller glutroter Streifen auf der Wasserlinie. Tobbs schluckte die Tränen herunter und sah blinzelnd ins Wasser. Zwei weiße Haie eskortierten sie. Doch das, was das Boot vorantrieb, war ein gläsernes Wesen, das immer wieder die Gestalt wechselte. Nur der Regenbogenglanz, der sich auf ihm spiegelte, verriet seine Umrisse. Gerade war es ein glasklarer Riesenhai gewesen, nun fuhren glänzende Krakenarme durch das Wasser. War das vielleicht Mauis Riffprinzessin?

»Wie weit ist es bis zum Tajumeer-Festland?«, erkundigte sich

Janus und spielte nervös am Griff seiner Axt herum, die er sich mit einem Lederriemen über die Schulter gehängt hatte. »Und wer bist du überhaupt? Gehörst du zu den Göttern?«

Tobbs lachte bitter. »Alles andere als das. Ich bin nur ein Reisender.«

»So?« Janus drehte sich um, und Tobbs stellte fest, dass der doppelgesichtige Schreiner ihm die ganze Zeit den Rücken zugekehrt hatte. Offenbar konnte er auch die Ellenbogen in jede Richtung bewegen wie Scharniere.

Es war Mautschi-Iau.

Wanjas Insel! Jagas Insel!

Sobald das Boot über den Sand schabte, fiel Tobbs mehr, als er sprang, von Bord und rannte los. Bei dem Anblick, der sich ihm bot, schüttelte es ihn vor Entsetzen.

Jagas Hütte war nur noch Feuerholz. Knochen, Reisig, die magische Tischplatte, Gefäße, Töpfe – alles war ein einziger verkohlter Haufen. Und daneben entdeckte Tobbs unheimliche Fußspuren. Es sah aus, als wären Leute mit kantigen Holzschuhen über die Insel gestürmt. Pfeile steckten in den Stämmen der Sternblattbäume. Und mitten in dem Chaos lag eine rusanische Tümpelnixe.

Tobbs wusste sofort, wen er vor sich hatte, obwohl er solche Nixen nur aus Wanjas Erzählungen kannte. Sie hatte blaues Haar und eine Haut, die durchsichtig und grau wirkte. Ihre Lippen glichen einem starren Fischmaul. Sie sah so leblos aus, dass Tobbs mit kaltem Schrecken begriff, dass sie tatsächlich tot war. Und dieses endgültige Totsein hatte nichts mit den munteren Toten zu tun, die in der Taverne herumliefen.

»Schockschwerenot!«, flüsterte Janus. »Das war die Geisel aus Rusanien.« Fassungslos sah er sich um. »Wir sind auf der Insel, zu der ich die Tür bauen musste. Durch die bin ich allerdings nicht gegangen, sondern habe die zweite Tür als Fluchtweg gebaut. Da hat die erste Tür gestanden!« Er deutete auf eine erhöhte Stelle im Sand. Holz lag dort. Und in dem, was früher der Türstock gewesen war, zeigte sich der zackige Abdruck eines Bisses. Haifischzähne hatten das Holz zermalmt.

Die Tür zur Quelle

Der Morgen brach genauso rosagolden an wie an jedem anderen Tag. Im milden Licht der ersten Stunde nach Sonnenaufgang sahen sogar die Trümmer aus wie eine kunstvoll drapierte Schiffbruch-Dekoration. Doch weder von Wanja oder Jaga noch von Mauis Musikerinnen fand Tobbs auch nur die geringste Spur. Er irrte schniefend und heulend bereits seit Stunden herum und suchte unermüdlich. Die tote Nixe hatte er mit einigen Blättern des Sternblattbaums zugedeckt; in der Sonne roch es trotzdem streng nach Fisch. Sie ins Meer zu bringen, um sie in ihrem Element zu begraben, wagte er nicht. Bei dem Gedanken, dass die Haie die Tote fressen würden, wurde ihm ganz anders. Auch von den fremden Kriegern fehlte jede Spur. Erst als mit der ersten Flut einige zerrissene rote Stofffetzen an den Strand gespült wurden, ahnte Tobbs, was für ein Ende die Schlacht genommen hatte. Aber wo war Wanja abgeblieben?

Tobbs wischte sich die Tränen von der Wange. Seine Haare fielen ihm inzwischen wieder über die Augen und auf die Schultern. Fahrig strich er sich eine lange Strähne hinter das Ohr. Am anderen Ende des Strands leuchtete ein weißer Punkt: Janus. Der Doppelgesichtige stöberte in den Trümmern. Eine große Hilfe war er allerdings nicht, denn er kümmerte sich ausschließlich um seinen eigenen Kram. Und über die Doman-Krieger wollte er nicht mehr erzählen, als er ohnehin schon gesagt hatte. Gerade war er dabei, vor einem der Felsen einen ganzen Berg einigermaßen unversehrter Hölzer aufzuschichten.

Nun, Tobbs konnte sich die Ereignisse der vergangenen Stunden auch selbst zusammenreimen: Die Reiter mussten in Rusanien auf eine der Flussnixen gestoßen sein und sie dazu gezwungen haben, ihnen zu verraten, wohin Jaga sich geflüchtet hatte. Auf die Insel Mautschi-Iau. Der Weg durch den Tümpel hatte den Kriegern offenbar nicht zugesagt. Möglicherweise hatte es eine Schlacht gegeben und sie hatten nur eine Nixe als Gefangene nehmen können. Vielleicht waren sie auch nur wasserscheu. Auf jeden Fall suchten sie den Schatz.

Gedankenverloren schob Tobbs einen zerbrochenen Stuhl beiseite und setzte sich in den Sand. Getrocknete Herbstblätter aus dem Roten Land lagen überall verstreut, Blutspritzer zeugten von einem unerbittlichen Kampf.

Ein Rascheln ließ ihn aufhorchen. War dort jemand? Wanja? Jaga? Tatsächlich entdeckte er ein wohlbekanntes Gesicht. Allerdings nicht das, nach dem er so sehr suchte. Sondern Mako.

In seiner mehr oder weniger menschlichen Gestalt saß der Haigott auf einem der Felsen und betrachtete gleichgültig das Chaos.

»Gug'n Moog'n«, grüßte er undeutlich. Dann verzog er das Gesicht und zupfte mit angewiderter Miene ein erstaunlich langes rotes Stück Stoff zwischen den Zähnen hervor. Ein Ärmel! Es klirrte, dann spuckte Mako in hohem Bogen einen Ring vor Tobbs' Füße. »Widerlich«, zischte er und rülpste.

Tobbs hatte das Gefühl, sich gleich übergeben zu müssen. Angeekelt schielte er auf das verbeulte Schmuckstück aus Silber.

»Habt ihr alle … Krieger gefressen?« Er hörte es nicht selbst, aber in seiner Kehle spürte er, wie er wieder knurrte und heisere Laute von sich gab. Irgendwo in seinem Inneren regte sich der andere, unbekannte Teil von Tobbs und wollte mit aller Gewalt an die Oberfläche.

Mako lachte wieder das beängstigende Hailachen. Tobbs hätte sich nicht gewundert, wenn zwischen den messerscharfen Zähnen irgendwo noch der Finger gehangen hätte, der früher den Ring getragen hatte.

»Die Hundehaie haben sich jedenfalls gefreut«, antwortete Mako. Dann verschwand jede Spur von Humor aus seinem Gesicht. »War das dein Plan, Tatau-Betrüger? Wolltest du uns in Sicherheit wiegen, damit die Fremden auf den verfluchten Inseln brandschatzen und plündern können? Rück endlich mit der Wahrheit raus: Was sucht ihr?«

»Ich bin kein Betrüger«, empörte sich Tobbs. »Und mit den Kriegern haben wir nichts zu tun. Sie haben Wanja umgebracht, geht das in deinen Schädel? Umgebracht! Und ihre Tante auch!«

Einen Haigott anschreien. Auch eine neue Erfahrung. Doch das Haiwesen schien ihm seinen Wutausbruch weit weniger übel zu nehmen, als Tobbs befürchtet hatte.

»Warum folgen sie euch dann?«, fragte er nur.

Er sprang vom Felsen und verwandelte sich im Fallen endgültig in einen Menschen, der von einem gewöhnlichen Tajumeeren kaum zu unterscheiden war. In dieser Gestalt war er ein schlanker junger Mann mit hagerem, misstrauischem Gesicht. Wäre er in der Taverne als Gast eingekehrt, hätte Tobbs ihn gefragt, ob er die Schuhe an der Fußmatte auch anständig abgeputzt hatte.

»Ich habe keine Ahnung«, sagte Tobbs. »Wanja weiß es.« Wusste es, korrigierte er sich. Sofort stiegen ihm wieder Tränen in die Augen und er schniefte. Mako betrachtete diese ihm offenbar fremde Regung mit sachlichem Interesse.

»Du beginnst mich zu langweilen«, sagte er gleichgültig. »Aber vermutlich geht es um diese kleine Truhe am Grund der Lagune, nicht? Weißt du was? Ich denke, ich werde sie dort herausholen und woanders versenken. An einem unbekannten Ort, weit weg vom Atoll. Dann bekommt sie keiner von euch und wir haben zumindest wieder Ruhe.«

Tobbs durchzuckten diese Worte wie ein Schlag mit einer Gerte. Der Schatz! Er durfte nicht verschwinden! Falls Wanja und Jaga tatsächlich tot waren, war er der Einzige, der den Schatz retten konnte. Und vor ihm stand der Wächter, der Einzige, der in der Lage war, die Truhe vom Grund der Lagune zu holen. Mauis Worte kamen ihm in den Sinn: Schaffe dir eine Verhandlungsposition.

Er würde nichts erreichen, wenn er sich mit Mako herumstritt. Aber möglicherweise konnte er ihn aus der Reserve locken. Auch wenn er nicht viel hatte, was er ihm anbieten konnte.

»Mein … Tatau lügt nicht«, begann er mit heiserer Stimme. »Es ist nur … es hat nur die Form eines Rätsels.«

»Ein Rätsel?« In den geschlitzten Pupillen leuchtete ein winziger Funke Interesse auf. Mako musterte die Linien des Bildes. »Da steht, du sprichst mit Toten. Das einzige Rätsel ist, warum du das im Augenblick nicht tust, um zu erfahren, was die Krieger wollen. Die tote Nixe dahinten müsste doch eine Ahnung davon haben. Oder warum fragst du nicht einfach die Geister der getöteten Krieger, was sie von dir wollten?«

So gleichgültig die Sätze klangen, Tobbs hörte dennoch eine gewisse Neugier heraus.

»Im Prinzip hast du Recht«, erwiderte er. »Aber dabei gibt es einen kleinen Haken.« Vielsagend deutete er auf ein verschlungenes Symbol über seinem Ellenbogen.

Mako zog die Brauen hoch. »Du magst Meerfüchse«, stellte er fest. »Na und?«

Geheimnisvoll senkte Tobbs die Stimme und hoffte, der Bluff würde gelingen. »Dreh das Symbol auf den Kopf und verbinde es im Geist mit den Wellen dort, was hast du dann?«

Mako runzelte die Stirn. Angestrengt, mit halb offenem Mund, dachte er nach.

»Keine Ahnung«, sagte er nach einer Weile. »Was denn?«

Tobbs lächelte. »Das«, meinte er geheimnisvoll, »darf ich nicht verraten. Schließlich will ich die Geister nicht beleidigen. Aber wenn du es herausfindest, wirst du auch den Rest verstehen. Und dann weißt du auch, was es mit der Truhe auf sich hat.«

Das war hoch gepokert.

Wie zur Bekräftigung ertönte ein dreimaliges Klopfen vom Strand. Mako machte den Mund wieder zu. »Langweilig«, schnaubte er. Mit einer geschmeidigen Bewegung drehte er sich um, ließ Tobbs einfach stehen und glitt ins Wasser. Eine peitschende Schwanzflosse war das Letzte, was Tobbs von ihm sah. War das gut oder schlecht? Er wusste es nicht. Er wusste gar nichts mehr. Nachdenklich beugte er sich zu dem Ring hinunter, den Mako so achtlos hatte fallen lassen, und hob ihn auf. Gutes Silber war es – und mit Edelsteinen war ein kleines Symbol eingelegt, ähnlich denen auf den Pfeilen. Die Edelsteine blitzten im Sonnenlicht – Rubinsplitter.

Das Klopfen vom Strand wurde lauter, brach ab, setzte noch energischer wieder ein. Tobbs streifte sich hastig den Ring über und wandte sich zu Janus um. Offenbar hatte der Alte tatsächlich vor, aus den Trümmern eine neue Tür zu bauen.

Als Tobbs keuchend bei ihm ankam, war er gerade dabei, ein verbogenes Scharnier anzubringen. Als Hammer benutzte er ein Trümmerstück von Baba Jagas Esstisch. Natürlich hatte er Tobbs längst kommen sehen.

»Was denn?«, knurrte das mürrische Hinterkopfgesicht. »Hier wird sich wohl kaum jemand wegen Ruhestörung beschweren, oder?«

»Wo willst du hin?«

»Weg. So schnell wie möglich. Was dachtest du denn, Insulaner?«

Tobbs stutzte. Nun – er sah tatsächlich aus wie ein Tajumeere: Tatau, traditionelles Tuch, und seine schwarzen Haare waren durch den Verfluchte-Insel-Zeitfaktor inzwischen wieder so lang, dass nur noch die Spitzen blau und silbern eingefärbt waren.

Tobbs überlegte fieberhaft:

– Janus war ein Türbauer.

– In der Taverne wusste niemand etwas von der Katastrophe.

– Wenn Tobbs eine Tür hätte, könnte er Dopoulos informieren.

Aber konnte er es riskieren, Janus dazu zu bringen, eine Tür direkt in die Taverne zu öffnen? Was, wenn die Haigötter ihn beobachteten? Oder, schlimmer noch, was, wenn einige der roten Krieger überlebt hatten und zurückkommen würden?

Nein, er hatte eine bessere Idee.

»Hör zu, Janus«, sagte er und ließ den kostbaren Ring in der Sonne funkeln. »Ich schlage dir einen Handel vor, wenn du einen kleinen Umweg machst.«

Die Tür sah alles andere als vertrauenerweckend aus. Unter den senkrechten Strahlen der Mittagssonne warf der windschiefe, bucklige Rahmen keinen Schatten, was umso bizarrer wirkte. Tobbs bezweifelte, dass sie am richtigen Ort landen würden, doch Janus trat vor und legte mit großer Geste die Hand auf die Tür.

»Augen zu«, befahl er. »Es geht los.«

Tobbs gehorchte widerstrebend und fragte sich, ob der Schreiner jetzt wohl alle vier Augen schloss. Das Holz ächzte, als die Tür aufschwang.

»Einen großen Schritt! Und zwar jetzt!«, rief Janus. Tobbs machte den Schritt. Und fiel ein weiteres Mal.

Diesmal stemmte sich die Zeit gegen ihn. Sein Herzschlag verlangsamte sich bis zu einem kurzen Stillstand, der Kreislauf verabschiedete sich. Das Bewusstsein knipste sich aus wie eine Laterne.

In der totalen Dunkelheit, die folgte, erfasste ihn lähmende Kälte. Besonders ekelhaft war sie im Inneren seiner Nase und in seinem Mund. Seine Zähne pochten, als hätte er erst heißen Tee getrunken und dann sofort in Zitroneneis gebissen. Tobbs fuhr hoch und keuchte. Die Kälte rieselte ihm über die Schultern, den Rücken, die Beine. Und er war blind!

Nein – lediglich sein langes Haar klebte ihm vor den Augen. Hektisch strich er den schwarzen Vorhang aus Strähnen beiseite.

Zehn Nymphen starrten ihn entsetzt an, eingefroren in verschiedenen Stellungen der Überraschung. Eine hatte den Zeigefinger erhoben, als wollte sie etwas sagen. Die fließenden, bergwasserklaren Haare, die ihr über Schultern und Brüste rannen, waren die einzige Bewegung im Bild. Im Hintergrund erhoben sich majestätisch und wolkengekrönt die grauen Berge.

»Hallo«, krächzte Tobbs.

Neben ihm stakste Janus aus der Dalamit-Quelle und wrang seinen Saum aus. Das Plätschern löste den Bann.

Die Nymphen schrien empört auf und stürzten aus dem Wasser, hüpften über Berggestein und brachten sich auf der nächsten Anhöhe in Sicherheit.

Tobbs hatte inzwischen das Gefühl, dass sich sein Blut in Eiswürfelform durch die Adern schob. In Anguanas Bergen war es früh am Morgen. Sein Atem fror. Janus hatte nichts davon gesagt, dass sie mitten in der Quelle landen würden.

Angewidert erhob sich Tobbs und kroch mit klappernden Zähnen an Land. Sobald er wieder in der Taverne war, das schwor er sich, würde er im ganzen Leben keinen Fuß mehr in irgendein Gewässer setzen! Instinktiv schüttelte er sich wie ein Hund. Eine Nymphe kicherte.

»Tobbs?«, fragte sie.

Die Nymphen musterten ihn neugierig von oben bis unten, wechselten vielsagende Blicke – und prusteten dann alle auf einmal los.

Janus runzelte die Stirn. »Ist es etwa eine von diesen Kichererbsen?«, brummte er.

Tobbs schüttelte heftig den Kopf. »Anguana!«, rief er den Nymphen zu. »Wo ist sie? Ich muss mit ihr sprechen – und zwar sofort.«

Eine Nixe wischte sich eine Lachträne aus dem Augenwinkel und deutete auf die Quelle.

»Dann ruf sie doch!«

»Durch die Quelle?«

»Wie denn sonst?«

Tobbs fluchte und kroch wieder zur Quelle. Er hasste schon den Gedanken an Wasser, dennoch holte er tief Luft und tauchte den Kopf hinein. Eiskaltes Nass drang ihm in Ohren und Nase.

Er schrie, so laut er konnte. Luftblasen umsprudelten ihn und er verschluckte sich und musste husten, bevor er wieder Luft holen konnte. Er rief und schrie und blubberte und brüllte, dass Wanja in Gefahr war, vielleicht sogar tot, dass er an der Quelle wartete, dass es um Leben und Tod ging und er dringend Hilfe brauchte.

Erst als ihm schwindlig wurde und seine Ohren vor Kälte fast abfielen, ließ er sich japsend auf das Gestein fallen.

Janus' besorgtes Gesicht (das vordere) tauchte vor dem grauen Himmel auf. »Dauert es noch lange? Ich muss die Tür zerstören.«

Tobbs schüttelte erschöpft den Kopf.

»Na gut«, murmelte Janus. »Ich gebe ihr noch 'ne halbe Minute. Und sobald diese Frau auftaucht, die zu Deppos gehen wird …«

»Dopoulos«, korrigierte Tobbs.

»Also gut, von mir aus auch Dopoulos – dann bekomme ich den Ring als Belohnung?«

»Ja.«

Um sich aufzuwärmen, trippelte der Türmacher ungeduldig von einem Fuß auf den anderen. Unterdessen betasteten die Nymphen die verbeulte Tür, die mitten aus dem Felsen vor dem Abgrund wuchs, und diskutierten flüsternd miteinander.

Tobbs schloss die Augen und wünschte sich mit jeder Faser seines Bewusstseins Anguana herbei. Gleichzeitig wünschte er sich, einfach in die Taverne zurückzukehren … und wenn er morgen aufwachte und über die Leiter vom Heuboden in den Stall kletterte, würde Wanja schon dort sein und Rubins Fell striegeln.

Irgendwo rechts von ihm lösten sich Steine und polterten von Echos begleitet ins Tal. Tobbs machte die Augen auf und spähte zu den steilen Felswänden hinunter.

Etwas Helles flog von Gipfel zu Gipfel, schlug Haken, schwang sich immer höher hinauf. Als er im Gegenlicht genauer hinsah, entdeckte er zu seiner maßlosen Erleichterung, dass es eine Gämse mit einem Reiter auf dem Rücken war! Beinahe unsichtbar vor den grauen Felswänden kletterte und sprang sie der Quelle entgegen. Ganz deutlich erkannte man nun den Reiter, genauer gesagt eine Reiterin: ein Mädchen mit langem blondem Haar. Ihr Kleid flatterte im Wind. Jeder Mensch wäre bei den halsbrecherischen Sprüngen vom Rücken der Gämse gefallen, aber Anguana balancierte jede Bewegung geschickt aus. Wenn es so steil bergauf ging, dass die Gämse senkrecht in die Höhe sprang, lag das Mädchen flach auf ihrem Rücken.

Mit einem letzten halsbrecherischen Satz landete die Gämse auf dem Vorsprung vor der Quelle. Einige kleinere Felsbrocken lösten sich und polterten ins Tal. Lange hallte das Echo noch zwischen den Felswänden.

Anguana sprang vom Rücken ihres Reittiers. Tobbs bemerkte, dass sie einen schlimmen Kratzer an der Wange hatte. Sie war totenblass, und als sie ihn ansah und sein Tatau entdeckte, blieb ihr vor Verblüffung der Mund offen stehen.

»Tobbs! Was ist mit dir passiert?«

»Es ist alles schiefgelaufen!«, sprudelte er hervor und sprang auf. »Was ist mit deinem Gesicht?«

Anguana winkte ab. »Das war nur eine Furie. Dopoulos ist sehr wütend auf dich. Und er macht sich Sorgen. Rubin ist ohne Reiter zur Taverne zurückgekommen, nun hat er Melpomene zu Baba Jagas Hütte geschickt, um nach dem Rechten zu sehen.«

Tobbs zog Anguana ein Stück von den neugierigen Quellnymphen und Janus weg und begann flüsternd zu erzählen. Einfach war das allerdings nicht, seine Lippen waren inzwischen ganz taub vor Kälte und zitterten. Gefährlich nah am Abgrund sprang Janus hektisch von einem Bein auf das andere, um sich aufzuwärmen, und machte ungeduldige Handzeichen.

Anguana hörte Tobbs konzentriert zu, nur ihre Miene verriet, dass Wanjas Verschwinden sie beunruhigte. Nachdem er geendet hatte, holte sie tief Luft. »Hast du einen Plan?«

»Sofort zurückgehen, damit Janus die Tür wieder zerstören kann. Und du informierst Dopoulos. Inzwischen werde ich Maui suchen. Er muss mir helfen, den Schatz aus dem Atoll zu stehlen, bevor der Haigott ihn irgendwo im Meer versenkt, wo wir ihn nie wieder finden.«

Die Nymphen hatten aufgehört zu kichern. Anguana war noch blasser geworden und kniff die Lippen zusammen. Eine Nymphe trat vor und legte ihr beruhigend die Hand auf die Schulter. Doch Anguana schüttelte sie ab.

»Muss er dir helfen? Dieser Maui, meine ich?«, fragte sie.

»Wie meinst du das?«

»Na, denk doch mal nach, Tobbs! Er ist nur ein Vermittler, er steht auf keiner Seite. Zumindest wird er nicht so weit gehen, es sich mit den Haigöttern zu verderben, oder? Vergiss nicht: Ihr seid keine Tajumeeren, auch wenn du gerade wie einer aussiehst, sondern nur Touristen, die irgendeine Kiste haben wollen.«

Tobbs schluckte. Daran hatte er auch schon gedacht, aber bisher war es ihm nie in den Sinn gekommen, dass Maui sich raushalten könnte. »Wenn er dir nicht hilft, bist du ganz allein unter Haien«, fügte Anguana leise hinzu. »Und kannst nicht mal schwimmen.«

»Aber ich bin der Einzige, der Mako ablenken kann, um Zeit zu gewinnen.«

»Wenn ich mitkommen würde, sähe die Sache für dich viel besser aus!«

»Nein, du musst zu Dopoulos gehen und dafür sorgen, dass er …«

Anguana schüttelte energisch den Kopf. »Ich kann schwimmen!«, sagte sie gefährlich ruhig. »Und die Nachricht an Dopoulos kann auch eine Nymphe überbringen.«

Der Blick, den sie Tobbs zuwarf, war sehr beängstigend. Das war die andere Seite der sanften Anguana, und Tobbs wurde schlagartig klar, dass nichts auf der Welt sie aufhalten würde. In knappen Worten erklärte sie den Nymphen, was sie tun sollten, und wandte sich dann Tobbs zu. Mit einer sehr resoluten Geste streckte sie ihm die Hand hin und er ergriff sie, ohne zu zögern. In dem Augenblick, als sich ihre vom Bergwind kalten Finger um seine Hand schlossen und sie gemeinsam vor die Tür traten, fühlte er grenzenlose Erleichterung.

Die Nymphen hatten sich in die Quelle zurückgezogen und betrachteten aus sicherer Entfernung, wie Janus zur Klinke griff, die er aus einem Stück Holz und einer zerbrochenen Krabbenschere improvisiert hatte. An seinem Ringfinger funkelte der Ring des roten Reiters.

»Nicht erschrecken«, flüsterte Tobbs Anguana zu. »Die Zeit läuft auf den verfluchten Inseln um den Faktor 130,4 schneller. Im ersten Augenblick wirst du denken, dein Kopf explodiert.« Anguana schenkte ihm nur ein grimmiges Lächeln. Sonnenschein ließ ihr

Haar aufleuchten, als Janus die Tür aufriss und den beiden überflüssigerweise auch noch einen Schubs zwischen die Schulterblätter versetzte.

Inselurlaub

Sie trudelten in die Hitze, verglühten im Wirbel der Nanosekunden und taumelten durch die Zeiten. Tobbs blieb die Luft weg, sein Herz schlug Purzelbäume und sein Kreislauf überdrehte wie ein Rad, das im Sand heiß lief, ohne von der Stelle zu kommen. Hand in Hand sackten Anguana und er auf dem Strand zusammen und blieben japsend liegen. Weit hinter ihnen nahmen sie die Schläge von Janus' Axt wahr, die nach und nach verhallten. Und als Tobbs sich aufsetzte und zurückblickte, war da keine Tür mehr. Von dem magischen Tor waren nur noch einige Trümmer übrig geblieben. Sie waren in Tajumeer. Nun gab es kein Zurück mehr.

Anguana stand auf und sah sich staunend um. In ihrem Gesicht spiegelten sich die Eindrücke von Tobbs' eigenen Erlebnissen. Er konnte darin lesen wie in einem Buch: das Staunen, die Ehrfurcht, die Begeisterung über die Farben. Und dann die Entdeckung des verkohlten Haufens, der einmal Baba Jagas Haus gewesen war.

»Oh nein!«, rief sie und ließ Tobbs' Hand los. Sie rannte auf die Trümmer zu. Tobbs blickte nachdenklich auf ihre Fußspuren im Sand – ein Menschenfuß und der Abdruck eines Ziegenhufs. Die tajumeerische Sonne hatte während Tobbs' kurzer Abwesenheit schon längst den Zenit überschritten und tauchte den baumlosen Strand in schräges Abendlicht. Der Fischgeruch der toten Tümpelnixe war inzwischen noch durchdringender geworden und warf Tobbs nun beinahe um.

Anguana kniete bereits neben der Leiche, als Tobbs bei ihr ankam. Wütend wischte sie sich die Tränen von den Wangen.

»Dafür werden sie büßen! Was hat eine harmlose Tümpelnixe ihnen schon getan?«

Tobbs dachte mit Unbehagen an die Raubtieraugen, die ihn im hohlen Baum in Rusanien angestarrt hatten.

»Nichts«, murmelte er. »Sie hat vermutlich nur ihren Zweck erfüllt. Die roten Reiter fackeln nicht lange.«

»Wir müssen sie zum Meer bringen!«

»Damit die Haie sie fressen?«

»Willst du eine Nixe in der Sonne liegen lassen?«

»Wir können sie begraben.«

»Auf dem trockenen Land?« Der giftige Blick, den Anguana ihm zuwarf, ließ ihn verstummen.

»Außerdem haben Nixen grünes Süßwasserblut«, fuhr sie fort. »Den Hai will ich sehen, der sich damit vergiften will!«

Tobbs musste einsehen, dass er zwar einiges über Todesfeen wissen mochte, seine Kenntnisse der Nixenkultur jedoch eher spärlich waren.

»Na gut«, murmelte er. »Aber wir müssen uns beeilen.«

Es war ein elendes Stück Arbeit, den glitschigen Körper in Sternblätter zu wickeln und ihn über den Sand zum Wasser zu schleifen. Tobbs vermied es, einen Blick auf die austrocknende Fischhaut der Nixe zu werfen. Was er da sah, verunsicherte ihn mehr, als er zugeben wollte. In der Taverne gab es eine Menge Tote, die quicklebendig herumliefen, sich stritten oder mit anderen Geistern Poker spielten, aber diese Gesetze galten hier nicht. Dieses Fischmädchen hatte friedlich in einem vereisten Tümpel geschlafen, bis die Reiter sie in einen grausamen Krieg hineingerissen hatten. Tobbs wagte nicht, darüber nachzudenken, was die skrupellosen Krieger erst Wanja und Mauis Musikern angetan haben mochten.

Anguana zog die Nixe behutsam in das salzige Wasser. Das Wasser wurde rasch tiefer, ging ihr bis zur Hüfte, dann bis zu den Schultern. Zur Riffkante, die sich weit draußen durch ein Band aus weißem Schaum zu erkennen gab, musste sie die tote Nixe bereits schwimmend hinter sich herziehen.

Vom Strand aus beobachtete Tobbs, wie das Ziegenmädchen den Körper schließlich vorsichtig über die Korallenriffe zog, die Sternblätter entfernte und den Körper in die dunkelblauen Fluten des tiefen Wassers gleiten ließ. Keine Haiflosse zeigte sich. Nur die Wellen, das bildete Tobbs sich zumindest ein, formten an dieser Stelle einen seltsamen regenbogenbunten Strudel. Anguana winkte ihm zu und – tauchte unter! Tobbs hielt die Luft an. Was, wenn die Hundehaie sie holten? Oder dieser eingebildete Junggott Mako draußen herumschwamm?

Daran hättest du denken sollen, bevor du sie mit nach Tajumeer genommen hast, antwortete eine hämische Stimme in seinem Kopf.

Aufmerksam suchte er das Wasser ab. Ein- oder zweimal glaubte er ein Gesicht hindurchschimmern zu sehen. Doch sobald er die Augen zusammenkniff, löste sich die optische Täuschung auf und verschmolz mit dem Türkis des Wassers. Noch während Tobbs der Spiegelung nachblickte, erschienen dunkle Flecken unter der Wasseroberfläche. Eine ganze Gruppe von Rochen näherte sich von rechts, als hätten sie eben die Insel umrundet. Etwas weiter strandab schleppte sich eine Meeresschildkröte an Land und ließ sich mit einem vernehmbaren »Uff!« in den Sand plumpsen.

»Anguana!«, rief Tobbs warnend. Doch das Ziegenmädchen tauchte immer noch. Währenddessen erreichte der erste Rochen den Strand und wälzte sich an Land. Dann noch einer und noch einer.

Die Verwandlung eines Rochens mitzuverfolgen, war schon seltsam genug gewesen, aber fünf auf einmal waren wirklich etwas zu viel. Tobbs sträubten sich die Haare. Die fünf Gestalten, die sich einige Augenblicke später aus dem Sand erhoben, waren

Mauis Musiker. Allerdings wirkten sie alles andere als erfreut, Tobbs zu sehen.

»Na endlich«, knurrte der Rochenmann, der bei Mauis Ankunft die Vorhut gebildet hatte. »Wir suchen dich schon den ganzen Tag!«

Auch die Frauen, die sich das Wasser aus den Haaren wrangen, lächelten nicht. Eine von ihnen hatte eine lange Risswunde am Oberschenkel. Sie hatten gekämpft!

»Sie haben euch hier auf der Insel angegriffen«, sagte Tobbs. »Was ist passiert? Wo sind Wanja und Baba Jaga?«

Ein gemeiner Stoß in den Magen nahm ihm die Luft. Der Rochenmann hatte ihn einfach umgeworfen, und ehe Tobbs es sich versah, hatten die anderen ihn umzingelt. Ein Gitter aus Beinen versperrte ihm die Sicht.

»Was soll das?«, keuchte Tobbs. Zwischen zwei muskulösen Unterschenkeln sah er ein Stück Himmel und ein Stück Meer. Und genau über der Grenzlinie zwischen den beiden Elementen tauchte eine Gestalt auf. Anguana! Wie ein Schattenriss zeichnete sie sich gegen den Himmel ab. Sie stand auf einer Koralle und sah aus, als könnte sie über das Wasser wandeln. Sie blickte zum Strand und erstarrte.

Bitte tauch wieder unter, flehte Tobbs in Gedanken. Das Ziegenmädchen duckte sich. Und verschwand.

Der Rochenmann verzog den Mund.

»Anweisung von Maui«, sagte er. »Wir werden dich bewachen, bis er dich holt.«

»Maui hat befohlen, dass ihr mich festnehmt?«

Statt einer Antwort griff eine der Schönen nach seinem Arm und machte Anstalten, ihn zu fesseln. Tobbs schossen unzählige Gedanken durch den Kopf. Machte Maui gemeinsame Sache mit den Reitern?

Er stieß ein Fauchen aus, das ihn selbst verwunderte, und trat nach der Musikerin. Sofort packten ihn zehn starke Hände und drückten ihn grob in den Sand.

»Und keine Tricks«, zischte ihm eine der Tänzerinnen zu. »Deinetwegen wären wir fast umgebracht worden. Tragt eure Kriege woanders aus!«

»Wir haben nichts damit zu tun!«, brüllte Tobbs. »Lasst mich in Ruhe! Wenn Maui sieht, wie ihr mich behandelt, wird er euch … grkh.«

Eine kalte Hand drückte ihm die Kehle zu. »Wenn Maui nicht wäre«, presste der Rochenmensch zwischen seinen knirschenden Zähnen hervor, »würden die Haigötter entscheiden, was sie mit dir machen. Und von mir aus könnten sie dich gerne stückchenweise als menschliches Puzzle im Atoll zerstreuen.«

Mit diesen Worten presste er Tobbs' Gesicht grob in den Sand. Tobbs hustete und schnappte nach Luft wie ein Fisch auf dem Trockenen. Es ging ihm gehörig gegen den Strich, dass diese Frauen ihn so einfach fesseln konnten. Angestrengt versuchte er noch einen Blick auf das Korallenriff zu erhaschen, aber alles, was er sah, war die Wasserschildkröte. Sie hatte es sich an der Wasserkante bequem gemacht und spähte interessiert zu der Stelle, an der Anguana untergetaucht war.

Das Boot war ein Witz. Ein grob ausgehöhlter Baumstamm ohne Segel und Steuer. Die Musikerinnen glitten neben diesem schwimmenden Sarg anmutig durch das Wasser, hübsche Insulanerinnen, die so selbstverständlich schwammen wie Tobbs an Land rennen konnte. Nur der Rochenmann hatte seine Unterwassergestalt angenommen und schubste das Boot unsanft vor sich her. Tobbs war längst übel von dem Geschaukel. Sein Durst gaukelte ihm bereits vor, Regentropfen auf dem Gesicht zu spüren. Und er war wütend, unglaublich wütend auf Maui. Am allermeisten sorgte er sich aber um Anguana. Er war so beschäftigt damit, über den hinteren Bootsrand nach ihr Ausschau zu halten, dass der Ruck, der das Boot plötzlich anhalten ließ, ihn völlig überraschte. Sein Boot war gegen eine Wand aus Korallenblöcken gestoßen.

Menschen mussten diese Insel mitten im Meer geschaffen haben, denn die Blöcke aus Riffkorallen waren sorgfältig aufeinandergeschichtet worden. Ganz am Ende der Insel wuchs ein einzelner knorriger Baum. Irgendwann musste sich ein Samenkorn in einem Korallenblock verfangen haben, daraus entstanden war der karge Baum, dessen Wurzeln sich um den Korallenboden schlossen wie eine riesige Hand, die die Insel packen und weit in den Himmel schleudern wollte. Ein gruseliger Anblick.

»Aussteigen«, forderte eine seiner Begleiterinnen ihn unfreundlich auf. Und auch der Griff, mit dem sie Tobbs aus dem Boot zerrte, war alles andere als sanft.

Tobbs stolperte über den scharfkantigen Untergrund und flüchtete sich in den Baumschatten. Die Musikerin band eine hölzerne Wasserflasche von ihrem Taillengurt los und warf sie ihm hin.

»Geh sparsam damit um«, riet sie ihm. Dann drehte sie sich mit einer anmutigen Bewegung um und sprang ins Wasser.

Tobbs blinzelte ungläubig. Aber es war kein Irrtum. Mit dem Begreifen kam der eisige Schreck. Sie würden ihn ganz allein auf der Insel zurücklassen!

Der Rochenmann drehte das Boot und eine Musikerin kletterte in das Gefährt. Sosehr Tobbs auch brüllte und sie verfluchte – keiner sah sich nach ihm um.

Erst als er schon fast heiser war, ließ er sich erschöpft gegen den Baum fallen. Die Fesseln schnitten tief in seine Handgelenke. Hektisch machte er sich daran, die Seile aus scharfkantigen Sternblattfasern an einer der Korallen durchzuscheuern. Damit hatten die Insulaner offenbar gerechnet, sonst hätten sie ihm kaum die Wasserflasche dagelassen. Wie lange er wohl auf dieser Gefängnisinsel bleiben sollte? Er blickte sich um und entdeckte weitere dieser winzigen Inseln, leider viel zu weit entfernt. Nun, wegschwimmen konnte er ohnehin nicht, das wussten Mauis Leute nur zu gut. Er saß in der Falle.

Mit einem Seufzer ließ er sich im Baumschatten nieder und zog die Wasserflasche zu sich heran. Er war gescheitert. Vielleicht versenkte Mako genau in diesem Augenblick die Truhe an einem unbekannten Ort im Meer. Er hatte hoch gepokert – und verloren. Aber das Schlimmste war, dass er Anguana in diese Geschichte hineingezogen hatte!

Niedergeschlagen legte er den Kopf auf die Knie und schloss die Augen. Er sehnte sich nach Dopoulos' Hand, die ihm über das Haar strich, sehnte sich nach der Sicherheit der Taverne, sogar nach Neki. Und er betete zu den guten Göttern aller Länder, dass Dopoulos nach Tajumeer kam und wenigstens Anguana rettete.

Sein eigenes Stöhnen weckte ihn aus einem kurzen Erschöpfungsdämmer. Auf der Stelle war er hellwach und registrierte alles mit größter Klarheit: Der Baumschatten war nur ein kleines Stück weitergewandert, die Stille war bedrückend – und das Stöhnen war immer noch da. Allerdings kam es nicht aus seinem Mund.

»Wer da?«, flüsterte er. »Mako? Maui? Wanja?«

Das Stöhnen brach abrupt ab. Tobbs' Herz begann schneller zu schlagen. Er sprang auf die Beine und sah sich nach einer Waffe um, fand aber nur ein abgebrochenes Stück Koralle. Nun, zumindest war es scharfkantig genug, um ein gutes Wurfgeschoss abzugeben. Vorsichtig umrundete er die kleine Insel.

Kleine Wellen schlugen gegen die Korallenbänke. Unter dem Baum hatte sich eine Höhlung gebildet und gab der Insel auf dieser Seite die Kontur eines Pilzes. Tobbs beugte sich weit nach vorne und spähte hinter den Baum.

Da war ein Fuß.

Ein sehr menschlicher Fuß, auch wenn er reichlich ramponiert aussah. Schürfwunden bedeckten Knöchel und Rist. Wellen schwappten über das kaum getrocknete Blut. Eine Einladung zum Mittagessen an die Haie.

Tobbs schlich weiter, das Korallengeschoss im Anschlag.

Ein Knie. Bedeckt von rotem, zerrissenem Stoff.

Tobbs' Hand, die die Koralle hielt, begann zu zittern.

Es war einer der Krieger!

Allerdings ohne den martialischen Helm und ohne Waffen. Fetzen bedeckten seinen Körper, und um seinen Hals baumelte eine Schlinge. Das zerfaserte Ende ließ darauf schließen, dass er das Seil durchgescheuert hatte. Nein, im Grunde sah es eher so aus, als hätte ein Tier es durchgenagt. Glattes schwarzes Haar fiel dem jungen Mann über das Gesicht. Seine Augen konnte Tobbs jedoch trotzdem zwischen den Strähnen erkennen. Braune Augen mit seltsamen Pupillen leuchteten da auf, tierähnlich und doch menschlich. Und voller Schmerz.

Wie ein völlig entkräfteter Gestrandeter klammerte sich der Krieger an das Wurzelwerk. Als er Tobbs entdeckte, wurden seine Augen groß vor Entsetzen. Er gab einen keuchenden Laut von sich und versuchte sich aufzurichten, doch die Erschöpfung zwang ihn wieder zu Boden. Er war wehrlos. Und er wusste es.

Die Kanten des Korallenstücks schnitten in Tobbs' Handfläche, so fest umklammerte er seine Waffe. Für die Dauer eines Gedankenblitzes sah er sich selbst, wie er ausholte und den Krieger erschlug. Als Vergeltung für den Überfall, für Wanjas Verschwinden und den Tod der Nixe, für die Angst, die Bedrohung, der er sich ausgesetzt fühlte – für die Zerstörung seiner sicheren Welt.

Er zitterte am ganzen Körper, während er den Wehrlosen betrachtete. Es war ein junger Mann. Nur wenige Jahre älter als er selbst, vielleicht achtzehn? Außer den Augen war in seinem Gesicht nichts Tierähnliches mehr.

Nun hustete er dumpf und zog sich mühsam weiter an den Baumwurzeln hoch. Sein Keuchen erfüllte die Luft. Offenbar fürchtete er sich und Tobbs sah auch, wovor: Die Hundehaie hatten das Blut gewittert und würden sich die Beute holen, die so verlockend halb im Wasser hing.

In der Ferne blitzten bereits weiße Haiflossen auf, die sich mit erstaunlich schnellem Tempo näherten.

Tobbs rührte sich nicht. Keine Frage: Sie würden den Krieger töten. Gesetz des Meeres. Alles ein Glied in der Nahrungskette. Er würde verschwinden, im Grunde war er bereits ein Toter, denn sein Leben hatte er verspielt. Und Tobbs musste nichts tun, außer dazustehen und nicht einzugreifen. Und ich bin nicht schuld. Der Gedanke durchrieselte ihn wie ein eisiger Schauer. Doch noch bevor er den Satz zu Ende gedacht hatte, schämte er sich bereits unendlich. Nicht schuld sein? Was für ein verfluchter Unsinn!

Der Krieger schloss die Augen. Tobbs ließ den Stein zu Boden fallen und kletterte, so schnell er konnte, zu dem Verwundeten hinunter. Obwohl sich seine Nackenhaare vor Abscheu sträubten, packte er den Gestrandeten an den Handgelenken und zog mit aller Kraft. Der Krieger schrie auf, als er über den rauen Untergrund gezogen wurde. Doch er war geistesgegenwärtig genug, die Beine anzuziehen – genau in dem Augenblick, als einer der Hundehaie aus dem Wasser schoss und seinen Fuß knapp verfehlte.

Der Krieger krallte sich an Tobbs' Unterarme und ließ sich hochziehen. Gemeinsam stolperten sie von der Wasserkante weg, an der die Haie nun einen peitschenden Tanz vollführten. Tobbs sah messerscharfe Zähne unter dreieckigen Nasen. Salzwasser traf ihn wie eine klatschend nasse Ohrfeige. Er fürchtete sich fast zu Tode, dass einer der Haie auf die schmale Insel springen könnte, und dennoch hielt er den Krieger so fest, als wäre es Wanja und nicht ihr möglicher Mörder.

Erst als der letzte Hai wieder in der Tiefe verschwunden war, ließ er den geschwächten Körper los. Der Krieger sackte in den Baumschatten und schlang seine Arme um die Beine. Er zitterte am ganzen Körper. Seine Zähne schlugen aufeinander wie Holzklötze in einer Schüttelkiste.

Tobbs betrachtete das Bild des Jammers ein oder zwei tiefe Atemzüge lang, und dann tat er etwas, was er sich selbst in hundert kalten rusanischen Wintern niemals zugetraut hätte: Er gab dem Krieger einen Tritt gegen den Oberschenkel.

»Das hast du jetzt davon!«, schrie er. »Was habt ihr hier zu suchen? Was zum Teufel wollt ihr von uns? Was hat Wanja euch getan? Ihr Mörder!«

Der Krieger starrte ihn schweigend an, die Schlinge baumelte um seinen Hals. Dieses stumme Verharren brachte Tobbs noch mehr in Rage. »Jetzt fühlst du dich nicht mehr stark, was?«, brüllte er. »Ohne deinen Helm und eure verfluchten Pfeile und Schwerter?«

Auch gegen den zweiten Tritt wehrte der Krieger sich nicht. Erst als Tobbs sich mit geballten Fäusten auf ihn stürzte, sprang er auf die Beine und streckte die Arme vor, um sein Gesicht zu schützen.

»Dokka itte! Sotto shite oite!«, schrie er mit heiserer, tiefer Stimme. Es klang wie ein Knurren und Grollen, offenbar war er sehr aufgebracht. »Doushita no? Omaetachi wa sonna kemono ni narete hokori ka?« Wortreich und mit vielen Gesten erklärte er in einer Pantomime, wie er auf eine Insel verschleppt und gefesselt worden war. Wie er sich gerade so retten konnte, wie er im Wasser geschwommen war, halb wahnsinnig vor Angst, dass die Haie schneller sein würden. Die seltsamen Laute, die dieses Schauspiel begleiteten, klangen wütend und verzweifelt zugleich. Tobbs ließ seine Fäuste sinken.

Eine Weile standen sie sich gegenüber und starrten einander nur an.

Schließlich begann der Krieger zu schwanken und musste sich gegen den Baum lehnen. Unglücklich betrachtete er Tobbs' Tatau. Er sah aus, als hätte er die Nase gründlich voll von Tajumeer. Und Tobbs entdeckte in diesem Augenblick, dass man auch mit einem Feind so einiges gemeinsam haben konnte.

Verwirrt ließ er sich auf dem harten Boden nieder. Der Krieger betrachtete ihn misstrauisch, dann folgte er seinem Beispiel.

»Wie heißt du?«, fragte Tobbs und deutete auf die Brust des jungen Mannes. Ein verständnisloses Stirnrunzeln war die Antwort.

»Wie du heißt!«, blaffte Tobbs ihn an. »Oder habt ihr in Doman keine Namen? Heißt jeder bei euch ›Killer‹? Oder habt ihr Nummern? Wer? Bist? Du?«

Jetzt schien ihn der Fremde zu verstehen, denn er nickte erschöpft.

»Haruto«, knurrte er. Er blinzelte noch einmal, dann wurde er blass und kippte ohnmächtig zur Seite.

Es wurde eine lange Nacht. Der Krieger hatte Fieber und redete Unsinn – jedenfalls soweit Tobbs das beurteilen konnte. Manchmal bellte und jaulte er im Halbschlaf, bis er wieder jäh hochschreckte und Tobbs' mondbeschienenes Gesicht anstarrte, als wäre es die Fratze einer Todesfee. Tobbs hatte ihm von seinem Wasser gegeben und hoffte, es würde ihn nie jemand danach fragen, wie er dazu kam, einem von Wanjas mutmaßlichen Mördern das Leben zu retten. Die Situation konnte nicht verrückter sein. Das

Verrückteste daran war vermutlich die Tatsache, dass er auf eine seltsame Art froh war, nicht allein zu sein. Und als Haruto nach einigen Stunden aus einem unruhigen Schlaf hochfuhr und sich aufsetzte, war Tobbs sogar erleichtert, dass es ihm besser ging.

Unheimliche Geräusche hallten über das Meer. Mehrmals glaubte Tobbs das Scharren von Insektenbeinen zu hören und sah ein seltsames Glitzern im Wasser. Wurden sie von Hunderten Augenpaaren beobachtet oder lauerte ein Schwarm giftiger Meerestiere ihnen auf? Einer der optimistischeren Hundehaie schwamm offenbar Patrouille um die Insel und prüfte von Zeit zu Zeit, ob nicht doch jemand im Schlaf von der Insel rollte. Zitternd drängten sich Tobbs und der Mann, der Haruto hieß, enger aneinander. In stummem Einverständnis saßen sie da und schlossen den wortlosen Pakt, sich beizustehen. Gegen Morgen ertappte sich Tobbs dabei, dass er sich nicht nur unendlich viele Sorgen um Anguana machte, sondern auch darüber nachdachte, was Maui mit dem Gefangenen machen würde. Würde der Vermittler ihn an Mako und die anderen Götter ausliefern?

Das Rätsel

Wieder träumte er von saftigen Wiesen und dem fliehenden Eichhörnchen. Die Herbstblätter waren nass und der Boden federte beruhigend weich unter ihm. Das war Doman, wie er es in dem kurzen Augenblick durch Janus' Tür gesehen hatte. Doch heute jagte er nicht allein. Neben ihm hetzte ein hundeartiges Raubtier. Als er den Kopf wandte, sah er grauschwarzes Fell und braune Augen. Er hörte das Knurren, das aus der Kehle seines Begleiters kam.

Das Knurren hörte er noch, als er erwachte und in den überwältigenden Sonnenaufgang blickte.

»Kore o mite, kame da«, sagte Haruto leise und deutete auf eine Wasserschildkröte, die sich auf die Insel schleppte. Gleichzeitig schob sich ein Boot ins Bild. Das heißt, es war kein Boot, es war ein Wrack, ein Floß, zusammengeschnürt aus Trümmerholz. Blaue Fäden verbanden die Holzstücke.

Tobbs sprang auf und hätte am liebsten getanzt und gelacht.

»Anguana!«

Das Mädchen blickte zu ihm hoch und begann zu strahlen. Sie hatte einen fürchterlichen Sonnenbrand auf Nase und Wangen, aber ihre Augen blitzten. Mit einem Satz war sie vom Floß gesprungen und stürzte zu ihm. Ihre Umarmung tat unendlich gut.

»Wie hast du mich gefunden?«, rief Tobbs. Vor Freude klang seine Stimme kieksig und hoch.

Anguana ließ ihn nur widerwillig los und lächelte ihn an.

»Wir sind verbunden, schon vergessen? Der unsichtbare blaue Faden zwischen mir und dir – ich finde dich überall.« Sie zwinkerte ihm zu. »So schicksalhaft würde es eine Quellnymphe erklären. Aber wenn ich ehrlich bin, hatte ich nur die ungefähre Richtung und habe seit gestern Abend mindestens zwanzig Inseln abgeklappert.« Ihr Lächeln verschwand. »Auf einigen von ihnen sind Pyramiden von Köpfen aufgehäuft. Das müssen die Überreste der roten Krieger sein, die … oh!«

Sie machte einen Satz nach hinten, der sie fast von der Insel befördert hätte. Tobbs fing ihre fuchtelnde Hand aus der Luft und zog sie wieder in die Balance.

»Das ist nur ein Verwundeter«, sagte er leise.

»Doch nicht etwa einer der Krieger? Er trägt rote Kleider und …«

»Das ist eine längere Geschichte«, unterbrach Tobbs sie ungeduldig. »Aber keine Angst, er kann uns nichts tun. Er ist sehr schwer verletzt.«

»Ach wirklich?«, fragte Anguana spitz. »Er sieht ganz munter aus, finde ich.«

Tobbs fuhr herum und staunte. Anguana hatte Recht! Wenig erinnerte an die erbärmliche Figur, die er gerettet hatte. Das Wasser hatte auf die Schürfwunden eine heilende Wirkung gehabt, was darauf hindeutete, dass sie ganz in der Nähe des Atolls sein mussten. Harutos schwarzes glattes Haar war inzwischen getrocknet. Tobbs betrachtete ihn und hatte plötzlich einen dicken Kloß im Hals.

»Ihr habt ähnliches Haar«, sprach Anguana seine schlimmste Befürchtung laut aus. Tobbs schluckte schwer. Kein Zweifel: Zwar war sein Haar an den Spitzen immer noch blau und silbern gefärbt, aber ansonsten sah es dem Haar des Kriegers erstaunlich ähnlich. Glatt und schwarz wie eine Pferdemähne.

»Und die Augen …«, fuhr Anguana leise fort.

»Zufall«, unterbrach sie Tobbs barsch. »Meine Eltern waren ganz sicher keine Krieger aus Doman, wenn es das ist, was du andeuten willst.«

Ach ja?, sagte eine gemeine Stimme in seinem Kopf. Woher willst du das denn wissen, Herr Nichts aus Irgendwo?

Anguana wurde mit ihrer Verwirrung weitaus schneller fertig als er. »Wie auch immer. Ist er Freund oder Feind?«

»Feind natürlich«, antwortete Tobbs. Haruto sah ihn fragend an und Tobbs wich seinem Blick schnell aus.

Anguana nickte, als hätte sie keine andere Antwort erwartet. »Gut, dann lassen wir ihn zurück. Los, wir müssen uns beeilen!« Sie zog eine zerfetzte Landkarte hervor, die an einer Seite angesengt war, und zeigte auf einen Ring im Meer. »Das war eine von Baba Jagas Karten. Hier siehst du Mautschi-Iau – und hier, die kleine Inselgruppe, da befinden wir uns. Wir müssen nur an der großen Halbinsel vorbei, die noch zu Tajumeer gehört und dann ins nächste Land übergeht, und sind in weniger als einer Stunde beim Atoll der Haigötter.«

Haruto sah Tobbs immer noch fragend an. Er spürte den Blick des roten Kriegers wie ein heißes Prickeln an seiner Stirn. Die gemeine Stimme in seinem Kopf meldete sich wieder zu Wort: Lass ihn hier und er ist so gut wie tot.

»Wir nehmen ihn mit«, entschied Tobbs.

Anguana zog die Brauen hoch und musterte Haruto, als würde sie ein Stück Vieh schätzen. Dann hellte sich ihre Miene auf, als wäre eben ein Groschen gefallen.

»Ach so, als Geisel, verstehe. Gute Idee. Na ja, ich hoffe jedenfalls, dass das Floß uns alle trägt. Wir fesseln ihn mit meinem Seil.«

»Nein.«

»Wieso nicht?«

Tobbs bedeutete Haruto, auf das Floß zu steigen.

»Er wird uns nicht angreifen«, sagte er sehr entschieden zu Anguana.

Der Krieger zögerte und kaute auf seiner Unterlippe herum.

Tobbs erahnte seine Gedanken: Würden sie ihn zu den Haien zurückbringen? War es vielleicht sicherer, sich zu wehren und auf der Insel zu bleiben? Andererseits hatte der seltsame Insulaner mit dem Haituch ihn gerettet …

»Deine Entscheidung«, sagte Tobbs freundlich zu Haruto. »Aber an deiner Stelle würde ich hier nicht warten, bis Mauis Leute dich finden.«

Mit diesen Worten drehte er sich um und kletterte zu Anguana auf das Floß. Haruto zögerte immer noch, doch dann gab er sich offenbar den größten Ruck seines Lebens und nahm ebenfalls auf der wackligen Konstruktion Platz.

Durch das Gewicht von drei Menschen lag das Floß tief im Wasser. Zwischen den Trümmerstücken schwappten die Wellen. Aus den Rückenlehnen von Baba Jagas Stühlen hatte Anguana so etwas wie Paddel improvisiert, mit denen sie sich nun mühsam vorwärtsschoben, als wäre das Meer eine zähe Suppe. Die Haie hielten sich in respektvoller Entfernung. Offenbar hatte es viele Vorteile, mit einer waschechten Anguane unterwegs zu sein. Ob sie auch grünes Süßwasserblut wie die Nixen hatte, das die Haie fernhielt? Tobbs blickte sich nach Haruto um. Er paddelte verbissen, doch als er seinen Lebensretter sah, huschte ein flüchtiges Lächeln über sein Gesicht. Rasch wandte Tobbs sich wieder ab und schluckte schwer. Sein Herz schlug ihm bis zum Hals.

Nach einer Weile tauchte rechts von ihnen der lang gezogene Uferstreifen der Halbinsel auf, von der Anguana gesprochen hatte. Tobbs war noch nie so froh gewesen, Land zu sehen, denn allmählich sackte das Floß unter ihnen immer tiefer ab. Selbst dem Krieger schwappte das Wasser bereits bis zur Hüfte.

»Das hat keinen Sinn«, meinte Anguana. Mit einer entschlossenen Bewegung stoppte sie das Floß, indem sie ihr Paddel gegen eines der Korallenriffe rammte. »Ich steige aus und schwimme. Zu dritt sind wir zu schwer.«

Tobbs zuckte erschrocken zusammen, als er Harutos Hand auf seiner Schulter spürte.

»Arigatou gozaimasu«, sagte der Domaner und deutete zum Ufer.

»Iku.«

»Ich glaube, deine Geisel will aussteigen«, flüsterte Anguana. »Sollen wir ihn niederschlagen?«

»Nein!« Tobbs griff vorsichtshalber nach ihrem Paddel.

Er versuchte sich an einem kurzen, nicht zu freundlichen Lächeln und nickte dem Krieger zu.

»Du willst gehen, Haruto. In Ordnung, ich bin einverstanden. Halte dich an diesen Weg.« Er deutete in die Richtung des Wegs, auf dem Haruto den Verfluchte-Insel-Faktor hinter sich lassen und irgendwann das Festland erreichen würde.

Der Domaner nickte erleichtert.

»Er hat einen Namen?«, zischte Anguana. »Eine Geisel mit einem Namen? Was läuft hier eigentlich?«

»Das ist in Ordnung, Anguana«, beharrte Tobbs. »Lass ihn einfach gehen!« Und etwas leiser fügte er hinzu: »Bitte! Ich weiß, was ich tue.«

Was eine glatte Lüge war.

Haruto war immer noch schwach, doch er glitt vorsichtig vom Floß und stand im nächsten Augenblick auf der anderen Seite des Riffs in brusthohem Wasser, die Hände erhoben, als wäre ihm Wasser ebenso zuwider wie Tobbs. Tobbs musste schlucken und sein Mut sank. Mochten die Domaner alle kein Wasser, so wie die Tajumeeren es von Natur aus liebten? War es wirklich möglich, dass dieses kriegerische Land Doman seine Heimat war?

»Wasurenai«, sagte Haruto und deutete eine Verbeugung an, dann begann er, so schnell er konnte, auf den Strand zuzuwaten.

»Das erklärst du mir jetzt«, zischte Anguana. »Gehört die Geisel nicht mehr zum Plan? Bist du etwa von allen guten Geistern verlassen, einen der roten Krieger laufen zu lassen?«

»Er mag ein Mörder sein«, gab Tobbs zurück, »aber ich bin es nicht! Außerdem weiß ich nichts über ihn. Vielleicht ist er gar kein Krieger, sondern nur ein harmloser Wachtposten. Vielleicht geht es ihm wie uns, vielleicht bereut er, in diesen Kampf gezogen zu sein.«

»Ach Tobbs, halt die Luft an!«, empörte sich Anguana. »Du hast wirklich ein Herz, aus dem man ein Daunenkissen machen könnte, so weich ist es! Und genau das bringt dich immer wieder in Schwierigkeiten.«

»Er ist nicht unsere Geisel«, beharrte Tobbs mit heiserer Stimme. »Er ist ein Mensch, zumindest sieht er zum größten Teil so aus.«

Anguana rollte die Augen. »Wir hätten ihn auf der Insel lassen sollen. Er wird nach Doman gehen und berichten, dass er dich gesehen hat.«

»Dann ist es eben unvernünftig!«, schrie Tobbs. »Und was soll er schon groß berichten? Dass die Haie ihn beinahe gefressen haben und dass ein Insulaner ihn zum Festland gebracht hat.«

Kein besonders gutes Argument. Anguana lächelte nur grimmig.

»Ich hoffe nur, dein Plan, wie wir die Truhe in unseren Besitz bringen, ist um einiges besser!«

Ohne Mauis Schutz war die Reise zum Atoll der Haigötter ein beängstigendes Unterfangen. Tobbs' Muskeln brannten vom vielen Paddeln und die Sonne blendete ihn so sehr, dass er kaum erkennen konnte, was Haiflossen waren und was nur Lichtreflexe. Aber diese Dauerangst hatte auch etwas Gutes: Tobbs stumpfte ab. Wie bei jemandem, der sich daran gewöhnt hatte, ständig über spitze Steine zu laufen, zuckte er nicht mehr zusammen, wenn er etwas Beängstigendes im Wasser zu sehen glaubte. Eine interessante Erkenntnis: Man konnte sich offenbar nicht ununterbrochen fürchten.

Wasserschildkröten glitten neben dem Floß vorbei und bestaunten sie, eine gelb-rote Seeschlange ringelte sich vor dem Bug, bevor sie wieder irgendwo in der Tiefe verschwand. Und Tobbs dachte bei jedem einzelnen Paddelzug daran, wie sehr er dieses tiefe Wasser verabscheute. Sollte er jemals wieder aus Tajumeer nach Hause kommen, würde er sich sogar von Dopoulos' Karpfenteich auf der Apfelwiese fernhalten.

Die Sonne stand schon hoch, als in der Ferne der schimmernde Strand auftauchte. Anguana und Tobbs nahmen die Paddel aus dem Wasser und betrachteten stumm das Atoll.

»Das ist es?«, flüsterte Anguana nach einer Weile. Tobbs nickte nur. Seine Kehle war wie zugeschnürt.

»Und jetzt?«, fragte Anguana trocken.

Tobbs schirmte die Augen mit der Hand ab und suchte den Strandabschnitt, wo Mauis Boot geankert hatte.

»Da drüben, in der Linie, die zu dem schiefen Sternblattbaum führt – da findest du eine rot-weiße Koralle, die wie eine Tänzerin geformt ist. Darunter, sehr weit unten, muss es einen Durchgang in die Lagune geben. Und in der Lagune liegt die Truhe versteckt, in der sich ein Stück Leder oder so etwas Ähnliches befindet. Vielleicht eine Karte. Das ist der Schatz, den die Domaner unbedingt haben wollen.«

»Wie tief?«

Tobbs musste passen und Anguana wurde noch etwas blasser unter ihrem Sonnenbrand.

»Ich sehe schon, du weißt ja wirklich bestens Bescheid«, meinte sie ironisch. »Und weiter?«

Stockend begann Tobbs seinen Plan zu erläutern. Als er ihn sich ausgedacht hatte, hatte er logischer geklungen. Anguana hörte mit gerunzelter Stirn zu.

»Verstehe«, sagte sie dann. Doch sehr überzeugt klang sie nicht. »Ich gebe dir eine Schnur mit. Wenn du zweimal daran zupfst, weiß ich, dass die Luft rein ist. Klar?«

Tobbs nickte beklommen.

Sie drückte ihm ein winziges Knäuel mit blauem Faden in die Hand. Es war seidenweich und so leicht, dass er das Gewicht kaum spürte. Das würde die einzige Verbindung zwischen ihnen sein. Keine beruhigende Vorstellung, seine Freundin in die Tiefe tauchen zu lassen.

»Und die Haie werden sich nicht im Garn verheddern?«

»Schon vergessen, dass mein Garn für die anderen gar nicht vorhanden ist?«, entgegnete Anguana. »Nur Wanja und Dopoulos könnten es wahrnehmen.«

Entschlossen griff das Ziegenmädchen in ein Gewirr von Seilen, das neben ihrem Ziegenfuß auf dem Floß lag, und zog einen eisernen Haken und ein flaches Messer hervor, dessen Klinge an der Spitze abgebrochen war. Dann atmete sie noch einmal tief durch und blickte Tobbs verzagt an.

»Drehst du dich um?«, fragte sie mit einem Anflug ihrer alten Schüchternheit.

Tobbs sah sie verblüfft an, doch schließlich gehorchte er. Hinter sich hörte er ein Rascheln.

»Anguana«, sagte er leise, »sei vorsichtig! Viel Glück – und … danke, dass du mir hilfst!«

Sie gab ihm keine Antwort. Gerade wollte er ihr sagen, dass es ihm leidtat, dass er sich nie mit ihr streiten wollte, dass er Angst um sie hatte, mehr noch als um Wanja und um sich selbst, als er schon das Garn durch seine Finger gleiten fühlte. Hastig drehte er sich um und sah, dass nur noch Anguanas Kleid auf dem Floß lag.

Die Hundehaie kannten ihn offenbar schon, denn sie drehten gelangweilt ab, als Tobbs die Riffkante erreichte und das Floß an der rot-weißen Koralle festmachte. Irgendwo da draußen wartete Anguana auf sein Zeichen. Vorsichtig knotete er das hellblaue Garn um sein Handgelenk und watete durch das Wasser zum Atoll.

Niemand war dort. Zwei Sternblattbäume waren umgeknickt und halb unter einem Wall aus Sand verborgen lagen die Reste von Janus' Tür. Einige rote Fetzen zeugten noch von einem heftigen Kampf. Kein Haigott weit und breit.

»Mako?«

Ein Platschen antwortete ihm, doch als er herumfuhr, sah er nur ein Schimmern hellen Wassers. Langsam schlenderte er am Strand entlang. Der Faden hing locker an seinem Handgelenk, zog im Takt der Wellen sanft an und ließ wieder nach.

Tobbs hob eine große Muschel auf und ging zur Lagune. Das helle Türkis blendete ihn. Er zielte sorgfältig auf den dunklen Mittelpunkt und schleuderte die Muschel ins Wasser. Eine kleine Fontäne spritzte hoch.

Tobbs war noch dabei, zuzusehen, wie die letzten Tropfen auf die Wasserfläche zurückfielen, als sich der Himmel vor ihm verdunkelte. Ein Körper schnellte aus dem Wasser, und bevor Tobbs auch nur zwinkern konnte, lag er rücklings im Sand, halb begraben unter einem Fischkörper, der eine Tonne wiegen musste. Ein Haizahn ritzte über seine Stirn, dann verwandelte sich die Gestalt. Durch das schreckliche Haigesicht schimmerten Makos menschliche Züge. Mako, der ihn nun wie eine Puppe am Handgelenk packte und wegschleuderte. Tobbs verdrehte sich schmerzhaft das

Knie und verlor die Orientierung. Er prallte gegen einen Haufen harter Kugeln, der ins Rutschen geriet, und sackte auf die Knie. Furchtbarer Gestank hüllte ihn ein. Tobbs schlug die Hand vor den Mund und würgte.

»Du kommst ohne Einladung?«, brüllte Mako. Seine Haiaugen funkelten, die Stirnfinne blitzte noch einmal auf, bevor sie verschwand. Doch Makos menschliches Gesicht sah nicht viel beruhigender aus. Tobbs versuchte zu sprechen, aber der Gestank ließ ihn erneut würgen. Etwas kullerte neben ihm zu Boden.

Es war ein Kopf. Der Kopf eines Reiters.

Tobbs schoss so schnell in die Höhe, dass ihm schwindlig wurde. Mit einem Hechtsprung brachte er drei Meter Entfernung zwischen sich und die Köpfepyramide.

Mako lachte. »Kleine Sammlung«, meinte er. »Und dein Schädel passt gut dazu.«

Tobbs würgte ein letztes Mal, dann drehte zum Glück der Wind und es roch wieder nach Salz und Meeresbrise. Der Faden an seinem Handgelenk ruckte. Mit einem siedend heißen Schreck wurde ihm klar, dass Anguana sein plötzliches Gefuchtel als Zeichen verstanden haben musste. Sie tauchte bereits!

Mako fletschte die Zähne.

Tobbs überlegte fieberhaft. Das war seine Chance, die einzige Chance. Anguanas Leben hing an dem dünnen Faden, der um sein Handgelenk gebunden war.

Maui. Was würde Maui an meiner Stelle tun oder sagen?

Mache ihn neugierig und lenke ihn lange genug ab!

»Ich dachte, du wolltest mein Rätsel lösen«, sagte Tobbs.

Mako gähnte gelangweilt. »Ach ja?«

»Ja, aber vielleicht habe ich mich getäuscht. In diesem Fall entschuldige die Störung. Ich werde mich sofort wieder vom Atoll entfernen. Und meine Geister nehme ich natürlich mit.«

Der Haigott horchte auf. »Die Geister? Was denn für Geister?«

Tobbs machte ein übertrieben erstauntes Gesicht. »Oh, hatte ich sie nicht erwähnt? Na ja, es sind keine von Bedeutung. Ein paar Haustiere – das Übliche. Schutzgeist, Wassergeist, Luftgeist, all das eben.«

Das schien die richtige Strategie zu sein. Mako hörte heraus, dass mehr dahintersteckte, viel mehr. Und er witterte Macht wie ein Hundehai Blut.

»So ein mickriger Halbmensch wie du besitzt Geister?«, meinte er jetzt spöttisch.

»Könnte ich sonst in deiner Sprache reden?«, erwiderte Tobbs. »Und es steht auch hier auf meinem Tatau. Ich habe derzeit nur ein … Kommunikationsproblem mit ihnen, das ist alles.«

Das Argument schien dem Haigott einzuleuchten, er verschränkte die Arme, was seine Wirbeltataus noch besser hervortreten ließ, und hob den Kopf, bis er auf Tobbs herabschauen konnte.

»Verstehe«, knurrte er. »Das hat nicht zufällig etwas mit dieser Truhe zu tun, die auf dem Grund der Lagune liegt?«

Jetzt galt es, Zeit zu schinden. Tobbs wusste nicht, ob er sich setzen durfte, aber er musste auf jeden Fall von der Schädelpyramide weg, sonst würde er umkippen, sobald der Wind wieder drehte.

»Schon möglich«, sagte er zögernd und hoffte, Mako würde ihm sein ängstliches Zusammenzucken abnehmen. Der Haigott grinste triumphierend. Das Spiel begann ihm wohl Spaß zu machen. »Und du denkst, ich gebe dir die Truhe zurück?«

»Nein, so vermessen wäre ich niemals«, antwortete Tobbs. »Aber ich möchte dir einen Vorschlag machen. Allerdings würde ich es vorziehen – wenn du erlaubst –, dass wir dort drüben weitersprechen. Die Geister dieser Toten da sollen nicht hören, was ich dir zu sagen habe.«

Mako überlegte nur kurz, dann ging er mit großen Schritten zu der kleinen Anhöhe aus Sand, auf die Tobbs gedeutet hatte. Selbst in seinen menschlichen Bewegungen lag noch die Geschmeidigkeit eines schwimmenden Hais. Tobbs beeilte sich, dem Gott zu folgen, der sich auf dem Sand niederließ. Er forderte Tobbs nicht auf, sich ebenfalls zu setzen.

»Also?«

»Ich schlage dir einen Handel vor oder eher ein Spiel. Du errätst, wer oder was ich wirklich bin. Wenn du das Rätsel nicht löst, gehört die Truhe mir. Löst du es, gehe ich leer aus.«

Mako lachte schäbig, was mit dem Haifischmaul aussah, als würde er die Luft zerfetzen wie Beute. Seine Augen funkelten bösartig.

»Mit Göttern spielt man nicht«, grollte er.

»Möglich, aber das ist alles, was ich habe«, sagte Tobbs ernst und bemühte sich, ein sorgenvolles, leicht gekränktes Gesicht zu machen. »Ich will eine Chance, mehr nicht.«

Mako zischte verächtlich und drehte sich um. Die Tatsache, dass jemand ihn anflehte, schien dem Gott gut zu gefallen. Tobbs dagegen dachte bei sich, dass kein Gott, der etwas auf sich hielt, sich auf solche billigen Spielchen einließ. Aber Mako war wohl aus gutem Grund die Bulldogge des Atolls. Der Faden ruckte beängstigend an seinem Handgelenk und ließ dann wieder ein ganzes Stück nach.

»Na schön«, meinte der Haigott schließlich. »Habe gerade sowieso nichts Besseres zu tun. Dann zeig mal dein komisches Tatau her. Dreiecke, ja? Ein Meerfuchs, der keiner ist. Du lebst nicht in einer Hütte, sondern in einem Gebilde, das ein dreieckiges Dach hat.«

Tobbs nickte. Maui hatte Recht – die Bewohner Tajumeers lasen die Zeichen wirklich wie Buchstaben. Jetzt galt es gut zu bluffen.

»Im Prinzip richtig. Aber dreh die Zeichen um. Was siehst du dann?«

Der Gott legte den Kopf schief und kniff die Haiaugen zusammen – eine menschliche Geste, die seltsam verkehrt wirkte.

»Das Zeichen für eine Frau. Und Tote, die rückwärtsgehen. Und Türen, viele Türen.«

Tobbs lief ein eiskalter Schauer über den Rücken. Wie konnte es sein, dass das Tatau die Wahrheit über die Taverne sagte? Er konnte nur stumm nicken.

»Die Frau ist so etwas wie ein Geist? Ein magisches Geschöpf?«

Wieder nickte er.

Mako kam in Fahrt. »Sie ist bei dir, doch du siehst sie nicht, die Stelle an deinem Arm ist leer.«

Tobbs spähte verstohlen auf das Meer, doch Anguana tauchte nicht auf. Wie lange konnte ein Wesen wie Anguana die Luft anhalten? Mako gefiel sich offensichtlich immer besser in der Rolle des Detektivs.

»Du bist ein Mensch und bist es doch nicht. Wenn man das Symbol dort auf den Kopf stellt und die Welle damit verbindet, dann würde das bedeuten, dass deine Mutter ein Geist ist. Auch sie ist den Haien ähnlich, doch das Wasser ist nicht ihr Raum.« Diesmal zuckte Tobbs wirklich zusammen und wurde blass, was Mako mit Genugtuung zur Kenntnis nahm.

Verwirrt schielte er auf die Zeichen. Sprach das Tatau womöglich die Wahrheit?

»Und weil du zur Hälfte selbst ein Geist bist, folgen die Geister dir. Du nährst sie. Richtig?«

Tobbs nickte zögernd. »Todesfeen«, murmelte er. »Und Furien.«

Nun, das war nicht einmal gelogen, die Furien bekamen zwar nur den Brennbeerensaft, aber hier würde das durchgehen.

Makos Lächeln verschwand, als ihm wohl ein Licht aufging. Er zeigte auf eine Spitze, die vom Oberarm aus direkt auf Tobbs' Herz zeigte. Gier funkelte in seinem Raubtierblick.

»Furien also«, sagte er. »Kriegerische Geister. Sie töten und haben viel Macht. Sie können ihre Macht gegen dich verwenden. Oder du verwendest ihre Macht gegen andere.«

Tobbs musste nichts mehr sagen, Makos Gedanken fanden sich einer zum anderen.

»Das ist es!«, rief der Haigott. »Du willst die Truhe, weil Krieg darin schlummert. Wer die Truhe besitzt, ist Herr über die Geister. Richtig? Bist du der Herr über die Heere der Toten?«

Tobbs bemühte sich, so auszusehen, als sei er ertappt worden, und schwieg.

Der Faden an seiner Hand zupfte nicht mehr, sondern hing schlaff herunter. Vor seinem inneren Auge sah er Anguana: ertrunken in der Lagune, von Raubfischen erlegt. War der Faden vielleicht gerissen? Und wenn nicht: Hatte sie genug Zeit gehabt? Und selbst wenn alles klappte – würde Mako ihn gehen lassen? Längst pochte in seiner Magengrube die dumpfe Gewissheit, dass dieses Spielchen mit dem Haigott eine Nummer zu groß für ihn war.

Makos Hand schoss nach vorne, packte Tobbs' Kinn und quetschte seinen Mund zu einer Schnute zusammen. Seine Augen funkelten.

»Ist es so?«, brüllte er. Vermutlich konzentrierte er sich nicht mehr genug, denn sein Gesicht wandelte sich, die Knochenfinne erschien auf der Stirn, die Haut an seiner Hand wurde rau wie eine Raspel. Tobbs schloss die Augen, diesen Anblick konnte er nicht ertragen. Mako deutete das Entsetzen in seinem Gesicht wohl falsch, denn er lachte triumphierend und stieß ihn grob zu Boden.

Das Haiwesen schnellte durch die Luft, begierig auf das Wasser, und Tobbs wurde klar, dass das die wahre Gestalt Makos war, während er sich die menschliche Haut lediglich anzog wie einen Mantel, den er nun ungeduldig abschüttelte. Beute zu machen und zu herrschen war seine Bestimmung, und Macht über Lebende und Tote schmeckte ihm weitaus besser als die jämmerlichen knackenden Knochen irgendwelcher Reisenden.

Mako tauchte in das Wasser der Lagune, ein schwarzer Schatten, der mit unglaublicher Geschwindigkeit in die Mitte des Beckens schoss und in der Tiefe verschwand. Tobbs nahm den Faden und wickelte ihn auf. Endlich war ein Widerstand zu spüren. Er zog, einmal, zweimal, warnend und nachdrücklich, doch eine Reaktion erfolgte nicht. Noch einmal zerrte er mit aller Kraft, rutschte aus und fiel hintenüber, als etwas Schweres haarscharf neben seinem Ohr vorbeizischte und ein paar Meter entfernt im Sand aufschlug. Tobbs krümmte sich instinktiv zusammen, während er gleichzeitig mit einer Mischung aus Angst und Erleichterung die Holztruhe neben sich sah und dabei wusste: Wärst du nicht gestolpert, hätte sie dich erschlagen!

Viel Zeit, das Wurfgeschoss zu betrachten, blieb Tobbs allerdings nicht. Er registrierte nur, dass die Truhe rot lackiert war. Kaum zu glauben, dass sie so viele Jahre im Wasser gelegen haben sollte. Vielleicht wirkte sich das heilende Wasser des Atolls auch auf Gegenstände aus?

Mako zog sich an Land. Vor Gier vergaß er, dass er auch Beine haben konnte, und wälzte sich – halb Hai, halb Mensch – zur Truhe. Ungeduldig schlug er seine Zähne hinein. Das Holz krachte und splitterte. Tobbs' Herz setzte einen Schlag aus, als der Haigott wenige Augenblicke später in die Truhe griff und einen Lederlappen hervorholte.

Anguana hat es nicht geschafft!, schoss es ihm durch den Kopf. Doch diese Tatsache war nicht halb so schlimm wie der nächste

Gedanke: Ihr ist etwas passiert! Tränen stiegen Tobbs in die Augen, er konnte nichts dagegen tun, dass er heulte. Er war schuld!

Mako grinste zu ihm herüber und klappte das Leder auf. »Ja, heul nur«, sagte er hämisch. »Deine Macht hast du verloren, denn jetzt gehört das Heer der Toten mir.«

Tobbs schloss die Augen, öffnete sie wieder und hätte am liebsten laut herausgelacht, denn zum Vorschein kam ... Anguanas Messer mit der abgebrochenen Spitze!

Die Erleichterung ließ seine Knie so weich werden, dass Tobbs in den Sand sackte, als hätte er keine Knochen mehr. Mako lachte triumphierend, hob das Messer hoch – und verschlang es. Das war wohl die Art der Haie, von etwas Besitz zu ergreifen.

»Du hast gewonnen«, sagte Tobbs heiser. Schwankend kam er auf die Beine und verbeugte sich tief. »Nun bist du der Herr über meine Geister.« Mit einem Seitenblick auf die Schädel fügte er hinzu: »Sie werden sich bei dir melden, sobald sie ... bereit sind.« Rückwärtsgehend zog er sich zurück. »Und ich werde mich wieder Mauis Gefolgschaft anschließen.«

Doch Makos Lächeln ließ keinen Zweifel daran, dass er von Tobbs' Idee überhaupt nichts hielt.

»Das wirst du nicht«, zischte er. Dann stürzte er sich auf Tobbs.

In diesem Augenblick geschah zweierlei:

1.) Tobbs verlor sich selbst. Es fühlte sich an, als wäre etwas Großes, Dunkles in seinem Inneren aufgesprungen und hätte den erschrockenen Tobbs einfach ungeduldig zur Seite geschubst. Er wusste, sein Rücken war nicht mit Haaren bewachsen, aber nun fühlte er sie, sie sträubten sich, er fletschte die Zähne, und in einem Winkel seines Bewusstseins konnte er sich für einen Moment selbst sehen: leuchtende Raubtieraugen, umgeben von Schwarz. Und Krallen, die den Sand aufwühlten, als er sprang und den Gott ins Leere laufen ließ. Die Schwanzflosse traf ihn mit voller Wucht und das Ding, in das Tobbs sich verwandelt hatte, schlug seine Zähne in das gummiartige Haifleisch. Mako heulte laut auf. Diesmal schwangen Überraschung und … Angst? … in seiner Stimme mit. Und er hätte sich bei seinem blitzartigen Herumwerfen seinerseits in Tobbs verbissen, wäre nicht

2.) passiert.

Zweitens hieß, dass Tobbs mit einem Ruck durch den Sand geschleudert wurde. Seine Schulter knackste bedenklich und ein schneidender Schmerz fuhr ihm durchs Handgelenk. Der Himmel zischte über ihm dahin, eine Sandwolke hüllte ihn ein. Und dann, nach einem schrecklichen, ekelhaft nassen Aufprall: Wasser.

Anguanas Faden zog ihn hinaus aufs offene Meer. Ein Korallenblock streifte seine Schulter, dann wurde das Wasser schlagartig kühler. So ruckartig, als würde ein Pferd unter Wasser galoppieren und ihn hinter sich herschleifen, ging es weiter. Das konnte unmöglich Anguana sein! So schnell konnte sie nicht schwimmen. Und mit solcher Kraft? Tobbs' Herzschlag hämmerte in seinen Ohren. Jeden Augenblick erwartete er Haifischzähne zu spüren, die sich in seine Waden bohrten, doch alles, was er hörte, war ein tiefes Rauschen. Unter Wasser öffnete er die Augen, die Lider flatterten in Wellenbewegungen. Das Salzwasser brannte höllisch, aber immerhin erkannte er, wo oben und wo unten war. Unter ihm, umrahmt von nachtblauer Unendlichkeit, flitzte ein schattiger Körper dahin, kam höher und höher – der Umriss eines riesenhaften, regenbogenbunten Hais. Luftbläschen nahmen Tobbs die Sicht, als er doch schrie. Im Reflex atmete er Wasser ein, hustete – was mit Wasser natürlich nicht funktionierte –, dann kam die Panik. In diesem Augenblick stieß der Hai gegen ihn und schubste ihn an die Wasseroberfläche. Der Druck presste Tobbs das Wasser aus der Lunge. Direkt vor ihm erhob sich eine gläserne Rückenfinne und Tobbs griff danach wie ein Ertrinkender – nun, genau genommen war er sogar einer. Seltsamerweise schoss ihm der Gedanke durch den Kopf: Wie soll ich mich mit Pfoten festhalten?

Doch seine Pfoten waren Hände. Hustend und prustend holte er Luft, würgte, während er über das Meer dahinschoss – surfend auf einem Hairücken aus schimmerndem Wasser, an Anguanas Faden hängend wie ein Fisch an der Angel.

Kleine Inseln, die wie Pilze aus dem Wasser wuchsen, huschten an ihm vorbei, doch was ihn zog, konnte er nicht erkennen. Er sah nur eine gewaltige Bugwelle, die sich am Horizont hochschob.

Blinzelnd in der Gischt blickte er nach rechts und erlebte ein seltsames Déjà-vu:

Wie vor einigen Tagen (oder waren es Wochen?) auf dem Kurierpferd preschte er an Wanja vorbei. Sie stand auf einer der kleinen Inseln, einen Hammer mit halb abgebrochenem Griff in der Hand, und starrte ihn fassungslos an. Neben ihr stand Maui mit offenem Mund und vor Verblüffung aufgerissenen Augen. Vor der Insel schaukelte ein flaches Boot, an dem sie sich offenbar gerade zu schaffen gemacht hatten.

»...obbs!«, hörte er noch Wanjas Stimme. Ein weiterer Schwall Gischt klatschte ihm mitten ins Gesicht, dann wurde er weiter über das Wasser gezogen.

Das Ungetüm oder was immer das auch sein mochte, verlor offenbar den Kurs, begann im Zickzack zu schwimmen und reduzierte das Tempo, während der Hai, auf dessen Rücken Tobbs lag, sich allmählich verwandelte. Die Finne schrumpfte weg – stattdessen lag Tobbs nun auf dem Rücken einer gewaltigen Wasserschildkröte. Endlich ließ auch der Druck an seinem Handgelenk nach und Anguanas Faden sank lose in die Tiefe. Seine Finger waren blaurot angelaufen und geschwollen, so sehr hatte der Faden das Blut abgeschnürt.

Die Schildkröte drehte den Kopf und warf ihm einen Blick aus transparenten Augen zu. Danach zerfloss sie einfach. Der Panzer löste sich unter seinen Händen und Knien auf. Tobbs schnappte geistesgegenwärtig nach Luft – und sank.

Die Stille war tödlich, nichts hielt ihn mehr, nur eisiges Entsetzen umklammerte ihn. War dies das Ende? Würde er nun doch ertrinken? Tobbs wünschte sich mit aller Macht, dass etwas geschah.

Diesmal ging es schon einfacher und das dunkle Wesen, das er war, erschien ihm nicht mehr fremd. Er vertraute sich ihm an und der andere Tobbs in ihm begann die Arme zu bewegen.

Wenige Augenblicke später fand er sich an der Wasseroberfläche wieder. Paddelnd wie ein schwimmendes Tier. Es war einfach unglaublich: Er (oder das dunkle Wesen, das er zur Hälfte war) konnte schwimmen! Elegant sah es zwar nicht aus, aber immerhin blieb er an der Oberfläche! Instinktiv bewegte er Arme und Beine, paddelte weiter und japste und knurrte dabei. Mit letzter Kraft erreichte er eine Insel, kroch auf allen vieren auf den löchrigen, scharfkantigen Pilz und schüttelte sich. Fast erwartete er, Klauen vor sich zu sehen, aber es waren nur seine Hände – zerschrammt und eine davon bläulich verfärbt. Der Faden war immer noch fest an seinem Handgelenk verknotet und führte in einem schlaffen Bogen ins Wasser vor der Insel.

»Anguana!«, flüsterte Tobbs. Dann kippte er um.

Makahuna

Erst hielt er es für einen bösen Traum, aber nach und nach nahm er wahr, dass ihm jemand immer und immer wieder mit der flachen Hand unsanft auf die Wange klatschte.

»Tobbs! Aufwachen!«

Wanja. Sie war es wirklich! Er lächelte und öffnete die Augen. Maui beugte sich über ihn.

»Ist er wieder da?«

»Das will ich meinen«, sagte Wanja streng. »Diesen Kerl kann man nicht einmal auf einer Insel aussetzen! Schlimmer als ein Sack voller Flohfrösche. Was hast du angestellt, Tobbs? Was war das für eine Welle, die dich durch die Landschaft geschleift hat?«

»Anguana«, flüsterte Tobbs und hustete gleich darauf eine kleine Napfmuschel aus.

»Wer ist Anguana?«, fragte Maui.

Wanja wurde blass.

»Sag, dass es nicht wahr ist!«, zischte sie und schüttelte Tobbs, bis seine Zähne wie Kastagnetten klapperten. »Sag, dass sie nicht hier in Tajumeer ist!«

»Ich sage dir überhaupt nichts mehr!«, fauchte Tobbs zurück. Überrascht ließ Wanja ihn los. Tobbs sprang hoch und begann den Faden einzuholen. »Sie ist im Wasser!«, rief er verzweifelt. »Sie ist in die Lagune der Haigötter getaucht, aber irgendetwas ist schiefgelaufen. Und jetzt ist sie da unten! Maui, Wanja, ihr müsst mir helfen!«

»Die Lagune der Haigötter?«, fragte Maui leise.

Wanja hatte bereits Tobbs' Handgelenk mit ihrer kräftigen Hand umfasst. »Ist das Anguanas Faden?«

Tobbs nickte atemlos. Der Faden straffte sich.

»Was für ein Faden?«, fragte Maui. »Ich sehe nur eine ziemlich geschwollene Hand.«

»Erkläre ich dir später«, zischte Wanja. »Tobbs, lass mich das machen! Du schaffst das nicht allein.« Sie wickelte sich ein Stück Stoff von ihrem Tuch um die Hand, bevor sie zu ziehen begann. Tobbs half ihr mit aller Kraft, musste aber bald aufgeben, Wanja stemmte ihre Fersen in den scharfkantigen Untergrund und holte den Faden Handbreit über Handbreit ein. Schweiß lief ihr über das Gesicht.

Tobbs beugte sich über das Wasser.

Bitte, flehte er Kali und alle anderen Götter an. Lass Anguana nicht tot sein!

Endlich tauchte eine Wolke unter der Wasseroberfläche auf. Giftgrün verfärbtes Wasser schwappte gegen die Insel und verpasste auch dem kleinen Holzboot, in dem Maui und Wanja vermutlich zu Tobbs herübergerudert waren, einen wellenförmigen Anstrich. Aus den Augenwinkeln sah Tobbs, wie sich eine Schildkröte auf die Insel rettete und zu Maui kroch. Er legte ihr die Hand auf den Panzer.

»Da ... kommt etwas hoch!«, keuchte Wanja. Sie fluchte und stemmte sich so stark gegen den Faden, dass der Untergrund unter ihren Füßen zu bröckeln begann.

Das Meer brodelte. Dann ploppte ein schlauchartiges weißes Ding aus dem Wasser, dann noch eins und noch eins. Etwas, das aussah wie ein umgekipptes, helles Boot, trieb an die Oberfläche und ein tellergroßes grünes Auge glotzte Tobbs an.

Ihm wurde eiskalt.

»Das Monster hat Anguana gefressen!«, schrie er. Er beugte sich über den Kadaver, packte ein totes Tentakel und zerrte daran. Der Krake trieb schlaff im Wasser wie eine Gummimarionette, gehalten nur von einem einzigen Faden.

»Maui, steh nicht herum, hilf uns!«, rief Wanja. Der Vermittler sah nicht so aus, als hielte er das für eine gute Idee, aber schließlich sprang er doch herbei. Sie packten jeder ein Oktopustentakel und zerrten mit einer gewaltigen Kraftanstrengung zumindest einen Teil des toten Körpers auf einen Felsen. Wanja zog die Axt aus ihrem Gurt und warf sie Tobbs zu.

Maui ergriff ihre Hand. »Nein, besser nicht schneiden!«, rief er sichtlich nervös. »Das ist einer der … besonderen Kraken!«

Wanja schüttelte ihn wütend ab. »Und wie sollen wir sie sonst da rausbekommen, Herr Diplomat?«, fuhr sie ihn mit blitzenden Augen an. Ohne seine Antwort abzuwarten, warf sie sich auf den schleimigen Haufen wie ein Ringer auf einen Gegner. »Hier, Tobbs! Da ist eine Beule. Schneide drum herum! Aber sei vorsichtig!«

Das brauchte sie Tobbs nicht zweimal zu sagen. Obwohl seine Hände zitterten, setzte er die Schneide der Axt behutsam an und schnitt damit in die ledrig glitschige Oberfläche. Es war nicht einfach, sich durch das zähe Fleisch zu arbeiten. Grüne Tinte klebte an Tobbs' Händen, es roch nach Fischmarkt und Verzweiflung. Endlich klaffte ein Spalt auf und Tobbs konnte ein weiteres Stück Krakenhaut durchtrennen.

»Oje«, sagte Maui. »Das wird uns richtig teuer zu stehen kommen.«

Tobbs stürzte sich auf die glibberige Masse und bekam eine Schulter zu fassen. Und Haar!

»Ich … hab … sie«, keuchte er. Mit aller Kraft umklammerte er das Ziegenmädchen und zog sie aus dem Tintenfisch. Zusammen fielen sie auf den Inselboden.

Anguana war grün im Gesicht und hatte die Augen geschlossen.

»Lebt sie?« Wanja packte das nasse, verschnürte Bündel, das Anguana mit beiden Armen umklammert hielt, und drückte es Tobbs in die Hand. Dann legte sie das Ohr an Anguanas Brust und horchte. Erst jetzt fiel Tobbs auf, dass das Mädchen nur noch ein Unterhemd trug. Es war nicht so lang wie ihr blaues Kleid und zeigte in nassem Zustand mehr, als es verbarg. Zum Beispiel ihr rechtes Bein, das in einem Ziegenfuß endete. Es schnitt ihm ins Herz, Anguana so hilflos und verletzlich zu sehen. Und schuld daran war allein er, niemand sonst.

»Sie atmet«, sagte Wanja genau in dem Moment, in dem Anguana hustete und einen Schwall hellgrünes Wasser ausspuckte. In der Erleichterung, die Tobbs überflutete, drückte er das Bündel so fest an sich, als würde er es vor Dankbarkeit umarmen. Erst dann wurde ihm klar, dass er den Schatz in den Armen hielt.

Das Boot schaukelte in den Wellen. Das erste Mal seit Tobbs' Ankunft im Land der Tajumeeren war der Himmel nicht strahlend blau, sondern von einem düsteren samtigen Grau. Wolkenfetzen jagten über den Himmel, der Wind wurde stärker.

»Nur um sicherzugehen, dass ich alles verstehe«, sagte Maui geduldig. »Du hast auf Mautschi-Iau einen weißhaarigen Mann getroffen, der dir geholfen hat, dieses Mädchen nach Tajumeer zu holen. Dann bist du mit ihr zu den Haigöttern gegangen und hast Mako mit einem Rätselspielchen reingelegt, während das Mädchen den Schatz gestohlen hat. Und das alles hast du getan, obwohl du wusstest, dass Frauen auf dem Atoll der Haigötter tabu sind und die Haigötter euch beide bei nächster Gelegenheit zu Köderfischfetzen verarbeiten würden?«

Tobbs senkte den Blick.

»Ich hätte Anguana nie in Gefahr bringen dürfen«, flüsterte er und blickte verstohlen zum Bug des Bootes, wo das bewusstlose Mädchen lag. Wanja hatte sie in ein trockenes Tuch gewickelt, aber sie sah immer noch blass und grünlich um die Nase aus. Ihr blondes Haar hatte einen neongrünen Stich.

»Das ist wohl wahr. Es ist mir ein Rätsel, warum sie noch lebt«, murmelte Maui. »Die Kraken haben ein Gift, das ihre Opfer … nun … vollkommen zersetzt. Noch rätselhafter ist allerdings, woran der Krake gestorben ist.«

Süßwasserblut, dachte Tobbs. Anguana hat tatsächlich Nixenblut.

»Wie auch immer, ihr habt Glück gehabt«, sagte Maui und lächelte. »Du hattest Glück, dass nur Mako auf dem Atoll war. Die anderen hätten dich nicht so ohne Weiteres vom Atoll gelassen. Und wir alle haben Glück, dass die Riesenkraken noch nicht bemerkt haben, dass einer der ihren getötet wurde.«

Tobbs blickte über den Bootsrand ins Wasser. Ein gläsernes Gesicht betrachtete ihn ernst und zerfloss wieder. Dann verdichtete sich das Wasser genau an dieser Stelle, wurde zu einem Schatten und einem Oval mit vier Flossen. Ein Schildkrötenkopf durchbrach die Oberfläche.

»Maui, das ist die Schildkröte, die uns auf Mautschi-Iau beobachtet hat! Die Tochter des Riffkönigs. Sie hat mich vor dem Ertrinken gerettet!«

Die Schildkröte lachte. Maui räusperte sich und schielte zu Wanja. Doch die Schmiedin war gerade dabei, hektisch ihr Werkzeug zu sortieren, und hörte die Worte nicht, die Maui Tobbs zuflüsterte.

»Um ehrlich zu sein: Die Geschichte mit der Prinzessin ist, wie du anfangs richtig vermutet hattest, eine Erfindung. Das hier ist in Wirklichkeit Mahakuna, mein Ahngeist. Sie sollte auf dich aufpassen. Und diesen Auftrag hast du ihr wahrlich nicht leicht gemacht.«

Makahuna nickte ihm vorwurfsvoll zu, wurde durchsichtig und zerfloss zu einem regenbogenfarbigen Schimmern, das sich schnell entfernte.

»Du verrätst mich doch nicht an Wanja?«, flüsterte Maui.

Tobbs funkelte ihn wütend an. »Hast du keine anderen Sorgen?«, zischte er zurück. »Erklär mir lieber mal, warum du es zugelassen hast, dass mich deine Leute gefesselt und ausgesetzt haben wie einen Verbrecher.«

»Ich bin nicht ihr Herr«, erwiderte Maui ruhig. »Sie sind meiner Bitte nachgekommen, dich in Sicherheit zu bringen. Ich wollte ein Abkommen mit den Haigöttern treffen, um euren Schatz doch noch zu bergen, und vielleicht wäre mir das sogar gelungen, aber jetzt werde ich Wochen zu tun haben, um das Einvernehmen wiederherzustellen, das du ...«

Anguana hustete und spuckte einen halben Tentakelsaugnapf aus. Tobbs ließ Maui, wo er war, und kletterte nach vorn zu Wanja. Die Schmiedin hatte bereits ihr Werkzeug beiseitegelegt und beugte sich über das Mädchen. Anguana murmelte etwas, wachte aber nicht auf. Ihr Anblick versetzte Tobbs einen Stich.

»Sie muss so schnell wie möglich zur Dalamit-Quelle«, sagte Wanja. »Ich habe keine Ahnung, wie man ein magisches Geschöpf wie Anguana behandelt. Sie hat nicht einmal einen Puls wie ein Mensch. Erst Jaga und jetzt sie!«

Tobbs schluckte. »Ich dachte, Jaga ist in Sicherheit? Du hast doch gesagt ...«

Wanja warf ihm einen sorgenvollen Blick zu. »In Sicherheit ja«, antwortete sie mit erstickter Stimme. »Zumindest hoffe ich das. Aber die Krieger haben ihr zwei Finger abgehackt und sie hinterrücks niedergestochen. Ich dachte, sie wäre tot, aber die Silberklinge hat sie nur verletzt. Sie war wütend wie der Teufel. In Rusanien hätte sie den Wald gerodet, aber hier ist ihre Magie nicht so viel wert.« Wanja schnippte mit den Fingern. »Ich konnte sie gerade noch durch eine der Kellertüren bugsieren.«

»Ihr hattet eine Tür in ein anderes Land?«

»Nur eine winzige Falltür, zur Sicherheit. Aber ich musste dableiben und die Tür zerstören. Wären Mauis Leute nicht gewesen, dann würde ich jetzt auch nicht mehr leben. Maui ist ein ganz anständiger Kerl. Schließlich verpflichtet ihn nichts dazu, uns Fremden zu helfen.«

»Warum hast du mich auf der Insel zurückgelassen?«, brauste Tobbs auf.

»Weil ich nicht wollte, dass du stirbst«, entgegnete Wanja schlicht. Ihre Stimme klang hart, aber Tobbs hörte die Angst nur zu deutlich heraus.

»Hier«, sagte er leise und reichte ihr das Bündel. »Wir können nach Hause gehen. Du hast den Schatz nun.«

Wanja lächelte müde und Tobbs fiel auf, wie dunkel die Schatten unter ihren Augen waren. Zu seiner Überraschung winkte sie ab.

»Behalte ihn«, sagte sie. »Ich kann nichts damit anfangen. Er gehört ohnehin dir.«

Sie wandte sich ab und griff zu einem der Ruder. Tobbs starrte auf das Bündel in seinen Händen. Es war schwer vom Meerwasser und sah aus wie ein gut verschnürtes Kissen. Und dieses Ding sollte tatsächlich sein Schatz sein?

»Wanja ...«, begann er. Doch weiter kam er nicht.

Eine Welle hob das Boot und schmetterte es gegen die kleine Insel, die sie anpeilten. Holz krachte, Wanjas Hammer flog durch die Luft und schlitterte über die Korallen.

»Runter vom Boot!«, schrie Maui. Wanja packte Anguana und lud sie Tobbs auf die Schulter, als wäre das Mädchen ein Sandsack.

»Spring!«, rief sie und schubste ihn. Tobbs gehorchte. Sein rechter Arm umklammerte mit aller Kraft Anguanas Beine; ihr langes Haar streifte seine Knöchel. Jetzt bloß nicht nachdenken! Er spannte alle Muskeln an, schnellte vom Boot und wurde von einer riesenhaften Welle in die Luft katapultiert. Schmerzhaft prallte er auf den Korallen auf – und sah sich einer Tür gegenüber. Es war die halb verkohlte Eingangstür zu Baba Jagas Ferienhaus auf Mautschi-Iau. Wanja musste sie ausgehängt und mitgenommen haben.

Anguana drohte von Tobbs' Schulter zu rutschen. Er konnte sie gerade noch auffangen, während er gleichzeitig den Schatz mit dem Ellenbogen festzuhalten versuchte. Anguana hustete wieder und blinzelte, ihre Beine hingen kraftlos herunter wie die Gliedmaßen einer Marionette ohne Fäden. Rauschen erfüllte die Luft. Es knallte, als würden riesige Taue wie Peitschen über das Wasser zischen.

Tellergroße hellgrüne Augen wurden sichtbar, und das Meer sah mit einem Mal aus wie eine Suppe, in der Tentakel so dicht wie Spaghetti brodelten. Im Augenblick zermalmten die Monster gerade die Reste des Bootes mit einem splitternden Krachen. Maui und Wanja sprangen Hand in Hand vom Boot und konnten sich gerade noch rechtzeitig auf die Insel retten, indem sie Makahunas Schildkrötenrücken als Trittstein benutzten.

»Die Kraken wollen Rache!«, rief Maui und schubste Wanja in Richtung Tür. »Flieht!«

Das ließen sich Wanja und Tobbs nicht zweimal sagen. Die Schmiedin hechtete zur Tür und richtete das Holzgestell mit einem Ruck auf. Ein Schlüssel blitzte und die Tür schwang auf – genau in dem Moment, als ein widerlich muskulöser Tentakel gegen Tobbs' Rücken klatschte und ihn zu Fall brachte. Salzwasser brannte in seinen Augen, Anguanas Gewicht drückte auf seine Seite. Dann ergriff ihn eine kristalline Welle und trug ihn über die Schwelle. Der Schatz entglitt ihm, doch er hielt Anguana mit eisernem Griff fest. Mit der linken, freien Hand klammerte er sich an das Holz der Schwelle. »Wanja!«, brüllte er. »Komm!«

Wanja sah aus, als trüge sie eine Krone aus Tentakeln. Ein breiter, fleischiger Gürtel mit Saugnapfmuster schnürte ihre Taille ein.

»Lass … verdammt … noch mal … los, Tobbs!«, keuchte sie, dann riss der Krake sie hoch in die Luft. Tobbs wollte schreien, doch ein weiterer Schwall Wasser drang ihm in Mund und Nase. Bevor Wanja endgültig im kochenden Meer verschwand, sah Tobbs nur noch das Aufblitzen ihrer Axt und ihr Haar, das flackerte wie eine Flamme im Wind. Seine Finger schmerzten höllisch, was möglicherweise daran lag, dass Maui sie mit aller Kraft aufbog.

»Lass endlich los, Tobbs!«, befahl er mit ruhiger Stimme, während sich hinter ihm ein weiteres Gebirge von wütenden Tentakeln erhob.

»Wanja!«, schrie Tobbs und hustete.

Maui schlug Tobbs so grob auf die Finger, dass ein heißer Schmerz ihn durchzuckte. Hinter ihm schoss eine regenbogenfarbige Woge heran, eine gläserne Wand, die die Tür zerschmettern würde. »Leb wohl«, sagte der Vermittler und lächelte flüchtig. Dann spülte das unbarmherzige Wasser Tobbs über die Schwelle und drückte mit einem berstenden Krachen die Tür zu.

Zappelfische

Tobbs trudelte wieder, während ein eklig schleimiger Fischkörper ihm über das Gesicht glitschte. Sein Arm, der Anguana hielt, war schon gefühllos, und wo der Schatz sein mochte, wussten nur die Götter allein. Und während er trudelte, sah er immer noch Mauis Gesicht vor sich. Er hätte schwören können, dass der Vermittler ihm für den Bruchteil einer Sekunde verschmitzt zugezwinkert hatte. Und er war sich ziemlich sicher, dass der Krake, der Wanja ergriffen hatte, an den Spitzen der Tentakel verdächtig durchsichtig ausgesehen hatte.

Das Wasser verebbte so schnell, wie es gekommen war, und ließ nur Strandgut übrig: die Splitter der zerschlagenen Weltentür, mehrere leuchtend orangefarbene Fische mit weißen Streifen, die auf grauem Fels zappelten – und ein Stück abgetrenntes Tentakel, das hin und her hüpfte wie eine Schlange mit Schluckauf, bis es nach einer Weile ruhiger wurde und schließlich schlaff neben dem nassen Bündel liegen blieb, das Anguana aus der Schatztruhe gestohlen hatte.

Tobbs ächzte, als er einen Stein im Rücken fühlte, aber er wagte nicht, sich zu bewegen. Anguanas Kopf lag auf seiner Brust, ihr hellgrün verfärbtes, nasses Haar bedeckte den Felsboden. Er umarmte sie ganz fest und war unendlich erleichtert, als er spürte, dass sie atmete.

»Anguana!« Sein Atem bildete eine weiße Wolke in der kalten Abenddämmerung. »Wir sind endlich zu Hause!«

Anguana regte sich und schlug die Augen auf. Immer noch war ihre Haut grünlich, aber als sie sich nun in Tobbs' Armen wiederfand, wechselte das Grün zu einer schwachen Röte. Ungläubig blinzelte sie zunächst einen zappelnden Fisch an, dann die Felskante, auf der sie lagen, und dann die Berge. Schließlich lächelte sie schief, während sie versuchte, sich aufzusetzen. »Mir ist ziemlich schlecht«, flüsterte sie. »Das Ding, das mich gefressen hat, war wohl giftig.«

»Es … tut mir … leid, Anguana«, stammelte Tobbs. »Ich hätte dich nicht in Gefahr bringen dürfen. Und … entschuldige, dass ich dich angeschrien habe.«

Anguana hustete und schloss die Augen. »Ich muss gehen«, sagte sie und wurde wieder grün wie ein Salatblatt.

Im Gebirgsbach erhob sich eine Quellnymphe aus den Fluten und schlug erschrocken die Hand auf den Mund. Sie stieß einen schrillen Schrei aus, der Tobbs eine Gänsehaut über den Rücken jagte. Nymphe um Nymphe kam herbei, schlug die Hände über dem Kopf zusammen, begann zu klagen und schreien, bis das Echo vielfach in den Bergen widerhallte. Die Nymphen kletterten an Land und stürzten auf ihn zu. Tobbs ließ es zu, dass sie ihm Anguana aus den Armen zogen und dabei zeterten und ihn beschimpften. Das Letzte, was er von Anguana sah, war ihr grünes Haar, das im Wasser des Quellbachs verschwand.

Tobbs erreichte die Taverne in der Dunkelheit der kühlen Bergnacht. Nach sechs Stunden Wanderung in der Kälte hatte er das Gefühl, vor Erschöpfung sterben zu müssen. Das schwere, nasse Bündel wog immer noch mindestens eine Tonne, aber um nichts in der Welt hätte er es losgelassen. Es gehörte ihm. Inzwischen nieste er ununterbrochen und klapperte mit den Zähnen, seine Zehen spürte er vor Kälte längst nicht mehr.

Aber nun hatte er es endlich geschafft. Tobbs blieb stehen und atmete auf. Sein Zuhause! Noch nie hatte er den Anblick so sehr geliebt wie heute: Das Dach der Taverne reichte fast bis zum Boden, niemand hätte etwas anderes darunter vermutet als ein ländliches Gasthaus. Nun, natürlich passte es nicht ins Bild, dass ein Teil des Dachs so aussah, als hätte es jemand aus dem Gehöft herausgesprengt. Die Reparaturarbeiten an Tobbs' Dachkammer waren nicht weiter fortgeschritten, er würde noch eine ganze Weile im Stall schlafen müssen, bis sein Zimmer, das Kali zerstört hatte, wieder bewohnbar sein würde.

Obwohl es so spät war, brannte hinter den Fenstern des großen Wirtsraums und sogar in der Küche noch Licht. Schatten huschten hin und her. An der Eingangstür hing ein großes Schild: Heute geschlossene Gesellschaft.

Tobbs zögerte nur kurz, dann griff er nach der Klingelschnur neben der Tür.

Nie würde er begreifen, wie Dopoulos es stets wusste, wenn sein Schankjunge in der Nähe war. Die Tür schwang auf, noch bevor die Klingel auch nur einen Laut von sich gegeben hatte. Die Gestalt des Wirts füllte den Türrahmen aus. Im nächsten Augenblick umarmte ihn Dopoulos, als würde er ihn niemals wieder loslassen wollen.

Tobbs war viel zu überrumpelt, als dass er hätte reagieren können. Irgendwo tief in seiner Kehle steckten seine ganze Verzweiflung und Wut, doch im Augenblick war er wie versteinert.

»Den Göttern sei Dank«, murmelte Dopoulos. Mit gerunzelter Stirn musterte er Tobbs von Kopf bis Fuß: die Haare, die ihm wieder über die Schultern fielen, die rotbraune Haut, das Tatau und das Haifischtuch. Schließlich blieb sein Blick an dem nassen Bündel unter Tobbs' Arm hängen.

»Willkommen zu Hause«, murmelte er niedergeschlagen und schlurfte in den Wirtsraum zurück.

Das Innere der Taverne sah aus wie ein Mittelding aus Evakuierungslager und Baustelle. Alle Möbel waren an die Wände gerückt, Werkzeug lag im Flur herum. Bretter, Mörteleimer und Ziegelsteine stapelten sich an der Wand.

Einige Arbeiter waren gerade dabei, die Tür nach Tobadil zuzumauern. Während Tobbs den Flur zum großen Wirtsraum entlangging, bemerkte er, dass die Tür nach Rusanien verschwunden war. Stattdessen erhob sich dort eine saubere Ziegelwand.

»Ohne mich wären die armen unschuldigen Hausgeister verloren gewesen!«, ertönte Melpomenes Stimme aus dem großen Wirtsraum. »Es waren mindestens dreißig Reiter, die Baba Jagas Hochhaus stürmten, aber ich packte den Hauskobold und den Badgeist ein und sprang aus dem elften Stock – wuuuusch! – mitten in den Schneehaufen vor dem Haus. Dann nahm ich die Fackel und jagte das Haus davon. Ihr hättet sehen sollen, wie die Hühnerbeine rennen können, wenn es darauf ankommt! Schneller als diese roten Zossen – viel schneller war das Hüttchen!«

Nun, zumindest ein Körnchen Wahrheit schien in Melpomenes dramatischer Geschichte zu stecken, denn das Gewand der Muse war zerfetzt und ein blaurotes Veilchen zierte ihr Auge. Sie hob gerade zu einer großen Geste an, als sie Tobbs in der Tür entdeckte.

Ihr Mund klappte auf und auch die anderen – in diesem Fall Mamsie Matata in ihrem Spiegel, zwei Furien, Bannik, der Geist des Bades, der sektselig in einer Flasche »Klöppelsheimer Nixenblut« dümpelte, und Domovoj – starrten ihn an, als hätte er eine goldene Nase.

Mamsie Matata stieß einen Pfiff aus. »Bist du das wirklich, Tobbs? Junge, du siehst aus, als wärst du ein Jahr weggewesen!«

Melpomene schoss von ihrem Stuhl hoch, beleidigt, dass Tobbs ihr die Show stahl, und rauschte aus dem Raum. Tobbs trat ebenfalls wieder auf den Gang und machte sich auf den Weg zur Hintertür, die auf den Hof zu den Ställen führte. Als er am kleineren

Schankraum vorbeikam, erhob sich darin jemand in einem improvisierten Krankenbett.

»Ah, da ist er ja«, sagte Baba Jaga mit schwacher Stimme und winkte ihm mit einer dick verbundenen Hand zu. »Ich hoffe nur, du hast Wanja nicht bei diesem zwielichtigen tajumeerischen Playboy zurückgelassen.«

In diesem Augenblick ertönte die Glocke aus Tajumeer. In den Räumen wurde es totenstill, im Flur ließen einige der Arbeiter ihre Kellen fallen und drückten sich ängstlich an die Wände.

Was nicht am Klingeln lag, sondern an der Gestalt, die sich nun ganz hinten im Flur erhob und ihr Schwert hob: Kali!

Tobbs bekam weiche Knie. Die Göttin schien zu wachsen. Ihre dunkelblaue Haut leuchtete und ließ die blutroten Augäpfel noch stechender wirken. Das Schwert glänzte unheilvoll im Halbdunkel des Flurs. Der tote Mann, der als Schmuck an Kalis Ohr baumelte, schlenkerte mit den leblosen Beinen.

»Besser, du machst dich vom Acker, Tobbs«, wisperte er. »Könnte sein, dass gleich nicht mehr genug Platz für dich und Kalis Schwert gleichzeitig sein wird.«

»Dopoulos! Aufmachen!«, brüllte eine kräftige, wohlbekannte Stimme jenseits der Tür nach Tajumeer.

»Halt, Kali!« Dopoulos kam aus dem Gastraum geschossen und zückte den Schlüssel. »Das ist nur Wanja!« Die Hände des alten Wirts zitterten, als er den Schlüssel im Schloss drehte und die Tür öffnete. Sonnenschein verwandelte ihn in eine Lichtgestalt mit spiegelnder Halbglatze, dann trat Wanja in den Wirtshausflur – dunkelbraun gebrannt und breit lächelnd, mit Haaren, die ihr bis zu den Hüften reichten, und einem ganzen Haufen Muschelketten um den Hals.

»Oh, Tobbs!«, rief sie gut gelaunt. »Schon da? Bin ich so lange weggewesen?«

Sie lächelte, als würde sie sich an eine wirklich tolle Zeit erinnern.

»Wo kommst du her?«, wollte Dopoulos wissen. »Du hast doch nicht etwa ... gefeiert? Während wir hier vor Sorge fast umkommen?«

Wanja grinste entschuldigend. »Maui hat mich vor den Kraken gerettet, es war verdammt knapp. Da konnte ich wohl schlecht Nein sagen, als er mich zu der jährlichen Rochen-Partynacht auf Mautschi-Mantu einlud. Und danach musste ich über die verfluchten Inseln zum Festland reisen, um zu unserer Wirtshaustür im Süden der Tajumeer-Halbinsel zu kommen. Das hat in Tavernenzeit auch noch einmal drei Stunden gedauert.«

»Du hättest eine neue Tür bauen können!«, knurrte Dopoulos.

Wanja hob bedauernd die Schultern. »Hätte ich, wenn die Kraken als Entschädigung für ihren toten Artgenossen nicht mein ganzes Werkzeug vernichtet hätten – und drei Inseln noch dazu. Ich kann von Glück sagen, dass Maui so ein guter Diplomat ist, sonst wäre ich jetzt Krakenfutter. Tobbs, ist alles in Ordnung? Wie geht es Anguana?«

Tobbs antwortete nicht, sondern machte auf dem Absatz kehrt und rannte den Flur entlang zur Hintertür. Den Schatz an sich gepresst überquerte er den Hof und schritt entschlossen zu Rubins Stall.

Das Pferd hob erwartungsvoll den Kopf und fletschte die Zähne in seine Richtung, doch heute kümmerte sich Tobbs nicht darum und ließ das verdutzte Tier einfach stehen. Rasch kletterte er die Leiter zu seinem Bett hinauf. Alles lag noch genauso da, wie er es vor einer halben Ewigkeit zurückgelassen hatte. Wie viele Tage mochten in der Zeitrechnung der Taverne vergangen sein? Drei? Zehn? Vierzig?

Tobbs klopfte an die Lampe, die von der Decke hing, und eine kleine Flamme sprang hervor, die das Strohlager mit Licht flutete. Erschöpft ließ er sich ins Stroh fallen. Er atmete tief durch und begann die Bänder, die das Päckchen zusammenhielten, zu lösen. Sie waren äußerst fest verknotet, also nahm er die Zähne zu Hilfe, was ihm erstaunlich leichtfiel. Er ließ sich nicht einmal davon ablenken, dass die Leiter nach einer Weile bedenklich knarzte und Dopoulos umständlich auf die Plattform stieg.

Behutsam biss er auch die letzte salzige Schnur durch und wickelte das Bündel mit klopfendem Herzen auseinander. Die oberste Schicht war ein schlichtes Tuch. Und darin eingewickelt war ein Fell. Ein dunkles Fell mit langem Haar und einem buschigen Schwanz. Tobbs fuhr mit der Hand über den salzverkrusteten Pelz, der immer noch nach Tajumeer roch. Tränen stiegen ihm in die Augen. Seine Hände prickelten bei der Berührung. Das Fell schien zu leben und sich unter seinen Fingern zu sträuben! Es war, als hätte Tobbs sich lange Zeit unendlich nach etwas gesehnt und hätte es nun endlich wiedergefunden.

»Das ist alles, was deine Eltern für dich zurückgelassen haben«, sagte Dopoulos leise.

»Ein Fuchsfell.« Tobbs hob den Blick und wischte sich die Tränen von der Wange. »Ich komme aus Doman, stimmt's? Meine Mutter ist … eine Art Geist. Von ihr habe ich das Dunkle in mir. Und die verbotene Tür führt dorthin. Meine Eltern kamen durch diese Tür in die Taverne.«

Dopoulos seufzte. »Die Tür gibt es nicht mehr, aus gutem Grund, wie du nun gesehen hast. Die Wesen aus Doman sind … Bestien. Und ich habe es mir vor langer Zeit zur Aufgabe gemacht, dich zu schützen.«

Bestien? Tobbs dachte an Haruto und lächelte grimmig.

»Die eine Tür nach Doman zu verschließen genügt jetzt nicht mehr«, fuhr Dopoulos fort. »Sie haben deine Witterung aufgenommen und suchen nun auch in anderen Ländern nach dir. Deshalb haben wir die Tür nach Rusanien zugemauert. Baba Jaga wird in einigen Wochen über Land zurückreisen, um ihre Spuren zu verwischen. Und auch die Tür zu Tajumeer werden wir schließen.« Er musterte Tobbs und lächelte traurig. »Pass gut auf das Fell auf, mein Junge. Es ist ein wichtiger Teil von dir.«

»Aber warum wollen die Domaner diesen Teil von mir haben?«

»Während du weg warst, habe ich entdeckt, dass du die Mauer vor der verbotenen Tür beschädigt hast«, sprach Dopoulos weiter, ohne auf Tobbs' Frage einzugehen. »Aber du weißt nicht, worauf du dich einlässt, wenn du nach Doman gehst. Ich habe die Mauer verstärkt. Keine Menschenhand kann sie zerstören.«

»Du hast meine Frage nicht beantwortet«, fauchte Tobbs den Wirt an. »Warum wollen die roten Reiter das Fell haben? Was wollen sie von mir?«

»Dich darf es nicht geben, Tobbs«, antwortete Dopoulos schlicht. »Das ist Grund genug, jemanden zu töten. Mehr werde ich dir vor deinem fünfzehnten Geburtstag nicht verraten. Ich habe ohnehin bereits viel zu viel gesagt.«

»Wer verbietet dir, mir endlich die Wahrheit zu sagen?«, brüllte Tobbs.

»Ein Versprechen«, entgegnete Dopoulos mit der Müdigkeit von vielen bitteren schlaflosen Jahren. »Nur ein Versprechen.«

Die verbotene Tür

Nach der Zeit in Tajumeer empfand Tobbs den Dauerregen, der seit Wochen auf das Dach der Taverne eintröpfelte, noch trostloser als sonst. Die Türen nach Tajumeer und Rusanien waren zugemauert, Kali bewachte nicht länger den Flur, sondern war nach Yndalamor zurückgekehrt, der Gastbetrieb lief in gewohnten Bahnen. Und inzwischen musste Tobbs auch seinen Ärmel nicht mehr fünfmal täglich hochstreifen, um sein Tatau vorzuzeigen. Viel interessanter waren die Neuigkeiten aus dem Dorf: Vor einigen Tagen hatte ein mysteriöser weiß gekleideter Einbrecher vier reiche Bürger beraubt und sich mit der Beute in ein Holzlager geflüchtet, wo er auf geheimnisvolle Weise verschwand. Der Verlust belief sich auf knapp zwanzigtausend Dupeten. Die Polizei bat um Hinweise.

In der Taverne dagegen war heute einer der gewöhnlichen Tage: Wanja hatte in der Schmiede alle Hände voll zu tun, um ihre versäumte Arbeit nachzuholen, und summte dabei gut gelaunt tajumeerische Melodien. Baba Jaga spielte mit Konstantin, der sich bis auf sein immer noch katastrophales Kurzzeitgedächtnis ganz gut erholt hatte, ihre dreiundvierzigste Schachpartie. Ihre neuen silbernen Finger, die Dr. Dian ihr anstelle ihrer verlorenen angezaubert hatte, funkelten frisch poliert.

»Matt«, sagte sie und versperrte mit ihrem Springer den letzten Fluchtweg des Königs.

Konstantin starrte sie fasziniert an. »Wirklich? Das ist interessant. Was ist ein Matt?«

Tobbs stellte das Tablett mit siebzehn Kakaotassen auf dem Tisch ab, an dem die letzten Gäste saßen – eine Moosfee mit Liebeskummer und sechzehn Wichtel.

Verstohlen schielte er dabei zu Domovoj. Der Hauskobold lungerte im Regal neben den Branntweinflaschen herum und starrte trübsinnig in die Flamme einer Petroleumlampe. Seine Depression hatte sich in den vergangenen Wochen verschlimmert. Er vermisste das Haus auf Hühnerbeinen und fühlte sich überflüssig, seit Dopoulos ihm sogar verboten hatte, die eintretenden Gäste mit einem Feuerwerk zu begrüßen. Erst als Tobbs ihm nun zuwinkte, hellte sich sein faltiges Gesicht ein wenig auf.

Mit Dopoulos sprach Tobbs seit ihrer seltsamen Unterredung auf dem Dachboden nur noch das Nötigste. Und auch jetzt nickte er nur, als der Wirt ihn freundlich aufforderte, die Stühle auf die Tische zu stellen und die letzten Gäste zu den Türen zu begleiten.

»Der alte Mann kann nichts dafür«, raunte Mamsie Matata Tobbs zu, als er an ihr vorüberging. »Ein Versprechen ist ein Versprechen.«

»Und eine Lüge ist eine Lüge«, gab Tobbs ungnädig zurück.

Mamsie Matata lächelte wissend; ihr hellgrünes Auge funkelte geheimnisvoll.

»Ach, da du schon so gesprächig bist«, meinte sie dann. »Wie geht es denn dem Ziegenmädchen? Stimmt es, dass ihr euch mit Banniks Hilfe über die Rohre im Keller heimlich Nachrichten schickt?«

Tobbs konnte nicht verhindern, dass er rot wurde. Er warf Bannik, der es sich mal wieder in einer Flasche »Klöppelsheimer Nixenblut« gemütlich gemacht hatte, einen vorwurfsvollen Blick zu. Der Badegeist grinste verlegen.

Mamsie Matata lachte. »Wie geht es ihr? Von der Tatsache mal abgesehen, dass die Quellnymphen sie in diesem Leben sicher nicht mehr in deine Nähe lassen werden.«

»Besser«, murmelte Tobbs. »Aber es hat ganze drei Wochen gedauert, bis sich das Krakengift in ihrem Körper aufgelöst hat.«

»Das ist alles? Sonst keine Neuigkeiten? Keine romantischen Schwüre? Keine Gedichte?«

Tobbs zuckte mit den Schultern und beeilte sich, den Raum zu verlassen. Nicht jeder musste wissen, dass er und Anguana sich besser verstanden als je zuvor. Und dass die Quellnymphen ebenso wenig wie Dopoulos und Wanja ahnten, was er und Anguana seit einigen Tagen zu besprechen hatten.

Noch nie hatte er sich so gefreut, Anguana zu sehen. Sie trug ein dunkelrotes neues Kleid, das ihren Ziegenfuß bedeckte, und lächelte ihm aus dem Kellerbrunnen entgegen. Ihre Haut war wieder hell, nur das Haar hatte diesen seltsamen Grünstich behalten und leuchtete im fahlen Algenlicht so grell wie Phosphor. Bei ihrem Anblick floh Bannik erschrocken aus dem Brunnen und glitt in eine Pfütze zwischen zwei Bodenfliesen.

»Ich dachte schon, die Nymphen lassen mich gar nicht mehr aus den Augen«, flüsterte Anguana ihm zu. »Ist die Luft rein?«

Tobbs nickte und streckte ihr die Hand hin, die sie heute ergriff, ohne rot zu werden. »Und du willst es wirklich wagen?«, sagte sie kaum hörbar.

»Und du willst wirklich mitkommen?«, konterte Tobbs. »Ich habe dich schon einmal in Gefahr gebracht.«

Anguana lächelte breit. »Wie oft haben wir schon darüber gesprochen? Du hast nichts Falsches getan, es war mein eigener Entschluss. Außerdem bin ich kein Mensch, sondern ein magisches Geschöpf, auch wenn Wanja und meine Nymphen mich lieber wie ein kleines Mädchen behandeln. Aber ich bin fast so alt wie der graue Berg und ich habe weitaus Schlimmeres überlebt als einen giftigen Kraken. Und, was das Wichtigste ist: Ich treffe meine Entscheidungen selbst – so wie du deine.«

Tobbs musste an Haruto denken und schluckte. Anguana hatte

Recht. Die Verantwortung wog schwer – und war dennoch tausendmal besser auszuhalten als die Ungewissheit.

»Außerdem«, fügte sie verschmitzt hinzu, »lasse ich dich um nichts in der Welt allein ins Verderben rennen.«

Tobbs lächelte verlegen. Wieder fühlte es sich ganz tief im Bauch so an, als würde eine Feder sein Zwerchfell kitzeln. Diese neue Vertrautheit zwischen ihnen war aufregend und irritierend zugleich.

»Ich bin nicht sicher, ob es mein Verderben ist«, murmelte er. »Das Kratzen an der Tür hat aufgehört.«

Das Fuchsfell lag wohlig warm und schützend auf seinen Schultern. Ein Versprechen, dass sein Geheimnis nur noch wenige Schritte von seiner Auflösung entfernt war.

»Dann lass es uns endlich herausfinden!«, sagte Anguana und stieg aus dem Brunnen.

Domovoj drückte sich bereits auf dem dunklen Flur herum. Sein hageres Gesicht strahlte, als er Anguana und Tobbs durch die Kellertür schleichen sah.

»Na endlich!«, flüsterte er. »Macht schnell! Wenn der dicke Wirt mich erwischt, stopft er mich in eine Flasche.«

Dennoch konnte er nicht verbergen, dass er sich diebisch auf seine Aufgabe freute. Tobbs legte warnend den Zeigefinger an die Lippen und lauschte. Das Klirren von Dopoulos' Schlüsseln war nicht zu hören, und auch Mamsie Matatas allabendliches Lied über den Helden Mtomekela Ziegenwerfer war verstummt. Es war das ideale Zeitfenster für ihr Vorhaben.

»Haben wir alles?«, flüsterte Anguana. Tobbs prüfte noch einmal sein Gepäck: sein Messer, eine kleine, handliche Axt für alle Fälle, etwas Proviant, sein Fuchsfell, ein lederner Wasserbeutel, randvoll gefüllt. Als er wieder aufblickte, glaubte er im Treppenschatten für den Bruchteil einer Sekunde zwei Katzenaugen aufleuchten zu sehen, aber das war sicher nur Einbildung. Neki war schließlich mit Dopoulos unterwegs.

»Wir haben alles«, sagte er mit einer Stimme, die vor Aufregung ganz heiser war, und legte Anguana den Arm um die Schultern. Gemeinsam wandten sie sich der Mauer zu.

»Also Vorsicht«, sagte Domovoj. »Zurücktreten, meine Damen und Herren, es geht los: Eins … zwei … drei!«

Teil III
Das Königreich der Kitsune

Das Gesetz der Taverne

Wenn der Spionspiegel sagt: »Du kommst hier nicht rein!«, dann kommst du hier nicht rein.

Niemand bringt eigenes Essen mit. Schon gar nicht Essen, das sagen kann, wo es wohnt.

Keine Lieder über Ziegen, keine rusanischen Tänze, keine magischen Duelle. Falls doch: Wanja zeigt euch gerne eure Tür.

Im Interesse der eigenen Sicherheit: Keine Witze über den Stammtisch der Schicksalsfrauen, Vegetarier, Baba Jaga oder unsere Katze. Wer über Wanja Witze macht, hat es nicht anders gewollt.

Dämonen haften für ihre Kinder!

Apropos: Es werden hier keine Kinder geopfert. Es werden keine Erwachsenen geopfert. Es wird gar nichts geopfert, außer dem letzten Dalar, um die Schankschulden zu bezahlen. ~~(Falls du das liest, Baba Jaga: Es sind immer noch 32 Dupeten!)~~ Geschenkt!
Costas H. Dopoulos

Banshees und Sirenen sind von den Karaoke-Wettbewerben ausgeschlossen.

Draußen bleiben: Tiere, die beißen, spucken, stechen. Tiere mit magischen Fähigkeiten. Alle anderen Tiere. Leute, die sich in Tiere verwandeln können, betreten die Taverne gefälligst in ihrer zivilisierten Gestalt. Es sei denn, das Tier IST ihre zivilisierte Gestalt.

Wer die Katze quält, den wird Wanja quälen.

Wer den Geist des Bades in die Branntweinflasche sperrt, muss ihn behalten und die Flasche kaufen.
Zum doppelten Preis.

Eine kaputte Tür kostet 24 Dupeten, ein kaputtes Schloss 8 Dupeten. Zu zahlen an Wanja. Persönlich.

Hausverbot haben: alle Elfen, alle Domaner, in jeglicher Gestalt.

Costas H. Dopoulos

PS: Zurzeit sind diverse Umbauarbeiten im Gange. Wir weisen deshalb darauf hin, dass die alljährliche Headbanger-Party der Minotauren diesmal nicht in der Hausarena, sondern im Keller stattfindet.

PPS: Wer den Hauskobold zu Explosionen anstiftet, darf sich darauf freuen, als Ehrengast an der Headbanger-Party der Minotauren teilzunehmen.
Verkleidet als rotes Tuch.

Kawumm!

Die Explosion sah ohrenbetäubend laut aus, umso erstaunlicher war es, nichts zu hören. Nur in Tobbs' Ohren verpuffte etwas, was sich anfühlte wie implodierende Watte. Im Mund hatte er plötzlich den Geschmack von Ziegelstein, und das unterdrückte Husten links von ihm ließ vermuten, dass auch Anguana jede Menge Staub geschluckt hatte.

Aus den Rauchschwaden, die sich nur langsam verzogen, schälte sich allmählich ihre Gestalt. Sie glich einer grauen Statue, über und über bepudert mit mikroskopisch feinen Mauersteinpartikeln. Und als sich mit weißen Zähnen ein Grinsen in ihrem Statuengesicht abzeichnete, wusste er, dass er ganz genauso aussah wie sie.

Eine neue Staubwolke hüllte ihn ein, als er sein Haar schüttelte.

»Ich bitte um Applaus«, flüsterte der Hauskobold und verbeugte sich. »Ich habe nicht zu viel versprochen: Euer Weg in das verbotene Land ist frei!«

Domovoj hatte tatsächlich ganze Arbeit geleistet. Dort, wo sich eben noch eine mit magisch massiven Steinen zugemauerte Tür befunden hatte, klaffte ein rauchendes Loch in der Wand. Bunte Funken irrlichterten durch die Luft und beleuchteten die Trümmer der hölzernen Tür, die sich hinter der Mauer befunden hatte. Ihre Außenseite zeigte Kratzspuren. Und nicht gerade freundliche Kratzspuren!

Tobbs musste schlucken. Bis eben war er noch fest entschlossen gewesen, in das verbotene Land hinter der Tür zu gehen. Doch nun, da diese Tür endlich passierbar war, packte ihn die nackte Angst.

Vorsichtshalber überprüfte er, ob er alles griffbereit hatte: sein

Messer und eine kleine Axt für den Fall, dass er Feuerholz hacken oder sich verteidigen musste. Außerdem einen Wasservorrat und einen Proviantbeutel mit getrockneten Säuselblüten und Kandara-Schinkenspeck, der an seinem Gürtel festgeschnürt war. Seinen wichtigsten Besitz aber hatte er sich über die Schultern gelegt: ein schwarzes Fuchsfell.

Er wusste zwar nicht, was für eine Bedeutung der schwarze Pelz für sein Leben hatte, aber jedes Mal, wenn Tobbs andächtig darüberstrich, hatte er das Gefühl, dass die Haare knisterten wie bei einem lebendigen Tier, und er fühlte sich geborgen.

»Ein normaler Türendurchgang ist das jedenfalls nicht«, flüsterte der Hauskobold und trat nervös von einem Fuß auf den anderen. »Sieht eher so aus, als führte die Tür in eine Erdhöhle. Als hätte jemand den Zugang zu unserer Taverne sehr sorgfältig verborgen.«

»Stimmt«, sagte Anguana leise und beugte sich nach vorn. »Rechts und links schauen Wurzeln aus den Wänden hervor und der Höhlengang scheint ganz schön lang zu sein. Wir nehmen am besten auch eine Lampe mit, dahinten wird es ziemlich dunkel.«

Mit diesen Worten griff sie nach ihrem Reisebeutel.

»Seid ihr euch sicher, dass ihr einfach auf gut Glück in ein fremdes Land stolpern wollt, ohne zu wissen, was euch dort erwartet?«, fragte Domovoj besorgt.

Typisch Hauskobold!, dachte Tobbs. Erst begeistert mitmachen, weil es etwas zu sprengen gibt, und danach den besorgten Mann mimen!

»Und falls ihr lebendig zurückkehrt, bringt Dopoulos euch um, das ist euch hoffentlich klar«, unkte Domovoj weiter.

»Es reicht, Domovoj!«, sagte Anguana. »Es ist zu spät. Reg dich ab.«

»Seid doch vernünftig«, plapperte der Kobold weiter. »Ihr wolltet wissen, was hinter der Tür ist. Nun wisst ihr es: nichts als Erde und ein paar Kratzer im Holz. Noch kann ich die Explosion wieder rückgängig machen und die meisten Staub- und Steinpartikelchen an ihren Platz zurückbefehlen. Aber sobald ihr das Land der Domaner betreten habt und ich die Tür und die Wand hinter euch wieder magisch verschließe …«

»Wir gehen!«, bestimmte Tobbs, obwohl ihm ganz flau im Magen war. Er blickte sich nach Anguana um. Ihre blauen Augen leuchteten in dem staubigen Gesicht, sie nickte ihm ermutigend zu. Doch daran, wie ihre Hände zitterten, während sie eine kleine Öllampe und ein Päckchen Zündhölzer aus ihrem Reisebeutel holte, sah Tobbs, dass auch ihr die ganze Sache nicht geheuer war.

Wenn schon magische Geschöpfe wie Anguana sich fürchteten, hatte er doppelten Grund dazu.

Doch jetzt gab es kein Zurück mehr. Vor über dreizehn Jahren waren seine Eltern wahrscheinlich durch genau diese Tür in die Taverne spaziert und ohne ihn wieder fortgegangen. Er konnte jetzt unmöglich aufgeben und wieder in seine Schlafkammer über den Ställen zurückkehren, als wäre nichts gewesen!

»Also los!«, sagte Anguana und rückte näher an Tobbs heran.

»Uhrenvergleich«, forderte er den Hausgeist auf und schob seinen rechten Ärmel zurück. An seinem Handgelenk prangte eine echte Kostbarkeit, die er erst vor einer Woche beim Pokern gewonnen hatte: die Armbanduhr von Baba Jaga. Sie bestand aus winzigen Knochen und Mäusezähnchen, die sich bei jedem Sekundenticken klackernd ineinander verzahnten und drehten. Ein Meisterstück rusanischer Uhrmacherkunst mit Datumsanzeige – und außerdem absolut stoßfest und wasserdicht.

»Heute ist der 30. September, 4.20 Uhr und … 37 Sekunden«, sagte er zu Domovoj.

Der Hauskobold konsultierte mit einem raschen Blick die abenteuerlich aussehende Wanduhr, die direkt über der Tür zur Kellertreppe hing. Sie war ein Souvenir aus dem Land Lumenai und bestand aus warziger Krötenhaut und sechzig im Kreis angeordneten Krötenaugen, die sich im Sekundentakt nacheinander öffneten und schlossen. Als Zeiger dienten die mumifizierten Finger einer Moorleiche. Zu allem Überfluss pulsierte das ganze Ding ab und zu, als würde es Luft holen.

Merkwürdigerweise liebte Dopoulos, Tobbs' Ziehvater und Wirt der Taverne am Rand der Welten, diese Scheußlichkeit jedoch sehr. Und selbst Tobbs konnte ihm nicht widersprechen, wenn er argumentierte, dass in der Taverne gute Uhren gebraucht wurden.

»Hast du alles verstanden oder sollen wir es noch einmal durchgehen?«, fragte Tobbs.

Domovoj richtete sich kerzengerade auf und sah ihn beleidigt an. »Sehe ich aus, als hätte ich Motten im Hirn?«, zischte er.

»Du meine Güte, krieg dich wieder ein!«, sagte Anguana. »Er wollte dich nicht beleidigen. Wir müssen nur sichergehen, dass alles nach Plan verläuft und bei unserer Rückkehr das Timing stimmt.«

»In genau zwanzig Tagen zur selben Zeit öffne ich das Tor wieder«, giftete Domovoj. »Was soll daran schwer sein? Das könnte sich ja sogar dieser dämliche, vergessliche Geist des Bades merken. Aber ich kann nicht garantieren, dass ich die Tür lang genug offen lassen kann. Besonders, wenn die Herrschaften sich verspäten. Also seht gefälligst zu, dass ihr pünktlich seid!«

Anguana drückte Tobbs' Hand.

»Bereit?«, fragte sie leise.

Tobbs schluckte den Kloß in seinem Hals hinunter und nickte entschlossen. »Bereit!«

»Na dann: Gute Reise!«, meinte Domovoj mit einem Kopfschütteln. Er hob beide Hände in die Luft wie ein Jahrmarktmagier und fuchtelte theatralisch in der Luft herum.

Tobbs und Anguana traten mit einem großen Schritt über die Schwelle.

In der Höhle umfing sie ein kühler Hauch. Es roch nach lehmiger Erde und ein wenig nach Hundehütte. Im flackernden Licht der kleinen Öllampe, die Anguana hochhielt, schienen die Kratzspuren an den Wänden bedrohlich zu tanzen.

»Von da vorn kommt ein Luftzug«, wisperte Anguana.

Von da vorn hieß: aus dem schwarzen, tiefen Tunnelloch, das das Ende des Ganges einfach verschluckte und wer weiß welchen Kreaturen Unterschlupf gewährte.

»Nazad!«, hörten sie hinter sich den leise gemurmelten Zauberspruch des Hauskobolds.

Gleich darauf flog ihnen Staub um die Nase, Holzsplitter erhoben sich wie eine wirbelnde Wolke und setzten sich in Windeseile wieder zu einer Tür zusammen.

Der Rückweg war versperrt und es war finsterer denn je. Nur Anguanas winziges Öllämpchen flackerte verloren und schüchtern vor sich hin, als wollte es sagen: Ich bin gar kein richtiges Licht, also verlasst euch nicht auf mich.

Und dann pustete ein überraschend starker Luftzug, der von oben kam, die Flamme in der Lampe ganz aus.

»Was zum …«, schimpfte Anguana, dann machte sie »Ups!«, und Tobbs spürte, wie ihm mit einem Ruck ihre Hand entglitt. Es rumpelte und klirrte und der stechende Geruch von Lampenöl stieg ihm in die Nase.

Anguana fluchte leise. »Aua, mein Knie!«, beschwerte sie sich im Flüsterton. »Ich bin gestolpert. Hier liegt überall Geröll.«

Tobbs tastete in der Luft herum, fand Anguanas weiches Haar und ihre Schultern und half dem Mädchen auf die Beine.

Hinter seiner Stirn tobten die Gedanken wie eine Horde wild gewordener Affen in einem Käfig, die ihm schreckliche Befürchtungen zukreischten: Jeden Moment würden sich die raubtierähnlichen Krieger Domans in der Dunkelheit auf sie stürzen, tödliche Bestien mit messerscharfen Krallen und gierigen Mäulern schlichen sich gerade unbemerkt an sie heran und …

Etwa Haariges streifte Tobbs' Knöchel.

Er schrie auf und machte einen Satz zur Seite. Dort traf er mit dem anderen Fuß wieder auf Fell, doch diesmal war es Anguanas Ziegenfuß, auf dem er gelandet war.

»Au, spinnst du?«, fauchte das Mädchen.

»Da war etwas!«, japste Tobbs. »Irgendein haariges Tier! Wir sind nicht allein! Etwas ist hier und schleicht um uns herum!«

Ein Zündholz flammte direkt vor seiner Nase jäh auf. Anguanas schmerzverzerrtes Gesicht erschien im Licht der winzigen Flamme. Sie rieb sich den Ziegenfuß und sah sich um.

»Niemand hier«, bemerkte sie trocken. »Aber der Luftzug kommt von da vorn.«

Und als hätte der gehässige Geist der Höhle beschlossen, ihr diese Vermutung sogleich zu bestätigen, verlosch auch diese Flamme. Der Windstoß fuhr Tobbs durch die Haare.

»Am besten, wir folgen dem Luftzug«, bestimmte Anguana. »Wo Wind geht, muss auch ein Ausgang sein.«

Im Grunde war es ganz gut, dass Anguana nicht sah, wie sehr seine Knie zitterten, als er die nächsten zaghaften Schritte in absoluter Dunkelheit machte. Hand in Hand stolperten sie weiter, lauschten schaudernd dem Scharren von Insektenbeinen und spürten immer wieder den Wind, der wie ein neugieriger Begleiter über ihre Wangen strich und ihnen das Haar zerzauste.

Nach und nach gewöhnten sich Tobbs' Augen an die Dunkelheit und er konnte schemenhaft ein paar Umrisse ausmachen. Irrte er sich oder zeichneten sich ganz weit vorne am Ende des Tunnels einige hauchdünne Lichtlinien ab? Ganz so, als würde Sonnenlicht durch die Ritzen einer Tür fallen.

Je weiter sie vorankamen, desto stärker wurde auch der Luftzug. Es roch nicht länger nur nach modriger Höhle, sondern auch nach .... frischem Gras und regennassem Laub!

»Da vorne geht's nach draußen!«, flüsterte Anguana. »Aber irgendwie scheint der Weg blockiert zu sein ... huch!«

Polternd geriet eine ganze Ladung scharfkantiger Steine in Bewegung und schrammte über Tobbs' Knöchel.

»Autsch, zum Höllenkreiselkuchen, schon wieder ein Steinhaufen«, fluchte er. »Jemand hat den Ausgang damit versperrt. Wenn wir hier rauswollen, müssen wir erst das ganze Geröll wegräumen.«

»Dann räumen wir eben!«, sagte Anguana, unerschrocken wie immer.

Die Arbeit brachte Tobbs schnell ins Schwitzen. Das Fuchsfell auf seinen Schultern wärmte ihn so sehr, dass er es schließlich abnahm, zusammenrollte und an den Gürtel band.

Eine ganze Weile hörte er nichts als sein eigenes Keuchen und das Klack, Klick, Klunk der Steine, die sie beide hinter sich in den Gang warfen. Doch das unbehagliche Kribbeln in seinem Nacken sagte ihm, dass sie in der Höhle nicht allein waren. Was, wenn sich in der Nähe wirklich ein pelziges Ungeheuer befand, das gerade über sein Frühstück nachdachte?

Tobbs verdoppelte seine Anstrengungen. Allmählich verwandelte sich der Staub auf seinem Gesicht in einen klebrigen Schmierfilm. Bestimmt sah er aus wie ein Zombie. Egal, je nachdem, was sie hinter dem Eingang erwartete, war es vielleicht nicht einmal das Schlechteste, einen möglichst furchterregenden Anblick zu bieten. Vielleicht warteten schon die schwer bewaffneten Krieger vor dem Höhleneingang auf die Eindringlinge?

»Fasst du mal mit an?«, forderte er Anguana auf. »Hier ist der Spalt so breit, dass man mit den Fingern durchkommt. Wenn wir drücken und nach rechts schieben …«

Doch das Ziegenmädchen war schon längst dabei, sich mit aller Kraft gegen den Stein zu stemmen. Tobbs staunte nicht schlecht: So zerbrechlich und zart Anguana auch wirkte, sie war zweifellos ein waschechtes magisches Wesen.

Der flache Stein, der den Eingang versperrte, ächzte und schabte, als würde er sich mit allen vieren gegen den Druck stemmen, doch schließlich fühlte Tobbs, wie er von ihm fortglitt, erst langsam und zögerlich, schließlich immer schneller. Er kippte nach außen!

Ein azurblauer Himmel klappte vor ihnen auf, und mit einem gewaltigen »RUMMMS!« kam die Steinplatte auf dem Boden auf, wo sie sofort in tausend Stücke zerbrach.

Anguana und Tobbs zuckten zusammen und sprangen instinktiv in den Höhlenschatten zurück. Unendlich scheinende Sekunden warteten sie mit klopfendem Herzen, doch niemand kam, aufgeschreckt durch den Lärm, auf sie zu.

»Auweia«, sagte Anguana schließlich und blinzelte. »Ich weiß ja nicht, wer diesen Eingang versperrt hat, aber er braucht jedenfalls kein Genie zu sein, um zu erkennen, dass jemand in seiner Höhle war.«

Mit der Hand am Axtgriff wagte sich Tobbs zwei Schritte vor und betrachtete die Steintrümmer. Zwischen ihnen leuchtete es rot und orange und gelb und golden: Herbstlaub. Die ganze Wiese vor der Höhle war mit einem Teppich bunter Ahornblätter bedeckt. Tobbs und Anguana befanden sich auf einer kleinen, kreisförmigen Lichtung. Die Blätter, die der Herbstwind noch nicht von den Bäumen geholt hatte, flimmerten und zitterten. Das Licht tauchte alles in einen Schleier von Rot und Gold und die Stimmen der Vögel hörten sich gedämpft und seltsam fern an.

Tobbs war irritiert. Er hatte erwartet, mitten in einer Stadt zu landen, mitten im Chaos, vielleicht in einem Kerker, einer Burg, zumindest einem Stall, an irgendeinem Ort eben, der ihn verstehen ließ, warum Dopoulos diese Tür hatte zumauern lassen. Das hier dagegen war …

»Ein magischer Herbstwald«, flüsterte Anguana andächtig. »Hast du schon einmal so wunderschöne Farben gesehen? Sie leuchten wie Zauberblüten!«

»So schön es ist, wir dürfen nicht vergessen, dass wir uns im Land Doman befinden«, antwortete Tobbs. »Du weißt, was die roten Krieger drüben im Land Tajumeer angerichtet haben.«

Anguana nickte und presste die Lippen zusammen.

Nein, an die niedergebrannten Hütten und die grausam hingerichtete Nixe brauchte Tobbs sie wohl wirklich nicht zu erinnern.

Vorsichtig machten sie ein paar Schritte, indem sie wie auf einem Gartenpfad von Steinstück zu Steinstück sprangen. Schließlich aber betraten sie den Teppich aus knisterndem Laub. Tobbs sah sich nach dem dunklen, gähnenden Schlund des Höhleneingangs um. Kurz glaubte er Raubtieraugen zu erkennen, die die beiden Fremden argwöhnisch betrachteten, aber schon im nächsten Moment waren sie wieder mit dem schwarzen Höhleninneren verschmolzen. Tobbs schauderte bei der Erinnerung an das haarige Ding, das ihn gestreift hatte. Was auch immer sie da vorhin aufgeschreckt hatten, es hatte offenbar beschlossen, sich wieder im Dunkeln zu verkriechen. Zum Glück, dachte Tobbs erleichtert.

»Dort drüben ist ein Weg«, sagte Anguana. »Und ich höre Wasserrauschen wie von einem Bach. Da können wir uns zumindest schon einmal den Staub abwaschen. Ich fühle mich wie eine Puderquaste.«

Auf dem Weg begleitete sie ein ganzer Schwarm libellenartiger Insekten. Mit feinen, flirrenden Flügeln glitten sie im Herbstsonnenschein dicht über dem Boden dahin, fanden sich zu Gruppen und Formationen und lösten sich wieder auf. In der Ferne rief ein Kuckuck. Unwirklich klang der Laut, fast wie ein Echo.

Schlangen und Frösche

Hier im Land Doman hatte Tobbs jegliches Zeitgefühl verlassen. Er hätte nicht sagen können, ob sie Stunden oder Minuten unterwegs waren. Und die ganze Zeit über sträubten sich ihm die Nackenhaare. Auch Anguana wirkte beunruhigt. Sie war näher an ihn herangerückt und sah sich immer wieder um.

»So schön es hier auch aussieht, ich finde es unheimlich«, sagte sie leise. »Als wäre der Wald verhext.«

Unheimlich? Das war untertrieben. Tobbs hätte schwören können, dass sie von unsichtbaren Augen beobachtet wurden. Zweige bewegten sich, obwohl gerade kein Wind wehte, Laub raschelte, als würden unsichtbare Wesen hinter ihnen herschleichen. Und manchmal klang das Rascheln wie ein Flüstern.

»Hoffentlich gibt es im Bach Nixen oder wenigstens eine Quellnymphe«, fuhr Anguana fort. »Sie haben das beste Informationsnetzwerk und könnten uns sicher sagen, wo wir nach deinen Eltern suchen können. Vielleicht ist in der Nähe des Waldes eine Stadt. Und bestimmt wissen die Nixen etwas über die Krieger von Doman.«

Der Wasserlauf, auf den sie bald darauf stießen, entpuppte sich als schäumender Strom, der nach und nach ruhiger wurde und schließlich in eine Perlenkette von spiegelglatten Staubecken mündete. Kaulquappen flitzten erschrocken davon, als Tobbs' Schatten auf die Oberfläche eines solchen Beckens fiel. Von einer Nixe war jedoch weit und breit nichts zu sehen, zumindest, soweit Tobbs das beurteilen konnte.

Anguana kniete sich ins Schilfgras am Ufer und tauchte den Kopf ins Wasser. Staubwolken lösten sich aus ihrem langen Haar und trübten das klare Wasser. Während sich das staubige Grau auswusch, kam allmählich Anguanas seltsames Haar wieder zum Vorschein. Seit dem Unfall mit dem giftigen Riesenkraken hatte es immer noch einen neongrünen Farbstich. Luftbläschen stiegen auf, als Anguana unter Wasser nach Nixen und Nymphen rief.

Tobbs lauschte in den Wald. Bäume und Blätter schienen den Atem angehalten zu haben, sogar die Insekten schwirrten nicht mehr, sondern verharrten mit zitternden Flügeln auf Ästen und Grashalmen.

Ein Tropfenschauer traf Tobbs, als Anguana wieder auftauchte und ihr nasses Haar zurückwarf.

»Niemand da. Aber im Wasser habe ich die Vibration von Hufschlägen gespürt. Irgendwo hier am Bachufer sind Pferde unterwegs.«

Tobbs spähte in das Dickicht. Sein Herz hämmerte in seiner Brust. Reiter!, dachte er. Was, wenn sie längst wissen, dass wir hier sind?

»Hinter den Baum!«, flüsterte er. Das brauchte er Anguana nicht zweimal zu sagen, sie sprang sofort auf und versteckte sich mit ihm unter den hängenden Zweigen einer ausladenden Trauerweide. Eng zusammengedrängt lauschten sie.

Tobbs konnte Anguanas Anspannung fühlen. Vorsichtshalber umklammerte er den Griff der Axt, die in seinem Gürtel steckte, und legte sich blitzschnell einige Strategien zurecht:

Plan A: über den Bach springen und an der schattigen Stelle zwischen zwei Zedern ins Unterholz verschwinden.

Plan B: auf den nächsten Baum klettern.

Plan C: mit der Axt einen Überraschungsangriff starten.

Zugegeben, Plan C war reiner Selbstmord, falls das, was sich ihnen gerade näherte, wirklich rote Krieger waren.

Doch das Stampfen, das Tobbs bald darauf vernahm und das immer lauter wurde, wirkte nicht im Entferntesten wie der Galopp einer Reitertruppe. Vielmehr erinnerte es an das träge Dahinschlendern gelangweilter Huftiere, die von Grasbüschel zu Grasbüschel trotteten, unschlüssig, ob sie stehen bleiben und fressen oder doch lieber weitergehen sollten. Und als ein Wiehern ganz in der Nähe erklang, sahen sie beide gleichzeitig, wie sich etwas Rotes auf der anderen Seite des Baches bewegte.

Durch den Vorhang aus Weidenzweigen erkannte Tobbs dunkelrote Pferde, die durch den Wald schlenderten. Die Reittiere der Krieger aus Doman! Zum Glück ohne die Krieger. Tobbs schielte zu den Hufen. Und richtig: Statt Fellbüscheln hatten diese Tiere kleine rote Schlangen an den Beinen, die sich wanden und zischten. An diesen schauderhaften Anblick erinnerte Tobbs sich leider besser, als ihm lieb war.

»Tobbs!«

Er war so versunken in den Anblick der Kampfpferde, dass er Anguanas leise Stimme zunächst nicht wahrnahm. Erst als sie ihn energisch am Ärmel zupfte, wandte er sich um.

Wenige Schritte von ihnen entfernt stand ein mondgesichtiger Mann am Bachlauf. Misstrauisch spähte er zu ihrem Versteck unter den Zweigen der Weide. Sein schwarzes Haar hing ihm wirr in die Stirn, er hatte O-Beine und trug eine Schaffellweste, die schon bessere Tage gesehen hatte. Der Rest seiner Kleidung sah aus, als hätte sich ein Lumpensack von selbst in Bewegung gesetzt. Offenbar war er ein Hirte, denn er stützte sich auf einen langen Holzstab. Dieser unterschied sich von einem gewöhnlichen Hirtenstab allerdings dadurch, dass sich eine lebendige weiße Schlange an der Spitze ringelte. Im Augenblick züngelte das Tier verdächtig interessiert in Richtung Trauerweide.

»Stillhalten«, flüsterte Anguana.

»Danke für den Tipp«, knurrte Tobbs.

Der Mann hatte schräge, schmale Augen, die sich nun zu noch

schmaleren Schlitzen verengten. Mit schleichenden Schritten kam er näher. Der Wind trug den Geruch von Branntwein und Pflaumen vor ihm her.

»Donata desu ka?«, rief er in der kehligen, fremden Sprache der Domaner, die in Tobbs eine ganze Reihe schrecklicher Erinnerungen wach werden ließ.

»Donata desu ka?«, wiederholte der Mann und klopfte mit dem Stock auffordernd auf den Boden. Tobbs hätte schwören können, dass die Schlange diesen Augenblick zur Flucht nutzte, doch genau sehen konnte er es durch die Zweige nicht. Dennoch betete er, dass das Kriechtier im Fall des Falles nicht auf die Idee kam, sich ausgerechnet unter der Weide in Sicherheit zu bringen.

Das Gebet wurde nicht erhört.

Im nächsten Augenblick stießen die Weidenzweige klappernd gegeneinander. Laub raschelte. Pferde schnaubten ganz in der Nähe. Aus den Augenwinkeln sah Tobbs gerade noch, wie etwas Helles, Schnelles durch das Gras unter die Weide glitt, dann schoss schon der Kopf der weißen Schlange direkt vor ihnen in die Höhe. Das Vieh musste mindestens zwei Meter lang sein! Gelbe Augen starrten Tobbs an, eine dunkelblaue, gespaltene Zunge bog sich in die Luft und das Maul klappte auf. An den Spitzen der mörderischen Zähne blitzten zwei winzige Gifttropfen auf. Das Ungeheuer stieß zu.

Es war einer dieser Momente, in denen der nicht menschliche Teil von Tobbs das Ruder an sich riss, ohne zu fragen. Eben noch war er ein Mensch gewesen, der sich vor den Giftzähnen einer Schlange fürchtete, nun aber verwandelte er sich in etwas Dunkles, instinktiv Handelndes und übermenschlich Flinkes.

Er schnellte nach hinten und riss Anguana mit, während seine rechte Hand von ganz allein nach vorn schoss und das Reptil aus der Luft pflückte. Bevor die Schlange auch nur daran denken konnte, sich um seinen Arm zu winden, packte er fest zu. Es machte leise Knack!, dann erschlaffte ihr schuppiger Körper. Irgendeine Erinnerung sagte ihm, dass frisches Schlangenfleisch köstlich schmeckte und dass er nicht zögern sollte, die Zähne in die Beute zu schlagen, aber der andere Tobbs – der, der mit Messer und Gabel aß – meldete sich wieder zurück und starrte das erlegte Tier angewidert an.

»Hebi, doko ka?«, rief der Hirte aufgeregt.

Die Weidenzweige teilten sich wie der Vorhang in einem Kasperletheater und gaben den Blick frei auf das fassungslose Gesicht, das aus der Nähe betrachtet ein wenig an einen Breitmaulfrosch erinnerte.

Tobbs staunte, wie groß und rund die schmalen Augen des Hirten vor Entsetzen wurden. Nun, er konnte sich bestens vorstellen, wie sie beide auf den Mann wirken mussten: ein grünhaariges Mädchen und daneben ein staubiger Golem, der sein Haustier auf dem Gewissen hatte. Zur Sicherheit fletschte Tobbs nun auch noch die Zähne und knurrte.

»Yôkai!«, kreischte der Mann aus voller Kehle. Angst ließ seine Stimme überschnappen. »Yôkai!«

Er fuchtelte mit den Armen, warf seinen Stock weg und rannte davon – mitten in eine Gruppe von Pferden, die inzwischen den Bach an der schmalsten Stelle übersprungen hatten. In seiner Aufregung rammte er eines der Tiere. Ein trockenes Klock! erklang, als Menschenkopf und Pferdestirn gegeneinanderstießen, Tobbs hörte ein empörtes Schnauben und Quieken. Und dann war plötzlich die Hölle los.

»Weg hier!«, rief Anguana.

Gemeinsam brachen sie durch die Weidenzweige – und standen einer Front von rabiaten roten Rosse gegenüber. Die winzigen Schlangen an den Pferdefesseln zischten, als die Gäule voller Wut ausschlugen und bockten. Schreiend brachte sich der Hirte mit einem Satz in den Bach in Sicherheit.

Die Pferde donnerten los. Tobbs hätte sich gewünscht, Schweife und Hinterhufe zu sehen, aber die Stampede, die nun auf sie zukam und auf ihrem Weg alles niederwalzte, bestand leider aus messerscharfen Vorderhufen, weit aufgerissenen Augen und schaumbedeckten Mäulern. Im Wind peitschende Mähnen fetzten Herbstblätter von den tief hängenden Zweigen. Gewöhnliche Pferde wären geflohen, aber diese höllischen Mähren hier hatten eindeutig ganz andere Pläne. Und wahrscheinlich fraßen sie auch kein Gras, sondern hatten rein gar nichts gegen frisches Hackfleisch einzuwenden.

Tobbs und Anguana drehten sich beide gleichzeitig um und rannten. Zweige kratzten ihnen schmerzhaft über Stirn und Wangen. Gemeinsam sprangen sie über bemooste Steine und hasteten Haken schlagend durch Gebüsch und unter hängenden Mistelbüschen hindurch. Hinter ihnen kam das Stampfen immer näher. Ein bösartiges Wiehern zerschellte in einem eiskalten Kribbeln an Tobbs' Genick, schon spürte er den schnaubenden Atem in seinem Haar. Es war nur noch eine Frage von Sekunden, bis das Untier ihm den Kopf abbeißen würde. Klebrige Hände schienen seine Schuhe festhalten zu wollen, schmatzende Geräusche erklangen und Tobbs begriff, dass sie die ganze Zeit am Bach entlanggelaufen waren. Anguana hatte ihn in die Richtung des Wassers gezogen.

»Da rüber«, schnaufte sie und zerrte mit aller Kraft an seiner Hand. Er stolperte. Pferdezähne klackten knapp neben seinem linken Ohr in der Luft zusammen. Dann spritzte Wasser an seinen Knien hoch und durchnässte seine Hosenbeine.

»Doch ... nicht ... ins ... Wasser!«, keuchte er.

»Wasser oder Pferdefutter, such es dir aus«, zischte Anguana.

Ehe er sichs versah, hatte ihn das Ziegenmädchen auch schon um die Taille gepackt und ihn mit ihrem ganzen Gewicht mit sich gerissen. Er verlor die Balance, stolperte – und fiel.

Für den Bruchteil einer Sekunde sah er auf der Wasseroberfläche sein Spiegelbild: ein einziges Durcheinander von Armen und Beinen und erschrocken aufgerissenen Augen.

Dann traf er auf dem Wasser auf und das Bild zersplitterte in tausend Tropfen und Wellen. Eiskalte Nässe kroch ihm unter die Kleidung und in die Nase. Und mit jedem Schwimmzug von Anguana wurde der Druck in seinen Ohren größer. Wenn er eines noch mehr hasste als blutrünstige Pferde aus Doman, dann war es Wasser!

Doch das Mädchen hielt ihn eisern umklammert und zog ihn unbarmherzig zum Grund des Beckens. Schleimige Wasserpflanzen strichen über seine Wangen und Hände. Als er erschrocken die Augen aufriss, sah er über sich nur die glatte Haut der Wasseroberfläche und die unscharfen Umrisse der glotzenden Pferde, die wie in einem Zerrspiegel waberten. Der Zerrspiegel entfernte sich, ein Sog zog an seinen Hosenbeinen, und er begriff, dass Anguana dem Bachlauf folgte.

Das Gewässer war erstaunlich tief und verbreiterte sich unterirdisch zu einem richtigen Strom, der unter steinernen Beckenschwellen hindurchführte. Tobbs spürte, wie Anguana ihn unter einem solchen Felsdurchgang ins nächste Becken zog. Allmählich wurde die Luft knapp. Sein Herz hämmerte so stark in der Brust, dass er dachte, er müsste damit Wellen schlagen. Verzweifelt zupfte er an Anguanas Ärmel. Sie verstand und schoss sofort nach oben. Prustend durchbrach Tobbs die Wasseroberfläche.

»Schnell, hol Luft!«, befahl Anguana. Schon tauchten sie weiter an Wäldern von Wasserpflanzen und erstaunt dreinblickenden rotweißen Karpfen vorbei, sie wirbelten Wasserspinnennester auf und streiften kiesigen Grund. Doch endlich, als Tobbs sich schon fragte, ob er wohl zuerst ertrinken oder erfrieren würde, spürte er Ufergrund unter den Füßen. Anguana ließ ihn los. Tobbs tauchte auf, stolperte hustend an Land und ließ sich auf ein Polster von Moos fallen.

»Wolltest du mich ertränken?«, japste er.

Anguana grinste und zog sich ebenfalls die Uferböschung hoch. Mit geübten Fingern drehte sie ihr Haar zu einem langen Strang und wrang das Wasser aus.

»Das war nun mal die einzige Möglichkeit, den Biestern zu entkommen. Der Hirte hat es uns doch vorgemacht. Tut mir leid, dass du nass geworden bist.«

Tobbs bemerkte erst jetzt, dass er noch immer die tote Schlange umklammerte. Angewidert ließ er das Reptil auf das Moos fallen, wo es weiß schimmernd liegen blieb, als würde es nur zusammengeringelt schlafen.

Dann vergewisserte er sich, dass sein größter Schatz noch da war und atmete erleichtert auf. Zu einem Bündel verschnürt, war das Fuchsfell immer noch sicher an seinem Gürtel befestigt. Das half ihm, den Verlust des Proviantbeutels, den er unter Wasser verloren hatte, besser zu verschmerzen.

Ohne große Hoffnung sah er sich am Ufer um für den Fall, dass der Beutel angeschwemmt worden war. Doch er war nirgends zu sehen. Stattdessen …

»Alles in Ordnung?«, fragte Anguana.

Tobbs hätte gerne den Kopf geschüttelt, aber dazu war er viel zu erschrocken. Seiner Kehle entwich nur ein fiepsender, warnender Laut, der ganz und gar nicht menschlich klang. Anguana folgte hastig seinem Blick.

Auf einem runden, moosbewachsenen Stein am gegenüberliegenden Ufer saß ein Monster und funkelte sie an. Auf den ersten

Blick hätte man es für einen Frosch mit Perücke halten können. Wenn es Frösche gegeben hätte, die so groß wie Menschen waren. Die Schwimmhäute zwischen den langen Zehen und Klauen glänzten nass.

Tobbs ließ seinen Blick nach oben wandern. Zwischen zotteligen schwarzen Haarsträhnen blitzten wütende Augen hervor, das froschähnliche Maul verzog sich zu einem Fletschen und gewährte Tobbs einen erstklassigen Blick auf eine Reihe spitzer Fangzähne.

Anguana wich vorsichtig einen Schritt zurück.

»Das ist bestimmt sein Bach«, flüsterte sie. »Und er sieht aus, als könnte er besser schwimmen als rennen. Ich zähle bis drei, dann laufen wir los. Eins, zwei ...«

»Warte!« Tobbs fasste nach ihrer Hand.

Er kannte sich gut genug mit Dämonen aus, um beurteilen zu können, wann es besser war, sich nicht vom Fleck zu rühren. An der angespannten Haltung erkannte er, dass das Wesen nur darauf wartete, über den Bach auf ihre Seite zu springen. Das grässliche Maul umspielte ein Lächeln. Nun knurrte das Biest heiser, was die Karpfen und Kaulquappen in der Nähe des Ufers sofort zu einer überstürzten Flucht in tieferes Wasser veranlasste.

»Und was sollen wir dann machen?«, wisperte Anguana kaum hörbar. »Hier stehen bleiben, bis es uns anfällt?«

Gute Frage. Tobbs versuchte so unauffällig wie möglich nach seiner Axt zu greifen, aber das Monster fauchte und richtete sich bedrohlich auf. Es stand nun auf den grün gefleckten Hinterbeinen, schwankend, als würde ihm die aufrechte Haltung Unbehagen bereiten.

Und in dem Dreieck zwischen den Beinen und dem bemoosten Grund, auf dem das Monster stand, entdeckte Tobbs etwas, was ihre Rettung sein konnte. Einen Fuchs!

Mit seinem orangefarbenen Fell hob er sich kaum vom Herbstlaub ab, nur das ungläubige Blinzeln seiner goldenen Augen verriet ihn. Vorsichtig machte er einige Schritte auf das Ufer zu und legte den Kopf schief.

Bitte hilf uns!, flehte Tobbs ihn in Gedanken an. Er konnte beinahe sehen, wie es hinter der Stirn des Tieres fieberhaft arbeitete. Der Fuchs taxierte das Flussmonster kritisch und nickte Tobbs zu. Das Froschwesen knurrte, streckte die klauenartigen Finger aus und spannte die Schwimmhäute wie ein Ringer vor dem Kampf.

»Was machen wir?«, drängte Anguana.

»Warte noch!«

Der Fuchs stand jetzt genau hinter dem Ungeheuer. Tobbs konnte sein kluges Gesicht in allen Einzelheiten sehen: die feinen weißen Härchen am Bart, die dunkleren um die Nase. Nun hob er eine Vorderpfote, zog sie anmutig unter den Bauch … und verneigte sich! Dann blickte er Tobbs auffordernd an.

»Er meint, wir sollen uns verbeugen«, flüsterte Tobbs ungläubig.

Anguana schnaubte. »Klar, gute Idee! Verbeuge du dich, wenn du Lust hast, ich lasse das Monster nicht aus den Augen.«

Tobbs leckte sich nervös über die Lippen, nickte dem Fuchs, der ihm mit herrisch erhobener Pfote befahl, endlich zu gehorchen, kurz zu und blickte dann in die bösartigen Glupschaugen. Dann verneigte er sich so tief, dass sein Haar seine Zehen streifte.

»Das gibt es doch nicht!«, flüsterte Anguana.

Tobbs schielte durch seine Haarsträhnen.

Das Monster verbeugte sich ebenfalls! Das war schon seltsam genug. Aber noch seltsamer war das, was nun auf dem Kopf des Monsterfrosches passierte: Dort, wo der Scheitel sein sollte, befand sich eine flache Mulde. Während sich das Wesen verbeugte, floss eine klare Flüssigkeit aus der Mulde und tropfte in den Fluss. Das Monster richtete sich wieder auf, bemerkte den Verlust der

Flüssigkeit und fauchte wie ein Tiger, dem jemand auf den Schwanz getreten hatte. Dann sprang es in die Hocke, stieß sich mit den Froschbeinen ab und schnellte hoch. Für einige Sekunden sah Tobbs den gefleckten, grünen Körper durch die Luft segeln, bevor er mit einem glucksenden Blutsch! im Wasser verschwand.

Wie erstarrt blickten Anguana und er dem Monster nach, das sich unter Wasser mit schnellen Schwimmzügen entfernte.

»Es hat uns verschont«, sagte Anguana. »Weil du dich verbeugt hast. Offenbar legt es einfach Wert auf Höflichkeit.«

Tobbs nickte nur und versuchte zu ignorieren, dass seine Knie sich immer noch anfühlten wie Pudding.

Der Fuchs auf der anderen Seite des Baches sah ausgesprochen zufrieden aus. Er stieß einen keckernden Laut aus, kletterte auf einen Ast, der weit über das Wasser reichte, federte wie auf einem Sprungbrett und setzte mit einem eleganten Hechtsprung auf Anguanas und Tobbs' Seite über. Dort bellte er auffordernd und verschwand vor ihren Augen mitten im Dickicht.

Inaris Tempel

Es erforderte viel Konzentration, dem Fuchs auf der Spur zu bleiben. Manchmal verschmolz sein Fell mit dem Herbstlaub zu einer einzigen orangerot gefleckten Fläche und Tobbs musste die Augen zusammenkneifen, um ihn wieder wahrzunehmen.

Das Tier führte sie im Laufschritt über geheime Fuchspfade und durch dichtestes Unterholz, wo sie nur auf Knien kriechend vorankamen, sie überquerten sonnendurchflutete Lichtungen und kletterten über bewachsene Hänge. Endlich, als Tobbs schon Seitenstechen hatte und nur noch japste, blieb der Fuchs stehen und stieß ein zufriedenes Jaulen aus. Tobbs vergewisserte sich, dass Anguana ihm noch folgte, und als er das nächste Mal nach dem Fuchs sah, war dieser verschwunden.

»Wohin hat er uns geführt?«, keuchte Anguana und blieb neben Tobbs stehen.

»Zu einem Haus«, antwortete Tobbs. »Zumindest ist da drüben ein Tor.«

Anguana drückte ihren Reisebeutel an sich und kniff misstrauisch die Augen zusammen. »Und wenn es eine Falle ist?«

»Wenn ich in den vergangenen Wochen eines gelernt habe, dann dieses: Den Füchsen kann ich immer trauen«, erwiderte Tobbs im Brustton der Überzeugung.

»Ich hoffe, du hast Recht«, sagte Anguana zögernd. Aber immerhin gab sie sich einen Ruck und folgte ihm durch das hölzerne Tor. Es bestand im Grunde nur aus zwei Holzstämmen, die in den Boden gerammt worden waren, und einem weiteren Balken, der quer darübergelegt worden war. Sobald sie das erste Tor passiert hatten, kam ein weiteres in Sicht und dann noch eines, immer im Abstand von einigen Dutzend Schritten. Der Zedernwald um sie herum wurde stiller und das Licht weicher. Und schließlich, als sie das achte Tor durchschritten hatten, standen sie vor einem kleinen tempelartigen Gebäude mit weißen Wänden. Sie bestanden aus einem faserigen papierartigen Material und bildeten einen auffälligen Kontrast zum schwarzen Lack ihrer Holzrahmen. Rechts und links von der quadratischen Eingangstür schimmerten zwei Fuchsstatuen aus poliertem Alabaster im Sonnenlicht.

Tobbs musste den Kopf einziehen, um sich nicht am Türrahmen zu stoßen. Im Inneren des Häuschens befand sich nicht viel: eine Pfanne mit Kohlen, zwei geflochtene Matten und einige irdene Schüsseln, die sich neben einer Art Hausaltar stapelten. Reiskörner lagen auf dem Boden verstreut.

»Niemand da!«, rief Tobbs Anguana zu und drehte sich in dem quadratischen Raum um sich selbst. »Ich weiß nicht, ob das wirklich ein Tempel ist. Aber an einer Wand hat jemand zwei Füchse verewigt. Von dem einen erkennt man nur noch eine Hinterpfote, der andere ist noch ganz. Er sitzt im Mondlicht.«

Die feine Zeichnung war mit hellgrauer Tusche und wenigen Strichen hingezaubert worden. Beim Anblick der energischen Striche, mit denen der Maler das Wesen eines Fuchses so formvollendet eingefangen hatte, musste Tobbs lächeln. Es konnte gar nicht anders sein: Hier musste ein Freund wohnen!

Anguanas Schatten fiel auf die Kohlenpfanne, als sie nun ebenfalls den Wohnraum betrat. Schwungvoll lud sie ihr Gepäck ab, aus dem immer noch Wasser tropfte.

»Schön«, sagte sie. »Wir sind im Land Doman. Wir haben einen Ort, an dem wir uns ausruhen können und wohl einigermaßen sicher sind. Jetzt müssen wir überlegen, wie wir weiter vorgehen. Vielleicht sollten wir wirklich nach einer Siedlung suchen, in der Menschen wohnen. Ich bin sicher, dass es hier auch Leute gibt, die nicht bewaffnet sind. Möglicherweise erfährst du dort etwas über deine Eltern. Morgen machen wir einen Plan!« Sie gähnte. »Aber im Augenblick tun mir nur die Füße weh.«

Sie schob ihren Reisebeutel mit dem Fuß auf eine der Matten, setzte sich hin und streckte die Beine aus.

Tobbs musste lächeln. Anguana mochte zwar schneller schwimmen als ein Hai, lange Fußmärsche waren jedoch nichts für sie. Und schon gar kein Fuchsgalopp durch den Wald. Aber auch ihm tat eine Pause gut.

Nach einer Weile wrang Anguana ihren Reisebeutel aus und hängte die nasse Kleidung zum Trocknen an einen Baum vor dem Tempel.

Tobbs sammelte den Reis vom Boden auf, doch mehr als eine mickrige Handvoll der winzigen grauweißen Körner brachte er nicht zusammen. Für ein Abendessen entschieden zu wenig. Sein Magen knurrte so laut, dass ein paar Jungfüchse, die am Tempel spielten und ihn verstohlen beobachteten, erschrocken ins Dickicht flohen. Warum nur hatte er den Proviantbeutel verloren?

Zu allem Überfluss ergoss sich von einem Augenblick zum nächsten ein kalter Herbstregen über das Land. Wind fegte nasses Laub vor sich her und trieb Tobbs und Anguana in ihren Unterschlupf zurück. Innerhalb weniger Augenblicke hatten Gewitterwolken den Himmel so verdunkelt, als wäre es Nacht.

»Ich komme um vor Hunger«, murrte Tobbs nach einer Weile, während sein Magen mit dem Donnergrollen um die Wette rumpelte. Anguana hatte die Kohlen entzündet und schürte mit einer verrosteten Eisenzange die Glut.

»Warum habe ich den Proviant nicht auf zwei Taschen verteilt?«, fuhr Tobbs fort.

Anguanas Lächeln wirkte im schwachen Licht der Kohlenglut geheimnisvoll und gefährlich zugleich.

»Wir haben doch etwas zu essen«, meinte sie und griff nach ihrem Beutel. »Du hättest sie am Ufer glatt vergessen, aber ich habe sie mitgenommen.«

Tobbs sah etwas Schuppiges, Helles aufschimmern, das reichte jedoch schon, um ihm den Appetit gründlich zu verderben.

»Die Schlange? Das ist nicht dein Ernst! Da kann ich mir ja gleich draußen ein paar Regenwürmer suchen und runterwürgen, das ist genauso widerlich.«

Anguana hob gleichgültig die Schultern und zückte ungerührt ihr Messer. »Fleisch ist Fleisch.«

Wenig später lief Tobbs wider Willen das Wasser im Mund zusammen. Saftige Würfel von weißem Schlangenfleisch rösteten an Zedernholzstecken über der Glut. Leise zischte das Fett, das aus dem Fleisch triefte. Es duftete nach Hühnchen und Rindersteak und salzigem Würzspeck.

»Hmm!«, sagte Anguana und nahm einen Spieß aus dem Feuer. »Das hier ist fertig.« Ohne zu zögern, biss sie ein großes Stück Schlangenfleisch ab und schloss genießerisch die Augen. »Köstlich!«, sagte sie mit vollem Mund. »Viel besser als Seeschlangen oder Aale. Probier doch wenigstens!«

Tobbs griff zögerlich nach einem Zedernstecken. Der würzige Duft stieg ihm in die Nase. Es war ein seltsames Gefühl, das Reptilienfleisch zu kosten. Überrascht kaute er und fiel dann gierig über den Rest des gerösteten Würfels her.

»Das ist das beste Fleisch, das ich je gegessen habe!«, murmelte er mit vollem Mund. »Das schmeckt nach Huhn und Speck und nach Rosmarin und Honig und …«

»Nein, es schmeckt nach Zahnbrasse und Berglachs, nach süßem Alpenkraut und Bergrosensamen«, erwiderte Anguana.

Die Dunkelheit des Gewitters ging in die Abenddämmerung über. Tobbs beobachtete, wie rasch der Mond über den Wipfeln aufging. In dem magischen Wald verging die Zeit offenbar ein wenig schneller als daheim in der Taverne.

Schließlich versuchten sie, es sich auf den Matten einigermaßen gemütlich zu machen. Tobbs lag im Dunkel und lauschte auf die Stimmen des Waldes.

Er vernahm Piepsen und Knurren, Bellen und Zischen – doch gleichzeitig bildete er sich ein, ab und zu Stimmen zu hören, die sich etwas zuflüsterten. Gespenster des Waldes mussten es sein, vielleicht die Geister von verirrten Wanderern, die im Wald umgekommen waren.

Dicht neben sich hörte er Anguanas gleichmäßiges Atmen, das zeigte, dass sie längst eingeschlafen war.

Tobbs hob die Hand und tat etwas, was er sich in der Taverne niemals getraut hätte: Behutsam strich er über das glatte, seidige Haar. Echtes Nixenhaar! Und wieder war er überrascht, wie glatt und weich es war. Es fühlte sich an, als würde man in fließendes Wasser greifen. Tobbs mochte kein Wasser, aber Anguanas Haar gefiel ihm gut.

Tobbs träumte.

Er kannte diesen Traum gut: Wieder einmal hetzte er im Wald auf allen vieren einem Eichhörnchen hinterher, begierig darauf, es mit seinen Zähnen zu fassen. Einige weiße Füchse sahen ihm amüsiert dabei zu. Seine Vorderpfoten zuckten im Galopp, doch sosehr er sich auch bemühte, er kam nicht von der Stelle. Ärgerlich kämpfte er sich aus dem Traum zurück in das wache Leben und spürte, dass seine Hände tatsächlich ruderten, als würde er laufen.

Und die weißen Füchse waren immer noch da.

Tobbs fuhr hoch. Kein Traum!, schoss es ihm durch den Kopf. »Anguana!«, flüsterte er. Möglichst unauffällig versuchte er, das

Mädchen anzutippen, doch es murmelte im Schlaf und drehte ihm den Rücken zu.

Das Mondlicht fiel durch die Ritze zwischen den Türflügeln und Tobbs sah, dass auch die Augen der vier Geisterfüchse weiß waren.

»Sieh an, sieh an«, sagte der Fuchs, der links saß, mit näselnder Stimme. »Unglück im magischen Wald. Und die weiße Schlange schleicht sich in unser Haus.«

Die drei anderen Füchse grinsten.

»Stummes Unglück offenbar«, sagte der Fuchs rechts. »Erst Schlange gefressen, dann Zunge verschluckt?«

»N… nein!«, stammelte Tobbs. »Ich … bin aber kein Unglück.«

»Kein Unglück!«, sagten die beiden mittleren Füchse wie aus einem Mund. Dann kicherten sie alle vier gleichzeitig los – ein keckerndes, füchsisches Lachen, das in einem hechelnden Japsen endete.

Tobbs spürte, wie sich die Härchen im Nacken aufstellten. Das gespenstische Flüstern vor dem Gebäude wurde lauter, er verstand einige Wortfetzen, die durch das geöffnete Fenster hereinwehten.

»Schwarz und weiß …« – »Inari muss ihn verjagen!« – »… Geister! Hast du gesehen, was für Haare sie hat?«

Zu seinem Schreck erhoben sich die Füchse jetzt und trotteten direkt auf ihn zu. Der linke – er schien der Wortführer zu sein – kam so dicht an ihn heran, dass sie Nase an Nase saßen, und schnupperte.

Doch seltsamerweise spürte Tobbs den Fuchsatem nicht und er roch auch nichts anderes als die regennasse Luft. Und als er in die weißen Augen blickte, sah er mitten durch sie hindurch! Schemenhaft schimmerte der Eingang der Hütte durch die milchige Fuchsgestalt.

»Wer … seid ihr?«, fragte er.

»Das ist nicht die richtige Frage«, echoten die mittleren Füchse. »Die richtige Frage würde lauten: Wer bin ich?«

Erneutes Kichern.

»Du bist in einem Tempel«, raunte Fuchs Nummer eins. »Und wir sind das Orakel. Also stelle die richtige Frage!«

Tobbs fröstelte und beobachtete nur, wie die vier sich anmutig wie Synchronschwimmer gleichzeitig hinlegten und die Pfoten übereinanderschlugen.

»Warum könnt ihr sprechen?«, fragte Tobbs. »Oder ist das alles nur ein Traum?«

»Die Schlange hat viele Zungen, doch nur ein Herz«, sagte Fuchs Nummer vier, als wäre damit alles erklärt.

Anguana regte sich wieder und murmelte im Schlaf einige verwaschene Worte, aber sie erwachte nicht. Die Füchse kümmerten sich nicht um sie, sondern glotzten Tobbs an wie eine Jury einen Kandidaten. Tobbs hatte plötzlich das dringende Bedürfnis, sich mit dem Fuß verlegen am Ohr zu kratzen. Doch dann dachte er nach: Füchse mochten ihn. Füchse halfen ihm, Füchsen hatte er bisher in jedem Land vertrauen können. Vielleicht sollte er auch diesmal ihrem Rat folgen?

»Also … gut«, sagte er nach einer Weile. »Dann stelle ich eben die Frage: Wer bin ich?«

Nummer zwei und drei kicherten.

»Wassertropfen in siedendem Öl«, sagte Nummer eins. »Schwertspitze mit schwarzem Unglücksblut. Sandergiftholz, noch zu grün.«

Aha.

»Hm, das ist keine besonders genaue Angabe«, meinte Tobbs. »Und was bedeutet das?«

Nummer vier grinste. »Geh zu einem Haus mit einem grünen Dach und goldenen Fenstern. Da wirst du es erfahren.«

»Ein Haus mit grünem Dach? Wo finde ich es?«

Eins bis vier sahen plötzlich sehr zufrieden aus.

»Ene mene muh, Augen zu!«, sagte Nummer eins.

Tobbs zwinkerte gegen seinen Willen, und als er die Augen das nächste Mal öffnete, fiel ein Sonnenstrahl ihm mitten ins Gesicht. Von den Füchsen keine Spur mehr. Und das Dach war verschwunden!

»Guten Morgen!«, krächzte eine heisere Stimme.

Es war nicht Anguana. Denn Anguana regte sich gerade erst und streckte sich. »Morg'n«, sagte sie verschlafen und setzte sich neben Tobbs auf. Dann blickte sie an ihm vorbei und ihre Augen wurden groß. Tobbs fuhr hoch.

Ein dürrer alter Mann saß vor der Kohlepfanne und stocherte in der Glut. Nun hob er den Kopf und grinste seine Gäste an. Seine dünnen, langen Arme und die großen Ohren, die von seinem fast kahlen Schädel abstanden, ließen ihn wie einen Affen aussehen. Doch noch viel seltsamer als die Anwesenheit des alten Mannes war, was mit dem Tempel passiert war.

Tobbs und Anguana saßen in einer Ruine, die nur noch das jämmerliche Skelett des Tempels war! So als hätten sie viele Jahre im Dornröschenschlaf verbracht. Anstelle der lackierten Holzrahmen der Wände staken nur noch verwitterte bleiche Pfähle im Boden. Regenverschmierte Fetzen Wandpapier flatterten im lauen Morgenwind. Auf einem davon glaubte Tobbs die Fuchszeichnung erkennen zu können. Allerdings hätte er schwören können, dass der Fuchs auf der Zeichnung gestern noch nicht gelächelt hatte. Der Steinaltar war verwittert und von einer dicken Schicht Herbstlaub und Erde bedeckt, als hätte der Wind viele Jahre lang seine Schätze in den Tempel getragen. Und die weißen Füchse aus Alabaster? Tobbs streckte sich, doch er konnte nur graue, verwitterte Statuen sehen. Was sie einst dargestellt hatten, war kaum mehr zu erkennen.

»Was ist hier passiert?«, flüsterte Anguana.

»Der Tempel ist alt«, meldete sich der Greis zu Wort. »Und die Zeit hat an ihm genagt wie ein hungriger Hund an einem alten Knochen. Ich dachte, ich wäre der Einzige, der diesen verlassenen Ort noch besucht. Seit über zehn Jahren ist hier kein Mensch mehr vorbeigekommen. Umso mehr freue ich mich, dass ich heute Gäste antreffe! Fleisch kann ich euch nicht anbieten …« Mit dem verrosteten Schüreisen, mit dem er die Kohlen zurechtrückte, tippte er auf die Reste der Schlangenhaut, die noch auf dem Boden lagen. Es zischte und stank, als das heiße Eisen einige Schuppen versengte. »Aber wenn ihr etwas Reis möchtet?«

Mit diesen Worten hob er den Deckel einer kleinen blauen Schale. Köstlicher Dampf stieg ihnen in die Nase und hätte Tobbs beinahe vergessen lassen, dass er sich eigentlich wundern sollte.

»Du sprichst unsere Sprache?«, fragte er.

Der Mann lachte so breit, dass er noch mehr an einen Affen erinnerte.

»Ich spreche sie doch gar nicht! Ihr seid es, die die Sprache von Doman sprecht. Auch wenn ihr offenbar nicht von hier seid. Seid ihr Touristen oder Pilger?«

»Pilger«, sagte Tobbs.

»Touristen«, antwortete Anguana gleichzeitig.

»Und wo kommt ihr her?«

»Olitai«, log Tobbs.

»Berg… äh …hausen«, sagte Anguana im selben Moment.

Der Mann lachte. »Pilgernde Touristen aus Nirgendwo und Überall also. Einen Rat gebe ich euch: Wenn ihr in Doman weiterkommen wollt, solltet ihr euch wenigstens auf eine gemeinsame Geschichte einigen. Aber jetzt esst erst einmal!« Er schaufelte etwas Reis in eine weitere Schüssel.

Anguana und Tobbs wechselten einen schnellen Blick. Tobbs

spürte fast schmerzhaft, wie sich seine Nackenhaare erneut sträubten. Dieser Ort war so durchdrungen von Magie, dass die Luft beinahe knisterte.

»Nun nehmt schon!«, forderte der Mann sie freundlich auf. »Es ist schon nicht vergiftet, ich esse auch mit, seht her!«

Anguana beobachtete aufmerksam, wie ein Klumpen Reis im zahnlosen Mund verschwand, dann nahm sie die Schüssel höflich entgegen.

»Danke«, sagte sie. »Und wer bist du?«

»Ich? Oh, ich bin Niemand. Einen anderen Namen werde ich euch nicht nennen, denn wir befinden uns hier im Niemandsland zwischen der Geister- und der Menschenwelt. Selbst ich wage mich nur selten in dieses Gebiet. Nur dann, wenn ich auf dem Weg in die Stadt eine Abkürzung nehmen will. Ich verkaufe dort auf dem Markt den besten Reis, seht ihr?«

Er deutete auf einen prall gefüllten Sack, der neben dem verwitterten Altar stand.

»Und ihr? Was führt euch hierher?«

»Verlaufen«, meinte Anguana. »Wir sind Reisende und suchen die nächste Stadt. Leider haben wir … ähm … unseren Kompass verloren.«

Ein verständnisvolles Nicken war die Antwort.

»Verlaufen. Das passiert schnell. Die Geisterpfade rufen nach Beinen, die den Weg nicht kennen. Seht zu, dass ihr bald wieder in die Menschenwelt kommt, und nehmt euch in Acht vor den Geistern des Waldes.«

Augen blinkten neben dem Türpfosten auf und Tobbs erkannte drei junge rote Füchse. Als der Mann die Hand ausstreckte, kamen sie näher, hechelten vor Aufregung und überschlugen sich fast vor Begeisterung, wagten sich jedoch nicht ganz zu seiner Hand heran.

»Traut nur den Füchsen«, sagte der Alte und lächelte sein gütiges Affenlächeln. »Die Füchse sind gut!«

Tobbs atmete erleichtert auf. Der Mann war ein Freund der Füchse! Dankbar machte er sich über den Reis her, der leicht salzig und angenehm klebrig war.

»Von welchen Geistern des Waldes sprichst du?«, wollte Anguana wissen.

»Oh, da gibt es viele. Den Flusskobold Kappa zum Beispiel! Er ist der Grund, warum niemand es wagt, weiter in den Wald zu gehen. Auch ich halte mich vom Bach fern. Der Kappa saugt die Menschen aus wie eine Spinne die Fliegen. Niemand, der ihn sieht, kommt lebendig aus dem Wald. Außerdem munkelt man von den roten Geisterpferden, die Menschenfleisch fressen. Von den anderen Yôkai ganz zu schweigen!«

Tobbs hörte auf zu kauen. Yôkai? So hatte der Hirte mit dem Schlangenstab sie genannt. Er hatte Anguana und ihn also für böse Geister gehalten. Nun, einem Flussmonster entronnen, Geisterpferde überlebt und als Yôkai gefürchtet zu werden – das war kein schlechter Start in einem gefährlichen Land.

»Und Geisterfüchse?«, fragte er. »Die gibt es doch sicher auch?«

Der Mann lachte. »Inaris Füchse!« Er deutete auf die verwaschene Zeichnung. »Schneeweiß und geschwätzig. Oh ja, sicher. Habt ihr nicht von ihnen geträumt?«

Tobbs schluckte und überlegte, ob er dem Fremden von seinem seltsamen Traum erzählen sollte, als Anguana ihm zuvorkam.

»Sie haben zu mir gesprochen«, sagte sie leise. »Heute Nacht, in meinem Traum.«

Seltsamerweise wurde sie bei diesen Worten rot und senkte verlegen den Blick.

»Das überrascht mich nicht. Dies ist das Orakel der Göttin Inari«, sagte Niemand. »Früher strömten die Menschen aus allen

Teilen Domans hierher in ihren Tempel. Merkt euch die Worte der Geisterfüchse gut! Sie weisen euch den Weg.«

Tobbs stellte die leere Reisschale auf dem Boden ab und warf einen Blick auf die Fuchszeichnung.

Ein Haus mit grünem Dach und goldenen Fenstern.

Dorthin hatten die Füchse ihn geschickt. Angestrengt dachte er nach. Es musste ein Rätsel sein. Also gut, er hatte schon viele Rätsel gelöst. Goldene Fenster hatten nur reiche Leute. Und reiche Leute lebten gewöhnlich dort, wo sie mit ihrem Reichtum Eindruck schinden konnten – in einer Stadt, wo auch andere Reiche ihre Paläste hatten. Es war eindeutig: Inaris Füchse hatten ihm gesagt, dass er die Antwort auf die Frage, wer er war, irgendwo in der Stadt finden würde.

»Wir wollen den Wald verlassen«, sagte er. »Kannst du uns sagen, wie wir zur nächsten Stadt kommen? Oder nimmst du uns mit? Du bist doch ohnehin auf dem Weg zum Markt?«

Der alte Mann musterte sie zweifelnd. »So, wie ihr jetzt ausseht, kommt ihr nicht einmal durch das nächste Dorf. Du, mein Junge, gehst mit deinen schwarzen Haaren und den schrägen dunklen Augen zwar als Domaner durch, aber ein Mädchen mit blauen Augen, grünen Haaren und einem Ziegenhuf? Außerdem ist es in Doman für Frauen absolut inakzeptabel, das Haar offen zu tragen.« Er beugte sich zu Anguana vor und fuhr flüsternd fort: »Nur die Yôkai tragen wirres, loses Haar. Und die Menschen glauben, dass Frauenhaar, das nicht gebändigt ist, sich in Schlangen verwandeln kann. Schlangen stehen für Eifersucht und Gefahr. Möchtest du, dass die Menschen in diesem Land dich fürchten?«

Ja, dachte Tobbs. Fürchten ist gut!

»Natürlich nicht!«, rief Anguana. »Ich werde mir ein Kopftuch umbinden. Und mein Rock ist lang genug, um den Ziegenhuf zu verbergen.«

»Ein Kopftuch allein genügt nicht«, sagte Niemand streng. »Du brauchst einen Haarknebel, wie er bei uns üblich ist. Einen Kôgai. Lass sehen, vielleicht hat jemand hier vor langer Zeit eine Opfergabe hinterlassen!«

Erstaunlich flink sprang er auf die dürren Beine und war schon beim Altar.

Seine Finger scharrten zielsicher im halb verrotteten Laub um die Opferstelle herum und förderten kurz darauf einen schmutzverkrusteten Gegenstand zutage. Er sah aus wie ein bleicher Rippenknochen, doch nachdem der Mann den Gegenstand gereinigt hatte, entpuppte er sich als kunstvoll geschnitzter Haarschmuck aus Elfenbein.

»Damit müsste es gehen! Fasse dein Haar zu einem Knoten zusammen und steche den Kôgai waagrecht hindurch. Und darüber breitest du ein Kopftuch, wie es die Bäuerinnen tragen.«

Tobbs beobachtete, wie Anguana ihr wallendes Nixenhaar bändigte und zusammensteckte.

»Wunderbar!«, rief Niemand und lächelte anerkennend. »Schon mit offenem Haar bist du eine Schönheit, aber mit dem Kôgai leuchtest du wie ein Sonnenfalter!«

Tobbs staunte darüber, dass Anguana das Lächeln erwiderte, als hätte ein schöner junger Mann ihr dieses Kompliment gemacht. Plötzlich sah sie sehr erwachsen aus. Tobbs war sich nicht sicher, ob ihm das gefiel oder nicht.

»So könnt ihr euch unter die Menschen wagen«, sagte Niemand und stand auf.

»In welche Stadt gehst du?«, fragte Anguana.

»In eine andere als ihr.« Niemand lächelte geheimnisvoll. »Ihr beiden geht nach Norden – nach Katuro, in die Stadt der Leuchtkäfer!«

Tobbs kniff die Augen zusammen. Er mochte den alten Mann,

aber es passte ihm nicht, dass er einfach so bestimmte, welchen Weg sie nehmen sollten.

»Warum sollten wir ausgerechnet nach Katuro gehen? Du weißt doch gar nicht, was wir in Doman suchen – oder wen.«

»Und ihr werdet es mir sicher auch nicht verraten«, erwiderte Niemand prompt. Tobbs fühlte sich ertappt. »Sicher, ihr könntet auch nach Süden gehen, in die Stadt der Steinfelder, oder nach Osten, wo es nur Baumdörfer gibt, aber davon würde ich euch abraten: Für Ausländer ist Katuro nun mal der sicherste Ort in Doman. Der Fürst der Stadt ist ein Schöngeist, interessiert sich mehr für Dichtung als für das Militär und lässt viele Feste feiern. Die meisten Ausländer leben in den Vergnügungsvierteln seiner Stadt. Dort bekommt ihr auch noch mitten in der Nacht ein Quartier. Und was noch wichtiger ist: Dort seid ihr auch sicher vor den Himmelhunden der Nacht. Denn die Stadt ist der Göttin Amaterasu geweiht und schläft nie.«

»Was für eine Göttin ist das?«, wollte Anguana wissen.

»Das weißt du nicht? Amaterasu ist die Sonne selbst! Ohne sie gäbe es kein Licht in Doman.«

»Und die Himmelhunde?«, fragte Tobbs.

Niemand hob die Schultern. »Lange Nasen und nichts Gutes im Sinn. Glücklicherweise fürchten sie das Licht, also seht auf jeden Fall zu, dass ihr vor Sonnenuntergang die Stadt erreicht!«

Ein warnendes Jaulen ertönte von außen. Gleich darauf fegte ein Fuchs aus dem Wald und blieb hechelnd vor dem zerfallenen Eingang stehen.

Die Art, wie er zum Wald zurückblickte und dann besorgt Tobbs und Anguana musterte, jagte Tobbs einen Schreckschauder über den Rücken. Das Flussmonster fiel ihm wieder ein.

»Die Füchse haben Recht«, murmelte Niemand. »Es ist höchste Zeit für euch, den Wald zu verlassen. Man hat eure Anwesenheit bemerkt. Aber ihr habt genug Vorsprung. Kommt, ich zeige euch noch den Weg.«

Tobbs und Anguana sprangen auf und rafften hektisch ihre Sachen zusammen. Sobald sie die Schwelle übertreten hatten, waren sie umhüllt von den Geräuschen des Waldes: Knacken, Rascheln, Zirpen – und entferntes Donnern von Hufen.

»Geht nun!«, flüsterte der Alte.

Offenbar spielte der Wald mit Tönen und Lauten, denn die Stimme des alten Reishändlers bekam einen seltsamen Doppelklang, fast so, als würde ein helleres Echo die krächzende Stimme überlagern, und für einen Augenblick war sich Tobbs nicht mehr sicher, ob er einem alten Mann oder einer jungen Frau zuhörte.

»Haltet euch immer in Richtung Norden«, sagte die gespenstische Doppelstimme. »Wenn ihr nicht weiterwisst, fragt die Füchse. Aber wohin ihr auch kommt, hütet euch vor den Tanukis.«

Bevor Tobbs weiterfragen konnte, verpasste ihm der Alte einen erstaunlich kräftigen Schubs. Anguana packte seine Hand und bewahrte ihn mit einem entschiedenen Ruck davor, im Schlamm der Länge nach hinzuschlagen. Im nächsten Augenblick stolperten sie auf den matschigen Weg entlang. Füchse huschten an ihnen vorbei und forderten sie mit bellenden Rufen auf, ihnen zu folgen. Der Hufschlag wurde lauter.

»Tun wir, was sie gesagt hat!«, flüsterte Anguana und rannte los. Tobbs zögerte nur kurz, dann folgte er dem Ziegenmädchen. Wieso »sie«?, schoss es ihm durch den Kopf. Im Laufen blickte er über die Schulter zurück. Die Tempelruine lag einsam und verlassen da, von dem alten Mann zeugten nicht einmal mehr Spuren im Schlamm. Nur ihre eigenen Spuren waren auf dem Weg zu sehen: drei menschliche Fußabdrücke und ein Ziegenhuf.

Himmelhunde

Am Anfang waren sie noch gerannt, voller Angst, dass die roten Pferde sie bereits gewittert hatten. Sie stolperten über Wurzeln und rutschten auf dem schmierigen Untergrund aus. Doch je weiter sie nach Norden kamen, desto wirklicher wurden Wege und Wälder. Das magische Flirren verschwand, die Kuckucksrufe klangen nicht länger wie die klagenden Rufe verirrter Seelen und die Steine am Weg wurden spitz und grob und schienen mit hämischem Grinsen zu sagen: »Willkommen in der Wirklichkeit!«

Anfangs hatte eine ganze Gruppe von Füchsen ihnen den Weg gewiesen, doch nach und nach blieben immer mehr von ihnen zurück, bis sie nur noch einem einzigen Tier folgten. Und schließlich, auf einer Straße, auf der breite Wagenräder tiefe Abdrücke hinterlassen hatten, verschwand auch dieses, als hätte es beschlossen, dass sein Auftrag nun erfüllt sei.

»Na endlich!« Anguana atmete erleichtert auf. »Da drüben ist ein befestigter Weg. Er führt bestimmt direkt in die Leuchtkäferstadt.«

»Wollen wir da wirklich hin?«, meinte Tobbs mürrisch. »Es passt mir nicht, dass Niemand uns einfach in der Domaner Weltgeschichte herumschickt.«

»Oh, du möchtest also lieber in der Dunkelheit herumstolpern und dich mit den Himmelhunden anlegen?«, fragte Anguana spöttisch. »Na ja, mit Dämonen kennst du dich ja bestens aus.«

»Und was, wenn Niemand uns Märchen erzählt hat?«, beharrte Tobbs.

»So wie das Märchen vom Flussmonster und von den roten Pferden?« Anguana schüttelte den Kopf. »Sei nicht so misstrauisch, Tobbs. Wir können ihr vertrauen!«

»Ihr? Du meinst wohl ihm.«

Das Mädchen blickte ihn verwundert an. »Von wem sprichst du?«

»Na, von dem alten Reishändler! Niemand! Von wem denn sonst?«

Anguana runzelte verwundert die Stirn. »Wenn das ein alter Reishändler war, bin ich eine Wurzelhexe! Niemand war eine wunderschöne junge Frau! Sie trug ein gelbes Seidenkleid mit weiten Ärmeln.«

Tobbs blieb stehen.

»Ich wusste doch, dass mit dem Mann was nicht stimmt! Er sprach so seltsam – und dann verschwand er so plötzlich. Er ist ganz bestimmt selbst ein Geist!«

»Und wenn schon«, erwiderte Anguana ungeduldig. »Wir können Niemand vertrauen! Die weißen Füchse in meinem Traum haben gesagt ...«

Sie verstummte abrupt und errötete, als hätte sie sich soeben verplappert.

»Was denn?«

Anguana schlug die Augen nieder und zupfte sich einen nicht existierenden Fussel vom Kleid.

»Ach nichts«, murmelte sie und wurde noch eine Spur röter. »Nichts Wichtiges jedenfalls. Aber die Frau im Tempel wollte uns nur helfen, da bin ich mir ganz sicher.«

»Tolle Hilfe, uns nur die Hälfte zu sagen!«, maulte Tobbs. »Wer sind die Tanukis? Wie sollen wir uns vor ihnen in Acht nehmen, wenn wir nur ihren Namen kennen?«

Anguana schwieg eine ganze Weile. Erst als sie schon ein ganzes Stück Weg hinter sich gebracht hatten, fragte sie leise: »Was haben die weißen Füchse denn zu dir gesagt?« Gespannt sah sie ihn von der Seite an.

»Sie sagten, ich solle zu einem Haus mit grünem Dach und goldenen Fenstern gehen. Da würde ich erfahren, wer ich bin.«

Anguana leckte sich über die Lippen. »Und haben sie ... vielleicht ... auch von mir gesprochen?«

»Von dir? Nein.«

»Oh, ach so«, sagte Anguana. Seltsamerweise klang sie ein wenig enttäuscht. »Na ja, jedenfalls sind wir jetzt auf dem richtigen Weg. Irgendwo in Katuro wird es ganz bestimmt ein Haus mit einem grünen Dach geben. Komm jetzt! Die Sonne steht schon tief!«

Anguana beschleunigte ihren Schritt so sehr, dass Tobbs beinahe rennen musste, um mit ihr mitzuhalten. Verstohlen betrachtete er sie von der Seite. Was hatte sie denn plötzlich? Ihre Lippen waren zusammengekniffen und sie wandte den Blick nicht mehr von der Straße ab. Zu gerne hätte er gewusst, was das Fuchsorakel zu ihr gesagt hatte, aber eine seltsame Scheu hielt ihn davon ab, Anguana damit zu bedrängen.

Längst hatten sie den Wald verlassen und wanderten durch eine hügelige Sumpflandschaft. Auf einigen verstreuten Erdinseln wuchsen krumme Krüppelkiefern. Der Herbstwind rauschte durchs Schilf und kräuselte das schwarze Tümpelwasser. Über das morastige Land führte leicht erhöht die Straße, mal mit Holzplanken belegt, mal aufgeschüttet mit Steinen und Kies.

Viel zu rasch senkte sich die Dämmerung über Doman. Als hätten sie sich abgesprochen, begannen Tobbs und Anguana, noch schneller zu laufen. Tobbs taten längst die Füße weh, und er widerstand nur mit Mühe dem Drang, ständig nach den Himmelhunden Ausschau zu halten.

Endlich, als sie mühsam eine Kuppe hochgeschnauft waren, sahen sie im Tal eine flackernde und flirrende Halbkugel aus Licht. Dahinter erhob sich ein mit Wald bedeckter Berg. Als der Wind drehte, wehte ihnen die Ahnung von Musikfetzen um die Ohren.

»Da ist die Stadt!«, rief Anguana begeistert aus.

Im nächsten Moment vernahmen sie hinter sich ein dumpfes Rumpeln. Tobbs zuckte zusammen und drehte sich um. Auch Anguana blieb wie angewurzelt stehen.

Ein seltsames Gefährt holperte hinter ihnen die steinige Straße herauf. Auf den ersten Blick sah es aus wie ein voll beladener Ochsenwagen. Doch als das Ding näher kam, erkannte Tobbs, dass es sich eher um eine Art Kutsche handelte. Und gezogen wurde sie nicht von Ochsen, sondern von zwei schweren Pferden, die einen martialischen Kopfschmuck aus geschmückten Hörnern trugen. Klingende Glasperlenketten waren daran befestigt, Fransen und Silberplättchen funkelten im Dämmerlicht. Die Hufe der Pferde waren kunstvoll bemalt: Drachenaugen und Feuerzungen blitzten bei jedem Schritt auf.

Im Gegensatz zu dieser Pracht sah der Wagen aus, als brauchte der Zimmermann, der ihn angefertigt hatte, dringend eine starke Brille: Selbst wenn man über die eiförmigen Räder großzügig hinwegsah – hier stimmte kein einziger Winkel. Die Nägel standen zum Teil krumm aus dem Holz hervor und das Dach war nicht mehr als eine rohe Holzplatte, die jemand einfach auf den Wagen geworfen zu haben schien, in der vagen Hoffnung, sie würde die Insassen schon nicht erschlagen.

Anguana und Tobbs traten zur Seite, als der Wagen ihnen klappernd und knarrend entgegenrumpelte. Die Pferde schnaubten und verdrehten beim Anblick der beiden Wanderer angriffslustig die Augen.

Tobbs begann auf der Stelle zu schwitzen. Er hasste Ponys! Er hasste Pferde! Und Pferde mit Hörnern gehörten eindeutig zur Kategorie »Tiere, die die Welt nicht braucht«. Hilfe suchend hielt er nach einem Kutscher Ausschau, aber die Gäule waren offenbar auf Autopilot gestellt.

Ächzend erreichte der merkwürdige Wagen die Kuppe und rumpelte an ihnen vorbei. Tobbs spähte in die Kutsche und erhaschte einen Blick auf eine fein gekleidete Dame, die sich eben nach vorne beugte, um aus dem Wagen zu schauen. Als sie Anguana entdeckte, hob sie die Hand. Die Pferde schnaubten, schlitterten, warfen die Köpfe zurück und kamen so abrupt zum Stehen, als hätten unsichtbare Zügel sie mit aller Kraft gestoppt.

Anguana und Tobbs wichen zurück, als die knarzende Kutschentür aufschwang. Tobbs schielte zur Seite nach einem Fluchtweg, aber das nächste Waldstück war ziemlich weit entfernt. Die Dame trug ein Gewand aus blassblauer Seide, das im Halbdunkel der Kutsche wie der Mond leuchtete.

Ihr Gesicht war kalkweiß geschminkt und wirkte freundlich, nur ihre Augen hatten etwas Reptilienartiges. Das lag wohl an den fehlenden Augenlidern. Ihr blauschwarzes Haar war zu einer kunstvollen Frisur hochgesteckt. Tobbs gönnte die Frau keinen Blick, aber Anguana schenkte sie ein umso herzlicheres Lächeln.

»Es ist gefährlich, in dieser Gegend noch so spät unterwegs zu sein«, sagte sie mit einer Stimme, die wie ein sanftes, melodisches Zischen klang. »Die Stunde der Tanukis bricht bald an und auch die Himmelhunde machen sich bereit zur Jagd. Du willst nach Katuro?«

Das bestätigte Tobbs' Vermutung, dass die Frau ausschließlich zu Anguana sprach.

Anguana nickte und versuchte sich an einem Lächeln.

»Danke für die Warnung, edle Dame«, sagte sie höflich und deutete einen Knicks an. »Wir werden uns beeilen.«

Die Dame lachte und enthüllte dabei eine Reihe schwarz eingefärbter Zähne. Dieser Anblick war alles andere als beruhigend. Tobbs war plötzlich mulmig zumute. Stammte er wirklich von hier? Sah seine Mutter vielleicht so aus wie diese Frau? Die Vorstellung gefiel ihm überhaupt nicht.

»Ach, meine Schöne, und wenn du den ganzen Weg rennen würdest, du kämst doch nicht vor Anbruch der Dunkelheit dort an«, meinte die Dame amüsiert. »Die Wege in Doman täuschen fremde Wanderer nur zu gerne. Deine Augen haben die Farbe von hellem Wasser – sehr, sehr selten in Doman. Bist du eine Nixe?«

Tobbs spürte, wie Anguana zusammenzuckte.

»Nicht … direkt«, sagte sie zögernd. »Nur um ein paar Ecken mit ihnen verwandt.«

»Steig ein!«, rief die Dame. »Freunde des Wassers sind auch meine Freunde. Ich nehme dich mit bis nach Katuro. Zufällig bin ich nämlich auch auf dem Weg dorthin.«

Anguana und Tobbs wechselten einen zweifelnden Blick. Trägt dieser Wagen drei Leute? Tobbs stellte sich vor, wie sie mitten im schnellsten Galopp in einem Haufen von Holztrümmern begraben wurden. Andererseits war es tatsächlich erstaunlich schnell dunkel geworden. Irgendwo in der Ferne heulte ein Tier. Zumindest hoffte Tobbs, dass es nur ein Tier war.

Sollen wir?, bedeutete Anguana ihm mit einer Geste.

Tobbs tastete nach seiner Axt und nickte kurz entschlossen.

»Also gut«, sagte Anguana laut. »Die Einladung nehme ich gerne an – aber nur, wenn mein Begleiter auch einsteigen darf.«

Zum ersten Mal fiel der Reptilienblick auf Tobbs. Wenn Blicke sprechen konnten, dann sagte dieser ihm ganz eindeutig, dass er ein hässliches Häufchen Lehm war, nicht wert, einen Schuhabdruck darin zu hinterlassen.

»Wenn du unbedingt willst …«, sagte die Dame so angewidert, als hätte Anguana sie gerade darum gebeten, einen Topf voll Schneckenschleim auf dem Sitz auskippen zu dürfen.

Es kostete Tobbs mehr Mut, in das fahrende Wrack zu steigen, als durch den magischen Wald zu gehen. Auf einen herrischen Wink der Dame setzten sich die Pferde in Bewegung. Mit einem knarzenden Ruck fuhr der Karren an. Nägel begannen im schlingernden Holz zu quietschen und zu wimmern. Über ihren Köpfen ächzte das Dach. Tobbs zog unwillkürlich den Kopf ein.

Auf dem abschüssigen Weg ins Tal gewann die Kutsche schnell an Fahrt. Die Landschaft zog am Fenster vorbei, erst im Trab, dann immer schneller. Hufe trappelten ein beeindruckendes Schlagzeugsolo auf den Holzweg. Tobbs und Anguana wurden hin und her geworfen. Tobbs klammerte sich an den Knauf der Kutschentür – und hielt ihn gleich darauf in der Hand. Die Dame strafte ihn mit einem Blick abgrundtiefer Verachtung. Ihr Gewand wallte wie Wasser, und Tobbs bildete sich ein, in der Kutsche das Rauschen von Wellen zu hören.

»Was meintest du mit der ›Stunde der Tanukis‹?«, rief Anguana gegen den Kutschlärm an.

»Das weißt du nicht?«, sagte die Dame und verbarg ihr Lachen hinter einer weißen Hand. »Die Tanukis sind die Herrscher der Geisterwälder! Ihnen gehört die Nacht. Natürlich sind sie für Menschen auch bei Tag gefährlich, aber bei Sonnenlicht lassen ihre Kräfte und ihre Magie deutlich nach. In der Stunde des Zwielichts können sie sich verwandeln und ihre Gestalt frei wählen: Mensch oder Tier. Bis zur nächsten Dämmerung müssen sie in der gewählten Gestalt verharren. Doch in der Dunkelheit sind sie, egal in welcher Gestalt, mächtiger als jeder Menschenkrieger.«

»Und wie sehen sie als Tiere aus?«

»Ihr werdet sie erkennen, wenn ihr sie in ihrer Tiergestalt seht«, antwortete die Dame geheimnisvoll.

»Und in der Menschengestalt sind sie rote Krieger?«, meldete sich Tobbs zu Wort. »Mit Silberwaffen und Helmen mit schmalen Sehschlitzen?«

Zum ersten Mal gönnte die Dame ihm einen gnädigeren Blick.

»Ihr wisst also doch etwas über sie. Ja, es sind die gefährlichsten Krieger, die man sich vorstellen kann. Doch das ist kein Grund zur Sorge: Der Kaiser von Doman hat ein Abkommen mit ihnen geschlossen. Die Menschenstädte verschonen sie – auch bei Nacht.«

Tobbs wollte noch weiterfragen, aber ein schrilles Wiehern fuhr ihm durch Mark und Bein. Der Wagen hopste mörderisch hart über einige krumme Wegplanken und beschleunigte schaukelnd die Fahrt. Langsam, aber sicher wurde Tobbs seekrank, und auch Anguanas Gesicht zeigte eine grünliche Blässe.

»Und die Himmelhunde?«, fragte sie tapfer. »Was für Geschöpfe sind das? Ebenfalls Raubtiere?«

»Oh nein«, sagte die Dame. »Die Himmelhunde sehen so aus.« Sie deutete auf das Fenster.

Tobbs blickte nach links und prallte mit einem Schrei zurück. Auf diese Weise riss ihm die rote Klaue, die sich durch das Fenster in den Innenraum streckte, nur ein kleines Büschel Haare aus. Ein rotes Gesicht grinste ihn mit gefletschten Zähnen an. Es gehörte einem bemerkenswert hässlichen Geschöpf mit einer wulstigen Nase, die so lang war, dass sie weit über die Lippen herausragte. Augen wie glühende Feuerkreise starrten in die Kutsche, und die riesigen Rabenflügel am buckligen Rücken hielten das Wesen in der Luft.

Im nächsten Moment gab die Kutsche Schub und das Wesen blieb zurück. Für ein oder zwei Sekunden. Dann schlugen Krallen in das Wagendach, Füße schleiften auf dem Holz, Nägel kreischten, während sie sich verbogen.

Die Dame lachte, steckte zwei Finger in den Mund und stieß einen schrillen Pfiff aus.

»Festhalten!«, rief sie.

Und dann gab der Karren richtig Gas.

Tobbs bekam kaum mit, wie das Dach wegflog, wie die Seitenwände brachen, wie ihm verblüffte Holzwürmer und Sägespäne um die Ohren flogen. Er wusste nur, dass er plötzlich auf dem Boden der Kutsche kniete – Anguana und er klammerten sich aneinander und duckten sich vor den geflügelten Ungeheuern, während die Kutsche um sie herum Stück für Stück zerfiel wie ein Kartenhaus, dessen einzelne Teile davonflatterten.

Die Dame hatte sich erhoben. Die langen Ärmel ihres blauen Kleides knatterten im Wind wie Banner. Im Gegensatz zu Tobbs hatte sie keinerlei Probleme, auf dem Höllengefährt die Balance zu halten. Aufrecht und völlig ruhig stand sie da und trotzte dem Wind.

Den Himmelhunden machte es offenbar einen Heidenspaß, das Gefährt auseinanderzunehmen. Sie tobten durch die Lüfte, spielten Fußball mit einzelnen Brettern, sprangen auf sie und surften darauf durch die Luft. Nun sah Tobbs auch, dass sie Gewänder trugen, die am ehesten zu Mönchen gepasst hätten.

Ein Schlag warf Tobbs und Anguana hoch, seine Knie fühlten sich an, als hätte jemand dagegengetreten. Schmerzblitze tanzten vor seinen Augen.

Dann brach der Boden weg.

Sie schrien auf und retteten sich im letzten Augenblick auf den Sitz. Unter ihnen sauste der Kutschenboden ins Nirgendwo. Anguanas Haar hatte sich gelöst und flatterte im Wind. Bei diesem Anblick stießen die Himmelhunde ein begeistertes Geheul aus und wurden noch wilder.

Tobbs tastete nach seiner Axt, doch bei dem Gerumpel wurde jeder Versuch, sich nur mit einer Hand festzuhalten, mit einem Schleudertrauma geahndet. Zwischen wehenden grünblonden Strähnen konnte Tobbs Anguanas kämpferisch funkelnde Augen erkennen.

»Zu … den … Pferden!«, befahl sie.

Dazu hätte Tobbs einiges zu sagen gehabt, aber in diesem Augenblick tauchte ein rotes Gesicht unter dem Wagen auf und grinste durch das Trümmerloch im Kutschenboden. Die Dame holte mit ihrem langen Ärmel aus und schwang ihn wie einen Schleuderriemen. Im nächsten Augenblick wurde das Wesen von einer schneidend scharfen Welle davongespült, die auch Tobbs um ein Haar vom Wagen geschwemmt hätte. Von einer Sekunde auf die andere war er völlig durchnässt. Nur Anguanas eisenharter Griff bewahrte ihn vor dem Absturz.

»Mir nach!«, schrie sie. »Gleich bricht der Sitz!«

Das musste sie Tobbs nicht zweimal sagen. Er spürte bereits, wie das Holz knirschte und nachgab. Er sprang in sein zweites Ich, ohne nachzudenken. Ein Knurren entrang sich seiner Kehle, unmenschlich flink stieß er sich von dem brechenden Holz ab und hechtete Anguana nach. Ein, zwei wackelige Schritte balancierte Tobbs auf dem schmalen Kutschsteg entlang, der zu den Pferden führte, dann machte er einen gewaltigen Satz und flog dem Ziegenmädchen hinterher.

Im selben Augenblick, in dem er hinter ihr auf dem Pferderücken landete, donnerten sie mit den letzten schäbigen Resten der Kutsche über ein Schlagloch. Mit einem wehleidigen Krachen brach die Achse. Was einmal eine Kutsche gewesen war, verwandelte sich endgültig in einen armseligen Haufen Sperrmüll, der sich gleichmäßig auf der Straße verteilte. Nun rasten nur noch die Pferde Kopf an Kopf dahin.

»Gleich haben wir es geschafft!«, rief die Dame und lachte. Ihr Gewand wallte über den Pferderücken. Voller Erstaunen sah Tobbs, dass auch sie auf eines der Kutschtiere gesprungen war. Und Anguana – seine sanfte, zurückhaltende, vernünftige Anguana – stieß einen markerschütternden Triumphschrei aus und gab dem Pferd, auf dem sie beide saßen, die Sporen. Tobbs hielt ihre Taille umklammert und spürte, wie das Mädchen lachte!

Zähne schnappten in der Luft nach ihnen, die Klauen der Himmelhunde streckten sich nach ihnen aus, ohne sie zu fassen zu bekommen.

Und auf einmal flutete ihnen gleißendes Licht entgegen. Als Tobbs die Augen wieder öffnete, sah er Hunderte von kleinen Glaslampen vorbeihuschen. Enttäuscht heulten die Himmelhunde auf und blieben hinter ihnen zurück.

Dann verlor er das Gleichgewicht und fiel. Reflexartig drehte er sich in der Luft und kam mit einem ganz und gar nicht menschlich klingenden Jaulen auf dem Boden auf. Mehrmals überschlug er sich, rollte und schlitterte, bis ihn endlich ein Schlammwall bremste. Tobbs prallte mit voller Wucht gegen das Hindernis. Ein einzelnes Rad schlingerte an ihm vorbei wie ein erschöpfter Olympialäufer, der mit letzter Kraft über die Ziellinie torkelt.

Tobbs lag einfach nur da und zählte seine Knochen. Die Nummerierung schien nicht mehr zu stimmen, ansonsten aber waren sie wohl vollzählig. Zum Glück war der Untergrund weich gewesen. Und das Allerwichtigste: Seine Axt und sein Fuchsfell waren noch da!

Vorsichtig hob er den Kopf.

»Anguana?«, flüsterte er und blinzelte in das Licht.

Der Anblick, der sich ihm bot, verschlug ihm den Atem. Wohin er auch sah, standen und hingen Laternen und Lampions! Doch anstelle von Flammen flatterten darin leuchtende Insekten – Motten verströmten blassblaues Licht, prächtige Schmetterlinge glommen rosa und gelb. Glänzende Käfer strahlten so hell, dass sie Tobbs blendeten. Aus einer Laterne, die unter den Pferdehufen zerbrochen war, erhoben sich gerade sieben Monsterglühwürmchen von Meerschweinchengröße und flüchteten in den Nachthimmel.

Nicht weit von den Trümmern der Laterne entfernt standen die beiden Pferde. Sie schnaubten wie nach einem Wettkampf, schüttelten die Köpfe, stiegen auf die Hinterbeine – und begannen sich zu verformen! Tobbs traute seinen Augen nicht: Die Hinterbeine wurden dicker, die Vorderbeine kürzer, die Nasen schrumpften, der Brustkorb wurde flacher und breiter. Und schließlich standen zwei martialisch aussehende Männer vor ihm – der gehörnte Kopfschmuck war zum Helm geworden, Kummet und Riemen zu einem schwarzen Lederpanzer, auf dem die farbigen Zeichnungen von Drachenköpfen prangten.

»Tobbs, alles in Ordnung?« Anguana stürzte auf ihn zu. Ein erleichtertes Lächeln huschte über ihr Gesicht, als er nickte. Ihre Augen funkelten unternehmungslustig.

»Wir sind direkt vor dem Stadttor!«, flüsterte sie ihm zu und zwinkerte. Und dann ließ sie ihn einfach liegen!

Tobbs war viel zu verdattert, um ihr hinterherzurufen. Er beobachte nur, wie sie zu der Dame trat und sich anmutig vor ihr verbeugte.

Das Gewand der Dame hatte nicht einmal einen Schlammspritzer abbekommen, kein Härchen war bei dem wilden Ritt aus der Frisur gerutscht. Anguana sah deutlich zerzauster aus, aber ihr Gesicht strahlte, als wäre sie ein Kind auf einem Rummelplatz, das soeben aus der Achterbahn kam.

»Das hat Spaß gemacht!«, rief sie und schüttelte sich die Haare aus dem Gesicht. »Danke, dass du uns mitgenommen hast!«

Die Dame lachte, dass ihre schwarzen Zähne glänzten wie dunkle Perlen.

»Du reitest besser als eine Akrobatin«, sagte sie anerkennend.

Anguana wurde rot vor Stolz über das Kompliment. »Och, eigentlich nicht«, widersprach sie bescheiden. »Im Grunde kann ich viel besser schwimmen als reiten.«

»So? Nun, umso besser. Wenn du Interesse daran hast, mich einmal zu besuchen ...«

Jetzt strahlte Anguana wie ein Kind, das nach der Achterbahnfahrt auch noch Zuckerwatte und eine Runde in der Geisterbahn spendiert bekommt.

»Und wenn du jemals Hilfe oder Unterstützung brauchst, dann wende dich bitte vertrauensvoll an mich«, fuhr die Dame fort. »Wir Freunde des Wassers halten schließlich zusammen.«

Ärger wallte in Tobbs auf. Diese Vertrautheit zwischen den beiden passte ihm überhaupt nicht. Schließlich waren sie nicht zum Vergnügen hier, sondern um seine Eltern zu finden!

»Wir müssen gehen!«, rief er Anguana zu und rappelte sich auf.

Die Fremde griff in eine Falte ihres Gewands und zückte ein goldenes Kärtchen. Ein sehr seltsames Kärtchen, denn es klappte ganz von selbst zusammen und begann dann zu flattern, als wollte es sich aus ihren langen Fingern befreien. »Halte das Falterblatt stets gut fest«, raunte die Frau Anguana zu. »Wenn du zu mir willst, lass es einfach fliegen und folge ihm.«

Anguana nahm das flatternde Ding so ehrfurchtsvoll an sich, als würde sie eine Ehrenurkunde erhalten. Die Dame wandte sich um und ging, gefolgt von den beiden Leibwächtern, auf das Stadttor zu. Im zitternden Licht von Tausenden von Laternen glänzte das elegant geschwungene goldene Satteldach.

»Ach ... und noch etwas!«, sagte die Dame und wirbelte herum. »Das hast du während der Fahrt verloren!« Bei diesen Worten schleuderte sie etwas Spitzes in Anguanas Richtung. Tobbs zuckte vor Schreck zusammen. Doch es war gar kein Messer, sondern nur Anguanas Haarknebel, den das Mädchen geschickt auffing.

»Gute Reflexe!«, bemerkte die Dame zufrieden und verschwand samt ihren Wächtern durch das Tor.

Tobbs stürzte zu Anguana. Das Mädchen starrte immer noch

auf seine Hände. In der rechten hielt es den Haarknebel, in der linken das flatternde Ding. Je heftiger es sich zu befreien versuchte, desto heller leuchtete sein Licht. Ein goldener Widerschein fiel auf Anguanas Gesicht.

»Sieh mal!«, flüsterte das Mädchen. »Ein Falter!«

Tobbs betrachtete das Ding argwöhnisch. Es war tatsächlich ein flacher, rechteckiger Schmetterling. Statt einer Tupfenzeichnung schmückten leicht verwischte schwarze Schriftzüge seine Flügel. Und so, wie Tobbs seit diesem Morgen mit einem Mal die Sprache Domans verstand, erschlossen sich ihm plötzlich auch die verschnörkelten Zeichen:

»Camera Cabuki«
Illusionsshow – Akrobatik – Aquariumtheater
Geschäftsführerin
Ger Ti Benten

»Das ist ihre Visitenkarte«, hauchte Anguana tief beeindruckt. »Und sie ist Geschäftsführerin eines Theaters!«

»Na wenn schon«, knurrte Tobbs. »Lass uns in die Stadt gehen und eine Unterkunft suchen.«

Nur widerwillig riss sich Anguana von den Schriftzeichen los. Sie holte aus einer Falte ihres Kleides einen kleinen Spinnenkokon hervor, faltete die Flügel sorgfältig so, dass sie das Insekt nicht verletzte, und schob es in den Kokon, als wäre dieser ein Schlafsack für Schmetterlinge.

Lichter der Grossstadt

Gegen die Lichter in der Stadt waren die Laternen vor dem Tor nur schwindsüchtige Funzeln. Alles glühte und blinkte! Ein Meer aus Leuchtballons tauchte die Straßen in taghelles Licht. Lampiongirlanden zogen sich unter den geschwungenen Häuserdächern entlang, die mit Holzfratzen und Fabeltieren verziert waren. Überall wimmelte es nur so von Menschen – Tobbs sah Herren mit lackierten Masken und Frauen, die ähnlich prächtige Gewänder trugen wie Ger Ti Benten. Aber er sah auch Handwerker in zerschlissenen Baumwollgewändern, Bettler und andere abgerissene Gestalten, die sich in den spärlichen Schatten der Stadt herumdrückten. Beunruhigt hielt er nach Raubtieraugen Ausschau, aber zum Glück schienen hier nur ganz gewöhnliche Menschen unterwegs zu sein. Menschen allerdings, die sich um jeden Preis amüsieren wollten.

»Ah, Gäste aus dem Ausland! Willkommen!«, rief ein Mann mit einer Kranichmaske ihnen zu. »Tretet näher und tanzt mit der achtarmigen Frau den Spinnentanz!«

Aufdringlich zupfte er an Tobbs' Ärmel und deutete auf ein riesiges Werbeschild, auf dem Hunderte von wimmelnden Leuchtmaden die blinkende Aufschrift »Katziguros Arachnorama« bildeten.

»Gegrillte Grillen, knusprige Kakerlaken!«, schrie ein Händler und streckte Anguana ein frittiertes Insekt am Spieß hin. »Spezialität des Landes. Woher kommst du, hübsches Mädchen?«

»Los, weiter«, zischte Tobbs Anguana zu und zog sie mit sich.

»Nette Perücke!«, rief der Grillenverkäufer ihnen hinterher.

Hastig schob Anguana die verrutschte Haarsträhne wieder unter ihr Kopftuch.

Sekunden später ließen sie sich inmitten einer Gruppe singender Leute durch die Straße treiben, die als Suppenschüsseln verkleidet waren und lautstark singend für »Alisakas Restaurant« warben.

»Wir sollten uns auch Masken und andere Kleider besorgen«, flüsterte Anguana Tobbs zu. »Sonst werden wir sofort als Fremde erkannt.«

»Papiere und Siegel!«, schnarrte eine Stimme neben ihnen. Tobbs machte vor Schreck einen Satz nach hinten. Vor ihnen stand ein Mann mit einem rasierten Viereck auf dem Schädel. Er trug eine grüne Uniform und einen breiten Seidengürtel. Seine Hamsterbacken wackelten, während er Anguana von Kopf bis Fuß musterte. »Na, wird's bald, Mädchen?«

Es dauerte einige Sekunden, bis Tobbs begriff, dass der Mann ihn nicht ansprach, weil er ihn für einen Städter hielt. Kein Wunder, schließlich sah Tobbs mit seinem glatten schwarzen Haar und den leicht schrägen Augen aus wie ein ganz normaler Domaner.

»Papiere?«, fragte Anguana verdutzt. »Was denn für Papiere?«

»Du bist Gast in Katuro, das sieht ein Blinder! Und jeder Ausländer muss sich ausweisen – mit gültigen Papieren und dem Siegel vom Stadtbüro!«

»Stadtbüro?« Jetzt war Anguana noch ratloser.

Tobbs wusste, was in ihr vorging: Der Kontrolleur hätte genauso gut eine Katze fragen können, wie die Quadratwurzel aus 487 lautete. Anguana hatte noch nie etwas von Ausweispapieren gehört. Sie kam aus den Bergen, ihre Welt waren Quellen und magische Bäche. Und sie hatte noch nie im Leben so viele Leute auf einem Haufen gesehen.

»Sie ist gerade erst angekommen und hat noch keine Papiere«, erwiderte Tobbs schnell. »Aber ich wollte sie eben zum Büro bringen.«

Der Beamte kniff misstrauisch die Augen zusammen. »Dann lauft ihr aber in die falsche Richtung, Junge. Man könnte meinen, ihr wolltet direkt ins Vergnügungsviertel.«

Er rückte unangenehm nah an Tobbs heran und schnupperte, als wollte er feststellen, ob Tobbs ein faules Ei sei. »Bah! Du stinkst nach Wald!«, rief er. »Bist du etwa ein Magischer?«

Die letzten Worte waren von einem Piksen seines Zeigefingers an Tobbs' Brustbein begleitet.

»He!«, sagte Tobbs warnend. »Finger weg! Ich bin kein ›Magischer‹!«

»Ach wirklich?« Piks. »Deine Fratze gefällt mir aber trotzdem nicht!« Piks, piks. »Vielleicht sollte ich dich in die Kammer der Ketten werfen lassen?« Piks. »Da lernst du vielleicht ein bisschen Höflichkeit!« Bohr.

»Wer ist hier unhöflich?«, erwiderte Tobbs empört. »Nimm gefälligst deine Pfoten von mir!«

»Da seid ihr ja!« Eine kräftige Hand packte ihn von hinten und zog ihn ein Stück von dem Beamten weg. »Wir suchen dich schon die ganze Zeit!« Völlig verdattert ließ Tobbs es zu, dass er von einem … Goldfisch? … umarmt wurde wie ein lange vermisster Freund. Rote Seide mit Schuppenmuster knisterte, ein Fischgesicht mit schielenden Glupschaugen glotzte ihn an.

»Und die neue Tänzerin für die Prozession des Fürsten hast du auch mitgebracht! Guter Mann!«, setzte ein zweiter Mann in der Verkleidung eines achtarmigen lila Kraken hinzu. Seine Stimme klang dumpf und hohl, als stammte sie aus einem Grab.

»Hier, unsere Papiere!«, sagte der Goldfisch und zückte ein Kuvert. Darauf prangte ein Siegel in Form einer Blüte. »Die zwei gehören zu uns – Theater der Gezeiten. Die Frau ist unser ausländischer Gaststar aus … äh … Kandara. Der Fürst kann kaum erwarten, sie schwimmen zu sehen.«

Der Beamte runzelte die Stirn und studierte die Papiere. Die Aussicht, dass der Fürst persönlich Anguana kennenlernen wollte, schien ihn zu beeindrucken.

»Für die Prozession am Festtag, ja?«, knurrte er. Sein Zeigefinger schoss hoch und zielte direkt auf Tobbs' Nase. »Der da sieht aber nicht so aus, als könne er schwimmen!«

»Ihr habt Recht, Herr! Ihr habt Recht, gut erkannt, wie klug von Euch, Herr!«, schleimte der Goldfisch und machte einen tiefen Bückling.

Ein kriecherischer Goldfisch, dachte Tobbs. Ich stamme aus einem seltsamen Land.

»Aber wir brauchen ihn, gnädiger Herr«, fuhr der Fisch fort. »Für das Aquarium der tausend Wunder, er muss …«

Ein schriller Pfiff des Beamten unterbrach ihn. »Wache!«, rief er zwei bulligen Kerlen mit verquollenen Augen zu. »Den Kerl da ohne Kostüm. Festnehmen!«

»Los, mach hin, Schankjunge!«, zischte der Krake, hakte Tobbs und Anguana einfach unter und zog sie mit sich in eine Seitengasse. »Und jetzt rennt!«

Fünf Minuten in der Stadt und schon kamen sie mit dem Gesetz in Konflikt! Na wunderbar.

Wenigstens schien Krake zu wissen, wo er hinmusste. Seine acht Arme wippten bei jedem Satz auf und ab, was ihm das Aussehen einer aufgeregt wedelnden alten Tante gab. Trotzdem flitzte er erstaunlich schnell die schmale Gasse entlang, dicht gefolgt von Tobbs und Anguana. Hinter ihnen ertönten Rufe und Getrappel. Verirrte Motten klatschten gegen Tobbs' Stirn und puderten sein Gesicht mit leuchtendem Flügelstaub. Passanten sprangen zur Seite, als sie den wild gewordenen Tintenfisch herandonnern sahen. Und mitten unter den Gesichtern, die vorüberhuschten, fiel Tobbs ein schmales Gesicht auf.

Ein junges Mädchen mit goldfarbenen Augen starrte nicht den Kraken an, sondern ihn! Und sein Anblick schien die Fremde zu verblüffen, denn ihr klappte regelrecht die Kinnlade nach unten.

Schon waren sie vorbei. Keuchend folgte Tobbs dem Kraken in eine noch schmalere Gasse. Dort riss der Krake eine Klapptür auf. »Los, hier durch!«, befahl er. »Wartet auf den Fisch!«

Im nächsten Augenblick standen sie in einem schäbigen Innenhof, während die Schritte des Kraken auf der anderen Seite der Tür verhallten. Kurz darauf stürmte die Meute der Verfolger vorbei.

Erst als die trappelnden Schritte leiser wurden, wagten Tobbs und Anguana aufzuatmen.

»Puh«, sagte Anguana, »das war knapp. Ab jetzt brauchen wir wirklich Masken!«

Tobbs schluckte und sah sich um: schäbige Holzwände, die über und über mit Werbeschildern und Bannern behangen waren. Plötzlich klappte auf der anderen Seite des Hofes ein breites Holzbrett aus der Mauer und schwang auf wie ein Tor. Mühsam zwängte sich der Goldfisch hindurch und klappte das Brett wieder hinter sich zu.

»Gerade noch mal gut gegangen!«, flüsterte er. »Von allen Kontrolleuren der Stadt ist dieser Grünkittel eindeutig der mieseste!«

»Wer bist du?«, fragte Tobbs.

Der Fisch griff sich an den Kopf und nahm die Maske ab. Zum Vorschein kam ein hageres, hübsches Gesicht. Der junge Mann hatte rotbraune Locken, umschattete grüne Augen und einen schicksalhaft wehmütigen Mund.

»Na, Tobbs?«, fragte er verschmitzt. »Klingelt es?«

Tobbs wurde heiß und kalt. Der Mann kannte seinen Namen! Und nicht nur das, er kam Tobbs auch vage bekannt vor. Diese Augen …

»Keine Sorge«, beruhigte ihn der Mann. »Ich verrate euch nicht. Bin doch selbst illegal hier. Und ihr verpfeift mich gefälligst auch nicht, klar?«

Endlich fiel der Groschen.

»Du bist Ankou aus Tinadin!«, rief Tobbs. »Der entflohene Friedhofswächter! Du warst doch eine Zeit lang Mitglied im Schachclub der Todesfeen. Und jetzt hängt dein Steckbrief in der Taverne. Die haben ein Kopfgeld auf dich ausgesetzt!«

»Hol erst mal Luft!«, unterbrach ihn Ankou lachend und deutete auf sein Goldfischkostüm. »Musste untertauchen, ganz recht«, sagte er dann. »Bin jetzt eine lebende Reklame für eines der vielen Theater der Stadt. Die beste Art, inkognito zu bleiben.«

»Bist du wirklich vom Friedhof weggelaufen?«, wollte Anguana wissen. »Obwohl du wusstest, dass sie dich dann suchen werden?«

Ankou seufzte tief. »Darauf kannst du wetten! Und ich würde jederzeit wieder türmen! Habt ihr schon mal eine Nacht auf einem Friedhof verbracht? Ich sage euch, ich wäre vor Angst beinahe gestorben.«

»Wie denn? Du bist doch schon ein lebender Toter«, gab Tobbs zu bedenken.

»Na und? Gegen einen Spaziergang mit anderen Verstorbenen hätte ich ja auch gar nichts gehabt, aber ich bin dazu verdonnert worden, alle Gräber zu bewachen und Eindringlinge fernzuhalten! Ausgerechnet ich!« Mit einem ironischen Grinsen deutete er auf seine hagere Gestalt, die sich unter dem Fischkostüm abzeichnete. »Sehe ich aus wie ein Kickboxer? Als ich zehn Jahre alt war, hat mich meine kleine Schwester immer verprügelt. Und was glaubt ihr wohl, wieso ich den Löffel abgegeben habe? Duell mit einem Sylvanier. Weil sein Mädchen mich in einem Nebensatz als ›süß‹ bezeichnet hat. Erwähnte ich schon, dass ich auch kein guter Schütze bin? Na ja, egal. Und ausgerechnet ich werde zack, zack!

aus meinem Grab gejagt und auf den Friedhof über Tage abkommandiert. Und ausgerechnet ich soll die Ghouls und die Vampire, Dämonen und das ganze andere untote Gesocks von den Gräbern fernhalten! Ankou Arnold, der Friedhofsterminator! Ein echter Witz.«

Er lachte bitter auf und schüttelte den Kopf. »Da, seht her!«

Eifrig raffte er sein Goldfischgewand hoch und entblößte eine bleiche Wade. Grün leuchtend zeichneten sich darauf vier Kratzspuren ab. »Ich habe es mit Karate versucht, aber vertreibt ihr mal einen Dämon, der die Seele des verstorbenen Bürgermeisters rauben und zum Nachtisch verspeisen will. Nein danke, ich hab lieber gemacht, dass ich wegkam!«

»Du Armer«, sagte Anguana. »Und dann bist du ausgerechnet hierher geflohen?«

»Warum nicht?«, meinte Ankou achselzuckend. »Nach Doman führt keine Tür in der Taverne am Rand der Welten, also kann mich schon mal keiner so einfach verfolgen. Hab über einen Monat für die Reise durch fünf Länder gebraucht, aber keiner wird mich bei den Tanukis suchen. Hoffe ich jedenfalls. In der Verkleidung erkennt mich keiner – und eine falsche Identität habe ich auch. Hier heiße ich einfach Arnold Fisch.« Ein Lächeln breitete sich über sein Gesicht. »Und wovor lauft ihr weg?«

Anguana und Tobbs wechselten einen kurzen Blick.

»Wir … suchen jemanden«, sagte Tobbs. »Möglicherweise sind es zwei Leute.«

Das Brett klappte wieder auf und ein reichlich zerzauster Krake wälzte sich in den Hof. Er hatte nur noch fünf Arme und sah aus, als hätte er eben einen Wettkampf im Schlammcatchen verloren.

»Ah, Vurvolak!«, rief Ankou Arnold aus. »Darf ich euch meinen Freund vorstellen? Ebenfalls ein Totengeist. Er stammt aus Lumenai. Tragisches Schicksal. Früher war er Bestattungsunternehmer.

Doch als er selbst starb, sprang dummerweise eine Katze über sein Grab. Deswegen muss er herumwandern und findet keine Ruhe. Alter Lumenai-Fluch.«

»Angenehm«, sagte Vurvolak mit dumpfer Stimme. Mit einem Ächzen befreite er sich von dem lächerlichen Kostüm. Zum Vorschein kam ein grauhaariger Mann in einem schwarzen Anzug. Eine Kadavergestalt, der man die schlechte Laune vieler untoter Jahrzehnte nur zu deutlich ansah. Seine Haut schimmerte schneckenschleimgrün und passte ausgezeichnet zu seinem verdrossenen Gesichtsausdruck.

»Wir Auswanderer halten in dieser Stadt zusammen«, erklärte Ankou Arnold mit einem Augenzwinkern. »Also, ihr braucht erst einmal Papiere, was? Und am besten auch gleich eine neue Identität. Kein Problem. Ich kenne einen prima Fälscher, der ...«

»Als Erstes brauchen wir eine Unterkunft«, unterbrach ihn Tobbs. »Sicher könnt ihr uns sagen, wo wir ein Gasthaus finden.«

Ankou und Vurvolak wechselten einen verschwörerischen, hochzufriedenen Blick.

»Bingo!«, rief Ankou und stülpte sich den Fischkopf auf. Dämlich grinste der Goldfisch Tobbs an. »Da gibt es nur eins: die beste Kneipe der Stadt – das Cho-Babadoo!«

Das Cho-Babadoo hatte weder ein grünes Dach noch goldene Fenster. Es lag ganz am Rande des Vergnügungsviertels und wirkte alles andere als vertrauenswürdig. Vor der Tür lungerte eine rotweiß-schwarz gefleckte Katze herum.

»Die sieht aus wie unsere Wirtshauskatze!«, flüsterte Anguana.

Tobbs nickte. »Nur, dass Neki ungefähr zehnmal dicker ist. Aber vielleicht stammt sie ja auch aus Doman.«

Und das bedeutet, dass wir wirklich auf dem richtigen Weg sind!, fügte er in Gedanken hinzu. Unwillkürlich musste er lächeln.

»Verschwinde!«, brüllte Vurvolak. Die Katze legte die Ohren an, fauchte und schoss davon, als hätte Vurvolaks Befehl sie wie ein Fußtritt getroffen.

»Ich hasse diese Biester«, brummte der Totengeist mit seiner Grabesstimme und trat über die Schwelle.

Das war eine Taverne! Flotte Flamencomusik hallte ihnen entgegen, es duftete nach Kirschholz und schwerem Wein, nach Öllampen und Räucherkerzen – kurz: Es roch genauso wie zu Hause in der Taverne am Rand der Welten. Und so wie dort war auch hier eine kunterbunte Gesellschaft versammelt: Tobbs erkannte blonde Männer aus Sylvanien, vier Werwölfe und mehrere Wüstengeister. Bei Tobbs' Anblick sprangen einige Gäste erschrocken von den Sitzen.

»Keine Panik!«, rief Ankou. »Der sieht zwar aus wie ein Domaner, ist aber einer von uns.«

Dann trat Anguana ein und ein begeistertes Raunen ging durch den Raum. Die jungen Männer begannen zu lächeln und die Musiker strengten sich doppelt so sehr an.

Kurz darauf saß die kleine Gruppe schon vor einigen Gläsern wohlriechendem Pflaumenwein, eingezwängt zwischen übereifrigen Gitarristen und drei Werwölfen.

»Gute Musik!«, meinte Anguana und wippte mit dem Fuß mit. Unternehmungslustig sah sie sich um. »Bis jetzt haben wir Glück gehabt, was?«

»Das stimmt.« Tobbs strahlte sie an. »Und morgen gehen wir in die Stadt und finden heraus, wo das Haus mit dem grünen Dach …«

»Willst du tanzen?« Ankou drängelte sich einfach an Tobbs vorbei und verbeugte sich vor Anguana. Ohne das Goldfischkostüm sah er aus wie ein netter, etwas zu blasser Mann mit Schaffellweste und schwarzem Hemd.

»Gerne!«, rief Anguana und sprang auf. Tobbs blieb völlig verdattert zurück.

»Tja«, bemerkte Vurvolak trocken. »Jetzt hast du wohl verloren. Herzlich willkommen in Ankou Arnolds wunderbarer Welt der lächelnden Frauen!«

Und zu Tobbs' Ärger hatte er leider Recht. Das Mädchen beachtete ihn gar nicht mehr! Stattdessen lächelte es diesen windigen Ankou zuckersüß an und folgte ihm auf die Tanzfläche.

Zehn Minuten später hatte sich die Kneipe in Anguanas- &-Ankou-Arnolds-Sensationsshow verwandelt. Sämtliche Werwölfe waren auf die Tische gesprungen und klatschten begeistert mit, Pfiffe und Rufe durchschnitten die Luft, während das Mädchen und der Friedhofsgeist über die Tanzfläche tobten. Na ja, Tobbs fand, sie wirkten eher wie hopsende Wahnsinnige.

Noch nie hatte er Anguana so ausgelassen gesehen! Ihr Kopftuch war längst in die Ecke geflogen und den Haarknebel hatte sie sich bei einer temperamentvollen Drehung aus der Mähne geschüttelt. Sie wirbelte herum und achtete nicht einmal mehr darauf, dass ihr Ziegenfuß immer wieder hervorblitzte und für Tuscheln und Raunen sorgte. Es war, als tränke sie die Luft der fremden Stadt wie einen berauschenden Wein, der ihr viel zu schnell zu Kopf stieg. Und Tobbs hatte sie völlig vergessen.

Wütend stand Tobbs auf und stapfte zur Treppe, die zu den Gasträumen führte. Niemand sah sich nach ihm um.

Die Kammer war karg und hatte als Fenster nur eine schmale Scharte, damit nicht zu viel Licht in das Zimmer fiel. Missmutig ließ Tobbs sich auf eine harte Matte aus Reisstroh fallen, die wohl sein Bett darstellen sollte, und atmete tief durch. Aus dem Wirtsraum drang begeisterter Applaus zu ihm hoch, kurz darauf setzte die Musik wieder ein.

Tobbs blickte auf die Uhr an seinem Handgelenk. Dort tickte immer noch die Zeit seiner Taverne. Jetzt war es schon ein Uhr nachts, doch Tobbs wusste, dass zu Hause niemand ein Auge zutun würde. Dopoulos hatte wahrscheinlich bereits Suchtrupps aufgestellt, Wanja hatte sicher jeden Winkel des Hauses durchforstet. Obwohl Tobbs immer noch eine Riesenwut auf Dopoulos hatte, wurde ihm das Herz schwer. Warum hatte der Wirt ihn angelogen und ihm verboten, nach Doman zu gehen? Konnte er nicht verstehen, dass Tobbs einfach nur sein Zuhause finden wollte?

Er seufzte, streifte sich sein Hemd über den Kopf und schleuderte es in die Ecke. Morgen würde er das Haus mit dem grünen Dach finden! Beim Gedanken daran begann sein Herz schneller zu schlagen.

Wie mochten seine Eltern aussehen? Sicher hatten sie dunkles Haar wie alle Domaner. Doch da war auch noch dieser andere Teil – der knurrende Teil von ihm, der gerne auf vier Beinen laufen würde …

Seltsamerweise fiel ihm in diesem Augenblick die junge Frau ein, die ihn in der Gasse angestarrt hatte. Goldene Augen und schwarzes, glattes Haar. Sie hatte ihn angesehen, als wären sie sich schon einmal begegnet. Aber wo?

Der Steckbrief

Bei Tag sah die Stadt farblos und ein bisschen schäbig aus. Die Falter schliefen in den Lampen, nur einige Glühwürmchen wiesen blinkend auf Imbissbuden am Straßenrand hin. Erstaunlich viele Leute mochten frittierte Insekten.

Hatte man die richtigen Papiere, erschien die Stadt wie ein riesiger harmloser Vergnügungspark. Es gab zwar auch vornehme Villenviertel mit breiten sauberen Straßen und elegant geschwungenen Laternen, in denen hochgezüchtete Importfalter schwirrten, aber selbst die Soldaten und Adeligen, die dort lebten, ließen sich am liebsten in den winzigen Kaschemmen und Nachtclubs unterhalten.

Es gab Bürger, es gab Händler, und vor allem gab es unzählige Stoffverkäufer und Schneider. Die Mode in Katuro wechselte, so schien es Tobbs, im Tag- und Nachtrhythmus. In den Warenhäusern – große Hallen aus Holz – hingen die neuesten Modelle der Gewänder von den Decken. Münzen klimperten tagaus, tagein über die Ladentische.

Doch sosehr Tobbs auch suchte und fragte, in der ganzen Stadt gab es kein einziges Haus mit grünem Dach. Und immer wieder spürte er auf seinen Streifzügen ein unangenehmes Kribbeln im Nacken, so als würde er beobachtet.

Drehte er sich dann blitzschnell um, erkannte er nur noch die goldenen Augen des fremden Mädchens, das sofort darauf im Schatten eines Gebäudes oder hinter einem Schild aus seinem Blickfeld verschwand.

Abends fiel er dann erschöpft auf die schmale Reisstrohmatte und träumte davon, nie wieder zur Taverne zurückzufinden. Und wenn er morgens aufwachte, galt sein erster Blick der Uhr. Nur noch wenige Tage bis zum Ablauf ihrer Frist, und er hatte immer noch keinen brauchbaren Hinweis!

Anguana dagegen blühte auf. Wenn Tobbs morgens verschlafen aus seiner Kammer kroch, übte sie bereits in der Gaststube mit den Flamencospielern die neuesten Schritte. Nacht für Nacht tanzte sie – und zwar keineswegs nur im Cho-Babadoo. Immer öfter verschwand sie mit Ankou Arnold im taghellen Nachtleben von Katuro. Zur Wahrung ihrer falschen Identität trug sie inzwischen eine schwarze Perücke und ein domanisches Kleid mit breitem Seidengürtel. Inzwischen bewegte sie sich so sicher durch die Stadt wie eine Einheimische. Kaum zu glauben, dass sie in den einsamsten aller Berge groß geworden war.

Niemand sprach von den Tanukis oder dem magischen Wald, so als wäre Katuro von der Welt abgeschnitten, als versuchten die Bewohner, unter ihrer Glocke von Licht alles Unangenehme zu verdrängen. Nur manchmal, tief in der Nacht, hörte Tobbs in der Ferne das bedrohliche Heulen der Himmelhunde und fröstelte.

Eines Nachts träumte er von Inaris Füchsen und der weißen Schlange. Sie zog sich um seine Handgelenke zusammen wie eine Fessel. »Du bist ein Wassertropfen in siedendem Öl«, hörte er die Stimme von Orakelfuchs Nummer eins. »Schwertspitze mit schwarzem Unglücksblut. Sandergiftholz, noch zu grün.«

Erschrocken fuhr er hoch und blinzelte. Es war bereits Morgen, die Flamencogitarren schrubbelten einen dramatischen Akkord. Und im selben Takt klopfte etwas mit viel Nachdruck gegen seine Stirn.

Tobbs schlug danach und erwischte einen orange-roten Leuchtfalter, der sofort zu Boden taumelte. Seine Flügel klappten zu und wieder auf. Goldene Augenflecken blickten ihn an. Und darunter zeichneten sich in spinnendünner Schrift einige Worte ab:

Gefahr! Verlasse die Stadt, solange noch Zeit ist!

»Das hat sicher nichts zu bedeuten«, meinte Anguana und beschleunigte ihren Schritt. Sie waren auf dem Weg zur Festprozession. »Arnold hat erzählt, dass es Verrückte gibt, die den ganzen Tag nur Drohfalter verschicken. Manche versenden sogar Kettenmotten, die man füttern soll, bis sie sich vermehren, und dann weiterschicken muss, sonst droht Unglück. Arnold sagt, die Stadtleute sind sehr abergläubisch ...«

»Arnold! Arnold! Seit Tagen geht es nur noch darum, was er sagt!«, brauste Tobbs auf. »Du lachst über seine Witze, du tanzt in jeder freien Minute mit ihm – und glaube nicht, ich hätte nicht mitgekriegt, dass ihr heute Abend ins Arachnorama gehen wollt. Hast du vergessen, warum wir hier sind?«

»Scht!«, warnte ihn Anguana. »Wir sollen doch nicht auffallen.«

Tatsächlich drehten sich einige Leute nach Tobbs um. Rasch senkte er den Blick.

Die Menschenmenge drängte sie weiter, immer die Hauptstraße entlang in Richtung des Fürstenpalasts, wo heute die große Prozession zu Ehren der Göttin Amaterasu stattfinden sollte.

»Reg dich nicht auf, Tobbs«, murmelte ihm Anguana versöhnlich zu. »Ich habe überhaupt nichts vergessen! Was meinst du, warum ich mit Arnold in die Stadt gehe? Wir forschen nach dem Haus mit dem grünen Dach. Er kennt so viele Leute, und alle suchen mit.«

Sie hakte sich bei ihm unter und schenkte ihm ein Lächeln, das ihn wieder ein wenig besänftigte. Unter der Verkleidung war sie offenbar immer noch die Anguana aus den Bergen. Und dennoch – irgend-etwas hatte sich verändert.

»Anguana?«

»Hm?«

»Hat dein Orakel ... hat es irgendetwas über Arnold gesagt? Ich meine ...«

Die Art, wie Anguana errötete und zu lächeln begann, trieb Tobbs die Galle in die Kehle.

»Vielleicht, wer weiß?«, meinte das Mädchen nur.

Missmutig überlegte Tobbs, was mit dieser Antwort anzufangen war, und stutzte. Für einen Augenblick bildete er sich ein, wieder das goldene Augenpaar in der Menge aufleuchten zu sehen. Doch gleich darauf war es schon wieder verschwunden.

»Mach dir keine Sorgen, wir finden das Haus, Tobbs. Aber erst einmal gehen wir zum Palast zur großen Festprozession. Und vielleicht können wir auf dem Rückweg ja bei Ger Ti Benten vorbeischauen. Bisher hatte ich noch keine Zeit, sie zu besuchen. Ich würde zu gerne endlich mal dieses Wassertheater sehen!«

Tobbs setzte zu einem empörten Protest an, aber Anguana hatte sich bereits von ihm abgewendet. Sie war völlig hin und weg von zwei Gauklern, die auf Stelzen durch die Menge liefen und dabei mit sechzehn Orangen jonglierten.

»Wow!«, sagte sie fasziniert. »Das will ich auch können! Die sind unterwegs zum Palast des Fürsten! Los, komm!«

Anguana raffte ihren Rock und lief in Richtung der Gaukler davon. Tobbs hatte alle Mühe, sie nicht aus den Augen zu verlieren. Das Klack- Klack ihrer Stiefel trappelte voraus. Noch so eine geniale Idee von Arnold, dem Angeber: Die Stiefel verbargen Anguanas Ziegenfuß ganz wunderbar.

Der Palast war ein großes, flaches Holzgebilde, das auf einem Podest thronte, violett lackiert mit einem ausladenden Silberdach. Treppen führten hinauf, die von Soldaten mit finsteren Mienen bewacht wurden. Den Fürsten selbst konnte Tobbs von hier aus kaum erkennen. Er wirkte wie ein kleines, dickes Männchen vor einem viel zu großen Puppenhaus. Eine Prozession von Akrobaten, Gauklern und Tanzmädchen zog vor der Treppe vorbei.

Tobbs verrenkte sich den Hals, um die Gebäude rund um den

Platz zu betrachten: Er sah rote, blaue und sogar schwarz-gelb gestreifte Dächer, doch ein grünes war nicht darunter.

Allmählich verlor Tobbs die Geduld. Vielleicht befand sich dieses grüne Dach ja auch in einer völlig anderen Stadt und sie verschwendeten hier nur ihre Zeit …

Ein Kribbeln in seinem Nacken ließ ihn herumfahren. Nichts. Niemand schien ihn zu beobachten.

Seine anfängliche Angst, Kontrolleur Piksfinger in die Arme zu laufen, hatte sich in den letzten Tagen verflüchtigt: Nicht nur Anguana war gut verkleidet, auch seine eigene Tarnung war ziemlich überzeugend. Er trug ein schlichtes graues Baumwollgewand wie ein Handwerker, sein Fuchsfell und die Uhr hatte Anguana in einen Stoffgürtel eingenäht. Sein Haar war etwas kürzer geschnitten und tiefschwarz – ohne die silberweißen Spitzen – und außerdem so tief ins Gesicht gekämmt, dass er sich selbst kaum wiedererkannte.

Etwas Raschelndes verfing sich in Tobbs' Stirnfransen, und als er reflexartig seinen Kopf schüttelte, fiel ein orangefarbener Falter in seine Hand.

Ich sehe dich, graue Maus!
Wieso bist du noch hier?

Erschrocken blickte er sich um. Ein Meer von faszinierten Gesichtern umgab ihn. Doch niemand beachtete ihn, alle bewunderten die Darbietung einer Tänzergruppe.

Anguana hatte sich bereits vor die Treppe gedrängt und winkte ihm ungeduldig zu.

Tobbs folgte ihr. Immerhin konnte er jetzt den Fürsten besser erkennen: ein müde blinzelnder, dicklicher Mann mit einem schwarzen Schnurrbart und einem Gesicht, das prall und aufgedunsen war wie ein Wasserballon. Anscheinend machte es keinen Spaß, der Fürst von Katuro zu sein.

Als der nächste Falter mit voller Wucht seine Oberlippe rammte, schrie Tobbs vor Schreck auf. Der Schmetterling flatterte so aufgeregt um ihn herum, dass es eine ganze Weile dauerte, ihn zu fangen. Und die Worte, die Tobbs dann las, jagten ihm einen Schauer über den Rücken.

Flieh, du Narr! Sie sind dir auf der Spur!

Ein metallisches Sirren erklang und endete in einem dumpfen »Tock!«. Die Leute schrien entsetzt auf, die Musiker kamen aus dem Takt, der Fürst sprang erschrocken auf.

Ein roter Pfeil steckte zitternd von der Wucht des Einschlags in der goldenen Rückenlehne des Throns. Innerhalb eines Augenblicks wurde es über der Stadt sturmdunkel, als hätte jemand einen schwarzen Fächer vor der Sonne aufgeklappt.

»Die Tanukis!«, heulte eine Frau laut auf. »Die Tanukis kommen!«

Panik brach aus.

Die Akrobaten kletterten blitzschnell an Häuserwänden hoch und brachten sich auf den Dächern in Sicherheit.

»Anguana!«, rief Tobbs. Das Mädchen kämpfte sich durch die zurückweichende Menge zu ihm durch. Tobbs packte sie an der Hand.

»Ich … höre Hufgetrappel!«, rief sie und wurde weiß wie ein Blatt Papier. »Da drüben! Die … die roten Reiter!«

Menschen rempelten gegen Tobbs, er fluchte und versuchte Anguana mit sich zu ziehen, doch sie wurde von ihm fortgerissen.

Und dann waren sie schon da.

Tobbs' Kopfhaut kribbelte vor Entsetzen, als die Horde der roten Reiter viel zu dicht an ihm vorbei auf den Platz preschte. Er ertappte sich sogar dabei, wie er drohend die Zähne fletschte. Zum Glück beachtete ihn niemand.

Die Reiter sahen genauso aus wie die, die vor einigen Wochen Tobbs und Wanja im verschneiten Rusanien durch den Wald gejagt hatten. Auch heute ritten sie die Pferde mit den Schlangen an den Beinen, ihre gepanzerten Rüstungen leuchteten rot im Schein der Fackeln. Und in den schmalen Augenschlitzen der Helme blitzten Raubtieraugen.

Über ein paar Dutzend Köpfe hinweg erhaschte Tobbs einen Blick auf Anguana. Ihre Perücke war ein wenig verrutscht, aber ansonsten sah sie noch ganz in Ordnung aus. Sie winkte ihm zu und tauchte wieder in der Menge unter. Tobbs presste sich ans Treppengeländer und versuchte, sich so klein wie möglich zu machen.

Die Tanuki-Krieger kamen direkt vor der Treppe zum Stehen. Das Pferd des Anführers war so nah, dass Tobbs den Geruch von Fell und Sattelleder wahrnehmen konnte. Die Wachleute des Fürsten stellten sich den Reitern in den Weg. Schweiß rann einem Wachmann über das blasse Gesicht. Eindeutig ein Spitzenkandidat in der Rangliste der Berufe, die Tobbs um nichts in der Welt haben wollte.

»Ich will zum Fürsten!«, rief eine grollende, knurrende Stimme. »Macht den Weg frei oder …«

Die Wachen warfen ihrem Herrscher einen flehenden Blick zu und er gebot ihnen mit einer Geste, die unheimlichen Gäste durchzulassen. So schnell hatte Tobbs noch nie einen Wachmann zur Seite treten sehen.

Der Anführer der Tanukis trieb sein Pferd an und es erklomm mit einigen klappernden Galoppsprüngen die steile Treppe. Direkt neben dem Fürsten blieben Pferd und Reiter stehen.

Der Fürst bemühte sich, Haltung zu bewahren, obwohl Tobbs sogar aus der Entfernung sehen konnte, wie sehr ihm die Knie schlotterten.

»Willkommen, König Tanuki!«, sagte er mit einer erstaunlich hohen, sanften Stimme. »Wie kann Katuro Euch dienen? Was … äh … führt Euch in die Stadt?«

»Haben wir euch nicht in Frieden gelassen?«, sagte der rote Reiter gefährlich ruhig. »Haben wir unser Abkommen je verletzt?«

»Nein, Ihr habt Katuro jede Ehre erwiesen und wir sind Euch zu Dank verpflichtet …«

»Dann frage ich mich, warum ihr Mörder und Verräter beherbergt!« Der rote Reiter griff zu seiner Satteltasche und zog eine versengte Schlangenhaut heraus, die er hochhielt.

»Oh nein! Die weiße Schlange des Wächters!«, flüsterte eine Frau voller Entsetzen.

Tobbs wurde ganz heiß. Das war eindeutig die Schlange, die Anguana und er verspeist hatten! Und der Mörder des Tieres war … nun … Tobbs selbst. Er schluckte.

»Jemand hat unerlaubterweise den magischen Wald betreten!«, donnerte der Reiter. »Zwei Menschen, die sich als Yôkai verkleidet hatten, um den Wächter zu erschrecken! Dann haben sie die Schlange ermordet! Und anschließend waren sie im verbotenen Heiligtum der Inari. Augenzeugen haben sogar Unaussprechliche gesehen! Voller Hohn haben die Mörder dann schließlich die Überreste der Wächterschlange im alten Tempel zurückgelassen. Als wollten sie uns zeigen, dass sie uns nicht fürchten und unsere Gesetze nicht achten. Das kommt einer Kriegserklärung gleich.«

Fürst Katuro wurde noch eine Spur blasser. Beschwichtigend hob er die Hände. »Ich möchte Euch nicht widersprechen, König Tanuki. Doch erlaubt mir zu sagen: Die Täter können unmöglich aus Katuro stammen! Niemand würde es wagen …«

»Ihre Spuren führen aber nach Katuro«, grollte der Reiter.

»Warum ist das Heiligtum der Inari eine verbotene Stätte?«, fragte Tobbs die Frau, die neben ihm stand.

Sie sah ihn mit großen Augen an. »Das weißt du nicht?«

»Ich … äh … war lange krank«, sagte er entschuldigend. »Kopf angeschlagen. Retrograde Amnesie. Meine Erinnerung kommt nur Stück für Stück zurück.«

»Inaris Tempel ist die Stätte der Unaussprechlichen«, sagte sie leise. »Selbst die Tanukis können an dieser Stelle ihre Magie nicht brechen.«

»Und wer sind die Unaussp…«, fuhr Tobbs fort, doch in diesem Moment richtete sich König Tanuki zu voller Größe auf dem Pferd auf.

»Wir geben euch eine Frist von drei Tagen!«, rief er. »Eher wird die Sonne nicht mehr auf Katuro scheinen. Und wenn wir dann keinen Schuldigen haben, knipsen wir die Lichter der Stadt endgültig aus!«

Ein Aufschrei ging durch die Menge, der Fürst musste sich an der Thronlehne abstützen.

»Seht her, seht euch die Schuldigen genau an!«, brüllte der rote Reiter in die Menschenmenge und stieß mit dem Speer in die Luft.

Ein tausendfaches Klirren ertönte, Scherben prasselten zu Boden, überall erhoben sich Falter, Käfer und Glühwürmchen aus zerbrochenen Lampen und ballten sich vor dem schwarzen Himmel zu einer gewaltigen leuchtenden Wolke. Dunkle Insekten fanden zu dunklen, helle zu hellen und nach und nach formierte sich ein … riesiger, summender Steckbrief am Himmel!

Anguana war ziemlich gut getroffen. Giftgrünes Haar wallte um ihr Gesicht. Tobbs dagegen war zum Glück völlig unkenntlich. Er wirkte schlichtweg wie ein Trottel aus Lehm. Auf dem Steckbrief hatte er den Mund offen und schaute wie eine begossene Katze in die Gegend.

»Drei Tage!«, wiederholte König Tanuki drohend. »Liefert ihr diese Mörder bis dahin nicht aus, wird von eurer Menschenstadt nichts übrig bleiben als eine Handvoll Flügelstaub!« Dann gab er seinem Pferd die Sporen und preschte die Treppe hinunter.

Die Menge spritzte nach allen Seiten davon, als die Reiter in gestrecktem Galopp über den Platz jagten und über die breite dunkle Hauptstraße davongaloppierten. Allein der flimmernde Steckbrief blieb in der Luft stehen.

Du bist ein Wassertropfen in siedendem Öl. Der Orakelspruch hallte dumpf in Tobbs' Kopf wider. Und wie recht Nummer eins damit gehabt hatte! Das war schlimmer als alles, was er je zuvor verbrochen hatte. Dagegen war der Streitwagen, den er der Göttin Kali gestohlen hatte, ein alberner Kinderstreich gewesen. Er war tatsächlich ein wandelnder Unglücksbringer – genauer gesagt das personifizierte Todesurteil für eine ganze Stadt. Plötzlich war ihm todübel.

»Razzia!«, befahl der Fürst mit schriller Stimme. »Überprüft alle Bewohner der Stadt! Geht in die Kaschemmen. Filzt alle Akrobaten! Ruft die Wahrsager! Ich will die Schuldigen haben!«

Tobbs schoss hoch. Wo war Anguana? Gerade wollte er in Panik ausbrechen, als er ein Zupfen an seinem Handgelenk spürte. Anguanas magischer Faden!

Tatsächlich, das Mädchen hatte ihm vorhin im Gewühl eine Schlaufe des magischen Zwirns übergeworfen, ohne dass er es bemerkt hatte. Tobbs begann damit, das blaue Garn aufzurollen. Es führte ihn vom Hauptplatz weg in die Seitenstraßen, im Zickzack durch das Vergnügungsviertel, direkt in Richtung des Cho-Babadoo.

Endlich, nach einer Ewigkeit, bog Tobbs in die dunkle Straße ein. Der Faden straffte sich, führte ihn scharf nach links … und dann zog ihn Anguana in eine Nische.

»Scht!« Warnend legte sie einen Zeigefinger über die Lippen. Ihre blauen Augen waren weit aufgerissen. Tobbs hielt die Luft an und schielte vorsichtig um die Ecke.

Mit erhobenen Händen standen Ankou Arnold, Vurvolak und drei der Flamencospieler vor der Kneipe, während Soldaten die Wirtsräume durchsuchten.

»Nie gesehen!«, beteuerte Arnold. »Hier war kein Mädchen mit grünen Haaren. Oder, Vurvolak?«

»Kein Mädchen«, ertönte die Grabesstimme.

»Und was ist das?«, brüllte ein Wächter. Er pflückte etwas von der Gitarre eines Musikers. Im Licht eines Käfers glänzte deutlich ein langes grünblondes Haar.

»Ge… gefärbt«, stotterte Ankou Arnold. »Meine Freundin, sie …«

Freundin? Tobbs stutzte.

»Ketten her!«, donnerte der Wächter. »Alle festnehmen! Auch die Musiker!«

»Wir haben nichts damit zu tun!«, beteuerte Ankou Arnold verzweifelt. »Das schwöre ich …«

»Sie ist vor einer Stunde in die Stadt gegangen!«, platzte ein Musiker heraus. »Zum Festumzug. Trägt eine schwarze Perücke und ein gelbes Kleid. Hat blaue Augen. Ich wusste von Anfang an, dass mit ihr etwas nicht stimmt.«

Anguana schnappte fassungslos nach Luft.

»So viel also zum Thema: Wir Auswanderer halten zusammen«, knurrte Tobbs.

»Gelbes Kleid, schwarze Perücke, blaue Augen. Schick eine Nachricht mit der Beschreibung an die anderen!«, befahl der Wächter. »Wir schwärmen sofort aus.«

»Komm, weg hier!« Tobbs fasste nach Anguanas eiskalter Hand. Nun zählte jede Sekunde.

Es wäre leichter gewesen, in einer nachtdunklen Stadt unterzutauchen, aber inzwischen waren die Leuchtfalter, die tagsüber schliefen, erwacht und beleuchteten mit irritiertem Blinken die Straßen. Anguana hielt ihre Perücke fest und senkte den Kopf, damit niemand ihre Augen sah. Ein Schwarm blitzschneller schwarzer Falter überholte sie – vermutlich überbrachten sie die Nachrichten an die anderen Wachen. Und richtig: Als sie wenige Minuten später um eine Ecke bogen, entdeckten sie im Schein einer Leuchtfalterlaterne zwei Wächter, die eine Frau in einem gelben Kleid festhielten und an ihrer Frisur zupften.

»Wir sitzen in der Falle«, stellte Tobbs gehetzt fest.

»Noch nicht!« Blitzschnell holte Anguana den Spinnenkokon hervor, zog das geflügelte Visitenkärtchen hervor und ließ es frei.

»Ger Ti Benten?«, flüsterte Tobbs. »Und wenn sie uns verrät?«

»Freunde des Wassers helfen einander«, sagte Anguana bitter. »Anders als die Menschen.«

»Ach wirklich? Dann gehört zu den Freunden des Wassers auch der Kappa?«, fragte Tobbs gereizt.

»Hast du eine bessere Idee?«, fuhr Anguana ihn an.

Nein, hatte er nicht. Der Falter taumelte in der Luft, als müsse er erst einmal feststellen, wo er sich befand, dann hatte er seine Navigation offenbar neu justiert und schoss davon. Er flog gen Osten, über menschenleere Marktplätze, und von dort aus in die Randbezirke des Vergnügungsviertels.

Staunend betrachteten die Leute den Steckbrief am Himmel. Anguana und Tobbs hetzten dem Schmetterling nach und kamen schließlich keuchend vor einer schmalen Tür zum Stehen. Camera Cabuki stand auf einem verwitterten Schild. In zwei Aquariensäulen auf der Veranda wanden sich gleißend weiße Leuchtaale. Irgendetwas roch seltsam stechend, aber Tobbs konnte diesen Geruch nicht zuordnen.

»Tobbs!«, flüsterte Anguana. »Sieh mal!«

Er folgte ihrem Blick und erstarrte. Ein grünes Dach! Und goldene Fenster.

»Das hätten wir auch früher haben können!«, sagte Anguana triumphierend und trat zur Tür.

Tobbs wurde schwindlig vor Aufregung. Ger Ti Benten? Wusste sie, wer seine Eltern waren? Oder war er sogar ... selbst mit ihr verwandt? Diese Vorstellung machte ihn völlig fertig.

Ein kleiner, roter Falter umflatterte ihn hartnäckig. Im selben Augenblick, als die Tür aufschwang, flog er Tobbs ins Auge.

»Au!«, entfuhr es ihm. Unwillig schnappte er sich das aufdringliche Insekt und versteckte es in seiner hohlen Hand. Sein Auge tränte, deshalb erkannte er Ger Ti Benten nur verschwommen.

»Endlich!«, sagte sie herzlich zu Anguana. »Ich habe dich schon erwartet!«

Sie streckte ihre Hand aus, die Anguana erleichtert ergriff, und zog das Mädchen ins Haus. Tobbs schaffte es gerade noch, über die Schwelle zu springen, bevor die Tür ihm die Nase amputieren konnte.

»Du tust gut daran, dein Haar zu verbergen«, sagte die Theaterchefin anerkennend. »Wie ich höre, steckst du in Schwierigkeiten. Und dein ... Begleiter ebenfalls.«

So abfällig, wie sie das Wort »Begleiter« betonte, hätte sie ebenso gut »diese menschliche Fußmatte« sagen können. Tobbs schluckte. Falls sie tatsächlich miteinander verwandt waren, würden die nächsten Familienfeste wirklich interessant werden.

»Das mit der Schlange war keine Absicht«, sprudelte Anguana heraus und riss sich die Perücke vom Kopf. »Tobbs hat sie in Notwehr umgebracht. Wir wussten doch nicht, dass sie ...«

Ger Ti Benten hob beschwichtigend die Hand.

»Hier bist du in Sicherheit! Komm, schau dich erst einmal um. Willst du mein Nixarium sehen?«

Tobbs sah Anguana deutlich an, dass sie noch eine ganze Menge zu Ankou Arnold, den Wachen und den Tanuki-Kriegern zu sagen gehabt hätte, aber das Wort »Nixe« setzte sie wie immer auf der Stelle schachmatt.

»Du meinst, bei dir wohnen Nixen?«

Ger Ti Benten lächelte geheimnisvoll und schnippte mit den Fingern. Wie von Geisterhand öffnete sich eine breite, mit blauem Papier bespannte Schiebetür.

»Das gibt es doch nicht!«, rief Anguana aus und verstummte andächtig. Und auch Tobbs musste zugeben, dass er sprachlos war. Die Wände des quadratischen Raums bestanden aus dickem Glas – und dahinter sprudelte und gluckste es. Langes Haar wallte, Fischschwänze schlugen hin und her. Nixen aus den verschiedensten Ländern tummelten sich in den Aquarien und blickten den Besuchern neugierig entgegen. Tobbs entdeckte eine rusanische Nixe mit blauer Haut, doch noch viel mehr faszinierten ihn einige fremdartige Wassergeschöpfe, halb Goldfisch, halb Mensch, und Wesen, die sich ständig gefährlich verfärbten wie Drachenfische und lange, spitze Zähne hatten wie Vampire.

»Sie sind die besten Akrobaten, die ich habe. Sieh sie dir ruhig aus der Nähe an!«, lockte Ger Ti Benten.

Anguana rannte in den Raum, legte die Hände an die Glasscheibe und starrte in das Aquarium. Die Nixen lachten lautlos, kamen an die Scheibe und klopften dagegen, als wäre Anguana die Sehenswürdigkeit. Dann gaben sie ihr eine kleine Extravorstellung, machten Saltos und schossen pfeilschnell durch das Wasser.

Tobbs schielte zu Ger Ti Benten. Die Theaterchefin betrachtete Anguana zufrieden. Und irgendwie hatte Tobbs das dumpfe Gefühl, dass sie fest mit ihrer Ankunft gerechnet hatte. Nur von ihm war sie offensichtlich nicht begeistert.

Was, wenn ihn seine Familie wirklich nicht haben wollte? Was, wenn sie ihn absichtlich in der Taverne ausgesetzt hatten, damit er nie wieder zu ihnen zurückfand?

»Äh, Ger Ti Benten?«, wandte er sich schüchtern an sie. »Ich muss dich etwas fragen. Es geht um mich und …«

»Die Antwort auf all deine Fragen findest du in dem Zimmer dort«, unterbrach sie ihn barsch.

Tobbs' Herz machte einen Sprung. Das Orakel der Füchse hatte ihm den richtigen Weg gewiesen!

»Du weißt … wer meine Eltern sind? Du weißt, woher ich komme?« Er ärgerte sich, dass seine Stimme vor Aufregung ganz hoch und kieksig klang.

Zum ersten Mal sah ihn Ger Ti Benten mit Interesse an. »Komm mit mir!«, sagte sie dann für ihre Begriffe relativ freundlich.

Tobbs warf einen Blick auf Anguana, doch das Mädchen war gerade in ein pantomimisches Gespräch mit einer sylvanischen Igelnixe vertieft.

Die schwarz lackierte Schiebetür, auf die die Theaterbesitzerin nun deutete, war verführerisch nah. Nur zwei Schritte – nur einen Blick und er würde endlich wissen …

Der Falter zuckte und flatterte in seiner Hand, doch Tobbs achtete nicht darauf.

»Kommst du?«, fragte Ger Ti Benten und ging voraus.

Entschlossen überschritt er die Türschwelle und fand sich in einem … Teezimmer? … wieder. Ein dicker Mann saß mit dem Rücken zur Tür auf dem Boden und schlürfte geräuschvoll Tee.

Tobbs war, als schwebe er losgelöst in diesem Raum, in dem Vergangenheit und Zukunft sich endlich trafen. Die Stille hatte etwas Feierliches, Würdiges. War der Mann dort sein Vater? Oder sein Großvater? Oder nur jemand, der Bescheid wusste, ein weiser Alter, der ihm dabei helfen würde, seine Eltern …

»Über deine Vergangenheit kann ich dir nicht viel sagen«, raunte ihm Ger Ti Benten im Hinausgehen zu. »Aber dort sitzt auf jeden Fall deine Zukunft!«

Als er das laute Zuschnappen der Schiebetür hörte, zuckte der Mann zusammen und wandte sich um.

Es war Kontrolleur Piksfinger.

Der Falter befreite sich aus Tobbs' schreckstarren Fingern und setzte sich auf den Kragen des Mannes. Im selben Augenblick ließ Anguanas Aufschrei Tobbs das Blut in den Adern gefrieren.

Die Flügel des Falters klappten auf und enthüllten die goldene Inschrift:

Falsches Haus, du Idiot!

Die Kammer der Ketten

Es gab nicht nur eine Kammer der Ketten, es gab Hunderte. Ganz am Rand der Stadt, in einem verlassenen Steinbruch, waren sie in die terrassenförmig abfallende Felswand gehauen wie ein gigantischer Bienenstock aus Stein. In jeder Wabe saß ein Gefangener, abgeschlossen von den anderen, schräg über sich nur ein schmales Loch, das den Himmel zeigte. Zu schmal für eine Flucht, breit genug für Nieselregen und einen nicht zu dicken Himmelhund. Das Schlimmste aber waren die schweren Ketten und die Eisenringe, die sich um Handgelenke, Fußknöchel und Hals schlossen, so fest, dass sie einem bei jeder Bewegung das Blut abschnürten. Es roch nach nassem Eisen, was Tobbs kaum ertragen konnte.

Noch nie hatte er sich so elend und verloren gefühlt. Sein Auge, das bestimmt ein prächtiges Veilchen zierte, pochte in dumpfem Schmerz. Immerhin war es ihm gelungen, Kontrolleur Piksfinger zu beißen und sich aus seinem Klammergriff zu befreien, doch gegen die Wachen, die gleich darauf in das kleine Teezimmer gestürmt waren, hatte auch ein tobender Tobbs keine Chance gehabt.

Allerdings waren sie sich offensichtlich keineswegs sicher, ob wirklich Tobbs der Mörder der Wächterschlange war. Soweit Tobbs aus den Gesprächen der Wachleute schließen konnte, verhafteten sie gerade jeden Ausländer, der kein lückenloses Alibi hatte. Schwacher Trost.

Das Schlimmste aber war die Ungewissheit, was mit Anguana geschehen war. Tobbs erinnerte sich nur, nach dem Schrei ein Platschen gehört zu haben, als hätte sich eine Nixe das Mädchen geschnappt.

Wasserwesen waren keinen Deut ehrlicher als Menschen, so viel stand jedenfalls fest. Und hier, in der trostlosen Gefängniskammer, wurde ihm plötzlich auch klar, was vor dem Haus so seltsam gerochen hatte. Frischer Lack. Die Fenster der Camera Cabuki waren frisch gestrichen gewesen. Golden. Von wegen Orakel!

Tobbs sackte noch mehr in sich zusammen. Es klirrte, als er die Beine an den Körper zog. Über ihm, am Rand der Scharte, hing eine kleine verrostete Lampe, in der ein altersschwaches Glühwürmchen seine Runden drehte, flackernd und kurz vor dem Verlöschen. Schräg hinter ihm befand sich eine schmale Tür. Der Berg musste mit so vielen Gängen durchlöchert sein wie ein Olitaier Käse.

Wenn Tobbs den Kopf weit in den Nacken legte, erblickte er durch die Fensterluke genau das Stück Steckbrief am Himmel, das ihn selbst zeigte – beziehungsweise die Witzfigur, die ihn darstellen sollte. Nun, nicht jeder konnte seiner eigenen Dummheit ins Gesicht sehen.

Verzweifelt zerrte er an seinen Ketten, aber sie saßen festgeschmiedet an einem Ring, der mitten aus dem Felsgestein wuchs. Diesmal gab es kein Entkommen. Er würde den Tanukis ausgeliefert werden.

Tobbs schniefte und wischte sich mit dem Ärmel die Tränen vom Gesicht. Sein Fell fiel ihm ein. Vorsichtig löste er den Gürtelknoten und biss die Naht auf. Mit einem Klackern fiel die Uhr aus dem gepolsterten Gürtel. Dann öffnete sich der Stoff wie eine Kapsel und der schwarze Pelz quoll hervor.

Es knisterte, als Tobbs behutsam darüberstrich. Die Berührung hatte etwas Tröstliches.

Tobbs seufzte und blickte auf das Zifferblatt der Uhr. In der Taverne war es ganz genau achtzehn Uhr. Donnerstag. Stammtisch der Furien.

Und in zehn Stunden und zwanzig Minuten sollten Anguana

und er wieder bei der geheimen Tür sein, die Domovoj für sie öffnen würde.

Tobbs drückte sein Gesicht in das Fuchsfell und begann zu schluchzen.

Er wusste nicht, wie lange er hier gelegen hatte. Als er seine verquollenen Augen öffnete, war es erstaunlich dunkel. Das Glühwürmchen ist gestorben, war sein erster Gedanke. Jetzt holen mich die Himmelhunde, sein zweiter. Doch als er den Kopf hob, sah er, dass etwas Dickes die Luke verstopfte. Etwas mit zwei glühenden gelben Augen! Tobbs schrie auf und drängte sich mit dem Rücken an den Felsen. Das fette Ding ächzte, quoll endlich durch die Ritze und landete mit einem dumpfen Umpf! direkt vor seinen Füßen. Das Licht des Steckbriefs fiel auf das Wesen.

Es war eine schwarz-weiß-rot gefleckte Katze! Tobbs blinzelte ungläubig. Vier Rettungsringe, dreifaches Doppelkinn, Pfoten, so dick wie Hefeklopse – nein, das war nicht irgendeine Katze, das war …

»Neki!«

Die Wirtshauskatze setzte sich umständlich hin, warf einen verärgerten Blick in Tobbs' Richtung und begann sich ausgiebig zu putzen. Sie sah ziemlich zerzaust aus, ihr Fell war verfilzt und ihr rechtes Ohr fehlte zur Hälfte.

»Auf dich ist wirklich Verlass, Tobbs!«, schnarrte sie mit der Stimme einer tadelnden Tante. »Drei Tage in einer fremden Stadt und du verspeist die allerletzte der magischen Wächterschlangen, verdirbst es dir mit den Tanukis, wirfst Anguana einer windigen Nixenhändlerin in den Rachen, schickst die ganze Stadt in einen tödlichen Countdown und landest selbst im Gefängnis. Bravo!« Ihre letzten Worte klangen etwas genuschelt, da sie sich dabei die Pfote leckte.

Tobbs schluckte. Viel entgegenzusetzen hatte er Nekis Worten nicht. Vor lauter schlechtem Gewissen hätte er um ein Haar etwas höchst Wundersames übersehen.

»Du … du sprichst ja!«, rief er. »Seit dreizehn Jahren lebe ich in der Taverne, aber ich hab dich noch nie ein Wort sagen hören.«

Neki nieste. Selbst das klang verärgert.

»Erstens sprichst du meine Sprache, nicht ich deine«, meinte sie ungnädig. »Und zweitens musst du dich nicht wundern, dass du nun auch Kätzisch verstehst. Schließlich hast du die weiße Schlange aufgefressen. Welcher Dämon dich dabei auch immer geritten haben mag!«

»Soll das heißen, wegen der Schlange verstehe ich jetzt alle Sprachen?«

»Die der Domaner und die der Tiere«, bestätigte Neki. »Wenn du nicht so nutzlose Menschenohren hättest, könntest du sogar das Gebrabbel des Glühwürmchens hören.« Ihr heiles Ohr zuckte. »Nicht, dass du da viel verpasst«, setzte sie hinzu.

»Es war Notwehr! Die Schlange hätte uns getötet.«

Neki rollte genervt die Augen. »Gebissen hätte sie euch, sonst nichts. Ihr Gift war ein Wahrheitsserum, ihr hättet auf jede Frage des Wächters ehrlich geantwortet. So entlarvt man Spione und Lügner, die nach Doman kommen, bevor sie Schaden anrichten können.«

Tobbs brauchte einige Momente, um diese Neuigkeit zu verdauen. Die letzte Wächterschlange. Die Alarmanlage im magischen Wald. Langsam dämmerte ihm, warum die Tanukis so sauer waren.

»Und das mit Anguana wollte ich auch nicht«, setzte er hinzu. »Ich wusste nicht, dass Ger Ti Benten eine Menschen… äh, Nixenhändlerin ist.«

»Aber geahnt hast du, dass du ihr nicht trauen kannst, oder?«

Tobbs zuckte ertappt zusammen. Er wollte sich gar nicht genauer vorstellen, wo das Ziegenmädchen gelandet sein mochte.

»Bist du … hat Dopoulos dich geschickt?«, fragte er kleinlaut. »Ich meine, wissen die in der Taverne Bescheid?«

Neki schüttelte den Kopf, was bei einer Zweitonnenkatze ziemlich seltsam aussah.

»Nä«, meinte sie gähnend. »Dazu war keine Zeit. Ich bin euch gefolgt. War ganz schön knapp, habe es gerade noch so geschafft, bevor dieser Hauskobold die Tür wieder zurückmaterialisiert hat.«

»Dann warst du das haarige Ding in der Höhle! Ich wusste doch, dass da was war!«

»Tscha«, meinte Neki trocken. »Aber dummerweise seid ihr mir dann durch die Lappen gegangen. Untergetaucht. Ich habe eine Ewigkeit gebraucht, um euch zu finden. Dieser ganze Weg aus dem magischen Wald …« Vorwurfsvoll zuckte das ramponierte Ohr. »Himmelhunde«, sagte die Katze verächtlich. »Die konnte ich noch nie ausstehen.«

»Du kommst aus Doman, nicht wahr? Es gibt viele dreifarbige Katzen hier.«

»Scharf beobachtet!«, entgegnete Neki spöttisch. »Und ich bin heilfroh, dass es den Lucky-Cat-Club in der Stadt noch gibt. Informationsnetz aller Glückskatzen aus dem Wirtshausgewerbe. Damals, als das noch eine richtige Stadt war und vom alten Fürsten regiert wurde …« Sie seufzte, als würde sie sich an deutlich bessere Zeiten erinnern, und schüttelte den Kopf. »Na, egal.«

»Wie lange lebst du schon bei Dopoulos in der Taverne am Rand der Welten? Warum hast du Doman verlassen? Hat das etwas mit mir zu tun?«

»Dreizehn Jahre«, sagte Neki. »Dopoulos kann sehr überzeugend sein, und ich bin ihm gefolgt. Mehr musst du nicht wissen.«

Tobbs schluckte. Dreizehn Jahre! So alt war er selbst!

»Dopoulos war also in Doman!«, flüsterte er. Plötzlich hatte er das Gefühl, ganz dicht vor dem Ziel zu sein. »Du weißt, wer meine Eltern sind!«, sagte er Neki auf den Kopf zu. »Und Dopoulos hat mich angelogen! Er war hier! Kannte er … kennt er meine Eltern?«

»Feuer und Wasser«, schnurrte Neki. »Jedes für sich der Feind des anderen. Gemeinsam aber Blut, kostbar und gefährlich.«

Tobbs platzte der Kragen.

»Was ist das denn jetzt für ein Quatsch? Wieso redet hier jeder in Rätseln?«

»Ich bin eine Katze«, antwortete Neki mit gekränkter Würde. »Katzen drücken sich immer so aus.« Erstaunlich flink für ihr Gewicht wandte sie sich um und kletterte an den schartigen Wänden hoch zur Luke.

»Bleib hier!«, brüllte Tobbs. Er schnellte vom Boden hoch und machte einen Satz. Seine Finger berührten Nekis Nackenhaare, dann würgte ihm der Metallring am Hals die Luft ab. Eisen schnitt in seine Handgelenke. Tobbs fiel zurück und landete unsanft auf dem Fuchsfell.

»Verdammt!«, krächzte er. »Du kannst mich doch nicht einfach alleinlassen!«

Neki wandte sich um. In dem schwarzen Fleck, der das Gesicht der Katze wie eine Zorromaske bedeckte, blinkten die gelben Augen auf.

»Kann ich nicht?«, maunzte sie. Es klang wie ein Lachen. »Im Gegenteil: Ich bin heilfroh, dass du nun kein Unheil mehr anrichten kannst! Du bleibst jetzt schön hier und wartest, bis ich Hilfe aus der Taverne gerufen habe!«

»Du gehst zurück in den magischen Wald?«

Neki sah ihn an, als hätte er nicht mehr alle Tassen im Schrank.

»Quizfrage, Schlaukopf«, knurrte sie. »Will ich noch mein zweites Ohr verlieren? Nein, ich schicke eine Telegrammlibelle über Land. Ein Mensch braucht fünf Wochen für die Reise. Die Libelle schafft sie in drei Tagen.«

»Drei Tage? Dann ist es für Anguana zu spät!« Tobbs' Stimme überschlug sich. Doch Neki zwängte sich schon wieder durch die Luke und verdrängte für einen Moment alles Licht. Im nächsten Moment war die fette Katze verschwunden. Tobbs blieb fluchend zurück.

Es half nichts, wie ein Schlossgespenst mit den Ketten zu rasseln, auch Zerren und Treten konnte die Ketten nicht überzeugen. Schließlich fiel Tobbs erschöpft auf die Knie. Beinahe hätte er dabei einen lindgrünen Schmetterling erschlagen, der es sich auf dem Boden bequem gemacht hatte. Nun flatterte der Falter aufgeschreckt hoch und klammerte sich an die Lampe. Dort klappte er die Flügel auf.

Die goldenen Augenzeichen darauf schienen Tobbs anzublinzeln.

Umarme die Vergangenheit,
suche das Sanderholz!

»Sehr witzig«, murmelte Tobbs. »Dazu müsste ich erst einmal hier rauskommen!« Und was sollte dieser Spruch mit der Vergangenheit? Er war ein Gefangener in Not, kein Dichter!

Das Einzige, was ihm von seiner Vergangenheit geblieben war, war das Fell. Tobbs nahm es an sich und umarmte es. Nichts geschah. Außer, dass ein heftiger Herbstregen einsetzte.

Das kalte Wasser kroch die Wände hinunter und sammelte sich schnell auf dem Boden. Der Wind stand so ungünstig, dass der Regen schräg durch die Luke geweht wurde. Innerhalb kürzester

Zeit war Tobbs bis auf die Haut durchnässt und klapperte vor Kälte mit den Zähnen.

Schließlich nahm er sein Fell und legte es sich als Regenschutz über Kopf und Schultern. Er krümmte sich zusammen, machte sich so klein wie möglich und wünschte sich nichts so sehr, als ganz und gar von dem Fell umhüllt zu werden. So war es immerhin auszuhalten. Die Kleidung klebte nicht mehr so an seinem Körper, und da war ein Gefühl, als würde ihm plötzlich ein warmer Schauer über das Rückgrat rieseln.

Einen Augenblick später jedoch wurde ihm schwindlig und schwach. Der Ring um seinen Hals wog so viel wie ein Mühlstein. Seine Haut kribbelte am ganzen Körper, doch mit seinen Armen war irgendetwas passiert. Es war plötzlich unmöglich, sich am Rücken zu kratzen. Stattdessen kippte er im Sitzen zur Seite. Dann klickte etwas erstaunlich laut neben seinem Ohr. Und da waren noch andere Geräusche: das Trommeln des Regens wie Paukenschläge! Und eine kleine, summende Stimme. »Umarmedievergangenheitsuchedassanderholz«, wiederholte sie immer und immer wieder.

Tobbs blinzelte irritiert und leckte sich über die Lippen. Spürte er da etwa einen langen Dolchzahn? Und im selben Augenblick zuckte sein Ohr! Nichts war mehr an der richtigen Stelle, selbst das Gefängnis war größer geworden.

Erschrocken fuhr er hoch. Die Handschellen waren so groß wie Halsketten und hielten ihn nicht länger. Der Eisenring rutschte mühelos über Hals und Kopf und kam mit einem ohrenbetäubenden Scheppern auf dem Boden auf. Tobbs versuchte aufzustehen – und verhedderte sich mit Armen und Beinen.

Ein Jaulen entrang sich seiner Kehle und auf seinem Rücken … sträubte sich Fell! Zitternd kauerte er auf allen vieren. Als er sich einen Moment gesammelt hatte und vorsichtig den Kopf wandte, entdeckte er schwarze Pfoten und einen buschigen Fuchsschwanz. Beweg dich, dachte er. Und das Ding gehorchte!

Er wollte die Hand heben – und die schwarze Pfote schwebte gehorsam nach oben!

Die Erkenntnis traf ihn wie ein Schlag mit einem eiskalten nassen Handtuch: Er – war – ein – Fuchs!

Das Fuchsfell war nicht nur sein Erbe gewesen, sondern ein Teil von ihm! In diesem Augenblick ergab alles einen Sinn:

Mamsie Matatas magischer Spiegel hatte ihm sein wahres Selbst gezeigt, ein schwarzes Etwas mit Raubtieraugen: Fuchs.

Der andere Teil von ihm, der knurrte und auf allen vieren laufen wollte: wieder Fuchs.

Nachts träumte er davon, Eichhörnchen zu jagen und durch den Wald zu laufen.

Und in jedem Land halfen ihm die Füchse, wo sie nur konnten, klar, er gehörte ja zu ihnen! Warum war er nicht schon viel früher darauf gekommen?

»Umarmedievergangenheit«, rezitierte das Stimmchen hastig, »suchedassanderholzumarmedie...«

»Wir la-gään vor Ma-da-gas-kaaar!«, grölte eine andere Stimme ein Seemannslied. »Und hat-tään die Pest a-han Bord!«

Tobbs blinzelte. Was er hörte, waren der Schmetterling und das Glühwürmchen! Sein Fuchsgehör war tatsächlich weitaus besser als das eines Menschen.

»He, ihr!«, sagte er. In seiner Kehle grollte es und die Insekten verstummten auf der Stelle.

»Hi, du!«, antwortete das Glühwürmchen in der Laterne mit sonorer Bassstimme. »Was geht?«

»Schmetterling?«, fragte Tobbs. »Wer hat dich zu mir geschickt?«

»Werhatdichzumirgeschicktwer«, wiederholte der Falter piepsend. »Weißnichweißnich.« Von seinen Flügeln verschwand die ursprüngliche Schrift, stattdessen erschien ein hübsches Muster aus verschnörkelten Fragezeichen.

»Erwarte nicht zu viel von so 'ner dämlichen, anonymen Postmotte«, pöbelte das Glühwürmchen und lachte heiser. »Gib ihr 'ne Nachricht und schmeiß sie raus!«

Danach bekam es so einen üblen Hustenanfall, dass Tobbs befürchtete, es würde gleich tot umfallen. Das Licht flackerte bedenklich.

»Ich kann Nachrichten hinterlassen?«, fragte er staunend. »Auf dem Falter?«

»Aufdemfalteraufdemfalter«, summte der Schmetterling und wechselte wieder die Schrift.

»Yep«, krächzte der Glühwurm, räusperte sich rasselnd und spuckte aus. »Aber ich würde dir nicht raten zu verschwinden. Die da draußen mögen keine wie dich.«

»Aber die hier drinnen schon, oder was?«, schnappte Tobbs. Dann beugte er sich über den Falter und sagte laut und deutlich: »Hallo, Neki. Ich suche Anguana. Tobbs.«

Die Schrift auf den Schmetterlingsflügeln wurde ziemlich klein, aber Neki würde es schon lesen können. Außerdem würde sie hören können, was der Falter vor sich hin plapperte.

Nun musste er mit seinen Pfoten nur noch die Uhr überstreifen, die bei seiner Jungfuchsgröße groß wie ein Halsband war, und sehen, wie er mit vier Beinen zurechtkam.

Moriko

Er hatte sieben Anläufe gebraucht, um zur Luke zu klettern. Es war gruselig, seine Krallen über den Stein schaben zu hören und zu wissen, dass er selbst dieses Geräusch verursachte. Das mit dem Gleichgewicht klappte auch noch nicht so ganz. Aber er war frei!

Lautlos kletterte er zwischen den Gefängniswaben nach unten. Sein schwarzes Fell war in der Dunkelheit eine ideale Tarnung. Ein Gefangener, der ihn über die Luke springen sah, deutete mit zitterndem Finger auf ihn und flüsterte heiser: »Ein Unaussprechlicher!«

Tobbs nahm sich vor, später darüber nachzudenken, was das genau zu bedeuten hatte. Mit einem Riesensatz erreichte er endlich den Boden unter der untersten Kammer und flitzte los.

Anfangs zählte er noch wie ein General die Schritte mit, um den Vierbeinertakt zu halten, doch als er seine Beine einfach laufen ließ, flog er plötzlich mühelos im Fuchsgalopp über den Boden. Es war unglaublich, wie schnell er vorankam! Und was das Beste war: Als Fuchs hatte er schärfere Augen, bessere Ohren, eine empfindlichere Nase. Er roch die Wachen, lange bevor er sie sah, und schlüpfte einfach an ihnen vorbei in die Stadt.

Eine Welle von Gerüchen und Geräuschen überschwemmte ihn. Er hörte Tausende von Faltern und Motten singen, plappern und wispern. Schuhe schlugen laut wie Hämmer auf den Boden. Er hörte sogar die Musik und das Geschirrgeklapper hinter verschlossenen Türen.

Und er staunte nicht schlecht, wie viele Verstecke und Geheimgänge so eine Stadt bot. Flink flitzte er zwischen Beinen hindurch, zwängte sich unter Handkarren, sprang über Zäune und schnürte ganz am Rand der Straßen entlang. Es war sehr nützlich, dass die meisten Menschen immer noch in den Himmel starrten, wo der Steckbrief summte. Unerkannt erreichte Tobbs das Vergnügungsviertel. Sein Fell begann sich zu sträuben, als er die leuchtenden Aale vor Ger Ti Bentens Theater sah. Und es sträubte sich noch viel mehr, als er sah, was sich in ihrem Lichtschein abspielte.

Gerade traten Ger Ti Bentens gehörnte Leibwächter über die Schwelle. Sie hatten eine Holzstange geschultert. Und daran hing ein triefendes Fischernetz. Tobbs konnte nicht erkennen, was sich darin wand wie ein großer Fisch, aber ein Duft nach Quellwasser, grauem Berggestein, Rosenhaut und Ziegenfell ließ keinen Zweifel daran, dass es Anguana war.

Lachend trat Ger Ti Benten aus dem Haus, gefolgt von einem Tanuki-Krieger.

Er hatte seinen Helm abgenommen. Tobbs erkannte ein kantiges Männergesicht mit braunen Raubtieraugen.

»König Tanuki wird sich freuen«, sagte er. Mit diesen Worten überreichte er Ger Ti einen Beutel mit klimpernden Münzen.

»Immer eine Freude, mit König Tanuki Geschäfte zu machen«, flötete Ger Ti Benten. Tobbs wurde vor Wut ganz schlecht. »Schick meine Wächter zurück, sobald ihr den magischen Wald erreicht habt!«, sagte Ger Ti und verschwand wieder in ihrem Haus.

Der Tanuki schwang sich auf sein rotes Pferd und winkte den Leibwächtern, ihm zu folgen. Augenblicklich verwandelten sie sich, diesmal in Zentauren, und stürmten dem Tanuki nach. Im Takt ihrer Schritte wippte das Fischernetz auf und ab. Tobbs rannte hinterher.

Jetzt war es gar nicht mehr so einfach, unbemerkt durch die Stadt zu laufen, denn nun starrten die Leute nicht mehr in den Himmel, sondern auf den Gefangenentransport. Eine Wirtshauskatze entdeckte Tobbs und fauchte, doch Tobbs ließ sich nicht beirren. Auf gar keinen Fall durfte er Anguana aus den Augen verlieren!

Die Zentauren waren schnell, im Galopp preschten sie nun die Straße entlang, immer im Bogen auf das südliche Stadttor zu. Tobbs fegte ihnen hinterher und hätte um ein Haar einen Falter verschluckt, der ihm aufgeregt entgegenflatterte.

»Nordtor!«, piepste die geflügelte Post und schoss davon.

»Ein Unaussprechlicher!«, hörte Tobbs im nächsten Augenblick eine aufgeregte Frauenstimme.

»Wo?«, bellte ein Wächter.

»Dahinten! Ein schwarzer, der Unglück bringt.«

»Wache! Ihm nach!«

Das Trampeln von Soldatenstiefeln hinter ihm.

Nun, es war wohl kein Fehler, einen kleinen Umweg zu machen. Mit einem gewaltigen Satz schnellte er hoch, sprang auf einen Karren und von dort aus auf ein Satteldach. Pfeile zischten an ihm vorbei, als er über das Dach galoppierte und zum nächsten Dach sprang.

Und schon war er außer Sichtweite. Genial! Warum war er eigentlich nicht eher darauf gekommen? Hier hatte er freie Bahn – und brauchte nur dem Hufschlag zu folgen, der von der Straße zu ihm hochhallte.

Tobbs begann die wilde Jagd zu genießen. Und als er schließlich mit einem Riesensprung vom letzten Hausdach segelte und kurz nach dem Gefangenentransport durch das Südtor huschte – viel zu schnell für die Wachen –, war er beinahe enttäuscht, dass es so einfach gewesen war.

»Nordtor! Nordtor, du Wahnsinniger! Suche das Sanderholz!«, summte ihm ein aufdringlicher Schwarm Stechmücken ins Ohr, doch Tobbs schüttelte nur unwillig den Kopf und flitzte weiter.

Der Tanuki galoppierte über freies Feld auf den Wald zu, der sich als schwarze Silhouette am Horizont abhob. Vom Heulen der Himmelhunde sträubte sich Tobbs' Fell, aber die Geisterwesen wagten sich offenbar nicht an den Tanuki heran, sondern flogen nur in sicherer Entfernung neben ihm und den Zentauren her.

Je weiter sie sich von der Stadt entfernten, desto dunkler wurde es und Tobbs merkte, dass ihm seine füchsischen Sinne hier noch mehr nützten.

Er folgte Anguanas Fährte, sprang mühelos über Hindernisse und kam kaum aus der Puste, obwohl ihm die Zunge längst aus dem Maul hing. Fieberhaft überlegte er, wie er Anguana befreien könnte. Immerhin hatte er jetzt ein echtes Raubtiergebiss. Es sollte also keine Schwierigkeit sein, ein Loch in das Fischernetz zu beißen.

Kurz vor dem Wald am Fuße des Berges wurden die Zentauren langsamer, hielten schließlich abrupt an und ließen das Bündel einfach auf den Boden fallen. Tobbs blieb beinahe das Herz stehen, als das Fischernetz mit einem deutlichen Humpf! unsanft auf dem Boden landete. Doch Anguana schien sich nicht verletzt zu haben, denn Tobbs hörte wütendes Schimpfen, darunter einige Wörter, die sogar jeder Elfe die Schamesröte ins Gesicht getrieben hätten.

»Geht«, grollte der Tanuki den Wächtern zu.

Sofort kauerte sich Tobbs platt auf den Boden und legte die Ohren an. Doch seine Vorsicht war unnötig, die Zentauren schienen so schnell wie möglich wieder nach Katuro zu wollen. In einem Höllentempo galoppierten sie blindlings an ihm vorbei, dass der Boden erzitterte.

Der Tanuki ließ Anguana im Netz liegen. Ohne sich um ihr Fluchen zu kümmern, ging er zum Waldrand. Äste knackten, es raschelte, als würde sich dort etwas durch das Unterholz bewegen.

Das war Tobbs' Chance! Leise huschte er zum Fischernetz hinüber.

»Anguana!«, knurrte er leise.

Das Schimpfen verstummte auf der Stelle. Durch eine Netzschlaufe hindurch sah das Ziegenmädchen ihn fassungslos an.

»Tobbs?«, flüsterte Anguana ungläubig. »Bist du das wirklich, Tobbs?«

Tobbs war heilfroh, dass sie beide von der Schlange gegessen hatten und sie ihn trotz seiner Tiergestalt verstehen konnte.

»Ja«, japste er.

»Was hast du gemacht? Wer hat dich ...«

»Das erkläre ich dir später. Erst einmal hole ich dich hier raus.«

»Wie willst du das denn machen? Nein, du musst sofort zur Taverne zurück! Sage den Quellnymphen Bescheid und richte ihnen aus, dass sie mich zu König Tanukis Palast bringen. Er liegt an einem von einer Quelle gespeisten Bergsee, der Mondsee genannt wird.«

»Woher weißt du das?«

»Habe ich aufgeschnappt, als Ger Ti Benten sich mit dem Tanuki unterhalten hat.« Ihre Stimme bekam einen kummervollen Unterton. »Und beeil dich! Wenn ich es richtig verstanden habe, haben sie vor, Arnold als meinen Komplizen auszugeben. Die Tanukis sollen denken, dass er die Schlange getötet hat. Es passt dem Fürsten von Katuro gut in den Kram, ihn als Mörder zu präsentieren. Er würde alles tun, um seine Stadt zu retten. Er hat Arnold und das halbe Cho-Babadoo in die Kammern der Ketten sperren lassen, zusammen mit allen anderen Verdächtigen. Und er wird alle zum Palast von König Tanuki schaffen lassen. Wir müssen verhindern, dass sie Arnold als Sündenbock an die Tanukis ausliefern!«

Ankou Arnold! Tobbs würgte ein füchsisch verächtliches Bjärks! hervor und schüttelte sich. Drei weitere Krieger waren am Waldrand erschienen und wechselten einige Worte. In der Dunkelheit konnte Tobbs den schwachen Schimmer ihrer Rüstungen sehen.

»Arnold soll sehen, wo er bleibt«, knurrte Tobbs und machte sich daran, das Netz durchzubeißen.

»Tobbs, nein!«, wisperte Anguana entsetzt.

Zu spät.

Ein brennendes Ziepen fuhr ihm bis zur Spitze jeder einzelnen Zahnwurzel und ließ grelle Funken vor seinen Augen tanzen. Unwillkürlich jaulte er auf. Die Tanukis verstummten.

»Lauf!«, flüsterte Anguana. »Zur Taverne!«

Keine Chance. Benommen torkelte Tobbs völlig orientierungslos ein paar Schritte vom Netz weg und fiel auf den Boden. Er hätte sich denken können, dass ein Netz, das Anguana hielt, magisch sein musste.

»War das ein Fuchs?«, grollte einer der Tanukis. »Das war doch kein Fuchs, oder?«

Anguana versuchte sich ziemlich kläglich an einer Imitation von Tobbs' Jaulen, doch die Tanukis ließen sich nicht täuschen.

»Dort! Bei der Gefangenen!«, brüllte einer der Krieger und sein Pferd erwiderte seinen Ruf als wieherndes Echo. »Königin Kitsunes Spion! Ich wusste doch, dass sich einer in der Stadt rumtreibt!«

»Los jetzt!«, rief Anguana panisch.

Tobbs hatte nur eine Sekunde, um sich zu entscheiden. Als Gefangener würde er Anguana nichts nützen. Sein Maul schmerzte immer noch höllisch, aber dafür funktionierten seine Beine wieder umso besser.

Die grässlichen Pferde stampften hinter ihm her. Immerhin bot sein schwarzes Fell ihm eine gute Tarnung. Vorausgesetzt, er erreichte die schattigen Flanken der hügeligen Wiese. Nicht denken, rennen!, ermahnte er sich.

Ein silberner Pfeil schlug neben ihm in den Boden ein und Tobbs lernte innerhalb einer Sekunde das Hakenschlagen. Es klappte sogar auf Anhieb ohne lästiges Beinverheddern. Mit angelegten Ohren schoss er auf eine schattige Mulde zu.

Es war seltsam – als Mensch wäre er längst in Panik ausgebrochen, aber sein Fuchsverstand ließ ihm nur Raum für das Naheliegendste: Wo ist es am dunkelsten, wie schlage ich den nächsten Haken, wie weit sind die Verfolger noch entfernt?

Tobbs wagte einen Blick zurück. Tatsächlich hatten sie ihn offenbar gerade aus den Augen verloren, denn sie blickten alle in unterschiedliche Richtungen. Schon wollte Tobbs triumphieren, als er stolperte. Instinktiv fing er sich ab und wollte wieder auftreten – aber seine Pfote trat ins Leere und zappelte panisch herum. Dann wurde ihm der Boden unter den Pfoten weggerissen und er strampelte hilflos in der Luft.

Das Gras unter ihm entfernte sich in rasender Geschwindigkeit. Vor Schreck brachte Tobbs nicht einmal ein Fiepen heraus. Sein Fell war mit einem Mal drei Nummern zu klein und würgte ihm am Hals die Luft ab. Und in seinen Rücken krallten sich – Hände? Klauen? Ihm wurde schwindlig und das Achterbahngefühl in seinem Magen machte es noch schlimmer.

Ein grinsendes knallrotes Gesicht tauchte vor ihm auf, ein zweites dicht neben ihm. Tobbs keuchte erstickt. Die Himmelhunde! Sie hatten ihn einfach von der Wiese weggeschnappt wie Adler ein Kaninchen.

Sein Fuchsverstand verabschiedete sich und er strampelte nur noch in höchst menschlicher Panik. Aus den Augenwinkeln konnte er sehen, dass die Himmelhunde ihn in Richtung Moor trugen. Dabei johlten und lachten sie und schienen sehr darauf bedacht, ihre Beute außer Reichweite der Tanukis zu schaffen. Tobbs' Erleichterung darüber hielt sich allerdings in Grenzen, denn im nächsten Moment schleuderte ihn der Himmelhund einfach in die Luft.

Tobbs wirbelte herum – und landete in den Händen eines anderen. Sie spielten Ball mit ihm! Sie warfen ihn hin und her, vor und zurück, bis Tobbs nicht mehr wusste, wo oben und unten war. Instinktiv schnappte er nach einem Ärmel, doch der geisterhafte Stoff glitt ihm einfach durch die Zähne. Verzweifelt blickte er um sich – und sah in der Tiefe eine hölzerne Straße, die durch Moortümpel und kleine Gruppen von verkrüppelten Bäumen führte. Der Weg, auf dem er und Anguana hergekommen waren.

Die Himmelhunde johlten noch einmal – und ließen ihn fallen. Tobbs jaulte vor Schreck auf, seine Pfoten ruderten in der Luft – dann brach er schon in die Krone einer Kiefer und stürzte von Ast zu Ast. Zweige schlugen gegen seine empfindliche Schnauze, er schnappte um sich im verzweifelten Versuch, irgendwo einen Halt zu finden. Zitternd, zerschrammt und völlig erledigt klammerte er sich schließlich an einen knorrigen Kiefernast, so gut das mit Fuchspfoten eben ging.

Lachend und johlend verschwanden die Himmelhunde wieder in Richtung Stadt. Tobbs ächzte und schloss die Augen. Ich will wieder ein Mensch werden!, dachte er und konzentrierte sich ganz auf diesen Wunsch. Ein Mensch! Bitte! Bitte! Ein Mensch!

Doch nichts geschah. Und zur Höhenangst gesellte sich die schreckliche Erkenntnis, dass er keinen Schimmer hatte, wie er sich jemals wieder zurückverwandeln sollte.

Wie schön wäre es jetzt gewesen, richtig losheulen zu können, doch alles, was Tobbs blieb, war zu warten und leise zu winseln, während die Uhr an seinem Hals unerbittlich vor sich hin tickte.

Doch mit dem Winseln hörte er sofort auf, als er unter sich Hufschlag hörte. Die Tanuki-Krieger! Sie suchten ihn immer noch!

»Ich habe da drüben etwas gesehen!«, rief einer. Kurz darauf trabten sie an der Gruppe von Kiefern vorbei. Von hier oben waren sie nur schmale Schatten in der Dunkelheit.

»Bist du sicher, dass er hierhergelaufen ist?«

Tobbs hielt die Luft an.

»Ja, eben ist was über den Boden gehuscht.«

»Eine Moorratte vielleicht, du Blindgänger!«

Die Krieger stritten und ritten noch eine Weile hin und her, dann gaben sie endlich auf und galoppierten davon. Erst nach einer Ewigkeit wagte Tobbs wieder zu atmen. Gerade wollte er sich eine etwas bequemere Position auf dem Ast suchen, als unter ihm ein Zweig knackte. Baumschlange, schoss es ihm durch den Kopf. Himmelhund, Riesenspinne, Mördermarder!

Weitere Äste brachen, etwas bewegte sich auf ihn zu. Tobbs fletschte die Zähne und knurrte. Dann verschluckte er sich und musste bellend husten.

Ein schmales blasses Gesicht tauchte zwischen den Kiefernästen auf. Ein Mädchengesicht mit goldenen Augen!

»Keine Angst«, flüsterte sie. »Ich bin's nur. Bleib ruhig, sonst fällst du runter!«

Mit zwei flinken Handgriffen zog sie sich neben Tobbs auf den Ast. Erst jetzt, als er sich entspannen konnte, spürte er, wie sehr er zitterte.

»Du bist vielleicht ein Sturkopf!«, flüsterte das Mädchen ihm zu und lachte leise. »Im Sanderhain wärst du in Sicherheit gewesen. Dort hätten dich weder die Tanukis noch die Kitsune gefunden. Machst du eigentlich immer das Gegenteil von dem, was man dir sagt?«

Dazu hätte Dopoulos, der Wirt, sicher so einiges zu sagen gehabt. Doch Tobbs war viel zu verblüfft, um zu antworten.

»Hat es dir die Sprache verschlagen?«, fragte das Mädchen mit den goldenen Augen.

»Nein«, knurrte Tobbs. »Wieso auch? Schließlich wurde ich nur von den Tanukis als Zielscheibe und von den Himmelhunden als

Volleyball benutzt und dabei beinahe umgebracht.« Dann fiel ihm ein, dass sie ihn ja nicht verstehen konnte, und er verstummte.

Das Mädchen lachte wieder. »Die Himmelhunde bringen niemanden um. Jedenfalls keine Tiere. Die wollen doch nur spielen. Das mit den Tanukis dagegen …«

»Du verstehst, was ich sage? Aber ich bin doch ein Fuchs!«

»Irrtum«, entgegnete sie freundlich, aber streng. »Der Fuchs bin ich. Du bist nur ein Halbfuchs. Und sei froh, dass Königin Kitsune dich nicht vor mir gefunden hat, sie würde dich auf der Stelle töten.«

Das Mädchen war ein Fuchs? Tobbs starrte die Fremde ungläubig an. Sie kniff die Augen zusammen und spähte angestrengt zum Waldrand.

»Ich glaube, die Luft ist rein. Am besten, ich nehme dich auf meinen Rücken und bringe dich runter.«

Bevor Tobbs protestieren konnte, hatte sie ihn bereits hochgehoben wie ein Schoßhündchen und ihn auf ihre Schultern gesetzt. Dann zog sie ihre Jacke darüber, damit er nicht runterfallen konnte, und begann geschickt nach unten zu klettern. Mit einem geschmeidigen Satz landete sie auf dem Boden und ließ ihn frei. Hinter einer Wolke war der Mond hervorgekommen und ließ ihre Augen leuchten. Sie betrachtete ihn mit einem amüsierten, etwas erstaunten Blick. Im Mondlicht sah sie hübsch aus – geheimnisvoll, und ein wenig gefährlich, wie die jüngeren Todesfeen.

»Ich heiße Moriko«, stellte sie sich vor. »Und wie nennt man dich?«

Tobbs schluckte. Sein Maul war wie ausgedörrt, die Zunge klebte an seinen Dolchzähnen.

»Tobbs.«

Sie kicherte. »Ein interessanter Name.«

Neugierig musterte sie ihn und lächelte ihm verschmitzt zu. Es sah nett aus.

»Ich danke dir … für die Warnungen«, stotterte er. »Aber warum hast du mir geholfen … und wie hast du mich überhaupt …«

»… erkannt? Füchse bleiben Füchse, egal in welcher Gestalt. Und ich bin außerdem nach Katuro geschickt worden, um die Augen offen zu halten. Wenn auch aus anderen Gründen.«

»Dann haben die Tanukis dich gemeint, als sie von Königin Kitsunes Spion sprachen?«

»Gut kombiniert. In dir steckt vielleicht doch mehr von einem Fuchs als von einem Menschen.«

Tobbs traute seinen Augen kaum. Mit klopfendem Herzen verfolgte er, wie sich das Menschenmädchen auf alle viere niederließ und sich vor seinen Augen in einen orange-farbenen Fuchs verwandelte. Es sah so selbstverständlich aus, als hätte sie einfach nur eine Maske abgenommen.

»Viel besser!«, meinte sie zufrieden und kratzte sich mit dem Hinterbein am Ohr.

Nun saßen sie sich Auge in Auge gegenüber.

»Zeigst du mir, wie … das geht?«, fragte Tobbs zaghaft. »Ich muss so schnell wie möglich wieder zum Menschen werden!«

Moriko schüttelte bedauernd den Kopf. »Keine Chance. Du bist nun mal kein richtiger Kitsune.«

»Aber du hast mir doch über den Falter ausgerichtet, ich soll mich verwandeln!« Jetzt war Tobbs der Verzweiflung nahe.

»Ja, weil es die einzige Möglichkeit war, dich aus der Kammer der Ketten zu befreien. Wenn die Tanukis dich in die Hände bekommen hätten, wäre das noch schlimmer, als wenn Königin Kitsune dich findet. Die Königin würde dich auf der Stelle töten. Die Tanukis dagegen würden dich auch töten, aber zuvor würden sie uns Füchsen noch unser wichtigstes Geheimnis entreißen.«

Tobbs schauderte. Das wichtigste Geheimnis.

»Es hat mit meinem Fell zu tun, nicht wahr? Als ich vor einigen Wochen im Land Tajumeer war, haben die Tanukis versucht, mein Fell zu bekommen. Was hat es damit auf sich?«

Moriko sah ihn ernst an. »Du bist der einzige Nachkomme einer Kitsune-Frau und eines Menschen-Mannes. Und damit auch der Einzige, der sich in zwei Naturen aufspalten kann. Auch wenn dir in deiner menschlichen Gestalt immer einige Eigenschaften deines Fuchswesens erhalten bleiben.«

Ein halber Kitsune also. Das war eine weitere Neuigkeit, die Tobbs erst einmal verdauen musste. Hatten seine Eltern ihn deshalb in der Taverne zurückgelassen? Damit er vor Königin Kitsunes Zorn sicher war?

»Kein richtiger Kitsune könnte getrennt von seinem Fell existieren«, fuhr Moriko fort. »Du siehst es an mir: Ich verwandle mich, und mein Fell verschwindet zwar vor deinen Augen, aber das ist nur ein Trick. In Wirklichkeit ist es immer noch Teil meiner Natur. Ich könnte es niemals ablegen. Du dagegen schon. Doch dein Fell birgt alle Magie der Verwandlung. Und wer das Fell besitzt, kann sie entschlüsseln. Die Tanukis haben großes Interesse daran, unsere Magie zu beherrschen, denn sie ist viel stärker als ihre eigene. Sie können nur in der Stunde der Dämmerung ihre Gestalt wechseln, wir dagegen zu jeder Tages- und Nachtzeit. Und vermutlich«, sie machte eine bedeutungsvolle Pause, »könnten die Tanukis mit deinem Fell unsere Magie sogar entschlüsseln und sie sich zu eigen machen. Dann wären wir nur noch gewöhnliche Füchse ohne den geringsten Funken Magie und sie könnten ihre Gestalt jederzeit verwandeln.«

Langsam dämmerte Tobbs, warum Dopoulos die Tür zum Land Doman zugemauert hatte. »Können denn alle Füchse in Doman Menschen werden?«, fragte er leise.

»Ja, aber nicht alle nutzen diese Gabe. Beim ersten Mal bedarf es eines komplizierten Rituals der Verwandlung. Und viele finden es schlichtweg langweilig, in der plumpen Menschengestalt unterwegs zu sein. Wer einmal Menschengestalt angenommen hat, lebt länger als ein gewöhnlicher Fuchs – ein ganzes Menschenleben lang. Und auch sonst bringt es viel Verwirrung mit sich. Man findet plötzlich Menschen attraktiver als Füchse, verliebt sich, wird eifersüchtig, all dieser Menschenkram eben. Die meisten Füchse bleiben lieber gewöhnliche Tiere.«

»Du hast das Ritual durchgeführt, um dich in einen Menschen zu verwandeln.«

Moriko senkte verlegen den Blick. »Ja«, sagte sie ernst. »Wobei wir uns nicht in Menschen verwandeln, wir sehen nur aus wie welche. Bei dir ist das anders – du bist zur Hälfte ein richtiger Mensch.«

»Warum will eure Königin mich töten?«

»Nun ja, die erlaubte Halbfuchsquote in Doman beträgt 0,0 Prozent. Altes Gesetz in Doman. War schon immer so. Und abgesehen davon ist die Existenz deines Fells eine ständige Bedrohung für uns. Für die Kitsune wäre es besser, das Fell würde vernichtet. Du würdest dann ohnehin sterben. Komm, ich bringe dich zum Sanderholzhain. Da bist du erst einmal sicher …«

»Nein! Ich muss zu Inaris Tempel. Von dort aus finde ich bestimmt den Weg zurück zur Höhle und kann nach Hause. Anguana ist bei den Tanukis und …«

»Das Mädchen mit den grünen Haaren?«

Er nickte und die Angst schnürte ihm die Kehle zu. »Sie werden ihr etwas Schreckliches antun! Ich muss es verhindern.«

»Hm, König Tanuki sammelt Nixengeschöpfe«, meinte Moriko leichthin. »Vielleicht lässt er sie ja am Leben.«

»Vielleicht aber auch nicht!«, blaffte Tobbs sie an und streifte sich mit beiden Pfoten die Uhr über den Kopf. Der Anblick des Zifferblatts ließ seinen Mut sinken. »Nur noch sechs Stunden und elf Minuten!«

Moriko sah zum Wald hinüber. »Du weißt schon, dass Inaris Tempel am Rand des Tanuki-Waldes liegt?«, gab sie zu bedenken. »Die Tanukis und die Kitsune sind verfeindet. Die Göttin Inari schützt nur einen winzigen Teil des Waldes.«

»Ich muss trotzdem zurück!« Tobbs zog die Uhr wieder über den Kopf, sprang auf und setzte sich in Bewegung. Moriko folgte ihm und trabte neben ihm her, und Tobbs war insgeheim sehr froh, dass sie bei ihm blieb.

Im Gleichtakt klackerten ihre Krallen auf der hölzernen Straße. Nach einer Weile sah Moriko sich um und leckte sich über die Lefzen.

»Es wäre besser, im Schatten neben der Straße zu laufen. Auf dem Präsentierteller bewegen sich nur Menschen fort.«

Tobbs wurde bewusst, dass seine Menschenhälfte die Regie übernommen hatte, und folgte Moriko sofort auf das sumpfige Gras.

»Was weißt du noch über meine Eltern? Meine Mutter ist ein Fuchs, hast du gesagt.«

Moriko lachte. »Ja, natürlich! Das sieht doch jeder Blindfuchs! Hat Inaris Orakel dir deine Frage nicht längst beantwortet?«

»Nein, es sagte lediglich, ich muss ein Haus mit grünem Dach und goldenen Fenstern finden.«

»Dann finde es«, erwiderte Moriko trocken. »Alles andere wäre reine Spekulation.«

Tobbs seufzte, so gut er das als Fuchs konnte. Sandergiftholz, noch zu grün, hallte das Orakel in seinem Kopf. In Doman liebten es leider nicht nur die Katzen, in Rätseln zu sprechen.

»Warum sind die Kitsune mit den Tanukis verfeindet?«, brach er nach einer Weile das Schweigen.

»Naturgesetz. War schon immer so. Früher gehörte der magische Wald uns Füchsen. Wir waren die Herren hier und der alte Fürst der Stadt war den Füchsen wohlgesinnt. Doch dann kamen die Tanukis aus dem Norden und beanspruchten einen größeren Teil des Waldes für sich. Und als die Kitsune nicht nachgaben, gewannen die Tanukis die Bewohner der Stadt für sich und hetzten gegen die Füchse. Sie versprachen den Städtern Magie und Macht. Der alte Fürst wurde vertrieben, die Füchse systematisch gejagt und beinahe ausgerottet. Ein neuer Fürst, ein Freund der Tanuki, kam auf den Thron und besetzt ihn bis heute. Du hast ihn ja selbst gesehen – ein vergnügungssüchtiger Feigling, der ihnen nicht gefährlich werden kann. Seitdem herrschen die Tanukis über die Wälder Domans und de facto auch über Katuro, und die Füchse gelten als die Unaussprechlichen, die Unglücksbringer. Ganz besonders die schwarzen. Doch die Tanukis warten nur auf die Gelegenheit, auch noch die Menschen zu vertreiben. Da war der Mord an der Wächterschlange eine willkommene Gelegenheit.«

»Woher haben sie so viel Macht?«, wollte Tobbs wissen. »Wie haben sie es geschafft, dass die Sonne verschwindet?«

In ihrer menschlichen Gestalt hätte Moriko sicher mit den Schultern gezuckt.

»Das kann uns nur die Göttin Amaterasu sagen. Solange sie sich verborgen hält, scheint die Sonne nicht. Das kommt den Tanukis gelegen, denn egal, ob sie ihre Menschen- oder ihre Tiergestalt annehmen – ihre ganze Stärke besitzen sie nur in der Dunkelheit.«

»Das erklärt, warum sie vor einigen Wochen mitten in der Nacht in das Land Tajumeer eingefallen sind«, murmelte Tobbs.

»Ihnen wäre es nur recht, wenn ständig Dunkelheit herrschen würde«, sagte Moriko.

»Warum sucht ihr die Göttin nicht und bringt das in Ordnung? Warum wehrt ihr euch denn nicht gegen die Tanukis?«

Ein ärgerlicher Seitenblick traf ihn. »Hm, lass mal überlegen. Von den Kitsune gibt es etwa noch dreihundert. Sie leben zurückgezogen in den Bergwäldern und müssen ständig auf der Hut sein. Königin Kitsune schläft keine zwei Nächte am selben Ort. Die Zahl der Tanukis beläuft sich nach neuesten Schätzungen auf etwa zweitausend. Kannst du rechnen?«

»Und das Sanderholz?«, fragte Tobbs. »Leben da nicht noch Kitsune?«

»Nicht genug. Das Sanderholz ist das Versteck für diejenigen, die beide fürchten müssen – die Sieger und die Besiegten«, erwiderte Moriko knapp.

Tobbs hatte das Gefühl, dass noch viel mehr dahintersteckte, aber er löcherte sie nicht weiter.

Stattdessen musterte er Moriko verstohlen von der Seite. »Du musst nicht mit in den magischen Wald kommen. Ich meine, du hast mir schon genug geholfen, und ich danke dir dafür ..., aber du musst dich für mich nicht mehr in Gefahr bringen.«

Moriko warf ihm einen spöttischen Seitenblick zu und lachte. »In wirklicher Gefahr sind wir nur, wenn die Tanuki-Krieger dich finden und dir das Fell abziehen!«, erwiderte sie und flitzte los.

Mühelos liefen sie den ganzen Weg, für den Tobbs mit Menschenfüßen einen Tag gebraucht hätte, in gestrecktem Galopp und wenigen Stunden. Eine Weile machten sich die Himmelhunde einen Spaß daraus, ihnen zu folgen, doch schließlich fanden sie in einer weißen Nachteule einen hübschen Federball und verloren das Interesse an den Vierbeinern.

Ohne einen Laut tauchten Tobbs und Moriko in den Wald ein.

Die Bäume waren nachtblaue Schatten, Mondlicht fiel durch das Blattwerk. Von allen Seiten begannen die Gespenster zu flüstern und Tobbs spürte das Knistern der Magie. Er hätte nicht sagen können, ob sie Minuten oder Stunden unterwegs waren, ihm selbst kam es eher vor wie Tage. Bei der Vorstellung, dass Anguana im selben Augenblick bei den Tanukis war, wurde ihm ganz elend und er rannte noch schneller.

»Leise jetzt«, wisperte ihm Moriko zu. »Dort drüben ist der alte Tempel der Inari!«

Tobbs erkannte Niemands Land sofort wieder. Zwischen den Bäumen zeichneten sich die hölzernen Tore ab – und zwischen den Toren ein Flimmern und Glimmen.

»Leuchtfalter!«, flüsterte Tobbs.

Moriko nickte düster. »Tanukis!«

Als sie näher herankamen, hörten sie Stimmen. Der verwitterte Altar lag zerbrochen mitten auf dem Weg.

»Sie zerstören den Tempel«, sagte Moriko traurig.

Tobbs' Magen krampfte sich noch mehr zusammen. Das schlechte Gewissen übermannte ihn. Wo die Geisterfüchse wohl waren?

»Los, komm, wir nehmen den magischen Pfad«, sagte Moriko. »Hoffentlich haben sie den noch nicht entdeckt.«

Der versteckte Pfad roch nach Füchsen. Und als Tobbs hinter Moriko herschnürte, ertönten hinter und neben ihm plötzlich leise, schleichende Schritte. Schultern berührten seine Seite, Felle wärmten ihn, leises Atmen war in der Dunkelheit zu hören.

Zum ersten Mal im Leben erlebte er, wie es war, im Rudel zu laufen. Noch nie hatte er sich so geborgen gefühlt. Seine Tiernatur übernahm die Herrschaft über seinen Körper und für einige Minuten lebte, hörte, atmete er nur und sorgte sich nicht, sondern suchte einfach sein Ziel. Selbst die Angst um Anguana verblasste, aber nur ein wenig. Der stechende Geruch nach Pferdefell zeigte ihm, dass er auf der richtigen Spur war. Seine Ohren verrieten, dass die roten Pferde zum Glück weit entfernt waren – und da war bereits das Plätschern des Baches!

»Von hier aus finde ich den Weg!«, flüsterte er Moriko zu. »Danke für deine Hilfe!«

Im Mondlicht erkannte er dicht neben Moriko die Silhouette eines großen, schlanken Fuchses. Sie zögerten, und Moriko schien ein stummes Zwiegespräch mit dem Großen an ihrer Seite zu halten. Tobbs keuchte vor Ungeduld. Die Zeit lief ihm davon!

»Wie du meinst, Tobbs«, sagte Moriko nach einer Weile. »Wir lenken die Tanukis ab, falls sie hier auftauchen. Viel Glück!«

Tobbs nickte und schnürte bachaufwärts davon, ohne sich umzusehen. Er hatte noch eine halbe Stunde Zeit, bis Domovoj die Tür öffnen würde, schätzte er. Aber die Uhr abstreifen und nachsehen hieße, unnötig Zeit zu verschwenden. Jetzt kam es darauf an, möglichst schnell in die Höhle zu kommen. Dort war er sicher!

Sein Herz machte einen Satz, als er plötzlich Anguanas Duft wahrnahm. Im ersten Augenblick dachte er, er würde das Mädchen gleich am Bachlauf sehen. Die Hoffnung, dass ihr die Flucht geglückt war, loderte in ihm auf. Doch dann entdeckte er die

Trauerweide, unter der sie sich vor der Schlange und dem Wächter in Sicherheit gebracht hatten, und erkannte, dass er lediglich die Spur des Mädchens wahrnahm, die schon fast drei Wochen alt war. Er senkte die Nase zum Boden und folgte der Spur dicht am Bachlauf.

Dummerweise hörte er das Plätschern zu spät.

Dummerweise hatte der Flusskobold diesmal eine etwas bessere Strategie. Dummerweise war eine Verbeugung vor einem Monsterfrosch unmöglich, wenn dieser Monsterfrosch gerade auf seinem Rücken landete wie zehn Säcke Zement und ihn mit voller Wucht in den Bach katapultierte.

Bevor Tobbs auch nur japsen konnte, drückte das Flusswesen ihn schon unter die Oberfläche. Zähne gruben sich in Tobbs' Kehle. Es knirschte, als der Kobold in das Uhrenarmband biss. Tobbs drehte sich unter Wasser wie ein Krokodil mit Fell und schnappte instinktiv mit aller Kraft zu. Die Froschhaut schmeckte nach bitterer Galle und Gummiflossen, ein erstickter gurgelnder Schrei unter Wasser zeigte ihm, dass er zumindest gut gezielt hatte. Das Maul des Kappas klappte auf und näherte sich wieder seiner Kehle. Tobbs verfluchte seinen menschlichen Anteil, der seine Fuchsreflexe außer Kraft setzte. Er machte etwas sehr Dummes: Er versuchte mit der Pfote so umzugehen, als sei sie eine Hand. Blöderweise hatte er keine Finger. Statt den Flusskobold abzuwehren, rutschte seine Pfote direkt ins Maul.

Sein erschrockenes Jaulen vergurgelte im aufgewühlten Wasser, Schmerz flutete durch seine linke Pfote. Jetzt wussten seine beiden Naturen gar nicht mehr, wer das Sagen hatte. Kurzschluss im Gehirn. Pfote oder Hand – es spielte keine Rolle mehr. Tobbs kämpfte nur noch blind, Wasser brannte in seiner Nase, in Panik strampelte und biss er, strampelte und biss, bis ihm die Luft ausging und jeder Muskel schmerzte. Dann war er plötzlich frei und paddelte mit aller Kraft zur Oberfläche. Die Uhr löste sich endgültig von seinem Hals.

In einem Mondstrahl leuchtete das Zifferblatt auf, während die Uhr im klaren Wasser nach unten sank. Nur noch dreiundzwanzig Minuten!

Verzweifelt kroch Tobbs wieder ans Ufer. Doch als er auftreten wollte, zuckte ein stechender Schmerz durch sein Vorderbein. Er konnte nicht mehr laufen! Und schlimmer noch: Auch seine anderen Beine fühlten sich völlig taub an.

Dieses elende Kappa-Monster hatte ihn vergiftet! Wie eine Spinne die Fliegen, erinnerte er sich an die Worte des alten Mannes in Inaris Tempel. Er würde es nicht schaffen. Aus, vorbei. Versagt auf ganzer Linie.

Im Licht einer Leuchtmotte erkannte er schemenhaft die Gestalt eines schlanken, großen Fuchses vor sich. Nummer eins?

»Tavernentür!«, jaulte Tobbs verzweifelt auf. »Dreiundzwanzig … Minuten …«

Dann brach er zusammen.

Als Mensch hatte er stets geträumt, ein Fuchs zu sein. Nun träumte er davon, wieder auf zwei Beinen zu laufen. Und wie gut es sich anfühlte! Seine Beine trugen ihn im wippenden Gleichtakt durch den Wald. Wie wunderbar es war, einfach nur ein Mensch zu sein!

»Dreiundzwanzig, zweiundzwanzig, einundzwanzig …«, zählte Nummer eins im Marschtakt mit.

»Noch ein Stück, du kommst zurück«, echoten Nummer zwei und drei.

»Schnauze!«, schnarrte Nummer vier. »Singt noch ein bisschen lauter, damit die Tanukis ihn auch ja finden.«

Tobbs lächelte und schwebte im federnden Zweibeinergang dahin. Nur ab und zu blinzelte er und sah den Waldboden im Mondlicht. Interessiert betrachtete er Blätter, Gras und einen flachen Felsstein, der eine Höhle versperrte.

Moment mal, hatten Anguana und er den Eingang zur Höhle nicht zerstört? Wo waren die Scherben?

Kurz darauf roch es nach Stein, Wurzelwerk und altem Holz.

»Zehn … neun … acht …«, zählte Nummer eins.

Eine innige Umarmung umfing Tobbs, jemand drückte ihn an sich, eine Hand strich ihm zärtlich über das Fell am Kopf.

»Taiki!«, sagte eine warme Frauenstimme, die er nicht kannte und deren seltsam vertrauter Klang ihn dennoch erschauern ließ.

»… drei … zwei … eins …«, schnarrte der Geisterfuchs.

Lautlos implodierendes KAWUMM.

Druck auf seinem Trommelfell, Staub nebelte ihn ein. Tobbs wurde so schwindlig, dass er die Augen nicht aufmachen konnte. Erst in diesem Augenblick wurde ihm klar, dass er immer noch ein Fuchs war. Aber jemand auf zwei Beinen hatte ihn zur Höhle getragen und legte ihn nun sanft auf einem Holzboden ab.

Grelles Licht blendete ihn, als er blinzelte. Er musste sehen, wer zu ihm gesprochen hatte!

Tellergroße Augen starrten ihn aus einer greisenhaften Fratze an. Tobbs stieß einen Schrei aus und prallte zurück.

»He, ich weiß ja, dass ich keine Schönheit bin, aber jetzt übertreibst du wirklich«, sagte Domovoj gekränkt.

Tobbs fuhr hoch, obwohl der Schmerz ihm durch den Arm schoss. Gerade noch sah er, wie die Splitter, Steintrümmer und Staubpartikel hochwirbelten und in Windeseile den gesprengten Durchgang wieder verschlossen. Dann saß Tobbs vor der Mauer im Tavernenflur, als wäre er nie fort gewesen.

»Er war pünktlich!«, frohlockte der Hauskobold. »Auf die Minute! Hab ich es nicht gesagt? Auf Tobbs ist Verlass, hab ich gesagt!«

»Dann sag ich dir jetzt auch was«, erklang Dopoulos' mürrische Stimme. »Das war das allerletzte Mal, dass du in meiner Taverne irgendwas gesprengt hast, Domovoj! Und jetzt geh mir aus den Augen, bevor ich dich den Minotauren zum Fraß vorwerfe.«

Der Hauskobold senkte kleinlaut den Kopf. »Ist ja gut«, maulte er und schlurfte beleidigt davon.

»Warte!«, schrie Tobbs. »Die Frau eben! Wer war das?«

Seine Gliedmaßen waren immer noch taub, aber er spürte dennoch das Holz der Dielen unter seinen Händen. Moment mal: Hände?

Nicht weit von ihm lag sein nasses Fuchsfell auf dem Boden. Und hier, direkt unter seinen Augen, waren Finger, Handflächen und Arme und ... eine hässliche Bisswunde auf seinem linken Unterarm, die jedem Vegetarier Albträume beschert hätte.

»Jetzt noch mal von vorn«, knurrte Dopoulos mit gefährlicher Geduld. »Neki ist in Doman, eine Telegrammlibelle ist auf dem Weg hierher, die Sonne ist verschwunden und die Tanukis wollen Katuro vernichten?«

Tobbs nickte und schniefte. Sein Arm stak in einem dicken weißen Verband und vor ihm dampfte eine Tasse heißer Medizin gegen das Kappa-Gift. Inzwischen konnte er zumindest wieder mit den Zehen wackeln und auch seine Beine knickten nicht mehr bei jedem Schritt ein.

Der Dielenboden bebte leicht, und auch die blattgrüne Flüssigkeit in der Tasse vibrierte im Takt des fernen Stampfens, das aus dem Keller durch das Haus hallte. Die Party der Minotauren hatte offenbar Phase II erreicht: Techno-Polka.

Gegenüber von Tobbs saßen Dopoulos und Wanja. Die meisten Gäste waren längst gegangen, nur am großen Wirtshaustisch neben der Schanktheke vergnügten sich die Schicksalsfrauen noch beim Mensch-ärgere-dich-nicht-Spiel. Tobbs hätte schwören können, dass mindestens eine der kleinen Holzfiguren ihm bis aufs Haar glich.

Die Schicksalsfrau des Südens – eine rothaarige Schönheit – hatte entschieden zu viel getrunken und die Kontrolle über ihre Zischlaute verloren.

»Na, Tssobsss?«, lallte sie und ließ grinsend die Würfel in ihren Händen klappern. »Ssssollich dich auss'm Schpiel rausswürfeln? Dann tsuttsss ganichmehr weh!«

»Hör nicht auf sie«, sagte Wanja und warf der Schicksalsfrau einen bösen Blick zu.

Tobbs' Ankunft hatte die Tavernenschmiedin offenbar aus dem Schlaf gerissen. Sie war blass, ihre Locken waren zerzaust und auf einer Wange hatte sie noch den Abdruck eines Strohkissens. Ihre warmen Augen aber blickten hellwach und besorgt. Doch heute konnte nicht einmal Wanjas Gegenwart Tobbs trösten.

»Und da ist noch etwas: Wir müssen Anguana retten«, fuhr er kläglich mit seinem Bericht fort. »König Tanuki hält sie gefangen. Eine Nixenhändlerin hat sie an ihn ausgeliefert.«

Die Stille, die daraufhin eintrat, hätte jedem Toten Angst eingejagt. Tobbs hob den Blick und sah Dopoulos an.

Der Wirt bebte. Aber nicht vor Schreck, sondern wie ein Vulkan, der sich zum Ausbruch bereit macht. Seine Halbglatze und das runde Gesicht wurden erst fassungslosblass, dann erkenntnispink und schließlich fuchsteufelswildtiefrot. Die Schicksalsfrauen beugten sich schützend über ihr Spiel und hielten die Figuren fest.

»Anguana ist WO?«, donnerte Dopoulos, dass die Gläser in den Regalen klirrten. Sein Stuhl fiel um, als er aufsprang. »Bei den TANUKIS? Weißt du, was die Nymphen mit uns und der Taverne machen, wenn dem Mädchen irgendetwas passiert? Und du bist schuld daran, Tobbs!«

An jedem anderen Tag wäre Tobbs eingeschüchtert gewesen, heute aber platzte ihm zum ersten Mal in Dopoulos' Gegenwart so richtig der Kragen.

»Schuld?«, brüllte er zurück und sprang ebenfalls auf. »Und du bist wohl unschuldig, was? Hättest du mir einmal in den dreizehn Jahren die Wahrheit gesagt, dann wäre es nicht so weit gekommen!«

»Huihui«, feixte eine Schicksalsfrau. Die anderen kicherten.

»Und ihr haltet auch die Klappe!«, schrie Tobbs zu ihnen hinüber. »Ihr wisst doch am allerbesten, wo ich herkomme und wer ich bin. Und alles, was ihr macht, ist, mit diesen dämlichen Würfeln herumzuspielen. Ihr seid genauso verlogen wie Dopoulos.«

»He!«, fuhr ihn der Wirt an. »Pass auf, was du sagst!«

»Pass auf, was du sagst, Dopoulos! Ich weiß, dass ich zur Hälfte ein Kitsune bin und zur Hälfte ein Mensch. Und wenn ich mich richtig erinnere, nannte mich jemand, der mir geholfen hat, Taiki. Das ist mein richtiger Name, nicht wahr?«

Der Wirt schnappte nach Luft und Tobbs erkannte, dass er endlich einmal direkt ins Schwarze getroffen hatte.

Plötzlich wurde Dopoulos aschgrau im Gesicht und schluckte. Wanja stand auf und legte ihm tröstend die Hand auf die Schulter. Noch nie hatte der Wirt so traurig ausgesehen. Fast tat er Tobbs leid. Aber nur fast.

»Zeit zu gehen, Mädels!«, rief eine Schicksalsfrau munter und räumte mit einer schwungvollen Armbewegung das Spielbrett ab. »Gleich wird's ungemütlich.«

Kichernd und feixend nahmen sie die angetüdelte Rothaarige in ihre Mitte und verließen den Raum.

»Also, was ist jetzt?« Tobbs schlug mit seiner heilen Hand auf den Tisch. »Zur Abwechslung mal die Wahrheit?«

»Genug mit dem Geschrei! Setzt euch wieder hin«, befahl Wanja streng. »Das ist ja nicht auszuhalten um fünf Uhr morgens! Regt euch erst einmal wieder ab. Und zwar alle beide!«

Gute Idee, Tobbs war ohnehin schwindlig. Seine Wunde pochte und er fühlte sich mit einem Mal so schwach, dass er kaum stehen konnte. Erschöpft ließ er sich wieder auf den Stuhl sinken.

»Wir müssen überlegen, wie wir das Mädchen zurückholen«, bestimmte Wanja.

»Anguana hat gesagt, ich soll die Nymphen in unseren Bergen informieren«, sagte Tobbs.

»Das werden wir auf gar keinen Fall tun«, brauste Dopoulos auf. »Weißt du, was dann los ist? Wir haben den schönsten Krieg – sowohl in Doman als auch in der Taverne. Nymphen vergeben nie!«

»Wir holen sie auf eigene Faust zurück«, übernahm Wanja das Wort. »Aber direkt durch eine Taverentür nach Doman zu gehen, wäre zu gefährlich. Wir nehmen stattdessen die Tür in das Dämonenland Olitai und bauen dort eine Direktverbindung nach Doman. Wenn etwas schiefgeht und die Domaner uns folgen, landen sie nicht in der Taverne, sondern laufen den Dämonen in Olitai direkt in die Arme.« Sie lächelte grimmig. »Und für unseren Ausflug nach Doman brauchen wir eine kleine Armee, Leute, die viel Krach schlagen können. Möglichst Unverwundbare.«

»Die Furien aus Kandara«, knurrte Dopoulos. »Schulden mir sowieso noch einen Gefallen. Ich schicke einen Boten. Schaffen wir den Aufmarsch in zwei Stunden?«

»Hat die Taverne zweiundvierzig Türen?«, antwortete Wanja mit der Verachtung echter Fachleute. »Wie sieht es aus? Nehmen wir auch Kali mit?«

Tobbs blickte ungläubig von Wanja zu Dopoulos. Keine Antworten, keine Wahrheiten, sie unterhielten sich, als wäre er gar nicht mehr da.

Dopoulos schüttelte den Kopf. »Nein, Kali kommt nicht mit, so gern ich sie auch dabeihätte. Aber du weißt ja, wie cholerisch sie ist. Und wir wollen Anguana schließlich nur befreien, nicht die Stadt und drei Berge in Trümmer legen. Wir brauchen auch noch Verstärkung bei den Reittieren. Tobbs, du gehst sofort …«

»Du hast mir gar nichts zu befehlen!«, platzte Tobbs heraus. Und erlebte die Überraschung seines Lebens: Dopoulos, der träge, gemächliche, vernünftige Dopoulos, fuhr blitzschnell herum und langte über den Tisch. Tobbs sah die Ohrfeige heransausen, doch er war so fassungslos, dass er sich nicht einmal ducken konnte. Der Wirt war mürrisch und explodierte auch hier und da, aber noch nie in seinem ganzen Leben hatte er Tobbs geschlagen!

Doch Dopoulos' Hand erreichte seine Wange nie. Wanja schnappte sich das Handgelenk des Wirts und hielt den kräftigen Mann zurück.

»Schluss jetzt! Was ist denn nur in euch gefahren?«

Einige Sekunden starrten der Wirt und die Schmiedin sich mit funkelnden Augen an. Tobbs duckte sich unwillkürlich. Mit Wanja war nicht zu spaßen, sie war so stark, dass selbst die Minotauren einen respektvollen Bogen um sie machten. Aber seltsamerweise wurde ihr Gesicht heute vor Anstrengung knallrot. Und Dopoulos?

Der Wirt erschien Tobbs plötzlich wie ein Fremder. Nach und nach wich die Spannung aus Dopoulos' Arm und auch Wanja ließ locker. Kopfschüttelnd ließ sie Dopoulos' Handgelenk schließlich los, angelte eine Flasche »Brennberger Schlangenspucke« vom Regal und goss drei Gläser ein. Eines davon schob sie Tobbs hin.

»Austrinken!«, befahl sie ihm. »Und du auch, Dopoulos. Und dann …«, sie wandte sich an den Wirt, »… ist es wirklich an der Zeit, dass du mit Tobbs einige Dinge klärst.«

Der Wirt wischte sich mit dem Handrücken über die Augen und sah auf einmal sehr niedergeschlagen aus.

»Ich kann nicht. Ich habe ein Versprechen gegeben«, sagte er mit brüchiger Stimme.

»Ich weiß«, erwiderte Wanja etwas freundlicher. »Aber Menandros würde es verstehen, meinst du nicht? Und unser Tobbs ist nun mal kein kleiner Junge mehr. Wenn du ihm jetzt nicht die Wahrheit sagst, wird er wieder wegrennen und es selbst herausfinden. Und dann wird es vielleicht nicht so glimpflich ausgehen wie die letzten Male.«

Tobbs hatte das Gefühl, dass sein Magen aus einem einzigen Knoten bestand.

Hier war sie. Die Stunde der Wahrheit. Seit so vielen Jahren wartete er auf diesen Moment. Und das Verrückte war: Er war sich gar nicht mehr so sicher, ob es wirklich gut war, diese Wahrheit zu erfahren. Er musste sich mehrmals räuspern, bis er endlich mit schwacher Stimme seine Frage herausbrachte: »Wer ist Menandros?«

Dopoulos wich seinem Blick aus. Er seufzte tief, kippte die Schlangenspucke in einem Zug hinunter und knallte das leere Glas auf die Tischplatte.

»Menandros A. Dopoulos«, murmelte er. »Mein jüngerer Bruder. Er … war dein Vater, Tobbs.«

In Tobbs' Ohren begann es zu klingeln. Ich habe mich verhört, redete er sich ein, während er sein Glas so fassungslos anstarrte, als würden darin vier Spinnen Synchronschwimmen trainieren.

Zwei Worte in Dopoulos' Antwort waren verkehrt. Das Wort ›Bruder‹. Und das Wort ›war‹.

Er fing mit dem weniger schlimmen Wort an. »Wenn er dein Bruder war, dann bist du … du bist mein …«

»Onkel«, bestätigte Wanja und nickte. »Ja, du bist Dopoulos' Neffe.« Sie zwinkerte ihm verschmitzt zu. »Der Sturkopf scheint in der Familie zu liegen.«

Tobbs musste schlucken, das Glas verschwamm vor seinen Augen. »Und wenn er dein Bruder war, dann ist er … tot?«

Das traurige Schweigen war Antwort genug. Nun leerte auch Tobbs das Glas in einem Zug. Es war nicht nur das scharfe Gebräu, das ihm die Tränen in die Augen trieb.

»Du hast es die ganze Zeit gewusst!«, brachte er nach einer Weile hervor. »Und mir kein Wort gesagt.«

»Weil ich es meinem Bruder vor seinem Tod versprochen habe«, erwiderte Dopoulos heftig. »Was hätte ich denn tun sollen? Und außerdem war es besser, dich nicht wissen zu lassen, wer du bist. Dann würdest du keine Dummheiten machen können.«

»Kann er doch, wie man sieht«, sagte Wanja trocken. »Ich hatte dich oft genug gewarnt, Dopoulos. Ich sagte: Tobbs ist ein schlauer Kerl, du wirst ihn nicht einsperren können.«

»Und meine Mutter?«, rief Tobbs.

Dopoulos seufzte. »Dass sie eine Kitsune ist, hast du ja schon herausgefunden. Weil sie einen Menschen liebte, muss sie sich auch vor ihren eigenen Leuten verbergen.«

»Die ganze Geschichte!«, sagte Tobbs nachdrücklich.

Dopoulos' Schultern sackten nach unten, als würde er eine schwere Last tragen. »Wir reisten damals gemeinsam umher, Menandros und ich. Kandara war uns zu eng, wir suchten das Abenteuer. Wir fuhren über unzählige Meere und durch fremde Länder. Wir besiegten Untiere, stahlen goldene Äpfel und bändigten wilde Bestien. Tja, und dann bestand Menandros darauf, dass wir nach Doman reisten. Er hatte von der domanischen Musik gehört. Er mochte Musik und er tanzte gern. Sicher gibt es die Vergnügungsviertel in Katuro noch. Damals waren sie noch um ein Vielfaches prächtiger. Wir kamen gerade zur rechten Zeit. Immer mehr Tanukis drängten aus dem Norden heran und kundschafteten den magischen Wald aus. Es roch nach Krieg und Menandros und ich erklärten uns bereit, bei der Verteidigung der Stadt zu helfen, falls es nötig sein würde. Nun, in Katuro lernte Menandros eine junge Frau kennen. Yoko. Sie verliebten sich. Na ja, wie es eben so geht.« Er seufzte wieder und griff nach der Flasche, um sich nachzuschenken. »Er wusste nicht, dass Yoko eine Kitsune war. Und auch nicht, dass es den Kitsune bei Todesstrafe verboten ist, sich mit Menschen einzulassen. Mit ihnen leben? Ja! Sie lieben? Nein. Deine Mutter spielte mit ihrem Leben. Erst als du geboren wurdest und Menandros sah, dass Yoko statt eines Menschenkindes einen schwarzen Fuchswelpen im Arm hielt, verstand er. Ein schwarzer Unglücksfuchs. Sein Sohn.« Zum ersten Mal hob Dopoulos den Blick und sah Tobbs an. »Er verstand, dass die Kitsune Yoko und dich töten würden. Yoko hätte nur eine einzige Chance gehabt: Königin Kitsune hätte sie begnadigt. Aber dazu hätte Yoko dich zuerst töten müssen. Gesetz der Füchse.«

Tobbs schluckte schwer. Der Kloß in seinem Hals schien ihn ersticken zu wollen.

»Dein Vater hat dich geliebt, Tobbs«, sagte Wanja leise. »Es hat ihm keine Sekunde lang etwas ausgemacht, dass du ein Fuchs warst. Und deine Mutter hätte dir niemals etwas angetan. Unter größten Gefahren sind sie gemeinsam zum Tempel der Inari gegangen und haben die Gottheit angefleht, dich zu schützen.«

Dopoulos nickte. »Es war ein regnerischer Tag. Die Tanukis machten sich zum Angriff bereit, überall herrschte Chaos. Wir waren in Gefahr, von den Kitsune gefunden zu werden – und ebenso gefährlich war es, einem Tanuki zu begegnen. Im Heiligtum der Inari erhörte die Gottheit unsere Gebete. Sie nahm dir das Fell ab und gab dir eine menschliche Gestalt. Anschließend vertraute mein Bruder mir das Fell an. Ich sollte es außer Landes schaffen und gut verstecken. Doch bevor es dazu kam, griffen die Tanukis an.«

»Und mein Vater hat es … nicht überlebt?«

»Er kämpfte wie ein echter Held. Es war eine furchtbare Schlacht und wir verloren uns im Kampfgetümmel aus den Augen. Ich fand ihn erst am Abend schwer verletzt. Kurz bevor er starb, nahm er mir das Versprechen ab, euch zu suchen und auf dich aufzupassen. Yoko war es gelungen, mit dir in die Wälder zu flüchten. Sie ließ mir eine Nachricht zukommen. ›Taiki lebt!‹, stand darin. ›Bringe das Fell in Sicherheit und hole ihn, so schnell du kannst.‹ Ich brachte das Fell in meine Heimat Kandara. Und dann … schuf ich einen Ort, an dem du so sicher sein würdest wie nirgendwo anders auf der Welt.«

»Die Taverne am Rand der Welten«, flüsterte Tobbs.

Dopoulos nickte. »Ich wollte ohnehin mein Leben ändern. Ich war zu alt, um noch ein Held zu sein, zu müde von all den Kämpfen.«

Held?, dachte Tobbs und blickte den dicklichen Wirt zweifelnd an.

»Tja, und die Taverne war für meine Zwecke ideal. Sie gehört zu keinem Land. Sie existiert zwischen Zeit und Raum und bietet die besten Fluchtmöglichkeiten in alle Richtungen. Und man weiß immer, was in welchem Land vor sich geht. Ich nutzte die guten Beziehungen, die ich auf meinen Reisen aufgebaut hatte, holte mir Hilfe von Zauberern, Nymphen und Göttern. Und in Rusanien fand ich zum Glück Wanja.« Er nickte der Tavernenschmiedin zu. »Die beste Konstrukteurin magischer Türen und Tore weit und breit.«

»Es war ein interessantes Angebot, das ich kaum ablehnen konnte«, meinte Wanja. »Wer darf schon magische Türen in über vierzig Länder bauen? Und meine Tante Baba Jaga war ja, wie du schon weißt, so freundlich, dein Fell weit weg von der Taverne in einem anderen Land zu verstecken. Selbst wenn dich die Tanukis gefunden hätten, bestünde keine Gefahr für die Füchse in Doman. Denn ohne das Fell hätten die Tanuki-Krieger mit dir nicht viel anfangen können.«

»Außer mich zu töten«, murmelte Tobbs.

»Wanja öffnete zuletzt auch eine Tür nach Doman«, sagte Dopoulos. »In der Nähe von Inaris Tempel mitten im magischen Wald, den die Tanukis erobert hatten. Kein schlechter Ort, denn die Tanukis würden kaum vor ihrer eigenen Haustür suchen. Das Kniffligste war dann schließlich, Yoko und dich aufzuspüren. Inzwischen hatte sich deine Existenz schon in beiden Lagern herumgesprochen. Kitsune und Tanukis setzten alles daran, dich zu finden. Zum Glück hatten wir Neki, sie war uns eine große Hilfe. Damals arbeitete sie noch als Glückskatze im Cho-Babadoo. Ich erinnere mich noch genau an den Tag, an dem wir uns endlich wiedersahen. Yoko legte dich in meine Arme, verwandelte sich wieder in einen Fuchs – und verschwand.«

»Warum ist sie nicht mitgekommen?«, brauste Tobbs auf. »Sie hat mich im Stich gelassen!«

»In unserer Welt wäre sie wieder zum Fuchs geworden. Du hast die Kitsune-Magie doch selbst gespürt! Sobald du die Taverne betreten hast, fiel dein Fell von dir ab und du wurdest wieder zum Menschen.« Er räusperte sich und drehte das Glas in seinen Händen. »Es wäre für sie viel zu gefährlich gewesen, ihre Deckung zu verlassen. Und vergiss nicht, dass Doman ihre Heimat ist. Aber vor allem dachte sie, es sei sicherer für dich, wenn du nur deine Menschengestalt kennst. Außerdem wollte sie dir bei eurem Wiedersehen lieber als Mensch gegenübertreten – in der Gestalt, in der dein Vater sich in sie verliebt hat. Sie achtet darauf, dass der Zugang zur Taverne unentdeckt bleibt. Nur die kleinen Füchse spüren den Eingang manchmal auf, quetschen sich durch die schmalsten Ritzen ins Innere der Höhle und kratzen an der Tür herum. Inzwischen ist das schon eine Art Mutprobe. Kinder eben.«

»Die Frau, die mich Taiki genannt hat«, flüsterte Tobbs. »Das war sie! Und sie hat auch den Höhleneingang wieder verschlossen.«

Dopoulos nickte. »Es ist gefährlich, aber sie sorgt dafür, dass der Zugang zur Taverne immer gut versteckt ist. Sie lebt ein gefährliches Leben: immer auf der Flucht vor Königin Kitsunes Leuten und stets auf der Hut vor den Tanuki-Kriegern.«

Beim Gedanken an die warme Frauenstimme überlief Tobbs ein Schauder. Seine Mutter!

Dopoulos räusperte sich.

»Nun, als Erstes werden wir dein Fell wieder in Sicherheit bringen«, murmelte er. »Es war ein unglaubliches Risiko, das Ding mit nach Doman zu nehmen.«

»Es ist aber mein Fell!«, begehrte Tobbs auf. »Ich wäre fast gestorben, als ich es mir von den Haigöttern in Tajumeer zurückgeholt habe. Wieso sollte ich es jetzt wieder hergeben?«

»Du bekommst es doch wieder, Sturkopf!«, brummte Dopoulos. »An deinem fünfzehnten Geburtstag. So wie ich es deinem Vater versprochen habe. Aber bis dahin wird es deine Patentante aufbewahren.«

Tobbs sah sofort Wanja an, doch sie schüttelte den Kopf. »Ich bin nicht deine Patentante«, beantwortete sie seine stumme Frage. »Sondern die Göttin Kali.«

Tobbs schnappte nach Luft. Das war endgültig zu viel! Wie in einem Film zog eine Reihe von Schreckensbildern an seinem inneren Auge vorbei: Kali, die grausame Göttin aus Yndalamor mit ihren blutroten Augäpfeln und der dunkelblauen Haut, wie sie ihr grässliches Schwert schwang. Und dann Kali, wie sie mit ebendiesem Schwert Tobbs' Zimmer kurz und klein schlug.

»Kali ist was?«, rief er. »Das ist nicht euer Ernst! Von allen Frauen dieser Welt verpasst ihr mir die Göttin der Zerstörung als Patentante? Habt ihr noch alle am Helm? Oder habt ihr den Sinn des Ganzen nicht verstanden?

Patentanten sind dafür da, ihre Patenkinder zu beschützen. Sie kaufen ihnen Eis und machen ihnen niedlich verpackte Geschenke zum Geburtstag – sie jagen ihnen keine Angst ein, sie bedrohen sie definitiv nicht mit einem Schwert und legen schon gar nicht ihr Zimmer in Schutt und Asche!«

»Sie hat dich immerhin am Leben gelassen, nachdem du ihren Streitwagen gestohlen und zu Kleinholz gefahren hattest«, wies Dopoulos ihn streng zurecht. »Von einer Göttin ist das ein größeres Geschenk, als du je erwarten konntest!«

»Na, vielen Dank!«, schrie Tobbs. »Was kommt als Nächstes? Dass die Todesfeen meine Cousinen sind?«

»Lassen wir die Details«, meinte Dopoulos trocken und wurde rot. »Jetzt müssen wir überlegen, wie wir Anguana wieder zurückholen. Wir werden Fackeln brauchen. Und Schilde und Schleudern.«

»Zum Teufel mit den Fackeln!« Tobbs sprang auf und stapfte wütend aus dem Wirtsraum.

Seit er denken konnte, hatte er davon geträumt, eine Familie zu haben. Aber nie hätte er gedacht, dass ein solcher Albtraum auf ihn wartete.

»He, Tobbs!«, rief eine wohlbekannte Stimme über den Flur. »Bist du das? Komm her!«

Tobbs zögerte. Das war Mamsie Matata. »Mächtig Ärger gehabt, was?«, fragte sie mitfühlend. »Von hier aus habe ich leider nur die Hälfte verstanden. Anguana ist in Gefahr, wie ich höre?«

Tobbs trat dicht an den Spiegel heran, der im Flur an einer Wand lehnte, und ließ sich vor ihm auf dem Boden nieder.

»Der Ärger fängt jetzt erst richtig an«, sagte er niedergeschlagen. »Mein Vater lebt nicht mehr, meine Mutter ist in Lebensgefahr, Anguana ist gefangen und Dopoulos mein Onkel.«

Mamsie Matata pfiff leise durch die Zähne. »Dachte ich mir's doch, dass ihr zwei euch ähnlich seid. Beide Hitzköpfe, beide stur wie Holzpfosten.« Sie lächelte ihm wohlwollend zu. »Aber wenigstens weißt du jetzt, woher du stammst, das war doch dein größter Wunsch.« Sie zwinkerte ihn mit ihrem braunen Auge an. »Nun, ich hab dir doch schon einmal gesagt, dass deine Eltern dich damals nicht zufällig hier in der Taverne vergessen haben. Alles hat seinen Sinn gehabt.«

Sinn? Das war nicht gerade das erste Wort, das Tobbs zu der ganzen Geschichte einfiel.

»Und du machst dir um das Ziegenmädchen Sorgen«, fügte Mamsie Matata hinzu. »Na ja, zerbrich dir nicht allzu sehr den Kopf. Sie hat Nixenblut in den Adern und Nixengeschöpfe kommen überall zurecht. Komm, ich zeige dir etwas, was dich aufheitern wird!«

Mamsie Matatas Bild flimmerte und verblasste und wurde schließlich von einem dunklen, wabernden Etwas mit gelben Raubtieraugen verdrängt – Tobbs' Spiegelbild, auf das er sich bisher nie hatte einen Reim machen können.

»Ich konnte es dir bisher nicht deutlicher zeigen«, sagte Mamsie Matata geheimnisvoll.

Die dunkle Wolke verdichtete sich und nahm Formen an. Zackige Spitzen wurden zu Ohren, ein Schatten zu einer Schnauze. Tobbs hatte sich noch nie selbst in seiner Tiergestalt gesehen.

Ein schwarzer Fuchs betrachtete sich verdutzt und etwas skeptisch im Spiegel. Die linke Pfote – im Spiegelbild die rechte – steckte in einem Verband. Und das Gesicht mit den goldenen Augen war trotz des Fells und der Schnauze eindeutig das von Tobbs.

Auf nach Olitai!

Die Vorbereitungen liefen auf Hochtouren. Der Plan war gewagt, aber gut. Ständig klingelte es an den vielen Türen und Dopoulos hatte alle Hände voll zu tun, die Boten einzulassen.

In der Gaststube türmten sich die Leihgaben aus den anderen Ländern: Fackeln aus Kandara, Schleudern aus Sylvanien, magische Schwerter aus Tinadin, ein ganzer Haufen schusssicherer Hemden aus den Schmieden von Transtatanien.

Die Furien hatten sich mächtig aufgedonnert und die Gesichter mit roter Farbe bemalt, was ihre Augen noch glühender wirken ließ.

Als das zarte Gebimmel von Opferglöckchen ertönte, kreischten sie alle begeistert los. Es war das Läuten der Türklingel zu Yndalamor.

Tobbs war nicht nach Begeisterung zumute. Seine Patentante war angekommen. Nun würde sie ihm das Fuchsfell abnehmen. Schützend drückte er den warmen Pelz an sich. Doch es half ja nichts. Wanja und Dopoulos hatten Recht: Mit seinem Fell zurück nach Doman zu gehen, brachte alle nur unnötig in Gefahr. Zögernd stand er auf und ging zum roten Zimmer.

Wie immer, wenn sie in der Taverne zu Besuch war, saß die Göttin Kali in dem kleinen roten Raum am Ende des Flurs und trank mit Dopoulos Säuselblütentee. Ihre Augäpfel leuchteten wie Rubine. Oder wie in Blut getauchte Murmeln, dachte Tobbs. An ihrem Ohr baumelte ihr seltsamer Ohrschmuck – der halb vertrocknete, tote Mann. Heute sah er noch mürrischer aus als sonst.

»Da bist du ja«, murmelte Dopoulos. »Setz dich, Junge. Setz dich.«

»Setz dich bloß nicht«, flüsterte der tote Mann ihm warnend zu.

»Kali ist ziemlich sauer, weil sie nicht mit euch nach Doman gehen soll.«

Tobbs schluckte.

»Äh, ich stehe lieber. Muss ohnehin gleich wieder weg.«

»Begrüßung!«, wisperte der tote Mann. »Kali wird noch wütender, wenn du sie nicht begrüßt.«

Na prima! Wie begrüßte man eine Patentante, deren Hauptberuf es war, Städte und ganze Landstriche zu verwüsten? Und deren Schwert, das nun am Tisch lehnte, ungefähr dreißigtausend Leben ausgelöscht hatte? Sagte man: »Nett, dich zu sehen? Was macht das Zerstörungsgeschäft? Erzähl doch beim nächsten Familienfest, wie du die silberne Stadt Ghan dem Erdboden gleichgemacht hast.«

»Tag«, brachte Tobbs heraus und deutete eine Verbeugung an.

Die Göttin wandte ihm ihr grausames Gesicht zu. Der tote Mann hatte Recht: Sie sah ziemlich sauer aus. Als sie die Hand mit ihren Dolchfingern ausstreckte, zuckte Tobbs zusammen.

»Das Fell, Tobbs«, mahnte Dopoulos.

Es kostete viel Überwindung, sein Fell aus der Hand zu geben. In den schwarzblauen Klauen der Göttin sah es aus wie ein erlegter Fuchs. Mit einer nachlässigen Geste erhob sich die Göttin und stopfte den Fuchspelz grimmig in ihren Gürtel.

Nette Patentante, dachte Tobbs und kniff die Lippen zusammen. Und so rücksichtsvoll und sensibel!

»Puh«, flüsterte der tote Mann. »Glück gehabt. Keine Trümmer heute, Kalis Laune scheint sich etwas gebessert zu haben.«

»Gut«, sagte Dopoulos. »Das Fell wäre in Sicherheit. Ich danke dir sehr, Kali.«

Die Göttin der Zerstörung nickte gnädig, griff nach ihrem Richtschwert und rauschte, ohne Tobbs eines weiteren Blickes zu würdigen, aus dem roten Zimmer. Dopoulos zückte seinen Schlüsselbund und eilte hinterher, wieder ganz und gar der eilfertige Wirt.

Tobbs setzte sich an den Tisch und stützte den Kopf in die Hände.

Tolles Familientreffen!, dachte er bitter und schloss die Augen. Es war nicht zu fassen: So viele Jahre lang hatte er davon geträumt, eine Familie zu haben. Irgendeine Familie. Nichts Besonderes. Einfach nur nette, fürsorgliche Menschen. Und was bekam er? Eine unbekannte Tiermutter, einen cholerischen Onkel und eine Patentante, die tote Männer als Ohrschmuck herumtrug.

Und dann fiel ihm siedend heiß ein, dass das ja noch lange nicht das Ende der Geschichte seltsamer Verwandter war: Dopoulos hatte noch vier Vettern in Kandara. Ganz zu schweigen von Dopoulos' grässlicher Cousine Melpomene!

Er musste am Tisch eingenickt sein. Als er erwachte, klebte seine Oberlippe an der Holzplatte. Er hatte von Anguana geträumt und sein Herz schlug noch immer wie verrückt vor Sorge um sie. Benommen hob er den Kopf.

Eine fürchterliche Kriegerin mit Helm und eisernem Nasenschutz grinste ihn an. Erst auf den zweiten Blick erkannte er Wanja.

Wie hatte sie sich verändert! Statt der Schmiedeschürze und dem grünen Hemd trug die hübsche Schmiedin ein ledernes Amazonengewand, dazu Metallpanzer, Armschoner und ein riesiges Schwert! Ihre Schultern lagen frei, sodass er die kräftigen Muskeln sehen konnte.

»Hier«, sagte sie und stellte ihm eine Tasse Tee vor die Nase. »Wurdanischer Wachrüttler. Das wird ein langer Tag.«

»Wo ist Dopoulos?«, murmelte Tobbs. Er schaffte es nicht, Onkel Dopoulos zu sagen. Das klang immer noch wie ein Witz.

»Er holt die Minotauren aus dem Keller.«

»Was?« Jetzt war Tobbs auch ohne den Wachrüttler hellwach. »Ist er lebensmüde?«

Wanja lachte. »Ganz sicher nicht. Doch gegen die Tanukis müssen wir gut gerüstet sein.«

»Aber die Minotauren feiern gerade ihre Party! Phase II! Nicht einmal die Schicksalsfrauen würden sich jetzt in den Keller wagen.«

Wanja lächelte grimmig. »Unterschätze deinen Onkel nicht.«

»Ach, habe ich noch etwas verpasst?«, giftete Tobbs sie an. »Ist der dicke alte Wirt jetzt auch noch ein Bestienbändiger?«

»Jetzt hör mir mal gut zu, Tobbi«, begann Wanja so geduldig, dass der Ärger dahinter genug Gelegenheit hatte, dezent den Zeigefinger zu heben und warnend »Ich bin auch da!« zu sagen. »Familie kann man sich nun mal nicht aussuchen, niemand weiß das besser als ich. Aber eines kannst du mir glauben: Keiner meiner Onkel hätte für mich auch nur ein Kartenhäuschen gebaut, geschweige denn eine ganze magische Taverne! Während du gedacht hast, du wärst ein einfacher Schankjunge, haben viele Menschen und zahllose magische Wesen alles dafür getan, diesen Ort für dich sicher zu machen. Dreizehn Jahre lang, jeden Tag, jede Stunde. Und Dopoulos hat während dieser Zeit keine Nacht ein Auge zugetan.«

Tobbs schluckte. Ohne mich keine Taverne. So hatte er es noch gar nicht betrachtet.

Auf der Kellertreppe rumpelte und polterte es bedrohlich. Wanja warf einen Blick auf den Flur und riss die Augen auf.

»Deckung!«, rief sie, packte Tobbs am Kragen, stieß ihn in die Ecke des kleinen Zimmers und kippte den Tisch zur Seite. Ehe Tobbs sichs versah, kauerte er hinter der hochkant stehenden Tischplatte. Dann brach eine Lawine aus dunklen Leibern, halb Stier, halb Mensch, in den Raum.

Innerhalb einer Sekunde stank es nach Höllenatem und Geifer. Tobbs stellten sich die Nackenhaare auf. Rote Augen rollten, Hörner blitzten, die Dielen splitterten unter den gespaltenen Hufen. Und der Lärm war ohrenbetäubend.

»Doch nicht hier rein, ihr schwerhörigen Milchkühe!«, brüllte Dopoulos. »Nächste Tür! In den Hinterhof, hatte ich gesagt!«

Tobbs traute seinen Augen nicht: Auf den Schultern des größten Minotaurus thronte Dopoulos. Nur dass er nicht mehr ganz der alte Dopoulos war. Seine Augen funkelten drohend, seine Halbglatze war von einem Helm verdeckt, er trug einen engen Harnisch, unter dem er sicher keine Luft bekam, und schwenkte einen schweren Morgenstern. Über seine Schultern hatte er sich ein Löwenfell gelegt, das zwar schon bessere Tage gesehen hatte, aber immer noch ausgesprochen würdevoll wirkte. Unerbittlich trieb er die Minotauren wieder aus dem Raum, schimpfte und kommandierte, bis auch das letzte Monstrum gehorsam auf den Flur trabte.

Wanja legte Tobbs die Hand unter das Kinn und schob seine Kinnlade sanft wieder nach oben.

»Mund zu, Tobbi«, sagte sie verschmitzt. »Warum bist du so verblüfft? Hast du dich denn nie gefragt, was das H. in Costas H. Dopoulos' Namen bedeutet? Ich gebe dir einen Tipp: Wer tötete den nemëischen Löwen, dessen Fell unverwundbar macht, hm? Und wer ist der Einzige, der auch mit bloßen Händen mit einem neunköpfigen Ungeheuer fertig wird?«

Tobbs blinzelte. Und plötzlich machte es Klick!

»Herakles?«, flüsterte er fassungslos. »Der Held von Kandara?«

Im Hinterhof vor der Schmiede und auf den angrenzenden Apfelwiesen drängte sich eine ungewöhnliche Versammlung. Dopoulos und Wanja hatten über dreihundert magische Wesen zusammengetrommelt, davon allein sechzig Minotauren, die schnaubend und mit den Hufen scharrend nur darauf warteten, loszustürmen und Phase III der Party einzuläuten.

Tobbs sah auch Werwölfe aus Sylvanien, eine Gruppe von Furien, die ihm erfreut zuwinkten, einige Amazonen und jede Menge Dämonen in verschiedenster Gestalt.

Mamsie Matatas Spiegel lehnte an der Tür der Scheune und spiegelte die wahren Gestalten der Wesen, die an ihr vorübergingen. Tobbs sah einen jungen Mann, der im Spiegel ein pockennarbiger Oger war, und eine hässliche Alte, deren Spiegelbild eine grünhäutige Dämonenschönheit zeigte.

Dopoulos nahm seinen Helm ab und strich sich mit der flachen Hand über die Halbglatze.

»Haben wir jetzt alle?«, fragte er Wanja.

Die Schmiedin nickte. Tobbs merkte gar nicht, dass ihm der Mund schon wieder offen stand. Dopoulos – der Held Herakles. Tobbs besaß ein Quartettspiel mit Heldenmotiven, und Herakles hatte immer besonders viele Punkte gebracht, aber wenn er sich an die Zeichnung des jungen schlanken Kriegers mit dichtem schwarzem Haar erinnerte, fand er keinerlei Ähnlichkeit mit Dopoulos.

»Schau nicht so entgeistert, Tobbs«, knurrte sein Onkel, der Held, ihm zu. »Wir holen Anguana da raus, versprochen. Und jetzt geh zurück in die Taverne.«

Tobbs glaubte sich verhört zu haben. »Ihr wollt mich hierlassen?«, rief er empört. »Kommt überhaupt nicht infrage. Ich gehe mit!« Vor Wut schoss ihm das Blut in den Kopf.

»Du bist verletzt«, sagte Dopoulos in seiner mürrischen Art.

»Genau dafür wurden Armschoner erfunden«, gab Tobbs hitzig zurück. »Und für die Kitsune bin ich keine Gefahr mehr. Mein Fell ist schließlich in Kalis Obhut.«

Er hatte erwartet, dass Dopoulos wieder einmal explodieren würde. Aber in den vergangenen Stunden hatte sich offenbar vieles verändert. Heute brüllte Dopoulos nicht los, er verbot ihm nichts und drohte nicht, sondern sah ihn nur stumm an. Nur an seinem zusammengekniffenen Mund konnte Tobbs erahnen, dass er innerlich einen schweren Kampf ausfocht. Und schließlich – nickte Dopoulos einfach.

»Du wirst dich ohnehin nicht aufhalten lassen. Und eigentlich hast du Recht: Du hast das Mädchen in Gefahr gebracht, dann hol du es auch wieder raus. Und beweise mir auch, dass du alt genug bist, um Verantwortung zu tragen.«

Er blickte zu den Minotauren und stieß einen schrillen Pfiff aus.

»He, Nero!« Ein schwarzer Stiermensch hob den Kopf. »Hierher!«

Tobbs wurde mulmig zumute, als der riesenhafte Minotaur Anlauf nahm und geradewegs auf ihn zudonnerte. Minotauren waren nicht gerade dafür bekannt, vegetarische Küche zu schätzen.

»Das ist dein Reiter!«, rief Dopoulos dem Ungeheuer entgegen. Und zu Tobbs gewandt fügte er hinzu: »Geh zu Wanja und besorg dir einen Schild und ein schusssicheres Hemd. Und nimm Mamsie Matata mit. Einen Spionspiegel können wir bei dieser Mission gut gebrauchen!«

Wanjas Minotaurus war schwer beladen. Im Augenblick trug er jede Menge magisches Holz, zwei Türen und Wanjas riesigen Werkzeugkasten, aber in wenigen Minuten würde auch noch Wanja selbst auf seine Schultern steigen.

Dicht gedrängt standen sie im langen Tavernenflur, der plötzlich viel zu klein schien. Die angesengte Tür, vor der sie warteten, führte in das Land Olitai. Über Olitai würden sie den Umweg nach Doman machen – und ihren Überraschungsangriff starten.

Endlich polterte auch Dopoulos in den Flur und drängte sich an den Bestien vorbei, die bemerkenswert geduldig in der Warteschlange bis zur Ausgangstür standen.

»Alles klar hier?«, rief er wie ein Feldherr und zückte seinen Schlüsselbund. »Können wir?«

Wanja nickte. Dopoulos schloss die Tür auf. Vormittagssonnenschein fiel auf sein Gesicht. Er schritt über die Schwelle in das Gebirgsland Olitai und verschmolz mit dem Gegenlicht. Wanja und ihr Minotaur folgten ihm.

»Na los«, brummte Nero und versetzte Tobbs einen winzigen Schubs, der sich in der Übersetzung in Menschenkraft ausnahm wie ein Schlag mit einem Schmiedehammer. Tobbs stolperte in das Land der Dämonen und blinzelte.

Sie waren mitten in einem verlassenen Gebirge. Die Sonne brannte wüstenheiß von einem gelben Himmel. Die Echos der trampelnden Minotauren brachen sich in unendlich tiefen Schluchten. Von hier aus gesehen war die Tür, die in die Taverne führte, nicht mehr als ein Spalt im Berg, aus dem gerade Ungeheuer quollen. Die Furien jagten gleich einige Staubwirbel über das Felsgestein und kicherten. Die Minotauren schnaubten und scharrten.

»Beeilung!«, rief Dopoulos.

Wanja saß bereits auf den menschlichen Schultern ihres Ungeheuers und hielt sich an den Hörnern fest.

»Aufsteigen, Tobbi!«, rief sie ihm auffordernd zu.

»Pass bloß auf, wo du hintrittst. Und rutsch bloß nicht mit dem Fuß ab!«, knurrte Nero und ging in die Knie. Selbst so überragte er Tobbs noch um zwei Köpfe. Sein messerscharfes rechtes Horn verfehlte Tobbs' Auge nur knapp, als er den Nacken beugte. Schon mit der bloßen Vorstellung, auf ein Pferd steigen zu müssen, konnte man Tobbs über sieben Berge jagen. Und beim Gedanken, einen Minotaurus zu reiten, wurde ihm einfach nur schlecht. Vorsichtig trat er auf Neros muskelbepackten Oberschenkel und zog sich an der massigen Schulter hoch. Weiches Stierfell kräuselte sich zwischen seinen Fingern. Unsicher setzte er sich auf die Schultern des Untiers und griff nach den Hörnern. Nero schnaufte spöttisch und erhob sich. »Festhalten, Zuckerpüppchen!«, grollte er.

Dann ging die Jagd los.

Tobbs biss die Zähne zusammen und klammerte sich mit aller Kraft an die Hörner. Sein verletzter Arm schmerzte, aber loslassen hieße runterzufallen und von den Hufen der Stiermenschen pulverisiert zu werden.

Die wilde Horde donnerte mit Echohall über schmale Steinbrücken und durch Canyons, in denen einzelne Felsnadeln bizarre Schatten warfen.

Nach einer halben Stunde in unglaublichem Tempo hielt Nero vor einer steilen Felswand an. Wanja war längst abgesprungen und zimmerte in Windeseile zwei Türrahmen. Schweiß rann unter ihrem Helm hervor und lief ihr über das Gesicht, als sie schließlich beide Türen einhängte. Inzwischen war auch der Rest der Ungeheuerarmee eingetroffen.

»Fertig«, sagte Wanja zu Dopoulos. »Die rechte Tür führt auf den Gipfel des Sonnenbergs in Doman. Wir werden in der Nähe des Mondsees herauskommen, wo Anguana gefangen gehalten wird. Die linke Tür dagegen führt ins Tal, in den magischen Wald am Fuß des Berges. Ich schätze, die Tanukis dort werden gleich eine hässliche Überraschung erleben.«

Dopoulos nickte grimmig. »Ihr beide habt genug Vorsprung, um das Mädchen zu finden«, murrte er. »Wir stürmen derweil bergauf und stiften heillose Verwirrung im magischen Wald. Wenn König Tanuki reagiert und sich auf die anstürmenden Minotauren konzentriert, nutzt ihr die Ablenkung und befreit das Mädchen.«

Wanja nickte. »Und wenn wir das erledigt haben, baue ich ganz oben auf dem Gipfel die Tür zurück in die Taverne. Dort warten wir auf euch.«

Dopoulos seufzte. »Lange her, seit ich das letzte Mal in den Kampf gezogen bin«, sagte er. »Ich hatte gehofft, ich hätte es endgültig hinter mir.«

»Das wird doch kein Kampf«, erwiderte Wanja lachend. »Das wird ein Überraschungsangriff. Wir schnappen uns das Mädchen und sind schon wieder zur nächsten magischen Tür hinaus, bevor sie sich von ihrem Schreck erholt haben. Und die Minotauren und die Furien werden diesmal nur Chaos und Schrecken verbreiten und nicht morden und brandschatzen, das haben sie uns zugesichert.«

»Ja! Chaos und Schrecken!«, rief eine Furie und die anderen kreischten begeistert los.

Dopoulos beugte sich zu Tobbs hinunter und legte ihm die Hände auf die Schultern. Ein flüchtiges Lächeln huschte über sein besorgtes Gesicht. »Viel Glück, mein Junge«, sagte er und zupfte das schusssichere Überhemd zurecht, das Tobbs trug.

Tobbs wollte immer noch wütend auf Dopoulos sein, aber seltsamerweise war das gar nicht mehr so einfach, wenn man einem Mann in Heldenuniform gegenüberstand.

»Minotauren und Furien, Abteilung links!«, rief Wanja und riss die Tür auf. »Viel Spaß, Jungs! Stampede!«

Ein Donnern von Hunderten von Hufen erklang, als die Ungeheuer wie dressierte Zirkustiere durch die Tür sprangen. Kaum war der letzte Minotaur verschwunden, holte Wanja mit ihrer Axt aus. Einige Sekunden später wiesen nur noch ein paar Kratzer im Fels darauf hin, dass sich hier eben noch eine Tür in eine andere Welt befunden hatte.

»Und jetzt wir!«, sagte Wanja und öffnete die andere Tür.

Im ersten Augenblick sah Tobbs gar nichts. Nach der Sommersonne im Olitai-Gebirge machte ihn die Dunkelheit Domans blind, nur die Tatsache, dass es nun nach regennassem Herbstlaub roch, deutete darauf hin, dass er in das Reich der Tanukis zurückgekehrt war.

Es krachte, als Wanja auch diese Tür zerstörte, dann waren sie allein im fremden Land. Zwei Minotauren, Wanja, Tobbs und Mamsie Matata.

»Wartet hier auf uns«, flüsterte Wanja den Minotauren zu.

Ganz in der Nähe hörte man das Geräusch eines Wasserfalls. Und war da vorn nicht ein blasser Schimmer zwischen den Bäumen?

Tobbs machte einige vorsichtige Schritte und spähte angestrengt ins Dunkel. Unter seinen Zehen spürte er plötzlich eine Felskante und erschrak. Er stand an einem Abgrund! Und was da unten so verlockend leuchtete, war Katuro.

Eine flirrende Wolke von Leuchtfaltern hüllte die Stadt ein. Der Steckbrief war verschwunden. Hieß das, die Tanukis hatten einen Sündenbock gefunden, der Tobbs' Stelle einnahm?

»Falsche Richtung«, flüsterte Tobbs Wanja zu.

Vorsichtig tastete er sich zurück – und fühlte plötzlich, wie etwas Weiches über seinen Handrücken strich.

Im nächsten Augenblick ruckte es, seine Hand wurde nach vorn gerissen und er landete mit dem Gesicht voran im nassen Laub.

»Uff!«, machte Mamsie Matata auf seinem Rücken. »Was soll das denn?«

»Hör doch auf mit dem Lärm, Tobbs!«, zischte Wanja. »Komm, wir gehen in die andere Richtung.«

»Nein!« Tobbs rappelte sich auf. Ein Grinsen breitete sich über sein Gesicht, als er Anguanas Faden mit den Fingern befühlte. Er war wieder da! Im Land Doman existierte die Verbindung wieder!

»Mir nach!«, flüsterte er. »Ich weiß, wo wir Anguana finden!«

Die Minotauren ließen sie in Pfiffweite zurück. Nach und nach gewöhnten sich ihre Augen an die Dunkelheit. Schwärme von Leuchtmücken tauchten vereinzelte Baumstämme in geisterhaftes Licht. Leise kletterten sie über die Felsen.

»Bingo!«, flüsterte Wanja. »Seht ihr den Lichtschimmer dort? Das ist der Mondsee!«

Sie legte sich auf den Bauch und robbte an eine Felskante. Tobbs tat es ihr nach. Vorsichtig schauten sie beide über den Vorsprung.

Leuchtaale. Tausende von Leuchtaalen! Etwa zehn Pferdelängen unter ihnen lag der See auf einer Felsterrasse und glühte in der Nacht. Und im Wasser …

»Der ganze See ist voller Nixen«, flüsterte Wanja fasziniert. »Sogar transatanische Säbelrachen, da drüben! Es müssen Dutzende sein. Und … sieh mal! Sie sind – angeleint wie Hunde! Wer macht denn so was Grausames?«

»König Tanuki sammelt sie«, erklärte Tobbs.

Wanja schnaubte verächtlich durch die Nase. »Schönes Hobby«, bemerkte sie spitz. »Für einen Psychopathen.«

An Tobbs' Hand zog es heftig nach rechts. »Anguana ist nicht hier«, wisperte er. »Wir müssen ein Stück den Berg hinunter.«

Tatsächlich lag König Tanukis Palast noch eine Felsterrasse tiefer. Wanja und Tobbs kletterten den steilen Pfad am Terrassenrand so weit hinunter, bis sie von oben einen guten Blick auf das Gebäude hatten.

Den Palast hatte Tobbs sich allerdings ganz anders vorgestellt. Prächtig, mächtig, quadratisch vielleicht. Aber das, was unweit des Sees erbaut worden war, glich eher einem Holzverschlag, mit Streben und Ästen grob verstärkt. Eine schiefe Veranda hing an dem Gebäude wie eine ausgestreckte Zunge in einem ziemlich hässlichen Gesicht. Selbst auf der Ausstellung »Größenwahnsinnige Wildtiere imitieren moderne Architektur« hätte das Ding nicht mal einen Trostpreis bekommen.

Ein fernes Grollen ertönte vom Waldrand im Tal. Vogelschwärme erhoben sich aufgeschreckt kreischend in die Dunkelheit.

»Die Party kommt genau auf uns zu«, flüsterte Wanja zufrieden.

Gemeinsam robbten sie auf dem Bauch näher an den Felsrand heran, zu einer Stelle, die ihnen den besten Blick auf den Vorplatz des Palasts bot.

Tobbs zählte dreiunddreißig Wächter. Und zehn Käfige, die einige Pferdelängen unterhalb von ihm und Wanja an der Felswand aufgereiht standen.

Der Faden an seiner Hand ruckte mit Nachdruck nach schräg rechts unten und er zupfte ebenfalls daran, um Anguana zu zeigen, dass er in ihrer Nähe war. Und tatsächlich: In einem der Käfige regte sich etwas!

Im Licht einer Fackel glänzte grünes Haar auf.

Tobbs stieß Wanja an und deutete nach unten. Wanja nickte.

»Standard-Gefängnisschlösser auf der Oberseite«, sagte sie. »Bambusstangen als Gitter. Kleinigkeit für deine Axt. Warte hier!« Lautlos verschwand sie und kehrte kurz darauf mit zwei Seilen zurück. Eines davon befestigte sie an Tobbs' Gürtel.

»Ein Pfiff bedeutet: runterlassen, zwei Pfiffe: hochziehen«, erklärte sie. »Unsere beiden Minotauren wissen Bescheid. Jetzt müssen wir nur noch auf unsere Gelegenheit warten.«

Ihre letzten Worte wurden von einem fernen Grollen begleitet. Die Wächter wurden aufmerksam und wandten sich den Geräuschen im Tal zu. Mit klopfendem Herzen spähte Tobbs über den Wald. Rauch und Licht. Herandonnernde Hufe. Furienschreie.

Gut!

Und dann flammte mitten im Wald ein Baum auf.

Das war weniger gut.

»Oh nein, sie fackeln doch nicht etwa den Wald ab!«, flüsterte Tobbs.

Wanja fluchte. »Furien!«, stöhnte sie. »Auf diesen Kindergarten ist wirklich kein Verlass!«

»Ich seh nichts!«, beschwerte sich Mamsie Matata, die auf Tobbs' Rücken geschnallt war, wispernd. »Von hier aus kann ich nur den Großen Wagen erkennen. Schöner Himmel hier, wirklich.«

In diesem Augenblick donnerten einige Tanuki-Reiter in wildem Galopp auf den Palastplatz. Offenbar hatten sie bereits etliche Schleudergeschosse abbekommen, denn sie sahen ziemlich lädiert aus. Ihre Helme fehlten, die Rüstungen waren ramponiert und zum Teil sogar zerfetzt.

»Wir werden angegriffen!«, schrien sie. »Dämonen mit Schleudern! Fliegende Hexen! Halbmenschen mit Hörnern! Es sind Hunderte! Und sie …«

Der Rest seines Satzes ging in kreischendem Heulen unter. Vierzehn Furien schossen auf den Platz. Sie trieben schreiende Tanuki-Krieger vor sich her.

»Jetzt!«, zischte Wanja und schubste Tobbs über den Felsrand. Der grelle Pfiff hallte ihm noch im Ohr, als das Seil an seinem Ohr entlangzischte. Wie Bergsteiger seilten sie sich blitzschnell auf die Wiese ab und rannten los.

»Alarm!«, schrie ein Tanuki, doch weiter kam er nicht, Wanja fällte ihn mit einer Seilschlinge und setzte ihn außer Gefecht.

»Lauf!«, kreischte Mamsie Matata.

Das ließ sich Tobbs nicht zweimal sagen. Wie gestochen rannte er zu Anguanas Käfig und riss die Axt aus seinem Gürtel. Flink kletterte er an dem Bambuskäfig hoch. Der Riegel war eine Kleinigkeit. Die von Wanja magisch gehärtete Stahlaxt schlug wie durch Butter und riss ein klaffendes Loch in die Oberseite.

»Wurde auch Zeit«, zischte es aus dem Käfig heraus.

Na wunderbar! Er riskierte Kopf und Kragen und Madame Anguana fiel nichts Besseres ein, als sich über das Rettungstempo zu beschweren!

»Sei mir bloß nicht zu dankbar!«, gab Tobbs zurück.

Er sprang in den Käfig, pfiff, so schrill er konnte, zweimal durch die Finger und zerrte an seinem Seil. Bitte, Nero, flehte er. Zieh an!

In diesem Augenblick brachen nun auch die Minotauren auf die Lichtung durch. Tobbs umklammerte Anguana mit beiden Armen. »Festhalten!«

Der plötzliche Ruck an seinem Gürtel raubte ihm für einen Moment den Atem. Das Seil zog sie durch das klaffende Loch in die Höhe – gerade noch rechtzeitig, bevor die Minotauren den Käfig in Brennholz verwandelten. Ein Horn schlitzte Tobbs' Hosenbein auf, doch dann waren sie in Sicherheit.

Im Hochsausen sah Tobbs unter sich die wogende Masse von schwarzen Leibern und Stierhörnern kleiner werden. In der Ferne hetzten mehrere Furien panische rote Tanuki-Pferde den Berg hoch. Hübscher Anblick, fand Tobbs. Kein Zweifel, Dopoulos' Krawall-Armee hatte ihren Spaß!

Tobbs dagegen bekam kaum noch Luft. Das Mädchen war ganz schön schwer, sein verletzter Arm ließ grüßen. Weiches Anguanenhaar streifte Tobbs' Wange, als er nach rechts zum Palast spähte.

Auf der hölzernen Veranda des Palastes stand ein massiger

Mann. Sein kantiges Gesicht mit den braunen Raubtieraugen war eine Maske des Zorns, sein Mund ein wutverzerrter Strich.

»Es sind die Kitsune!«, brüllte er. »Gegenangriff!«

Tobbs schauderte. Das musste König Tanuki sein!

Beißender Rauch nahm ihm die Sicht. Anguana keuchte, als sie über die Felskante gezerrt wurden und unsanft zwischen scharfkantigen Steinbrocken und aufgeworfenen Moospolstern landeten. Tobbs fetzte es den Ärmel seines T-Shirts weg, das er unter dem ärmellosen Panzerhemd trug. Im selben Augenblick legte auch Wanja nicht weit von ihnen eine ähnliche Bruchlandung hin.

»Alles klar?«, schrie sie gut gelaunt gegen den Lärm an. Ihre Augen blitzten im Triumph. »Schnappt euch Nero und folgt mir!«

»Ähm, Tobbs?«, meldete sich Mamsie Matata hinter ihm zu Wort.

Wanja stürzte zu ihrem Stiermenschen, der bereits ungeduldig mit den Hufen scharrte, und sprang auf seine Schultern.

»Los, da rüber!«, flüsterte Tobbs und zog Anguana hinter sich her zu Nero.

»Hallo! Jemand zu Hause?«, beharrte Mamsie Matata. »Du solltest mal dringend …«

»Klappe, Mamsie!«, zischte Tobbs und löste das Seil von seinem Gürtel. »Später!«

Irgendwie schafften sie es, auf Neros Schultern Platz zu finden. Es war alles andere als leicht, Wanja zu folgen. Längst war ihr Minotaur zwischen Büschen und Bäumen verschwunden. Hinter ihnen ertönten wüster Kampflärm und Furiengeheul. Und ab und zu ein Jaulen.

Trotz ihres rasenden Tempos hatten die Furien sie bald eingeholt. Tobbs beugte sich tiefer über Neros Stiernacken, Anguanas Arme umklammerten seine Taille, während der Stiermensch in großen Sprüngen durch die Dunkelheit polterte.

Mamsie Matata wollte die ganze Zeit etwas sagen, aber da sie zwischen den beiden Körpern klemmte, verstand Tobbs nur »Hrmpfmölmpfehümpf«.

»He, Nero!«, brüllte ein gefleckter Minotaur, der neben ihnen auftauchte. Er war mit Pfeilen gespickt wie ein Zahnstocherspender, was ihn aber nicht weiter zu stören schien. »Klasse Party, was? Nur die Furien haben gezündelt.«

Tobbs warf einen Blick über die Schulter und erstarrte.

Vereinzelter Feuerschein erhellte den Berg. Dicker Qualm wälzte sich über die Baumkronen, das regennasse Baumholz schwelte an vielen Stellen erst vor sich hin, bevor es richtig Feuer fing. Wenn der Waldbrand weiterhin den Berg hinaufkroch, würde er früher oder später auch den Palast erreichen.

Hinter Tobbs preschte nun auch Dopoulos auf seinem Stiermenschen heran. »Es reicht! Alle Mann zur Tür!«, donnerte er und überholte die Herde. Keuchend stürmten sie bergauf zur nächsten Felsterrasse – am Mondsee vorbei zum Gipfel.

Wanja hatte mal wieder ganze Arbeit geleistet. Schon von Weitem erkannte Tobbs ihr Tor. In Windeseile hatte sie zwischen zwei Bäumen hölzerne Querstreben eingezogen und ein Stück Vorhangleder aufgehängt. Wie ein Dompteur vor einem brennenden Reifen stand sie auf dem Berggipfel, den Hammer noch in der Hand, im Mund vier lange Nägel, und wartete auf die Ankunft der tobenden Horde. In allerletzter Sekunde – der erste Minotaurus rannte sie beinahe um – riss sie das Tuch wie ein Torero zur Seite.

Olitai-Sonnenschein flutete das Herbstlaub. Die Minotauren sprangen durch das magische Tor in das andere Land. Ein Gerangel entstand, als auch noch die Furien hindurchflitzten.

Dopoulos sah sich suchend um, entdeckte Tobbs und Anguana und lächelte erleichtert. Und auch Wanja winkte ihm zu und konzentrierte sich wieder auf den Ablauf.

Alles lief nach Plan.

»Bald sind wir in der Taverne!«, rief Tobbs Anguana zu.

»Taverne?«, flüsterte Anguana entsetzt und klammerte sich noch verzweifelter an ihn. Seltsam, schon vorher hatte ihre Stimme ein wenig heiser geklungen, und nun … An seiner nackten Schulter, da, wo der Ärmel ausgerissen war, konnte er ihre Wange fühlen. Noch nie war ihm aufgefallen, dass sie … Bartstoppeln! … hatte.

Obwohl er Gefahr lief, das Gleichgewicht zu verlieren, warf Tobbs einen Blick über die Schulter.

Hinter ihm saß nicht Anguana.

Sondern Ankou Arnold. Mit Anguanas Haar.

Panisch starrte er an Tobbs vorbei auf das magische Tor. »Ich … äh … komme nicht mit!«, rief er.

Blitzschnell stieß er sich ab und sprang von Neros Rücken herunter.

»… hmümpfdasist gar nicht Anguana!«, japste Mamsie Matata.

Genau in dem Augenblick, als Nero zum Sprung in das Land Olitai ansetzte, zerrte ein gewaltiger Ruck an Anguanas Faden Tobbs' Handgelenk nach hinten. Tobbs verlor das Gleichgewicht und stürzte von Nero herunter – kopfüber in den tiefsten Matsch. Geistesgegenwärtig griff er nach hinten zum Spiegel, zog ihn über Nacken und Kopf und machte sich unter diesem schützenden Schild so klein, dass seine Knie sein Kinn berührten.

»Was machst du da?«, kreischte Mamsie. Dann traf schon der erste Huf auf das unzerbrechliche Spiegelglas. Die restlichen Minotauren schlitterten über den Spiegel oder hüpften darüber hinweg und sprangen durch das Tor.

Nur wenige Augenblicke, nachdem der letzte stampfende Hufschlag verklungen war, hörte Tobbs das Geräusch von zerbrechendem Holz. Natürlich, Wanja hatte das Tor auf der anderen Seite zerstört. Sie hatte nicht gesehen, dass er gestürzt war, sondern dachte, dass er irgendwo in der Masse mitritt. In diesen Minuten stürmte die Horde triumphierend und kichernd durch das Olitai-Gebirge zurück in Richtung Taverne. Wer weiß, wie viele Kilometer sie hinter sich bringen würden, bevor irgendjemandem auffiel, dass Tobbs zurückgeblieben war.

Verdammt!

»Tobbs?«, hörte er Mamsie Matatas besorgtes Flüstern. »Lebst du noch?«

Er hob den Kopf aus dem Schlamm zwischen den Felsen, in den die Minotauren ihn hineingestampft hatten wie Muffin-Teig in ein Kuchenförmchen. Er fühlte sich platt wie eine Flunder, aber zum Glück war der Schlamm weich gewesen.

»Glaube … schon«, krächzte er und hievte sich mühsam hoch. Es gab ein schmatzendes Geräusch, als er sich aus der lehmigen Tobbs-Form im Boden löste.

Das Licht des fernen Waldbrands fiel auf zwei blasse Füße direkt vor ihm und auf den Saum von Anguanas Kleid, das Ankou Arnold gerade mal bis zur Hälfte seiner Schienbeine reichte.

»Tut mir leid«, flüsterte der Friedhofsgeist zerknirscht und half ihm vorsichtig auf. »Ich hatte total vergessen, dass Anguanas Faden uns noch verbindet. Aber ich konnte nicht mitkommen und in die Taverne zurückgehen! Die liefern mich doch sofort an den Friedhof aus.«

»Du!«, flüsterte Tobbs.

Ankou Arnold war offenbar taub für mordlüsterne Untertöne in gesprochenen Sätzen, er grinste schief und pflückte sich die Perücke vom Kopf. Das war eindeutig Anguanas Haar, zusammengehalten durch eine geschickt verknotete Strähne.

Tobbs schluckte schwer. Hatte sie sich das Haar abgeschnitten? Und ihr blauer Faden war tatsächlich um Ankou Arnolds Handgelenk geknotet.

»Anguana hat gesagt, du würdest dem Faden folgen und uns da rausholen«, erklärte Arnold. »Sie muss ganz schön beliebt sein. Wow, was für eine Rettungsaktion!«

Tobbs hatte plötzlich einen gallebitteren Geschmack in der Kehle. Wie schön, Anguana sorgte also dafür, dass Arnold gerettet wurde! Und dann gab sie diesem Friedhofscasanova auch noch den Faden, der eigentlich nur ihnen beiden gehörte!

Grob packte er Arnold am Kragen. »Wo ist sie?«

Ankou Arnolds Augen wurden groß. »In Sicherheit, dachte ich. Sie sagte, sie hole Hilfe ... ich dachte, sie meinte dich und ihr hättet euch abgesprochen und ... äh, Tobbs, ich bin zwar schon tot, aber könntest du trotzdem meinen Hals nicht so fest ...«

»Wo?«, donnerte Tobbs.

»Weiß nicht!«, japste Ankou. »Sie wurde zum Verhör zu König Tanuki geholt. Aber ich dachte, es wäre alles in Ordnung und ihr Plan hätte funktioniert, weil ihr doch als Rettungskommando aufgetaucht seid ... Ist sie denn nicht bei euch?«

Tobbs ließ den Ankou los und setzte sich auf den Waldboden. Harziger Rauch trieb ihm die Tränen in die Augen.

»Beim König«, sagte er fassungslos.

»Das sieht unserem Ziegenmädchen ähnlich!«, meinte Mamsie Matata und seufzte.

»Wer spricht da?«, flüsterte Arnold verdutzt. Er ging um Tobbs herum und warf einen Blick in den Spiegel. »Oh, guten Tag, schöne Dame!«, hörte Tobbs ihn sagen.

»Aber hallo!«, erwiderte Mamsie mit der Samtstimme, die alle Frauen bekamen, wenn sie Arnold zu tief in die Augen sahen. »Und da sage noch jemand, dass Geister nicht gut aussehen ...«

»Aufhören!«, befahl Tobbs. »Was hat Anguana vor?«

Ankou Arnold trat wieder vor ihn und zuckte mit den Schultern. »Hat sie nicht verraten. Sie wollte uns nicht als Mitwisser in Gefahr bringen, sagte sie.«

»Und wie kommst du bitte schön zu ihren Haaren und ihrem Kleid?«

»Am Anfang wurden wir in einem Sammelkäfig untergebracht und konnten miteinander sprechen. Anguana sagte, sie habe einen todsicheren Plan. Sie schnitt sich die Haare ab und bat mich, mit ihr die Kleider zu tauschen. Sie hat sogar meine Stiefel angezogen.«

»Womit hat sie sich denn die Haare abgeschnitten?«

»Nixenschuppe«, erwiderte Ankou Arnold. »Hing noch in ihrem Haar, ein kleines Souvenir von der Wasserschlacht in Ger Ti Bentens Haus. Hat sie erst in unserem Gefängniskäfig bemerkt. Zum Glück war es die Schuppe einer kandarischen Klingennixe, sehr scharf! Und dann hat sie die Wächter hergerufen und ihnen erzählt, dass sie alles verraten wird. Sie wurde zum Verhör zu König Tanuki gebracht. Anguana hat sich gut verstellt, gäbe eine gute Schauspielerin ab. Kurze Zeit später … kamt ihr. Ich dachte, ihr todsicherer Plan hätte funktioniert.«

Nun schwang Besorgnis in seiner Stimme mit. »Dabei sollte ich am besten wissen, dass der Tod das Unsicherste ist, was einem passieren kann, was?«, sagte er unglücklich.

Tobbs schloss die Augen und atmete tief durch. Keine Panik, dachte er, während sein Herz sich anstellte wie ein panischer Hofhund, der sich gegen seine Kette warf. Nur eine Katastrophe. Das Übliche. Nichts weiter. Kein Problem. Denk nach!

Er war allein im Feindesland mit sehr vielen sehr wütenden Doman-Kriegern. Anguana befand sich vermutlich immer noch im Palast, der Wald brannte, Wanja und Dopoulos waren über alle Berge. Er hatte eine Axt, einen Spionspiegel, ein Messer und einen unterbelichteten Friedhofsgeist am Hals. Tja, heute musste das für Plan A reichen.

»Wir suchen Anguana«, bestimmte er.

»Oje«, meldete sich Mamsie Matata auf seinem Rücken zu Wort. »Erst einmal machen wir gar nichts. Wir haben nämlich Besuch.«

Ankou Arnold schlug die Hand vor den Mund. Tobbs fuhr herum und erstarrte. Nun, es war wohl kein Fehler, auf Plan B auszuweichen.

Amaterasus Spiegel

Noch nie in seinem Leben war Tobbs so rasch auf einen Baum geklettert. Und das, obwohl sein Arm scheußlich wehtat. Ankou Arnold hatte seine Sache auch nicht schlecht gemacht – in Anbetracht dessen, dass er ein Kleid trug, hatte er es verblüffend schnell auf den höchsten Querast der Bergkiefer geschafft, auf dem sie nun schaukelten wie zu große Vögel. Tobbs linste vorsichtig nach unten. Eine Gruppe von Kriegern stand neben den Trümmern von Wanjas Tür, ohne sie als solche wahrzunehmen, und blickte talabwärts zu den terrassenartigen Felsrunden, auf denen sich der See und – weiter unten – der Palast befanden.

Tobbs sah schlanke Schwerter, die den Widerschein des Feuers einfingen, und ernste Gesichter mit goldenen Augen. Ihre Rüstungen waren kupferfarben und matt wie gebürsteter Stahl. Es waren Kitsune-Krieger. Auch sie hatten Pferde, die jedoch nicht rot waren wie die der Tanukis, sondern weiß wie Inaris Füchse.

Eine hochgewachsene Kriegerin saß in der Mitte der Gruppe auf einem prächtigen Schimmel. Ihr Haar war unter einem Helm verborgen, doch Tobbs konnte eine scharfe, schmale Nase und ein vorspringendes Kinn ausmachen, als die Frau sich umblickte und jemanden zu sich rief.

Tobbs spähte zu der Frau, die dem Befehl folgte ... und wäre um ein Haar vom Baum gefallen. Moriko! Sie lenkte ihr Pferd zu der großen Frau und neigte ehrerbietig den Kopf.

»Majestät«, sagte sie unterwürfig.

Tobbs schnappte nach Luft. Die Frau mit dem energischen Kinn war Königin Kitsune! Nach König Katuro gleich die Nummer zwei aller Leute, denen er um keinen Preis über den Weg laufen sollte.

»Unser Tag ist endlich gekommen«, sagte die Königin mit einer Stimme, die wie ein wohlartikuliertes Knurren klang. »Heute jagen wir die Brut des Schlamms zurück in den Norden! Gib das Zeichen zum Sturm auf den Palast!«

»Sturm!«, bellten die anderen Fuchskrieger.

Tobbs begann zu schwitzen. Anguana war im Palast! Und Moriko – was spielte sie für ein Spiel?

»Aaaaangriff!«, schrie Moriko und schwenkte ihre Fackel.

Auch unten im Wald malten Fackeln feurige Achten in die Luft. Dann entflammte ein Baum links am Bergrand in grünem Signalfeuer. Und ein weiterer rechts.

»Oh nein!«, flüsterte Ankou Arnold entsetzt.

Morikos Fackel flog nach oben, drehte sich einmal elegant in der Luft – und landete direkt über Tobbs im Geäst der Baumkrone. Die Kiefernnadeln mussten relativ trocken sein, denn das Signalfeuer brach aus wie eine Explosion. Tobbs spürte, wie seine Augenbrauen verbrutzelten, und reagierte gerade noch schnell genug, um sich den Spiegel über den Kopf zu halten.

»Angriff!«, brüllten die Fuchskrieger unter ihnen und gaben ihren geisterhaften Pferden die Sporen.

»Runter vom Baum!«, befahl Mamsie Matata.

Diesen Vorschlag hatte Tobbs auch gerade machen wollen. Noch im Sprung erwischte das grüne Feuer Ankou Arnolds Kleid und versengte den Rock, dann kamen sie schon mit einem harten Schlag auf einem Bett erdfeuchter Kiefernnadeln auf und wälzten sich unter dem brennenden Baum.

Die Kitsune blickten sich nicht um, sondern galoppierten in Richtung Tal. Das Letzte, was Tobbs von Moriko sah, bevor sie zwischen Bäumen verschwand, war ihr wehendes Haar.

»Wenn Anguana im Palast ist …« Arnold vollendete den Satz nicht, aber sein blasses Gesicht sprach Bände.

Im geduckten Sprint hatten Tobbs und Ankou einen Abhang hinter sich gebracht. Nun liefen sie am Schluchtsaum oberhalb des Mondsees entlang. Tobbs hatte das Gefühl, dass seine Lunge genauso in Flammen stand wie der magische Wald. Rauch waberte über Felsen. Es roch nach Weihrauch und verbranntem Kiefernharz. Schreie und Jaulen tönten schaurig aus dem Dunkel und immer wieder auch das Triumphgeheul aus Kitsune-Kehlen.

Das Fuchsvolk hatte offenbar seine Chance erkannt. Dreihundert Krieger mochten nicht viel sein, wenn sie gegen zweitausend gut gerüstete Tanukis antraten. Aber es waren viele, wenn der Feind vom Ansturm der Minotauren geschwächt war und überall das reinste Chaos herrschte.

Arnold hatte Mamsie Matata auf dem Rücken, Tobbs trug die Waffen und lief dicht hinter ihm. Als der Ankou stolperte, kippte der Spiegel zur Seite und reflektierte den Mondsee unter ihnen. Die Nixen tobten, Fischschwänze peitschen, Zähne wurden gefletscht. Wie von Sinnen zerrten die Nixenwesen an den Seilen, die sie banden. Dann hatte sich Ankou Arnold wieder gefangen und das Bild rutschte weg.

Ein gutes Stück schlitterten sie über Geröll bergab, dann drehte der Wind. Heißer Feueratem brüllte ihnen mitten ins Gesicht. Der Wald in der Nähe des Palasts brannte nun lichterloh und beleuchtete den Platz wie Scheinwerfer eine Bühne. Das Schauspiel, das sich ihnen dort bot, raubte Tobbs den Atem.

Die Kitsune kämpften gegen die Tanukis. Rote Pferde schnappten nach den Kehlen der weißen Kitsune-Pferde. Grässlich klackten ihre Zähne aufeinander, wenn sie durch die geisterhaften Tiergestalten fuhren. Schwerter sausten durch die Luft. Kämpfer umtanzten einander auf ihren Reittieren. Schwerter klirrten. Das Gebrüll der Tanukis mischte sich mit dem Knurren der Fuchsmenschen. Doch während den Tanukis nichts anderes übrig blieb, als ihre menschliche Gestalt zu behalten, nutzten die Fuchskrieger den Vorteil ihrer Magie und wechselten zwischen Fuchs- und Menschenform hin und her, sie sprangen vom Pferd, bissen und kratzten, verwandelten sich, schlugen mit dem Schwert, sprangen als Füchse auf die Kruppen der Tanuki-Pferde und wanden sich aus tödlichen Umklammerungen.

Mitten auf dem Platz umkreisten Königin Kitsune und Fürst Tanuki einander auf ihren Streitrosse. Der massige Krieger stürzte sich mit Kampfgebrüll und hoch erhobenem Schwert auf die Königin. Sie wich geschickt aus und parierte den Schlag. Er war stärker, sie war schneller, so viel konnte Tobbs erkennen. Es war nicht abzusehen, welche Partei gewinnen würde.

Und noch etwas sah er: Es war den Kitsune noch nicht gelungen, König Tanukis Herrschaftssitz einzunehmen. Doch die Tanukis waren so damit beschäftigt, den Angriff der Kitsune mit allen Kräften abzuwehren, dass sie das Gebäude auch nicht länger bewachten. Denn eben rannten ein paar abgerissene Flamencospieler aus der Deckung eines zertrümmerten Käfigs geduckt über die Wiese und hechteten kopfüber durch ein klaffendes Loch in den Tanuki-Bau hinein, der sich »Palast« schimpfte.

»Meinst du, es ist eine gute Idee, in den Palast zu gehen?«, flüsterte Ankou Arnold. Er war noch blasser als sonst und sah sich ständig ängstlich um, während sie im Schutz der Schatten den Kampfplatz umrundeten.

»Ich sage nur drei Sätze«, keuchte Tobbs. »Die Kitsune töten uns. Die Tanukis töten uns. Und wenn Anguana irgendwo da drin ist, müssen wir sie finden.«

Ein verirrter Pfeil zischte knapp an seiner Nase vorbei und Tobbs krümmte sich im Rennen erschrocken zusammen. Was hätte er jetzt dafür gegeben, seine Fuchsgestalt zu haben und sich im Schatten bestens getarnt verstecken zu können! Doch sein schwerfälliger Menschenkörper trug ihn leider nur im holprigen Schleudergalopp zu dem klaffenden Loch in der Palastwand. Tobbs stieß sich so fest ab, wie er konnte, und sprang.

Er erwartete den Aufprall auf Holz oder Laub, vielleicht auch auf feuchter Erde. Doch er landete auf Marmor. Es klirrte, als Mamsie Matata neben ihm aufprallte.

Im polierten Stein sah Tobbs das Spiegelbild seines verblüfften Gesichts, während er über den glatten Boden schlitterte. Nun, Familie hin oder her: Helden sahen anders aus.

Das Echo von Ankou Arnolds erstauntem Ausruf brach sich an hohen Wänden wie in einer Kathedrale. Zwei, drei Meter rutschten sie gemeinsam über den Boden. Dann rasselten sie geräuschvoll gegen einen festlich gedeckten Tisch. Gefüllte Weingläser fielen um, der Inhalt schwappte über die Tischkante und verteilte sich auf Tobbs' Haar.

»Hübscher Boden«, tönte Mamsie Matatas Stimme dumpf unter dem Spiegel hervor. »Aber kann mich vielleicht mal jemand umdrehen?«

Arnold rappelte sich auf und blickte sich wie gehetzt um.

»Das ist … Zauberei!«, flüsterte er.

Tobbs robbte zu Mamsie Matata und stellte den Spiegel auf, damit sie den Raum sehen konnte.

Mamsie verzog das Gesicht. »Puh, was für 'ne Absteige!«, meinte sie und verschwand.

Tobbs sah in den Spiegel und zuckte überrascht zurück: Der Boden bestand nur aus Wurzelwerk und getrocknetem Schlamm. Die schillernden Wände waren in Wirklichkeit grobe Holzplanken, die kostbaren Schleiervorhänge Äste einer Trauerweide, an denen trockene Blätter hingen. Alles schien tot und verlassen. Das Einzige, was sehr lebendig wirkte, kauerte neben einem gesplitterten Baumstamm und schlotterte. Tobbs wandte den Blick vom Spiegel und sah direkt hin.

Neben einem goldenen Samtsofa kauerten fünf zerlumpte Gestalten. Eine hielt eine lädierte Gitarre in der Hand, die ein Loch in Form eines Minotaurus-Hufabdrucks zierte. Verstaubte Glitzerjäckchen funkelten kläglich im Schein der bunten Laternenlichter, die in Wirklichkeit wahrscheinlich nur ordinäre lila Leuchtmotten waren.

»Tu mir nichts, Arnold!«, sagte der Flamencospieler. Tobbs erkannte mit grimmiger Überraschung den Musiker, der Anguana in Katuro an die Wachen verraten hatte. »Ich wollte euch nicht ausliefern, aber die haben gesagt, die werfen mich zu den Nixen und ...«

»Scht!«, fuhr Arnold ihn an. »Schrei hier nicht so herum! Wir tun euch nichts, wir suchen nur Anguana.«

Nixen. Tobbs horchte auf. Da war etwas ... Eine Ahnung, ein Verdacht, aber im Augenblick fand er den Faden einfach nicht.

»Habt ihr irgendwas gesehen oder gehört?«, flüsterte Arnold. »Wisst ihr, ob Anguana hier irgendwo ist?«

»No, Senor!«, hauchte der Musiker.

Von draußen drang Schwerterklirren herein. Schatten huschten über die Wände. Jeden Moment konnten die Kitsune oder die Tanukis in den Palast stürmen.

Tobbs klemmte sich Mamsie Matata unter den Arm und rannte los. Irgendwo musste Anguana doch sein!

Wer auch immer den Palast gestaltet hatte, er musste einen erstklassigen Expansionszauber benutzt haben, denn das Gebäude öffnete sich in immer neue Räume. In manchen waren die Vorhänge zerrissen und die Lampen lagen zerbrochen am Boden. Von Anguana keine Spur.

Tobbs rief leise nach ihr und schaute hinter jede Tür. Schließlich erreichte er eine prächtig vergoldete Marmortreppe, die Mamsie Matatas Spiegel als knorrige Wurzelstiege entlarvte.

»Vielleicht der Gefängnistrakt«, keuchte Ankou Arnold, der nur mühsam mit ihm Schritt halten konnte.

Tobbs wurde ganz flau im Magen. Anguana, gefangen in einem Käfig oder einem Fischernetz – das war schon schlimm genug. Aber die Vorstellung, dass das Mädchen ganz allein in einem finsteren Kerker saß …

»Anguana?«, rief er zaghaft und tastete sich die Treppe hinunter. Das Licht wurde düsterer. Der Raum wurde hier nur von einigen altersschwachen Leuchtmaden erhellt, die tapfer die Wände hochschnauften. Tobbs fehlte sein Fuchsgehör, aber er konnte sich förmlich vorstellen, wie sie bei jeder Bewegung »hauruck, hauruck« vor sich hin murmelten.

»Da ist etwas!«, flüsterte Arnold. »Hör mal!«

Sie lauschten. War da nicht eben eine Frauenstimme gewesen?

»Es kommt von weiter unten!«

»Allerdings«, bemerkte Mamsie Matata. »Und schaut mal nach dahinten.«

In einem Winkel des Raums war ein winziges Loch im Boden. Und durch dieses Loch fingerte sich ein Lichtstrahl. Er bewegte sich, wanderte über die Decke und wieder zurück.

Mit dem Raum hier unten hatte der magische Innenarchitekt sich weniger Mühe gegeben. Goldfliesen wechselten sich hier nahtlos mit unförmigen Granitbrocken ab. Vertrocknete Käfer häuften sich in den Ecken. In Mamsie Matatas Spiegel zeigte sich das wahre Gesicht dieser Umgebung: eine unterirdische Grotte. Der einzige Zugang, der vermutlich in ein Höhlenlabyrinth führte, war mit morschem Holz verschlossen.

Durch die Ritzen dieser provisorischen Tür fielen Nadeln von

Licht und bewegten sich, als würde jemand hinter der Tür eine Laterne hin und her schwenken.

»Da ist die Frauenstimme wieder!«, flüsterte Arnold. »Irgendjemand singt!«

Tobbs biss sich auf die Unterlippe. Die Vernunft sagte ihm, dass es ganz und gar nicht klar war, wer sich hinter dieser Tür befand. Aber der andere Teil von ihm, der sich nichts so sehr wünschte, wie Anguana wiederzusehen, redete ihm ein, dass sie es einfach sein musste. Wer sonst würde selbst in Gefangenschaft noch so kaltblütig sein und singen? Kurz entschlossen nahm Tobbs seine Axt aus dem Gürtel.

»Anguana!«, rief er. »Weg von der Tür!«

Das morsche Holz gab nach wie ein Kartenhaus, auf das jemand einen Mühlstein wirft, und krachte mit einem wehleidigen Ächzen in sich zusammen. Sonnenlicht schien auf den Flur. Die Leuchtmaden an den Wänden bekamen einen Lichtschock und fielen auf der Stelle in Ohnmacht.

»Das gibt es doch nicht!«, flüsterte Arnold. »Wow! Und da ist … oh … das ist aber wirklich hübsch!« Anerkennend pfiff er durch die Zähne.

Tobbs musste die Augen zusammenkneifen, um überhaupt etwas zu sehen.

Gegen diesen Raum waren die oberen Palastgemächer bestenfalls ganz passable Gästezimmer. Kristallene Lüster hingen von der Decke und verwandelten den Raum in ein Karussell voller Lichtspiele. Wände glänzten silbern. Auf dem Boden bildeten perfekt geschliffene Diamanten verschlungene Blumenmotive. Doch es gab keine Leuchtmotte weit und breit, das Licht stammte aus einer ganz anderen Quelle: Mitten im Zimmer tanzte ein junges Mädchen. Bei jeder Drehung flog sein langes schwarzes Haar durch die Luft. Die Reflexe der Lüster und Edelsteine huschten über sein goldgelbes Seidenkleid. Die Schatten strebten von ihm weg, als sei es selbst die Sonne.

»Wer ist sie?«, hauchte Arnold.

»Komisches Land, in dem die Sonne unter der Erde scheint«, kommentierte Mamsie Matata.

Die Tänzerin hielt inne. Mit ihr stand das Licht still. Als sie die Eindringlinge entdeckte, riss sie erschrocken die Augen auf. Mit einem scharfen Schnappen öffnete sie einen Fächer und verbarg blitzschnell ihr Gesicht dahinter. Doch Tobbs hatte ihr Gesicht bereits gesehen, und er fand diese Reaktion nun wirklich übertrieben. Gut, sie war wirklich keine Schönheit und auf ihrer Nase und den Wangen drängten sich so viele Sommersprossen, dass man locker eine ganze Mädchenfußballmannschaft damit hätte versorgen können, aber deswegen musste sie doch ihr Gesicht nicht verstecken.

»He, die ist ja süß!«, flüsterte Arnold prompt und lächelte verträumt.

»Du trauerst ja sehr um Anguana«, konnte sich Tobbs nicht verkneifen zu sagen.

»Ihr wagt es, Amaterasu zu stören?«, rief das Mädchen mit schneidender Stimme.

Tobbs fiel die Kinnlade nach unten.

Amaterasu. Die Sonnengöttin.

Was hatte Moriko gesagt? Solange die Göttin sich verbirgt, scheint die Sonne nicht. Das erklärte einiges. Aber was suchte sie im Tanuki-Palast?

»Hat es dir die Sprache verschlagen?«, keifte die Göttin hinter ihrem Fächer. »Verschwinde!«

In der Taverne wusste Tobbs, wie man Götter für sich gewann, aber im Augenblick schoss ihm nur eines durch den Kopf: Die Tanukis waren in der Dunkelheit am mächtigsten. Wenn dagegen die Sonne schien, würden sie einen Großteil ihrer magischen Kraft einbüßen. Dann würden die Kitsune eine faire Chance bekommen. Und falls die Kitsune gewannen, wäre Anguana – wo immer sie sich auch gerade befand – erst einmal außer Gefahr.

»Hat König Tanuki dich hier etwa eingesperrt?«, platzte Tobbs unhöflich direkt heraus.

Die Göttin sah ihn über den Rand des Fächers angewidert an. »Eingesperrt?«, wiederholte sie empört. »Niemand sperrt Amaterasu ein. Ich habe hier lediglich Schutz gefunden. Und es gefällt mir gut hier.«

»Aber du musst die Höhle sofort verlassen!«, rief Tobbs. »Da draußen geht gerade die Welt unter!«

Die Göttin hob pikiert die linke Augenbraue. »Na und? Ich muss gar nichts!«, gab sie grob zurück. »Sollen denen da oben doch die Bäume und Blumen verwelken ohne Sonne! Wenigstens weiß man hier mein Licht zu schätzen und behauptet nicht, ich sei hässlich.«

»Wer hat denn das behauptet?«, fragte Arnold mit ehrlichem Staunen.

Die Göttin hob die Brauen und sah ihn zum ersten Mal mit Interesse an. Diesen Blick kannte Tobbs inzwischen nur allzu gut, und er machte ihn immer noch fuchsig.

Oh!, sagte der Blick. Ein Typ in Frauenkleidern. Seltsam, aber irgendwie auch faszinierend. Und, hm, er sieht wirklich gut aus. Diese Augen, dieser melancholische Mund, interessant! Richtig nett. Ob er eine Freundin hat? Und jetzt lächelt er mich an! Wow, ich muss ihn kennenlernen!

Paff. Tobbs löste sich für sie in Luft auf.

»Die Leute in der Stadt nennen mich hässlich«, wandte sich Amaterasu mit erstaunlich sanfter Stimme an Ankou Arnold. »Kannst du dir vorstellen, wie schrecklich es ist, ständig von allen beobachtet zu werden? Jetzt haben sie in der Stadt sogar Dinger aufgestellt, die sie Teleskope nennen. Egal, was ich mache, jeder Trottel, der ein solches Gerät benutzt, kann mich damit aus nächster Nähe sehen. Tausendfach vergrößert! Jede Falte und jede Haarsträhne, die mir ins Gesicht hängt! Sie verfolgen mich! Und neulich«, sie schnappte nach Luft und wurde blass um die Augen, »stand in der Zeitung, ich hätte ... Sonnenflecken im Gesicht! ›So viele, dass sie damit aussieht wie ein Streuselkuchen‹, stand da! Und König Tanuki hat mir erzählt, dass in der Stadt sogar eine Bühnenshow läuft mit dem Titel: ›Amaterasu – die wahre Geschichte eines hässlichen Mädchens‹.«

Und dann hat König Tanuki dich netterweise getröstet und dir Zuflucht vor den Paparazzi gewährt, dachte Tobbs. Ein geschickter Schachzug!

»Nie wieder gehe ich da raus!«, klagte Amaterasu Ankou Arnold ihr Leid.

Der Friedhofsgeist trat zu ihr und ergriff ihre Hand. Amaterasu sah ihn fassungslos an. Tobbs war sich sicher, dass er sich an Arnolds Stelle spätestens jetzt eine Ohrfeige eingefangen hätte, doch dem Friedhofsgeist gestattete die Göttin die Berührung.

»Aber du bist nicht hässlich!«, sagte Arnold so aufrichtig und mitfühlend, dass selbst Tobbs mit einem Mal verstehen konnte, warum die Leute ihn mochten. Er hätte es niemals zugegeben, aber in diesem Moment, als er Ankous fasziniertes Gesicht sah, wurde ihm plötzlich noch etwas ganz anderes klar: Arnold war kein Betrüger, kein Angeber und kein Weiberheld. Er war einfach nur ein wirklich netter Kerl, der meinte, was er sagte. Ohne ihr Sonnenlicht wäre Amaterasu in der Menge keinem aufgefallen. Keinem außer Arnold.

»Am liebsten würde ich sie allesamt in König Tanukis Nixenbecken werfen!«, schimpfte die Göttin weiter. »Die hätten ihren

Spaß mit den Schandmäulern. König Tanuki füttert die Nixen extra nur einmal in der Woche, damit sie so richtig hungrig sind, wenn die Verurteilten in den See geschubst werden und ...«

Irgendetwas in Tobbs' Hinterkopf hatte schon lange darauf gewartet, leise Klick! sagen zu dürfen. Ihm wurde siedend heiß, als er sich an die peitschenden Wasserfrauen erinnerte. Und mit einem Mal war er sehr, sehr sicher, dass Anguana eine sehr, sehr dumme Idee gehabt hatte.

»Du hast doch gar keine richtigen Sonnenflecken«, sagte Arnold sanft. »Nur ein paar winzige, hübsche Sommersprossen. Sieh selbst!«

»Was hat er denn jetzt vor?«, flüsterte Mamsie Matata misstrauisch.

»Ich werde dir zeigen, dass du schöner bist als alle Frauen auf der Welt!«, rief Ankou über die Schulter zurück und trat zu Tobbs. »Es wäre Verschwendung, deine Schönheit unter Tage zu verstecken. Diener! Gib mir meinen Spiegel!«

Er grinste und zwinkerte Tobbs zu. »Ich hole sie hier schon raus«, raunte er. Und Tobbs stellte fest, dass Ankou Arnold nicht nur ein netter Kerl war, sondern auch ganz und gar nicht unterbelichtet.

»Mitmachen, Mamsie«, befahl Tobbs geistesgegenwärtig. »Streng dich an!«

»Ich soll lügen und ihr erzählen, dass sie überirdisch schön ist?«, flüsterte die Spiegelfrau.

»Ja«, entgegnete Tobbs ungeduldig. »Bitte, Mamsie!«

Ankou nahm den Spiegel aus Tobbs' Händen und schwenkte ihn herum. Tobbs erhaschte einen Blick auf den Raum, wie er wirklich war: Die Lüster, die von der Decke hingen, waren nur schäbige Tropfsteine, die Diamanten Wassertropfen.

Plötzlich verschwamm dieses Bild und ein völlig anderes tauchte auf: Mamsie Matata hatte offenbar beschlossen, das Spielchen mitzumachen.

Der Raum verwandelte sich und wurde zum Abbild der Prachtkammer – allerdings mit einigen ironischen Kommentaren zur Architektur. Mamsie Matata hatte Schnörkel und viel kitschiges Rosa hinzugefügt. Und im Hintergrund des Spiegelbildes hing eine goldene Putte am Lüster und streckte Amaterasu die Zunge raus.

»Siehst du?«, sagte der Ankou sanft und hielt Amaterasu den Spiegel vor das Gesicht. Das Mädchen blickte zweifelnd hinein, den Fächer immer noch vor Nase und Wangen. Dann senkte es ihn zögernd und hob verblüfft die Augenbrauen. »Oh«, sagte es andächtig. »Ich wusste ja gar nicht, dass ich so ... oh!«

Ein strahlendes Lächeln breitete sich über Amaterasus Gesicht und ließ sie nun tatsächlich ganz hübsch aussehen.

»Willst du tanzen?«, fragte Arnold galant. »Wir feiern deine Rückkehr auf die Erde, wie wär's?«

»Wir haben aber gar keine Musik«, sagte die Sonnengöttin schüchtern, aber mit leuchtenden Augen.

Ankou strahlte. »Kein Problem!«, rief er und warf Tobbs den Spiegel wieder zu. »Mein Diener wird die Musiker zu uns herunterschicken.«

Prinz Tanuki

Tobbs keuchte die Treppen hoch, so schnell er konnte.

Bei jedem Schritt schlug Mamsie Matatas Spiegel gegen seine Schulterblätter. Ihm war zum Heulen zumute, und gleichzeitig hatte er eine solche Wut auf Anguana, dass er das Mädchen am liebsten durchgeschüttelt hätte. Warum konnte sie nicht einfach in ihrem Gefängnis sitzen bleiben und warten, bis Tobbs oder Wanja sie retteten? Jede dumme Prinzessin beherrschte diesen Trick!

»Hey, Musiker!«, rief er. Die Flamencospieler spähten ängstlich hinter dem Sofa hervor. »Über die Treppe runter zu Arnold, schnell! Und spielt Liebeslieder!«

Schon schlitterte Tobbs weiter über den glatten Marmor. Der Kampflärm war lauter geworden, es hörte sich an, als würden die Krieger nun direkt vor dem Palast aufeinander losgehen. Durch das Loch in der Wand konnte Tobbs von Feuer beleuchteten Boden sehen, die zuckenden Schatten von Schwertern und Speeren und – viel zu weit weg – die Felswand. Und dort war auch ein schmaler Pfad, der nach oben führte – zur nächsten Felsterrasse.

Tobbs packte seine Axt und rechnete fieberhaft: Zum Felspfad waren es etwa dreißig gesprintete Schritte und dann musste er auf dem kürzesten Weg zum Mondsee. Zehn Minuten, wenn er sich beeilte, schätzte er. Aber würde eine Axt etwas gegen ausgehungerte Wasserwesen ausrichten können? Und wenn ja, lebte Anguana überhaupt noch? Nach ihrem Abenteuer in Tajumeer vor einigen Wochen hatte Anguana ihm zwar erzählt, dass Nixen und Meeresfrauen keine Artgenossen verspeisten, aber nach dem, was in Ger Ti Bentens Haus passiert war, traute er den Wassergeschöpfen keinen Schritt mehr über den Weg.

Sein Herz setzte vor Angst einen Schlag lang aus, als er durch das Loch nach draußen sprang – mitten in die Kampfzone.

Es sah nicht gut aus für die Kitsune. Dutzende von Tanuki-Kriegern bedrängten die Leibwächter der Königin. Gerade verwandelten sich zwei Fuchskrieger in Tiere zurück und flohen in den Wald.

Ein Speer bohrte sich direkt vor Tobbs schräg in den Boden. Er konnte nicht mehr bremsen, fiel der Länge nach darüber und rappelte sich wieder auf.

»Lauf!«, schrie Mamsie Matata auf seinem Rücken. »Sie sind direkt hinter dir!«

Seine Nackenhaare sträubten sich vor Entsetzen, als er es auch hörte: Hufschläge! Kaum eine Sekunde später erwischte ihn schon ein Hieb zwischen die Schulterblätter. Das heißt – zum Glück nicht ihn, sondern Mamsie Matata. Das unzerbrechliche Spiegelglas gab nur ein helles Pling! von sich, hielt dem Hieb aber mühelos stand. Trotzdem, die Wucht reichte aus, um Tobbs zu Fall zu bringen.

Im Abrollen sah er, wie der Tanuki auf dem Pferd ein zweites Mal mit einem Schwert ausholte. Instinktiv riss er seine Axt hoch und zog Mamsie Matata nach vorn, um sie wie einen Schild zu benutzen. Pling! Pling-pling! Zwei weitere Reiter preschten heran, ein Speer prallte am Spiegel ab. Mamsie Matata schrie entsetzt auf.

Tobbs war verzweifelt. Noch ein, zwei Hiebe wehrte er ab, dann verließen ihn Kraft und Mut. Mochte er auch dreimal aus der Familie eines Helden stammen: Er selbst war definitiv keiner, und er wollte auch keiner sein. Er war nur jemand, der vor dem Grauen des Krieges die Augen schloss.

Ein Triumphschrei hallte über den Platz, als einer der Roten Krieger ihm Mamsie Matata aus der Hand schlug. Tobbs stolperte und fiel. Der Tanuki direkt vor ihm hob seinen Speer und Tobbs riss den Arm hoch, um sein Gesicht zu schützen. Als würde das noch irgendetwas nützen. Es war vorbei. Und seltsamerweise kam mit dieser Erkenntnis eine tiefe Ruhe über ihn.

Hoffentlich beeilt sich Arnold, dachte er nur. Und vielleicht findet er ja auch Anguana.

»Runter mit der Waffe!«, schrie jemand. Tobbs blinzelte. Der Speer war immer noch auf seine Kehle gerichtet, doch gleich darauf senkte sich der Arm, der damit zustoßen sollte. Ein zweiter Krieger sprang vom Pferd und kam auf Tobbs zu. Raubtieraugen starrten durch den Sehschlitz des Helms auf Tobbs' Arm. Dorthin, wo sich auf dem Oberarm die verschlungenen Ornamente von Tobbs' Tatau abzeichneten – das Bild, das ihm ein Insulaner aus Tajumeer in die Haut gestochen hatte.

»Du?«, fragte der Krieger und zog sich den Helm vom Kopf.

Zum Vorschein kam ein Gesicht, das Tobbs nur zu gut kannte. Der Gefangene, dem er in Tajumeer das Leben gerettet hatte!

»Haruto!« Vor Erleichterung hätte Tobbs am liebsten losgeheult.

»Prinz Tanuki?«, fragte einer der Krieger.

Haruto hob die Hand und machte eine herrische Geste, die die Soldaten sofort Haltung annehmen ließ.

»Geht«, befahl er. »Steht meinem Vater zur Seite.«

»Du bist ein Prinz? Was … aber …«, stammelte Tobbs, doch der junge Mann packte Tobbs am Kragen, zog ihn hoch und zerrte ihn ein paar Schritte hinter sich her. Er stieß ihn grob hinter einen Felsvorsprung und verschwand auch selbst aus dem Sichtfeld seiner Soldaten.

»Was machst du denn hier?«, fauchte er Tobbs dann an.

»Das… dasselbe könnte ich dich auch fragen«, stotterte Tobbs.

»Ich hätte dich beinahe umgebracht!«, zischte Haruto. »Hätte ich nicht dein Tatau erkannt, wärst du jetzt tot. Wie kommst du überhaupt dazu, hier gegen uns zu kämpfen, du bist doch gar kein Kits…« Dann wurden seine Augen plötzlich groß. Sein Gehirn zählte eins und eins zusammen. »Du bist ein Kitsune«, flüsterte er. »Und du sprichst sogar unsere Sprache. Und ich hielt dich für einen Tajumeeren-Mann.«

»Und ich dachte, du hättest genug von Krieg und Blutvergießen!«, gab Tobbs bitter zurück. »Aber du bist keinen Deut besser als die anderen Tanukis. Ihr vertreibt die Kitsune aus ihrem Wald und …«

»Sie haben uns vor langer Zeit aus unserem vertrieben«, unterbrach ihn Haruto. »Früher gehörte dieser Wald uns, doch die Kitsune drängten uns in den Norden ab. Die Knochen meiner Vorfahren liegen in den magischen Wäldern.«

»Und die Knochen der Kitsune etwa nicht?«, gab Tobbs hitzig zurück. »Außerdem stand Inaris Tempel dort schon vor eurer Zeit und …«

»Und die Höhle der Tanukis unter dem Palast schon vor dem Tempel der Inari!«

Tobbs öffnete den Mund, um noch etwas zu erwidern, doch dann sagte er gar nichts. Plötzlich sah er wie in einem Endlos-Doppelspiegel, wie das Spiel zwischen Tanukis und Kitsune weitergehen würde: Jeder hatte Recht, jeder hatte Unrecht. Jeder würde ein noch älteres Unrecht ausgraben, um sich ins Recht zu setzen.

»Willst du das?«, fragte er Haruto. »Diesen Krieg? Müsstest du nicht am besten wissen, wie es ist, ein Besiegter zu sein? In Tajumeer wären wir beide fast gestorben, hast du das schon vergessen?«

Haruto schluckte und senkte den Blick. »Mein Vater …«, sagte er, doch er vollendete den Satz nicht. Feuer knisterte ganz in der

Nähe. »Ich danke dir, dass du mir in Tajumeer das Leben gerettet hast«, sagte Haruto dann langsam. »Ich sagte dir, ich würde dir das nie vergessen. Und ich halte mein Versprechen.« Er ließ Tobbs' Kragen los und trat einen Schritt zurück. Feuerschein fiel auf sein Gesicht und gab einen verborgenen Kummer frei. »Ihr verliert«, sagte Haruto leise. »Geh, bring dich in Sicherheit, solange noch Zeit ist!«

»Danke«, erwiderte Tobbs aus vollem Herzen.

Für einige Momente standen sie sich gegenüber: keine Feinde, nur zwei junge Männer, die ein Stück ihrer Geschichte verband.

»Vielleicht wird es ja einmal … anders«, sagte Tobbs.

Haruto zog den linken Mundwinkel zu einem ironischen Lächeln hoch. »Vielleicht«, sagte er und ging.

Die Kitsune hatten tatsächlich einen schweren Stand. Die Tanukis drängten sie zum brennenden Waldrand zurück. Viele Krieger hatten sich in Füchse verwandelt und flohen. Von hier oben, auf halbem Weg zum Schluchtrand, konnte Tobbs das ganze Ausmaß der Katastrophe sehen.

Es fiel ihm nicht leicht, dem verzweifelten Kampf der Kitsune den Rücken zu kehren. Er lief los, doch schon nach wenigen Schritten zögerte er auf seinem Weg zum See und spähte noch einmal zum Palast, der schräg unter ihm auf seinem felsigen Podest stand. Mach schon, Arnold!, bat er im Stillen. Hol die Göttin aus ihrem Versteck!

Direkt vor dem Palast hielt sich die Königin der Füchse immer noch tapfer auf ihrem wolkengleichen Streitross. Ihre Truppe von Leibwächtern hielt den Halbkreis um sie aufrecht. Im Dämmerlicht konnte Tobbs sogar Morikos Gesicht erkennen. Sie kämpfte geschickt. Ihr Schwert wirbelte und blitzte und Tobbs hatte Angst um sie.

Halte durch, Moriko!, flehte er. Wo zum Henker blieb eigentlich dieser Ankou Arnold? Wo waren die Musiker und …

Er stutzte.

Dämmerlicht! Der Himmel war nicht länger schwarzblau, sondern grau. Am Horizont kündigte sich der Sonnenaufgang an!

Nun kam auch der Kampf ins Stocken. Die Kämpfer sahen irritiert zum Himmel. Und als Tobbs noch Flamencomusik hörte, die lauter und lauter wurde, hätte er vor Freude am liebsten gejubelt.

Ein leidenschaftliches Lied singend, das von roten Rosen und ewiger Treue handelte, schritten die Musiker auf die Veranda des Palastes. Die ersten Sonnenstrahlen glitten nun im Takt eines spanischen Walzers durch Fensterluken und Ritzen nach außen.

Die Tanukis heulten auf. Sie sprangen zurück, duckten sich vor der herannahenden Sonne. Einige nutzten das Zwielicht, um sich zu verwandeln, bevor die Sonne ihnen einen Teil ihrer magischen Kraft nehmen würde.

Zum ersten Mal sah Tobbs die Tiergestalt der Krieger. Hundeähnlich waren sie, mit braunem Fell und Flecken aus dunklerem Fell um die Augen. Ihre Ohren waren nicht spitz wie bei Füchsen, sondern abgerundet, und ihre kräftigen Pfoten glichen denen von Dachsen.

Dann tanzten Ankou Arnold und die Sonnengöttin auf die Veranda hinaus.

Die Sonne erstrahlte über Doman und nahm den vom Kampf müden Tanukis den letzten Rest ihrer Macht. Heulend und jaulend zogen sie sich zurück. Tobbs winkte der völlig verblüfften Moriko hektisch zu, duckte sich und hechtete im Sprint weiter bergauf.

Dann kam das Wasser.

Der See musste sehr tief sein, und er hatte offenbar beschlossen, sein ganzes Wasser auf einmal auszuspucken.

Es ergoss sich über den Felsrand und verwandelte die Felsterrasse in einen Wasserfall.

Die Flutwelle spülte Tobbs vom Pfad, bevor er auch nur Luft holen konnte. Wenn er sich bisher gefragt hatte, wie viel in seinem Wesen noch füchsisch war, bekam er jetzt eine ziemlich präzise Antwort darauf: Während Schankjunge Tobbs im Wasser zappelte, übernahm Kitsune-Taiki buchstäblich das Ruder.

Das nächste Mal, als Tobbs wusste, was er tat, klammerte er sich mit höllisch schmerzendem Arm und dazu noch mit seinen Zähnen an einer gummiartigen Wurzel fest, die aus dem Felsen ragte. Neben ihm regneten die Reste des Wasserfalls in die Tiefe, und von seinem Kragen aus lief ein ganzer Fluss über seinen Rücken und verließ ihn erst durch die Hosenbeine wieder.

Tobbs suchte mit den Füßen nach einem Halt, um seine schmerzenden Schultern und seinen pochenden Kiefer zu entlasten. Außerdem schmeckte die Wurzel widerlich, wie Lebertran mit Pfeffersud. Angeekelt ließ er sie los, prustete und spuckte und warf einen vorsichtigen Blick über die Schulter. Durch den Tropfenschleier konnte er das Ausmaß der Katastrophe nur erahnen.

Pferde und Krieger waren in den Wald gespült worden. Leuchtaale wanden sich zwischen den Felsen und im Gras. Eine Nixe, die ebenfalls in der Schlucht gelandet war, zappelte wie ein Fisch, bekam Beine, stand auf und flitzte davon – vermutlich zum nächsten Bach oder zu einer Bergquelle. Die letzten Tanukis, die trotz alldem noch weitergekämpft hatten, flohen nun auch. Auf dem überfluteten Platz blieben ihre Schwerter zurück wie die zerstreuten Blätter einer silbernen Blume.

Tobbs' Muskeln pochten, als er sich vorsichtig hochzog. Er stöhnte und sein Kopf dröhnte. Heimat hin, Heimat her, er hatte endgültig genug!

Sanderholz

Hand über Hand, schlotternd vor Kälte, arbeitete er sich an der steilen Felswand nach oben. Seine Finger tasteten voraus, suchten fest verankerte Wurzeln. Und fanden eine Hand.

»Tobbs! Oje! Was haben sie denn mit dir gemacht?«

Vor ihm stand eine abgerissene Gestalt, klatschnass und zerlumpt. Eine abgeschabte Weste schlotterte um ihre Schultern. Viel zu lange Hosenbeine bedeckten ihre Füße. Beziehungsweise einen Fuß und einen Ziegenhuf. Um ein Haar hätte Tobbs das Gleichgewicht verloren, doch Anguanas Finger schlossen sich um sein Handgelenk und zogen mit aller Kraft. Ächzend schlitterte er über den Felsrand und blieb wie ein gestrandeter Fisch liegen.

Anguana beugte sich über ihn. »Alles in Ordnung?«

Stoppelkurzes, grüngoldenes Haar leuchtete vor einem blauen Herbsthimmel. Sie hatte Kratzer an der Wange und einen Bissabdruck an der Schulter, ansonsten aber war sie gesund und munter.

»Klar«, krächzte er. »Ich fühle mich toll.«

Anguana lachte und umarmte ihn. Dann zog sie ihn ohne große Umstände auf die Füße. Tobbs schüttelte sich wie ein Fuchs. Wasser flog nach allen Seiten.

Die gewaltige Flutwelle, die den Palast umspült hatte, rollte in Richtung Tal. Zischend verlöschten die Feuer, nur die Kronen der Bäume brannten und schwelten weiter. Bald würden nur noch verkohlte Baumstümpfe zurückbleiben.

»Puh, das war ganz schön viel Wasser«, meinte Anguana. »Ich hätte nie gedacht, dass die Nixen gleich den ganzen See nach oben kehren!«

»Was hast du bloß gemacht?«, schimpfte Tobbs.

Anguana grinste wie ein Dieb. Der Anblick ihrer neuen Frisur war ungewohnt, aber Tobbs musste insgeheim zugeben, dass sie gar nicht mal so schlecht aussah.

»Todsicherer Plan. Erst habe ich dafür gesorgt, dass König Tanuki mich zum Verhör holt«, erzählte sie. »Er kannte uns ja nicht, also war es nicht schwer, mich als Arnold auszugeben. Ein bisschen Schlamm und die Haare waren braun. Dann musste ich nur dafür sorgen, dass sie mich den Nixen vorwerfen. Ich habe zum Glück oft genug mit den Elfen gepokert, um zu wissen, wie man jemanden anständig beleidigt. Und dann haben sie mich gefesselt und in den See geworfen.« Sie verzog das Gesicht und deutete auf ihre Bisswunde. »Na ja, manche Nixen müssen erst lernen, dass grünes Süßwasserblut der eigenen Artgenossen giftig ist.«

Tobbs dachte an das kochende Wasser des Mondsees und ihm wurde flau im Magen.

»Jedenfalls hat es dann eine Ewigkeit gedauert, alle Knoten aufzubekommen. Die Tanukis hatten ein kompliziertes System für die Kettenleinen. Die Nixen sollten an die Gefangenen rankommen, sich aber nicht gegenseitig die Fesseln durchbeißen können. Sie waren ziemlich sauer.«

»Das sehe ich«, erwiderte Tobbs.

Ein Schmetterling sauste heran und umrundete seinen Kopf. Tobbs schnappte ihn aus der Luft. Er erwartete, dass die Nachricht von Moriko sein würde, doch als das Insekt die Flügel aufklappte, las er die Inschrift:

Kommt zum Cho-Babadoo!
Sofort!
Wanja wartet. Neki.

»Ach, haben die mein Verschwinden auch schon bemerkt«, knurrte Tobbs. »Also auf, lass uns sehen, dass wir Mamsie Matata finden und dann so schnell wie möglich ins Tal kommen und dann … Anguana?«

Doch das Mädchen schwieg. Mit verkniffenen Lippen starrte es auf die Veranda des Palasts.

Die Flamencospieler schrammelten auf den kaputten Gitarren, als ginge es um ihr Leben. Und Ankou Arnold und Amaterasu lachten und tanzten. So, wie Arnold die junge Göttin anlächelte, waren Sonnenflecken sicher kein Thema für ihn.

Tobbs schnitt es ins Herz, Anguanas Miene zu sehen. Er konnte nur zu gut verstehen, wie sie sich gerade fühlte.

»Tut mir leid«, sagte er und meinte es vollkommen ernst. »Aber schau mal – ein solcher Idiot hat dich doch gar nicht verdient!« Wenn es eine Freundin auf der Welt gab, die absolute Solidarität verdiente, dann war es Anguana!

Anguana wurde erst blass, dann rot, dann schluckte sie tapfer und versuchte sich an einem Lächeln.

»Tja«, meinte sie mit seltsam hoher Stimme. »So viel zum Thema Orakel.«

Sonnenlicht ließ den Berg leuchten. Die Herbstfarben am Fuß des Berges strahlten wieder, nur die schwarz verkohlten Flächen weiter oben zeugten noch von der Schlacht.

Tobbs und Anguana stolperten Hand in Hand durch niedergebranntes Unterholz, traten in noch warme, nass gewordene Asche. Mamsie Matata hatte sich in ihren Spiegel verkrochen und schwieg.

Je näher sie dem Tal und der Stadt Katuro kamen, desto weniger war der Wald verwüstet. Immer wieder sah sich Tobbs um – zum einen auf der Hut vor den Kitsune, zum anderen in der Hoffnung, Moriko zu sehen. Doch das Fuchsmädchen tauchte nicht auf. Langsam machte er sich doch Sorgen, dass ihm in den letzten Minuten des Kampfes etwas zugestoßen war.

Angestrengt ließ er seinen Blick durch das dichte Gehölz schweifen. Zwischen bunten Ahornbäumen stand eine einzelne Kiefer. Im Kontrast zum Ahornlaub stachen ihre grünen Nadeln noch mehr hervor. Ihre Äste bildeten ein großes, weit ausladendes Dach. Und unter diesem Dach – Tobbs musste zweimal hinschauen – entdeckte er goldene Fuchsaugen.

Ein Haus mit grünem Dach und goldenen Fenstern, hallte die Stimme von Nummer eins in seinem Kopf. Beinahe hätte er gelacht, so einfach war die Lösung.

»Warte mal«, bat er Anguana. Dann schluckte er und ging auf den Baum zu. Bei jedem Schritt schlug sein Herz schneller, seine Hände zitterten, und vor Aufregung wurde ihm schwindelig. Er musste sich bücken, um unter die tief hängenden Zweige kriechen zu können – und stand gleich darauf in einem kühlen, schattigen Raum.

»Yoko?«, fragte er leise.

Mehrere Füchse waren hier, er konnte ihre Anwesenheit ganz deutlich spüren, doch merkwürdigerweise sah er sie nicht. Erst als etwas vor ihm knackte, erkannte er eine Gestalt. Es war ein großer, schlanker Fuchs. Zumindest auf den ersten Blick. Doch plötzlich begann die Gestalt sich zu verändern, wuchs in die Höhe, bekam Arme und einen längeren Hals. Menschliche Gesichtszüge begannen hinter dem füchsischen Äußeren zu schimmern. Dann waren da noch Seidenglanz und das Knistern von Stoff.

Vor Tobbs stand eine hochgewachsene Dame in stolzer Haltung. Auf dem Seidengewand der Frau jagten sich eingewebte Füchse und im Haar trug sie festlichen Blumenschmuck. Ihre Augen waren sehr schräg und ihre Lippen schmal. Ihr launischer Schwung ähnelte dem, den Tobbs an guten Tagen im Spiegel in seinem eigenen Gesicht sah. Aber ihre Augen waren traurig.

»Du bist Menandros wirklich ähnlich«, sagte sie. »Auch ihn

hätte niemand davon abhalten können, durch die verbotene Tür zu gehen.«

Beim Klang der vertrauten Stimme schnürte es Tobbs die Kehle zu. So viele Jahre lang hatte er fast jeden Abend darüber nachgedacht, was er zu seinen Eltern sagen würde, aber nun, da er seiner Mutter endlich gegenüberstand, war es, als hätte er nicht nur das Sprechen, sondern auch das Denken verlernt.

»Ich habe mich zuerst in ihn verliebt«, sprach seine Mutter mit sanfter Stimme weiter. »Er ritt durch den Wald, ich folgte ihm. Es gefiel mir, dass er sich nicht fürchtete und sang. Er wirkte mutig und gleichzeitig liebenswert und aufmerksam. Er sah mich und lachte mir zu. Ich lief mit seinem Pferd um die Wette. Und als er den Wald verließ und ich ihm hinterherblickte, beschloss ich, dass er sich auch in mich verlieben sollte.«

Tobbs schluckte. »Deshalb ... bist du ein Mensch geworden?«, flüsterte er.

»Ich habe nur Menschengestalt angenommen«, korrigierte sie ihn mit einem Lächeln. »Ja, obwohl mich alle davor warnten. Sie sagten, die Liebe sei nichts für Füchse, sie bringe nur Unglück. Aber ich war glücklich – selbst im Unglück. Schließlich hatte ich Menandros, wenn auch nur für kurze Zeit. Und ich habe dich.«

Tobbs schwieg. Das beantwortete alle Fragen, die er jemals hatte stellen wollen.

»Ich danke dir, dass du zu mir gekommen bist«, fuhr Yoko ernster fort. »Aber du bist zu früh nach Doman zurückgekehrt. An deinem fünfzehnten Geburtstag erwarte ich dich im Sanderholzhain. Dann wirst du dich entscheiden können, ob du ein richtiger Kitsune oder ein Mensch werden willst. Und wenn du zu uns Füchsen gehören willst – ganz und gar –, dann wird dir niemand mehr das Fell und die Magie der Verwandlung rauben können. Das war Inaris Geschenk.«

Es klang wie ein Versprechen. Tobbs nickte nur stumm. Fünfzehn Jahre. Sandergiftholz, noch zu grün. Jetzt ergab auch der letzte Orakelspruch einen Sinn.

»Aber die Kitsune?«, fragte er heiser. »Sie werden mich doch töten, oder? Selbst wenn ich ein Kitsune werde, bleibe ich doch trotzdem immer ein Halbfuchs. Und die Königin tötet jeden Halbfuchs.«

»Dinge können sich ändern«, sagte seine Mutter. »Heute herrscht die Königin, morgen vielleicht schon ein anderer Fuchs. Wir werden sehen, Taiki.«

Dinge ändern sich. Tobbs sah bei diesen Worten Prinz Tanuki vor sich und nickte. »Dinge müssen sich ändern«, sagte er leise.

»Tobbs?« Von draußen drang Anguanas flüsternde Stimme herein. »Da sind Reiter in der Nähe. Und hier ist ein Fuchs, der … halt!«

»Wir müssen gehen«, sagte eine Stimme hinter ihm.

Moriko! In ihrer Fuchsgestalt war sie unter den Baum gehuscht und verwandelte sich blitzschnell in einen Menschen. Sie war völlig außer Atem.

»Sieh mich nicht so feindselig an«, sagte sie und trat neben ihn. »Ja, ich diene der Königin. Und die Königin weiß nicht, dass Yoko, meine Tante, sich vor ihr verbergen muss. Ich stehe auf keiner Seite. Und gleichzeitig auf beiden. Los, du musst gehen!«

Yoko machte zwei schnelle Schritte nach vorn. Bevor Tobbs so recht begriff, was geschah, fand er sich in ihrer Umarmung wieder. Sein Denken verhedderte sich, er war verwirrt, aufgewühlt und auf seltsame Weise auch erschrocken.

»Taiki«, sagte Yoko mit derselben warmen Stimme, die Tobbs im magischen Wald gehört hatte. »Mein Taiki.«

Tobbs schloss die Augen und war für einen schwebenden, geborgenen Moment nur ein sehr, sehr kleiner Fuchs.

In seinen Armen löste die menschliche Gestalt seiner Mutter sich auf. Das Letzte, was er von ihr sah, war ihr orangerotes Fell, das wieder mit dem Nebelschatten verschmolz. Oder vielleicht lag es auch daran, dass alles vor seinen Augen verschwamm, weil er heulte wie ein Schlosshund.

Moriko legte ihm tröstend eine Hand auf die Schulter. »Sei nicht traurig. Die Tanukis sind besiegt. Und deine Mutter siehst du bald wieder. Sei mal lieber froh, dass du den Rest deiner Verwandtschaft erst in zwei Jahren kennenlernst! Und jetzt bringe ich euch zurück nach Haturo, bevor die Kitsune über euch stolpern.«

Die Unaussprechlichen

Von Katuro aus betrachtet, ragte der halb verkohlte Berg wie ein schwarzer Drachenzahn in den roten Abendhimmel. Und Katuro selbst, das stellte Tobbs fest, als er an Morikos und Anguanas Seite zum Cho-Babadoo lief, war eine Stadt, die sehr schnell auf Veränderungen reagierte.

Die Straßenreinigung war im Einsatz, um die angespülten Leuchtaale und Algen aus dem See in Eimer zu kehren. Nixenschuppen glänzten wie verlorene Silbertaler auf den Straßen. Überall bildeten die Leuchtfalter und Lichtmaden neue Inschriften und Werbebanner. Und auffällig viele formten sich zu sympathisch lächelnden Fuchsgesichtern! »Kitsune-Zungen! Köstlichste Kitsune-Zungen, süß und herrlich wie die Herrscher des Waldes!«, pries ein Süßigkeiten-Verkäufer seine ovalen Zuckertafeln an. »Man sagt, Königin Kitsune persönlich isst nichts anderes mehr, so gut sind sie!«

Verwundert blickte Tobbs ihm nach.

»Seit wann dürfen die Unaussprechlichen denn beim Namen genannt werden?«, fragte er Moriko.

Seine Cousine lächelte ihm verschmitzt zu. »Seit Königin Kitsune die Sonne zurückgebracht hat.«

»Aber die Tanukis …«

»Scht!« Moriko legte den Zeigefinger über die Lippen und senkte die Stimme. »Nenne den Namen der Unaussprechlichen niemals in dieser Stadt! Hier leben nur die Freunde der Kitsune, die jubeln, weil die Zeiten der Unaussprechlichen endlich vorüber sind. Hat der neue Fürst heute offiziell verlautbaren lassen.«

»Und dabei sind seine Untertanen immer noch dieselben Menschen«, bemerkte Anguana trocken und betrachtete ein Schild über dem Eingang eines Theaters. Es warb für ein neues Musical, das in wenigen Tagen starten sollte: »Amaterasu – Göttlichste der Schönen, Schönste der Göttlichen. Die wahre Geschichte eines Mädchens, das fortging und wiederkam.«

»Neuer Fürst, neue Zeiten, neue Meinungen«, murmelte Mamsie Matata nachdenklich. »Heute sind die einen die Unaussprechlichen, morgen sind es die anderen. Und übermorgen …«

Dinge ändern sich, dachte Tobbs. Ein Jahr und zehn Monate.

So lange dauerte es noch, bis er zurückkehren würde. Und er hatte fest vor, auch Prinz Tanuki wiederzusehen.

Im Gegensatz zur Stadt hatte sich das Cho-Babadoo nicht verändert. Nur die verschmutzte Fassade sah nach der Sturmflut ein wenig sauberer und adretter aus. Schon von Weitem konnte Tobbs erkennen, dass Neki ganz rechts auf der Holztreppe saß, ein rotweiß-schwarzer Berg aus Fell und Fettpolstern. Nun, diesen Anblick kannte Tobbs schon zur Genüge. Viel ungewöhnlicher war das linke Ende der Treppe. Dort saß Vurvolak!

»Ich glaube, ich habe mir den Kopf zu fest angehauen, als ich in den See geworfen wurde«, flüsterte Anguana. »Ich sehe Vurvolak und eine Katze – friedlich auf derselben Stufe sitzend!«

Erst als sie näher kamen, entdeckten sie, dass Neki ein geschwollenes Auge hatte, als hätte eine Faust sie dort getroffen. Und Vurvolaks hellgrüne Wange zierten vier dunkelgrüne Kratzspuren.

»Ich schätze, es steht einfach nur 1:1«, erwiderte Tobbs.

Vurvolak sprang hoch und eilte ihnen entgegen.

»Wo habt ihr denn Ankou Arnold gelassen?«, rief er.

Anguana zuckte zusammen.

»Äh, er … steht unter dem Schutz der Sonnengöttin«, antwortete Tobbs so diplomatisch wie möglich. »Bleibt wohl noch eine Weile auf dem Berg.«

Vurvolak atmete auf und nickte. Ein Lächeln kam dennoch nicht über seine Lippen. Er beugte sich zu Tobbs herunter und raunte: »Hör mal, wenn ihr wieder in der Taverne seid ... Da hängt doch dieser Steckbrief. Aber ihr verratet den Kleinen ja nicht, oder?«

»Auf eines kannst du Gift nehmen«, sagte Anguana heftig. »Ich kenne keinen Ankou Arnold. Ich weiß nicht mal mehr, wie er aussieht.«

»Endlich!«, maunzte Neki und wuchtete sich schnaufend hoch. »Wanja hat eine Tür direkt neben den Lagerräumen im Keller gebaut und wartet auf euch.« Und mit einem Seitenblick auf den verkohlten Berg, den man über den Dächern der Stadt sehen konnte, fügte sie hinzu: »Hast ja schließlich auch wieder mal genug Schaden angerichtet, Schankjunge. Bei den Elfen hat ein Dorf daran glauben müssen, in Yndalamor hast du Kalis Streitwagen zerstört, in Tajumeer ging eine ganze Insel hops und so ganz nebenbei musste auch noch einer der heiligen Riesenkraken draufgehen. Und hier in Doman fackelst du gleich den ganzen Berg ab. Was kommt als Nächstes?«

»Mit dem Berg habe ich nichts zu tun«, antwortete Tobbs würdevoll. »Daran ist Dopoulos schuld. Er hatte die Furien nicht unter Kontrolle.«

»Tja«, entgegnete Neki herablassend, »das zeigt ja wohl nur zu deutlich, dass ihr beide verwandt seid!«

Taiki

Kali hatte eine Torte spendiert. Zum Glück hatte sie die Zutaten nicht selbst ausgesucht, denn eine Torte aus Totenschädeln mit schwarzer Pechglasur hätte wohl selbst in der Taverne niemand angerührt. Diese hier bestand aus Marzipan mit Leuchtfaltermotiven und kleinen Füchsen aus Orangenschalen.

Als Souvenir hatte Dopoulos die Flügel der Telegrammlibelle mit Nekis Botschaft aus Doman auf die Spitze gesetzt. Heute Morgen war das Insekt mit circa hundertachtzig Stundenkilometern in der Taverne eingetroffen. Dummerweise war das Fenster noch geschlossen gewesen. »Dopoulos! Neffe mal wieder in Gefahr – schick Wanja. Neki«, war auf den Flügelresten des Eilboten zu lesen.

Tobbs hatte viele Familienfeste erlebt, aber das hier war das erste, das nur ihm galt. Fast war ihm die Aufmerksamkeit peinlich. Da war es eigentlich ganz angenehm, dass wenigstens Dopoulos wieder ganz der Alte war. Er hatte das Löwenfell wieder gegen seine Schürze eingetauscht und den Morgenstern des Helden gegen den großen Schlüsselbund der Taverne.

Niemand hätte je vermutet, dass sich hinter der Fassade des höflichen, manchmal sogar unterwürfigen Wirts ein Heldenschicksal verbarg. Seinen Neffen behandelte Dopoulos so, wie er ihn schon seit dreizehn Jahren behandelte: mürrische Gerade-mal-so-Beachtung.

Auch Tobbs hatte mit seinem Onkel seit seiner Rückkehr kaum drei Worte gesprochen. Die Stimmung zwischen ihnen war immer noch angespannt, es war noch längst nicht alles gesagt.

Aber wenn Tobbs sich unbeobachtet fühlte, betrachtete er den Wirt verstohlen und konnte nicht anders, als ihn doch ein wenig zu bewundern. Niemals hätte ein ganz normaler Mensch es zum Beispiel gewagt, den Furien, die nun an der Tür aus Kandara standen, ihre rauchenden Fackeln abzunehmen.

»Du auch!«, befahl Dopoulos einer schwarzhaarigen Furie mit vampirartigen Dolchzähnen. »Her damit oder alle Damen bleiben heute draußen!«

»Ich habe den Wald nicht angesteckt!«, beteuerte die Furie mit großen, unschuldig glühenden Augen. »Das war die da drüben!«

»Bin ausgerutscht!«, rechtfertigte sich die Verpetzte. »Ich schwör's! Keine Absicht!«

»Die Fackeln bitte!«, sagte Dopoulos mit lediglich einem Quäntchen mehr Nachdruck. Und die Furien maulten, aber sie fügten sich. Und Tobbs musste zugeben, dass ihn das ziemlich beeindruckte.

Viel Zeit für heimliche Bewunderung blieb ihm jedoch nicht, Verwandtschaft Nr. 27 – eine Hexe aus Kandara – war eben zu ihm getreten und schüttelte seine Hand, als sei sie ein Barkeeper und Tobbs ein Cocktail.

»Hallihallo!«, kicherte sie irr. »Du kennst mich noch nicht, ich bin die Nelly, eine Nichte der angeheirateten Großcousine deines Vaters. Habe erst heute erfahren, dass Menandros einen Sohn hat! Willkommen in der Familie!«

Tobbs lächelte. »Angenehm«, sagte er. »Ich heiße Taiki. Viel Spaß bei der Feier.«

»Ganz der Vater!«, rief die Hexe und schielte entzückt. »So höflich!« Ehe Tobbs sich dagegen wehren konnte, hatte sie ihn schon mit ihren dürren Fingern in die Wange gekniffen und rüttelte daran, bis Tobbs' Zähne aufeinanderschlugen.

»Du wolltest Verwandtschaft, da hast du sie«, raunte ihm Wanja im Vorübergehen zu und grinste.

Schon klingelte es an der nächsten Tür – diesmal das Tor ins

Land Tinadin – und Dopoulos eilte mit klirrendem Schlüsselbund den Flur hinunter und ließ die neuen Gäste ein.

Tobbs wandte sich um und ging wieder in den großen Gastraum zurück. Mamsie Matata, die neben der Theke hing, hatte sich hübsch gemacht. An ihrem Gewand klimperten unzählige Silberglöckchen und ihre verwirrend unterschiedlichen Augen hatte sie mit weißer Schminke betont, die in ihrem ebenholzschwarzen Gesicht besonders hell leuchtete.

»Na, Junge? Auf diesen Augenblick hast du lange gewartet, was?« Die Spiegelfrau lächelte ihm warm zu. »Aber wo bleibt nur das geschorene Ziegenmädchen?«

Gute Frage. Tobbs stellte sie sich auch schon seit einer Stunde. In wenigen Minuten würde der Tanz beginnen und Anguana war immer noch nicht da! Suchend sah er sich im Schankraum um.

Er war mit Zweigen und Blattwerk geschmückt und erweckte fast den Anschein, als würden sie in einem Wald feiern. Die Papierservietten auf den Tellern waren zu kleinen Origami-Füchsen gefaltet.

Die Tische waren in langen Reihen an der Wand entlang aufgestellt worden, damit genug Platz für die Tanzfläche blieb. Und die Dämonenband, die extra aus Olitai eingeladen worden war – vier hundeköpfige Männer und ein grünhäutiger Schlangenmensch –, stimmte grässlich anzusehende Instrumente mit dornigen Auswüchsen.

Sogar Tobbs' bester Dämonenfreund Sid war zu seiner Feier gekommen und versuchte gerade, Wanjas Tante, der Hexe Baba Jaga, ein Glas Marindensirup in den Kragen zu schütten.

Pech für Sid.

Tobbs musste grinsen, als er sah, wie sein völlig überrumpelter Freund gleich darauf ein unfreiwilliges Bad in der Sirupschüssel nahm.

Ganz klar: Alle amüsierten sich bestens. Nur vom wichtigsten Gast noch keine Spur.

»Na, Tobbs?«, meldete sich Mamsie Matata wieder zu Wort. »Was machst du denn jetzt für ein Gesicht? Das ist dein großer Tag! Bist du denn nicht glücklich?«

»Doch, schon«, murmelte er.

Mamsie Matatas hellgrünes Auge fing das Licht einer Kerze ein und leuchtete auf. Sie beugte sich zum Spiegelglas vor und lächelte Tobbs verschwörerisch zu.

»Jetzt erzähl mir nicht, dass Anguana diesem Friedhofsgeist immer noch hinterhertrauert!«

»Natürlich nicht!«, rief Tobbs. Nun, das war nicht die ganze Wahrheit. Tobbs hatte keine Ahnung, wie es Anguana ging oder woran sie dachte oder nicht dachte. Seit ihrer Rückkehr in die Berge hatten sie sich nicht mehr gesehen.

»Sieh doch mal im Keller nach«, schlug Mamsie Matata vor. »Vielleicht kommt sie ja über den Hausbrunnen.«

Daran hatte Tobbs noch gar nicht gedacht.

»Klar!«, rief er. »Ich schau gleich mal runter! Bis dann!«

Rasch, bevor ihn wieder irgendeine Cousine-Tante-Schwester-von-irgendwem abfangen konnte, schlüpfte er in den Flur und huschte zur Kellertür. Die mumifizierten Zeigerfinger der Krötenuhr am Ende des Gangs deuteten schon mahnend auf neun Uhr abends. Gleich würde die Musik beginnen.

Genau gegenüber der Kellertür hing immer noch der Steckbrief mit der Abbildung von Ankou Arnold. Die Belohnung für die Ergreifung des flüchtigen Friedhofsgeistes war auf hundert Dupeten erhöht worden. Beim Anblick des nicht gerade schmeichelhaften Porträts musste Tobbs lächeln. Arnold sah darauf aus wie ein Verbrecher, mit einer Stirn, so niedrig wie die Absichten, die sich in den dunklen Augen spiegelten. Und Tobbs ertappte sich dabei, wie er hoffte, dass Arnold und Amaterasu eine schöne Zeit in Doman hatten.

Verstohlen sah er sich um, dann langte er zum Steckbrief und riss ihn von der Wand.

Wehmütig erinnerte er sich an Doman. Es war erst wenige Tage her und fühlte sich an wie Wochen oder Monate. Er sehnte sich nach seiner Mutter und nach Moriko. Er vermisste die Stadt der Leuchtkäfer. Und er dachte auch oft an Haruto. Ob es ihm gut ging?

»He, Schankjunge!«, rief ihm Dopoulos über den Flur zu, als wäre in den vergangenen Tagen nichts geschehen. »Hör auf, an der Kellertür herumzulungern, und kümmere dich gefälligst um deine Gäste.«

Tobbs warf einen Blick in das schartige Kellerloch, dann schnaubte er und wandte sich ab.

Dann eben nicht, dachte er traurig. Schöne Freunde, die sich lieber in ihrem Liebeskummer suhlten, statt zu seiner wichtigsten Party zu kommen!

Gerade wollte er zurückgehen, als er im Keller ein Plätschern hörte und gleich darauf hastige Schritte auf der Treppe. Dann flitzte Anguana aus der Tür in den Flur – klatschnass. Ihr Kleid zog einen ganzen Bach hinter sich her und ihre kurz geschorenen Haare waren mit Baumharz zu einer Igelfrisur geformt.

Tobbs' Ärger verflog auf der Stelle.

»Endlich!«, rief er. »Wo zum Höllenkreiselkuchen warst du denn?«

»'tschuldigung«, sagte Anguana zerknirscht und wrang eilig ihr Kleid aus. »Ich konnte nicht schneller, die Nymphen wollten mich nicht weglassen und haben ein Riesentheater gemacht. Eigentlich wollte ich auf einer Gämse ins Tal reiten und bei euch an die Tür klopfen wie jeder andere Gast aus dem Dorf, aber dann war es plötzlich schon so spät, da habe ich den Wasserweg genommen und …«

Ihr Blick fiel auf Tobbs' gelbes Seidenhemd mit den weiten Ärmeln und den Rüschen am Kragen.

»Huihui«, meinte sie feixend und stieß einen leisen Pfiff aus. »Was kommt als Nächstes? Stickst du dir das Familienwappen ans Hemd?«

»Sehr witzig!«, murrte Tobbs und wurde rot.

Ja, das Hemd sah wirklich ein wenig albern aus, aber Wanja hatte darauf bestanden, dass er bei seinem ersten richtigen Familienfest anständig angezogen war. Nur, dass »anständig angezogen« bei Wanja so viel hieß wie: angezogen wie ein rusanischer Jahrmarktzauberer.

Anguana wollte gerade noch etwas sagen, als ihr Blick auf den Steckbrief von Ankou Arnold fiel, den Tobbs immer noch in der Hand hielt.

Ihr Lächeln verschwand. Wenn sie nicht schon nass gewesen wäre, hätte sie spätestens jetzt wie ein begossener Pudel gewirkt.

»Oh«, sagte sie leise. »Sie … suchen ihn also immer noch. Hast du denn was … von ihm gehört?«

Tobbs versetzte es einen Stich der Eifersucht.

»Nö«, sagte er nur und zerknüllte den Steckbrief, so schnell er konnte. Dann warf er ihn die Kellertreppe hinunter und horchte dem dumpfen Pfump-pfump-pfump! hinterher, mit dem der Papierball von Stufe zu Stufe hüpfte.

Anguana seufzte. »Ist ja auch egal. Hoffentlich wird er mit Sommersprosse glücklich. Lass uns tanzen gehen.«

Schweigend gingen sie nebeneinander den Flur entlang. Verstohlen blickte Tobbs seine Freundin von der Seite an. Sie hatte sich wirklich verändert – und das lag nicht nur an den kurzen Haaren. Sie war dünner geworden und hatte Schatten unter den

Augen, als hätte sie die letzten Nächte nicht besonders gut geschlafen.

Es war seltsam: Es passte ihm überhaupt nicht, dass Anguana immer noch an Arnold dachte. Einerseits. Andererseits konnte er einfach nicht richtig verärgert sein. Im Gegenteil: Es tat ihm leid, sie so niedergeschlagen zu sehen. Und er verstand in diesem Augenblick zumindest eins: Sie waren Freunde und würden füreinander durchs Feuer und wieder zurück gehen. Und kein Ankou auf dieser Welt würde das ändern.

»Anguana?«, fragte er, bevor sie die Tür zum großen Gastraum erreichten. »Was haben die Orakelfüchse in Inaris Tempel denn eigentlich zu dir gesagt?«

Anguana räusperte sich und wich seinem Blick aus. »Ach, na ja, nichts Besonderes«, murmelte sie verlegen. »Nur Quatsch. Nicht viel besser als ein blödes Wochenhoroskop aus dem Zufallsgenerator.«

»Sag schon!«

Sie winkte ab und rollte die Augen. »Ach, meine Güte. Inaris Füchse haben behauptet, ich würde jemanden finden, den mein Ziegenfuß nicht stört und der …« Sie zuckte mit den Schultern. »Ach, was soll's. Ich glaube sowieso nicht daran. Ich denke, Inaris Füchse haben sich mit mir einfach einen Spaß erlaubt. Sehr lustig, wirklich!«

Sie lächelte schief.

»Wenn es egal ist, kannst du mir den Orakelspruch doch genauso gut sagen«, beharrte Tobbs.

Anguana musste sich ganz offensichtlich einen großen Ruck geben. Sie rollte wieder die Augen und schnaubte verächtlich.

»Wilder Tanz und Wahnsinn«, rezitierte sie dann. »Romantik. Schicksal der Ewigkeit. Blablabla und so weiter und so fort!«

Tobbs prustete los.

»Bärgs!«, fauchte er dann wie ein Fuchs und schüttelte sich. »Das klingt nach Nummer eins.«

»Ich wusste, dass du lachen würdest!«, empörte sich Anguana und versetzte ihm einen groben Stoß gegen die Seite, der ihn gegen die Wand schleuderte.

Aber es war nichts zu machen. Tobbs konnte nicht anders, das Glucksen und Lachen sprudelte einfach aus ihm heraus.

»Schicksal der Ewigkeit«, äffte er den näselnden Tonfall von Nummer eins nach. »Mann, da hast du aber Glück gehabt, dass Arnold in der Nähe war! Stell dir vor, Vurvolak hätte dich zum Tanzen aufgefordert. Dann hättest du dich in ihn verlieben müssen.«

»Iiiih!«, rief Anguana. »Das ist nicht witzig!«

»Nicht? Ich finde schon!« Tobbs grinste und ahmte Vurvolaks gestelzt würdevollen Gang nach. »›Küss mich, ich bin grün!‹«, intonierte er mit Grabesstimme.

»Hör auf!«, kreischte Anguana und schüttelte sich.

»Und eure Kinder erst! Grüne Gesichter und blonde Haare!«

»Tobbs!«

»Dann noch rote Hüte und du kannst sie alle ›Ampel‹ nennen und durchnummerieren!«

Ein Boxhieb traf ihn auf die Brust und nahm ihm die Luft. Tobbs japste und torkelte und brachte kein Wort mehr heraus, aber Kichern ging erstaunlicherweise noch.

Anguana starrte noch einige Schritte düster und gekränkt vor sich hin, doch nach und nach begannen ihre Mundwinkel zu zucken. Ganz allmählich stahl sich ein schiefes Lächeln in ihr Gesicht, das schließlich zu einem Grinsen wurde. Und plötzlich platzten sie beide laut heraus und lachten, bis sie keine Luft mehr bekamen und ihnen der Bauch wehtat.

Einige Todesfeen warfen ihnen tadelnde Blicke zu, als sie prustend, vor Wasser triefend und mit Lachtränen in den Augen in den Gastraum torkelten.

»Eins, zwei, drei, vier!«, zählte der Sänger der Dämonenband den Takt an. Dann dröhnten die Drums, die Gläser zersprangen in den Händen der Gäste, die Furien johlten los und sprangen auf die Tische. Der Beat warf die Leute am Rande der Tanzfläche gegen die Wände, als hätte eine Druckwelle sie erwischt. Zwei Wichtel kamen gar nicht bis zur Wand, sondern fielen schon vorher einfach um.

Tobbs atmete tief durch und war einfach nur glücklich. Das war bester Dämonenbeat! Die Gitarre heulte ein funkiges Solo. Die Musik zuckte wie ein Stromschlag durch seine Arme und Beine. Anguana und er grinsten sich an, schon jetzt taub vom Dröhnen der Bässe.

Applaus brandete auf, als der grünhäutige Schlangenmensch das Mikrofon hochwarf, eine gewagte Drehung mit einem ziemlich unanständigen Hüftschwung hinlegte und dann richtig durchstartete. Die Furien kreischten wie Fans einer Boyband.

Tobbs streckte Anguana die Hand hin und das Mädchen lachte und ergriff sie. Johlend stürmten sie an den Furien und Todesfeen vorbei.

Und sie tanzten wild und wahnsinnig.

Lexikon

Agash: Eine iranische Dämonin, die als Personifikation des Verderbens gilt. Auf Avestisch bedeutet ihr Name »Böser Blick« – und dementsprechend ist sie zuständig für sämtliche Schäden, die sich mit dem bösen Blick, Verfluchungen und Ähnlichem anrichten lassen. Außerdem ist sie für Krankheiten verantwortlich. Beschrieben wird diese Erzdämonin als schöne Frau mit grünen, pupillenlosen Augen und einer Glatze.

Alastor: Ein Dämon mit Wolfskopf, Henker der höllischen Monarchien. Sein Thema lautet »Rache«. In seiner Funktion als Rachegeist wird er manchmal auch mit dem hebräischen Wüstendämon Azazel gleichgesetzt.

Amaterasu: In Japan wird sie als Sonnengöttin und Herrscherin über den Himmel verehrt. Sommersprossen hat sie vermutlich keine, aber wenn sie wütend ist, wird es zappenduster. Als ihr Bruder Susanoo ihr ein totes Pferd auf den Webstuhl warf, zog sie sich tief gekränkt in eine Höhle zurück und ließ die Welt in Finsternis zurück. Einige andere Götter taten sich deshalb zusammen und lockten sie mit einem lustigen Tanz und einem Spiegel wieder aus der Höhle. In der einen Version reflektierte der Spiegel daraufhin Amaterasus Schönheit und auf der Welt wurde es wieder hell. Die andere Version erzählt, dass die Göttin sich im Spiegel erst nicht erkennt und wie ein Wellensittich auf ihre vermeintliche Konkurrentin losstürzt. Das Ergebnis ist in beiden Fällen gleich: Die Sonne scheint wieder, und ihr Bruder Susanoo wird zur Strafe auf die Erde verbannt.

Anguana: Bei den Ladinern, die unter anderem in Norditalien, in Bozen und in Südtirol leben, wird die Anguana oder auch Anguane als schöne, junge oder auch alte Hexenfrau beschrieben. Besondere Kennzeichen: langes blondes Haar und ein Ziegenfuß. In der Morgen- und Abenddämmerung wäscht sie an Quellen und Flüssen ihr selbst gesponnenes Garn. Und auch sonst mag sie Wasser gern, weshalb sie in manchen Gegenden in die Nähe der Nixen und Wasserfrauen gerückt wird. Auch ihr Name deutet darauf hin: Anguana kommt von »Aqua«, dem lateinischen Wort für »Wasser«. Ihre guten Wünsche bringen sicheres Glück, und Menschen, die sie besonders gerne mag, schenkt sie nie endendes Garn. Im Prinzip ist mit der Anguane also gut Kirschen essen, allerdings darf man nie, nie, nie über ihren Ziegenfuß spotten. Denn damit handelt man sich lebenslanges Unglück ein.

Ankou: Im bretonischen Volksglauben ist der Ankou (oder Ankeu) der personifizierte Tod. Seine Entstehung geht recht willkürlich vonstatten: Der erste Tote eines Jahres, der auf einem Friedhof beerdigt wird, wird zum Ankou. Fortan gilt er als Tod persönlich oder erscheint den Lebenden im Auftrag der Toten. In Frankreich heißt er manchmal auch »Père Ankou«, in deutscher Übersetzung »Gevatter Tod«. Eine weniger hübsche Überlieferung besagt, dass der Ankou schlichtweg ein unglückliches Opfer ist, das als Erstes auf einem Friedhof lebendig begraben wird und nach seinem Ableben die Pflicht hat, als Friedhofsgeist Wache zu schieben.

Baba Jaga (gesprochen: Bába Jagá): Diese mythologische Gestalt, die häufig als Hexe bezeichnet wird, treibt in vielen slawischen Märchen ihr Unwesen. Die russische Baba Jaga (»Baba« bedeutet so viel wie »Großmutter«, manchmal auch »Altes Weib«) lebt im

Wald in ihrem Häuschen auf Hühnerbeinen und kann in einem Mörser sitzend fliegen. Oft wird sie als grausam beschrieben – ihren Gartenzaun aus Knochen schmücken Totenschädel. Manchmal tritt sie aber auch als helfende Gestalt in Erscheinung und macht den Menschen nützliche Geschenke.

Bannik: Der russische Geist des Bades fühlt sich in der Sauna am wohlsten. Hinter Dampfwolken verborgen, berührt er die Badenden, um sie zu erschrecken. Ein sanftes Streicheln von ihm soll allerdings Glück bringen. Früher ließen geistergläubige Leute im Badezuber oder in der Waschschüssel stets etwas Wasser zurück, um Bannik milde zu stimmen.

Banshee: Im irischen Volksglauben ein weiblicher Geist, der um die Häuser streicht und durch Klagen, Rufen und Weinen einen bevorstehenden Tod ankündigt. Meist wird diese Todesfee als weiß gekleidete Frau mit hellem Haar und vom Weinen roten Augen dargestellt.

Benten: Sie gehört zu den sieben Glücksgöttern Japans. Einst rettete sie viele Menschen vor einer fürchterlichen weißen Schlange (bzw. einem Drachen) mit fünf Köpfen. Erst als Benten dieser Schlange versprach, sie zu heiraten, erklärte die Schlange sich im Gegenzug bereit, die Menschen nicht mehr zu verschlingen. In Wirklichkeit war diese Schlange der Drachenkönig und es wurde wohl eine ganz gute Ehe daraus. Als »golden glänzende Gebende« bringt Benten den Menschen Nahrung, Geld und Reichtum, sie ist aber auch für Talente wie Anmut, Musikalität und künstlerisches Schaffen zuständig.

Dian-Cecht: Keltischer Arztgott, der offenbar lieber Silberschmied geworden wäre: Für seinen Bruder, der im Kampf seine Hand eingebüßt hatte, konstruierte er eine neue, bewegliche aus Silber. Sein anderer Bruder bekam von Dian ein nigelnagelneues Auge und eine silberne Rippe.

Domovoj (gesprochen: Domovòj): Er ist eine Art russischer Hauskobold, mit dem man es sich besser nicht verderben sollte! Denn: Your home is his castle.

Elfen: Hier streiten sich die Geister: Wer war zuerst da? Vulkanier wie Mr Spock oder die irischen Elfen?

Fenisleute: Erdgeister aus der Gegend des Altvatergebirges und des Obergebirges in Schlesien. Sie sind größer als Zwerge, aber kleiner als Menschen und versuchen wie ihre kleineren Verwandten gerne, Menschenkinder mit Wechselbälgern zu vertauschen.

Furien: So nannten die Römer ihre Rachegöttinnen, bei den Griechen hießen die Damen dagegen Erinnyen oder Eumeniden. Sie waren für die sittliche Ordnung zuständig, hetzten jeden, der ein Unrecht beging, bis er dem Wahnsinn verfiel, und brachten Tod und Verderben. Beschrieben werden sie als geflügelte Frauen, in deren Haare unter anderem Schlangen und Fackeln eingeflochten sind. Sie brüllen und bellen und aus ihren Augen fließt Blut.

Haigötter: Es gibt sie bei vielen Völkern und in vielen Kulturen. Auf den Fidschi-Inseln im Südpazifik kennt man beispielsweise die Legende von Dakuwaqua. In die Geschichte eingegangen ist sein Kampf gegen einen gewaltigen Tintenfisch. Der Tintenfisch gewann den Kampf und nahm Dakuwaqua das Versprechen ab, die Insel Kadavu nie mehr anzugreifen. So wurde Dakuwaqua zum Gott und Beschützer dieser Insel. Bei den Fischern genießt er bis heute großen Respekt. Dakuwaqua wird als muskulöser Insulaner mit dem Oberkörper eines Hais beschrieben.

Haselhexe: Sagengestalt aus Tirol mit einer blutrünstigen Biografie. Ursprünglich war sie eine Bauernmagd, die von Hexen getötet wurde. Ihre Knochen setzten die Hexen jedoch wieder zusammen, um sie wiederzubeleben. Eine Rippe fehlte allerdings (ein Knecht hatte sie versteckt). Also ersetzten die Hexen die fehlende Rippe kurzerhand durch ein Stück Haselholz.

Hakuna Matata: Ist eine afrikanische Redewendung und bedeutet in der Sprache Swahili (Suaheli) so viel wie: »Kein Problem!« Lässt man das »Hakuna« weg, hat man »Matata« – Probleme nämlich.

Herakles: Auch Herkules genannt. Ein griechischer Held, Sohn von Göttervater Zeus und seinem Seitensprung Alkmene. Herakles absolvierte eine erstklassige Heldenkarriere. Unter anderem kämpfte er gegen Giganten und erledigte zwölf schwierige Arbeiten, die König Eurystheus bei ihm in Auftrag gab. Die Liste liest sich folgendermaßen:
1. Den Löwen von Nemea erwürgen.
2. Das Ungeheuer Hydra töten.
3. Einen wilden Hirsch mit goldenem Geweih einfangen.
4. Den Eber von Erymanthes nach Mykene bringen (lebendig).
5. Den Stall von König Augias ausmisten.
6. Die Stymphalischen Vögel töten, da sie ziemlich viel Schaden anrichteten.

7. Einen wild gewordenen Stier auf der Insel Kreta einfangen und ihn nach Mykene bringen.
8. Die menschenfressenden Pferde des Königs Diomedes zähmen.
9. Einer Amazonenkönigin den Gürtel abnehmen (wie er das genau geschafft hat, ist nicht überliefert).
10. Die Rinder des Riesen Geryoneus beschlagnahmen.
11. Die goldenen Äpfel im Garten des Hesperiden pflücken.
12. Den Höllenhund Zerberus einfangen.

Nach Erledigung all dieser Aufgaben hatte Herakles sich das Recht erworben, ein Gott zu werden. Angeblich starb er, als seine Gattin Deianeira ihm ein vergiftetes Gewand gab, und wurde danach in den Olymp entrückt. Vielleicht hat er diese Geschichte aber auch nur in die Welt gesetzt, um inkognito und in aller Ruhe eine Taverne eröffnen zu können.

Ianus oder Janus: Dieser römische Gott ist für öffentliche Tordurchgänge und für Ein- und Ausgänge aller Art zuständig. Schon sein Name, der vom lateinischen Wort »ianua« (Tür) abgeleitet ist, deutet darauf hin. Im übertragenen Sinne steht er auch für einen neuen Anfang. Janus hat zwei Gesichter und kann sowohl nach vorne als auch nach hinten blicken. Der sogenannte »Januskopf« gilt deshalb als Symbol der Zwiespältigkeit. Nach Janus ist der erste Monat im Jahr benannt (Januar).

Inari: Japanische Gottheit, unter anderem für die Reisernte zuständig. Ihr Tempel wird von zwei weißen Füchsen bewacht (denen ich noch Nummer drei und vier hinzugefügt habe). Gerne zeigt Inari sich als junge Frau, man hat sie aber auch schon in der Gestalt eines Fuchses gesehen – oder als alten Mann.

Jestan: Dieser Dämon stammt aus dem Hindukusch, einem großen Gebirge in Zentralasien. Der größte Teil des Gebirges liegt in Afghanistan. Jestan ist der Verursacher von Krankheiten, Hungersnöten und Kriegen, erscheint oft in Hundegestalt und steht für die dunkle Seite der Weltordnung. Eine wichtige Aufgabe, denn: Ohne Schatten kein Licht!

Kali: Auch diese Göttin ist eine Zerstörerin, ihren Ursprung hat sie in der indischen Mythologie, genauer gesagt im Hinduismus. Als Göttin des Todes ist sie gleichzeitig auch die Göttin der Erneuerung. Denn ohne Zerstörung kann schließlich nichts Neues entstehen. So gesehen ist Kali auch eine Personifikation der Erlösung, denn sie durchschneidet alte Bindungen und manchen Gedankenknoten und macht dadurch den Weg frei für Klarheit und Erkenntnis. Kali wird aber auch als »Kala« verstanden, als »Zeit«, denn die zerstört ja bekanntlich über kurz oder lang auch alles. Dargestellt wird diese vielschichtige Gottheit meist mit schwarzer oder blauer Haut, mehreren Armen, einer Halskette aus Totenköpfen, einem hübschen Rock aus abgeschlagenen Armen – und manchmal hängt auch noch ein toter Säugling an ihrem Ohr.

Kappa: Meist wird er als grünhäutiges, froschähnliches Wesen mit wirrem Haar dargestellt. Wichtig ist die Delle in seinem Kopf, in der er eine magische Flüssigkeit transportiert. Ein Kappa ist auf Menschen meist nicht gut zu sprechen, er sät gerne Zwietracht und saugt Leuten, die sich in seinem Revier herumtreiben, schon mal Blut und Eingeweide aus. Trotz allem ist der Kappa aber ein höflicher Japaner. Begegnet man einem, sollte man sich verbeugen. Er wird die Verbeugung erwidern – und mit dem magischen Wasser, das aus der Mulde fließt, geht dann auch seine Zauberkraft verschütt.

Kitsune: Füchse! Japanische Rotfüchse, um genau zu sein. Sie sind mit magischen Fähigkeiten ausgestattet, können jederzeit Menschengestalt annehmen und Männer und Frauen mit ihrem Fuchszauber betören. Oft verwandeln sich Füchsinnen in schöne Frauen, und die Menschenmänner, die sich in sie verlieben, sind von da an hoffnungslos fuchsbesessen.

Leschij: Russischer Waldgeist. Er trägt seinen linken Schuh am rechten Fuß und seine Mütze verkehrt herum. Seine Heimat sind die Wälder. Hier schickt er Wanderer gerne in die falsche Richtung. (Na ja, aber mal ehrlich: Warum fragt man jemanden, der nicht mal rechts und links unterscheiden kann, nach dem Weg?)

Maui: Mythologische Gestalt aus Polynesien. Er wird »Maui-der-tausend-Listen« oder auch einfach »Der Listenreiche« genannt. Einst holte er die Inseln des Südpazifiks vom Meeresboden und fing die Sonne mit einem Lasso aus Haaren ein, damit sie langsamer über den Himmel lief. Schließlich brauchten die Menschen länger Licht. Und weil sie auch kochen mussten, stahl er für sie auch noch das Feuer.

Maneki Neko: In Japan schreibt man den Katzen (»Neko«) magische Fähigkeiten zu. Ist man Kaufmann und hat man dann noch eine »winkende Katze« (»Maneki neko«) im Fenster seines Ladens sitzen, braucht man nicht mehr Lotto zu spielen, denn die Katze winkt das große Geld sozusagen herbei.

Melpomene: Griechische Muse der Tragödie und des Trauergesangs. Gut zu erkennen an der Maske, die sie immer bei sich trägt. Außerdem schmückt sie sich mit einer Keule und einem Kranz aus Weinlaub.

Minotaurus: Ein Mischwesen aus der griechischen Mythologie mit Stierkopf und menschlichem Körper. (Ich fand allerdings, dass die Minotauren aus Kandara Hufe statt Füße haben sollten. Hört sich bei einer Stampede einfach besser an.) König Minos ließ für sein Untier ein Labyrinth erbauen und sperrte es darin ein. Alle neun Jahre schickte Minos sieben Jünglinge und Jungfrauen in das Labyrinth, wo sie vom Minotaurus verschlungen wurden.

Schlangen: In der japanischen Mythologie sind Schlangen mit den Drachen verwandt. Genauer gesagt werden Schlangen oft als »Baby-Drachen« angesehen (»Nein, die spuckt noch kein Feuer, die beißt nur!«) oder dienen den Drachen als Boten. Schlangen und Drachen sind wiederum beide mit dem Element Wasser verbunden. Wenn man in Japan an Schlangen denkt, hat man zudem meistens auch das Wort Eifersucht im Hinterkopf. Manche Leute glauben sogar, dass eine eifersüchtige Frau als Schlange wiedergeboren wird.

Schicksalsfrauen bzw. Schicksalsgöttinnen: Bei den Griechen hießen sie Moiren, die Römer nannten sie Parzen. In den nordisch-germanischen Sagen haben wir die Nornen, in der keltischen Sagenwelt die Beten und bei den Slawen heißen sie unter anderem Zorya. Häufig treten sie zu dritt auf und machen sich auf verschiedene Arten am Leben der Menschen zu schaffen. Bei den Moiren zum Beispiel spinnt Klotho den Lebensfaden, Lachesis sagt, wie lang der Faden sein darf, und die »Unabwendbare« Atropos schneidet ihn schließlich ab. In einem von Wilhelm Buschs Gedichten tritt übrigens eine »schwarze Parze mit der Nasenwarze« auf.

Tanuki: Oft fälschlich als »Dachs« übersetzt. Tatsächlich sind diese Tiere aber mit den Hunden verwandt und sehen aus wie eine hübsche Mischung aus Waschbär, Dachs und Kojote. Ihr wissenschaftlicher Name lautet »Nyctereutes procyonoides« – im Deutschen »Marderhund« genannt. In Japan ist diese Tierart sehr weit verbreitet, soll aber auch in unseren Breiten auf dem Vormarsch sein. Wie den Füchsen sagt man auch den Tanukis Verwandlungskünste nach. Aber während die Kitsune-Füchse als raffiniert und heimtückisch gelten, glänzen die Tanukis eher durch eine derbere und direktere Hau-drauf-und-frag-später-Mentalität. Tanukismachen den Menschen gern hier und da das Leben schwer.

Tengu: So werden die »Himmelhunde« in japanischer Sprache genannt. Es gibt verschiedene Arten von Tengus, mit Hunden haben sie aber allesamt nichts zu tun. Ihre Gestalt ist menschlich, meistens haben sie rote Gesichter und lange Nasen. Manche sagen, Tengus waren früher Mönche, die sich schlimm danebenbenommen haben und deshalb diese Gestalt annehmen mussten. Tengus gibt es auch in der Variante mit Krähenschnabel, Federn und Flügeln. Die Mönchsgewänder tragen sie aber trotzdem.

Vurvolak: Adretter albanischer Totengeist, korrekt gekleidet mit schwarzer Fliege. Bevor er zum Geist wurde, war er ein ganz normaler Mensch, der nach seinem Ableben das Pech hatte, auf dem Friedhof zur falschen Zeit am falschen Ort zu liegen. Springt eine Katze nämlich über ein frisches Grab, wird der Tote zum Vurvolak und findet keine Ruhe mehr. Und selbst die Tatsache, dass er nicht verwesen kann, hilft nicht wirklich bei dem Versuch, neue Freunde für die Ewigkeit zu finden.

Zentaur: Ein Fabelwesen aus der griechischen Mythologie: zwei Hände, vier Hufe; halb Pferd, halb Mensch. Ziemlich schnell, wenn es darauf ankommt.

Nina Blazon, geboren 1969, studierte Slawistik und Germanistik. Anschließend unterrichtete sie an mehreren Universitäten und arbeitete als freie Journalistin. Seit 2003 schreibt sie Fantasy, Krimis und historische Romane für Kinder und Jugendliche. Die Autorin lebt und arbeitet in Baden-Württemberg.

Leseprobe aus »Samurai – Der Weg des Kämpfers«, Band 1

1

Eine Kugel aus Feuer

Pazifik, August 1611

Der Junge fuhr aus dem Schlaf hoch.

»*Alle Mann an Deck!*«, brüllte der Bootsmann. »Das gilt auch für dich, Jack!«

Das wettergegerbte Gesicht des Mannes tauchte vor Jack aus dem Dunkeln auf und der Junge sprang hastig aus seiner schwankenden Hängematte im Mitteldeck des Schiffes.

Jack Fletcher war erst zwölf, aber groß für sein Alter und von den zwei Jahren, die er auf See verbracht hatte, sehnig und muskulös. Die Augen unter dem wirren Schopf strohblonder Haare, die er von seiner Mutter geerbt hatte, leuchteten himmelblau und mit einer für sein Alter ungewöhnlichen Entschlossenheit und Unerschrockenheit.

Männer, denen man die Strapazen der langen Reise an Bord der *Alexandria* ansah, ließen sich aus ihren Kojen fallen und drängten an Jack vorbei zum Oberdeck hinauf. Jack lächelte den Bootsmann entschuldigend an.

»Beeil dich, Junge!«, schimpfte der Bootsmann.

In diesem Moment krachte es ohrenbetäubend. Holzbalken knirschten und Jack wurde auf den Boden geworfen. Die kleine, am Mittelbalken des schmutzigen Frachtraums hängende Öllaterne schwankte heftig und die Flamme flackerte.

Jack stieß unsanft gegen einen Stapel leerer Fässer, die über die ächzenden Planken rollten. Hastig rappelte er sich wieder auf. Weitere ausgemergelte Besatzungsmitglieder in schmutzigen Lumpen stolperten an ihm vorbei durch die nur von der brennenden Laterne erhellte Dunkelheit. Eine Hand packte ihn am Kragen und stellte ihn auf die Beine.

Sie gehörte Ginsel.

Der untersetzte, stämmige Niederländer grinste Jack an und entblößte dabei zwei Reihen unregelmäßig gezackter, abgebrochener Zähne, mit denen er aussah wie ein weißer Hai. Doch trotz seines einschüchternden Äußeren hatte der Matrose es immer gut mit Jack gemeint.

»Wir sind wieder in einen Sturm geraten, Jack«, knurrte er. »Klingt, als hätte die Hölle ihre Tore geöffnet! Rauf mit dir auf das Vordeck, bevor der Bootsmann dich erwischt.«

Jack stieg eilig hinter Ginsel und den anderen Matrosen den Niedergang hinauf. Oben erwartete sie der Sturm.

Schwarze Gewitterwolken brodelten am Himmel und die Schreie der Matrosen gingen sofort im Heulen des Windes unter, der erbarmungslos durch die Takelage fuhr. Salzwassergeruch stieg Jack scharf in die Nase. Eiskalter Regen schlug ihm ins Gesicht und stach ihn wie mit tausend kleinen Nadeln. Bevor er sich umsehen konnte, erfasste eine gewaltige Welle das Schiff.

Meerwasser spülte schäumend über das Deck, durchnässte Jack augenblicklich bis auf die Haut und strömte durch das Speigatt wieder ab. Jack schnappte nach Luft, doch da brach schon eine zweite Welle donnernd über das Deck herein. Sie war noch größer als die erste und riss Jack die Beine weg. Im letzten Moment konnte er sich an der Reling festhalten und verhindern, dass er über Bord ging.

Er hatte sich gerade wieder aufgerichtet, da fuhr ein gezackter Blitz über den nächtlichen Himmel und schlug in den Großmast ein. Einen kurzen Augenblick lang beleuchtete sein gespenstischer Schein das ganze Schiff. Auf dem Dreimaster ging es drunter und drüber. Die Besatzung war wie Treibholz über das Deck verteilt. Hoch oben in der Rah versuchten einige Matrosen im Kampf gegen den Wind das Großsegel zu bergen, bevor der Sturm es wegriss oder, noch schlimmer, das Schiff kenterte.

Auf dem Achterdeck umklammerte der Dritte Maat, ein über zwei Meter großer Hüne mit einem feuerroten Bart, das Steuerrad. Neben ihm stand der gestrenge Kapitän Wallace und brüllte Befehle, allerdings vergeblich. Der Wind riss ihm die Worte vom Mund, bevor jemand sie hörte.

Neben den beiden stand noch ein dritter, hochgewachsener und kräftiger Mann mit dunkelbraunen Haaren, die er mit einer Schnur nach hinten gebunden hatte – Jacks Vater John Fletcher, der Steuermann der *Alexandria.* Er hielt den Blick unverwandt auf den Horizont gerichtet, als hoffte er, die Wolken zu durchdringen und das sichere Land dahinter zu entdecken.

»He, ihr da!«, rief der Bootsmann und zeigte auf Jack, Ginsel und zwei weitere Matrosen. »Rauf mit euch und macht das Toppsegel los, aber schnell!«

Sofort machten sie sich auf den Weg zum Vormast, doch im selben Augenblick tauchte aus dem Nichts eine Kugel aus Feuer auf – und flog geradewegs auf Jack zu.

»Vorsicht!«, schrie ein Matrose.

Jack, der auf der Reise bereits einige Angriffe feindlicher portugiesischer Kriegsschiffe erlebt hatte, duckte sich instinktiv. Er spürte die heiße Luft und hörte das Heulen, mit dem die

Kugel an ihm vorbeiflog. Das Geräusch des Aufpralls auf Deck klang allerdings anders als bei einer Kanonenkugel. Die Kugel schlug nicht krachend auf wie Eisen auf Holz, sondern mit einem dumpfen, leblosen Schlag wie ein Tuchballen. Entsetzt starrte Jack den Gegenstand an, der vor seinen Füßen gelandet war.

Das war keine Feuerkugel. Es war der brennende Leib eines vom Blitz getöteten Matrosen.

Jack stand wie gelähmt da. Übelkeit stieg in ihm auf. Das Gesicht des Toten war schmerzverzerrt und vom Feuer so entstellt, dass Jack ihn nicht einmal erkannte.

»Heilige Maria, Muttergottes!«, rief Ginsel. »Sogar der Himmel hat sich gegen uns verschworen!«

Bevor er noch mehr sagen konnte, brach eine Welle über die Reling und spülte die Leiche ins Meer.

Ginsel sah das Entsetzen im Gesicht des Jungen. »Komm, Jack!«, rief er, fasste ihn am Arm und wollte ihn zum Vormast ziehen.

Doch Jack stand da wie festgenagelt, noch immer den Gestank nach verbranntem Fleisch in der Nase. Es hatte gerochen wie ein Schwein, das zu lange am Spieß geröstet worden war.

Der Matrose war keineswegs der erste Tote, den Jack auf der Reise sah, und er würde ganz gewiss auch nicht der letzte sein. Sein Vater hatte ihn gewarnt. Die Überquerung des Atlantiks und des Pazifiks war mit vielen Gefahren verbunden. Jack hatte Menschen an Erfrierungen, an Skorbut, am Tropenfieber, an Messerwunden und durch Kanonenkugeln sterben sehen. Trotzdem war er nicht gegen die Schrecken des Todes abgestumpft.

»Los, Jack«, drängte Ginsel.

»Ich spreche nur schnell ein Gebet für ihn«, erwiderte Jack schließlich. Er hätte eigentlich mit Ginsel und den anderen gehen müssen, aber das Bedürfnis, bei seinem Vater zu sein, wog in diesem Augenblick stärker als die Pflicht.

Jack rannte zum Achterdeck. »Wohin willst du?«, brüllte Ginsel. »Wir brauchen dich vorn.«

Doch Jack hörte nur noch das Toben des Sturms und versuchte auf dem stampfenden und krängenden Schiff zu seinem Vater zu gelangen.

Er war erst beim Kreuzmast angekommen, da brach wieder eine gewaltige Welle über die *Alexandria* herein. Sie riss Jack von den Füßen und spülte ihn über das Deck zur Backbordreling.

Das Schiff machte einen Satz nach vorn, Jack wurde über die Reling geschleudert und stürzte dem schäumenden Ozean entgegen.

2

Mastaffe

Jack machte sich schon auf den Aufprall gefasst, da packte ihn plötzlich eine Hand und er hing senkrecht über dem Rand des Schiffes, unter sich das tobende Meer.

Er hob den Kopf. Ein kräftiger tätowierter Arm hielt ihn am Handgelenk fest.

Eine Welle stieg auf, um ihn in die Tiefe zu reißen.

»Keine Angst, Bürschchen, ich habe dich!«, knurrte sein Retter, der Bootsmann, und hievte ihn an Bord. Der auf seinen Unterarm eintätowierte Anker verbog sich vor Anstrengung. Jack hatte das Gefühl, als würde ihm der Arm aus der Schulter gerissen.

Vor den Füßen des Bootsmanns sank er auf den Boden und erbrach einen Schwall Meerwasser.

»Na, das überlebst du schon.« Der Bootsmann grinste. »Du bist ein geborener Seemann wie dein Vater, nur im Augenblick ein ziemlich durchnässter. Aber antworte mir, Bürschchen: Was hattest du hier zu suchen?«

»Ich … wollte meinem Vater etwas ausrichten, Bootsmann.«

»Mein Befehl lautete aber anders«, rief der Bootsmann wütend. »Du solltest an Deck bleiben! Du magst der Sohn des Steuermanns sein, aber das schützt dich nicht davor, wegen Ungehorsams ausgepeitscht zu werden! Jetzt ab mit dir, den

Vormast hinauf und mach das Toppsegel los. Sonst bekommst du die Katze tatsächlich noch zu spüren!«

»Gott segne Sie, Bootsmann«, murmelte Jack und kehrte rasch zum Vordeck zurück. Er wusste, dass die Auspeitschung mit der neunschwänzigen Katze keine leere Drohung war. Der Bootsmann hatte andere Matrosen schon wegen geringerer Vergehen als Ungehorsam bestraft.

Auf dem Vordeck angekommen, zögerte er trotzdem. Der Vormast war höher als ein Kirchturm und schwankte heftig im Sturm. Jack spürte die Taue der Takelage mit seinen vor Kälte starren Fingern nicht mehr und seine nassen Kleider machten ihn schwerfällig und unbeweglich. Doch je länger er wartete, desto mehr fror er. Bald würden seine Glieder zu steif zum Klettern sein.

Los, spornte er sich an. Du hast doch keine Angst.

Doch tief im Innern wusste er, dass er Angst hatte, sogar ganz fürchterlich. Auf der langen Fahrt von England zu den Gewürzinseln hatte er sich den Ruf eines besonders unerschrockenen Mastaffen erworben, der jeden Mast hinaufkletterte und noch in den höchsten Höhen Segel reparierte und Taue entwirrte, die sich verheddert hatten. Doch nicht Mut oder Geschick hatten ihn hinaufgetrieben, sondern die nackte Angst.